Klaus Gertig

DAS ALTE FORSTHAUS

Buch:

Ort der Handlung ist ein altes Forsthaus in Langerwehe, einem Dorf am Nordrand der Eifel. Ein Ehepaar ist mit ihren zwei Kindern vorübergehend dort eingezogen, bis ihr Neubau im nahe gelegenen Baugebiet fertiggestellt ist. Auf dem Nachhauseweg werden Lena und Moritz Opfer einer Entführung. Was zunächst nach einer Geiselnahme mit Lösegeldforderung aussieht, offenbart im Rahmen der Nachforschungen des engagierten Großvaters nach und nach eine Verstrickung des organisierten Verbrechens mit dem Establishment. Hierbei geht es um etwas anderes als Erpressung. Doch warum wurden gerade ihre Kinder entführt und was ist mit ihnen geschehen? Dieses Rätsel zu lösen, erfordert viel Durchhaltevermögen und Opferbereitschaft von den Protagonisten.

Autor:

Klaus Gertig ist 1959 in Rostock geboren, verheiratet und hat drei erwachsene Kinder. Er begann seine berufliche Laufbahn nach dem Studium bei der Zollverwaltung, ehe er 1990 an die RWTH Aachen wechselte. Hier war er zuletzt in der Universitätsverwaltung als Leiter der Abteilung für Berufungsmanagement tätig. Dem Schreiben widmete er sich bereits früh, es entstanden erste Vorlesegeschichten für seine Kinder, aus denen die Veröffentlichung des Bilderbuchs «Die kleine Kastanie» resultierte. Doch zur Veröffentlichung dieses Romans, dessen Anfänge bis ins Jahr 2009 zurückreichen, ist er erst nach seinem Ruhestand gekommen.

Klaus Gertig

DAS ALTE FORSTHAUS

Ein Kriminalroman
mit
Lokalkolorit
erzählt aus Sicht der betroffenen Familie

Verlag:
Klaus Gertig
Grüntalstr. 11
52379 Langerwehe
Klaus.Gertig@gmail.com
Herstellung: epubli – ein Service der neopubli GmbH, Köpenicker Straße 154a, 10997 Berlin
Kontaktadresse nach EU-Produktsicherheitsverordnung:
produktsicherheit@epubli.com

Danksagung
Mein besonderer Dank gilt Martin, der meinen Drang, zu viele Füllworte zu benutzen, einfühlsam gebremst hat. Zu Dank verpflichtet bin ich ebenfalls meiner Golfpartnerin Gerlind Lühr für Ihren moralischen Beistand, insbesondere bei kniffligen Szenen. Mein ausdrücklicher Dank gilt natürlich auch meiner Familie, der ich viel Zeit vorenthalten habe, um dieses Buch zu vollenden sowie ausdrücklich meiner Frau, die das letztmalige Korrekturlesen übernommen hat. Ohne Euch alle wäre dieses Werk nie zur Veröffentlichungsreife gelangt.

***

Die Handlung und alle handelnden Personen sind frei erfunden. Jegliche Ähnlichkeit mit lebenden oder realen Personen wären rein zufällig. Gleichwohl sind fast alle beschriebenen Örtlichkeiten Realität und können anhand des Buches nachverfolgt werden.

***

«Es ist nie zu spät für tätige Reue.»

Prolog

Langerwehe, 19.06.2015

Maria Mülhausen fühlte sich weder lebendig noch tot.
Ihr Leben bestand nur noch aus Routine. Sie hasste diese Routine, so wie sie alles hasste, was sie am Leben erhielt. Sie hasste diesen Mann, mit dem sie gerade am Frühstückstisch saß, hasste dieses Haus, ganz besonders dieses alte Forsthaus, in das sie vorübergehend gezogen waren, bis ihr Neubau weiter unten in Jüngersdorf fertig würde.
Sie hasste dieses Dorf, dieses Land; am meisten jedoch hasste sie sich selbst. Hasste sich dafür, dass sie lebte, leben musste, ohne Hoffnung und ohne Sinn.

Einen Monat war es nun her. Ein langer Monat des Weinens, des Betens, der Angst, des Hoffens, der Enttäuschung, der Wut, der Vorwürfe. Jetzt war sie leer, entkräftet von mehreren Nervenzusammenbrüchen, schlaflosen Nächten, Antidepressiva und dieser alles verzehrenden Ungewissheit. Sie war nur noch ein Zombie, funktionierte wie eine Ameise, die nur ihren Instinkten folgte - und sie wusste das. Selbst dafür hasste sie sich, hasste sich für diese Gefühlsarmut, die ihr die Kraft nahm, dem Ganzen ein Ende zu setzen. Dann war da noch dieses Grauen. Sie wusste nicht, wie sie diesem Grauen entkommen sollte, das immer wieder in ihrem Kopf erschien. Die schrecklichsten Bilder und Vorstellungen, was ihren Kindern passiert sein könnte. Sie wartete nur noch, hockte vor dem Telefon und wartete. Wartete auf die Nachricht, die sie am meisten fürchtete: Die Kinder sind tot. Und doch konnte sie diesem Telefon nicht entrinnen, war ihm ausgeliefert, flehte es innerlich an, endlich zu klingeln. Wenn dann tatsächlich jemand anrief, schreckte sie zusammen. Nie war es der gefürchtete, andererseits aber so erhoffte Anruf und sie beendete das Gespräch, um die Leitung wieder frei zumachen. Frei wofür?

Noch vor Wochen war Maria Mülhausen eine Frau, die mitten im Leben stand. 1,68m groß, oder wie sie zu sagen pflegte, klein, dunkel-, ja fast schwarzhaarig, mit klaren, rehbraunen Augen, einem dunklen Teint. Nicht wirklich schön im klassischen Sinne, aber durch ihr Lächeln und ihr offenes Wesen so einnehmend, dass jeder sie als hübsch bezeichnen würde. Die Fältchen an den Augen waren unübersehbar, daneben Lachfalten am Mund, ein paar Sorgenfalten in der Stirn und wenn sie sich ärgerte zwischen den Augen. Das Gesamtbild aber war immer noch stimmig. Sie gefiel sich, war mit sich zufrieden und strahlte das auch aus. Da störten ein paar Fältchen wenig. Sie hatte es aufgegeben, ihr lockiges dichtes Haar bändigen zu wollen, trug das Haar einfach offen und nur bei der Gartenarbeit zu einem Zopf gebunden. Sie war schlank, hatte sich jedoch in den letzten Jahren das eine oder andere Pölsterchen zugelegt. Da sie gerne kochte und aß, war dies kein Wunder. Es störte sie auch nicht wirklich. Trotzdem kokettierte sie damit, dass sie abnehmen müsse, legte Salattage ein und joggte zweimal die Woche mit ihrer Freundin Birgit durch die nahen Wiesen und Wälder. Seit Moritz, ihr Sohn, in die Kita ging und Lena, ihre Tochter aus erster Ehe, auf das Gymnasium gewechselt war, arbeitete sie wieder ganztags. Durch ihren Lehrerberuf konnte sie beides, Familie und Beruf, gut miteinander verbinden. Sie hatte sich mit dem Leben auf dem Lande arrangiert, obwohl sie von Zeit zu Zeit eine unerklärliche Unruhe in sich spürte und den Trubel ihres früheren Lebens vermisste.

Mit dem Verschwinden der Kinder war sie mit einem Schlag eine alte Frau geworden. Ihre Haare hingen stumpf herab, gebeugt saß sie auf der Bank im Garten und starrte ins dunkle Nichts.

Teil 1

Langerwehe, Dienstag, 19. Mai 2015 7:00 Uhr

Dieser Tag fing an wie jeder andere. Sie saßen gemeinsam an dem großen, alten, hölzernen Küchentisch beim Frühstück. Das heißt, Moritz stand mehr, als dass er saß und schaufelte sein Müsli in den Mund.

«Setz dich, Schatz. Du hast noch Zeit.»

«Isch muss noch meine Schalentafeln suchen.»

«Iss bitte erst den Mund leer. Was wolltest du sagen?», ermahnte ihn seine Mutter.

«Meine Zahlentafeln. Ich brauche sie doch für die Schule.»

«Die habe ich schon in deinen Rucksack gepackt.»

«Du hast gar keine Schule. Du bist noch in der Kita», schaltete sich seine Schwester Lena altklug ein.

«Oh wohl!», antwortete Moritz, «Ich bin in der Vorschule.»

«Das ist keine richtige Schule. Erst nach den Sommerferien kommst du in die richtige Schule. Als I-Dötzchen!»

«Mama, was ist ein I-Dötzchen?»

«So nennen die anderen Kinder die neuen Schüler, die in der ersten Klasse anfangen.»

«Und warum I-Dötzchen?»

«Weil sie die Buchstaben erst noch lernen müssen.»

«Ich kann aber alle Buchstaben. Und lesen und schreiben kann ich auch. Ich komme in die zweite Klasse! Birgit hat gesagt, wer schon lesen und schreiben kann und die Zahlen kann wie ich, kommt in die zweite Klasse.»

«Na, da schauen wir mal. Da haben wir auch noch ein Wörtchen mitzureden», meinte Jan, sein Vater. Lena schnitt Moritz eine Grimasse.

«Mama hat auch gesagt, dass ich in die zweite komme», insistierte Moritz und stampfte mit dem Fuß auf.

«Ich habe gesagt, ich bespreche das mit Papa», erklärte Maria streng.

«So, jetzt erst einmal Zähneputzen.»

«Was ist das jetzt schon wieder? Ich dachte, wir wollten ihn nicht springen lassen?», fragte Jan Maria.

«Ja, schon, aber Birgit hat mit der Schulleiterin gesprochen und sie meint auch, es sei besser, wenn er im zweiten Schuljahr anfängt. Er langweilt sich im Ersten nur.»

«Birgit, Birgit, ich höre immer nur Birgit. Als ob eine Kindergärtnerin das beurteilen kann. Und alles nur, weil du ihm schon alles beigebracht hast. Aber die anderen sind dann alle ein Jahr älter und Moritz ist nicht gerade der Kräftigste. Ich habe Angst, dass er in der Klasse keinen richtigen Anschluss findet.»

«Ich habe dir schon einmal gesagt, es heißt nicht mehr Kindergärtnerin. Birgit ist Erzieherin und kann das sehr wohl beurteilen. Aber lass uns heute abend darüber sprechen. Was anderes: Wir haben heute pädagogischen Tag. Es könnte spät werden. Kannst du heute Moritz von der Kita abholen?», fragte Maria.

«Wir sind heute auf Montage. Ist zwar nur in Kornelimünster. Aber kann nicht Lena ihren Bruder auf dem Weg von der Schule abholen?»

«Du weißt, dass ich das nicht will.»

«Warum nicht? Das hat sie doch schon öfter gemacht.»

«Die Straße ist einfach zu gefährlich. Am Weiherhof ist letzte Woche ein Kind angefahren worden. Außerdem vertragen sich die Zwei im Moment nicht so gut.»

«Du übertreibst mal wieder.»

«Wenn es nicht geht, frage ich wen anders», entgegnete Maria. Der ärgerliche Ton war unüberhörbar.

Jan blickte in Marias Gesicht. Ihre Mimik hatte sich gewandelt. Die Augenbrauen schienen miteinander verwachsen zu wollen. Tiefe Falten bildeten sich dazwischen, die das zu verhindern suchten. Da war es wieder. Maria war in letzter Zeit so schnell auf 100. Außerdem meinte sie anscheinend, dass er noch nichts von ihren Eskapaden bemerkt habe. Von wegen pädagogischer Tag; er würde mit ihr reden müssen, aber jetzt war nicht der richtige Zeitpunkt.

«Nein, nein», erwiderte er, «ist kein großes Problem. Ich bin bestimmt bis mittags fertig und fahre danach nicht mehr zur Werkstatt zurück», lenkte Jan schnell ein.
Oben hörte man Radau.

«Aua, ich sage Mama, dass du....»

«Wehe!»

Moritz stürmte die Treppe herunter. Lena folgte ihm.
Moritz sprang die letzten Stufen hinunter und schrie «Mama, Lena hat....»

«Du sollst nicht immer die Treppe herunterspringen. Was hat Lena?»

Lena schaute Moritz scharf an. «Zweeeerg!»

«Ach nichts», murmelte Moritz.

«Na dann los, ich bin spät dran.» Moritz stand schon mit dem Rucksack an der Tür. Jan hob Moritz an der Tür noch einmal hoch. «Alle Zahlen im Kopf? Sollen wir heute Abend wieder Schach spielen?»

«Au ja! Ich habe schwarz und wähle ich die Karo-Kann-Verteidigung.»

Jan lachte. «Mal langsam, vielleicht eröffne ich ja ganz anders.»

«Oh Pops, das wäre gemein.»

«Na dann, E2-E4.» Moritz strahlte über alle Backen.

«C7-C5. Ach ne, C7-C6.»

«D2-D4», antwortete Jan.

«C7-C5», schoss Moritz zurück. Jan tat, als ob er überlegte.

«Springer B1-C3.»

«D5 schlägt E4.» Moritz war sichtlich begeistert, dass sein Vater die Hauptvariante gewählt hatte.

«Springer C3 schlägt E4», antwortete Jan.

«Jetzt aber ab zum Kindergarten, weiter erst heute Abend.»

Lena trat hinzu. «Spielen wir heute Nachmittag auch Schach?»

«Aber sicher», antwortete Jan, «vielleicht kannst du mich heute ausnahmsweise gewinnen lassen.»

«Aber nur beim Räuberschach», meinte Lena selig.

Eigentlich war ihr Schach zu langweilig, aber seitdem Jan Moritz das Schachspielen beigebracht hatte, wollte sie nicht mehr nur daneben sitzen. Dass Jan und Moritz Blindschach spielten, störte sie gewaltig, denn sie konnte zwar ganz leidlich spielen, die Notation interessierte sie aber ganz und gar nicht. Jan hatte auch Lena das Schachspielen beigebracht und obwohl sie das Spiel schnell verstanden hatte und eigene Strategien entwickelte, spielte sie lieber kommunikative Spiele. Moritz hingegen war ganz begeistert, als ihm Jan die Notation erklärte und ihm seine Schachbücher zeigte. Seitdem saß Moritz oft über den Schachbüchern und war danach in der Lage, ganze Partien aus dem Kopf nachzustellen. Da Moritz mit einer besonderen Merkfähigkeit ausgestattet war und zudem eine Begabung für Schach besaß, war der Schritt zum Blindschach klein. Für andere wirkte es abstrus, wenn Jan mit seinem sechsjährigen Sohn auf dem Spielplatz Schach spielte, ohne dass ein Brett vorhanden war. Wie ein Gespräch in einer Geheimsprache wirkten diese Momente. Meist kapitulierte Jan nach einer Reihe von Zügen und bat Moritz, zu Hause weiterzuspielen, wobei Moritz dann das Spielfeld in der Grundposition aufbaute und alle bis dahin nur im Kopf ausgeführten Züge nachspielte. Moritz war dadurch schon zu einer regionalen Berühmtheit geworden, weil in einem Zeitungsartikel besondere kleine Talente vorgestellt wurden und das Talent von Moritz danach auch Eingang in die weitere regionale Presse fand. Sogar in der einen oder anderen überregionalen Zeitung war dies eine kleine Nachricht wert. Moritz gewann zudem die offene Stadtmeisterschaft in Aachen, die erstmals auch für Kinder unter 12 Jahren ausgetragen wurde.

Jan war das gar nicht recht und er bereute, ihn dort angemeldet zu haben. Er wollte, dass Moritz möglichst unbeschwert aufwuchs. Zu viel Aufmerksamkeit war dem seiner Meinung nach abträglich. Außerdem meinte Jan, dass es keiner besonderen Erwähnung wert sei, denn Moritz sei keineswegs ein besonders guter Schachspieler. Selbst seine Schwester würde ihn, wenn sie die Geduld aufbringen könnte, im Schach schlagen. Jan selbst hatte keine Schwierigkeiten, ein Spiel zu kontrollieren. Allerdings durfte man nicht auf irgendeine Finte hereinfallen, die in einem Schachbuch beschrieben stand. Die Spielstärke von Moritz hatte sich allerdings stark verbessert, seit Jan ihm einen eigenen Account auf lichess eingerichtet hatte. So konnte Moritz gegen den Computer oder auch mit anderen Schachspielern auf der ganzen Welt spielen. Obwohl seine Rechnerzeit von Maria streng limitiert wurde, war Moritz, objektiv beurteilt, gemessen an seinem Alter, ein herausragender Schachspieler.

Jan hatte Moritz vor allen Dingen mit Schachbüchern vertraut gemacht, um ihn von sonstigen Zeitungen abzulenken. Moritz, nachdem er mit drei Jahren begonnen hatte, lesen zu lernen, verschlang alles, was er in die Finger bekam. So passierte es mehrfach, dass er als Fünfjähriger über einer Zeitung hing und still vor sich hin weinte. Wenn man ihn fragte, warum er denn weine, sagte er, er könne nicht verstehen, warum die Menschen so böse sind und sich gegenseitig umbringen.

Maria und Jan hatten deswegen des öfteren kleine Auseinandersetzungen, wie Moritz am besten zu fördern sei. Er war der Meinung, Moritz sollte nur das lesen, was er verstandesmäßig und emotional verarbeiten könne. Maria hielt dagegen, dass man Kinder nicht bremsen könne, ohne ihnen zu schaden. Ein normales Kind brauche eben im Schnitt sieben Wiederholungen, bis es etwas wirklich behält. Bei Moritz reiche das einmalige Erwähnen, falls etwas sein Interesse weckt. Dies gelte nicht für solche Banalitäten, wie: wo man denn seine Mütze vergessen habe oder warum man auf der Toilette den Klodeckel schließen müsse, pflegte sie dann zu sagen.

Aus diesem Disput heraus versuchte Jan, Moritz mit unkritischen naturwissenschaftlichen Themen zu versorgen und brachte ihm Schach bei, um sein unruhiges Hirn zu beschäftigen. Jan hatte nicht erwartet, dass Moritz so hartnäckig Schachbücher lesen würde. Eine Lektüre, die er selbst in seinen besten Zeiten im Schachverein nur als Nachschlagewerk und später als Einschlafhilfe benutzte.

Jan war mit den Kindern am Auto angekommen und gab zunächst Lena und dann Moritz einen Kuss. Maria kramte in ihrer Handtasche, sodass er nur einen kurzen Abschiedsgruß bekam. Nach dieser Verabschiedung setzte Maria Moritz ins Auto, um ihn zur Kita zu bringen. Lena stieg zu Jan ins Auto. Sie wollte mit dem Bus weiterfahren, andernfalls hätte ihre Mutter sie mit nach Düren genommen. An der Feuerwehr ließ Jan Lena aussteigen, von wo es nur ein paar Schritte zur Bushaltestelle waren. «Du, Pops?»

«Ja?»

«Als du Mom kennengelernt hast, wie war das?»

«Wie, wie war das?»

«Na, wusstest du gleich, dass du dich in sie verliebt hast?»

«Ja sofort. Wieso?»

«Und Mom?»

«Ich glaube, da hat es etwas länger gedauert.»

«Typisch Mom. Dauert immer etwas länger, bis sie was kapiert.»

«Und wie heißt er?» Jan grinste Lena an.

«Wie heißt wer?»

«Na der Glückliche, in den du dich verliebt hast.»

«Du bist doof.»

«Komm schon, ich kann schweigen!»

«Gut, aber sag Mom ja nichts. Die denkt immer noch, ich bin ein Baby.»

«Versprochen! Also wie heißt er?»

«Luca»

«Und wie weiter?»

«Nichts weiter. Einfach nur Luca.»

«Kein Nachname?»

«Mensch Pops, du fragst schon genauso wie Mom.»

«Erzähl, was ist das für ein Junge. Aus dem Dorf?»

«Ja, aber er ist erst dieses Jahr hergezogen.»

«Seid ihr zusammen?»

«Weiß nicht so richtig. Er hat gefragt, ob ich mit ihm gehen will.»

«Und, was hast du gesagt?»

«Noch gar nichts. Er hat mir gestern im Bus ein Briefchen gegeben.»

«Und, was sagst du?»

«Ich weiß nicht. Du Pops, wie merkt man das?»

«Was?»

«Dass man verliebt ist. Pops, du bist heute wirklich schwer von Kapee.»

«Entschuldige. Also es ist genauso, wie man sagt. Schmetterlinge im Bauch und so. Du freust dich, wenn du ihn nur siehst und bist traurig, wenn du nicht mit ihm zusammen sein kannst.»

«Hmh»

«Hilft dir das weiter?»

«Kann schon sein. Aber er will immer nur Basketball spielen.»

«Und du nicht?»

«Ich kann es nicht so gut.»

«Das ist doch egal. Lass es dir einfach von ihm zeigen.»

«Er hat mich ja gefragt, ob ich morgen zum Basketball an der Schule komme.»

«Na dann, was hindert dich?»

«Meinst du wirklich?»

«Klaro»

Jan bekam einen Kuss auf die Wange und Lena lief beschwingt zur Bushaltestelle.

Nach dieser Verabschiedung fuhr Jan zu seiner Werkstatt. Zwei seiner Mitarbeiter waren bereits dabei, den Transporter für die Montage zu beladen. Ein schöner Auftrag, an dem sie seit Monaten arbeiteten. Ein alter Gutshof in Kornelimünster, der zu einer Dreigenerationen-Wohnstatt umgebaut wurde. Jan war mit allen Schreiner- und Tischlerarbeiten betraut. Da der Bauherr, ein Architekt aus Aachen, den Charakter des alten

Gebäudes unbedingt erhalten wollte, wurden trotz der vielen Umbauten im Innern alle Holzarbeiten nach historischen Vorlagen und Fertigungsweisen ausgeführt. Fenster mit Doppelflügeln und Fensterläden, die man auch richtig schließen konnte. Treppen- und Innenausbauten aus Holz, alles Maßarbeit. Wenn Jan mehr solcher Aufträge hätte, müsste er sich weniger Sorgen machen. Leider war danach ziemlich Flaute mit Aufträgen. Zwar hatte er noch die Fensterinstallation für eine große Bauträgerfirma, aber aus Kostengründen hatte er die Fenster bei einer großen Fensterfirma bestellen müssen und die Akontozahlung des Bauträgers für die Vorleistung war bisher ausgeblieben. So fuhr Jan nur zu gerne mit zur Montage und ließ die wenige Arbeit in der Werkstatt für seine Mitarbeiter.

Maria war bereits an der KITA angekommen. Moritz sprang schnell aus dem Auto, um irgendwelchen peinlichen Verabschiedungsritualen zu entkommen. Schließlich war er ein Schulkind – so wurden im Kindergarten jedenfalls die Kinder genannt, die nach den Sommerferien eingeschult wurden – da war jedes Küsschen vor dem Eingang der Kita mehr als peinlich. Maria rief ihm noch schnell hinterher: «Hör zu, Moritz, heute kommt Papa dich abholen. Sag bitte der Birgit Bescheid.»

«Aber heute ist doch Max-und-Moritz-Tag.»

Dienstags hatte Maria nur bis zur vierten Stunde Unterricht zu halten. Daher fuhr sie nach der Schule regelmäßig noch am Supermarkt vorbei, um einzukaufen. Es war genügend Zeit, um Moritz rechtzeitig an der Kita einzusammeln. Lena, die in Düren das Gymnasium besuchte, stieg ebenfalls an der Kita aus dem Bus aus und sie fuhren gemeinsam nach Hause, wobei sie die Kinder regelmäßig bei Bolle aussteigen ließ und dann, nachdem sie das Auto geparkt hatte, den Weg bis Bolles Garten zu Fuß zurücklegte, um die Kinder abzuholen. Maria brachte meist Möhrenkraut und Kohlblätter vom Gemüsestand des Supermarkts mit, damit die Kinder die Meerschweinchen von Bolle, die sie Max und Moritz genannt hatten, füttern konnten.

Die Kinder hätten sich so gerne eigene Tiere gewünscht, aber aufgrund ihrer und vor allen Dingen Moritz‘ allergischer Anfälligkeit kam das für sie nicht infrage. Zum Glück reagierte Moritz bisher nicht auf die Kaninchen und Meerschweinchen, sodass sie diese Besuche tolerieren konnte. Daher hatte Moritz den Dienstag ‚Max-und-Moritz-Tag‘ getauft.

«Sag Papa Bescheid, dann hält er bei Bolle an.»

«Aber dann habe ich doch gar kein Futter», erwiderte Moritz.

«Dann sammelst du eben Löwenzahnblätter. Frag Birgit, die wird dir schon welche zeigen können.»

Moritz stampfte mit seinem kleinen Bärchen-Rucksack in die Kita Spatzennest. Früher musste sie immer mit ihm hineingehen, ihm seine Pantoffeln anziehen und seine Jacke an den Haken mit dem Bananenaufkleber hängen. Dann klammerte er sich an ihrem Bein fest und wollte sie nicht gehen lassen. Sogar ein paar Tränen drückte er regelmäßig heraus. Wenn ihr Birgit nicht versichert hätte, dass Moritz gleich, wenn sie weg war, aufhörte zu weinen und in die Bauecke strebte, um der Erste dort zu sein, wäre ihr regelmäßig das Herz gebrochen. Seitdem er ein Vorschulkind war, war es damit vorbei. Nun durfte sie ihn nicht einmal mehr bis zur Tür bringen. So fuhr sie weiter zu ihrer Schule, dem Stiftischen Gymnasium in Düren, an dem sie Biologie und Mathematik unterrichtete.

12.30 Uhr

Sie war den ganzen Tag unruhig, ohne zu wissen warum. Normalerweise waren die pädagogischen Tage für sie eine wichtige Sache, aber diesmal empfand sie das Ganze als lästig. Vielleicht lag es an den Vortragenden, jedenfalls konnte sie den Themen nichts abgewinnen, ihre Gedanken schweiften ab. Irgendwie bemerkte sie eine wachsende Unruhe in sich. Sie kannte sich zu gut, um nicht zu wissen, dass sich ihr Drang nach Veränderung, den sie in regelmäßigen Abständen spürte, wieder meldete. Ja, sie spürte, dass er wuchs und wuchs.

Sie hatte gehofft, diesen Drang überwunden zu haben, einer jugendlichen Akne gleich, auf dem Weg ins Erwachsenensein abgeschüttelt, nur noch für Anekdoten am Frauenstammtisch gut. Aber sie hatte sich getäuscht. Lange hatte sie das Gefühl unterdrückt, es auf momentane Stimmungen geschoben, sich selbst eingeredet, dass nicht sein kann, was nicht sein darf. Ihr ging es doch gut, sie hatte einen wundervollen lieben Mann und zwei Kinder, die sie innig liebte und für die sie da sein wollte. Trotzdem hatte sie wieder dieses bekannte Gefühl, nicht frei atmen zu können. Dieses unbändige Verlangen, die Fesseln der täglichen Routine abzuwerfen und frei zu sein. Frei wovon? Das war ihr nicht klar. Frei von ihrem Lehrerberuf, dessen Stressfaktor in der letzten Zeit den Spaßfaktor erheblich überstieg? Frei von den Pflichten einer Ehefrau, frei von der dunklen Wald- und Berglandschaft, die so auf das Gemüt drücken konnte? Frei von der kleinbürgerlichen Enge dieses Dorfes, in dem sie lebte oder gar frei von den Pflichten einer Mutter? Nein, nicht frei von ihren Kindern, dieser Gedanke war abwegig.

Grübelnd saß sie im Seminarraum. Hatte sie sich deshalb auf das Abenteuer mit Hendrik eingelassen? Sie beteiligte sich kaum an irgendwelchen Diskussionen und wartete auf eine Pause. Mehrfach hatte sie ihre Kopfschmerzen erwähnt, um sich nun endlich abmelden zu können. Ihre Freundin Simone sprach sie an, als eine Pause kam.

«Was ist denn los, du warst ja heute vollkommen abwesend? So kenne ich dich gar nicht.»

«Ach, heute ist einfach nicht mein Tag, die Migräne denk' ich. Ich werde mich jetzt verabschieden.»

«Möchtest du eine Tablette?»

«Nein danke, ich hab' schon zwei genommen.»

«Kommst du denn heute Abend zum Frauenstammtisch?»

«Ich denke eher nicht, vielleicht, wenn ich die Kopfschmerzen noch loswerde.»

Maria war froh, als sie sich verabschieden konnte. Eigentlich war es noch viel zu früh. Sie hatte vorgehabt, so lange wie möglich beim pädagogischen Tag zu bleiben, nun konnte sie ihre Unruhe nicht mehr zügeln. Stammtisch, nein da würde sie heute bestimmt nicht hingehen.

Eigentlich könnte sie die Kinder abholen. Wenn sie jetzt losfahren würde, könnte sie es noch leicht schaffen. Jan kam ohnehin immer etwas zu spät. Sie würde ihn jetzt sicherlich noch auf der Baustelle erwischen.

Immer wieder musste sie sich anhören, was für einen tollen Mann sie habe und dass er sie auf Händen tragen würde. Das stimmte auch, aber irgendetwas fehlte ihr in ihrer Beziehung. Zum Beispiel machte es sie rasend, dass er immer zu spät kam. Auch hatte er keinerlei Interesse, mit ihr etwas zu unternehmen, einmal ins Theater, ins Kino oder nur so in die Stadt.

Nachdenklich schaute sie auf ihr Handy. Es war 12:35 Uhr. War Hendrik der Grund für ihre Unruhe, grübelte sie. Sie horchte in sich hinein. Nein, sie liebte ihn nicht, er war nicht mehr als ein Abenteuer. Er WAR, echote es in ihr. Es wurde ihr bewusst, dass sie sich bereits entschieden hatte, es zu beenden. Sie würde es ihm nur noch sagen müssen. Das war wohl der Grund für ihre Kopfschmerzen. Zum Glück war Pause. Schnell verabschiedete sie sich.

13:30 Uhr

Moritz war begeistert, als Lena ihn abholen kam.

«Dann gehen wir bei Max und Moritz vorbei», rief Moritz fröhlich und wedelte stolz mit einem großen Bund Löwenzahnblätter, den die Kinder zusammen mit Birgit hinter der Kita am Flüsschen Wehe gepflückt hatten. Max und Moritz waren zwei schwarz-weiße Meerschweinchen, die bei Bolle im Garten bei den Kaninchen ihr Gnadenbrot bekamen und von Moritz heiß und innig geliebt wurden. So lief Moritz vor, Lena gemessenen Schrittes dahinter, sich der Verantwortung als Ersatzmutter durchaus bewusst. Aber auch sie freute sich auf einen Besuch bei den Tieren, da ihre Mutter einfach nicht davon zu überzeugen war, dass sie ein Tier ganz allein versorgen könnte und sie davon gar nicht belastet würde.

«Moritz, nicht so schnell, an der Hauptstraße wartest du!» Sie gingen den Spazierweg parallel zur Laufenburgstraße, der einer geologischen Störzone folgte, hinauf, bis eine kleine Gasse zwischen den Hecken zu Bolles Garten führte. Als sie am Gartentor ankam, hatte Moritz bereits ein Meerschweinchen aus dem Käfig geholt und saß mit ihm auf dem Rasen.

«Ist Bolle gar nicht da?», fragte ihn Lena, als sie den Garten erreicht hatte.

Normalerweise kam Bolle immer heraus zu ihnen. Sie erzählten ein wenig, außerdem hatte er häufig Süßigkeiten und Cola da. Besonders Moritz stand auf Cola, die es zu Hause nur zu Geburtstagen gab. Moritz beachtete Lena gar nicht, sondern streichelte weiter das Meerschweinchen und flüsterte dem Tier seine Geheimnisse zu.

«Hallo!», rief Lena Moritz ins Ohr. «Lena an Moritz, ich habe dir eine Frage gestellt! Nicht gehört?»

Moritz schaute mürrisch auf und murmelte: «Doch, aber er hat gesagt, er hat zu tun», und widmete sich wieder seinem kleinen Freund.

Lena nahm das zweite Meerschweinchen aus dem Stall, das sie auf den Namen Max getauft hatte, obwohl es ein Weibchen war. Ihren eigenen Namen zu verwenden, war ihr zu kindisch. Max war einfach cooler. Sie setzte sich ebenfalls auf das kleine Rasenstück und fütterte Max mit ein paar Löwenzahnblättern, die sie von Moritz' Vorrat nahm. Den hatte dieser natürlich am Kaninchenstall liegen lassen.

«Oh, gib mir auch ein paar», bat Moritz.

«Hol dir doch selbst welche.»

Moritz stand auf, um die Löwenzahnblätter zu holen, während sein Meerschweinchen davon trippelte.

«Hallo!», rief Lena ihm hinterher, «willst du dein Meerschweinchen so herumlaufen lassen? Ich helfe dir nicht beim Einfangen.»

Moritz kam zurückgelaufen und schnappte sich das Meerschweinchen, das laut quiekte. Er hatte es etwas zu fest gepackt, damit es ihm nicht noch einmal entwischte.

«Moritz, pass doch auf, du erdrückst es noch!»
Sie reichte ihm zwei Löwenzahnblättchen, die Moritz gleich verfütterte und dabei mit dem Meerschweinchen schimpfte, weil es fortgelaufen sei.

Im Gartenhaus hörte Lena ein lautes Poltern. Bolle saß drinnen in seiner Hütte am Tisch, eine leere Flasche seines selbst gekelterten Weins vor sich. Er war Selbstversorger, besonders was das Trinkbare betraf. Einen eigenen Brunnen hatte er sich gebuddelt, sein Wein war aus eigenen Trauben gekeltert. Na ja, nicht ganz. Die meisten Trauben stammten vom Großmarkt. Er bekam sie dort umsonst. Die eigenen Trauben allein wären viel zu sauer gewesen.
Die letzte Flasche selbst gebrannter Obstler neigte sich ebenfalls dem Ende zu. In der Nachbarschaft ließen sie ihn gerne das Obst von den alten Bäumen schütteln. Die Hälfte der Früchte war madig, da wollten die Leute sie nicht mehr haben. Für seine Zwecke war das egal; im Obstbrand schmeckte man die Maden nicht mehr raus.

Bolle hatte die Kinder gehört. Viele Kinder kamen in seinen Garten. Seine Meerschweinchen und Kaninchen mussten auf die unterschiedlichsten Namen hören, weil alle Kinder, die zu ihm kamen, ihnen eigene Namen gaben. Er hatte nachgeschaut und erkannt, wer seinen Garten betreten hatte und sagte Moritz Bescheid, dass er keine Zeit habe und schloss sich ein.

Bolle mochte Kinder. Seine Kinder waren schon erwachsen und kamen ihn sehr selten besuchen. Bei Kindern verlor er seine Scheu, die er im Umgang mit Erwachsenen immer entwickelte. Da stotterte er auch nicht. Mit Kindern konnte er umgehen, mit ihnen konnte er reden. Besonders Lena und Moritz, die jetzt in seinem Garten waren, mochte er sehr. Sie waren erst kürzlich ins alte Forsthaus oberhalb gezogen. Moritz war ein aufgeweckter kleiner Bub mit einem unbändigen Wissensdrang, und Lena hatte eine besondere Art, die ihn rührte. In ihr spürte er einen Schmerz, der dem seinen sehr ähnlich schien. Heute wollte er nicht hinaus, um sich mit ihnen zu unterhalten. Wenn er getrunken hatte, was so früh am Tage sehr selten vorkam, ging er nie hinaus. Kinder mussten ihn so nicht erleben.

Heute war ein besonderer Tag. Kein besonders schöner Tag. Seine Frau würde ihn gleich abholen kommen. Er sah auf die Uhr. Es war noch etwas Zeit. Kurz vor halb drei wollte seine Frau ihn holen. Er musste sich bald fertig machen. Trotzdem goss er sich noch einen Schnaps ein. Schließlich hatten sie einen Termin beim Anwalt. Das Trennungsjahr war vorbei. Vor gut einem Jahr war er ins Gartenhaus gezogen. Seitdem hatte sie ihn höchstens zehnmal aufgesucht, obwohl das Gartenhaus gerade einmal 50 Meter von ihrem schmucken Eigenheim entfernt war. Aber nun drängte sie. Neuerdings ging ein anderer Mann im Haus ein und aus. Sie dachte vielleicht, er würde das nicht sehen. Aber er sah es. Er sah alles. Hatte ja genug Zeit.

Er hatte sich immer eingeredet, dass es ihm nichts ausmachen würde. Weil sie eine verdammte Hure wäre. Schließlich hatte sie ihn schon während der Hochzeitsfeier mit seinen beiden angeblich besten Freunden betrogen.

Ivo, einer von ihnen, mit dem er 30 Jahre auf dem Bau zusammengearbeitet hatte, hatte ihn eines Tages ausgelacht, als er mit ihm über alte Zeiten fabulierte. Ivo hatte ihn darüber aufgeklärt, dass die Hochzeitsnacht Peter und ihm gehört hatte, weil sie es Elvira nach der Entführung auf der Hochzeitsfeier in einem Hinterzimmer der Bahnhofskneipe so richtig besorgt hätten, während andere zugucken durften. Das Lachen war ihm schnell vergangen. Da hatte ihn Ivo unterschätzt. Viele Leute unterschätzten ihn. Beide waren hinterher wegen Körperverletzung genauer gesagt gefährlicher Körperverletzung angeklagt worden. Bolle hatte Ivo das Nasenbein zertrümmert, derweil er auch nicht ungeschoren davongekommen war. Unwillkürlich befühlte er die Narbe am Rücken, die das Messer hinterlassen hatte. Unbändige Kräfte hatten die Wut in ihm entfesselt. Er hatte nicht einmal den Schmerz gespürt, als Ivo ihm ein Messer in den Rücken rammte. Und hätte man ihn nicht von ihm heruntergezogen, hätte er ihn wahrscheinlich erwürgt. Zum Glück war sein Verfahren wegen Volltrunkenheit gegen Zahlung einer Geldstrafe eingestellt worden.

Seiner Frau hatte er verziehen. Sie war damals völlig betrunken gewesen und hatte nie darüber gesprochen. Das alles war lange her. Dennoch war es eine schöne Zeit mit ihr gewesen, trotz allem. Deshalb tat es immer noch weh. Er goss sein Glas wieder voll. Schaute auf seine Uhr. Es war kurz vor zwei. Er ging zur Tür und öffnete sie. Die Kinder saßen auf der Wiese vor dem Kaninchenstall und hatten die Meerschweinchen herausgenommen.

«Hallo Kinder, setzt bitte die Meerschweinchen zurück. Ihr müsst jetzt gehen. Eure Mutter wartet bestimmt auf euch.»

«Hallo Bolle!», riefen die Kinder fröhlich.

«Nö», ergänzte Moritz, «die kommt heute später.»

Bolle ging zu den Kindern, nahm die Meerschweinchen und setzte sie zurück in den Stall.

«Ihr müsst trotzdem gehen, ich bekomme gleich Damenbesuch.»

«Ach so, sag das doch gleich», sagte Lena mit einem gezwungenen Lächeln. «Komm, Moritz, wir wollen Bolle nicht stören.»

15:05 Uhr

Zu Hause angekommen, war Maria immer noch in Gedanken. Aber sie hatte sich entschieden. Der lange Spaziergang hatte ihr geholfen, ihre Gedanken zu ordnen.

«Ich werde ein wenig laufen gehen», dachte sie bei sich, als sie den Schlüssel ins Schloss steckte.

«Nanu, wieso abgeschlossen», murmelte sie und ging schnurstracks in die Küche, um an der dort befindlichen Familientafel zu sehen, ob die Kinder aufgeschrieben hatten, wo sie sind. Da stand nichts. Gleich beschlich sie ein ungutes Gefühl.

Das Haus wirkte so leblos, so abweisend. Keine Mitteilung in der gestochen scharfen Schrift ihrer Tochter und auch kein Zusatz ihres Sohnes in seiner krakeligen Kinderschrift. Wo er selten eine Gelegenheit ausließ, einen Kommentar auf die Tafel zu schreiben. Jetzt war sie leer. Vollkommen blank, so wie sie sie gestern geputzt hatte.

Die Tafel erfüllte eine wichtige Funktion in der Familie. Sie war sowohl Mitteilungsmittel für alle kleinen Aufträge und Bitten als auch Wunschzettel und Kummerkasten für jedermann. Jeder konnte hier aufschreiben, was ihm nicht passte oder was er sich wünschte. Meistens schrieb Moritz irgendetwas darauf. Zum Beispiel: «Keine Bohnensuppe mehr, lieber Fritten.» Nun war die Tafel leer. Leer wie das ganze Haus. Keine Unordnung, das Essen, das sie den Kindern hingestellt hatte, unberührt.

Sie lief hoch zu den Kinderzimmern. Nichts. Keine Schultasche in der Ecke, keine Schuhe im Gang, keine Jacken, nichts. Weder in Moritz' noch in Lenas Zimmer. Die Kinder waren nicht nach Hause gekommen.

«Ruhig», ermahnte sie sich. Sie versuchte, Lena auf ihrem Handy zu erreichen, aber das Handy schien ausgeschaltet. Dies beunruhigte Maria außerordentlich; hatte Lena das Handy gerade erst zu ihrem 12. Geburtstag geschenkt bekommen und trug es seitdem immer bei sich. Bisher hatte sie Lena stets darauf erreichen können.

Dann versuchte sie, Jan auf dem Handy zu erreichen. Sie wusste, dass er auf Montage war, aber eigentlich hatte er versprochen, die Kinder abzuholen. Sie wählte die Kurzwahl.

Sie konnte ihn nicht erreichen, wahrscheinlich hatte er keinen Empfang. Das kam öfter vor, verdammte Eifel, verdammte Rückständigkeit. Zum Mond fliegen konnten sie, aber den

Handyempfang in der Eifel zu gewährleisten, das war scheinbar zu schwer.

So wählte sie als Nächstes die Nummer der Kita. Birgit war sofort am Apparat.

«Hallo Birgit»,

«Hallo Maria»

«Hat Jan Moritz abgeholt?»

«Nein, Lena. Jan hatte angerufen, dass er es nicht schaffen würde. Und Lena kam pünktlich um halb zwei und hat Moritz abgeholt. Was ist denn?»

«Sie sind nicht zu Hause. Sie sind gar nicht angekommen. Die Tür war noch abgeschlossen.»

«Mach dir keine großen Sorgen, sie werden sicherlich noch irgendwo unterwegs sein. Wahrscheinlich sind sie bei anderen Kindern spielen oder sie sind zum Rossmann, Süßigkeiten kaufen. Das machen sie öfter.»

«Danke, Birgit.»

«Mach dir keine großen Sorgen. Sonst ruf mich nochmal an, falls sie in der nächsten Stunde nicht auftauchen.»

«Mache ich. Tschüss, Birgit.»

«Tschüss.»

Maria nahm ihr kleines Notizbuch heraus, in dem sie alle Telefonnummern von Freundinnen und Freunden von Moritz und Lena aufgeschrieben hatte, zu denen sie ab und zu spielen gingen. Nacheinander telefonierte sie alle ab. Aber niemand hatte die Kinder gesehen.

Nochmals wählte sie die Nummer von Jan. Diesmal hatte sie ein Freizeichen.

«Ja, Maria», meldete er sich. «Bist du schon zu Hause?»

«Ja, aber die Kinder sind nicht da. Du wolltest sie doch abholen.»

«Wie, die Kinder sind nicht da?»

«Nein, sie sind gar nicht nach Hause gekommen. Wo bist du denn?»

«Ich bin noch in der Werkstatt. Das dauert hier alles.»

«Wieso bist du in der Werkstatt?»

«Ach, eine lange Geschichte. Am Auto waren zwei Reifen platt gestochen. Dann habe ich den ADAC gerufen, aber die meinten, ich solle die Polizei informieren. Dann haben wir auf die Polizei gewartet. Das Fahrzeug musste zur Werkstatt abtransportiert werden und jetzt stehe ich hier und warte darauf, dass mir endlich zwei neue Reifen aufgezogen werden. Aber wieso sind die Kinder nicht da? Ich habe Lena doch angerufen, sie solle Moritz an der Kita abholen.»

«Aber sie sind nicht hier. Keine Nachricht auf der Tafel. Das Schloss war auch abgeschlossen. Sie sind gar nicht nach Hause gekommen.»

«Komisch. Sie wollten sicherlich noch bei Bolle die Meerschweinchen füttern. Heute ist doch Max-und-Moritz-Tag. Vielleicht sind sie noch dort.»

«Nein, da habe ich schon geschaut. Bei Bolle ist niemand, auch nicht im Haus. Wo sollen sie denn sonst sein?»

«Ich weiß es auch nicht. Vielleicht auf der Baustelle. Moritz guckt doch so gerne zu, wenn ein Bagger arbeitet. Ich bin bestimmt in einer halben Stunde zu Hause. Falls die hier nicht aus den Hufen kommen, nehme ich mir einen Leihwagen.»

«Ja, beeil dich. Ich gehe sie suchen.»

«Gut, ich komme so schnell ich kann. Maria?»

Aber sie hatte schon aufgelegt. Sie ging hinaus. Sie klingelte bei den Petersens, deren Haus gleich unterhalb des Forsthauses stand. Moritz spielte dort gelegentlich mit deren Enkelkind und Herrn Petersen Fußball. Aber niemand machte auf. Sie schaute in den Garten. Sie öffnete das Gartentor und ging die paar Schritte bis zur Terrasse und rief nach den Kindern. Keine Reaktion. Daraufhin ging sie zurück und links den Weg hinunter zum Spielplatz. Vielleicht sind die zwei einfach auf den Spielplatz gegangen und haben die Zeit vergessen, versuchte sie sich selbst zu beruhigen.

Sie lief mehr, als dass sie ging. Der Spielplatz war leer. Vielleicht sind sie zum anderen Spielplatz oder zur Baustelle? Sie lief den kurzen Weg dorthin und fragte die Bauarbeiter, ob sie ihre Kinder gesehen hätten. Die Männer kannten die Kinder gut, jeden Tag ging Jan mit den Kindern den Fortschritt an der Baustelle begutachten. Aber die Kinder waren nicht da. Sie klingelte bei allen Nachbarn, die sie kannte. Sie befragte alle Passanten. Niemand hatte sie gesehen. Sie eilte quer durch das Wohngebiet zum zweiten Spielplatz, den mit der Kletterwand. Aber auch hier waren keine Kinder. Vielleicht sind sie auf dem Spielplatz in Jüngersdorf. Weiter lief sie quer durch das Wohngebiet zum Spielplatz in Jüngersdorf. Dort spielten zwar Kinder, aber niemand hatte Lena und Moritz gesehen. Dann vielleicht bei den Pferdekoppeln? Dass sie daran noch nicht gedacht hatte. Da war Lena häufig, um die Pferde zu beobachten. Wieder nichts. Sie traf zwei Wanderer, die aus dem Wald kamen und befragte sie. Auch sie hatten die Kinder auch nicht gesehen.

Sie ging hinunter zur Kita, daraufhin den ganzen Weg wieder zurück. Sie befragte alle Passanten, die sie traf und schaute zum zweiten Mal im Garten von Bolle nach. Nichts. Zu Hause angekommen, merkte sie die kalte Angst in sich aufsteigen. Sie kannte dieses Gefühl, das so stark war, dass sie kaum dagegen ankämpfen konnte. Ihr Herz pochte wie verrückt. Sie versuchte sich zu beruhigen. Ihr Hals zog sich langsam zu. «Ich muss ruhig und strukturiert denken.» Sie wiederholte es immer wieder. Ein Mantra, um das aufkommende Grauen, das sie bereits einmal fast um den Verstand gebracht hätte, zu zügeln.

16:42 Uhr

Endlich traf Jan ein. Er sprang aus dem Auto und stürmte zum Haus.

Den Schlüssel in der Hand stürzte er die kurze Treppe hinauf. Doch es dauerte lange, das Schlüsselloch zu treffen. Als er die Türe endlich auf bekommen hatte, rief er nach Maria, bekam aber keine Antwort. Er hetzte er die Treppe hoch zu den Kinderzimmern, hoffte, die Kinder spielend in der Ecke sitzen zu sehen. Die Zimmer waren leer, beide. Er durchsuchte jeden Raum, selbst den Dachboden, danach den Garten, den Schuppen. Nichts. Als er wieder ins Erdgeschoss kam, saß Maria vor dem Telefon wie die Maus vor der Schlange.

«Hast du schon bei ihren Freunden angerufen?»

«Ja», sie deutete mit der Hand auf eine Liste, die sie erstellt hatte, mit allen, die sie bereits erreicht hatte. Maria blickte Jan hilflos an. Jan hockte sich vor sie und redete beruhigend auf sie ein. Er sah sich die Liste mit den Telefongesprächen an und lobte sie, dass sie schon so viele Leute befragt habe.

«Es ist besser, wir lassen das Telefon frei, falls die Kinder anrufen. Soll ich mit meinem Handy noch wen anrufen?»

«Ich hab alle angerufen. Alle, niemand hat sie gesehen.»

«Wo hast du denn schon gesucht?»

«Überall», Maria antwortete nur noch monoton.

Jan versuchte, Maria zu beruhigen.

«Wahrscheinlich spielen sie irgendwo und haben komplett die Zeit vergessen.»

Maria sprang auf.

«Ich gehe zum Rossmann.»

«Wieso das?»

«Birgit hat gesagt, dass sie dort vielleicht Süßigkeiten einkaufen wollten. Vielleicht hat sie da jemand gesehen.»

«Ja, eine gute Idee. Wir fahren zusammen.»

Auch bei Rossmann konnte sich niemand an die beiden Kinder erinnern.

«Komm, wir fahren nach Hause. Vielleicht sind die Kinder schon wieder da und wir haben uns umsonst Sorgen gemacht.»

«Hoffentlich.»

Jan sah die Panik in Marias Augen aufsteigen.

Zu Hause angekommen, sprang Maria aus dem Auto und rief die Kinder. Sie schaffte es nicht, die Tür aufzuschließen, sodass Jan ihr den Schlüssel aus der Hand nahm und die Tür öffnete. Wieder rief Maria die Namen ihrer Kinder, keine Reaktion. Maria rannte durchs Haus und suchte alle Räume ab. Verzweifelt kehrte sie ins Wohnzimmer zurück und ließ sich in den Ohrensessel fallen.

«Die Kinder sind nicht da. Nicht da.»

«Vielleicht ist das Handy ja aus oder leer, oder sie hat kein Empfang, das ist hier ja leider oft der Fall.»

«Das glaube ich nicht, das Handy hat sie erst vor einem halben Jahr geschenkt bekommen, sie ist so stolz darauf. Aber das Handy ist ausgeschaltet, ich habe es selbst schon mehrere Male probiert.»

«Wir müssen sie suchen. Habt ihr schon die Polizei informiert?»

Jan nickte müde den Kopf. Irgendwie hatte er gehofft, dass Birgit etwas über den Verbleib der Kinder sagen konnte, dass irgendetwas passiert war und niemand daran gedacht hatte, sie zu informieren. Aber Birgit wusste auch nichts.

Birgit ihrerseits hatte längst eine dunkle Ahnung, dass etwas Schreckliches passiert sein musste. Lena war ein sehr ernstes Kind mit einem hohen Verantwortungsbewusstsein, die ihren Bruder immer zu beschützen suchte. Das Schicksal ihrer kleinen Schwester Katrin, die am plötzlichen Kindstod gestorben war, hatte sie sehr geprägt. Moritz, der war ein Träumer, ein sehr intelligenter Träumer zwar, aber wenn er sich an irgendeiner Sache festgebissen hatte, dann vergaß er schnell Ort und Zeit. Ihn musste sie oft aus seiner Ecke holen, damit er mit den anderen spielte. Im ersten Jahr hatte er öfter eingenässt. Nicht, weil er nicht sauber war oder irgendwelche Probleme hatte, sondern weil er einfach zu beschäftigt war, um rechtzeitig zum Klo zu gehen. Noch heute hatte sie ihn zappelnd in seiner Ecke sitzen sehen und ihn aufgefordert, doch langsam einmal die Toilette aufzusuchen. Einnässen tat er zwar nicht mehr, aber sie machte das Gezappel nervös. Aber das Lena mit ihrem kleinen Bruder einfach nicht nach Hause, sondern irgendwo anders hingehen und sich dann fünf Stunden bei niemand melden sollte, konnte sie sich nicht vorstellen.

Lena war sie nach ihrer Einschulung regelmäßig in der Kita besuchen gekommen, der Kontakt zu diesem bemerkenswerten Mädchen war nie abgebrochen, vielleicht auch, weil sie und Maria gut befreundet waren und ihr Bruder jetzt in der Kita war. Aber sie war sich sicher, auch ohne die Freundschaft zu Maria einen besonderen Draht zu Lena zu haben, wie sie in jedem Jahrgang zu ein oder zwei Mädchen eine besondere Bindung aufbaute. Kleine Seelenverwandte, wie sie diese Mädchen nannte. Einige Mädchen hielten über Jahre den Kontakt zu ihr und Lena war eine davon. Sie blieb oft über lange Zeit so was wie eine große Freundin. Sie wusste meist mehr über den Gemütszustand, die kleinen und großen Probleme der Mädchen als ihre Eltern. Daher war sie sich sicher, Lena gut einschätzen zu können. Lena war erst vor Kurzem bei ihr zu Besuch gewesen und Probleme mit ihren Eltern waren dabei kein Thema gewesen.

«Ich will nur gerade telefonieren, dann komme ich mit, Maria kann sicherlich eine Unterstützung brauchen!»

Sie drückte eine Kurzwahltaste und sprach mit einer Kollegin.

«Wir haben für solche Fälle eine Telefonkette, wir treffen uns mit allen, die erreichbar sind, gleich im Kindergarten», erklärte sie. «Jetzt fahren wir aber am besten zu euch nach Hause.» Sie gingen hinaus, Birgit zog die Tür nur zu. Auf Jans fragenden Blick antwortete sie: «Ich schließe nie ab, bei mir gibt es ohnehin nicht viel zu holen. Ich fahre mit dem eigenen Wagen, dann kann ich gleich zum Kindergarten, sobald alle versammelt sind.»

Als sie am alten Forsthaus ankamen, standen schon viele Autos in der Straße, vor dem Haus war ein Streifenwagen geparkt. Innen ging es zu wie in einem Bienenstock. Birgit eilte zu Maria, die apathisch am kleinen Tischchen mit dem Telefon saß. Zwei Polizeibeamte in Uniform traten auf Jan zu.

Doch der General kam ihnen zuvor.

«Gut, das du wieder da bist», sagte der General. «In zwei Stunden wird es dunkel.»

Vor dem Haus und im Haus versammelten sich mittlerweile alle Leute, die von Birgit, Jan und Maria alarmiert wurden, um an der Suche teilzunehmen. Es war eine ansehnliche Zahl zu-

sondere Probleme gäbe und so weiter und so weiter. Jan verlor langsam die Geduld.

«Ich dachte, die Zeit drängt, wann fangen Sie endlich an zu suchen.»

«Keine Angst», antwortete der Beamte, «während wir uns hier unterhalten, ist der Kriminaldauerdienst bereits dabei, die Suche zu organisieren. Aber wir brauchen Ansatzpunkte, wo wir mit der Suche beginnen können. Nutzt Lena vielleicht den Computer?»

Der Beamte deutete auf den Laptop, der neben dem Telefon stand.

«Ja, gelegentlich».

«Dürfen wir den mitnehmen? Sie bekommen ihn morgen wieder. Vielleicht finden wir Hinweise, mit wem Lena in letzter Zeit in Kontakt stand.»

«Ja, in Ordnung.»

Jan kam das nicht wie eine Unterhaltung vor, eher wie eine Vernehmung.

Nach und nach kehrten die privaten Suchtrupps zurück, mittlerweile war es stockdunkel. Viele schüttelten nur unmerklich den Kopf.

«Morgen früh, sobald es hell wird, geht die Suche weiter», brachten sie noch heraus und schlichen mit hängenden Köpfen nach Hause. Obwohl es schon Mitte Mai war, wusste jeder, dass es empfindlich kalt sein würde in der Nacht. Die Vorstellung, dass zwei Kinder, zwölf und gerade einmal sechs Jahre alt, irgendwo da draußen übernachten müssten, war schlimm genug. Doch die Ängste gingen auch in andere Richtungen. Schließlich war die Entführung und Ermordung der Kinder Tom und Sonja in der nur wenige Kilometer entfernten Stadt Eschweiler durch zwei Kinderschänder noch präsent. Jeder dachte beklommen daran, auch die Polizisten.

Gegen 23.00 Uhr kamen dann zwei Beamte in Zivil, von denen sich einer als Heinz Solowski, Kriminaloberrat der Kriminalpolizei Aachen, vorstellte. Die Polizisten von der

Polizeiwache übergaben den Laptop und verabschiedeten sich. Die Befragung ging nun von vorne los. Jan wurde ganz gegen seine Art laut und beschwerte sich, dass ihm jeder Polizist nur die gleichen idiotischen Fragen stellen wolle, statt seine Kinder zu suchen. Sein Schwiegervater kam, um Jan zu beruhigen, sprach mit den Polizisten, die sich bald darauf ebenfalls verabschiedeten. Sie übergaben Jan ein Kärtchen mit dem Namen ihrer Dienststelle, dem Kriminalkommissariat 12 des Polizeipräsidiums Aachen. Solowski ergänzte noch: «Rufen Sie uns gleich an, falls die Kinder wieder auftauchen. Ansonsten sehen wir uns morgen wieder.» Seine Schwiegereltern verabschiedeten sich ebenfalls und folgten den Polizisten nach draußen.

Mittwoch, 20.05.2015 06:00 Uhr

Tag eins nach dem Verschwinden der Kinder
Morgens um sechs Uhr klingelte das Telefon. Die Polizei erkundigte sich, ob die Kinder wieder da seien. Jan schrie ins Telefon: «Nein, verdammt, wann fangen Sie endlich an, die Kinder zu suchen?»
Er knallte den Hörer auf.

Langsam konnte man die Konturen des Waldes erkennen. Die Sonne warf die ersten Strahlen auf Pier, auch wenn es noch eine Weile dauern würde, bis sie auch im Wald für genügend Licht sorgen würde.
Maria war trotz der Schlaftabletten erst gegen Morgen eingeschlafen und durch das Klingeln zum Glück nicht wach geworden. Jan ging hinunter und ließ seine Schwiegereltern rein. Dann ging er wieder hoch, um sich anzuziehen. Als er wieder herunterkam, fand er den General und seine Frau in der Küche. Elli kochte Kaffee und man sah an ihren Lippen, dass sie lautlos das Vaterunser betete. Der General deckte den Tisch.

«Guten Morgen Jan», grüßte er und fast entschuldigend auf den Frühstückstisch zeigend: «Wir brauchen eine gute Grundlage. Heute wird ein langer, schwerer Tag.»

Um halb acht standen Jupp, sein Altgeselle, Eva, seine Auszubildende und zwei andere Mitarbeiter seines Betriebes vor der Tür und klopften. Jan öffnete. «Entschuldigt, ich habe die Klingel abgestellt, Maria ist gerade erst eingeschlafen.»
Den fragenden Blick beantwortete er mit einem kurzen Kopfschütteln.

«Wir wollen mithelfen zu suchen». Eva hatte morgens schon mit Jupp telefoniert. Jan war noch gar nicht auf die Idee gekommen, im Betrieb anzurufen.
Niemand wagte, Jan direkt anzusprechen. Er wirkte so zerbrechlich, weiß wie Porzellan.

So war es der General, der sie hereinbat und in die Küche lotste.
Elli begrüßte die Ankömmlinge und stellte vier weitere Teller auf den Tisch. An ihren Augenringen sah man, dass sie kaum geschlafen hatte. Sie weinte still in sich hinein, ohne dass es sie daran hinderte, das Frühstück vorzubereiten.

Nach und nach trafen die Helfer ein. Der General übernahm es wieder, die Suchtrupps einzuteilen. Jupp half dabei. Beide hatten im Wohnzimmer ihr Hauptquartier aufgeschlagen. Sie hatten Karten der Gegend ausgebreitet und wiesen den Suchtrupps entsprechende Gebiete zu, die sie absuchen sollten und am vorherigen Tag aufgrund der Kürze der verbliebenen Zeit bis zum Dunkelwerden nicht berücksichtigt wurden. Auf einmal stand Maria in der Tür. Ohne darauf zu achten, dass sie nur mit einem Nachthemd bekleidet war, rief sie nach ihren Kindern und lief durchs ganze Haus. Elli und Jan konnten sie mit Mühe wieder ins Schlafzimmer bugsieren und Jan informierte ihren Hausarzt.

10:00 Uhr

Gegen 10:00 Uhr erschien die Polizei. Ein Streifenwagen fuhr vor, gefolgt von zwei Zivilfahrzeugen. Mittlerweile hatte sich herumgesprochen, dass es sich um die Enkelkinder einer hoch gestellten Person aus Aachen handelte. Entsprechend vorsichtig agierten die Polizisten. Einer der Beamten stellte sich als Gert Bachmann, Leiter des K12 vor. Während sich zwei Beamte beim General einen Überblick über die bereits gelaufene private Suche verschafften, sprach er mit Jan.

«Wir werden auch mit Ihrer Frau sprechen müssen.»

«Sie schläft noch, sie hatte wieder einen Nervenzusammenbruch. Ihre Mutter ist oben bei ihr. Der Arzt kommt gleich.»

Die Polizisten zogen sich zurück und sprachen ihr weiteres Vorgehen ab. Die Beamten sollten die Nachbarschaft befragen, sobald die Durchsuchung des Hauses fertig sei, Bachmann selbst wolle zur Kita und zur Schule von Lena und einer bliebe da, falls Frau Mülhausen ansprechbar sein sollte.

«Haben wir denn das Einverständnis zu einer Durchsuchung?»

«Das mach' ich schon! Die Streifenpolizisten sollen die freiwilligen Helfer unter die Lupe nehmen, oft hilft der Täter selbst bei der Suche. Vielleicht macht sich jemand verdächtig. Sobald die Hundertschaft eintrifft, will ich informiert werden. Jemand soll sich darum kümmern zu erfahren, was die Kinder anhatten und Bilder der Kinder erbitten», ordnete der Einsatzleiter an und ergänzte an einen Kollegen gewandt: «Ruf auch im Kommissariat an, sie sollen schon mal eine Such- und eine Pressemeldung vorbereiten.»

Bachmann schaute hinüber zu Jan und merkte, wie Jan immer unruhiger wurde. Er wandte sich an Jan.

«Wissen Sie noch, was Ihre Kinder gestern Morgen anhatten?»

Jan schaute hilflos. Er hatte seine Kinder gestern Morgen selbst verabschiedet, aber was hatten sie an? Er wusste es nicht. Mit einem schuldbewussten Ausdruck schüttelte er den Kopf.

«Macht nichts, Männer haben für so etwas selten ein Auge. Ihre Frau wird das sicher wissen. Oder die Erzieherinnen in der Kita und die Lehrerin. Die wissen so etwas. Ich habe nur noch ein paar Fragen hier zu klären, dann fahre ich zur Kita und zur Schule. Wollen Sie mitkommen?»

Jan war sich unschlüssig. Bachmann fragte beiläufig, ob sich seine Kollegen in den Kinderzimmern und dem Rest des Hauses noch einmal umschauen dürften. Jan bejahte das abwesend und der Beamte gab seinem Kollegen einen Wink.
Die 'ein paar Fragen' dauerten wieder über eine Stunde.

Endlich ging Bachmann mit Jan zu seinem Dienstwagen und bat Jan einzusteigen.

«Wann fängt die Polizei endlich mit der Suche an?», fragte Jan.

«Die Hundertschaft ist schon unterwegs. Mit Suchhunden. Ich denke, dass sie in Kürze hier eintreffen.»

Jan war froh, endlich etwas tun zu können und Bachmann beschäftigte ihn mit weiteren Fragen zu seiner Arbeit und der allgemeinen wirtschaftlichen Situation. Er fühlte sich gut aufgehoben bei diesem Mann, der nahe am Rentenalter war, aber eine Sicherheit ausstrahlte, die Jan beruhigte.
Die Kinder waren seit gestern Mittag verschwunden, das waren jetzt mehr als 20 Stunden, was er auch erwähnte. Jan fröstelte, obwohl es für einen Morgen im Mai warm war.

Sie fuhren zur Kita, der Beamte bat Jan jedoch, im Auto zu warten.

«Und?», fragte Jan hilflos.

«Lena hat Moritz tatsächlich um 13:30 abgeholt. Die Kinder wollten bei einem gewissen Bolle die Meerschweinchen füttern. Außerdem kenne ich jetzt ungefähr die Kleidung, die die beiden anhatten.»
Jan stutzte, was soll das: 'Lena hat Moritz tatsächlich um 13:30 abgeholt', Das hatten sie den Polizisten genau so berichtet, glaubte er ihnen nicht?

«Einen Moment», sagte Bachmann, wendete sich ab und zog sein Mobiltelefon hervor. Er ging ein paar Schritte von ihrem Standort weg, wechselte ein paar Worte und kam dann zurück.

«Ich kann Sie jetzt nach Hause fahren oder Sie kommen mit zur Schule, wo ich die Klassenlehrerin und die Mitschüler Ihrer Tochter befragen will.»

Jan wusste nicht, was er tun sollte. Eigentlich sollte er nach Hause, aber das fürchtete er mehr als alles andere. Also fuhr er mit. Jan wurde immer unruhiger, bereute, nicht nach Hause gefahren zu sein und irgendwie selbst an der Suche teilnehmen zu können. Bachmann lenkte ihn ab, bat ihn von den Kindern zu erzählen, wie sie so waren und mit wem sie so umgingen.

«Maria und ich kennen uns seit acht Jahren. Moritz ist mein Sohn, für Lena bin ich Ersatzpapa. Ich war schon einmal verheiratet. Aber aus dieser Beziehung habe ich keine Kinder. Die Kinder nennen mich ′Pops′, da ′Papa′ für Lenas leiblichen Vater Michael reserviert ist. Das war eine Idee von Lena, um uns zu unterscheiden.»

«Kennen Sie den leiblichen Vater von Lena?»

«Ja und nein, nur aus Videocalls. Er lebt in Arizona und ist Jetpilot, ich glaube zurzeit ist er Fluglehrer für Jetpiloten.»

«Ist er schon informiert?»

«Wir haben ihn noch nicht erreicht.»

«Zurück zu den Kindern, wie sind sie so?»

«Lena ist ein ganz normales Mädchen, eine gute Schülerin und eine fürsorgliche Schwester. Sie hat immer ein Auge auf Moritz. Moritz ist ein besonderes Kind. Er ist sehr sensibel, zart und krankheitsanfällig, aber auf der anderen Seite hochbegabt. Vor einiger Zeit gab es einen Zeitungsbericht über Moritz' Schachleistung. Einige Leute kamen daraufhin zu uns und wollten ihn in ein Internat holen, weil sie meinten, dort könnte er besser gefördert werden. Das kam für uns jedoch nicht infrage.»

«Aha»

«Sie müssen wissen, Lena hatte noch eine Schwester, Kathrin. Sie starb nach der Geburt an plötzlichem Kindstod. Für Maria ist es daher undenkbar, Moritz auch noch zu verlieren, selbst wenn es nur bedeutet, dass er in ein Internat geht. Außerdem ist sie Lehrerin und kann Moritz auch zu Hause gut fördern.»

Als sie schließlich die Schule erreichten, bat ihn Bachmann wieder, zunächst zu warten, da er erst allein mit der Lehrerin sprechen müsse.
'Wozu hat er mich denn überhaupt mitgenommen', dachte Jan.

Hier kam ihm zum ersten Mal der Verdacht, dass Bachmann ihn eigentlich nur aushorchen wollte und er schwor sich, künftig mehr darauf zu achten, was er dem Beamten erzählte. Nach einer halben Stunde kehrte Bachmann zurück, Jan bekam keine Zeit, selbst mit der Lehrerin zu sprechen. Auf seine Nachfrage erfuhr er nur, dass die Lehrerin nichts wüsste, was bei der Suche weiterhelfen könne. Dann gingen sie in die Klasse, die zurzeit von einem anderen Lehrer unterrichtet wurde. Die Klassenlehrerin übernahm es, die Kinder über das Verschwinden von Lena aufzuklären und bat die Kinder, die gestern länger mit Lena gesprochen hatten, sich zu melden. Zwei Mädchen hoben die Finger. Bachmann erbat ihren Namen und notierte sie. Dann fragte er noch, wer mit Lena besser befreundet war. Wieder meldeten sich die beiden. Bachmann fragte die Lehrerin, ob er die Mädchen in ihrem Beisein kurz befragen könnte. Sie bejahte und ging zusammen mit den Mädchen und Bachmann in einen leeren Klassenraum. Jan musste draußen warten. Er fühlte sich nun völlig hintergangen. Danach fuhren sie zurück zu seinem Haus. Neuerliche Versuche des Einsatzleiters, ein Gespräch zu beginnen, blockte er ab. Am Forsthaus angekommen, stürmte er ins Haus.

Es war bereits Mittag, inzwischen war eine Hundertschaft der Polizei mit Hunden eingetroffen, die die Suche übernahm. Die privaten Suchtrupps waren schon erfolglos zurückgekehrt. Jan schaute erwartungsvoll seinen Schwiegervater an. Der schüttelte nur den Kopf. Im Haus war inzwischen Ruhe eingekehrt, Maria lag lethargisch auf dem Sofa, die Medikamente hatten sie ruhiggestellt. Elli saß bei ihr. Elli ließ laufend Perlen des Rosenkranzes durch die Finger gleiten, ihre Lippen formten sichtbar das Ave Maria. Jupp hockte mit Eva über den ausgebreiteten Karten, der General lief wie ein Tiger im Wohnzimmer auf und ab. Bachmann, der Jan ins Haus folgte, fing er gleich ab. Mit der ihm eigenen Autorität befragte er ihn dann zum genauen Stand der Ermittlungen, wofür der Mann mit dem General ein paar Schritte außer Hörweite trat. Er verabschiedete ihn mit den Worten: «Ich glaube, dass meine Schwiegertochter und mein Schwiegersohn jetzt ihre Ruhe brauchen. Informieren Sie uns bitte sofort, falls Sie etwas Neues erfahren.»

Jan war überrascht, wie leicht es seinem Schwiegervater gelang, den Polizisten abzuwimmeln und mit welcher Ehrfurcht dieser ihm begegnet war.

«Jan, wir müssen reden», forderte der General.

Er ging voran in die Küche und verschloss die Tür hinter ihnen.

«Ich will die Frauen nicht unnötig beunruhigen. Jan, du weißt, wie sehr ich meine Enkelkinder liebe. Aber wir müssen alles in Betracht ziehen. Wir müssen jetzt alles tun, um sie möglichst schnell zu finden. Die Polizei wickelt ihre Routine ab. Als ich vorhin zufällig nach oben kam, durchwühlten sie das ganze Haus.»

«Warum denn das?», fragte Jan.

«In den meisten Fällen liegen die Ursachen im familiären Umfeld. Hattest du ihnen erlaubt, das Haus zu durchsuchen?»

Jan guckte verständnislos.

«Der Beamte hat mich gestern gefragt, ob er sich mal umschauen dürfte. Ich hab ja gesagt. Wir haben doch nichts zu verbergen! Sie haben gestern auch unseren Laptop mitgenommen. Was wollen die denn finden?»

«Hinweise dafür, warum die Kinder weggelaufen sind. Beweise für elterliche Gewalt, Vernachlässigung oder Missbrauch, so etwas.»

Der General sah ihm tief in die Augen: «Gab es irgendetwas, was die Kinder veranlasst haben könnte, wegzulaufen?»

«Nein, warum sollten sie weglaufen?», fragte Jan verständnislos.

«Habt ihr in den letzten Tagen Probleme mit den Kindern, hatten sie vor irgendwas Angst, haben sie was angestellt oder waren sie irgendwie anders? Hattest du mit Maria Streit?»

«Nein, nichts dergleichen. Das hat der Polizist auch schon alles gefragt!»

«Aber ich brauche eine ehrliche Antwort.»

«Glaubst du, ich hätte der Polizei keine ehrlichen Antworten gegeben?»

«Weißt du, was das bedeutet?»

Jan schüttelte verwirrt den Kopf.

«Falls die Kinder irgendeinen, wenn auch in deinen Augen irrealen Grund hatten, wegzulaufen, dann finden wir sie sicher bald oder sie kommen von selbst nach Hause.»

«Aber es gibt keinen solchen Grund!»

Der General spürte, wie sich sein Hals zuschnürte.

«Kann es sein, dass sie sich verlaufen haben, gibt es irgendein Versteck im Wald oder sonst wo? Ihr Geheimnis, wie Kinder es gerne schon mal haben, ihre geheime Höhle sozusagen?»

«Sie haben doch ihr Spielhaus im Garten, Maria würde die Kinder nie alleine in den Wald lassen! Du kennst sie doch! Moritz geht wegen seines Heuschnupfens sowieso nur ungern vor die Tür!»

Der General versenkte seinen Kopf in den Händen.

«Was ist?»

Der General antwortete nicht. Er hatte seine Finger in den Haaren versenkt und riss daran.

Jan dämmerte es.

«Du meinst, sie sind entführt worden?» Jan brach sichtlich zusammen.

«Es gibt Hinweise auf einen weißen Transporter mit holländischem Kennzeichen. Falls die Kinder tatsächlich entführt wurden, müssen wir warten, dass sich die Entführer melden.»

«Nein, das kann nicht sein. Das darf nicht sein. Es muss einen anderen Grund geben! Wir haben doch kein Geld. Die Kinder ...»

Der General versuchte Jan und sich selbst zu beruhigen. Das Schicksal von Tom und Sonja, die im Jahr 2003 von zwei Kinderschändern entführt und getötet worden waren, kam ihm wieder in den Sinn. Tränen traten in seine Augen. Hoffentlich kannten Jan und Maria das Schicksal dieser Kinder nicht. Dann straffte er sich und nahm seinen Schwiegersohn bei den Schultern.

«Wir müssen hoffen. Und alles tun, was in unserer Macht steht. Falls die Entführer Geld wollen, werden wir es ihnen geben. Wir schaffen das gemeinsam.»

Jan war froh, dass sein Schwiegervater da war. Dass jemand da war, der sich kümmerte, der ihm das Gefühl gab, etwas passiert. Der General versuchte, wieder den Faden aufzunehmen. Er musste bei Verstand bleiben, wenn nicht er, wer sonst?

«Warum sagte Maria eigentlich erst, dass du an allem Schuld seist und dann, dass alles ihre Schuld sei?»

«Maria gibt mir die Schuld, weil ich eigentlich Moritz von der Kita abholen sollte und nicht Lena. Lena sollte direkt vom Bus nach Hause kommen. Maria hatte gestern in der Schule pädagogischen Tag, da konnte sie die Kinder nicht selbst abholen.»

«Aber Lena hat Moritz doch schon öfter abgeholt.»

«Ja, aber Maria wollte das nicht mehr. Ich hätte Moritz ja auch abgeholt, wenn mir nicht so ein verfluchter Idiot zwei Reifen platt gestochen hätte. Ich dachte, es wäre das Einfachste, Lena zu bitten, Moritz abzuholen. Es ist alles meine Schuld.»

«Das ist Unsinn, es ist gerade einmal ein Kilometer vom Kindergarten hierher. Ich bin den Weg selbst schon mit den Kindern gegangen. Warum wollte Maria denn nicht mehr, dass Lena Moritz abholt? Der Weg führt doch immer an Wohnhäusern vorbei.»

«Maria ist halt sehr ängstlich, was die Kinder angeht. Vor ein paar Wochen ist auf der Jüngersdorfer Straße ein Kind angefahren worden. Außerdem vertrugen sich Lena und Moritz im Moment nicht so gut. Sie wollte auch nicht, dass die Kinder alleine zu Bolle gehen.»

«Das ist der mit den Kaninchen?»

«Ja, genau.»

«Und wieso sollten die Kinder nicht mehr alleine zu ihm?»

«Weil der Bolle gelegentlich trinkt. Aber tagsüber bleibt er eigentlich immer nüchtern. Dienstags lässt Maria die Kinder bei Bolle raus und geht sie dann zu Fuß abholen. Gestern sind sie alleine zu Bolle. Hat Birgit erzählt.»

«Wann war das denn?»

«Gestern, als Lena Moritz abgeholt hat. Erst habe Moritz Lena gefragt, warum denn Papa ihn nicht abholt und dann hat er Lena gefragt, ob sie jetzt zu Max und Moritz gehen würden.»

«Das hat Birgit gesagt?»

«Ja, sie hat extra mit ihm Löwenzahn zum Füttern der Tiere gesammelt.»

«Weiß die Polizei das?»

«Sicher, ich bin vorhin mit dem Polizisten in der Kita gewesen, Birgit wird ihm das gesagt haben. Außerdem habe ich das schon gestern erwähnt.»

«Was ist der Bolle denn für ein Typ, wie heißt der eigentlich richtig?»

«Bollemann, Werner Bollemann, aber alle sagen nur Bolle zu ihm. Du kennst ihn, er hat damals beim Einzug geholfen. Ein lieber Mensch, der kann niemanden etwas zuleide tun.»

«Ich erinnere mich an ihn. Ein guter Handwerker, etwas einfältig schien mir. Wieso wohnt er eigentlich im Gartenhaus?»

«Nun, er hat ein wenig Pech gehabt im Leben. Er trinkt wohl zu viel. Seine Frau hat ihn vor einem Jahr hinausgeworfen, seitdem wohnt er im Gartenhaus des Hauses, das seiner Frau allein gehören soll. Seine Frau hat einen Neuen, es heißt aber, ihn interessiert das nicht. Ich hab mit ihm gesprochen, er ist nicht wirklich unglücklich mit der Situation.»

«Hmm, das wird die Polizei aber anders sehen. Aber warum sagt dann Maria, dass sie schuld an allem sei?»

«Das versteh' ich auch nicht, vielleicht, weil sie sich auf mich verlassen hatte.»

«Hmm», antwortete der General skeptisch und nahm sich vor, das später noch zu hinterfragen.

«Was passiert denn nun?», fragte Jan.

Der General versuchte optimistisch zu klingen.

«Die Polizei wird jetzt die Suche intensivieren, die Hundertschaft ist dabei, den Wald systematisch zu durchkämmen. Sie fahren mit Lautsprecherwagen durch den Ort und starten in den Medien einen Aufruf. Ich habe mit dem Polizeipräsidenten gesprochen, es wird alles in Marsch gesetzt, was Beine hat. Ich kenne Konrad von Buchenhain persönlich. Die Polizei wird jeden Stein im Umkreis umdrehen. Außerdem wird ein Hubschrauber mit Wärmebildkamera eingesetzt. Sie werden suchen und die bekannten Pädophilen in der Gegend überprüfen. Morgen wird eine Suchmeldung in der Zeitung erscheinen, sollten die Kinder bis dahin nicht gefunden sein.»

Der General telefonierte mit seinem besten Freund und Anwalt Hermann Soltau. «Kannst du bitte für mich recherchieren, was du über einen gewissen Werner Bollemann herausfinden kannst.»

«Hat er was mit dem Verschwinden deiner Enkelkinder zu tun?»

«Woher weißt du das schon wieder? Die Pressemeldung kommt erst morgen raus. Egal, die Polizei hat ihn jedenfalls im Visier.»

Der General und Jan suchten noch einmal Bolles Gartenhaus auf und da dort niemand war, gingen sie zum Vorderhaus und klingelten bei Frau Bollemann. Sie kam gleich an die Tür.

«Hallo Herr Mülhausen, es tut mir so schrecklich leid, was mit ihren Kindern ...?» Sie brach den Satz ab. «Wie kann ich helfen?»

«Wir würden gerne mit Bolle sprechen.»

«Den hat die Polizei heute Morgen abgeholt.»

«Dürfen wir kurz hereinkommen?», fragte der General.

Jan entschuldigte sich, dass er seinen Schwiegervater nicht vorgestellt hat.

«Natürlich. Bitte entschuldigen Sie. Ich bin noch völlig von der Rolle», antwortete Frau Bollemann und zeigte ihnen den Weg ins Wohnzimmer.

Der General übernahm die Gesprächsführung und so erfuhren sie, dass Bolle gestern mit seiner Frau einen Termin beim Scheidungsanwalt hatte und er danach in Aachen versackt war. Er sei am frühen Morgen nach Hause gekommen, wo ihn die Polizei abgeholt habe.

«Wann sind Sie denn gestern hier los.»

.«Um halb drei habe ich ihn am Gartenhaus abgeholt. Er war schon ganz schön angetüdelt. Aber die Kinder waren schon weg. Bolle hat nichts mit dem Verschwinden der Kinder zu tun. Da bin ich ganz sicher. Sie müssen mir glauben. Bolle könnte nie einem Kind was zuleide tun.»

«Die Kinder waren schon weg, dann waren sie also da gewesen?»

«Ja, das hat er jedenfalls gesagt. Er hatte die Kinder wohl kurz bevor ich gekommen bin, nach Hause geschickt.»

Der General und Jan verabschiedeten sich. Im Herausgehen fragte der General noch «Wie lange hat denn ihr Termin beim Anwalt gedauert?»

«So gegen 17:00 Uhr sind wir da raus, aber Bolle wollte nicht mit zurückfahren. Er ist wohl in die Stadt und hat sich voll-laufen lassen.»

Der restliche Nachmittag verlief in lähmender Leere. Nur der Hubschrauber kreiste unablässig über der Gegend. Die privaten Suchtrupps, die der General am Morgen eingeteilt hatte, waren alle erfolglos zurückgekehrt. Keiner hatte auch nur einen Anhaltspunkt zum Verbleib der Kinder. Die Leute waren froh, dass nun die Polizei die Suche übernommen hatte. Der Leiter der Hundertschaft hatte sich beim General über die bisherige Suche informiert und legte den Schwerpunkt auf den Wald. Gegen Abend waren nur noch Jans Chef Eva und Marias Eltern im Haus. Sie setzten sich im Wohnzimmer zusammen.

20:10 Uhr

Es war 10 Minuten nach acht. Es klingelte. Alle schreckten zusammen. Der General stand auf.

«Ich geh' schon.»
Kurze Zeit später erschien er mit Bachmann, dem Leiter der Vermisstenstelle. Er sei gekommen, um mit der Mutter der Kinder zu sprechen. Der General bat ihn ins Wohnzimmer und erklärte ihm, dass sie gerade versuchen herauszufinden, wo sie noch nicht gesucht haben, und bot Bachmann einen Platz an.

«Maria hat eine Beruhigungsspritze bekommen und schläft hoffentlich.»

«Die Petersens sind gar nicht da, die Kinder haben da oft im Garten gespielt. Haben wir da schon gesucht?». Jan holte die Notizen, die Maria gemacht hatte. Die Petersens hatte sie nicht erreicht, im Garten hatte sie nachgeschaut.

«Dann schauen wir uns das noch einmal genauer an. Kann ja nichts schaden und ist auch gleich gegenüber.»

Der General war froh über diese Möglichkeit, den Polizisten abzulenken, denn er sorgte sich, dass Maria eine Befragung zu sehr belasten würde.
Die Petersens wohnten unterhalb des alten Forsthauses im Neubaugebiet. Herr Petersen war früher Fußballer und auch als Trainer aktiv gewesen und hatte extra zwei kleine Tore für seine Enkelkinder und die Kinder seiner Nachbarn im Garten aufgestellt. Moritz hatte da schon häufig mit dem Enkel der Petersens gespielt. Sobald Moritz mit einem Ball im Garten erschien, war Herr Petersen sofort als Torwart zur Stelle. Manchmal war Jan mitgegangen und hatte den zweiten Torwart gegeben. Die Petersens hatten sie letzte Woche eingeladen und sie hatten draußen auf der Terrasse mit den Kindern und den Enkelkindern der Petersens zusammen gesessen.

Sie gingen gemeinsam das kurze Stück zum Garten der Petersens.

«Sie haben immer einen Schlüssel zum Hauswirtschaftsraum im Garten versteckt, Moritz kennt das Versteck. Und Herr Petersen hat bei unserem letzten Besuch ausdrücklich erwähnt, dass die Kinder jederzeit in den Garten kommen dürften, um Fußball zu spielen.», fügte Jan erregt hinzu.

«Na dann kontrollieren wir das mal. Können wir die Petersens telefonisch erreichen?», erkundigte sich Bachmann.

«Zu Hause sind sie nicht.»

«Ich versuche über die Leitstelle herauszubekommen, wo sie erreichbar sind»

Bachmann deutete an, dass er telefonieren müsse und ging ein paar Schritte den Weg hinauf. Er rief in der Leitstelle an, schilderte sein Anliegen und bat um Rückruf, sobald man die Petersens erreicht oder zumindest ihren Aufenthaltsort ermittelt habe.

Sie gingen bis zum Garten des Hauses der Petersens. Das Gartentor war nicht verschlossen.

Als er den Teich im Garten sah, musste er daran denken, wie viele Kinder man schon aus Bächen und Seen, ja selbst aus Gartenteichen bergen musste. Wasser zog Kinder oft magisch an. In Langerwehe gab es zwei Bäche, die Wehe und den Mühlbach, ein von der Wehe abgezweigter künstlicher Bachlauf, der früher einmal die Mühlen angetrieben hatte. Die Wehe führte kaum Wasser, der Mühlbach war deshalb zurzeit nur ein Rinnsal. Ein 6-jähriger konnte darin zwar trotzdem ertrinken, nicht jedoch eine 12-jährige. Außerdem sollte die Hundertschaft das bereits gecheckt haben. Bachmann wusste, dass sich die Hundertschaften jeden noch so kleinen Teich vornehmen würden, der sich im Umkreis von 5 km befand. Er wollte verhindern, die Eltern mit den schlimmsten Alternativen konfrontieren zu müssen. Schließlich waren die Kinder noch nicht einmal 48 Stunden vermisst, auch wenn nach seinem bisherigen Eindruck die Wahrscheinlichkeit, die Kinder unversehrt wiederzufinden, objektiv sehr gering erschien. Er war vom Polizeipräsidenten vorgewarnt worden. Der General war kein leichter Umgang, seine Frau schien auch aus extra hartem Holz geschnitzt zu sein.

«Die Leitstelle wird sich bei mir melden», verkündete er. Bachmann betrachtete die Familie. Man konnte auch ohne große Erfahrung sehen, dass sie alle am Ende ihrer Kräfte waren.

Schon klingelte sein Handy. Er ging dran, ohne die Runde zu verlassen. Die Leitstelle teilte ihm mit, dass sie einen Sohn der Petersens erreicht hatten und dieser mitteilte, dass seine Eltern spontan nach Holland an die Küste gefahren waren, um das außergewöhnlich gute Wetter auszunutzen. Der Sohn hatte seine Eltern im Hotel erreicht, die mitteilen ließen, dass sie nichts gegen eine Inspektion ihres Hauses hatten und ihr Mitgefühl ausdrückten. Sie gingen nun zu einer hinteren Nebeneingangstür. Der Schlüssel zu der schweren Eichentür sollte in einer kleinen Dose zu finden sein, die in einer Aushöhlung eines großen Findlings rechts neben dem Nebeneingang versteckt war. Bachmann schüttelte nur mit dem Kopf. Jan bückte sich, nahm den das Loch verdeckenden Blumentopf weg und zog die Dose aus der jetzt sichtbaren Aushöhlung hervor. Er öffnete die Plastikdose, der Schlüssel war tatsächlich darin. Dass der Schlüssel in der Dose war, sprach dafür, dass die Kinder nicht da waren. Trotzdem schloss er die Tür auf, sie war verschlossen, aber nicht verriegelt, sondern nur zugezogen worden.

«Das ist ungewöhnlich», bemerkte Jan, «die Tür ist sonst immer abgeschlossen. Frau Petersen legt Wert darauf, dass der Schlüssel zweimal herumgedreht wird.»

Also sahen sie nach, ob die Kinder nicht vielleicht doch da waren oder zumindest da gewesen waren. Die Tür führte in einen separaten großen Hauswirtschaftsraum, da das Haus über keinen Keller verfügte. Hier stapelten sich alte Zeitungen, der Rasenmäher und die Mülleimer standen in der hinteren Ecke, Gartengeräte hingen an der Wand. Dann an der Außenwand eine Werkbank mit Werkzeug und ein schweres Metallregal als Raumteiler, in dem sich von der einen Seite weiteres Werkzeug, Schrauben und dergleichen befand. Von der anderen Seite war dieses doppelseitige Regal mit den Vorräten der Petersens bestückt. Bachmann achtete besonders darauf, ob irgendetwas darauf hindeutete, dass Kinder sich hier an Essbarem oder

Getränken bedient hätten. Aber nichts deutete darauf hin. Auf der gegenüberliegenden Seite eine Türe. Er öffnete sie, sie führte in die Doppelgarage, diese war leer. Er schloss die Tür und versuchte die nächste Tür zum Wohnbereich an der Seitenwand. Zu seiner Überraschung eine eiserne Tür ohne sichtbares Schloss. An der Wand befand sich ein Schaltfeld mit Nummernblock. Er probierte die Tür. Sie war verschlossen.

«Das war es wohl.»

«Maria kennt den Code», warf Jan aufgeregt ein.

«Sie kümmert sich um die Blumen, wenn die Petersens länger nicht da sind», ergänzte er fast entschuldigend.

«Die Frage ist aber, kennen die Kinder den Code auch?», fragte Bachmann.

«Sie könnten zugesehen haben, wenn Maria ihn eingegeben hat.»

«Dann rufen wir Maria an.» Der General griff zu seinem Handy und betätigte die Kurzwahl. Er sprach kurz mit seiner Tochter und diktierte dann den Code.

Jans Hände zitterten. Der erste Versuch ging fehl.

«Was ist?»

«Das Haus ist alarmgesichert, falls ich dreimal den falschen Code eingebe, kommt die Polizei.»

«Die ist schon da», meinte Bachmann trocken. «Lassen Sie sich ruhig Zeit. Wenn es nicht klappt, rufe ich die Leitstelle an. Sie wird versuchen, die Petersens noch einmal zu erreichen, um sich den Code geben zu lassen!»

Jan zögerte einen Moment, niemand sagte ein Wort. Der General sprach noch einmal mit seiner Tochter und diktierte erneut. Jan gab nun ganz langsam den achtstelligen Code ein. Die Tür öffnete sich. Sie führte in den großzügigen Eingangsbereich des Hauses. Die Tür war von innen kaum zu erkennen, so gut war sie in die Wandverkleidung integriert. Sie brauchten nicht lange, das Haus zu durchsuchen. Bachmann legte sein Hauptaugenmerk auf die Küche, schließlich waren die Kinder seit nahezu 36 Stunden ohne Nahrung. Nichts deutete darauf hin, dass jemand im Haus gewesen war. Enttäuscht schlichen sie auf dem Weg, den sie gekommen waren, wieder zurück.

Bachmann verabschiedete sich, er wollte sich die weitere seelische Qual der Familie nicht weiter antun. Seinen Versuch, mit Maria zu sprechen, hatte der General im Hinblick auf ihre derzeitige labile Konstitution erneut abgelehnt. Auch Jupp und Eva, die mit Elli im Haus geblieben waren, verabschiedeten sich.

«Jetzt geht erst einmal schlafen. Wir kommen morgen früh wieder.»

Elli schaltete sich ein. «Ich bleibe hier, falls ich darf.»

«Sicher»

«Okay, dann bleibe ich auch», warf der General ein.

«Ihr müsst aber in den Kinderzimmern schlafen, wir haben hier leider kein Gästezimmer.»

«Kein Problem», meinten beide im Chor.

«Und was machen wir morgen?»

«Ich werde jetzt noch ein wenig telefonieren, damit die Suche forciert wird. Morgen früh überlegen wir gemeinsam, wo wir noch suchen können. Jetzt ist es spät, wir brauchen den Schlaf.»

«Ich werde kaum schlafen können.»

«Nimm ruhig die Schlaftabletten, die euer Hausarzt hier gelassen hat und gib auch Maria eine. Morgen müssen wir fit sein. Falls wir sie morgen nicht finden ...»

Der General sprach nicht aus, was er dachte. Der General nahm zum dritten Mal am Abend das Telefon zur Hand und rief beim Polizeipräsidenten an: «Hallo Lisbeth, ist Konrad jetzt zu Hause?» Er wartete eine Weile dann: «Hallo Konrad, entschuldige, dass ich dich zu Hause so spät noch störe. Aber es pressiert.»

«Kein Problem. Ich weiß ja, worum es geht.»

«Warum bin ich nicht unterrichtet worden, dass Herr Bollemann verhaftet wurde. Von Frau Bollemann musste ich das erfahren. Ich hatte dem leitenden Beamten extra gesagt, ich möchte über jede neue Entwicklung informiert werden.»

Der Polizeipräsident fluchte innerlich. Diese verdammten Dörfler, nichts blieb dort verborgen. Dass die Enkelkinder des Generals verschwunden waren, war ihm vorgestern Abend bereits mitgeteilt worden. Der erste Anruf des Generals war noch harmlos gewesen. Aber diesen Anruf hatte er erwartet und ihn gefürchtet.

«Es tut mir sehr leid, dass deine Enkelkinder verschwunden sind. Ich hoffe, dass sie bald gefunden werden. Wir tun alles, um die Kinder zu finden. Glaub mir, bei vermissten Kindern sind alle Polizisten voll bei der Sache», fing er möglichst höflich an.

«Ja, ja, Konrad», unterbrach der General, «komm zur Sache, was ist jetzt mit dem Bollemann?»

«Er ist nicht verhaftet, er wird lediglich befragt.»

«Lass die Spitzfindigkeiten, er ist seit heute Morgen bei euch. Weiß er was?»

«Er hat sich in Widersprüche verwickelt. Erst hat er behauptet, die Kinder nicht gesehen zu haben, dann hat er zugegeben, dass die Kinder doch da gewesen seien, er aber keine Zeit für sie gehabt hätte und sie dann wieder gegangen seien. Nun sagt er gar nichts mehr.»

«Habt ihr eine Spur der Kinder finden können?»

«Die Spurensicherung ist durch, ich hab' aber noch keine Ergebnisse.»

«Und was ist mit dem verdächtigen Transporter mit holländischem Kennzeichen.»

«Wir sind mit Hochdruck dran. Die holländischen Kollegen ebenfalls.»

«Wer ist eigentlich Leiter der Sonderkommission?»

«Es ist noch keine Sonderkommission eingerichtet, dazu ist es noch zu früh, die Kinder sind noch keine 48 Stunden vermisst.»

«Ich glaube, ich höre nicht recht. Du richtest sofort eine Sonderkommission ein! Und ich will, dass der Mann, der damals den Mord an einem Geschwisterpaar in Eschweiler aufgeklärt hat, dabei ist.»

Der General konnte durchs Telefon förmlich spüren, wie sich der Polizeipräsident wand.

«Gut, ich richte eine Soko ein, aber der Körner ist jetzt selbst Leiter eines Kommissariats, den kann ich nicht einfach in die Soko stecken.»

«Papperlapapp. Es geht um meine Enkelkinder und ich will den besten Mann dabei haben. Oder glaubst du, dass ich die Ermittlungen von einem deiner Alkoholiker aus der Vermisstenabteilung versauen lassen möchte.»

«Was willst du damit andeuten?»

«Ich deute gar nichts an. Zwing mich nicht, Namen zu nennen, denn dann wirst du tätig werden müssen. Übrigens habe ich meinen guten Freund, du kennst ihn, Dr. Soltau, mit der Wahrung unserer Rechte beauftragt. Damit deine Leute nicht wieder über meine Tochter herfallen und ihr Haus durchsuchen ohne richterliche Anordnung.»

Dr. Hermann Soltau war ein Rechtsanwalt und Strafverteidiger, der unlängst seine Kanzlei aufgegeben und sich aufs Altenteil zurückgezogen hatte. Dr. Soltau war ein kleiner rundlicher Mann mit Glatze und kleinen kurzsichtigen Augen, der ständig mit zwei Brillen herumfuchtelte. Er wirkte immer ein wenig zerstreut und unbeholfen, ein Image, das er genoss und pflegte. Er war ein angesehener und gewiefter Rechtsanwalt, der schon so manchen schweren Jungen nur aufgrund von Verfahrensfehlern vor einer Haft bewahrt hatte. Zudem war er einer der besten Freunde des Generals.

Jetzt konnte der General hören, wie der Polizeipräsident aufstöhnte. Woher er diese Interna aus dem Polizeipräsidium so schnell erfahren hatte, würde den Polizeipräsidenten sicherlich interessieren. Es hatte den General nur mehrere Anrufe gekostet, um dergleichen zu erfahren. Er hatte eben immer noch seine Verbindungen. Und was er nicht herausfand, erfuhr er von Dr. Soltau. Der hatte eben auch seine Verbindungen, allerdings meist in andere Kreise. Von ihm stammte auch die Empfehlung, auf die Mitwirkung des Kriminaloberrates mit dem Namen Bernd Körner zu bestehen. Schließlich war eine Empfehlung aus dem Milieu mehr wert als eine Beurteilung in einer Personalakte.

«Jürgen, um Himmels willen, wir stehen schließlich auf der gleichen Seite. Du weißt genau, dass wir das Umfeld genau beleuchten müssen. Das gehört zur Routine. Schließlich haben die meisten Vermisstenfälle einen familiären Hintergrund. Ich glaube kaum, dass die Durchsuchung gegen den Willen deiner Tochter oder deines Schwiegersohnes erfolgt ist. Ich werde das aber überprüfen. Schließlich mussten wir auch nach Hinweisen suchen. Oft findet sich in den Kinderzimmern etwas Brauchbares. Wir tun das alles nur, um deine Enkelkinder so schnell wie möglich zu finden!»

«Ja, ja, das weiß ich selbst. Aber du weißt auch ganz genau, wie schnell aus so einer Aktion, die vom ganzen Dorf beobachtet wird, ein Gerücht wird. Schließlich waren die von meinem Schwiegersohn initiierten Suchtrupps aus dem Dorf zu dieser Zeit teilweise noch im Hause. Künftig will ich sofort über solche Aktionen informiert werden, außerdem immer, falls es etwas Neues gibt.»

«Gut, ich werde den Körner als zusätzlichen Berater in die Soko nehmen. Er wird dein Kontaktmann sein und dich auf dem Laufenden halten. Bitte lass uns aber in Ruhe unsere Arbeit machen.»

«Danke. Nichts für ungut, Konrad. Ich bedaure, falls du den Eindruck gewonnen haben solltest, ich wollte dich unter Druck setzen. Es geht um das Leben meiner Enkelkinder. Da fehlt mir im Moment jedes diplomatische Geschick.»

«Kein Problem Jürgen, ich würde in deiner Situation wahrscheinlich genauso handeln. Ich werde alles tun, was in meiner Macht steht. Schließlich haben wir alle Kinder. Das ist der größte Albtraum, den ich mir selbst vorstellen kann. Ich werde die Soko morgen früh sofort einsetzen, der Körner meldet sich dann bei dir.»

«Danke, Konrad, ich hoffe, wir sehen uns bald, damit ich dir persönlich danken kann.»

«Nichts zu danken, bis dann Jürgen.»

Der General legte auf. Er hatte den Eindruck, dass der Polizeipräsident momentan wenig begeistert über eine persönliche Begegnung wäre. Schließlich war er nur mithilfe der Partei zu diesem Posten gekommen und die Partei war, zumindest in Aachen, zum großen Teil er. Da wird er ein bisschen Druck wohl aushalten müssen, dachte sich der General.

Der General war mit dem Erreichten zufrieden. Dass er etwas tun konnte, machte es leichter. Jan räusperte sich, als er das Gespräch beendet hatte.

«Hast du das Gespräch mitbekommen?», fragte der General Jan.

«Zwangsläufig, du hast ja nicht gerade leise gesprochen. Aber ich habe nicht alles verstanden.»

«Es ist schon spät. Wir sprechen morgen darüber. Dann sind Maria und Elli auch dabei. Jetzt versuche ich noch, Michael zu erreichen.»

Der General erwischte den Vater von Lena noch auf dem Fliegerhorst in Arizona und informierte ihn über das Verschwinden der Kinder. Dieser bot an, sofort zu kommen.

«Im Moment kannst du hier nichts tun. Aber ich halte dich auf dem Laufenden.»

«Und Maria?»

«Im Moment hält sie sich noch tapfer. Aber ich befürchte das Schlimmste, falls die Kinder nicht bald wieder auftauchen.»

«Soll ich Maria anrufen?»

«Ich glaube nicht, dass das so gut wäre. Wir bleiben in Verbindung.»

Donnerstag, 21.05.2015 Am Morgen

Am nächsten Morgen, als Jan erwachte, hörte er seine Schwiegermutter bereits in der Küche. Maria schlief noch, gottlob war sie irgendwann eingeschlafen, nachdem er vergeblich versucht hatte, sie zu trösten und dann selbst in Weinkrämpfe gefallen war. Schließlich waren sie zusammen gekrochen, zwei verlassenen Kindern in der Dunkelheit gleich.

Jan kam die schmale Treppe herunter. Der General lief schon nervös in der Küche auf und ab.

«Komm, wir nehmen uns einen Kaffee und dann setzen wir uns zusammen und ich kläre dich auf. Schläft Maria noch?»

«Nein. Soll ich sie holen?»

«Nein, nein, lass das lieber Elli machen.»

Sie gingen in die Küche, wo ihn seine Schwiegermutter begrüßte. Sie hatte bereits alles vom Vorabend weggeräumt. Die vielen Kaffeetassen und Teller mit belegten Brötchen, die sie für die Helfer und Polizisten bereitgehalten hatte. Auch der Kaffee war schon fertig in einer Warmhaltekanne.

«Ist Maria auch wach?»

«Ja, kannst du ...»

Seine Schwiegermutter war bereits auf dem Weg, bevor er seine Bitte überhaupt äußern konnte.

Der General schaute Jan an.«Willst du auch etwas frühstücken?»

Der schüttelte den Kopf.

«Können wir im Garten ungestört reden?»

Jan überlegte: «Die Petersens sind zurzeit nicht da und das Haus der Beckers ist ohnehin weit weg. Ich glaube kaum, dass uns draußen jemand belauschen kann.»

Elli kam zurück.

«Maria zieht sich an. Sie kommt jetzt herunter.»

«Dann lasst uns nach draußen gehen», bat der General seine Frau.

Sie schaute ihn fragend an. Normalerweise war das eine Zeremonie, mit der sich der General zu einem vertraulichen Gespräch zurückzog und sie dann wusste, dass sie in der nächsten Stunde nicht stören durfte.

«Es sind ja auch deine Enkelkinder und wir brauchen hier unbedingt weiblichen Sachverstand.»

Elli Bentlin schnappte sich schnell ein Tablett, belud es mit Tassen, Untertassen, Milch, Zucker, Teelöffeln und etwas Gebäck und dem Kaffee und folgte den Männern.

Sie gingen durch den Eingang in den Hof und von dort weiter in den Garten, in dem in einem teilweise überwucherten Pavillon ein Tisch mit vier Stühlen stand.

Jan holte aus einer großen grünen Kiste Auflagen heraus und legte sie auf die Stühle. Auch vier Platzdeckchen holte er hervor, offenbar in seine alte Routine verfallend.

«Danke, die brauchen wir nicht», tat der General kund.

Seine Frau nahm sie Jan dennoch aus der Hand und verteilte sie, setzte die Tassen mit den Untertassen auf die Sets und goss ihnen Kaffee ein. Sie gab zwei Stücke Zucker in die Tasse des Generals und rührte wie selbstverständlich um.

«Jan, du wie immer schwarz?»

Jan nickte abwesend.

Der General berichtete zunächst von seinem Gespräch mit Dr. Soltau sowie über das Gespräch mit dem Polizeipräsidenten, das Jan teilweise mitgehört hatte. Seine anderen Gespräche, bei denen er Informationen eingeholt hatte, erwähnte er nur am Rande. Danach machte er eine Pause und bat Jan, zu schauen, wo Maria blieb. Als er weg war, fragte Elli ihren Mann: «Was glaubst du, finden sie die Kinder lebend?»

Er wusste, dass er seiner Frau nichts vorzumachen brauchte und konnte.

«Falls sie heute nicht gefunden werden oder kein Erpresserbrief auftaucht, sieht es schlecht aus. Glaubst du, Maria wird damit fertig?»

«Nein, fertig wird sie damit nicht. Wirst du damit fertig?», fragte sie zurück.

«Du hast recht. Wenn ich daran denke, könnt' ich verrückt werden. Was ich meinte, können wir mit Jan und Maria offen über die Chancen und Möglichkeiten, die Kinder gesund wiederzubekommen, reden?»

«Ich glaube, dazu haben sie ein Recht.»

«Aber wird das Kind das aushalten? Ich hab Angst, dass sie zusammenbricht!»

Der General nannte seine Tochter selten Kind, Elli merkte daran, wie angespannt ihr Mann war und wie sehr er sich um professionelles Auftreten bemühte.

«Ich glaube dennoch, wir sollten offen mit den Kindern reden. Aber lass mich zuerst mit ihr reden, du bist, entschuldige bitte, nicht gerade sehr einfühlsam in deiner Ausdrucksweise.» Sie schaute ihrem Mann sorgenvoll an, Kritikfähigkeit war nicht gerade seine Stärke. Aber er nahm es völlig regungslos hin.

«Ja, ich glaube, das ist das Beste.»

Elli fuhr fort: «Maria ist stärker als man glaubt. Sie hat alle Telefongespräche genau protokolliert, hat aufgeschrieben, wen sie nicht erreicht hat, wen man noch fragen sollte. Erst als sie das alles erledigt hatte und andere da waren, die alles Weitere in die Hand nahmen, ist sie zusammengebrochen. Sie wird sich heute wieder fangen und helfen, die Kinder zu suchen. Sie kennt sie am besten. Wir brauchen sie.»

Der General nickte. Er war froh, dass seine Frau da war. Niemand konnte sehen, wie nah auch er am Ende seiner Kräfte war. Sie wusste es. Und er wusste, dass sie es wusste. Was wäre er ohne sie? Jan kam zurück in den Garten.

«Maria zieht sich an.»

Jan stand immer noch unschlüssig da, zupfte gedankenverloren an den kleinen Blättchen der Schlingpflanzen, die den Pavillon für sich erobert hatten.

«Ich schau' noch mal nach Maria», sagte Elli und huschte davon.

«Setz dich bitte», forderte der General Jan auf.

«Was tun wir jetzt?»

Alles an der Haltung und der Stimme spiegelte die Hilflosigkeit, die Jan befallen hatte, wider.

«Es nutzt nichts, den Kopf in den Sand zu stecken. Wir müssen uns mit allen Möglichkeiten auseinandersetzen. Nur so haben wir die Chance, nichts unversucht zu lassen. Verstehst du, was ich meine?»

Jan nickte nur. Ihm schauderte. Diese Gedanken auszusprechen, war für ihn undenkbar. Dass seine Gedanken um alle Möglichkeiten kreisten, was passiert sein könnte, war das eine, es auszusprechen etwas ganz anderes. Warum es für ihn unaussprechlich war? Mit einem Fluch schienen ihm diese Gedanken behaftet, sie auszusprechen bedeutete für ihn, die Büchse der Pandora zu öffnen. Die Tatsache, es auszusprechen, machte es für ihn wahrscheinlicher, dass diese Vermutungen Realität werden könnten. Unbewusst schüttelte er den Kopf. Der General sprach nicht weiter. Er verstand. Es war zu früh. Aber sie hatten keine Zeit. Die Kinder hatten keine Zeit. Er würde keine Rücksicht nehmen können. Das Schicksal der Kinder war wichtiger. Das Wichtigste in seinem Leben. Wie gerne würde er sein Leben geben für das der Kinder. Es erschien ihm fast als zu wenig, schließlich hatte er sein Leben schon gelebt. Nein, er würde keine Rücksicht nehmen, weder auf Jan noch auf seine Tochter noch auf sonst jemanden.

Minutenlang saßen Jan und der General nun schweigend nebeneinander, bis Elli mit Maria im Garten erschien. Maria hatte nur ein Sommerkleid übergezogen, aber es war ja auch wie ein Sommertag, der Wetterbericht hatte bis zu 24 Grad C gemeldet, selbst in der Nordeifel sollte es bis zu 20 Grad werden. Jetzt waren es zwar höchstens 16 Grad, aber für Bewohner der Voreifel waren das schon Sommertemperaturen. Maria war gefasst. Aber so wie sie in der Morgensonne stand, wirkte sie irreal, entrückt und fast durchscheinend. Jan umarmte sie. Sekundenlang, stumm und bewegungslos. Dann löste sich Maria mit einem Ruck, der Zauber des Augenblicks zerbrach und sie setzte sich.

Der General legte die Morgenzeitung sichtbar auf den Tisch. Auf der ersten Seite des Kölner Express, den Elli vom Bäcker

mitgebracht hatte, ein großes Foto des Gartenhauses mit der Überschrift 'Säufer aus dem Gartenhaus der Täter? Untertitel: Erste Festnahme im Vermisstenfall in Langerwehe.' Die Suchmeldung der Polizei mit den Fotos der Kinder befand sich auf Seite 3.
Schweigend nahm sie die Zeitung und las.

«Wir haben uns überlegt, dass wir alle Möglichkeiten in Betracht ziehen müssen und dann überlegen, was das für uns bedeutet», äußerte der General mit Bedacht.
Jan sackte unmerklich im Stuhl zusammen.
Maria streckte sich: «Gut, fangen wir an.»

«Ob Bolle den Kindern etwas angetan hat?», fragte Elli.
Jan schüttelte wild den Kopf: «Nein, niemals. Er hat Kinder gern. Besonders Lena und Moritz. Das ist unmöglich.»

«Wir wollen nichts von vornherein ausschließen, das können wir uns nicht leisten. Jede noch so unwahrscheinliche Möglichkeit muss in Betracht gezogen werden», ermahnte der General.

«Und wenn er betrunken war? Man weiß nie, was ein Betrunkener macht. Deswegen wollte ich nicht, dass die Kinder alleine zu den Meerschweinchen gehen», sagte Maria.

«Aber der Bolle ist bestimmt nicht gewalttätig!»

«Immerhin hat er einmal einen Mann krankenhausreif geschlagen. Das weißt du genau!»

«Aber das ist Jahre her und die Situation war eine ganz andere. Außerdem war es Notwehr.»

«Da die Polizei den Bolle bereits in Gewahrsam hat, werden wir sicher bald mehr erfahren», schob der General ein. «Könnte er Komplizen haben?»

«Aus dem Ort? Kann ich mir nicht vorstellen? Er verlässt das Dorf so gut wie nie, soweit ich weiß! Er ist entweder in seinem Gartenhaus, im Wald oder in der Gaststätte und allenfalls noch im Imbiss unten im Dorf», entgegnete Jan. «Ich bin ihm schon öfter begegnet, als er im nahen Wald Holz gesammelt hat und habe mich dann mit ihm unterhalten.»
Der General schaute seine Tochter an.

«Ihr kommt fast jeden Tag an seinem Haus vorbei. Ist euch da nichts aufgefallen?»
Sie schüttelte mit dem Kopf.
«Nein, ich kenne niemand, der ihn besucht. Außer Kindern, die die Tiere besuchen. Oder Nachbarn, die Bolle schon mal etwas zustecken.»
«Könnte er sich mit seiner Frau und deren Freund zusammen getan haben?»
«Aber warum sollten sie das tun?»
Der General wurde langsam ungeduldig mit seinem Schwiegersohn.
«Das ist im Moment eigentlich egal. Geld? Oder es gibt einen anderen Grund.»
«Was sollte das denn sein? Und Geld haben wir auch keins. Im Dorf weiß jeder, dass wir gerade weiter unten bauen», erwiderte Jan.
«Aber wir haben Geld. Das könnte allgemein bekannt sein! Braucht seine Frau vielleicht Geld und hat ihn angestiftet?»
«Das glaube ich nicht. Da läuft die Scheidung. Du musst wissen, dass Bolle das Haus fast alleine gebaut hat. Das ist sicher nach den Jahren abbezahlt. Da es auf dem Grundstück seiner verstorbenen Schwiegereltern steht, gehört es rechtlich seiner Frau. Außerdem macht sich Bolle nichts aus Besitz.»
«Gut, etwas anderes. Ein Zeuge hat sich gemeldet, der hat am Ende der Laufenburgstraße mehrmals einen verdächtigen Lieferwagen mit holländischem Kennzeichen gesehen. Ist der euch auch einmal aufgefallen?»
«Nein, nicht wirklich. Doch, einmal habe ich da ein weißes Auto stehen sehen, da saßen sogar zwei Leute drin. Ich dachte, es sind Handwerker, die gerade im Auto Pause machen. Was soll damit sein?»
«Es ist nicht auszuschließen, dass ihr ausspioniert wurdet. Auch dass man die Reifen platt gestochen hat und Jan so die Kinder nicht abholen konnte, könnte zu dem Plan gehören. Mir ist das ein zu großer Zufall.»
«Das hieße ja, es handelt sich um eine geplante Entführung.»

«Das ist naheliegend. Hat Lena Moritz in der Vergangenheit öfter an der Kita abgeholt?»

«Ja, eigentlich immer, wenn Maria länger in ihrer Schule ist.»

«Nur gestern solltest du sie abholen.»

«Ja, wie ich schon sagte, Maria wollte es so.»

Jan konnte nicht mehr. Das war Masochismus.

«Ich halt das nicht mehr aus. Ihr seid verrückt. Sind wir hier bei einem Brainstorming für die beste Idee?»

Er stürzte aus dem Pavillon und lief ziellos im Garten herum.

«Er hat vollkommen recht», sagte Elli. «Das ist abstrus.»

«Ich weiß», entgegnete der General, «aber mir fällt nichts Besseres ein. Wir können nur noch warten, dass sich die Entführer melden.»

Sie warteten, bis Jan zurückkam. Jan hatte sich noch nicht beruhigt.

«Sag doch gleich: Entführt, missbraucht, verschleppt, tot.»

Der General erhob sich und drückte Jan sanft in einen Stuhl.

«Wir müssen jetzt alle die Nerven behalten. Gut, gehen wir zuerst die naheliegenden Möglichkeiten durch. Was bedeutet das für unsere weitere Suche?», versuchte der General den Faden des konstruktiven Gesprächs wieder aufzunehmen.

Maria schüttelte müde den Kopf.

«Das haben wir doch alles schon durch!»

Sie stand auf und trottete davon. Der General wollte sie zurückrufen, aber sie reagierte nicht mehr. Auch Jan stand auf und ging. Elli sah ihn hilflos an. Es waren eben Zivilisten. Er würde sich allein um die Suche kümmern müssen. Aber woher wussten die Entführer, dass Jan gestern die Kinder abholen sollte? Ein Verdacht kam in ihm auf. Das wird er überprüfen lassen müssen. Dass Bolle etwas mit der Entführung zu tun haben könnte, wurde immer unwahrscheinlicher. Die Aussage seiner Frau schien glaubhaft. Zudem hat die Polizei sicherlich den Termin beim Anwalt überprüft.

Jan und Maria

Jan und Maria lernten sich vor acht Jahren kennen. Jan hatte einen schweren Bandscheibenvorfall, von dem er sich nur langsam erholte. So ließ er sich überzeugen, dass ein Kuraufenthalt ihn vielleicht schneller wieder auf die Beine bringen würde. Ein Freund empfahl ihm den Kronprinz, eine Kurklinik in Prien am Chiemsee, in der er selbst bereits einmal gewesen war. Dort sei alles nicht so steif, das Publikum nicht so alt und die Gegend wunderschön. So machte sich Jan auf den Weg nach Prien.

Die Kurklinik überzeugte ihn tatsächlich. Das Publikum war relativ jung, weil die Bundeswehr dort ihre Piloten hinschickte, um sich vom Stress des Fliegens zu erholen. Auch die Flugsicherung schickte ihr Personal einmal jährlich dorthin.
In der Kurklinik wurden die Patienten je nach ihrer persönlichen Fitness in Sportgruppen eingeteilt. Der Chef meinte nach der Erstuntersuchung: «Nach ihren Fitnesswerten sollten Sie eigentlich in die A1. Aber da sind die Piloten. Das tue ich Ihnen nicht an. Dieser Konkurrenzwettbewerb unter den Piloten ist für ihre Genesung nicht gerade förderlich. Ich stecke Sie also in die A2. Nehmen Sie es mir nicht übel und genießen Sie die Zeit hier.»

Am dritten Tag in der Kurklinik reisten zwei Personen, mit denen Jan am Tisch saß, ab. Dieter, ein Hubschrauberpilot, der am selben Tag wie er angereist war und mit dem sich Jan inzwischen angefreundet hatte, sagte morgens beim Frühstück: «Hoffentlich kommt jetzt jemand Anständiges an unseren Tisch. Nicht noch einmal zwei Jetpiloten, die sowieso nie zu den Mahlzeiten erscheinen und die ständig unterwegs sind.»

Am nächsten Tag erschienen dann Maria und Sophia. Sie nahmen an ihrem Tisch Platz. Jan war sofort fasziniert von Maria, obwohl sie sehr schweigsam war und melancholisch wirkte. Sie trafen sich immer wieder bei den Anwendungen sowie der

Morgen- oder der Gruppengymnastik in der Turnhalle. Auch bei den geführten Bergtouren der A 2 am Freitag blieben Jan, Dieter, Maria und Sophia zusammen. Jan fühlte sich magisch von Maria angezogen, wusste jedoch nicht, wie er ihr näher kommen sollte. Zu oft hatte er beobachtet, wie sie mehr oder weniger plumpe Annäherungsversuche anderer Kurgäste schroff abgewiesen hatte. Nach zwei Wochen fasste er sich ein Herz und fragte sie, ob sie nicht gemeinsam spazieren gehen wollten. Zu seiner Überraschung willigte Maria ein und sie trafen sich um halb vier vor dem Haupthaus.

Jan war ein guter Zuhörer und so berichtete Maria ihre ganze Leidensgeschichte: dass sie vor einem Jahr ihre zweite Tochter Katrin verloren hatte, dass sie sich selbst die Schuld dafür gab, weil sie, als sie nach Hause kam, nicht mehr nach ihr geschaut hatte. Dass sie in psychiatrischer Behandlung war und jetzt versuchte, langsam wieder auf die Beine zu kommen. Die nachmittäglichen Spaziergänge wurden für die letzten zwei Wochen zur Routine und sie vertieften ihre Gespräche, ohne dass Jan seinem Gefühl, sie endlich einmal in die Arme zu nehmen, nachgab.

Jan taute langsam auf und erzählte ein wenig von sich. Aber meistens lenkte er Marias Aufmerksamkeit auf die eine oder andere Pflanze am Wegrand, nannte ihren Namen und beschrieb ihre Rolle im Ökosystem. Oder erklärte geologische Besonderheiten, wie er es auch in seiner ehrenamtlichen Tätigkeit als Naturführer tat. Maria war beeindruckt von diesem schüchternen, ruhigen ja eher verschlossenen Menschen, der von so vielen Dingen Ahnung hatte. Insbesondere faszinierte sie seine ganz besondere Sicht auf die Dinge, die wohl sein Studium der Geologie mit sich brachte. Maria war beeindruckt, als er ihr beispielsweise erklärte, dass der Chiemsee nichts weiter sei als ein temporärer See, der über die Jahrtausende durch eingespülten Sand und Geröll der zufließenden Bäche aus den umgebenden Bergen langsam versanden und schließlich zuwachsen würde.

Auch der Klimawandel war für Jan nichts anderes als ein Phänomen, das der Erde seit Millionen Jahren widerfahre. Als Maria darauf erwiderte, dass der Mensch die Ursache des Klimawandels sei, entgegnete Jan: «Ja, das ist ein Teil der Tragik, dass der Mensch seine eigene Lebensgrundlage so leichtfertig aufs Spiel setzt. Aber der Natur ist es egal, ob ein Vulkanausbruch, der Einschlag eines Meteoriten oder eben eine aus den Fugen geratene Spezies für den Klimawandel verantwortlich ist. Die Evolution wird daraufhin wieder eine andere hoch entwickelte Spezies hervorbringen, auch wenn es Millionen Jahre dauert.»

Als Maria einmal erwähnte, dass der Mensch mit seinen Atomwaffen das ganze Leben auf der Erde auslöschen könne, meinte Jan nur: «Typisch, wie der Mensch sich auch in seiner Zerstörungskraft überschätzt. Sicherlich könnte der Mensch in einem Atomkrieg 90 oder gar 95 Prozent aller Arten auf der Erde auslöschen. Aber das Leben wird danach wieder von vorne anfangen. Und in Millionen von Jahren wird nichts mehr von der Anwesenheit des Menschen zu sehen sein. Vielleicht wird dann eine andere Spezies Steine aus irgendwelchen Steinbrüchen brechen und feststellen, dass hier einmal ein hoch entwickeltes Wesen für Tausende Jahre die Erde beherrscht hat und nach den Gründen suchen, warum diese Art untergegangen ist.»

Einmal auf diesen Spaziergängen fasste Jan Marias Hand, um ihr über einen kleinen Bach zu helfen und ließ sie nicht mehr los. Maria schaute ihn nur kurz an, löste den Griff aber nicht. So gingen sie eine Weile Händchen haltend durch den Wald. Das blieb jedoch die einzige körperliche Berührung der beiden. Dennoch tauschten sie am Ende des Kuraufenthaltes ihre Kontaktdaten aus und blieben danach in regem Kontakt.

Sie hatten gleich festgestellt, dass sie gar nicht weit auseinander wohnten. Jan wohnte über seiner Schreinerei in Vicht. Maria hatte sich von ihrem Mann getrennt und war mit ihrer Tochter Lena wieder zu ihren Eltern nach Aachen gezogen, wo sie den zweiten Stock für sich alleine hatten. Beide genossen den telefonischen und schriftlichen Kontakt, aber Jan traute sich trotz der Nähe nicht, Maria zu fragen, ob sie sich noch einmal wiedersehen sollten. Es dauerte Monate, dann ergab es sich, dass Jan einen Montageauftrag in Aachen zu erledigen hatte.

Jan fasste seinen Mut zusammen und fragte Maria, ob sie sich bei dieser Gelegenheit nicht einmal wiedersehen wollten. Zu seiner Überraschung willigte Maria sofort ein und wollte wissen, wie viel Zeit er mitbringen würde.

«Dann schlage ich vor, wir treffen uns am Freitag, da machen wir regelmäßig früher Schluss, damit meine Mitarbeiter ins Wochenende können. Treffen wir uns um 16:00 Uhr?»

«Schön, dann um 16:00 im Café Kittel?»

Jan stimmte zu und war ganz aufgeregt. Da er den ganzen Tag noch nichts gegessen hatte, gingen sie nach einem Kaffee im Café Kittel in eines der vielen Restaurants in der Pontstraße. Maria schlug die «Molkerei» vor, ein Studentenlokal mitten auf der Pontstraße.

«Schau dir mal die Preise an. Fantastisch.»

«Ja, das ist wohl einmalig in der Hochschullandschaft in Deutschland. Weiß auch nicht, wie die das hier machen. Aber ich habe mir sagen lassen, dass die Mensa hier in Aachen nicht besonders sei und so werden die Lokale über den ganzen Tag von Studenten und Hochschulangehörigen frequentiert. Und abends ist hier ebenfalls viel los. Aber das können wir uns heute abend ja mal anschauen», antwortete Maria. Beim Essen kamen sie locker ins Gespräch, und es war so, als wären sie auf einem Spaziergang in der Kur. Aber Maria war viel lebendiger und aufgeschlossener, als er sie in Erinnerung hatte.

«Ich muss dir unbedingt noch etwas zeigen. Eine Überraschung.»

Jan zahlte, und sie gingen zum Parkplatz hinter dem Restaurant Labyrinth, wo Maria geparkt hatte.

Maria fuhr geradewegs zum II. Rote-Haag-Weg, in dem sie bei ihren Eltern wohnte. Jan war tatsächlich überrascht.

«Wo sind wir hier?»

«Bei meinen Eltern. Ich habe so viel von dir erzählt, da wollten sie dich unbedingt kennenlernen.»

«Das heißt, ich lerne deine Eltern jetzt kennen?»

«Ja, ist das ein Problem für dich?»

«Nein gar nicht, aber ich bin ein bisschen überrascht.»

«Das war meine Absicht.»

Maria parkte in der Einfahrt. Im Haus wurden Sie schon erwartet und Jan wurde den Eltern vorgestellt.

«So so, das ist also der Geologe mit dem weiten Blick in Vergangenheit und Zukunft.», merkte der General an.

Marias Mutter schüttelte den Kopf und meinte: «Nun lass die Kinder erst einmal ankommen. Ihr wollt euch sicher erst frisch machen und dann kommt ihr zum Abendessen herunter? In einer halben Stunde ist alles fertig. Ist das recht?»

«Ja Mama, gerne.»

Jan schaute Maria an, da sie ja gerade gegessen hatten, sagte aber nichts.

Maria war ihrer Mutter dankbar, dass die inquisitorische Befragung, die ihr Vater sicher vorhatte, zumindest verschoben war. Sie kannte ihren Vater zu genau, um nicht zu wissen, dass er Jan bereits gründlich überprüft hatte, soweit es in seinen Möglichkeiten stand. Und diese Möglichkeiten waren weitreichend. Jan hingegen amüsierte diese Begrüßung, insbesondere, dass seine Mutter sie beide als Kinder bezeichnete, waren sie schließlich beide über dreißig. Dabei fiel ihm auf, dass er gar nicht wusste, wie alt Maria war.

Sie gingen nach oben, sie hatte die ganze obere Etage für sich, und das waren bei diesem großen Haus sicherlich 150 qm. Oben war eine komplette Wohnung eingerichtet, einschließlich zweier Kinderzimmer und einem Gästezimmer.

«Ist Lena auch da?», erkundigte sich Jan. «Nein, sie ist zu einem Kindergeburtstag eingeladen und übernachtet heute auch dort. Du wirst sie aber morgen kennenlernen, falls du möchtest.»

«Ja gerne»

«Vielleicht kannst du ja das ganze Wochenende bleiben. Ich weiß, das kommt jetzt alles etwas überraschend, aber Lena und ich würden uns sehr freuen.»

«Lena auch, sie kennt mich doch gar nicht?»

«Ich habe ihr schon viel von dir erzählt. Sie hat ein Bild von dir gesehen und gesagt, du siehst nett aus. Das heißt bei ihr schon viel.»

Maria zeigte ihm das Gästezimmer mit eigenem Bad und sagte: «Du kannst dich ein wenig frisch machen, ich mach' uns derweil einen kleinen Drink. Dann überstehst du die Befragung meines Vaters besser. Er ist und bleibt halt immer Soldat, eben der General. So wird er auch hinter seinem Rücken von allen genannt, außer von meiner Mutter und mir natürlich.»

Jan erwiderte: «Das klingt ja wie beim ersten Elternbesuch im Teenie-Alter.»

«Ist das denn so schlimm? Du wirst es überstehen, er ist gar nicht so grummelig, wie er immer tut. Danach gehen wir in die Stadt. Ehrenwort, das ist halt das Pflichtprogramm, danach kommt die Kür.»

«Ich lasse mich überraschen.»

«Was darf ich dir mixen?»

«Nach dem, worauf du mich gerade vorbereitet hast, am besten einen doppelten Wodka Lemon.»

«Bekommst du»

Maria ging nach unten an die Bar ihres Vaters und mixte die Drinks.

Jan trat aus dem Gästezimmer und traf auf Maria, die mit den Gläsern die Treppe hinauf kam.

«Hier oben ist zwar alles komplett eingerichtet, aber Vorräte sind hier knapp», meinte sie halb entschuldigend.

Als sie ihren Drink gerade ansetzten, rief Elli, Marias Mutter, die Treppe rauf: «Könnt ihr kommen?»

Beide tranken ex und gingen nach unten. Elli führte sie hinaus auf die Terrasse, wo der Tisch gedeckt war. Natürlich hatte Elli auch einiges zu essen aufgetischt.

Marias Vater war auch schon da.

«Es ist noch so schön warm draußen, da hab ich hier gedeckt. Setzt euch doch.»
Marias Mutter schenkte ihnen Kaffee ein, «Milch und Zucker?»
«Nein, danke, schwarz», antwortete Jan.
Danach begann das übliche Gespräch darüber, wie sich beide kennengelernt hatten, und Marias Vater lenkte das Gespräch auf die Tätigkeit, die Jan zurzeit ausübte und wo er wohnte. Jan berichtete, dass er alleine in Vicht lebte und eine Schreinerei betreibe, die er von seinem Vater übernommen hatte, als dieser krank wurde. Maria hatte ihren Eltern schon erzählt, dass Jan eigentlich an der Hochschule, wo er studiert hatte, als wissenschaftlicher Mitarbeiter arbeiten sollte, als sein Vater dement wurde und er die Firma übernehmen musste.
«Und wie ist das so, nach dem Studium auf einmal als selbstständiger Schreiner?»
Elli runzelte die Stirn.
«Jürgen, was sind das jetzt schon wieder für Fragen?»
«Wieso, man wird doch mal fragen dürfen.»
«Nein, nein, Frau Bentlin, kein Problem. Es ist so: Ich habe ja Schreiner gelernt und erst im zweiten Bildungsweg das Abitur gemacht und studiert. Mein Vater hatte mir nach der Lehre die Wahl gelassen. Und das, obwohl meine Mutter früh verstorben war. Dafür war ich ihm dankbar. Als er dann selber so krank wurde, dass er die Schreinerei nicht mehr leiten konnte, bin ich zurückgekommen, um die Schreinerei zu übernehmen und mich um ihn zu kümmern.»
«Das ist ja wirklich schade, dass Sie ihre akademische Karriere aufgeben mussten.»
«Nein, es ist völlig in Ordnung. Ich will mich nicht beschweren. Und der Geologie kann ich mich auch gut in meiner Freizeit widmen.»
«Ja, dann ist ja alles gut», meint der General, «Hauptsache, man ist zufrieden mit dem, was man tut.»
Sie gingen wieder zum Small Talk über.

«Aber ihr habt ja kaum etwas gegessen», bemerkte Elli etwas enttäuscht.

«Entschuldige Mom, wir haben in der Ponte schon etwas gegessen, Jan hatte den ganzen Tag noch nichts gehabt.»

Maria nahm Jan an die Hand und zog ihn hinauf ins Obergeschoss. Dort gab sie ihm überschwänglich einen Kuss und sagte: «Das hast du toll gemacht.»

Jan war überrascht und wusste nicht, wie er damit umgehen sollte.

«Ich hole noch eine Jacke, dann können wir in die Stadt.»

Dann wich er aus und verschwand ins Gästezimmer. Maria schmunzelte und murmelte in sich hinein: «Mein schüchterner Bär.»

Sie fuhren mit Marias Auto wieder in die Stadt und schlenderten zunächst durch die Einkaufsstraßen. Anschließend gingen sie in den Irish Pub und gönnten sich ein Guinness. Die Zeit verflog wie im Flug, es blieb nicht bei dem einen Guinness und plötzlich waren sie die letzten Gäste im Pub. Sie verließen das Lokal. Es war recht frisch geworden in der Nacht. Maria hakte sich bei Jan ein und er fühlte ihre Brust an seinem Oberarm. Jan wollte, dass Maria ihn zu seinem Firmenwagen brachte, aber Maria insistierte.

«Du hast zu viel getrunken und du brauchst deinen Führerschein. Du schläfst heute bei mir im Gästezimmer.»

Zu Hause bekam Jan noch einen Gute-Nacht-Kuss, ging ins Gästezimmer und fiel müde ins Bett.

Morgens wurde Jan wach, weil jemand an seiner Decke zog. Maria war in sein Bett geschlüpft und kuschelte sich an ihn. Jan war ganz perplex und drehte sich zu ihr. Er wollte sie gerade etwas fragen, da legte sie ihm den Finger auf die Lippen und streichelte durch seine Haare. Jan entspannte sich zusehends und die gegenseitigen Berührungen wurden immer intensiver. Jan war zunächst sehr behutsam und konzentrierte sich auf das Spiel, das Maria begonnen hatte. Er spiegelte die Berührungen, die Maria ausführte und so gelangten sie in eine nie dagewesene Harmonie, die er nicht für möglich gehalten hatte. Das Spiel wurde allmählich wilder und endete schließlich in der von beiden so herbeigesehnten Erfüllung. Dann begann das Spiel von Neuem.

Als sie schließlich aufstanden und nach unten kamen, hatten Elli und der General bereits gefrühstückt. Der General war in seiner Frühmorgen-Routine unterwegs. Elli war im Garten bei der Gartenarbeit. Sie verabschiedeten sich bei Marias Mutter.
«Wollt ihr nicht frühstücken?»

«Nein Mom, du weißt, ich muss Lena abholen. Wir sind schon spät dran.»

«Dann gib Lena einen dicken Kuss von mir.»

«Ja Mom!»

Geschwind gingen sie zum Auto und machten sich auf den Weg. Sie fuhren zu Lenas Freundin, um sie dort abzuholen. Lena schaute Jan an und drehte dabei ihren Kopf von links nach rechts.

«Bist du Mamas neuer Freund?», fragte sie.
Jan schmunzelte. «Nein, ich bin Mamas alter Freund. Ich kenne deine Mama ja schon seit über einem Jahr.»

«Ja, ja, das weiß ich. Das hat Mama mir schon erzählt. Mein Papa ist ja Pilot, aber der ist jetzt noch in Amerika. Wir waren auch in Amerika. Aber als Katrin gestorben ist, wollte Mama wieder nach Hause. Papa konnte nicht mitkommen, er ist ja der Fluglehrer. Aber er kommt bestimmt auch bald wieder.»

«Lena», sagte Maria, «du weißt schon, dass Papa und Mama sich getrennt haben.»

«Ja, ja, aber das heißt ja noch nichts.»

Lena stieg hinten ins Auto und warf ihren Rucksack auf die Rückbank. Jan und Maria unternahmen nun viel zusammen und Lena wurde möglichst viel einbezogen. Besuche im Tierpark, im Kino und im Kölner Zoo, Fahrt zum Phantasialand. Lena und Jan verstanden sich immer besser, zumal Jan die nötige Zurückhaltung an den Tag legte, um Lena nicht zu überfordern. Irgendwann hatte sie ihn dann gefragt, ob er denn ihr neuer Papa werden wollte. Da hatte er nur gelacht: «Du hast doch schon einen Papa. Willst du etwa zwei?» Das fand Lena cool.

Nach sechs Wochen teilte Maria Jan mit, dass sie schwanger sei. Jan nahm Maria überschwänglich in die Arme und wirbelte sie herum.

«Wir bekommen Nachwuchs. Hurra. Ich werde doch noch Vater!»

Auf der Stelle machte Jan ihr einen Heiratsantrag. Maria lächelte und willigte gerne ein, musste aber zu bedenken geben, dass dazu erst ihre Scheidung durch sein musste. Maria zog mit Lena zu Jan. Da aber die Scheidung so lange dauerte, dass Maria kurz vor der Entbindung mit dickem Bauch zur Hochzeit gehen musste, wurde zum Bedauern von Marias Eltern nur im engsten Familienkreis gefeiert.

Die Geburt von Moritz und die Zeit danach waren für alle eine schwierige Zeit, nicht nur, weil Moritz sehr zierlich war und er von Windeldermatitis und Dreimonatskoliken geplagt wurde, sondern weil Maria aus verständlicher Angst das Kind keinen Augenblick aus den Augen lassen wollte. So wurden alle möglichen technischen Hilfsmittel installiert, um Moritz zu überwachen und einen nochmaligen plötzlichen Kindstod zu verhindern.

Erst als Moritz drei Jahre alt wurde, begann Maria sich zu entspannen und bewarb sich wieder um eine Stelle im Schuldienst.

Mit Beginn des neuen Schuljahres bekam sie eine Stelle am Stiftischen Gymnasium in Düren.

Da die Fahrt von Vicht nach Düren sehr viel Zeit in Anspruch nahm, schlug Jan eines Tages vor, neu zu bauen. Er hatte auch schon ein Grundstück im Blick. Er hatte einige Schreinerarbeiten im Neubaugebiet von Pier ausgeführt und erfahren, dass, nachdem die Umsiedlung so gut wie abgeschlossen war, die restlichen Grundstücke nun zum freien Verkauf stünden.

Gemeinsam mit einem Bauherrn, bei dem er mit seiner Firma gearbeitet hatte, lief Jan durch Pier und dieser zeigte ihm die noch freien Grundstücke, die vom RWE zu erwerben seien. Dabei fiel Jan das alte Forsthaus auf, das über dem Umsiedlungsgebiet thronte.

«Und was ist das da oben für ein Gebäude?», fragte er.

«Ach, das ist das alte Forsthaus. Das gehört zum Schloss in Merode. Aber das steht schon lange leer.»

Am Abend besprach Jan die Idee, in Pier zu bauen, mit Maria. Jan war Feuer und Flamme, Maria eher skeptisch. Am nächsten Wochenende fuhren sie alle gemeinsam nach Langerwehe, um sich die Grundstücke anzuschauen. Maria hatte sich inzwischen auch schon schlaugemacht, ob Langerwehe denn alles Notwendige bietet. Kindergärten und Schulen, Einkaufsmöglichkeiten, Bahnanschluss und Autobahnanschluss, alles war da.

«Eigentlich würde ich ja lieber nach Aachen ziehen», meinte sie.

Aber Jan konnte sie überzeugen, dass es für die Kinder besser sei, auf dem Dorf aufzuwachsen.

«Aber ist das für dich dann nicht zu umständlich?»

«Keineswegs. Ich bin in einer Viertelstunde am Betrieb. Aber wenn du von Vicht nach Düren zur Schule musst, brauchst du im Winter sicherlich die dreifache Zeit.»

Die Kinder waren ganz begeistert und hatten schnell ein Grundstück ausgesucht.

«Vielleicht ist es ja gar nicht mehr frei», meinte Maria leicht besorgt.

Sie war noch nicht ganz überzeugt. Aber Jan nahm die Sache gleich in die Hand. Letztendlich fand er ein freies Grundstück in der Indener Straße in Jüngersdorf. Das Grundstück war noch zu haben und so machte er gleich Nägel mit Köpfen. Maria war jetzt auch zu begeistern, insbesondere da es jetzt daran ging, das neue Haus zu planen. Denn sie wollten so bald wie möglich anfangen.

Jan versuchte, vorübergehend eine Wohnung in Langerwehe zu finden. Maria meinte jedoch dazu: «Wir wohnen doch hier in Vicht ganz gut und können dann sofort ins neue Haus ziehen.»

«Das wird aber wahrscheinlich knapp werden», meinte Jan. «Denn wir wollen ja bei der Einschulung von Moritz schon in Langerwehe wohnen. Oder willst du die Kinder von Vicht aus zur Schule und Kita bringen? Moritz noch in Zweifall einzuschulen und auch Lena erst auf eine neue Schule in Stolberg zu schicken und beide dann im laufenden Schuljahr umschulen zu müssen, finde ich keine gute Idee.»

«Da hast du sicher recht.»

So einfach ließ sich in Langerwehe keine vorübergehende Bleibe finden. Da kam ihm wieder das alte Forsthaus in den Sinn. Es lag ideal, gerade mal 200 Meter von der Baustelle entfernt. Er erkundigte sich beim Eigentümer, ob er das Forsthaus nicht für vorübergehende Zeit mieten könnte. Doch dieser zeigte zunächst kein Interesse. Als er dies einmal bei den Eltern von Maria erwähnte, fragte der General beiläufig, wer denn der Eigentümer sei.

«Das ist der Prinz von Merode», antwortete Jan ihm, «aber er hat, wie gesagt, kein Interesse an einer Vermietung.»

Zu Jans Überraschung rief ihn der General eine Woche später an und sagte, dass sie das alte Forsthaus mieten könnten, allerdings unter der Bedingung, dass es keine Investitionen in das Gebäude seitens des Vermieters geben würde.

«Wie hast du das denn hingekriegt?»

«Ich kenne den Prinzen von der Jagd. Da siehst du mal, wie vorteilhaft es ist, Beziehungen zu pflegen.»

Diesen Seitenhieb konnte er sich nicht verkneifen.

Jan nahm das aber gar nicht als solchen wahr, sondern freute sich nur.

Als Jan und Maria das alte Forsthaus besichtigten, war Maria alles andere als begeistert. Die Badezimmer-Ausstattung stammte aus den 70er-Jahren, die Treppe ins zweite Geschoss war viel zu steil, und das Gebäude war in einem miserablen Zustand.

«Aber es ist höchstens für ein dreiviertel Jahr», entgegnete Jan.

«Und außerdem kann ich von hier aus viel besser die Baustelle überwachen. Ich weiß, was auf so einer Baustelle alles schiefgehen kann und auf Architekten kann man sich da nicht verlassen. Das kenne ich aus eigener Erfahrung. Und einiges will ich ja auch selber machen, dann verliere ich nicht so viel Zeit mit dem Hin – und Herfahren.»

Noch im September zogen Jan und Maria in das Alte Forsthaus ein und Lena wurde auf dem Stiftischen Gymnasium in Düren angemeldet, während Moritz einen Platz in der Kita Spatzennest in Jüngersdorf bekam.

Bernd Körner

Bernd Körner, der Leiter des Kommissariats 11 (u. a. Todesermittlungen) war, agierte bei jedem neuen Fall wie ein Terrier. Er kannte keine Ruhe, bis er die Fährte des Täters aufgenommen hatte und hetzte auch seine Mitarbeiter ohne Schonung die ersten Tage durch das Geläuf. In diesem Fall aber, bei dem es um zwei verschwundene Kinder im Alter von 12 und 6 Jahren ging, brauchte er niemanden zu hetzen. Jeder wusste, dass mit jeder Stunde, die die Kinder verschwunden waren, die Chance, sie lebend zu finden, dramatisch abnimmt. Als er auf ausdrückliche Anordnung des Polizeipräsidenten Mitglied der Soko wurde, waren diese bereits 36 Stunden vermisst. Der eigentlich überflüssige Hinweis auf die Brisanz des Falles und die Verwandtschaft mit dem Kreisvorsitzenden der Partei zeigten ihm, dass er nur aus Aktionismus der Soko zugeteilt worden war und laut Willen des Polizeipräsidenten vor allen Dingen den Kontakt zur Familie halten sollte. Ein rein politisches Entgegenkommen aufgrund von Parteizugehörigkeiten. Aber er wäre nicht er selbst, wenn er nicht versuchen würde, mit aller Macht an der Lösung des Falles mitzuarbeiten. Er hatte sich Zugang zu allen bisherigen Ermittlungsergebnissen geben lassen und arbeitete diese akribisch durch. Die üblichen Befragungen waren durchgeführt, Hundertschaften hatten alle möglichen Gebiete abgesucht, Teiche wurden durch Polizeitaucher abgetaucht, Hubschrauber waren mit Wärmebildkameras über dem Wald gekreist. Ein Verdächtiger war bereits in Haft. Aber Körner zweifelte nach den Ermittlungsergebnissen an dessen Täterschaft. Die eingerichtete Soko würde auch ohne sein Zutun funktionieren.

Dass er der Soko als Sonderermittler zugeordnet würde, hatte schnell die Runde gemacht.

Da bereits Gerüchte im Umlauf sein würden - er hatte manchmal den Eindruck, dass nirgendwo mehr geklatscht würde als bei der Polizei - blieb ihm nichts anderes übrig, als sich auf der ersten Sitzung der Soko selbst vorzustellen und seine Rolle zu erklären. Der Polizeipräsident hatte es sich jedenfalls verkniffen, diese «Neuigkeit» selbst zu verkünden.

Körner sprach zunächst mit Bachmann, dem Leiter des Kommissariats 12, welches originär für Vermisstenfälle zuständig war. Dieser war nicht gerade begeistert von der Entscheidung des Polizeipräsidenten, den Leiter des Nachbarkommissariats in der Funktion eines Sonderermittlers der Soko zuzuordnen. Bernd Körner war sich dessen bewusst.

«Falls wir die Kinder nicht bald finden, wird das wahrscheinlich sowieso bald ein Fall für dein Kommissariat. Zwei Kinder aus gutem Hause verschwinden nicht einfach spurlos», meinte Bachmann lapidar.

21.05.2015 9.32 Uhr

Es klingelte. Elli stand auf und ging zur Tür.

Eine Minute später erschien sie mit einem Mann, den sie als Polizist mit dem Namen Bernd Körner vorstellte. Der General rief Jan, der wie ein Tier im Zoo immer am Rand des Zaunes auf- und abging.

«Ich habe Herrn Körner gebeten, uns über den Stand der Ermittlungen zu informieren.»

Körner sah den General fragend an. Der nickte auffordernd.

«Gut, soweit ich das kann und darf. Ich bin vom Polizeipräsidenten persönlich gebeten worden, an den Ermittlungen teilzunehmen; ich bin offizielles Mitglied der Sonderkommission und soll insbesondere den Kontakt zur Familie halten. Die bisherige Suche hat leider noch nicht zum Erfolg geführt. Wir haben einen Zeugen, der die beiden Kinder auf dem Weg vom Kindergarten nach Hause gesehen haben will.»

«Das war der Bolle, das weiß inzwischen jeder im Dorf. Die Kinder sind dort immer die Meerschweinchen und Kaninchen füttern gegangen. Weiß er etwas?», fragte Jan.

«Oder hat er was mit dem Verschwinden der Kinder zu tun?», ergänzte Elli, die sich aufrichtete.

«Dafür gibt es bisher keine Hinweise.»

«Aber es heißt, man hat den Garten und sogar das Haus von Bolle auf den Kopf gestellt. Ich habe das beim Bäcker gehört», erklärte Elli fast entschuldigend.

«Ja, das ist richtig, aber wir haben bisher keinen Hinweis, dass er etwas mit dem Verschwinden der Kinder zu tun hat.»

«Was hat er denn gesagt?»

«Nun, er war nicht vernehmungsfähig, was er gesagt hat, war wenig hilfreich.»

«Was soll das heißen, wenig hilfreich? Weiß er nicht, dass es um das Leben unserer Kinder geht?», rief Jan.

«Er hatte gestern einen Termin beim Scheidungsanwalt. Dazu hat er sich wohl noch etwas Mut angetrunken, seine Frau gab an, dass er nicht nüchtern war, als sie ihn abholte. Hinterher hat er dann in Aachen noch mehr getrunken. Jedenfalls war er volltrunken, als wir ihn in der Hütte fanden.»

«Haben Sie alles durchsucht?»

«Wir haben gestern alles durchsucht, die Ergebnisse der Spurensicherung erwarten wir heute.»

«Was glauben Sie, hat er den Kindern etwas angetan?», fragte Elli den Polizisten direkt und sah ihm in die Augen.

«Spekulationen gehören nicht zu meinen Aufgaben, das tut die Presse schon.»

Tatsächlich prangte auf der ersten Seite der Kölner Boulevardzeitung, die auf dem Tisch lag, ein großes Foto des Gartenhauses mit der Überschrift 'Säufer aus dem Gartenhaus der Täter?'

«Aber Sie sind Polizist, Sie haben Erfahrung, Sie können das besser einschätzen als die Presseleute.»

«Lassen Sie mich es so sagen. Es ist besser, uns auf die anderen Möglichkeiten zu konzentrieren. Sollte Herr Bollemann etwas mit dem Verschwinden der Kinder zu tun haben, verspreche ich, dass wir das bald herausgefunden haben. Falls dies aber nicht der Fall ist, sollten wir keine andere Möglichkeit außer Acht gelassen haben.»

Das sahen alle ein.

«Aber wir können davon ausgehen, dass die Kinder tatsächlich bei Bolle waren?», fragte Jan.

«Richtig, davon gehen wir aus. Das hat die Spurensicherung schon bestätigen können.»

«Das heißt, die Kinder sind auf dem kurzen Weg vom Bolle bis nach Hause verschwunden? Das sind ja gerade einmal 500 Meter!»

«350 sogar nur, ich bin den Weg gerade abgeschritten», antwortete Körner.

«Und was ist mit dem weißen Transporter mit holländischen Kennzeichen, der hier mehrmals gesichtet worden sein soll?»

«Da sind wir dran, haben aber noch keine Rückmeldung der niederländischen Polizei.»

«Hat man auch nach Zeugen in Kornelimünster gesucht, wo man die Reifen von Jans Wagen platt gestochen hat? Das kann doch kein Zufall gewesen sein?», fragte der General.

Da hatte er den Beamten auf dem falschen Fuß erwischt. Davon stand nichts in den Akten, die er akribisch studiert hatte. «Wir kümmern uns drum», sagte er nur lahm.

«Also nicht. Ist es denn nach derzeitiger Lage nicht wahrscheinlich, dass es sich um eine Entführung handelt?»

«Selbstverständlich wird diese Möglichkeit mit hoher Priorität verfolgt. Aber solange Sie keine Forderung der Entführer haben .... Oder haben Sie bereits eine erhalten? Ich bitte Sie dringend, uns darüber zu informieren. Alle Entführer fordern ihre Opfer auf, nicht die Polizei einzuschalten. Sieht man in jedem entsprechenden Krimi. Aber lassen Sie sich darauf nicht ein. Sonst ist das Geld weg und Sie sehen die Kinder nie wieder.»

«Nein, wir haben bisher nichts dergleichen. Aber ich werde Sie informieren. Geld bekommen sie nur im direkten Austausch gegen die Kinder», sagte der General so bestimmt, dass weder Jan noch Elli wagten, dagegen zu argumentieren.

«Ich müsste noch einmal mit ihrer Frau sprechen», forderte Körner, an Jan gewandt.

Bevor Jan etwas sagen konnte, antwortete bereits der General.

«Meine Tochter ist leider nicht in der Verfassung, Fragen zu beantworten. Gibt es denn etwas Bestimmtes, was Sie wissen müssen? Vielleicht können wir ihre Fragen beantworten.»

«Ja allerdings. Ihre Tochter hat bereits gegen Mittag ihre Schule verlassen. Sie ist aber erst gegen drei Uhr zu Hause eingetroffen. Hierzu würde ich sie gerne noch einmal befragen.»

«Aber sie hatte doch pädagogischen Tag! Der geht bis abends. Deshalb sollte ich die Kinder abholen!», rief Jan.

«Sie hat sich aber bereits mittags mit Migräne abgemeldet. Hat sie Ihnen das nicht gesagt?»

«Meine Tochter hat dem nach dem Verschwinden der Kinder sicher keine Bedeutung mehr zugemessen. Wir werden sie dazu befragen, sobald es ihr besser geht.»

Der General hatte wieder das Wort ergriffen, bevor Jan etwas sagen konnte. Nun erhob sich der General und Körner blieb nichts anderes übrig, als sich zu verabschieden.

Es half nichts, der General würde selbst mit diesem Bolle reden müssen. Auch wenn er nichts mit dem Verschwinden der Kinder zu tun hat, er hat die Kinder zuletzt gesehen. Auch ist der weiße Lieferwagen mehrfach in seiner Straße gesehen worden. Er rief seinen Freund Dr. Soltau an und bat ihn, Bolle aus dem Polizeigewahrsam rauszuboxen.

«Wieso das?»

«Ich will selber mit ihm sprechen, die Polizei vergeudet nur wertvolle Zeit mit ihm. Du kannst ihm ruhig sagen, dass ich die Kosten übernehme.»

«Wieso glaubst du, dass ich ihn da herausbekomme.»

«Die haben nicht wirklich was gegen ihn in der Hand. Und in der Zeit, in der die Kinder verschwunden sind, war er mit seiner Frau zum Scheidungsanwalt unterwegs. Es ist äußerst unwahrscheinlich, dass er den Kindern in der Zeit zwischen ihrem Erscheinen im Garten und dem Abholen durch seine Frau etwas angetan und sie so versteckt haben sollte, dass sie bisher niemand gefunden hat. Nach seinem Termin war er in Aachen geblieben und hat sich volllaufen lassen; zu diesem Zeitpunkt waren die Kinder bereits verschwunden. Und ich weiß, wie gut du bist.»

«Danke für die Blumen. Okay, aber dass DU ihn da rausboxen lässt, sage ich ihm nur, falls er es ausdrücklich verlangt.»

«Vielleicht schaffst Du es, ihn danach zu mir nach Hause zu bringen. Ich fahre jetzt erst mal zurück nach Aachen. Auf jeden Fall komme bitte bei mir vorbei, mit oder ohne diesen Bolle. Wir haben einiges zu besprechen.»

«Mach' ich.»

«Danke, bis nachher.»

Mittlerweile ging der General fest von einer Entführung aus, auch wenn es bisher noch keinen Kontakt mit den Entführern gegeben hatte. Deswegen wollte er nach Hause, denn ein Erpresserbrief könnte auch an ihn gerichtet worden sein. Schließlich gab es bei Jan und Maria nicht viel zu holen, deren Geld steckte in der Baustelle. Mit Maria wollte er am Abend reden.

«Elli, wir müssen nach Hause, kommst du?»

«Falls es dir nichts ausmacht, würde ich gerne hierbleiben»

«Wir sind heute Abend wieder zurück, versprochen. Aber es kann sein, dass ich dich brauche.»

Jürgen Bentlin

Jürgen Bentlin, der General, hatte eine Bilderbuchkarriere bei der Luftwaffe hinter sich, war innerhalb von wenigen Jahren zum Oberst aufgestiegen und hatte sich im Stab insbesondere bei Sonderaufgaben profiliert. Sein Traum von einer Karriere als Jetpilot war nach einem schweren Verkehrsunfall jäh geplatzt. Die Vielzahl von Knochenbrüchen erforderte den Einbau, wie er selbst gerne scherzhaft erwähnte, eines ganzes Warenlager an V4a-Schrauben und Platten. Als Pilot in der zivilen Luftfahrt hätte er trotz der Verletzungen jederzeit einen Job kriegen können, nur seine Flugtauglichkeit zum Jetpiloten, die war dahin. Als Waffensystemoffizier war er der Beste seines Geschwaders, wenn nicht gar der ganzen Luftwaffe gewesen. Bei seinem Unfall mit dem Rennrad, bei dem ihn eine Autofahrerin einfach übersehen hatte, war sein Kiefer vollkommen zertrümmert und die Augenhöhle gebrochen worden. Er konnte froh sein, sein Augenlicht behalten zu haben, aber als er erstmals wieder in sein Gesicht schaute, erkannte er sich selbst nicht mehr. Nach einem dreimonatigen Krankenhausaufenthalt sollte er anschließend in eine Kurklinik für psychosomatische Erkrankungen. Das lehnte er ab und ging stattdessen in den Kronprinz, wie die bei Fliegern beliebte Kurklinik am Chiemsee unter Insidern hieß.

In der Kurklinik zog er ins blaue Haus, ein separates altes Gebäude, das ausschließlich den Piloten der Bundeswehr vorbehalten war. Sie genossen mehr Freiheiten als die übrigen Kurgäste und wurden liebevoll von Frau Steinhammer betreut. Schließlich waren die Piloten, die sich hier vom Stress des Überschallfliegens erholen sollten, keine normalen Kranken, sondern hoch motivierte junge Menschen oftmals schnell brennenden und weit leuchtenden Kerzen mit zu langen Dochten gleich, die man ab und zu etwas kürzen musste, damit sie nicht vorschnell ausgebrannt waren. Hierzu war die Gegend um den Chiemsee hervorragend geeignet, eine abwechslungsreiche Landschaft mit dem See, dem Schloss Herrenchiemsee und der pittoresken Insel Frauenchiemsee, sanften Hügeln mit Wiesen und Wäldern und den Chiemgauer Bergen mit dem spektakulären Anblick der schroffen Berge des Wilden Kaisers in Österreich im Hintergrund. Die meisten Kollegen tobten sich sportlich aus mit Mountain Biking, Bergwandern, Laufen, Radfahren, Segeln und dem üblichen Sportangebot der Klinik. Denn von hundertzehn Prozent auf null ließen sich diese Menschen nicht drehen; Aktion bestimmte auch in der Klinik ihren Tagesrhythmus, so sehr sich der Klinikleiter bemühte, sie auf ein normales Tempo zu bremsen. Aber Jürgen war auf null gedreht, von einem Tag auf den anderen abgeschaltet.

Seine damalige Freundin hatte sich nach dem Unfall nur einmal sehen lassen. Sie war nicht bereit, ihn in der Kur zu besuchen und ging merklich auf Abstand. So beendete er diese Beziehung und hatte nichts mehr, was ihn an sein altes Leben band. Er blieb acht Wochen in der Klinik, um in Ruhe zu überlegen, was er mit seinem Leben anfangen wollte. Er genoss es, die Tage selbst zu gestalten, ging jeden Morgen im kleinen Schwimmbecken schwimmen und beteiligte sich wenig am allgemeinen Klinikbetrieb.

Er hatte für sich beschlossen, den Dienst zu quittieren und noch einmal ein Studium zu beginnen. Überraschend erhielt er Besuch von Generalmajor Graf von Steinbrech, dem Kommandeur der 2. Luftwaffendivision, zu dem sein Jagdgeschwader gehörte. Dieser hatte erkannt, dass Jürgen Bentlin nicht nur ein hervorragender Waffensystemoffizier gewesen war, sondern über einen außergewöhnlich scharfen analytischen Verstand verfügte. Zudem besaß er die natürliche Gabe, Leute in einer kleinen Gruppe zu Höchstleistungen zu motivieren. Dem Generalmajor gelang es, ihm neue attraktive Aufgaben innerhalb der Luftwaffe aufzuzeigen und ihn davon zu überzeugen, bei der Bundeswehr zu bleiben. Sein Mentor sorgte dafür, dass er verschiedenste Aufgaben übernahm, schickte ihn von hüh nach hott, behielt ihn aber immer im Auge. In dieser Zeit lernte er auch seine spätere Frau Elli kennen. Nach dieser Zeit der regelmäßigen Versetzungen und Beförderungen holte ihn sein Mentor, General von Steinbrech, in der Zwischenzeit ins Verteidigungsministerium gewechselt, in seinen Stab nach Bonn. Jürgen Bentlin hatte das Gefühl, es sei für ihn die Zeit gekommen, sesshaft zu werden. Zudem wollte er seiner Frau Elli und der inzwischen geborenen Tochter Maria weitere Umzüge und Schulwechsel ersparen. Die Schreibtischtätigkeit füllte ihn aber nicht aus. So nahm er die nächste sich ihm bietende Gelegenheit an die Front, wie er das nannte, zurückzukehren. Man hatte ihm die Leitung einer Sondereinheit des Verteidigungsministeriums angeboten, die eng mit dem NATO-Hauptquartier zusammenarbeitete und am Standort des AWACS-Aufklärungsgeschwaders in Geilenkirchen angesiedelt war. Was für eine Sondereinheit das war, blieb seiner Frau und allen seinen Freunden verborgen. Darauf angesprochen, gab er allenfalls ganz verschwommen Auskunft und erklärte, dass es mit politischer Aufklärung zu tun habe, aber geheim sei.

«Ihr wisst doch, was in der NATO für eine Geheimniskrämerei herrscht», pflegte er dann zu sagen und wechselte galant das Thema. Wozu er in alle Krisengebiete dieser Welt reiste, blieb immer verborgen.

Zwar war Geilenkirchen der formal festgelegte Standort seiner Spezialeinheit, aber die meiste Zeit arbeiteten die Mitglieder seiner Einheit im Ausland. Er hielt den Kontakt und reiste ebenfalls regelmäßig in diverse Krisengebiete. Die wenigen Zeiten dazwischen verbrachte er möglichst zu Hause. Nach seiner Heirat mit Elli zogen sie in das Elternhaus seiner Frau in der alten Kaiserstadt Aachen. Ihre Eltern waren kurz hintereinander verstorben. Sie hatten in Aachen eine Nadelfabrik besessen, die zwar bereits liquidiert war, aber dennoch gehörte die Familie zu den Arrivierten in der Stadt und sie hatten mit dem Anwesen im II. Rote-Haag-Weg auch die entsprechende

Adresse. Ursprünglich wollten sie in das Kölner Umland ziehen, da Elli das großstädtische Flair besser gefiel, aber es hatte sich anders ergeben. Die Stadt und der herzliche Empfang im Südviertel gefiel ihnen so gut, dass sie sich in Aachen wohlfühlten. Sein Mentor, der ebenfalls in Aachen wohnte, holte ihn in die CDU und seine Frau sorgte dafür, dass sie bald Teil der Aachener Gesellschaft wurden, obwohl er selbst eher selten in Aachen weilte. Seine Frau hatte die Gabe, nicht nur die ehrenwerten, aber eher langweiligen ersten Bürger der Stadt einzuladen, sondern hatte auch ein Händchen dafür, Intellektuelle und Künstler zu ihren legendären Soireen zu bitten. Schon bald war in der Stadt bekannt, dass jeder, der was auf sich hält, bei Bentlins ein- und ausgehen sollte. Seine Tochter war inzwischen schon flügge, studierte Biologie in Köln und wohnte in einer eigenen Studentenbude.

Er selbst war es, der seine Tochter mit einem Piloten zusammenbrachte. Nach einem gemeinsamen Urlaub der beiden in den USA überraschten sie mit der Nachricht, dass sie in Las Vegas geheiratet hätten. Elli, Marias Mutter war enttäuscht.

«Kinder, das wollten wir aber doch so gerne mit Euch feiern.»

«Mom, das holen wir bei der kirchlichen Hochzeit nach, aber erst nach der Geburt.»

Elli musste sich setzen. «Das hättet ihr uns aber auch anders beibringen können. Herzlichen Glückwunsch!»

Sie sprang auf und herzte die beiden, dass ihnen die Luft wegblieb.

«Wie weit bist du denn?»

«10. Woche».

Kurze Zeit später kam die nächste Überraschung. Michael, Marias Mann, wurde als Fluglehrer nach Arizona entsandt und nahm seine werdende Familie natürlich mit. So lernten die Großeltern ihr Enkelkind Maria nur während der gegenseitigen Besuche kennen. Zum Glück gab es Videocalls. Nach eineinhalb Jahren kam das zweite Enkelkind, Katrin in den USA zur Welt.

Jürgen und Elli Bentlin brachen zu einem längeren Urlaub nach Arizona auf, um ihr zweites Enkelkind zu sehen und Maria zu unterstützen. Sie waren gerade zurück, als die schlimme Nachricht kam, dass Katrin gestorben war. Geraume Zeit nach dem Tode von Katrin kehrte Maria mit Lena nach Deutschland zurück und zog bei ihnen in den ersten Stock, der über eine eigene komplette Wohnung verfügte. Maria hatte sich von Michael getrennt, über die Gründe wollte sie nicht sprechen. Jürgen Bentlin setzte sich zur Ruhe, um seiner Tochter und Frau in dieser schlimmen Zeit beizustehen. Erst als seine Tochter wieder einigermaßen festen Boden unter den Füßen hatte und sogar wieder ein Mann in ihrem Leben Platz fand, war der General nach vielen Jahren beruhigt und glücklich.

Nun war er nicht nur Kreisvorsitzender der CDU, sondern auch graue Eminenz der Partei mit guten Beziehungen nach Düsseldorf und Berlin. Die graue Eminenz konnte man ruhig wörtlich nehmen, denn die letzten Haare, die dem General verblieben waren, waren eisgrau mit einem kleinen bläulichen Stich. Er trug sie militärisch kurz, nur der Schnauzbart war ausladend. Ansonsten war er kräftig gebaut, auch mit seinen 62 Jahren noch muskulös, machte er jeden Morgen seine 50 Liegestütze sowie genauso viele Kniebeugen. Zudem versuchte er, jeden Tag ein wenig zu joggen und ging einmal die Woche zum Schwimmen. Trotzdem hatte er sich einen kleinen Bauch zugelegt, der wie ein verschluckter Fußball vorstand. Ansonsten war an seinem Körper kaum Fett zu erkennen. Auf diesen Bauch angesprochen pflegte er zu sagen, er sei eben Spitzträger. Sein gegerbtes rundes Gesicht war auch ohne Sonnenstudio stets gebräunt und wurde von einer breiten Nase und buschigen, ebenfalls stahlgrauen Augenbrauen beherrscht, unter denen listige Augen funkelten. Der General war mittlerweile auch ein einflussreicher Mann im gesellschaftlichen Leben der Stadt Aachen und versuchte seinen Schwiegersohn durch seine

Beziehungen zu unterstützen. Der General hatte des öfteren den mangelnden Ehrgeiz seines Schwiegersohns bedauert und dessen Sturheit verflucht, sich nicht in die Gesellschaft einführen zu lassen.

«Er ist beweglich wie eine Eisenbahnschwelle, alte knorrige deutsche Eiche, stur wie ein Maulesel», verdeutlichte er seine Meinung.

«Ach Jürgen, lass ihn, er ist eben nicht so wie du. Maria ist glücklich mit ihm und das ist die Hauptsache», antwortete Elli dann regelmäßig.

«Ich sage ja nicht, dass er ein schlechter Mensch ist, im Gegenteil. Aber wenn einer so seine Möglichkeiten vergeudet, das ist schließlich eine Schande.»

Rückblick - Langerwehe, Dienstag, 19.05.2015

14:38 Uhr

Die Kinder verließen Bolles Garten. Moritz lief wie immer voraus, während Lena ihm gemessenen Schrittes folgte. Es hatte geregnet. Sie gingen das letzte Stück des Spazierweges hinauf bis zur Laufenburgstraße, in die der Spazierweg mündet. Die Laufenburgstraße wiederum endet 100 m weiter als Sackgasse und setzt sich als Waldweg in Richtung Laufenburg fort. Rechts geht ein Feldweg hinunter zu den Pferdewiesen und links geht es weiter zum Forsthaus.

Lena rief: «Warte Moritz!»

Moritz lief bereits auf dem Feldweg hoch zum Forsthaus.

«Warum?»

«Weil ich es sage. Außerdem kommst du sowieso nicht rein, ich hab den Schlüssel.»

Moritz wartete und hüpfte stattdessen auf der Stelle.

Hinter ihnen kam langsam ein weißer Lieferwagen gefahren.

Lena zog Moritz zur Seite und ließ den Lieferwagen vorbei.

Sie gingen gemeinsam weiter und wollten rechts an dem Lieferwagen vorbei. Die Beifahrertür wurde geöffnet und ein

Mann stieg aus. Er war sehr groß und kräftig, trug eine Schlägerkappe und einen Blaumann.

«Geht es hier zu Mühlmanns?», fragte er Lena.

«Nein, wir heißen Mülhausen.»

«Ach ja richtig. Da sollen wir hin. Ihr wohnt also da oben? Wir sollen etwas reparieren. Sind deine Eltern nicht zu Hause?»

«Nein, aber sie kommen gleich. Was ist denn kaputt? Davon weiß ich gar nichts», antwortete Lena.

«Was mit der Wasserleitung. Wir warten, bis eure Eltern kommen.»

Ein zweiter Mann öffnete von innen die Schiebetür. Er war auffällig dünn und an Armen und Hals tätowiert. Moritz schaute ihn neugierig an. Dann lugte er in den Innenraum, dieser war bis auf eine große Holzkiste ganz leer. In der Holzkiste saßen zwei kleine Kaninchen, die entsprechende Geräusche machten. Moritz trat neugierig näher.

«Da sind zwei Kaninchen drin. Die haben wir von Bolle geschenkt bekommen. Die sind für meine Kinder. Weißt du, was die fressen?» Der Mann öffnete den Deckel der Kiste.

Moritz reckte den Hals, konnte aber den Boden der Kiste nicht sehen.

«Soll ich dich mal hochheben?»

Der Mann packte Moritz und hob ihn hoch, damit er in die Kiste schauen konnte.

Jetzt war auch Lena näher herangetreten.

Der Fahrer war mittlerweile auch ausgestiegen und hinten ums Auto gegangen. Plötzlich wurden Lena gepackt und ihr wurde ein Tuch auf das Gesicht gedrückt.

Moritz erging es nicht anders.

In Sekundenschnelle waren die Kinder im Lieferwagen verstaut. Das Fahrzeug fuhr rückwärts langsam den Feldweg wieder herunter.

Der weiße Lieferwagen überquerte bei Kleinlichtenbusch die Grenze nach Belgien und setzte die Fahrt weiter durch Raeren Richtung Verviers fort. Kurz vor Eupen war am rechten Straßenrand ein Bauernhof sichtbar. Er lag halb versteckt hinter einer hohen Buchenhecke. Der Lieferwagen bog dort ein und fuhr hinter die Hecke. Der Bauernhof war vor Jahren zu einem Bordell umgebaut worden. Die hohen Hecken waren ideal, um die Autos der Gäste vor neugierigen Blicken zu schützen. Der Betrieb war vor langer Zeit eingestellt worden, nur die alte Puffmutter wohnte noch da.

«Was bringt ihr mir denn da schon wieder? Hoffentlich nicht wieder so schreiende Weiber wie letztes Mal. Wie viele sind es denn?», fragte sie, kaum dass sich die Fahrertür geöffnet hatte.

«Nur zwei kleine, ganz ruhige Logiergäste», antwortete Georg, der Mann mit der Schlägerkappe, lachend.

«Was, wieder Kinder? Na, mir egal. Aber ihr zahlt wie immer im Voraus.»

«Ja, ja, du geldgierige, alte Hexe.»

«Wie lange sollen sie denn bleiben?»

«Nur bis Freitag. Sie werden vor dem Morgengrauen wieder abgeholt.»

«Den Tag müsst ihr trotzdem voll bezahlen», sagte die Alte.

Die Frau rollte einen Teppich in der Diele auf und öffnete eine Falltür, die darunter zum Vorschein kam. Sie gab eine Treppe ins Kellergeschoss frei. Die Männer gingen zum Auto und öffneten die Schiebetür. Der Mann mit der Schlägerkappe und der tätowierte Mann, der aus dem Laderaum kam, nahmen jeweils eines der Kinder, die dank der Betäubung noch schliefen, aus der Kiste. Der Beifahrer folgte ihnen. Sie trugen die Kinder die Treppe hinunter. Ein kalter, modriger Geruch schlug ihnen entgegen. Das Untergeschoss war überraschend groß und voll ausgestattet. Die Wände waren mit einer Tapete mit erhabenem roten Samt und goldenen Ornamenten tapeziert. Sie gingen einen langen Flur mit Türen links und rechts entlang.

«Wohin?», fragte Torben, der vorne gehende Mann mit den auffälligen Tätowierungen.

«Das beste Zimmer, das du hast.», sagte Pete, der als letzter die Treppe hinunterging.

«Dann gleich rechts in die Hochzeitssuite», meinte die Alte.

Sie öffnete den Raum, in dem ein riesiges Doppelbett mit Baldachin stand. Das Zimmer war zudem mit einem großen Schrank sowie einer Sitzecke mit Sofa und einem Sessel sowie einem Marmortisch möbliert. Sie legten die Kinder auf das Bett.

Pete inspizierte das Zimmer, öffnete den Schrank, in dem tatsächlich Hochzeitskleider hingen, darunter Dessous und Sexspielzeug. Er blickte sich um und sagte: «Und keine Fotos oder Videoaufnahmen, verstanden?»

«Ja, ja, die Anlage ist sowieso kaputt», antwortete die Alte.

«Dass mir die Kinder hier nicht ersticken, der Gestank ist ja widerlich», beschwerte sich Georg, den alle nur Schorsch nannten.

«Bah, stellt Euch nicht so an, das ist hier schließlich kein Luxushotel. Aber ich stelle die Lüftung an. Die mache ich nur an, wenn wir Gäste haben», kicherte die Alte.

«Kein Luxushotel, nur von den Preisen her», entgegnete Torben.

«Warum geht ihr denn nicht in ein Luxushotel mit Euren Kinderchen? Hübsche Kinderchen, die sind aber nicht aus dem Osten?»

«Das geht dich gar nichts an, Alte», herrschte sie Pete an. «Sorge du dafür, dass sie übermorgen noch genauso gut aussehen wie heute. Hast du mich verstanden? Kein Härchen darf ihnen gekrümmt werden.»

Die Alte wollte protestieren.

Pete schnitt ihr das Wort ab: «Schorsch, du bleibst hier. Pass auf, dass die Kinder bei Laune bleiben. Ich will keine Scherereien haben. Das Ganze ist sowieso schon riskant genug.»

«Mir egal», meckerte die Alte, «aber der da zahlt das Gleiche.»

Sie hielt demonstrativ die Hand auf. Georg griff in seine Hosentasche und holte ein Bündel aufgerollte Geldscheine heraus, um die ein Gummiband gespannt war. Die Alte blickte gierig auf das Geld. Der Mann zählte 900 Euro ab und gab sie der Frau.

«Was ist mit einem Zuschlag?», fragte die Frau hinterlistig. «Das ist eine ganz besondere Ware, das sieht man gleich. Außerdem frisst mir Euer Aufpasser bestimmt den ganzen Schinken weg.»

Georg legte noch einen Hunderter oben darauf und gab ihr das Geld.

«Wenn du jetzt nicht siehst, dass du aus dem Weg kommst, drehe ich dir den Hals um.»

«He, he, immer die alten Sprüche», krächzte sie, schaute aber dennoch, dass sie den Weg freigab.

«Wir werden uns bald was anderes suchen müssen. Die Alte wird immer gieriger. Eines Tages drehe ich ihr tatsächlich den Hals um», sagte Georg.

«Das ist Euer Problem», meinte Pete.

Er ging mit Torben zum Auto, überlegte es sich aber und sagte zu ihm: «Steig schon mal ein, ich komme gleich» und kehrte noch einmal zurück.

«Schorsch, du behältst auch deine Griffel bei dir. Das ist keine Ware, mit der du sonst umgehst. Hast du mich verstanden. Die sind absolut tabu.»

«Klar, ich bin doch nicht blöd. Ein Wahnsinn, Kinder aus Deutschland zu greifen, wo sie doch im Osten so einfach zu bekommen sind. Pete, du kannst dich auf mich verlassen.»

Peter Grüner

Pete Snijder hieß eigentlich Peter Grüner. Aber wie er wirklich hieß, beziehungsweise seine Eltern, wusste er nicht, denn er war ein Findelkind. Man hatte ihm wahrscheinlich den Namen Grüner gegeben, weil er, in einem Kinderwagen liegend, in Aachen auf einer Straße abgestellt wurde, die Grüner Weg hieß. Den Vornamen hatte er vermutlich von seinem Taufpaten bekommen, den er allerdings nie kennengelernt hatte. Es fiel ihm leicht, sich von seinem alten Namen zu trennen, der auf seiner Geburtsurkunde stand und sich einen neuen zuzulegen.

Pete war im Heim aufgewachsen, unterbrochen von zwei Phasen in Pflegefamilien. Diese hatten jedoch nach kurzer Zeit aufgegeben und ihn wieder ins Heim gebracht. Er konnte sich noch genau erinnern, als er mit acht Jahren das letzte Mal von Pflegeeltern zurückgebracht wurde. Diese sagten damals: «Sie können sich selbst mit diesem Teufel herumschlagen. Das tun wir uns nicht länger an.»
Pete war als Kind immer eher klein und maß auch jetzt nur 1,68 Meter. Aber er hatte früh gelernt, sich durchzusetzen. Im Kinderheim gab es zwar öfter Schläge, aber er hatte das Glück, nicht das Lieblingskind des Heimleiters zu sein und deswegen nur selten zu ihm gebracht zu werden. Dennoch musste er unwillkürlich ausspucken, als er daran dachte, was der Leiter des Kinderheims von ihm verlangt hatte. Aber Pete war kein Opfer. Nein. Er hatte den anderen Weg gewählt. Seiner Meinung nach konnte man nur Opfer oder Täter sein. Ein Opfer konnte sich nur aus seiner Opferrolle befreien, indem es zum Täter wird. Das war sein Credo. Der Leiter des Kinderheims wurde später vom Täter zum Opfer. Opfer eines Verkehrsunfalls mit Fahrerflucht. Das Auto hatte Pete tags zuvor entwendet und anschließend in einer Sandgrube abgefackelt. Opfer oder Täter – man muss sich halt entscheiden.
Nach der Schule, die er mit Ach und Krach mit dem Hauptschulabschluss abschloss, obwohl er durchaus Fähigkeiten zu mehr gehabt hätte, begann er eine Lehre als Metzger. Er arbeitete nach seiner Gesellenprüfung als Kopfschlächter in einem Kölner Schlachthof. In diese Zeit fiel auch seine Karriere als Fußballer. Er war als Abwehrspieler bei seinen Mitspielern gefürchtet, war sogar einmal zum Probetraining beim 1. FC Köln, fiel da allerdings durchs Sieb. Da hinter dem Schlachthof der Straßenstrich begann, trieb er sich dort nach der Arbeit oft herum und wurde bald angeworben. Erst arbeitete er auf der Straße und verkaufte Drogen. Er machte den Führerschein und war bald als Drogenkurier gut im Geschäft. Seine Arbeit im Schlachthof konnte er so bald aufgeben.

Pete war nicht von kräftiger Statur. Er brauchte andere Mittel, um sich im Milieu durchzusetzen. Zwar war er mittlerweile durch das Boxen, mit dem er sich fit hielt, muskulös, aber immer noch nicht besonders furchteinflößend. Schon im Kinderheim hatte er gerne mit seinem Messer gespielt und eine Fertigkeit entwickelt, die einem Messerwerfer im Zirkus gleichkam. Dies half ihm auf der Straße, wo er bald den Spitznamen «Der Schlitzer» bekam. Pete war skrupellos und gewandt und stieg schnell in der Hierarchie auf. Nach einigen Fehlschlägen und einem Gefängnisaufenthalt wegen versuchten Totschlags wurde er zum Boss des Kölner Drogensyndikats gerufen und gefragt, ob er sich zutrauen würde, einen Spezialauftrag zu erledigen. Es ging um einen Konkurrenten, der versuchte, sich mit seinen Drogen im Kölner Milieu breitzumachen. So bekam er seinen ersten Mordauftrag. Weil er das Ganze gut und geräuschlos erledigte und er auf diese Weise mehr Geld als auf der Straße verdienen konnte, zog er sich dort vollkommen zurück. Fortan lebte er als Vollstrecker, wie er es nannte. Er hatte sich bald in der Szene einen Namen gemacht und arbeitete für die verschiedensten Syndikate in allen Großstädten Deutschlands. Als Freelancer gehörte er keinem Syndikat mehr an. Er zog nach Frankfurt, kaufte sich neue Papiere und baute eine Sicherheitsfirma als Tarnung auf. Über Sarah, der Mutter seines einzigen Kindes, zu der er jahrelang keinen Kontakt hatte, bekam er erste Aufträge außerhalb des Milieus, die in den Bereich einer Sicherheitsfirma passten. Das Geschäft wuchs. Von seiner Klientel wurde er meist für Objektschutz sowie delikate Aufträge wie Industriespionage, Beschattung und dem Besorgen kompromittierender Informationen gebucht, gelegentlich war auch ein Auftrag darunter, für den er seine alten Fähigkeiten benötigte.

Den Auftrag, zwei Kinder zu entführen, hatte er anfangs abgelehnt. Das war nicht sein Metier. Aber sie hatten ihn unter Druck gesetzt. Außerdem war die Prämie für diesen Auftrag außerordentlich hoch. Schließlich war er schon über fünfzig und es wurde Zeit, sich zur Ruhe zu setzten.

Nachdem er recherchiert hatte, welchen Hintergrund die Kinder hatten, war er umso besorgter. Er konnte sich auch keinen Reim über die Motive machen. Die Eltern waren gewiss nicht das Ziel einer Erpressung. Eher schon der Schwiegervater. Einerlei, er würde dafür Helfer brauchen, ein Umstand, der ihm zusätzlich missfiel, denn er arbeitete bei den delikaten Aufträgen grundsätzlich alleine. Die Wahl fiel auf zwei Schlepper aus dem Frankfurter Milieu, die er dafür auslieh. Zumindest einen kannte er aus seiner Zeit im Kinderheim in Düren. Also auch ein Zugvogel, wie sich die Ehemaligen des Kinderheims selbst bezeichneten. So wusste man wenigstens, auf wen man sich verlassen konnte. Auch hatte er sie schon einmal am Schlösschen gesehen, dessen Ausbau zum Sextempel er seinerzeit mit seiner Firma überwacht hatte und wo er noch immer für das Sicherheitskonzept zuständig war. Zwei Schlepper mit entsprechender Erfahrung und Kontakten. Um zwei Kinder möglichst unauffällig zu entführen, brauchte man mehr als einen Mann. Bei seinen üblichen Jobs versuchte er stets, unsichtbar zu bleiben und seine Opfer waren in der Regel schlechte Zeugen. Das war bei diesem Auftrag anders. Ja, er würde sich nach diesem Job zurückziehen und es sich auf seiner Finca auf Mallorca gut gehen lassen.

EUPEN, Mittwoch, 20.05.2015 8:05 Uhr

Schorsch, der eigentlich Georg Hasenleder hieß, war schon lange für das Syndikat in Frankfurt als Schleuser tätig. Er hatte seine Karriere in Köln als Türsteher begonnen, war dann in verschiedenen Funktionen im Milieu tätig, bevor er nach Frankfurt wechselte und dort ins Schleusergeschäft einstieg. Es störte ihn, dass er nur die zweite Geige spielte und Befehle von Pete entgegenzunehmen hatte. Schließlich hatte er schon oft Ware aus dem Osten nicht nur nach Frankfurt, sondern auch ins

Ausland geliefert. Immer hatte alles reibungslos geklappt. Warum hatte man nicht ihn mit der Aktion beauftragt?

Die Entführung war ein Kinderspiel gewesen. Das hätte er zusammen mit Torben auch ohne diesen Besserwisser hingekriegt. Wie wichtig der sich immer nahm! Wie früher im Kinderheim. Erst die ganzen Observationen, dann das Haus verwanzt, viel zu viel Aufwand. Dabei hatte ER alles organisiert. Das Versteck hier, das hatte ER klargemacht. Den Leihwagen hatte ER mitgebracht und die Kennzeichen besorgt, Dubletten. Auch der Mann in Zaventem, der ihnen den Zugang zum Flughafen ermöglichen würde, war sein Mann. Er war schließlich lange genug im Schleppergeschäft. Georg redete sich selbst regelrecht in Rage. Er hockte vor dem Fernseher und wartete darauf, wieder abgeholt zu werden. Das sollte erst am Donnerstag sein. So lange saß er fest. Die Alte hatte noch nicht einmal Bier im Haus. Bisher hatte er sich nicht um die Kinder gekümmert und hatte es der Alten überlassen, sie zu beruhigen, Essen zu bringen und den Eimer zu leeren. Der Gestank da unten war immer noch widerlich, obwohl die Lüftung lief.

Als die Alte nach Eupen zum Einkaufen fuhr, raffte er sich auf, hinunterzugehen und er hatte eine Idee. Er nahm das Handy zur Hand, das er dem Mädchen schon im Wagen aus der Tasche gezogen und ausgeschaltet hatte. Die Kinder lagen auf dem Doppelbett und kuschelten sich aneinander. Georg klopfte. Die Kinder erschraken.

«Ihr braucht keine Angst zu haben. Ich tue euch nichts.»

Die Kinder kauerten sich auf dem Bett zusammen.

«Die Luft ist hier so schlecht. Wenn ihr mir versprecht, nicht zu schreien und nicht wegzulaufen, lasse ich Euch mal nach oben.»

Lena nickte, und Moritz klammerte sich an ihr fest.

Der Mann öffnete die Tür und trat zur Seite. Vorsichtig kamen die beiden näher. «Ihr müsst mir versprechen, gleich brav wieder runterzugehen, bevor die Alte kommt, sonst bekomme ich mächtig Ärger.»

Die Kinder nickten.

«Ich gehe vor. Übrigens, ich heiße Georg», stellte er sich vor. Sie gingen die steile Treppe nach oben, von wo sie der Mann in eine gute Stube führte, die mit alten Bauernmöbeln vollgestopft war. In einer Ecke stand ein großer, moderner Flachbildfernseher, der laut lief.

Der Mann zeigte auf die Couch vor dem Fernseher und verschloss die Tür hinter sich. Den Schlüssel steckte er in seine Hosentasche. Lenas Blick suchte instinktiv ein Fenster, aber beide waren mit hölzernen Läden verschlossen. Moritz starrte auf den Bildschirm. Trotz seiner Angst traute er sich, die erste Frage zu stellen: «Die alte Frau hat gesagt, dass wir verkauft werden.»

«Ja, das stimmt.»

«Niemand darf uns verkaufen!», rief Lena bestimmt.

«Es stimmt aber. Eure Eltern haben euch verkauft, wenn ihr schön brav seid, kommt ihr zu guten Leuten.»

«Das stimmt nicht!», rief Moritz weinend. «Mama würde mich nie verkaufen!»

«Sie wollten es nicht, aber sie mussten. Dein Papa hat so viele Schulden, er konnte nicht anders.»

«Du lügst!», rief Lena. «Mein Papa lebt in Arizona und hat gar keine Schulden und mein Opa hat genug Geld. Der würde niemals erlauben, dass wir verkauft werden», schrie Lena ihm entgegen.

Der Mann schlug ihr mit der flachen Hand ins Gesicht. «Ich habe euch gesagt, ihr sollt nicht schreien.»

Lena schrie laut auf, und der Mann schlug ihr erneut mitten ins Gesicht.

«Ich habe dir gesagt, du sollst nicht schreien. Jetzt geht es gleich wieder in den Keller.»

Lena weinte. Es war das erste Mal, dass sie jemand ins Gesicht geschlagen hatte. Es tat richtig weh, aber schlimmer war, dass sie nun wusste, von diesem Mann hatten sie nichts Gutes zu erwarten.

Die alte Frau hatte sie von Anfang an angeschrien. Sie verstanden die Frau zwar nicht, da sie mit ihnen Französisch sprach. Aber sie hatte Moritz vom Bett gezerrt und geschlagen, weil er die Hose nassgemacht hatte. Sie hatte auf den Eimer gezeigt und bedeutete ihnen, dass sie da ihr Geschäft machen sollten. Sie wussten sofort, dass sie von dieser Frau kein Mitleid zu erwarten hatten. Aber dieser Mann war zunächst freundlich gewesen. Lena wusste nun, dass sie ganz vorsichtig sein musste.

Der Mann packte beide und schleppte sie zur Treppe. Lena hatte schon Angst, dass er sie hinunterwerfen würde, aber er ließ sie plötzlich los und herrschte sie an: «Runter mit Euch, ihr undankbares Pack!»

Lena ging vor, Moritz an der Hand, der Mann folgte ihnen. Lena ging mit Moritz in ihren Raum. Der Mann zog sie zurück. Moritz hielt sich an ihr fest.

«Sag ihm, er soll loslassen und sich aufs Bett legen.»

Lena sprach auf Moritz ein. Schließlich ließ er weinend los und rannte zum Bett, wo er sich unter der Decke verkroch.

Der Mann zog Lena aus dem Raum und verschloss ihn. Dann zerrte er sie wieder mit nach oben. Er ging mit ihr wieder in die Wohnstube. Er hielt sie die ganze Zeit fest. Jetzt setzte er sich in den Sessel, fasste sie an beiden Händen und redete auf sie ein: «Du bist doch schon ein großes Mädchen. Du musst dich um deinen Bruder kümmern. Du musst verstehen, dass ich dich bestrafen muss, wenn du etwas tust, was ich dir verboten habe. Hast du das verstanden?»

Lena nickte.

Er ließ sie vor sich hinknien. Er nahm seelenruhig sein Klappmesser heraus und klappte es auf. Lena erstarrte. Er strich ihr damit über die Wange und den Hals.

«Was für eine zarte Haut du hast.»

Dann fragte er sie noch einmal, ob sie wüsste, dass er sie bestrafen müsse. Lena brachte kein Wort heraus. Die Tränen kullerten über ihre Wange. Er griff in ihr Haar und schnitt ihr eine Haarlocke ab. Dann fragte er sie, ob sie es wiedergutmachen wolle. Sie nickte wieder.

«Wenn du tust, was ich dir sage, gebe ich dir dein Handy wieder. Dann rufst du zu Hause an und ihr lasst euch abholen.»
Lena nickte.
Der Mann öffnete den Reißverschluss seiner Hose.
Was dann geschah, war eine einzige Qual für Lena. Von der Erinnerung daran würde sie sich niemals mehr lösen können.
Der Mann brachte sie zurück in den Keller und sperrte sie wortlos wieder ein.
Lena schrie: «Mein Handy. Du hast versprochen, ich kriege mein Handy zurück. Du hast es versprochen!»
Der Mann lachte. «Du musst noch viel lernen. Schade, dass wir so wenig Zeit füreinander haben und ich dir nicht mehr beibringen darf.»

Lena fiel schluchzend auf die Matratze. Moritz kam zu ihr, wollte sie trösten, doch sie vergrub sich unter der Bettdecke.
Der Tag zog sich wie Kaugummi hin. Die Kinder kauerten in der Ecke. Sie lauschten auf die Geräusche, aber sie hörten nichts anderes als das leise Geräusch vorbeifahrende Autos und Lastwagen. Moritz schluchzte immer wieder und fragte Lena, wann sie nach Hause dürften.
Lena weinte still in sich hinein, dennoch versuchte sie, Moritz zu beruhigen. Ihr Beschützerinstinkt hatte wieder die Oberhand gewonnen. Sie machte Moritz Mut, obwohl ihr selbst gar nicht danach war.
«Pops und Mama suchen uns bestimmt schon und werden uns bald finden.»
Sie flüsterten, obwohl niemand in der Nähe war. Da nur eine einzige schwache Glühbirne den Raum erhellte, war es fast ganz dunkel unter ihrem Baldachin. Sie tuschelten miteinander, immer unter der muffigen Bettdecke verborgen, als ob sie diese vor den Männern und der alten Hexe schützen könnte.

Georg ging noch einmal hinunter und befragte Lena nach Namen und Adresse ihres Großvaters und ließ sich die Nummer von Lenas Handy aufschreiben. Zum Glück konnte sie alles nennen. Er pfiff durch seine Zähne. Da haben sie ja prominente Gäste, nachdem er den General gegoogelt hatte. Parteivorsitzender und wohnt im II. Rote-Haag-Weg in Aachen. Da sollte ordentlich was herauszuholen sein.

Georg ging in einen anderen Raum, in dem ein Büro eingerichtet war. Schnell fand er, was er suchte. Einen großen braunen gepolsterten Briefumschlag. Er putzte das Handy sorgfältig mit einem Tuch und Bildschirmreiniger, den er im Regal fand, ab und legte es zusammen mit der Haarlocke hinein. Sollte er auch einen Erpresserbrief schreiben? Er schaltete den Computer an und tippte ein paar Zeilen. Nicht zu viel, schließlich musste er erst die Geldübergabe planen, ohne dass die anderen etwas bemerkten. Dann könnte er sich mit dem Geld absetzen und wäre kein Befehlsempfänger mehr. Kein Wunder, dass man ihm vorher nicht gesagt hatte, wen sie da entführen sollten. Übermorgen würden sie die Kinder zum Flugplatz nach Zaventem bringen, er musste sich also beeilen. Er adressierte den Umschlag mit der linken Hand.

Georg wartete, bis die Alte wieder zurückkam. Er fing sie vor dem Haus ab und sagte: «Ich muss in die Stadt, kann ich mal eben dein Auto haben?»

Sie hielt ihm den Autoschlüssel hin. Als er ihn greifen wollte, zog sie diesen zurück und hielt die andere Hand geöffnet hin. Er griff in die Tasche, nahm sein Geldbündel heraus und gab ihr noch einen weiteren Schein.

«Aber wenn hinterher was dran ist, zahlst du das extra.»

Wortlos stieg er ins Auto und fuhr nach Aachen, zunächst zum II. Rote-Haag-Weg. Er überlegte, den Brief dort einzuwerfen, entschied sich dann aber dagegen. Kein Risiko, ermahnte er sich, mit der Post ist er spätestens morgen da. Er fuhr in die Stadt, parkte das Auto im Parkhaus und schlenderte zur Hauptpost. Dort zog er am Automaten die erforderlichen Briefmarken. Dann überlegte er es sich anders. Der Brief musste morgen ankommen, sonst schaffte er es nicht mehr, das

Ganze rechtzeitig abzuwickeln. Er hatte immer noch keinen Plan für die Geldübergabe, den heikelsten Teil der Aktion.
Er ging in die Hauptpost, um den Umschlag per express versenden zu lassen. Am Schalter stand eine lange Schlange. Er ging zu einer älteren Dame, die als Letztes anstand und bat sie, für ihn eine Expresssendung abzugeben.

«Ich habe leider keine Zeit, hier so lange anzustehen.»
Die Frau sah ihn unschlüssig an.

«Ich weiß leider nicht, was das kostet», sagt er zu ihr und drückte ihr den Umschlag und fünfzig Euro in die Hand und fügte im Weggehen an, dass sie den Rest behalten könne. Die alte Dame war immer noch perplex, denn sie hatte noch gar nicht zugestimmt. Aber Georg hatte sie richtig eingeschätzt. Er stellte sich hinter einen Aufsteller und beobachtete, wie die Frau den Umschlag pflichtbewusst aufgab und freudestrahlend ob des reichlichen Rückgeldes davon ging.
Georg klopfte sich innerlich auf die Schulter. Jetzt könnten sie ruhig nachforschen, wer die Expresszustellung aufgegeben hatte. Die alte Dame würde ihn sicherlich nicht gut beschreiben können, falls man sie überhaupt finden würde.

Gegenüber der Post war ein Restaurant. Da dachte er: 'Genehmige ich mir noch einen und kann gleichzeitig was Anständiges essen.' Er ging über die Straße ins Degraa und bestellte zur Haxe ein großes Weizen.
Nach drei Stunden war er wieder zurück im Bauernhaus und übergab der Alten den Schlüssel.

«Aber das bleibt unter uns», sagte er. Die Alte hielt wortlos ihre Hand auf. Kopfschüttelnd zog er weitere hundert Euro heraus und drückte sie ihr in die Hand.

«Wenn du nur einen Ton sagst, dreh' ich dir den Hals um.»
Die Alte schnaubte verächtlich und schlurfte davon.

Zwei Wochen zuvor

Bolle ging die Laufenburgstraße hinauf, um an den Wegrändern Futter für seine Kaninchen zu schneiden. Am Ende der Laufenburgstraße, wo es geradeaus in den Wald geht, stand ein weißer Lieferwagen. Bolle stutzte. Hier ist doch kein Parkplatz, dachte er bei sich. Auf dem Feldweg, der nach links zum alten Forsthaus führte, sah er ein Mann hinaufgehen.
Bolle folgte dem Feldweg hinunter zu den Pferdekoppeln und schnitt mit seiner Sichel an den Wegrändern das Gras ab und packte es in ein quadratisches Tuch, das er anschließend an allen Ecken zusammenfasste und über die Schulter warf.

In der Zwischenzeit am alten Forsthaus: Zunächst klingelte der Mann an der Haustür. Niemand öffnete. Daraufhin schlich er ums Haus durch den Garten in den Hof. Die Nebeneingangstür war kein großes Problem. Das Schloss war in Sekunden geöffnet. Schnell verschaffte der Mann sich einen Überblick. Zunächst im Erdgeschoss, dann stieg er die Treppe hoch und schaute in alle Zimmer. Wieder unten angekommen untersuchte er das Wohnzimmer und brachte ein Abhörgerät an der alten Nähmaschine an, die in der Ecke beim Telefon stand. In der Küche klebte er ein weiteres Abhörgerät unter den Küchentisch. Das sollte reichen, dachte er sich und verschwand auf dem Weg, den er gekommen war. Gemütlich schlenderte er den Feldweg wieder hinunter zum Auto. Bolle kam ihm entgegen.

Bolle schaute kurz, schaute noch einmal und wartete.
«Peter?», sprach er den Mann an. Der Mann schaute irritiert.
«Kennen wir uns?»
«Ja klar, du bist doch Peter Grüner. Wir haben in Düren zusammen Fußball gespielt. Du warst sogar auf meiner Hochzeit. Oder täusche ich mich?»
Der Mann schaute irritiert und stieg ins Auto. «Sie müssen mich verwechseln.»

Der Fahrer blieb noch etwas im Auto sitzen. «Verdammt, warum muss ich gerade hier diesem Idioten über den Weg laufen. Warum habe ich nicht eine meiner Verkleidungen benutzt? Verdammt! Ich dachte, ich bringe nur schnell die Wanzen an und bin dann gleich wieder weg. Ich werde langsam nachlässig. Was mache ich jetzt?»

Bolle ging die Laufenburgstraße herunter, drehte sich noch einmal um und schaute ihn nachdenklich an.

Der Fahrer startete den Wagen und fuhr langsam die Laufenburgstraße hinunter. Auf Höhe von Bolle hielt er an und ließ das Fenster hinunter.

«Hallo, Bolle! Jetzt erinnere ich mich wieder. Du bist der Stürmer mit den unnachahmlichen Sprints. Warst ´ne echte Torkanone. Was hast du da in deinem Tuch?»

«Futter für meine Kaninchen»

«Aha, dann bist du der mit den Kaninchen, mit denen die Kinder gerne spielen, nicht wahr?»

«Ja, woher weißt du?»

«Ich kenne zwei, Lena und Moritz, die kommen öfter bei dir vorbei.»

«Aha»

«Erinnerst du dich noch? Wir waren zusammen im Kinderheim. Du warst aber nur ganz kurz da.»

«Klar kann ich mich gut an dich erinnern. Du warst der mit dem Messer auf dem oberen Flur.»

«Bolle, dann bist du ja auch ein Zugvogel, erinnerst du dich? Zugvögel halten zusammen.»

«Ja klar!»

«Dann kennst du auch noch den heiligen Zugvogel-Schwur.»

«Ja sicher!»

«Hör zu Bolle, du hast mich nicht gesehen. Verstehst du das?»

«Ja klar, aber wieso?»

«Weil ich gerade gar nicht hier sein darf. Sonst kriege ich Schwierigkeiten»

«Okay, ich habe dich nicht gesehen.»

«Schwöre!»
«Ich schwöre»
Peter Grüner ließ die Fenster wieder hoch und fuhr davon.

Aachen, Donnerstag, 21.05.2015 vormittags

Er klopfte an die Tür des Leiters des Kommissariats 12, das auch für vermisste Personen zuständig ist.
«Ja, bitte?»
Dr. Soltau öffnete die Tür und stellte sich vor: «Ich bin die Rechtsvertretung von Herrn Werner Bollemann.»
«Bollemann? Oha... Wer hat Sie denn beauftragt?»
«Das tut hier nichts zur Sache. Ich möchte meinen Mandanten sprechen.»
«Gut.»
«Was werfen Sie ihm eigentlich vor?»
«Wir gehen davon aus, dass er etwas mit dem Verschwinden der Mülhausenkinder zu tun hat. Außerdem soll er eine Schwarzbrennerei betrieben haben.»
«Wir werden sehen. Jetzt möchte ich erst mit meinem Mandanten sprechen. Hat er hier schon eine Aussage gemacht?»
«Nein, er hat die Aussage verweigert.»
Dr. Soltau wurde zu Bollemann geführt, der in einer Haftzelle im Polizeipräsidium saß.
«Guten Tag, mein Name ist Dr. Soltau und ich bin hier, um Sie als Rechtsbeistand zu vertreten.»
«Oh schön, aber wer hat Sie beauftragt? Meine Frau?»
«Das ist jetzt nicht so wichtig. Wichtig ist, dass Sie mir alles erzählen, was Sie der Polizei gesagt haben und was passiert ist. Alles, was Sie über das Verschwinden der Kinder wissen, müssen Sie mir berichten. Ich unterliege der Schweigepflicht und darf mit niemandem darüber sprechen. Aber ich brauche alle Details, egal ob Sie etwas damit zu tun haben oder nicht. Das spielt jetzt keine Rolle. Wichtig ist nur, dass ich auf alles vorbereitet bin. Haben Sie das verstanden, Herr Bollemann? Sind Sie damit einverstanden? Dann hole ich Sie hier raus.»

«Ja, aber ich habe mit dem Verschwinden der Kinder nichts zu tun.»

«Dann unterschreiben Sie bitte die hier vorbereitete Vollmacht. Damit bin ich offiziell als ihr Anwalt tätig und unterliege der Schweigepflicht.»

Dr. Soltau holte die obligatorische Vollmacht aus seiner schwarzen Aktentasche heraus, ohne die er nie das Haus verließ.

Bolle unterschrieb, ohne zu lesen.

«So dann erzählen sie einmal, Herr Bollemann.»

«Nennen Sie mich bitte Bolle, das bin ich so gewohnt. Wenn jemand Herr Bollemann zu mir sagt, werde ich nervös.»

«Gut Herr Bolle, ich meine Bolle, erzählen Sie mal.»

«Ich wusste nicht einmal, dass die Kinder verschwunden sind. Als meine Frau mich abgeholt hat, um mit mir zum Scheidungsanwalt zu fahren, waren die Kinder schon weg.»

«Die Kinder waren also bei Ihnen?»

«Ja, dienstags kommen sie vom Schulweg bei mir vorbei. Sie füttern die Kaninchen und Meerschweinchen, wie einige andere Kinder der Siedlung auch. Aber als meine Frau mich um halb drei abgeholt hat, waren die Kinder schon weg.»

«Gut, dann erzählen Sie mir, was danach passiert ist.»

«Meine Frau hat mich abgeholt und wir sind nach Aachen zum Scheidungsanwalt gefahren. Dort mussten wir warten. Als wir fertig waren, ist meine Frau nach Hause gefahren. Ich wollte nicht mit ihr zurück. Ich bin in eine Kneipe gegangen und habe mich dort volllaufen lassen. Dann hat mir der Wirt ein Taxi gerufen. Ich hatte nicht mehr genug Geld, um mich bis nach Hause fahren zu lassen. Da hat mich der Fahrer zum Bahnhof gebracht. Ich bin dann mit dem nächsten Zug nach Langerwehe gefahren. Am Morgen hat mich die Polizei aus dem Bett geholt und mich zum Verschwinden der Kinder befragt. Sie haben mein Gartenhaus durchsucht und meine Destille sowie einen Hackklotz mit Beil und Messer gefunden. Aber der ist doch nur für die Kaninchen.»

«Was haben Sie der Polizei erzählt?»

«Ich habe gesagt, dass ich nicht weiß, wo die Kinder sind und dass sie nicht da waren. Ich hatte Angst, dass die mir etwas anhängen wollen.»
Dr. Soltau deutet auf das Pflaster, was in der Armbeuge zu sehen ist.
«Gut. Haben Sie eine Blutprobe abgegeben?»
«Ja»
«Hat man dazu ihr Einverständnis eingeholt?»
«Das weiß ich nicht mehr. Ich habe mich nicht gewehrt.»
«Und in der Vernehmung?»
«Habe ich nichts gesagt. Ich spreche nicht mit der Schmiere!»
«Das ist jetzt aber Jargon aus dem Milieu. Wieso sagen sie Schmiere?»
«Weiß nicht. Haben wir im Kinderheim immer so gesagt.»
«Okay, dann weiß ich erst mal alles. Wenn Sie wollen, nehme ich Sie gleich mit nach Hause.»
«Ehrlich? Das wäre toll. Schaffen Sie das?»
«Dafür bin ich hier. Aber ich muss erst mit dem Leiter der Abteilung sprechen.»
Dr. Soltau verabschiedete sich, klopfte an die Tür und ließ sich zum Leiter des K 12 bringen.
«Ich habe mit meinem Mandanten gesprochen. Wie kommen Sie darauf, dass er etwas mit dem Verschwinden der Kinder zu tun hat?»
«Er war der Letzte, der die Kinder gesehen hat, hat das aber geleugnet.»
«Verhaften Sie immer die Zeugen, die jemanden vor dem Verschwinden eines Menschen zuletzt gesehen haben?»
«Er hat geleugnet, dass die Kinder bei ihm gewesen sind.»
«Wann? Sie haben selbst erwähnt, dass Herr Bollemann die Aussage verweigert hat.»
«Bei der ersten Befragung.»
«Also gehe ich richtig davon aus, dass er zu diesem Zeitpunkt noch nicht über seine Rechte aufgeklärt war. Sie haben sicher-

lich sein Alibi überprüft. Seine Frau hat ihn schließlich um halb drei abgeholt.»

«Ja, aber ein Alibi der Ehefrau ist nicht viel wert. Es könnte sein, dass sie ebenfalls etwas mit dem Verschwinden der Kinder zu tun hat.»

«Das ist lächerlich. Glauben Sie ernsthaft, dass das Ehepaar Bollemann zuerst zwei Kinder entführt, diese versteckt und dann zum Scheidungsanwalt fährt? Haben Sie überprüft, ob der Termin beim Scheidungsanwalt stattgefunden hat?»

«Ja, der Termin endete um 17 Uhr. Aber Herr Bollemann ist nicht mit seiner Frau zurück nach Langerwehe gefahren.»

«Mein Mandant war betrunken, als Sie ihn aus dem Gartenhaus geholt haben. Das legt nahe, dass er nach dem Scheidungstermin in Aachen in einer Kneipe war. Die Anwaltskanzlei ist auf dem Adalbertsteinweg. Haben Sie Kneipen auf dem Adalbertsteinweg überprüft? Haben Sie eine Blutprobe entnommen? Wenn ja, was hat diese ergeben?»

«Ein Restalkoholgehalt von 1,85 Promille.»

«1,85 Promille deutet darauf hin, dass er viel getrunken hat. Wenn wir das hochrechnen, war er zum Zeitpunkt, als ihn ihre Beamten aus dem Bett geholt haben, volltrunken. Und da hat er sich ihrer Meinung nach verdächtig verhalten, indem er eine Frage falsch beantwortet hat? Ist das alles, was Sie haben? Was ist mit den Beweismitteln, die Sie sichergestellt haben?»

«Das wissen wir noch nicht. Die Untersuchungen laufen noch.»

«Der Hackklotz, das Beil und das Messer mit Blutanhaftungen? Ihre Beamten haben sicher gesehen, dass Herr Bollemann Kaninchen züchtet. Da ist es normal, dass diese irgendwann geschlachtet werden und man entsprechende Utensilien findet. Gab es einen Durchsuchungsbeschluss für sein Gartenhaus?»

«Wozu? Ist doch nur ein Gartenhaus.»

«Herr Bollemann lebt in dem Gartenhaus, wie ihre Beamten an der Einrichtung unschwer hätten erkennen müssen. Damit ist das Gartenhaus als Wohnraum geschützt. Ohne richterlichen Beschluss war die Durchsuchung unzulässig.»

«Er hat aber zugestimmt.»

«Das ist lächerlich. Er war volltrunken, da konnte er gar keine wirksame Zustimmung abgeben. Da hätten Sie warten müssen, bis er wieder nüchtern ist.»

«Es war Gefahr im Verzug. Außerdem ist er Gewohnheitstrinker. Da ist man auch bei einem höheren Alkoholspiegel noch Herr der Lage.»

Dr. Soltau verkniff sich zu sagen: ‚Sie müssen es ja wissen' und sagte stattdessen:

«Haben Sie oder besser die Beamten vor Ort eine medizinische Zusatzausbildung, dass diese das beurteilen konnten? Ich konstatiere: Sie haben kein gerichtsverwertbares Material gegen meinen Mandanten. Die Durchsuchung war illegal. Selbst falls da etwas bei herausgekommen sein sollte, unterläge es dem Verwertungsverbot. Mein Mandant hat ein einwandfreies Alibi, das Sie nicht widerlegen können. Ich sehe auch keine Flucht- oder Verdunkelungsgefahr. Ich fordere Sie auf, Herrn Bollemann sofort aus der Haft zu entlassen.»

«Ich würde gerne erst sein Alibi überprüfen lassen.»

«Das hätten Sie schon längst tun können. Wissen Sie, was die Bild-Zeitung morgen schreibt? Haben Sie gelesen, was heute im Express stand? Das wird ein Spießrutenlauf, falls er noch länger in Gewahrsam bleibt. Ich denke, ich rufe jetzt besser den Staatsanwalt oder den Untersuchungsrichter an und frage, wie diese die Beweislage beurteilen.»

«Gut, nehmen Sie ihn mit. Aber er soll sich zur Verfügung halten.»

«Er wird schon nicht weglaufen. Wo soll der arme Kerl denn hin?»

Dr. Soltau und Bollemann verließen das Polizeipräsidium. Er fragte Bollemann, ob er ihn nach Hause fahren solle.

«Das würden Sie tun?»

«Ja, das ist eine Kleinigkeit.»

Dr. Soltaus Handy klingelte. Er sprach kurz mit dem General.

«Ich muss nur noch kurz zu Herrn Bentlin. Das ist hier in Aachen, kein großer Umweg. Ist das okay für Sie?»

«Ist das nicht der Großvater der Kinder? Den kenne ich sogar.»

«Also kein Problem für Sie?»

«Kein Problem»

14:00 Uhr Soko Mülhausen

In der Zwischenzeit waren alle Mitglieder der Sonderkommission, soweit im Dienst, im Besprechungsraum versammelt. Nachdem der Polizeipräsident Heinz Solowski aus dem K 12 als Leiter der Soko bestimmt hatte, lud Bachmann als Abteilungsleiter des K 12 alle Teilnehmer zur ersten Sitzung ein. Bachmann begrüßte die Teilnehmer und dankte ihnen für ihren bisherigen Einsatz. Dann machte er die Beauftragung Solowskis zum Leiter der Soko bekannt. Er erläuterte kurz die Rolle von Körner in der Soko und bat alle, Körner bei seiner Arbeit zu unterstützen und ihm alle Informationen zur Verfügung zu stellen. Auch habe der Leiter der SOKO die Genehmigung des Polizeipräsidenten, alle notwendigen Hilfestellungen anderer Abteilungen anzufordern, Überstunden zu genehmigen und Sondereinsätze zu bewilligen.

Bernd Körner ergriff selbst kurz das Wort. Er erklärte den Anwesenden, dass er sich so wenig wie möglich in die bestehenden Abläufe einmischen wolle. Er bat um offene Zusammenarbeit und sicherte zu, bei Fragen und Problemen selbstverständlich jedem jederzeit zur Verfügung zu stehen. Es wäre seine Aufgabe, sobald er sich vollständig in den Fall eingearbeitet habe, den Kontakt mit der Familie außerhalb der üblichen Ermittlungstätigkeit zu halten.

Bachmann übergab die Leitung der Sitzung an Solowski. Dieser bat die einzelnen Ermittlungsgruppen, ihre Ergebnisse vorzustellen. Als erster bekam der Leiter der Spurenermittlungsgruppe das Wort. Dieser war gut auf seinen Auftritt vorbereitet. Zunächst zeigte die Multimediawand Bilder der

Kinder, die sie von der Familie erhalten hatten und beschrieb die Kinder eingehend. Anschließend sprach er ausführlich über die Kleidung der Kinder und zeigte dazu ebenfalls Bilder, die einem Katalog entstammten. Das Gleiche folgte für die Rucksäcke der Kinder. Anhand einer Karte zeichnete er den Weg der Kinder vom Kindergarten vorbei an Bollemanns Garten bis nach Hause auf, wobei die Strecke von Bollemann bis nach Hause gestrichelt war. Er nannte den genauen Zeitpunkt des Verlassens des Kindergartens, die genaue Meterzahl des Weges einschließlich der Teilstrecken bis und von Bollemanns Garten, schätzte die normale Gehdauer und kam schließlich zur Spurenlage.

Die Kollegen begannen unruhig zu werden, da sie über diese Details bereits zeitnah informiert worden waren. Schließlich informierte er langatmig über den Verlauf und das Ergebnis der Suche der Bereitschaftspolizei und des Hubschraubers, die letzten Endes aber keine verwertbaren Ergebnisse erbracht hatten.

Endlich kam er auf die Spurenlage im Garten zu sprechen. Triumphierend verkündete er, dass man Fingerabdrücke der Kinder am Gartentor, an der Schaukel und dem Kaninchenstall sichern konnte sowie Haare, die den Kindern allerdings noch nicht zweifelsfrei zugeordnet werden konnten. Zudem habe man ein Messer mit Blutanhaftungen sowie Blut auf dem Boden und an einem Holzklotz hinter dem Gartenhaus gefunden. Die Analyse dieser Spuren stünde noch aus. Im Gartenhaus selber konnten keine Spuren der Kinder sichergestellt werden, allerdings verfüge man noch über einige verwischte Fingerspuren, die aber noch einer intensiven Betrachtung zugeführt werden müssten. Die akribische Suche des näheren Umfeldes ergab keine Hinweise, sowohl was das Gartenhaus als auch das Wohnhaus betraf als auch der angrenzenden Gärten. Allerdings habe man eindeutige Hinweise auf Schwarzbrennen gefunden und den Zoll hinzugezogen. Bollemann besäße kein Auto, aber einen Motorroller sowie dazu einen kleinen Anhänger. In diesem Hänger seien ebenfalls Blutspuren festgestellt worden.

Das Auto der Ehefrau habe man gleichfalls durchsucht, hierin fanden sich nur Spuren von der Ehefrau, dem Ehemann und weiterer unbekannter Personen, nicht jedoch der Kinder. Im Schuppen des Gartenhauses befanden sich Spaten und Schaufeln mit frischen Erdanhaftungen sowie eine große Rolle dicker Plastikplane sowie Plastiksäcke aus dem gleichen Material. Der Hänger des Motorrollers ist nicht so groß, dass darin zwei Kinder transportiert werden könnten, es sei allerdings vorstellbar, dass ein Kind darin Platz finden könnte.

Bernd Körner stöhnte ob der Umständlichkeit und des typischen Polizeijargons dieser Ausführungen. Sein Blick in die Runde zeigte ihm anhand der resignierten Gesichter, dass man diese Art des Vortrages gewohnt war und sich ebenfalls seinem Schicksal ergeben hatte.

Solowski hatte endlich ein Erbarmen, bremste die weiteren Ausführungen aus, indem er dem Leiter der Ermittlungsgruppe dankte und nun das Wort an den Führer der Gruppe zur Ermittlung des kindlichen Umfelds weitergab.
Dieser berichtete wie folgt:

«Wir haben uns eingehend mit den Kindern befasst. Lena ist 12 Jahre alt und geht auf das Stiftische Gymnasium in Düren. Sie stammt aus der ersten Ehe der Ehefrau. Sie wirkt jünger und wird als eher verschlossenes Kind beschrieben. Die Durchsuchung der Kinderzimmer ergaben keinerlei Hinweise auf nicht altersgerechte Kontakte. Wir fanden die typischen Verehrungen für aktuelle Popstars und Schauspieler. Sie hatte noch keinen Freund, allerdings gibt es einen Jungen namens Luca in ihrer Schule, für den sie sich interessierte. Dem müssen wir noch nachgehen. Ihr Tagebuch ergibt keine Hinweise auf aktuelle Konflikte. Allerdings ist ein latenter Konflikt zu ihrer Mutter herauszulesen. Zu ihrem leiblichen Vater hielt sie über SMS und gelegentliche Telefonate regelmäßigen Kontakt. Darauf komme ich bei der Auswertung der Handyverbindungen zurück. Ihr Verhältnis zu ihrem Stiefvater beschreibt sie in ihrem Tagebuch als freundschaftlich. Hinweise auf sexuelle

Übergriffe gibt es nicht. Ihre beiden Schulkameradinnen, die sie auch als besten Freundinnen bezeichnet, sagten übereinstimmend, dass Lena über keine aktuellen Probleme berichtet hätte. Ihre Mutter bezeichnete sie gegenüber ihren Freundinnen des öfteren als launisch und doof. Dies deckt sich mit einigen Tagebuchaufzeichnungen, die man bei vorpubertierenden Mädchen allerdings nicht überbewerten darf. In der Schule ist Lena eine gute Schülerin, die von ihren Lehrern wegen ihres Fleißes und ihrer ausgleichenden und schlichtenden Art gut angesehen ist. Eine besondere Beziehung zu einer Lehrperson konnte nicht festgestellt werden, allerdings erwähnt sie die mit ihrer Mutter befreundete Leiterin der Kita ihres Bruders in ihrem Tagebuch sehr lobend. Die Leiterin der Kita hat auch keine Erklärung für das Verschwinden der Kinder. Da sie den jüngeren Sohn Moritz der Mülhausens im Kindergarten betreut und zudem die Familie gut kennt, soll sie nochmals befragt werden.»
Eine Kollegin übernahm.

«Moritz ist sechs Jahre alt und ist das, was man ein Träumerle nennt. Jeder, den man fragt, findet ihn ausgesprochen nett. Er soll hochbegabt sein, auf jeden Fall schätzt ihn seine Kindergärtnerin so ein. Er soll mit seinen sechs Jahren fließend lesen und schreiben können und rechnet auch mit großen Zahlen. Zudem soll er ein Schachgenie sein. Er spielt online Schach und hat dieses Jahr in Aachen die offenen Stadtmeisterschaften für Kinder gewonnen.»

Ein ungläubiges Raunen ging durch den Saal. «Ein sechsjähriger?» Der eine oder andere erinnerte sich an entsprechende Meldungen in der Lokalpresse. Nachdem wieder Ruhe eingekehrt war, wurde der Vortrag fortgesetzt.

«Er wird als sensibel und zudem als körperlich sowie gesundheitlich nicht besonders stabil beschrieben, zudem sei typisch, dass er oft in sich versunken wirke. Moritz leide sehr unter Heuschnupfen, sodass er selten das Haus verlasse, auch im Kindergarten meist drinnen spiele und zum Zeitpunkt des Verschwindens besonders unter den Frühblühern litt. Das

Verhältnis der Geschwister sei davon geprägt, dass sich Lena als zweite Mutter sehe und sich auch so aufführe, was die üblichen Konflikte der Kinder untereinander auslöse. Hinweise auf Gewalt gegeneinander finden sich jedoch nicht. Es fanden sich keinerlei Hinweise darauf, dass es sich bei den Kindern um alterstypische Ausreißer handelt. Sie sind vorher noch nie ausgerissen. Lena sei nach Aussage ihres Stiefvaters selten später als verabredet nach Hause gekommen, und wenn, dann nur im Rahmen der üblichen Viertelstunde. Insbesondere fehlen keinerlei Gegenstände, die Kinder typischerweise mitnehmen, wenn sie von zu Hause ausreißen. Nach der Spurenlage hat es tatsächlich den Anschein, dass die Kinder das elterliche Haus am 19.5. nicht mehr erreicht haben. Auch dies macht ein Ausreißen der Kinder höchst unwahrscheinlich. Da mittags niemand zu Hause war, hätten sie in Ruhe nach Hause gehen können, um ihr Bündel zu schnüren. Eine Befragung ihres leiblichen Vaters steht noch aus, er konnte noch nicht erreicht werden.»

Solowski dankte den Kolleginnen und bat die Gruppe, die das familiäre Umfeld beleuchtete, um ihren Bericht.

«Die Eheleute Mülhausen haben vor sechs Jahren geheiratet, sie werden als ruhige und kinderliebe Eltern beschrieben. Die Ehe wird als vorbildlich beschrieben, allerdings kann das auch Fassade sein. Jan Mülhausen ist selbstständig, betreibt in Vicht eine Schreinerei. Die finanzielle Situation werden wir noch prüfen, die Familie baut im angrenzenden Umsiedlungsgebiet gerade ein Haus. Jan gilt als etwas eigenbrötlerisch, sein Verhältnis zu den Kindern wird allerdings als sehr gut bezeichnet. Moritz werde von beiden Elternteilen besonders umhegt, da er etwas sensibel und krankheitsanfällig sei. Jan Mülhausens Alibi für die Zeit des Verschwindens der Kinder wurde überprüft und ist wasserdicht. Er befand sich auf einer Baustelle in Kornelimünster und hat, nachdem zwei Reifen seines Wagens platt gestochen worden waren, die Werkstatt erst um 16:30 verlassen. Angeblich wollte er Moritz vom Kindergarten abholen, konnte dies aufgrund des Reifenschadens jedoch nicht. Er hatte seine Stieftochter gebeten, nach der Schule den Bruder vom Kindergarten abzuholen, was sie schon öfter gemacht habe. Es kann nicht ausgeschlossen werden, dass das Fahrzeug absichtlich sabotiert wurde, um ihn daran zu hindern, zur KITA zu fahren. Als er vom Verschwinden der Kinder erfuhr, fuhr er unmittelbar nach der Reifenreparatur nach Hause und organisierte mit seinem Schwiegervater eine Suchaktion.»

«Lena ist das Kind aus der ersten Ehe von Maria mit einem Bundeswehrpiloten, der sich derzeit in Arizona aufhält. Lena hatte eine jüngere Schwester, Katrin, sie starb im Alter von 3 Monaten im Kindbett, worüber die Ehe gescheitert sein soll. Maria Mülhausen gilt seitdem als psychisch labil und hat mehrere Therapien wegen Depressionen hinter sich. Da sich der Tod des Kindes in den USA ereignete, haben wir hierzu keine weiteren Erkenntnisse.»

Eine andere Polizistin berichtete weiter:

«Das Alibi von Maria Mülhausen hat eine Lücke. Sie hat nach den Aussagen aus dem Lehrerkollegium am 19.05. gegen 12.30 Uhr den pädagogischen Tag wegen Migräne verlassen, lange bevor die Veranstaltung um 17:00 geendet hatte.

Sie ist nach ihrer eigenen Aussage gegen 15:00 Uhr zu Hause gewesen und hätte dann ihre Kinder vermisst. Sie habe sie zunächst selbst gesucht und dann alle möglichen Leute angerufen, was bestätigt ist. Der Notruf ging um 17:48 bei der Leitstelle ein. Für den Zeitraum zwischen 13:30 Uhr und 15:00 Uhr gab sie gegenüber den zuerst eintreffenden Streifenbeamten an, in einem Waldstück in der Nähe des Rursees spazieren gewesen zu sein. Das täte sie immer bei Migräne, um ihre Kopfschmerzen zu vertreiben. Hierfür gibt es bisher keine Zeugen.»

«Es gab Andeutungen aus der Lehrerschaft, dass sie vielleicht ein Verhältnis habe. Bisher kamen wir nicht näher an sie ran, da sie von ihrem Arzt und ihrem Schwiegervater abgeschirmt wird. Es lohnt sich aber m.E., diese Spur weiterzuverfolgen. Es wäre nicht die erste Mutter, die wegen einer neuen Beziehung ihre Kinder beseitigt hat; auch psychische Probleme

sind als Ursache für Kindestötungen nicht selten. Hinweise auf weitere Personen aus dem familiären Umfeld, die in engem Kontakt mit den Kindern standen und als mögliche Täter infrage kommen, gibt es nicht.»
Nun berichtete die nächste Ermittlungsgruppe über die Befragung in der Nachbarschaft und das weitere Umfeld wie Arbeitsstätten, Schule und Kindergarten Hierbei gab es einige Überschneidungen zu den vorher gehörten Fakten. Zudem beschäftigte man sich mit einzelnen Aussagen, die ein verdächtiges Fahrzeug mit niederländischen Kennzeichen gesehen haben wollten. Es ergaben sich jedoch keinerlei direkten Hinweise auf einen Zusammenhang mit dem Verschwinden der Kinder. In einem Dorf sei jedes fremde Fahrzeug prinzipiell verdächtig. Ein Zeuge habe sich sogar das Kennzeichen gemerkt, die niederländische Polizei ermittelt noch.
Man sei dabei, alle einschlägig bekannten Pädophilen zu überprüfen.

Es folgte der Bericht der kriminaltechnischen Untersuchung:
«Die Auswertung der Handydaten, die wir vom Provider zum Handy von Lena erhalten haben, ergaben nur die zu vermutenden Kontakte zu ihren Eltern und ihren Freundinnen sowie ihrem leiblichen Vater. Am 19.5. ist nur das Gespräch mit ihrem Stiefvater registriert. Das sollte das Gespräch sein, in dem er seine Tochter gebeten haben will, den Bruder vom Kindergarten abzuholen. Das Handy ist um genau 14:38 Uhr abgeschaltet worden. Es befand sich zu dieser Zeit noch in der Funkzelle, zu der der Ort Langerwehe gehört. Ein unmittelbarer Zusammenhang zwischen dem Ausschalten des Handys und dem Verschwinden der Kinder halten wir für wahrscheinlich. Der PC der Familie, den wir sicherstellen konnten, war wenig ergiebig. Offensichtlich wurde er hauptsächlich von den Kindern und der Mutter genutzt. Neben den Sachen, die die Mutter für ihre Unterrichtsvorbereitung gespeichert hatte, fanden sich vor allen Dingen Eintragungen aus Facebook, in denen die Mutter ein Profil hat. Etwas Auffälliges war bisher nicht dar-

unter zu finden. Die Auswertung dieser Kontakte ist allerdings noch nicht abgeschlossen. Jan Mülhausen nutzte den PC so gut wie gar nicht. Moritz war bei ‚lichess', einer Schachplattform angemeldet und spielte online Schach. Erstaunlich ist, wofür sich der Junge sonst noch interessierte. Die Suchanfragen, die wir in Google und Wikipedia rekonstruieren konnten, passen nicht zu einem Sechsjährigen und gehen quer durch alle naturwissenschaftlichen, aber auch gesellschaftlichen und politischen Themen. Wir haben es zunächst nicht glauben wollen, aber die Anfragen stammen tatsächlich von dem Jungen, was durch das parallele Schachspiel nachgewiesen ist. So etwas habe ich nicht für möglich gehalten. Während der Denkpausen seiner Mitspieler hat er sich für so Dinge wie Afghanistan oder Elektromobilität interessiert. Es finden sich keine Hinweise auf auffällige Kontakte zu Erwachsenen, insbesondere keine in Richtung Pornografie oder Pädophilie. Lena war fast ausschließlich in Whatsapp aktiv. Es findet sich der zu erwartende Themenkreis einer 12-jährigen. Ihr etwas angespanntes Verhältnis zur Mutter ist ebenso thematisiert wie ein heimliches Schwärmen für einen vierzehnjährigen Jungen aus dem Dorf namens Luca. Eine Überprüfung des Jungen steht noch aus.»

Die letzte Ermittlungsgruppe berichtete ausführlich über Werner Bollemann: Bollemann habe sich hinsichtlich des zeitlichen Ablaufes des 19.5. sowie der Tatsache, ob die Kinder an diesem Tag in seinem Garten gewesen seien, in Widersprüche verwickelt. Nun wurde der 19.5. noch einmal minutiös in seinem Verlauf dargestellt und mit Bollemanns Aussage verglichen. Zwischen dem vermutlichen Erscheinen der Kinder im Garten und dem Zeitpunkt, als ihn seine Frau zu ihrem Scheidungstermin abgeholt hat, lag gut eine Stunde. Bollemann habe den Termin am 19.5. mit seiner Frau beim Scheidungsanwalt gegen 17.00 Uhr verlassen und sei nicht mit ihr nach Hause gefahren. Sein genauer Aufenthalt während dieser Zeit konnte noch nicht ermittelt werden. Ihm wurde nach seiner

Festnahme eine Blutprobe abgenommen. Der festgestellte Restblutalkoholgehalt betrug 1,85 Promille. In seinem Gartenhaus wurde eine Destille gefunden, damit hat er schwarz gebrannt. Hierzu wurde der Zoll informiert. Leider verweigerte er danach jede Aussage. Gestern erschien überraschend Dr. Soltau als sein Rechtsvertreter, eine weitere Haft konnte aufgrund der Beweislage nicht aufrechterhalten werden. Daher werde nun mit Hochdruck sein ganzes Umfeld untersucht und seine Vergangenheit aufgearbeitet. Obwohl eine Einzeltat durch Bollemann unwahrscheinlich erscheint, könne nicht ausgeschlossen werden, dass weitere Personen gemeinsam mit Bollemann mit dem Verschwinden der Kinder zu tun haben. Daher würden sie ihre weiteren Ermittlungen in diese Richtung konzentrieren. Für diese Theorie spräche, dass zwischen dem Zeitpunkt, an dem die Kinder angeblich den Garten verlassen haben und der Ankunft der Mutter im Haus nur ca. 30 Minuten liegen. In diesem kurzen Zeitraum müssen die Kinder verschwunden sein und das auf einem Weg, der nur 350 m beträgt.

Solowski beendete schließlich die Vorträge mit den Worten: «Vielen Dank, die weiteren Details finden Sie in den Berichten. Da es sich hier um zwei vermisste Kinder handelt, brauche ich niemanden zu besonderem Engagement auffordern. Falls jemand eine Frage dazu hat, ist nun der richtige Zeitpunkt.»
Niemand meldete sich.

«Ich bitte jetzt jeden, dort weiterzuarbeiten, wo er durch die Sitzung unterbrochen wurde», beendete Solowski die Sitzung. Bernd Körner wusste nur zu genau, dass jeder zu diesem Zeitpunkt bis in die Haarspitzen motiviert war.

Körner suchte anschließend das Gespräch mit Solowski und machte ihn darauf aufmerksam, dass die Attacke auf das Auto des Stiefvaters auffällig sei, da er die Kinder abholen sollte. Ob man denn da schon nach Zeugen gesucht habe?

«Herr Bentlin hat mich schon danach gefragt.» Solowski zog die Augenbrauen hoch.

«Natürlich haben wir daran gedacht und sind da auch dran. Es gibt aber noch keine Erkenntnisse.»

Anschließend machte Körner sich unsichtbar und zog sich mit einer Kopie der bisherigen Ermittlungsakte in sein Büro zurück, um noch einmal alle bisherigen Ermittlungsergebnisse durchzuarbeiten. Er wollte sichergehen, keinen Hinweis auf eine Zeugensuche in Kornelimünster übersehen zu haben. Es klopfte an der Tür und ein jüngerer Kollege trat herein, den er aus dessen Ausbildungszeit kannte und der für seinen Ehrgeiz bekannt war. Sie sprachen zunächst über dies und das, ehe der Kollege auf sein eigentliches Anliegen zu sprechen kam. Ihm ginge das Schicksal der Kinder besonders nahe, deshalb wäre er besorgt, dass Solowski Leiter der Soko geworden wäre. Er sei zwar ein gestandener Kriminaloberrat, kurz vor der Pensionierung, aber jeder im Kommissariat K12 wüsste, wie es um den Kollegen stünde und dass er eigentlich ins Trockendock oder in den Vorruhestand geschickt werden müsste. Er wolle ihn nicht anschwärzen und bittet um das Siegel der Verschwiegenheit. Außerdem solle er sich vor Solowski in Acht nehmen, denn der würde, um seine eigene Unfähigkeit zu verbergen, zum Angstbeißer. Körner dankte dem Kollegen für seine offenen Worte und verabschiedete ihn. Er schüttelte mit dem Kopf. Wo war er da wieder hineingeraten. Diese Intrigen ekelten ihn an.

Soweit Bernd Körner beurteilen konnte, war Solowski keine schlechte Wahl, falls ihn der Alkohol nicht in den letzten Jahren aller seiner Fähigkeiten beraubt haben sollte. Er kannte ihn von früher als engagierten Polizisten. Das K 12 war, um es positiv auszudrücken, innerhalb des Polizeipräsidiums ohnehin als das trinkfesteste Kommissariat bekannt.

Dennoch kannte er sich selbst gut genug, als dass er sich vorstellen konnte, sich allein auf das Kontakthalten mit der Familie zu beschränken. Daher wollte er zuerst ausloten, wie sehr Solowski darüber gekränkt war, dass er als Sonderermittler dessen Soko ohne Weisungsrecht zugeordnet worden war. Nach dem ausdrücklichen Willen des Polizeipräsidenten war Körner nur diesem gegenüber rechenschaftspflichtig, eine bisher einmalige Situation. Falls Solowski damit nicht zurechtkam, wäre eine Zusammenarbeit schnell beendet. Daher suchte er das Gespräch auch nicht im Kommissariat, sondern in privater Atmosphäre. Sie trafen sich «Im Fuchsbau», einem für den Besuch von Polizeibeamten bekannten Lokal in Aachen. Sie sollten ruhig von anderen Kollegen gesehen werden.

Gegen 21.00 Uhr betrat Bernd das Lokal. Es war gut gefüllt. Solowski stand mit anderen Kollegen am Billardtisch. Als er ihn sah, kam er zur Theke. Sie begrüßten sich kurz und Körner bat ihn an einen der hinteren Tische. Nach einem anfänglichen Beschnüffeln war schnell klar, dass es Probleme geben würde. Solowski hatte ihm sein Konzept vorgestellt, nachdem er vorgehen wollte und Bernd Körner war klug genug, hierzu zu schweigen.

«Ich bin froh, bei so einer großen Sache einen erfahrenen Kollegen zur Seite stehen zu haben. Nicht, dass wir das nicht alleine schaffen würden, aber in der Presse wird das sicher gut aussehen, einen so bekannten Ermittler in den Reihen zu haben», schloss Solowski seine Ausführungen.

«Ich bin kein Papiertiger für die Presse, damit das klar ist», konnte sich Körner nicht verkneifen, anzufügen.

«Sicher, wir ziehen alle am gleichen Strang. Aber letztendlich treffe ich die Entscheidungen. Und keine Extratouren, von denen ich nichts weiß! Noch eines: Sollte irgendjemand versuchen, Einfluss auf die Ermittlungen zu nehmen, beispielsweise von politischer Seite, will ich sofort informiert werden. Und falls sich irgendetwas Wichtiges ergibt, ebenso. Egal wann. Ich bin jederzeit erreichbar. Im Übrigen erwarte ich das von jedem Mitglied der Soko.»

«Klar, erwartest du denn eine Einflussnahme von außen?»

«Du nicht? Die Kinder haben einen prominenten Großvater! Schließlich ist deine Anwesenheit garantiert auf Einflussnahme von außen zurückzuführen.»

Körner spürte die Ressentiments. Dann sprachen sie über den Fall und versuchten, eine erste Einschätzung abzugeben. Ab dem nächsten Tag gönnte sich Körner keine Pause mehr, sagte alle Termine ab und wurde auch zu Hause nur noch zum Wäschewechseln gesehen. Aber seine Frau kannte und akzeptierte das. Dachte er zumindest.

21.05.2015 - 15:35 Uhr

Früher öffnete der General die Post erst am Nachmittag, da der Vormittag mit seinem Morgenlauf und seinen anderen Ritualen bereits ausgebucht war. Außerdem, gab er kund, sollten die Leute lernen, zu warten. Warten sei eine Kunst, die in Europa in Vergessenheit zu geraten schien. Der General hatte bei seinen Aufenthalten in Nordirland und Spanien, besonders aber im Irak, in Saudi-Arabien sowie in Pakistan und Afghanistan gelernt, wie wichtig es ist, Geduld zu haben. Ungeduld ist eine schlimme Untugend, pflegte er immer zu sagen. Als sie nach Hause kamen, holte er dennoch als Erstes den Briefkastenschlüssel.

Ein brauner Umschlag. Gepolstert im Format C 4 ohne Fenster. Mit einem roten Aufkleber. Eine Eilsendung. Er fasste ihn behutsam mit den Fingerspitzen an und trug ihn ins Haus. Er holte aus der Garage ein Paar Einweghandschuhe und in der Küche ein Messer und öffnete den Umschlag vorsichtig.

Als ihm ein Handy und eine Haarlocke von dunkelbraunen Haaren entgegen fielen, wusste er schon, was er vor sich hatte. Mit einer Pinzette holte er anschließend den Erpresserbrief aus dem Umschlag. Er enthielt das Übliche.

«Wir haben deine Enkelkinder. Wir fordern 400 Tausend Euro, sonst siehst du die Kinder nie wieder. Schalte keine Polizei ein, wenn dir das Leben deiner Enkelkinder lieb ist. Wir überwachen dich. Du hast bis Freitagmittag Zeit, das Geld zu besorgen. Halte das Geld bereit und schalte das Handy ein, wir melden uns wieder.»

Der General rief seine Frau: «Elli, kommst du bitte?»

«Was ist denn los?»

«Komm bitte herein, aber fasse bitte nichts an. Das war in der Post.»
Elli sah die lange Haarlocke und das Handy.
«Oh mein Gott», entfuhr es ihr.
Dann las sie den Brief. Sie sackte in den Sessel, alle Farbe wich aus ihrem Gesicht.
«Glaubst du, die Haare könnten von Lena sein?»
Elli schossen die Tränen ins Gesicht. Sie nickte.
«Ja, es ist genau ihre Haarfarbe.»
Der General konnte gerade noch verhindern, dass Elli sie in die Hand nahm. «Besser nichts anfassen.»
«Was sollen wir tun?»
«Ich bitte Hermann vorbeizukommen.»
«Das ist gut.»
Der General griff zum Telefon und rief Hermann Soltau an.
«Hallo Hermann, bist du schon unterwegs?»
«Sicher, was ist denn los?»
«Wir haben einen Erpresserbrief bekommen.»
«Hast du die Polizei schon verständigt?»
«Nein!»
«Ich bin fast vor eurer Tür. Ich habe Herrn Bollemann mit.»
Kurze Zeit später klingelte es. Der General ging zur Tür. Elli wäre nicht in der Lage gewesen, zu öffnen. Sie hielten sich nicht lange mit Begrüßungen auf. Der Anwalt sah die Haartolle, schaute sich den Umschlag und das Handy an und las den Brief. Er war mit dem Computer geschrieben, der Name auf dem Umschlag mit ungelenker Handschrift.
«Was meinst du?»
«Die entscheidende Frage ist, ob der Brief echt ist oder ob es sich um einen Trittbrettfahrer handelt.»
«Wieso Trittbrettfahrer?», fragte Elli verwirrt.
«Oft wird gerade bei Entführungen von kleinen Ganoven oder sonstigen Verrückten versucht, sich als Entführer auszugeben. Entweder, um tatsächlich Geld zu erpressen oder nur, um sich wichtigzumachen.»

«Das wusste ich gar nicht, das ist ja pervers!», stöhnte Elli auf.

«Ja, aber leider die Realität. Besonders bei Fällen, die so viel Wirbel in der Presse verursachen.»

«Wir müssen die Polizei verständigen!», forderte Dr. Soltau.

«Aber in dem Brief steht ausdrücklich keine Polizei! Wir wollen nichts tun, was das Leben der Kinder gefährdet», warf Elli ein.

«Die Polizei kann aber herausfinden, ob der Erpresserbrief echt ist.»

«Wie sollen sie das denn tun?», fragte Elli.

«Sie können beispielsweise prüfen, ob die Haartolle wirklich von Lena ist», warf Dr. Soltau ein.

«Es ist zwar nicht wahrscheinlich, dennoch könnte es sein, dass das Haus beobachtet wird. Elli hat recht. Wir sollten kein Risiko eingehen. Dennoch sollten wir die Polizei einschalten», entschied der General.

«Müssen wir nicht zuerst Maria und Jan verständigen?»

«Erst wenn wir klarer sehen», erwiderte der General.

«Aber haben sie nicht ein Recht, mitzubestimmen, was geschieht. Außerdem können sie das Handy von Lena identifizieren.»

«Du hast recht, rufen wir sie an.»

Der General informierte Jan und Maria über den erhaltenen Erpresserbrief und befragte sie nach Lenas Handy. Es war auf jeden Fall der gleiche Typ Handy und Maria kannte sogar Lenas Code. Außerdem konnte sie den Aufkleber, den Lena hinten auf ihr Handy geklebt hatte, exakt beschreiben.

«Dann sind die Kinder auf jeden Fall am Leben», meinte Jan erleichtert, und der General entgegnete: «Ja, davon können wir jetzt erst einmal ausgehen.»

«Und, bekommst du das Geld in der kurzen Zeit zusammen?»

«Ja, das lass unsere Sorge sein. Wer weiß, wie lange das Handy schon im Briefkasten liegt. Da hätte ich auch früher drauf kommen können. Verdammt, wir haben vielleicht einen ganzen Tag verloren. Das Handy wird die Polizei auf Fingerabdrücke und genetische Spuren absuchen wollen.»

«Aber in dem Erpresserbrief steht ausdrücklich, keine Polizei.»

«Das steht in jedem Erpresserbrief. Aber wir brauchen einfach den Sachverstand und die Möglichkeiten, die die Polizei hat. Ich werde dafür sorgen, dass die Beteiligung der Polizei unsichtbar bleibt.»

«Sagt bitte Bescheid, sobald sich die Erpresser melden.»

«Sicher. Dr. Soltau ist schon hier, und wir besprechen jetzt alles Weitere. Ich melde mich bei Euch.»

«Danke.»

Der General hatte noch die Einmalhandschuhe an. «Ich nehme die SIM-Karte aus dem Handy und stecke es in meins, dann bin ich weiter für die Entführer erreichbar und die Polizei kann Lenas Handy untersuchen.»

«Nimm besser meins. Ich habe zu Hause noch mehrere andere Handys, eure Handys sollten weiter erreichbar sein», meinte Dr. Soltau und stellte sein Handy zur Verfügung.

Sie tauschten die SIM-Karte in Dr. Soltaus Handy aus und schalteten es ein und überprüften die Nachrichten. Mehrere SMS über verpasste Anrufe. Welch eine Katastrophe. Die ersten Anrufe von Maria und Jan. Die letzte Nummer unbekannt, die Entführer? Vielleicht konnte die Polizei den Anrufer ermitteln. Alles nur, weil sie gestern nicht zu Hause waren.

Dr. Soltau fiel ein, dass er den Bolle noch im Auto sitzen hatte.

«Was machen wir mit Herrn Bollemann. Der sitzt noch in meinem Auto.»

«Könntest du ihn mit zu dir nehmen? Ich würde gerne mit ihm sprechen, wenn wir zurück sind. Vielleicht kannst du ihn so lange festhalten. Ich fahre mit Elli zur Bank, das Geld besorgen. Und informiere bitte die Polizei, am besten den Körner. Wir haben schon so viel Zeit verloren.»

«Mach' ich. Ich nehme den Briefumschlag samt Inhalt mit und lass ihn bei mir abholen. Was ist eure Hausbank? Die Polizei will sicher hinzukommen wollen, um das Lösegeld zu präparieren. Es wird bestimmt schwer, die Summe in bar zusammenzubekommen.»

«Danke, so machen wir es. Es ist die Aachener Bank in der Theaterstraße.»

Dr. Soltau verabschiedete sich und ging zu seinem Auto. Bolle saß brav auf dem Beifahrersitz und wartete. Dr. Soltau öffnete die Beifahrertür und bat Bolle auszusteigen.

«Ich muss noch kurz bei mir zu Hause vorbei, gleich hier nebenan. Bitte kommen Sie mit.»

Zu Hause öffnete seine Frau die Tür. Sie hatte ihn schon erwartet.

«Das Essen ist gleich fertig. Oh, du hast ja einen Gast mitgebracht.»

Dr. Soltau stellte Bolle vor, worauf dieser antwortete: «Bitte nur Bolle», als Frau Soltau ihn mit Herr Bollemann ansprach.

«Sie essen noch mit!», sagte sie im Befehlston und war sofort unterwegs, um ein weiteres Gedeck aufzustellen. Bolle stotterte verlegen.

Dr. Soltau schmunzelte: «Das ist jetzt so beschlossen, da gibt es keinen Widerspruch. Aber meine Frau kocht hervorragend. Sie werden es nicht bereuen.»

So fügte sich Bolle in sein Schicksal.

«Ingrid, kannst du bitte Bolle schon einmal mitnehmen? Ich muss gerade noch einmal telefonieren.»

«Aber sicher. Bitte kommen Sie durch, Herr Bolle.»

Dr. Soltau rief im Polizeipräsidium an und ließ sich mit Bernd Körner verbinden. Er erklärte ihm die Situation und schlug vor, dass ein Zivilfahrzeug den Erpresserbrief samt Inhalt abholen kommt.

«Vielleicht ist es besser, wenn Sie direkt mit dem Leiter der Soko sprechen», meinte Körner.

Dr. Soltau hatte keine Lust auf die Streitigkeiten Rücksicht zu nehmen, zu denen das Einsetzen von Körner in der Soko sicherlich geführt hatte.

«Aber Sie sind vom Polizeipräsidenten als Verbindungsmann zur Familie benannt worden. Dann wollen wir das so halten. Übrigens haben die Erpresser angedeutet, dass sie das Haus des Generals überwachen.»

«Dann treffen wir uns besser im Gericht, da haben wir keine Zuschauer. In einer Stunde?»

«Gute Idee, in einer Stunde.», erwiderte Dr. Soltau.
Anschließend ging er betont fröhlich ins Esszimmer.

«Was habe ich heute für einen Hunger! Was gibt es denn Gutes, mein Schatz?»

«Heute gibt es nur Gemüseauflauf. Aber ich denke, er wird für alle reichen.»

«Da mache ich mir keine Sorgen. Bei den Portionen, die du immer kochst, reicht das für 10.»

«Den Rest friere ich ein, für zwei Personen lohnt sich der Aufwand sonst nicht.»

«Das sollte keine Kritik sein, mein Schatz.»
Kurz darauf klopfte es an der Veranda. Der General stand davor. Die Gärten grenzten aneinander und zwischen den Hecken führte ein kleiner Gang hindurch, sodass man auf der Gartenseite von einem Haus zum anderen gelangen konnte. Der General hatte diesen Weg genutzt, um zu Dr. Soltau zu kommen.

«Komm herein», sagte Dr. Soltau. Sie gingen ins Büro, und Dr. Soltau fragte: «Was ist denn los?»

«Ich habe keine Ruhe. Ich will versuchen, die letzte Nummer zurückzurufen. Sollten das die Entführer sein, hätte dich aber gerne als Ohrenzeugen dabei», antwortete der General.

Dr. Soltau holte aus dem Schreibtisch ein altmodisches Diktiergerät hervor. «Dann können wir das Gespräch mitschneiden, wenn du das Handy auf laut stellst. Was machen wir mit Bolle?»

«Kann Ingrid ihn bitte nach Hause fahren? Ich spreche später mit ihm. Und vielleicht kannst du Alfons bitten, ihn sich einmal anzuschauen und uns eine Einschätzung zu geben.»
Dr. Alfons Wegener war nicht nur der Hausarzt der beiden, sondern auch mit ihnen befreundet.

«Sicher, ich sage ihr schnell Bescheid und rufe Alfons an.»
Kurze Zeit später kam Dr. Soltau zurück und nickte.
Der General wählte den Rückruf aus der letzten Info-SMS.

«Na, endlich! Ich dachte, da meldet sich nie jemand.»

«Sie haben die Kinder?»

«Ja, und Sie haben das Handy und den Brief. Dann wissen Sie ja Bescheid. Wieso sind Sie nicht ans Telefon gegangen, ich habe schon X-mal versucht, Sie zu erreichen! Haben Sie das Geld?»

«Nein, ich habe den Brief gerade erst gefunden. Sie hätten sich denken können, dass wir nicht zu Hause sind. Dass wir bei unserer Tochter sind und die Kinder suchen!»

«Ist nicht mein Problem. Bis wann haben Sie das Geld?»

«Erst will ich wissen, ob die Kinder noch am Leben sind und es ihnen gut geht.»

«Es geht ihnen gut, NOCH.»

«Ich will sie sprechen. Sonst bin ich nicht bereit zu verhandeln.»

«Es gibt nichts zu verhandeln. Du willst sie sprechen, okay, aber das kostet.»

«Ich mache gar nichts, bevor ich nicht sicher bin, dass die Kinder noch leben.»

«Okay, warte.»
Man konnte hören, wie jemand eine Tür öffnete und eine Treppe hinunterging. Eine weitere Tür wurde geöffnet.

«Hier, euer Opa will mit Euch sprechen.»

«Hallo Opa»

«Hallo Schatz, wie geht es euch?»
Ein Schluchzen war zu hören. «Opa, holst du uns hier raus?»

«Sicher Schatz, sobald ich kann, hole ich euch da raus. Wo seid ihr denn?»

«Wir sind in einem Keller.»
«So, das ist genug.»
«Halt, ich will auch noch mit Moritz sprechen.»
«Moritz, sag deinem Opa auch hallo.»
«Hallo Opa, stimmt es, dass ihr uns verkauft habt?»
«Wer sagt das? Das ist Quatsch. Das würden wir nie tun. Wir holen Euch, keine Angst.»
«So, das reicht. Übrigens, das Ganze kostet. Jetzt sind es 800 Tausend. 400 für jedes Kind.»
«Die sind aber nicht so leicht zu beschaffen. Das schaffe ich nicht in der kurzen Zeit. 400 Tausend vielleicht, 800 Tausend sind fast unmöglich, da muss ich Passiva aktivieren.»
«Ich sagte bereits, ich verhandele nicht. Je länger es dauert, desto länger leiden die Kinder. Ich rufe morgen an, dann will ich wissen, wie viel du zusammen hast. Welches Kind willst du zuerst, falls du nicht alles zusammen bekommst?»
«Okay, okay, wir gehen sofort zur Bank. Ich rufe dann wieder an.»
«Nein, ich melde mich wieder. Auf dieser Nummer brauchst du nicht mehr anzurufen.»
Die Verbindung war tot. Der General musste sich erst mal setzen.
«Was hältst du davon, Hermann?»
«Schrecklich! Ein verdammt harter Hund. Kriegst du das Geld so schnell zusammen?»
«Ich hoffe, Elli hat noch einiges aus dem Erbe ihrer Eltern. Ggf. müssen wir das Haus verpfänden.»
«Okay. Du kümmerst dich um das Geld. Vielleicht wirst du beobachtet, dann ist es gut, dass du als Nächstes zur Bank gehst. Ich werde dafür sorgen, dass diese Sachen hier zur Polizei kommen und melde mich wieder.»
Der General gab Soltau die Handynummer von Körner, sie verstauten den Umschlag, den Brief, die Haarlocke und das Handy in einzelne Gefrierbeutel, die Frau Soltau aus der Küche holte. Dr. Soltau steckte alles in seine Aktentasche, ohne die er nie das Haus verließ. Dann kehrte der General über die Veranda

zu seinem Haus zurück. Dr. Soltau rief Bernd Körner an und informierte ihn über das Gespräch mit dem Entführer. Er werde jetzt zum Gericht kommen und Herr Bentlin sei auf dem Weg zur Aachener Bank, um das Lösegeld zu besorgen.

Der General und Elli fuhren auf direktem Weg zur Bank, damit ein etwaiger Beobachter sehen konnte, dass sie nicht zur Polizei, sondern schnurstracks zur Bank gefahren waren.

Dr. Soltau hatte Glück und fand auf dem Parkdeck des Gerichts noch einen Parkplatz. Aufgrund der strengen Eingangskontrolle war man dort vor ungebetenen Besuchern sicher, zudem würde es für einen etwaigen Beobachter wenig auffallend sein, wenn er als Anwalt das Gericht aufsuchte. Körner traf Dr. Soltau im Anwaltszimmer. Körner hatte bereits die übliche Maschinerie in Bewegung gesetzt. Das Telefon des Generals würde angezapft werden, zum Glück brauchte man dafür nicht einmal das Haus zu betreten. Vielleicht würde der Entführer sich über das Festnetz melden. Beamte in Zivil würden die Umgebung ums Haus beobachten und verdächtige Personen identifizieren. Der Provider von Lenas Handy wurde aufgefordert, alle Verbindungen dieses Handys zu registrieren und zur Verfügung zu halten. Körner nahm die Asservate an sich, um sie zur Kriminaltechnik zu bringen. Er wusste, dass sie entsprechende Haare der Kinder für einen Vergleichstest bereits gesichert hatten; das war Routine. Auch die DNS der Kinder war gesichert worden, hierfür wurde regelmäßig die Zahnbürste der Opfer benutzt.

Körner brachte die Asservate sofort zur Kriminaltechnik. Die Kriminaltechnik machte einen mikroskopischen Vergleich. Dieser bestätigte die Übereinstimmung der Haarstruktur der Haarlocke mit den Haaren, die sie aus Lenas Bürste sichergestellt hatten. Das hatte zwar nicht die Qualität eines Gentests, war aber zusammen mit dem Handy ein wichtiges Indiz.

Sie hatten es also mit den wirklichen Entführern zu tun.

Der Briefumschlag brachte zunächst keine neuen Erkenntnisse, außer dass er in Aachen als Eilsendung aufgegeben wurde. Hier wird man weiter ermitteln können, denn der Eilbrief musste ja persönlich abgegeben worden sein. Vielleicht konnte sich in der Post jemand erinnern oder es gab sogar Videoaufnahmen. Leider war die Zeit vorbei, dass Entführer gedankenlos die Briefmarke ableckten und so einen genetischen Fingerabdruck hinterließen. Die heutigen Briefmarken sind selbstklebend, Fingerabdrücke oder genetisches Material waren nicht zu finden. Das Handy war ebenfalls sorgfältig abgewischt worden. Sie würden auf eine weitere Kontaktaufnahme der Entführer warten müssen. Der Provider würde alle Anrufe, die auf dieses Handy erfolgen würden, sofort parallel zur Polizei schalten. Die Netzbetreiber in Deutschland waren ebenfalls bereit, die Funkzelle des Anrufers zu ermitteln, sobald dieser anrufen würde. Hoffentlich würde der Anruf aus Deutschland erfolgen.

Der General hatte mit seiner Bank klären können, dass das Lösegeld bis Freitagmittag bereitgestellt werden würde. Die Bank arbeitete im Hintergrund mit der Polizei zusammen, um das Geld und die Tasche zu präparieren. Danach fuhren der General und seine Frau zu Jan und Maria. Es war unbeschreiblich, was die Nachricht bei Maria auslöste. Maria, die bisher nur als Zombie durchs Haus geschlichen war, war plötzlich hellwach. So sehr die Ungewissheit und das Risiko einer Entführung an ihnen alle nagte, so war die Information, dass die Kinder noch lebten und man endlich etwas tun könnte, sie wiederzubekommen, ein wahres Glückselixier. Sie fielen sich in die Arme und weinten. Nicht nur Maria und Elli, auch Jan und selbst der General ließen sich anstecken und Tränen der Erleichterung wurden vergossen. Schatten fielen von ihnen ab. Jetzt hatten sie endlich wieder einen Faden, der ihrem Leben eine Richtung gab.

Der General, dem Entführungen gegen Lösegeld aus seiner beruflichen Erfahrung wohlbekannt waren, versuchte die Familie auf die kommende schwierige Phase der zermürbenden

Verhandlungen vorzubereiten. Er wusste, dass er Stärke würde zeigen müssen, um den Entführern Zugeständnisse abzuringen. Darauf musste er seine Familie vorbereiten. Er machte ihnen klar, dass man mit Entführern wie mit Geschäftspartnern verhandeln müsste. Dass man ihnen nicht die Macht lassen durfte, das Geschehen zu beherrschen, sondern Stärke zeigen und Gegenforderungen stellen musste. Und seine erste Forderung würde sein, ein weiteres Lebenszeichen der Kinder zu erhalten. Schließlich waren schon zwei Tage vergangen, seit die Kinder verschwunden waren. Natürlich waren Maria und Elli erschrocken, als er ihnen erläuterte, wie er vorzugehen gedachte. Es war schwierig, die Frauen davon zu überzeugen, dass man Entführen nicht einfach das Geld geben durfte in der Hoffnung, dass sie die Kinder freilassen würden.

«Bei Gott, ihr müsst mir glauben, dass es mir nicht um das Geld geht. Ich ziehe in eine Hütte und lebe von Wasser und Brot, wenn die Kinder dadurch gerettet werden. Aber wir müssen im Interesse der Kinder darauf bestehen, dass das Geld nur im Austausch gegen die Kinder übergeben wird», flehte er die Frauen förmlich an, die lauthals gegen seine Pläne protestierten. Sie blieben skeptisch, Jan hingegen gab ihm recht.

«Alles, was das Leben der Kinder nicht gefährdet, ist richtig. Die Entführer müssen wissen, dass die Kinder am Leben lassen müssen, wenn sie ihr Ziel erreichen wollen. In eine Hütte braucht ihr nicht zu ziehen, wir können auch unser Haus verkaufen.»

«Nein, nein», entgegnete der General. «So schlimm ist es nicht. Außerdem müssen die Kinder doch ein Zuhause haben, sobald sie zurückkommen.»

Das Bild der zurückkehrenden Kinder breitete sich im Raum aus. Es wurde heller, die Zuversicht, die sich ausbreitete, machte die Luft warm und weich.

Maria war wie verwandelt. Sie sprach und bewegte sich, als seien Hunderte Kilos von ihren Schultern gefallen. Obwohl allen bewusst war, dass noch eine schwere Zeit mit vielen Ungewissheiten vor ihnen liegen würde, war der Gedanke, dass die Kinder «nur» Opfer einer Geiselnahme waren, ein Grund für diese euphorische Erleichterung, die alle erfasst hatte. Man würde das Geld zahlen und die Kinder wiederbekommen. Das wollten alle von ganzem Herzen glauben und das taten sie auch. Selbst der General ließ sich von der Stimmung anstecken, obwohl er wusste, dass sie, bevor der Austausch nicht stattgefunden hatte, eigentlich keinen Grund für Hochgefühle hatten. Die Stunden verronnen. Der Entführer schien genau zu wissen, was er tat. Er hatte ihm ausreichend Zeit gegeben, das Geld zu besorgen und hatte auch keine Eile, die Kinder loszuwerden.

Im Irak, im Libanon oder in Afghanistan, wo er früher mit Entführungen zu tun hatte, war es ähnlich. Hier konnten sich Entführungen über Monate hinziehen. In diesen Ländern war es aber auch nicht schwierig, die Entführungsopfer für eine so lange Zeit unterzubringen. In der Abgeschiedenheit der Berge, in der die Obrigkeit keine Macht hatte und durch die Clans geschützt, war es so gut wie unmöglich, Entführungsopfer aufzuspüren. Hier in Europa war er eher besorgt, dass die Entführer unter Zeitdruck unberechenbar handeln könnten. Dies behielt er für sich. Er wollte die frisch gewonnene Zuversicht in der Familie nicht zerstören.

21.05.2015 - Am Abend

Der nächste Tag würde der entscheidende werden. Der Entführer wollte sich melden. Das Warten machte alle mürbe, die Polizisten, die auf einen Durchbruch warteten und natürlich die Familie. Die Polizei hatte jeden direkten Kontakt mit dem General vermieden, alles war per Telefon oder technisch gelöst worden. Man wollte kein Risiko eingehen. Über eine abgesicherte Leitung hielt die Polizei Kontakt zur Familie. Der General hatte das Geld zusammen, es war bereits in der Bank gescannt und markiert worden. Ein Peilsender wurde in der Tasche platziert. Sollte dieses Geld jemals ausgegeben werden,

würden sie es erfahren. Die größte Hoffnung setzte die Polizei auf die Geldübergabe. Hier würde man den Tätern auf die Spur kommen können. Vielleicht würde er sie direkt zu den Kindern führen, ansonsten würden sie zugreifen und die Täter in der Vernehmung weichkochen.
Die Zeit verstrich bis dahin unendlich langsam. Stunde um Stunde schlich der Zeiger der alten Kuckucksuhr herum, hämisch grinsend erschien jede Viertelstunde der Kuckuck, bis Maria es nicht mehr ertragen konnte und ihn in seinem Häuschen einsperrte.

Der General fuhr sicherheitshalber noch einmal in sein Haus nach Aachen, um die Post zu kontrollieren. Aber es fand sich kein weiterer Hinweis. Auch das Handy blieb stumm.

Freitag, 22.05.2015

Als es endlich Freitagmorgen war, trafen sich der General und Jan mit Dr. Soltau an der Bank. Falls man sie beobachtete, sollte man ruhig sehen, dass er sich mit der Familie und seinen Freunden umgab. In einem hinteren Büro hatte der General das Geld übernommen. Sie beschlossen, in der Bank auf den Anruf des Entführers zu warten. Niemand sollte auf die Idee kommen, sie außerhalb der Bank zu überfallen. Nun saßen sie gemeinsam in dem sterilen Besprechungsraum, den die Bank ihnen zur Verfügung gestellt hatte, und starrten auf das Handy, das der General auf den Tisch gelegt hatte. Niemand sagte etwas. Die Zeit verstrich unendlich langsam. Minuten wurden zu Stunden.

Schließlich rief Dr. Soltau sicherheitshalber auf dem Handy an, um zu prüfen, ob es funktionierte. Dr. Soltau wählte. Sekunden vergingen. Dann klingelte es. «Jürgen? Hier ist Hermann. Dies ist ein Test.»

«Okay das Handy funktioniert.»

Der General legte auf. Es war bereits Mittag. Sie gingen in die Personalkantine, um etwas zu essen, die Tasche mit dem

Geld zwischen den Beinen. Sie blieben, bis die Kantine geschlossen wurde. Immer noch kein Anruf. Zurück im Besprechungsraum sprachen sie mit der Polizei. Die hatte auch keine Idee.

«Vielleicht beobachtet er uns und wartet, bis wir die Bank verlassen?»

«Aber nur ohne das Geld», kündigte der General grimmig an.

Kurz bevor die Bank schloss, brachte der General das Geld in ein Schließfach. Er stopfte einen Pack Werbeprospekte in die Tasche, Dr. Soltau informierte die Polizei und sie verließen die Bank. Zunächst fuhren sie zum Haus des Generals, hoffend, dass dort eine neue Nachricht liegen würde. Fehlanzeige.

Sie setzten Dr. Soltau zu Hause ab und der General fuhr mit Jan zurück nach Langerwehe.

«Was hat das zu bedeuten?», fragte Jan den General.

«Ich weiß es nicht. Wir können nur mutmaßen. Vielleicht will der Entführer Druck machen.»

«Indem er sein eigenes Ultimatum nicht einhält?», erwiderte Jan.

«Um uns zu zeigen, dass er viel Zeit hat. Um uns nervös zu machen und seinen Forderungen mehr Nachdruck zu verleihen.»

«Und wenn nicht? Wenn er sich gar nicht mehr meldet?»

«Das wollen wir nicht hoffen.»

Wieder warteten sie.

Stunden - Tage.

Der Entführer meldete sich nicht mehr. Weder per Handy noch auf Festnetz, auch nicht schriftlich. Der General fuhr jeden Tag nach Aachen, um die Post zu kontrollieren. Es erfolgte keine Kontaktaufnahme mehr.

Was war geschehen? Niemand konnte sich einen Reim darauf machen, warum sich der Entführer nicht mehr meldete. Das Grauen kehrte wieder. Man konnte förmlich sehen, wie Maria und Jan jeden Tag weiter in sich zusammen fielen. Wie Maria immer schweigsamer wurde und schließlich gar nicht mehr sprach. Das ehemals durch Kinderstimmen so belebte alte Forsthaus versank wieder in schreiender Stille. Die Luft im Haus wurde dicker und dicker. Nebel von Verzweiflung und Hoffnungslosigkeit waberten durchs Haus. Das Entsetzen nach dem Hoffnungsschimmer, der mit dem Kontakt zu den Entführern aufgekeimt war, ließ Maria noch weiter ins Nichts fallen. Selbst die alte Kuckucksuhr schien leiser zu ticken, auch der Kuckuck kam schon seit Tagen nicht mehr heraus. Auch Jan war kaum dazu zu bewegen, das Haus zu verlassen, sofern er nicht im Betrieb war. Ein Grab für Untote. Zombies in der Welt der Lebenden und in einem Zustand der Leere.

Elli und der General hielten es schließlich nicht mehr aus. Sie zogen wieder zurück nach Aachen. Das Leben musste weitergehen. In der Gruft, in die sich das Forsthaus verwandelt hatte, war kein Leben möglich.

Montag, 25.05.2015

Im Polizeipräsidium

Die Geldübergabe hatte nicht stattgefunden. Jetzt versuchte man über den Erpresserbrief nähere Informationen über den Entführer zu erhalten. Bisher waren die Bemühungen erfolglos. Niemand der Postbediensteten konnte sich an einen verdächtigen Eilbrief erinnern. Man wollte damit an die Presse gehen. Auch über das Handy kam man nicht weiter. Das Gespräch mit dem Entführer war von einem Prepaid-Handy aus dem Ausland gekommen. Sie diskutierten darüber, ob man das Gespräch mit dem Entführer veröffentlichen sollte, entschied sich jedoch vorerst dagegen. Man wollte das Leben der Geiseln nicht gefährden.

Doch es gab einen weiteren Ermittlungsansatz. Nachdem man dem Hauptverdächtigen Bollemann nichts Weiteres nachweisen konnte, verkündete der Leiter der Ermittlungsgruppe stolz das Ergebnis der Vernehmungen der Kolleginnen von Maria.

«Maria Mülhausen hat im November letzten Jahres ein Verhältnis zu einem Niederländer begonnen. Am 11.11. letzten Jahres hat sie in Köln einen Mann kennengelernt, den sie Karneval wieder getroffen hat und mit dem sie ein Verhältnis unterhält. Alle Versuche, Maria Mülhausen zu einer Vernehmung zu laden, sind aber bisher an deren angeblicher Vernehmungsunfähigkeit und dem Winkeladvokaten der Familie gescheitert. Die Ehe war doch nicht so mustergültig, wie es den Anschein hatte.»

Körner stöhnte. Hoffentlich würde er dem General nicht dazu Rede und Antwort stehen müssen. Außerdem, berichtete Solowski weiter, gab es beim Tode der zweiten Tochter durchaus Ungereimtheiten.

«Maria Mülhausen hat danach mehrmals behauptet, am Tode der Tochter Schuld zu sein. Sie war mehrfach in psychiatrischer Behandlung. Es gibt also noch genug zu tun.»

Solowski bat eine Kollegin, noch einmal alles zum Alibi von Maria Mülhausen zusammenzutragen.

«Maria Mülhausen hat ihre Schule am 21.5. um ca. 12.30 Uhr verlassen. Angeblich hatte sie Migräne. Aber statt nach Hause zu fahren und sich hinzulegen, gab sie vor, spazieren gegangen zu sein. Das klingt nicht sehr glaubwürdig. Meine Mutter wollte bei Migräne immer im Dunkeln liegen! Erst gegen 15.00 Uhr will sie wieder zu Hause gewesen sein. Es besteht also eine Lücke im Alibi von ca. zwei Stunden. Mehr Zeit als genug, um die Kinder verschwinden zu lassen.»

«Sie könnte die Kinder selbst abgeholt haben?»

«Ja, aber dafür gibt es keine Zeugen. Am Kindergarten hat tatsächlich die große Schwester ihren Bruder abgeholt. Aber sie könnte die Kinder aufgelesen haben.»

«Aber warum sollte sie ihre Kinder verschwinden lassen?»

«Vielleicht wegen ihrer Affäre. Eine Kollegin berichtete, dass Maria ihr anvertraut habe, sie habe seit Karneval eine Liaison mit einem niederländischen Musiker. Sie habe sich regelmäßig mit ihm getroffen. Es gab schon viele Fälle, wo Frauen ihre Kinder beseitigt haben, weil sie einer neuen Beziehung im Wege standen. Vielleicht waren auch Drogen im Spiel.»

«Womöglich hat sie auch gemeinsam mit ihrem neuen Freund die Kinder entführt, um von ihrem Vater das Geld für ein neues Leben mit ihrem Lover zu erpressen», warf ein anderer ein.

«Und warum ist die Geldübergabe gescheitert?», fragte ein Dritter.

«Vielleicht war die ganze Erpressung zunächst nur inszeniert. Um von Maria Mülhausen abzulenken.»

«Und vielleicht ist dieser Holländer Initiator der Entführung. Hat sich deswegen an sie herangemacht! Oder hat später erfahren, dass sie einen reichen Vater hat. Dann hat er sie überredet, bei einer Entführung mitzumachen. Deshalb auch die Entführung an einem Tag, an dem sie ein Alibi haben würde. Sie hat es sich dann anders überlegt und ist zu spät gekommen, um die Entführung zu verhindern», warf ein anderer in die Diskussion ein.

«Alles denkbare Szenarien. Wir haben aber bisher keinerlei belastbare Beweise», merkte Solowski an. «Zu viele Vermutungen und zu wenig Beweise. Liefert mir Beweise! Aber die verschiedenen Hinweise auf Holländer fallen auf. Erst der Hinweis auf den weißen Transporter mit holländischem Kennzeichen, welcher am Tattag beobachtet wurde, jetzt dieser holländische Liebhaber. Was hat die Überprüfung der niederländischen Kollegen zu dem Kennzeichen ergeben, das dieser alte Mann mit dem Hund, ein ehemaliger Zollbeamter, genannt hat?»

«Die holländischen Kollegen konnten das Fahrzeug mit dem Kennzeichen, dass sich der alte Mann gemerkt hatte, ermitteln. Es handelt sich tatsächlich um einen weißen Transporter der Marke Mercedes Vito einer Maastrichter Firma. Dieser hat aber nachweislich den ganzen Tattag in Rotterdam gestanden. Er kann unmöglich zur Tatzeit in Langerwehe gewesen sein. Auch in den letzten Wochen soll sich der Transporter nicht in Deutschland befunden haben. Wir glauben aber nicht, dass sich der Mann ein falsches Kennzeichen gemerkt hat.»

«Dann ist es eine Dublette! Das würde auf organisiertes Verbrechen hindeuten. Profis montieren ein gefälschtes Kennzeichen auf ein identisches Fahrzeug zum Original, um in einer Kontrolle nicht aufzufallen. Sie haben dann auch die passenden Papiere dabei», warf Körner in die Runde.

«Dafür gibt es aber keine weiteren Hinweise. Genug der Spekulationen. Wir müssen diesen holländischen Don Juan finden! Außerdem müssen wir an Maria Mülhausen herankommen. Was hatten diejenigen für einen Eindruck, die mit ihr bereits sprechen konnten?», fragte Solowski in die Runde.

Alle bestätigten, dass sie völlig am Boden zerstört wirkte.

«Das muss nichts heißen. Vielleicht hat sie das Geschehen ja verdrängt. Es sind Fälle bekannt, wo eine überforderte Mutter ihr eigenes Kind getötet und hinterher keinerlei Erinnerung mehr hatte. Vielleicht hat sie sogar eine gespaltene Persönlichkeit. Das ist gar nicht so selten. Bei dem Tod der zweiten Tochter gab es auch ungeklärte Fragen. Aber mehr konnten die amerikanischen Behörden dazu nicht sagen», ergänzte eine andere Polizistin aus dem Morddezernat.

«Aber wieso sollte jemand die Kinder ausspähen, wenn sie die Mutter mit im Boot hatten?», fragte ein anderer.

«Zu viele Fragen, zu wenig Antworten. Findet diesen Holländer, so schwer kann das nicht sein!», forderte Solowski.

«Ich werde die Handyverbindungen von Maria Mülhausen anfordern. Sobald der Untersuchungsrichter der Anforderung zustimmt, haben wir den Holländer schnell. Darauf zu hoffen, dass wir Maria Mülhausen bald vernehmen können, ist wohl vergeblich», ergänzte die Kollegin, die speziell auf Maria angesetzt worden war.

«Sehr gut, die Argumente sollten den Untersuchungsrichter überzeugen. Macht die Sache rund, damit uns der Alte nicht in die Suppe spuckt.»

Belohnung

Körner berichtete dem General auf dessen Nachfrage den Sachstand der Ermittlungen. Zunächst ging er auf Bollemann ein. Die im Garten gefundenen Spuren waren wertlos, weil der Aufenthalt der Kinder im Garten Bollemanns nicht ungewöhnlich war. Selbst das bei ihm gefundene Geld musste ihm zurückgegeben werden, obwohl er zu dessen Herkunft keine Angaben machte. Das Alibi konnte in der Zwischenzeit durch zwei weitere Zeugen betätigt werden. Die Annahme, Bolle habe die Kinder in der kurzen Zeit irgendwo versteckt und sei dann in alle Ruhe mit seiner Frau zum Anwaltstermin gefahren, ließ sich durch nichts erhärten. Auch hätten sich keine Hinweise auf etwaige Mittäter ergeben. Das Blut an einem Holzklotz und einem Messer entpuppte sich als Kaninchenblut. Überdies bestätigte ein Nachbar, dass er für Bolle die Kaninchen schlachtete, weil dieser kein Blut sehen könne. Zudem konnte in der Zwischenzeit ermittelt werden, wo Bollemann tatsächlich nach seinem Termin mit seiner Frau beim Scheidungsanwalt bis Mittwochmorgen in Aachen durchgezecht hatte.

Es blieb nur der Verdacht des Schwarzbrennens. Hierfür hatte man die entsprechenden Apparaturen gefunden, leider war der Vorrat an selbst Gebranntem schon erschöpft, sodass der Beweis schwer zu führen war, dass er die Anlage auch benutzt hatte.

Das alles interessierte den General nicht. Er brachte seinen Unmut unmissverständlich zum Ausdruck. Bolle war inzwischen zu einem freiwilligen Aufenthalt in einer Klinik zur Entziehung von seiner Alkoholsucht. Dr. Wegener hatte ihn dazu geraten, insbesondere da die Presse ihn bereits zum Sündenbock abgestempelt hatte und eine Rückkehr in die Gemeinde in einem Spießrutenlaufen enden würde.

«Ich wollte eigentlich nur wissen, was es neues gibt», insistierte der General.

Körner berichtete, dass nach dem Scheitern der Geldübergabe sich die Suche auf den weißen Lieferwagen konzentriere. Inzwischen hätten sich mehrere Zeugen gemeldet, die das Fahrzeug in Langerwehe in der Laufenburgstraße sowie auf dem Parkplatz vor der Kita gesehen hatten. Die letzte Sichtung stamme aus Lichtenbusch, wo jemand das Fahrzeug Richtung Belgien fahrend gesehen haben wollte. Leider hätte die Überprüfung des Kennzeichens, das sich ein Zeuge gemerkt hatte, nicht zum Erfolg geführt. Das Fahrzeug, zu dem das Kennzeichen gehörte, war nachweislich am Tattat in Rotterdam.

Die Frage, ob der General in der Zwischenzeit mit seiner Tochter über ihre Lücke im Alibi gesprochen habe, verneinte er schroff.

Als der General hörte, dass die Polizei nicht weiter kam, setzte er Himmel und Hölle in Bewegung, um die Suche nach seinen Enkelkindern zu forcieren. Er nutzte alle seine Verbindungen und sorgte dafür, dass die ganze Gegend noch einmal systematisch abgesucht wurde. Er forcierte Suchmeldungen in der örtlichen sowie der überregionalen Presse.

Er ließ Suchplakate drucken, inserierte selbst mit großen Anzeigen in allen überregionalen Zeitungen, zunächst in der Umgebung, schließlich europaweit. Er lobte eine Belohnung in Höhe von 10.000 Euro für Hinweise auf die Entführer aus und 100.000,- für denjenigen, der für die unversehrte Rückkehr der Kinder sorgte. Jan und seine Freunde verteilten Flugblätter und hängten überall Suchplakate auf. Eine Suchmeldung in der Tagesschau erschien. Danach entwickelte sich das Thema zum Selbstläufer, Jan und Maria wurden regelrecht von Presseleuten belagert. Bald waren die überregionalen Medien auf den Fall aufmerksam geworden und internationale Presseagenturen nahmen sich der Entführung an. Der Fall wurde in mehreren einschlägigen Sendungen, mit denen ungelöste Kriminalfälle der Bevölkerung vorgestellt werden, in ganz Europa behandelt.

Der General musste unzählige Interviews geben, während er Jan und Maria abschirmte, da sie dem Ansturm der Journalisten nicht gewachsen gewesen wären. Lediglich bei einem dramatischen Aufruf an die Entführer, der durch alle Medien ging, war Maria zugegen. Marias Flehen, ihren Kindern nichts anzutun, berührte die ganze Republik. Ansonsten blieb Maria unsichtbar. Da sie das Haus nicht mehr verließ, kam die Presse nicht an sie heran. Allein das Telefon war ein Problem. Da Maria partout die Hoffnung nicht aufgeben wollte, dass sich die Entführer oder die Kinder bei ihr melden würden, hatte sich die Polizei mit Jans Einverständnis in die Leitung geschaltet und ließ keine Gespräche von irgendwelchen angeblichen Zeugen oder Beileidsbekundern durch, mit denen der Anschluss geflutet wurde.

Bernd Körner wurde nun in seiner Arbeit bei der Familie durch den Pressesprecher der Polizei unterstützt, der den Rummel in geregelte Bahnen lenken sollte.

Der Erpresserbrief und die Umstände wurden nun in der Presse veröffentlicht.

Auch bei der Polizei machte sich Frustration breit. Tausenden von Hinweisen waren sie nachgegangen, Tausende lagen noch vor. Da sich der oder die Entführer nicht mehr meldeten, musste man mit der normalen Ermittlungsarbeit fortfahren. Hinweisen aus der Bevölkerung nachgehen, Zeugenaussagen überprüfen, neue Zeugen suchen.

Überhaupt war der Aufstand, den die Kampagne des Generals verursachte, der Polizei ein Dorn im Auge. Sie musste sich nun auch noch mit Tausenden unsinnigen Hinweisen beschäftigen, die die Ermittlungen aber nicht weiter brachten. Der General sah sich dubiosen Angeboten angeblicher Zeugen, Privatdetektive, Hellseherinnen und sonstiger Spinner, die angeblich alle den Aufenthaltsort der Kinder zu kennen glaubten, ausgesetzt.

Die meisten waren als Unsinn sofort erkennbar, einige verfolgte er weiter, sprach mit den Leuten und traf sich sogar mit dem einen oder anderen. Alles katalogisierte er, fertigte Vermerke an, kopierte und übergab die Originale der Polizei. Es war bis dahin nichts Brauchbares dabei gewesen. Dennoch hoffte er, dass einer der vielen Hinweise vielleicht den Durchbruch bringen könnte.

Mittwoch, 27.05.2015

Jan rief kurz mit dem Handy in seinem Betrieb an und teilte mit, dass er an diesem Tag nicht mehr vorbeikommen würde. Er würde heute mit Maria sprechen müssen, aber nicht gleich. Laufen wollte und konnte er nicht, aber er wollte seine alte Runde abgehen und die Zeit nutzen, um nachzudenken. Mit dem Tag, als seine Kinder verschwunden waren, hatte er das Laufen aufgegeben - wie so vieles. Er war schon eine Weile gegangen, als er den alten Mann einholte, der wie jeden Tag seine Runde mit seinem betagten Husky machte. Früher hatte Jan selten mehr als einen freundlichen Gruß mit Herrn Kahn, wie der alte Mann hieß, ausgetauscht. Jan ließ sich ungern von etwas ablenken. Daher pflegte er gewöhnlich nur kurz zu grüßen und seinen Lauf mit unverminderter Geschwindigkeit fortzusetzen. Heute jedoch war er nicht zum Laufen unterwegs und nahm so gern die Gelegenheit wahr, sich von seinen unangenehmen Gedanken ablenken zu lassen.

So grüßte er freundlich: «Hallo Herr Kahn, lange nicht gesehen, immer noch die gleiche Runde?»

«Guten Morgen Herr Mülhausen, ja immer noch die gleiche Runde, jeden Morgen und jeden Nachmittag. Aber ich hab' Sie lange nicht mehr gesehen, laufen Sie nicht mehr?»

«Nein, seitdem die Kinder verschwunden sind, nicht mehr.»

«Ich hatte noch gar keine Gelegenheit, Ihnen zu sagen, wie sehr mir das leidtut, was da passiert ist. Ich hatte so gehofft, dass meine Beobachtungen helfen könnten, Ihre Kinder schnell wiederzufinden.»

«Und ich hatte noch keine Gelegenheit, Ihnen für die Unterstützung bei der Suche nach meinen Kindern zu danken.»

Er wusste, dass Herr Kahn am Tag nach dem Verschwinden der Kinder, wie fast das ganze Dorf, an der Suche der Kinder teilgenommen hatte.

«Das war doch selbstverständlich. Wissen Sie, ich bin mir eigentlich sicher, dass Herr Bollemann nichts mit dem Verschwinden Ihrer Kinder zu tun hat.»

Jan schaute ein wenig verwirrt, weil Herr Kahn den alten Säufer, den jeder im Dorf nur Bolle genannt hatte, mit Herrn Bollemann bezeichnete. Ludwig Kahn missdeutete den irritierten Blick von Jan jedoch.

«Ich will mich wirklich nicht aufdrängen, aber meine Beobachtungen passen zu gut zu dem, was man so hört. Der Transporter, den ich an dem Tage gesehen hatte, war mehr als verdächtig. Aber die Polizei wird das ja überprüft haben.»

Jan verstand nicht ganz, wovon Herr Kahn sprach.

«Immerhin musste ihn die Polizei ja wieder aus der Haft entlassen. Sie haben ihn in eine Entziehungsanstalt gesteckt.»

«Woher wissen sie das denn?»

«Sie haben den Zoll geholt, weil der Herr Bollemann wohl eine Anlage zum Schwarzbrennen in seinem Gartenhaus hatte. Er ist auf Anraten des Arztes freiwillig in eine Entziehungskur gegangen. Hat mir ein ehemaliger Kollege gesteckt.»

Die Unterhaltung stockte.

«Darf ich Sie noch ein Stück begleiten?», begann Jan das Gespräch erneut.

«Ja sicher, ich hab ja nicht viel Unterhaltung.»

Sie folgten gemächlich dem üblichen Weg.

«Übrigens, ich bin mir ziemlich sicher, dass es sich bei dem Transporter, der mir aufgefallen war, um einen Leihwagen handelte. Aber irgendetwas stimmte da nicht. Ich zermartere mir schon die ganze Zeit den Kopf», murmelte der alte Mann mehr für sich.

Jan hatte nur mit einem halben Ohr zugehört und sich mehr dem Hund gewidmet. Es fiel Jan auf, wie knochig und struppig der Hund geworden war. Er lief auch nicht mehr vor, wie früher, sondern trottete nur noch mit hängendem Kopf hinter ihnen her. Es tat ihm leid, dass er sich früher nie mehr Zeit für die Beiden genommen hatte. Der alte Mann machte immer so einen freundlichen und zufriedenen Eindruck und doch war er fast ausschließlich allein unterwegs. Jan schätzte ihn auf Mitte 80, recht groß für seine Generation, circa eins-achtzig. Sein Gesicht wirkte wie gegerbt, mit einer großen Nase, wie man es oft bei alten Leuten sieht. Seine Augen waren klein, blinzelten immer ein wenig und wirkten gemeinsam mit dem Mund, dessen Falten keinerlei Unzufriedenheit zeigten, ein wenig verschmitzt. Er achtete sehr auf seine Kleidung, eine dunkle Stoffhose, blank gewienerte Schuhe, Hemd mit Krawatte, auch im Sommer immer ein Sakko und im Winter einen Mantel. Und natürlich einen Hut, unter dem schlohweißes, kurz geschnittenes Haar erkennbar war. Wann immer jemand vorüberkam, lüftete er nach alter Sitte den Hut und es wurde sichtbar, dass ihm nur wenige Haare auf dem Kopf verblieben waren. Ben, so hieß der Hund, war früher ein wunderschöner weißer Husky gewesen, der unangeleint vorlief, manchmal auch zurückblieb, um irgendetwas näher zu untersuchen. Seinen Herren ließ er aber nie aus den Augen und reagierte auf Zuruf sofort. Als Läufer oder Fahrradfahrer hatte er nie das Gefühl, Angst haben zu müssen, wenn er an Ben vorbeikam, wie das bei anderen Hunden manchmal der Fall war. Ben schaute nur kurz auf, dann kurz zu seinem Herrn und sobald er sah, dass keine Gefahr drohte, ging er wieder seiner vorhergehenden Beschäftigung nach. Schon oft waren frei laufende Hunde Jan beim Joggen hinterhergelaufen, ja zweimal war er sogar von diesen gezwickt worden. Das war bei Ben nicht vorstellbar, obwohl er sich sicher war, dass Ben seinen Herrn mit seinem Leben verteidigen würde. In dieser Hinsicht war im jetzigen Zustand von Ben aber nicht mehr viel zu erwarten.

«Er ist alt geworden», bemerkte Jan, mit der Hand auf den Hund deutend.

«Wir sind beide alt geworden, Ben ist jetzt schon 17, ein stolzes Alter für einen Hund. Aber solange er nicht leidet, wird er mich begleiten.»

«Wird ganz schön komisch werden, wenn er nicht mehr ist. Werden Sie sich einen neuen Hund anschaffen?»

«Nein wohl kaum, dazu bin ich selbst zu alt. Wissen Sie, ich habe immer einen Hund gehabt, solange ich denken kann. Schon als Kind hatte ich einen eigenen Hund. Deshalb bin ich auch zum Zoll gegangen, weil man da Hundeführer werden konnte. Da lernt man auch, alleine zu sein.»

«Warum das?»

«Sehen Sie, normalerweise gingen Zollbeamte zu zweit auf Streife, der Eigensicherung wegen. Aber Hundeführer, die gingen allein mit ihrem Hund. Der Hund war ihre Sicherung. Zu zweit ist immer jemand da zum Reden, als Hundeführer hat man nur seinen Hund.»

«Das klingt sehr traurig.»

«Ja? Soll es gar nicht. Ich habe es genossen und ich habe gelernt, allein zu sein. Viele können das nicht, sie brauchen immer Menschen um sich herum, Lärm, Musik. Viele alte Menschen, die ich kenne, haben immer den Fernseher laufen, damit sie sich nicht so einsam fühlen. Ich bin allein, aber nicht einsam, wenn Sie verstehen, was ich meine.»

Dem alten Kahn schien dies ein wenig peinlich zu sein. Schweigend gingen sie eine Zeit lang nebeneinander her.

Es war Mai, alles blühte und grünte, aber an diesem Tag hatte man eher den Eindruck, es sei ein typisch trüber Apriltag. Die Wege waren aufgeweicht und die Wolken hingen tief. Eine dunkle Front zog von Westen heran und drohte mit einem neuen kalten Schauer. Jan zog seine Jacke weiter zu und klappte den Kragen herauf. Der Wind frischte auf und blies ihnen kalt entgegen. Sie hatten die erste Wegkreuzung erreicht und Jan überlegte, ob er jetzt nicht besser alleine weiterginge, um sich über das weitere Schicksal seiner Firma klar zu werden. Aber irgendwie fühlte er sich diesem alten Mann stark verbunden, eine Seelenverwandtschaft, die einem selten begegnet. Er fühlte sich wohl in Gesellschaft des alten Mannes und daher folgte er ihm, als dieser wie üblich nach links abbog, um seine tägliche Runde zu vollenden. Jans Laufweg führte geradeaus in den Wald und traf erst nach 5 km wieder auf den Rundweg, den der alte Mann täglich benutzte. Der schaute etwas verdutzt, als Jan unvermittelt fragte:

«Wie lange leben Sie jetzt schon allein?»

«Seit 1993, als meine Frau plötzlich verstarb. Zu zweit war das Alleinsein damals natürlich einfacher», antwortete der alte Mann.

«Haben Sie keine Kinder?»

«Nein, meine Frau konnte keine Kinder bekommen. Aber wir haben uns viel um die Kinder unserer Geschwister und Nachbarn gekümmert. Sie sind jetzt natürlich schon alle groß. Trotzdem kommt mich noch der eine oder andere besuchen. Zudem habe ich eine nette Nachbarin, wir kochen zusammen und sie macht meine Wäsche, ich repariere dafür manchmal etwas oder hacke Holz. Leider ist sie nicht gut zu Fuß. Sie sehen, ich bin gar nicht so allein», enthüllte er lächelnd.

«Außerdem kennen Sie wahrscheinlich jeden im Dorf, sind Sie nicht sogar hier geboren?»

«Nein, ich komme aus Rott. Aber als Zöllner war das so eine Sache mit Kontakten im Dorf. Sie haben sicherlich von der großen Zeit des Kaffeeschmuggels gehört, ein wahrer Krieg 'Schmuggler gegen Zöllner' in den Nachkriegsjahren. Da war es kein Zuckerschlecken, in einem Dorf zu leben, in dem jeder Zweite vom Schmuggel lebte. Keiner im Dorf hat auch nur ein Wort zu viel mit mir und meiner Frau geredet. Mir hat das nicht viel ausgemacht, aber für meine Frau war das eine schwere Zeit. Aber das ist lange her. Trotzdem steckt es noch in den Köpfen der Alten drin.»

Jan kannte diese alten Schmugglergeschichten aus der Nachkriegszeit aus diversen Erzählungen und Zeitungsberichten. Diese Wildwest-Geschichten von Schmugglerkolonnen mit Zentnern von Kaffee im Rucksack, von Schmugglerfahrten mit gepanzerten Fahrzeugen und Krähenfüßen (das sind eiserne Krallen, die auf die Straße geworfen wurden, um die Reifen der nachfolgenden Fahrzeuge des Zolls aufzuschlitzen) hatten den Eindruck einer wilden und doch lustigen Zeit vermittelt. In

diesen Erzählungen klang das alles sehr romantisch, obwohl von drei Toten die Rede war. Diese Geschichten wurden stets aus der Sicht der Schmuggler erzählt und mit einem gewissen Heldenstatus versehen. Die Sicht der Zöllner interessierte niemanden. In Herzogenrath gibt es sogar ein Zollmuseum, in dem diese Zeit ausführlich behandelt wird.
Sie waren in der Zwischenzeit wieder an ihrem Ausgangspunkt angekommen und Jan verabschiedete sich von dem Alten.

«Darf ich mich Ihnen demnächst einmal wieder anschließen?»

«Aber gerne.»

Freitag, 29.05.2015

Jan saß am Abend vor dem Fernseher und zappte durch die Programme. Meistens blieb er beim Sport hängen, am besten Fußball, Tennis auf Rasen oder Billard. Die dann den Bildschirm beherrschende Farbe Grün machte ihn schläfrig und ließ ihn schließlich einschlummern. Er schaute auch, was auf 3Sat, NtV, N24 oder Arte lief, denn neben Sport guckte er gerne Reportagen, egal ob man zeigte, wie Gummibärchen hergestellt werden oder ob Herr Scholl-Latour in häufig gezeigten Wiederholungen über den Nah-Ost-Konflikt berichtete.

Dabei erwischte er eine Wiederholung in 3SAT, bei der Kindesmissbrauch im Allgemeinen und die Hintergründe des Mordfalles Dutroux in Belgien im Besonderen thematisiert wurden. Es wurde berichtet, wie zwei Mädchen über Monate von einem Kinderschänderring festgehalten und missbraucht wurden und wie nach der Befreiung eines Mädchens mehrere Leichen gefunden wurden.
Maria, die sonst um diese Zeit schon schlief, kam ins Wohnzimmer und fragte, was er da guckte. Jan gelang es nicht, schnell genug umzuschalten, denn er saß da und ihm liefen die Tränen in solchen Mengen aus den Augen, dass er verschwommen sah. Als er schließlich die Fernbedienung in der Hand hielt, hatte Maria sich schon neben ihn gesetzt.

«Nein, ich will das sehen», forderte sie und nahm ihm die Fernbedienung aus der Hand.

Still saßen sie nebeneinander, die Ungeheuerlichkeiten, die dort referiert wurden, in sich aufnehmend. Zwar hatten sie den Fall Dutroux seinerzeit in der Presse verfolgt, aber die Wucht, mit der hier berichtet wurde, war für sie ein Schock. Kinder als Handelsware für Perverse oder als rituelle Opfer für schwarzen Messen.

Was über diesen Wahnsinn hinaus bei ihnen hängen blieb, war vor allen Dingen das in diesem Bericht vermittelte Gefühl, dass Polizei und Justiz offensichtlich nicht willens oder in der Lage waren, diesem Krebsgeschwür der Gesellschaft Paroli zu bieten. Zu mächtig erschienen die Verbindungen der geheimen Zirkel, die bis in die höchsten Stellen der Gesellschaft ragten. Zwar war in diesem Bericht vor allen Dingen von Belgien die Rede, wo man von Verbindungen bis ins Königshaus sprach, aber war so etwas in Deutschland nicht auch möglich? Belgien war gerade mal 30 km entfernt.

Maria sprach aus, was sie beide dachten. «Kann dies das Schicksal unserer Kinder sein. In einem Kellerverlies gefesselt, für immer wiederkehrende Vergewaltigungen und Missbrauch bereitgehalten, bis sie schließlich seelisch vollkommen zerstört nach Frankreich weiterverkauft werden, um in unterirdischen Verliesen das Schlachtopfer für eine schwarze Messe oder ein Initialisierungsritual zu werden? Oder in einem Wald freigelassen, um als Jagdopfer für vollkommen perverse Jagdgesellschaften zu dienen? Jan, in welch einer Welt leben wir? Nein, in dieser Welt haben wir nichts zu suchen. Das ist nicht unsere Welt.»

«So darfst du nicht denken! Nicht, solange noch Hoffnung ist.»

«Hoffnung, worauf?» Maria wurde richtig wütend. «Hoffnung, unsere Kinder tot und geschunden irgendwo aus einem Kellerverlies zu ziehen? Sie tot mit herausgeschnittenen Herzen aus der Erde zu graben? Oder sie vielleicht weder lebend noch tot zurückzubekommen und zu wissen, dass sie Hunderte

Male geschändet wurden? Ihre kleinen Seelen ausgelöscht, jedes Vertrauen in die Menschheit verloren?»

«Aber ich will wenigstens wissen, wo sie sind. Und falls sie tot sind, dann will ich sie wenigstens anständig begraben.»

«Ja klar, das ist typisch. Jan der Totengräber, Hauptsache, er kann seine Kinder begraben!»

Maria hatte sich in Rage geredet. All der Frust, die aufgestaute Angst und Verzweiflung lud sie jetzt auf Jan ab. Sie schaute Jan an und sah, wie sehr er getroffen war. Aber es war ihr noch nicht möglich, sich zu bremsen. Müde stand Jan auf und ging zum Fernseher und machte ihn aus. Die Fernbedienung hatte Maria immer noch krampfhaft in der Hand, als müsste sie sich daran festhalten, um nicht in einen Abgrund zu stürzen.

«Verdammt Jan, tu doch etwas. Hol unsere Kinder heim. Warum hast du sie auch nicht abgeholt!»

Da war er, der Vorwurf, der seit dem Verschwinden zwischen ihnen gehangen hatte.

Gleich am ersten Tag hatte sie es schon einmal gesagt. Da hatte er ihr erklärt, dass sein Auto defekt war und er Lena angerufen hatte, auf dem Schulweg an der Kita auszusteigen und mit Moritz zu Fuß nach Hause zu gehen. Das hatten sie schon häufiger so gemacht. Lena machte das gerne, auch Moritz freute sich, weil sie dann in Bollemanns Garten noch schaukeln durften oder sich im Sommer ein paar Johannisbeeren oder gar Erdbeeren pflückten. Am liebsten eilten sie zu seinen Kaninchenställen. Jeder hatte dort ein Lieblingsmeerschweinchen, das friedlich mit den Kaninchen zusammen im Stall saß und dem sie jeweils einen Namen gegeben hatten. Bolle hatte ihnen keine Namen gegeben. Als Lena einmal fragte, warum denn nicht, erklärte er, dass das die Kinder tun würden.

«Und die Kaninchen, haben die auch Namen?», fragte einmal Lena.

«Nein, dann schmecken sie nicht mehr», war Bolles Antwort. Das fand Lena gar nicht schön. Aber wenn ein Kaninchen Junge hatte und diese groß genug waren, nahm Bolle je eines aus dem Käfig und sie durften es halten und streicheln. Er wollte ihnen auch eins schenken, aber sie durften es nicht annehmen, denn ihre Mutter war allergisch auf Kaninchen. Behauptete sie zumindest.

«Da dürft ihr sie halt immer besuchen kommen.»

Daher ging sie mit den Kindern regelmäßig bei Bolle vorbei und die Kinder stürmten dann begeistert zum Kaninchenstall. Die Kinder sollten nicht mehr alleine zu Bolle und auch nicht mehr alleine von der Kita aus nach Hause gehen. Jan hielt das für völlig übertrieben, doch er hatte versprochen, Moritz an der Kita abzuholen, da Maria in der Schule aufgrund des ‚pädagogischen Tages' auch nachmittags gebunden war.

Und jetzt sagte sie es wieder.

«Einmal bitte ich dich, den Moritz abzuholen, einmal in vier Wochen und du schaffst es nicht. Ausgerechnet dann. Konntest du denn niemanden anrufen, der den Jungen holt? Du hättest zum Beispiel die Mutter von Dennis bitten können, Moritz abzuholen. Aber du interessierst dich ja gar nicht dafür, was mit den Kindern ist, mit wem sie spielen und wie sie sicher nach Hause kommen.»

So hatte sie ihm am Tage des Verschwindens Vorwürfe gemacht. Jan empfand das als ungerecht. Er hatte das Sicherheitsbedürfnis seiner Frau stets als übertrieben angesehen und ihr Verhalten der Kompensation des Todes ihrer Tochter Katrin zugeschrieben.

Er war immer dafür gewesen, den Kindern mehr Freiheit zu lassen, ihnen mehr Verantwortung zu geben. Deshalb hatte er auch keine Bedenken gehabt, Lena anzurufen und sie zu bitten, Moritz abzuholen. Sie wohnten in einem beschaulichen Dorf, wo jeder jeden kannte und es selbstverständlich war, auch ein Auge auf die Kinder der anderen Dorfbewohner zu haben, und dass im positiven Sinne. Jeder im Dorf fühlte sich für die Kinder im Dorf verantwortlich, deshalb war das Entsetzen auch so groß. In einer Großstadt war das anders. Dass niemand etwas gesehen hatte, auf einem Weg, der nicht einmal einen Kilometer lang war und größtenteils an bewohnten Häusern vorbeiführte, war so enttäuschend.

Jetzt, nachdem die Kinder verschwunden waren, ohne eine greifbare Spur einfach verschwunden, hatte Maria natürlich recht. Er hätte dafür sorgen können, ja müssen, dass irgendjemand Moritz abholt. Aber hätte, würde, wäre. Wenn er nur im Entferntesten daran gedacht hätte, dass seine Kinder mitten am Tage auf dem Weg von der Kita nach Hause verschwinden könnten, hätte er Moritz abholen lassen. Außerdem hätte Maria die Kinder ja auch selber abholen können. Stattdessen hatte sie sich mit ihrem Lover getroffen. Sie hielt ihn offenbar für sehr einfältig. Jan platzte endlich der Kragen.

«Und du, warum hast du die Kinder denn nicht abgeholt. Du bist um 12:30 aus der Schule weg. Migräne, dass ich nicht lache. Du hattest noch nie Migräne. Für wie naiv hältst du mich eigentlich. Dachtest du, ich hätte nicht gemerkt, wie du seit Karneval aufgeblüht bist, aber von mir nichts mehr wissen wolltest. Triffst dich mit deinem Liebhaber und zu Hause werden deine Kinder ...»

«Du wusstest davon?», fragte Maria ungläubig. «Warum hast du nichts gesagt?»

Jan winkte ab. Er musste damit aufhören. Zumindest in einem hatte Maria recht. Es wurde Zeit, selbst etwas zu tun. Dann drängte sich Jan ein anderer Gedanke auf: 'Zumindest hatte das Fahrzeug ein holländisches Kennzeichen', ob der Fahrer ein Holländer war, wusste er ja nicht; ‚'Du musst lernen zu denken wie ein Polizist.' Lernen zu unterscheiden, was bewiesen war und was Vermutung. Dann fiel ihm ein, was Herr Kahn gesagt hatte. Ein Leihwagen! Die Polizei müsste den Mieter längst ermittelt haben! Das wird er die Polizei fragen.

Ihn selbst hatten sie am nächsten Tag stundenlang verhört, nachdem sie die Kinder vermisst gemeldet hatten. Offensichtlich hatte die Polizei gar nichts weiter getan, nachdem sie Bollemann verhaftet hatten. Er wurde befragt; zu seinen Kindern, zu der Tatsache, dass Lena nicht seine Tochter war (nicht seine Tochter, so ein Blödsinn, er liebte sie genauso wie eine eigene), zu eventuellen Eheproblemen, ob die Kinder schon einmal abgängig waren (abgängig, was für ein Begriff!) und so weiter. Sein Alibi hatten sie überprüft. Sein Haus hatten sie durchsucht. Die Nachbarn befragt. Aber warum dieses Auto da parkte, wo eigentlich gar kein Platz war, das stellte niemand infrage. Hatte die Polizei gar nicht in andere Richtungen ermittelt, seit sie Bolle verhaftet hatten?

Wie sagte noch Herr Kahn: «Einen Zufall kann es geben, aber wenn sich Zufälle häufen, glaube ich nicht mehr an Zufälle.» Kann es sein, dass alles geplant war? Die Entführer hatten sich nicht mehr gemeldet. Aber warum? Waren die Kinder tot? Jan wurde immer nervöser. Seine Gedanken kreisten immerzu um die gleichen Fragen.

Jan Mülhausen

Jan war schon immer ein Mensch, der sich mit allem arrangieren konnte. Als seine Eltern aus der Stadt in die Eifel nach Vicht zogen, um die Schreinerei zu übernehmen und er alle Freunde verlor, zog er sich in seine kleine Welt zurück. Er kümmerte sich um seine Tiere und Pflanzen und so blieb es vielen Anwohnern lange verborgen, dass da ein Junge in die Nachbarschaft gezogen war. Als seine Mutter krank wurde und erst das Haus und dann das Bett nicht mehr verlassen konnte, übernahm er alle Pflichten. Er kochte und wusch die Wäsche, bügelte und tätigte die kleinen Einkäufe. Mit sechzehn machte er seine mittlere Reife als Klassenbester. Als seine Mutter starb, begann er im Betrieb seines Vaters eine Lehre, obwohl ihn die Lehrer gerne auf dem Gymnasium gesehen hätten. Jan liebte die Arbeit mit Holz und langsam wuchs der schüchterne Junge auch in die Dorfgemeinschaft ein, spielte im Musikzug Trompete und wurde Mitglied der Freiwilligen Feuerwehr. Sportliche Betätigung lag ihm eher nicht, weshalb sein Intermezzo im dörflichen Fußballverein bereits im Alter von 13 Jahren beendet war. Sein Vater baute den Betrieb weiter aus, machte einen modernen Betrieb zur Herstellung von Treppen und Bauelementen, speziell Fenstern und Türen daraus.

Jans Vater wusste, dass in seinem Sohn ein unbändiger Wissensdurst steckte, den er durch Lesen nur unzureichend löschen konnte. Daher schlug er ihm vor, in der Abendschule das Abitur nachzuholen und zu studieren. In diese neue Aufgabe steckte Jan seine ganze Kraft. Es war nicht leicht, neben der Arbeit im Betrieb, die Zeit dafür aufzubringen und zu lernen. Jan war schüchtern. So redete er sich ein, dass für Mädchen darüber hinaus kein Platz war. Nach der Abendschule traf er sich mit Freunden oder widmete sich seinem neuen Hobby, der Geologie. Daher war es nicht verwunderlich, dass er sich nach dem erfolgreichen Abschluss der Abendschule für den Studiengang Geologie in Stuttgart einschrieb.

Sein Vater hatte versprochen, ihm nach dem Abitur die freie Wahl zu lassen, was er dann machen wolle und er hielt Wort. Zwar sah er seinen Sohn noch immer als seinen Nachfolger, war aber klug genug, ihn seinen eigenen Weg finden zu lassen. Zudem hoffte er, dass Jan im Studium leichter Kontakt zum anderen Geschlecht bekommen würde, denn er machte sich langsam Sorgen, dass sein Sohn mit seinen 25 Jahren noch keine feste Freundin hatte. Dabei war er auf seine Art nicht unattraktiv. Groß, fast eins-neunzig, blonde Haare, die er streng nach hinten gekämmt trug, ein eher derbes Gesicht mit Sommersprossen und von rötlichem Teint, sodass er oft für einen Schweden oder Norweger gehalten wurde. Eine ebenmäßige, etwas lange Nase und einen schmalen Mund, der immer ein wenig zu lächeln schien, ganz im Gegensatz zu seinen blauen Augen, die eher nachdenklich und versonnen in die Welt blickten. Das markante kantige Kinn schließlich war dem berühmter Schauspieler ebenbürtig.

Jan war auch nicht bar jeder Erfahrung, viele Mädchen und später auch Frauen hatten seine schüchterne Art attraktiv gefunden und ihn erobert. Sobald es ernster wurde und sich das

Ganze in Richtung fester Beziehung entwickelte, zog er regelmäßig die Notbremse, machte sich unsichtbar, bis die Damen frustriert aufgaben. Er selbst redete sich ein, dass er keine Zeit für eine feste Beziehung hätte, da er sich um sein Studium, dann später um den Betrieb und seinen inzwischen senil gewordenen Vater kümmern musste. Nach Abschluss des Studiums wurde er im Institut wissenschaftlicher Mitarbeiter. Eine Ehe, die er mit einer Kollegin aus der Uni eingegangen war, ging schon bald in die Brüche. Er hatte sich an seinen Ruf als Beziehungsunfähigen gewöhnt, kokettierte damit und war froh, dass er sich nicht mehr der heiratswilligen Damenwelt erwehren musste.

Dafür hatte er mehr Zeit für seine Freunde und seine Hobbys, ging viel in den Wäldern spazieren, sammelte Fossilien in den alten Steinbrüchen sowie Kies- und Sandgruben, war aktives Mitglied einer Höhlenforschergruppe, aktives Mitglied im Schachverein, spielte mit seinen Freunden regelmäßig Skat in seinem Stammlokal, und einmal im Monat trafen sie sich im Gartenhaus von Burkhard zum Nageln. Eine urtümliche Tradition, bei der es darum geht, Nägel möglichst mit einem Schlag mit der spitzen Seite eines Hammers in einen Holzklotz zu treiben. Das ganze bei nicht unerheblichem Konsum von vergorenem Gerstensaft. Für Frauen blieb da wenig Zeit.

Und plötzlich war er fünfunddreißig. Sein Vater musste schließlich in ein Pflegeheim und da er in der letzten Phase seiner Krankheit Jan nur noch selten als seinen Sohn erkannte und man sich mit ihm nur in seinen wenigen hellen Momenten wirklich unterhalten konnte, spürte Jan eine innere Leere.

Die Unterhaltungen mit seinen Freunden drehten sich immer um die gleichen Themen, jeder Tag glich dem anderen, oft fühlte er sich in den Film «Und täglich grüßt das Murmeltier» versetzt. Er spürte, dass er seine Zeit vergeudete, dass es noch etwas anderes im Leben geben müsste.

Dann zog er sich einen Bandscheibenvorfall zu.

In dieser Stimmung traf er in der Kurklinik auf Maria, die so erfrischend anders als andere Frauen war, mit der man sich über

Gott und die Welt unterhalten konnte und die offenbar überhaupt kein Interesse an einer Beziehung zu haben schien. Das gefiel ihm, entsprach es seinem bisherigen unsteten Leben. Oft gingen sie zusammen spazieren oder schwimmen oder trafen sich zu allen möglichen Zerstreuungen, die das Kurleben so bot. Dass Maria ihm gefiel, war ihm sofort bewusst geworden. Gewohnt, die Initiative von der Frau ausgehen zu lassen, wartete er zunächst einmal ab. Aber es passierte nichts. Maria hatte viel Spaß an ihren gemeinsamen Unternehmungen, ansonsten empfing er keinerlei Signale. Er versuchte sogar, mit ihr zu flirten, alberte herum, aber sobald er sich ihr mit konkreten Absichten näherte, wandte sie sich geschickt ab. Er brachte das Gespräch auf das Bedürfnis nach Liebe, aber sie lachte nur und erklärte, davon habe sie bereits mehr als genug gehabt.

Als er sie einmal etwas mehr bedrängte, wurde sie ernst und gab ihm zu verstehen, dass er so ihre Freundschaft aufs Spiel setzen würde. Das jedoch wollte er auf keinen Fall. Dass so gar kein sexuelles Interesse aufkommen wollte, störte ihn dennoch. Er kannte in der Zwischenzeit die Geschichte von Marias erster Ehe und dem plötzlichen Kindstod ihrer zweiten Tochter Katrin. Den Rest, den er nicht erzählt bekommen hatte, konnte er sich zusammenreimen, aber sein Jagdinstinkt war geweckt.
'Ob das Liebe ist?', fragte er sich.

Er wusste es nicht, hatte derartige Gefühle noch nie entwickelt und kam sich vor wie ein Pennäler. Aber eins war ihm klar: Er wollte sie erobern. Das erste Mal im Leben wollte er eine Frau wirklich und ... sie wollte nicht. Die unerreichbaren Früchte sind bekanntermaßen die süßesten, versuchte er sich zu trösten. Er brach den Kontakt vorübergehend ab, nur um vier Wochen später wieder anzurufen. Dennoch dauerte es Monate, bis sie sich wiedersahen.

Samstag, 30.05.2015

Jan hatte Herrn Kahn genau abgepasst, was nicht schwer war, denn man konnte die Uhr danach stellen, wann der alte Mann auf seiner morgendlichen oder nachmittäglichen Runde an ihrem Haus vorbeikommen würde.

«Hallo Herr Kahn, darf ich mich Ihnen anschließen?»
Der alte Mann lächelte.

«Aber sicher, es ist mir eine Freude.»

Sie gingen lange Zeit schweigend nebeneinander. Es war kein belastendes Schweigen, sie schwiegen miteinander, so wie andere miteinander redeten. Sie verstanden sich.

«Mir geht da etwas nicht mehr aus dem Kopf, seit wird das letzte Mal miteinander gesprochen haben. Die Polizei hat Sie wirklich nur einmal vernommen?», begann Jan das Gespräch.

«Ja und Nein, dieser Hauptkommissar, ich hab den Namen nicht behalten, hat nur einmal mit mir gesprochen. Dann war da noch diese junge Beamtin, die meine Aussage im Präsidium in Aachen aufgenommen hat.»

«Mir ist wieder eingefallen, dass Sie etwas von einem Transporter gesagt haben. Wenn Bolle nicht bereits eine Stunde später von seiner Frau zum Scheidungstermin abgeholt worden wäre und er kein Alibi gehabt hätte, würde er wohl immer noch in U-Haft sitzen. Aber erzählen Sie mir bitte noch einmal, was Sie genau beobachtet haben.»

«Wie gesagt, ich gehe immer diese Runde und dieses Auto war mir schon Tage zuvor aufgefallen. Da stand es immer an der Feuerwehrwache. Deshalb war ich so enttäuscht, als ich erfahren habe, dass das Kennzeichen, das ich notiert hatte, falsch war. Ich bin mir aber sicher, dass ich das Kennzeichen richtig notiert hatte. Ich wollte es erst gar nicht glauben, als mir die junge Polizistin mitteilte, dass das Fahrzeug mit dem Kennzeichen nicht auf diesem Parkplatz gewesen sein kann. Es hatte nachweislich in der ganzen fraglichen Zeit auf einer Großbaustelle in Rotterdam gestanden. Sicher, meine Augen sind schlecht und ich habe auf meinen Spaziergängen nie meine Brille dabei, aber ich bin extra dicht an dem Fahrzeug vorbeigegangen und habe mir das Kennzeichen genau eingeprägt. Ein niederländisches Kennzeichen: 85-VKF-3.»

«Erstaunlich, warum haben Sie sich das Kennzeichen überhaupt gemerkt?»

«Sie haben sicherlich davon gehört, dass ich Zöllner bin, beziehungsweise war, denn ich bin schon lange pensioniert. In diesem Beruf bekommt man ein Gespür für etwas, das nicht stimmt. Ohne genau zu wissen warum, merkt man, hier passt etwas nicht zusammen. Es ist nicht einfach zu erklären, es sind halt viele Kleinigkeiten, auf die ein normaler Mensch nicht achtet. Auch ein Kennzeichen vergesse ich so schnell nicht. Ich mache da einfach einen Satz draus, in diesem Fall war es: '85 Vielfraße kauen Fleisch 3-mal.' Ich gebe zu, ein blöder Satz, aber vielleicht behält man es gerade deshalb so gut.»

«Und die Polizei konnte nichts mit dem Kennzeichen anfangen, vielleicht war ja nur ein Zeichen verkehrt oder eine Zahl?»

«Ja, das habe ich auch erst gedacht und mir das Gehirn zermartert, aber das Kennzeichen habe ich ganz bestimmt richtig notiert.»

Jan schaute verwirrt. «Falsch und trotzdem richtig? Das verstehe ich jetzt nicht.»

«Das habe ich auch erst nicht verstanden, dann hat mir die Polizistin Bilder von dem Auto gezeigt mit dem Kennzeichen. Der gleiche Typ, Mercedes Vito, die gleiche Farbe, weiß. Nur mit einer Firmenaufschrift in Niederländisch. Sie hat mir auch Bilder gezeigt von den Mitarbeitern, die waren es nicht.»

«Ich verstehe immer noch nicht.»

«Sehen Sie, so viel Zufall gibt es nicht. Sagte auch die junge Beamtin. Sie ist davon überzeugt, dass das Kennzeichen eine Dublette war.»

«Eine Dublette?»

«Ja eine Kopie eines Kennzeichens, welches an einem Fahrzeug gleichen Typs und gleicher Farbe tatsächlich existiert. Nur die Dummen klauen einfach irgendwo Kennzeichen oder benutzen ein Fantasie-Kennzeichen. Mit einer Dublette fällt man bei einer Routinekontrolle nicht so schnell auf, besonders, wenn man auch die entsprechenden Papiere dazu hat. Die RAF hat dies bereits in den achtziger Jahren so praktiziert.»

«Aber das hieße ja dann, dass das Ganze von langer Hand geplant war!»

«Das meinte auch die Beamtin. Sie war davon überzeugt, dass die Kinder regelrecht ausgespäht wurden und eine Entführung von langer Hand geplant war.»

«Warum weiß ich davon nichts?»

«Das wundert mich jetzt auch etwas. Eigentlich hatte ich einen sehr guten Eindruck von der Beamtin. Sie hatte sich richtig Zeit genommen und hat mir dabei geholfen, mich zu erinnern.»

«Was ist Ihnen noch aufgefallen?»

«Eine ganze Menge, hätte selbst nicht gedacht, dass mir so viel aufgefallen ist. Die Kommissarin war sehr geschickt darin, Erinnerungen wachzurufen. Ich hatte meine Erinnerungen immer wieder auf das Kennzeichen fokussiert, sie hat mir geholfen, mich an die anderen Details zu erinnern. So bin ich mir heute sicher, dass das Fahrzeug ein Leihwagen war.»

«An welche Details können sich denn erinnern?»

«Da ist zum Beispiel das Fahrzeug, es war sehr neu, sehr sauber. Dann waren da Aufkleber auf der Frontscheibe. Ich konnte sie zwar nicht erkennen, sie erinnerten mich aber an die in Leihfahrzeugen üblichen Hinweise auf Gewicht, Höhe und Zuladung. Der Innenraum war viel zu leer für ein Auto von Monteuren.»

«Haben Sie die Insassen gesehen?»

«Nicht richtig. Die ersten Male war der Beifahrer ein jüngerer Mann, der hatte eine weiße Baseballkappe auf, so wie diese heute bei den jungen Leuten üblich sind. Er hatte ein schmales Gesicht, am Hals war eine dunkle Tätowierung sichtbar. Der Fahrer trug eine Schlägerkappe, er hatte einen Schnurrbart, ein eher rundes rötliches Gesicht, wirkte etwas feist und war eher 50 Jahre alt. Ein Dritter saß nur am 19. Mai im Auto und ist mir nicht sehr in Erinnerung geblieben. An dem Tag fehlte der jüngere und der, der sonst am Steuer saß, war auf dem Beifahrersitz. Der neue Fahrer war etwa gleich alt wie der andere und hatte ganz kurzes Haar, soweit ich mich erinnere. Aber ich hab ihn nur kurz gesehen, der hatte meist eine Zeitung vor dem Gesicht. Sie trugen übliche Blaumänner, aber irgendwie zu neu, genau wie das Auto. Wissen Sie, ich schaue mir alle Leute an, die hier parken. Wie sie parken, wo sie parken, was sie wohl hier tun. Eine alte Gewohnheit, noch vom Zoll, verstehen Sie. Zum Beispiel auf einem Waldparkplatz, da sieht man Spaziergänger und viele Leute, die ihren Hund ausführen. Andere fahren rückwärts in die Parklücke nicht ganz bis an den Rand, weil sie Müll aus dem Kofferraum ausladen. Die hab' ich schon mal angezeigt. Pärchen erscheinen, gehen spazieren, parken in der hintersten Ecke zum Küssen und so, Sie wissen schon. Manchmal kommen sie auch getrennt, parken nicht nebeneinander, wohl beide verheiratet, nur nicht miteinander. Da sieht man Jugendliche, laute Musik, größtenteils vorne parkend, je mehr je lauter. Sie balancieren auf dem Geländer und hinterlassen eine Menge Müll. Und des öfteren auch Monteure, die ihre Mittagspause machen. Zu dieser Kategorie gehörte auch der weiße Mercedes Vito, augenscheinlich. Wie sie parkten, war auffällig. Zum einen ist da eigentlich kein Platz zum Parken, da geht der Weg in den Wald. Da gab es kaum Platz zum Aussteigen, aber die Straße konnte von dort gut beobachten werden. Sie lasen demonstrativ Zeitung, Bild-Zeitung oder so etwas und aßen Fast Food. Ich hatte gleich das Gefühl, dass sie jemand beobachten wollten. Ich dachte, es wären irgendwelche verdeckten Ermittler, Rauschgift oder so. Nur das holländische Kennzeichen irritierte mich, deswegen habe ich es auch notiert.»

Jan spürte eine Unruhe in sich aufkommen. Wenn das kein wichtiger Hinweis ist! Der Leihwagen muss doch zu finden sein. Und damit auch die Entführer. Das Adrenalin schoss ihm nur so ins Blut. Sie waren auf ihrem Rundweg wieder am Forsthaus angekommen. Er dankte dem alten Mann noch einmal und rannte förmlich ins Haus.

«Was hab' ich da nur wieder angerichtet mit meiner Altersgeschwätzigkeit», dachte der alte Mann. «Wahrscheinlich habe ich ihm jetzt nur unnötig Hoffnungen gemacht und es hat sich längst herausgestellt, dass das nur harmlose Handwerker waren, die dort ihre Pause machten. Ich sollte mich mehr zurückhalten.»

Daran wollte er nicht wirklich glauben. Dazu hatte er ein viel zu gutes Gespür für derartige Sachen. Er hatte nicht umsonst den Spitznamen Spürhund gehabt, damals. Und das Gespür ist ihm geblieben. Wenigstens das, dachte er mit ein wenig Stolz und ein wenig Wehmut und schaute auf seinen Hund, der ruhig neben ihn hertrottete. Auch diesem war dieser Wagen aufgefallen, erinnerte er sich jetzt, hatte ihn sogar angebellt, was überhaupt nicht seine Art war. Er hatte das auf die Tatsache geschoben, dass es ein Leihwagen war, denn diese riechen immer nach den verschiedensten Dingen. Komisch war es schon, aber da sollten andere sich darum kümmern.

Samstag, 30.05.2015 - Am Abend

Jan hatte immer das Bedürfnis, sich in die eigene Hosentasche zurückzuziehen, wenn er mit seinem Schwiegervater sprechen sollte. Er empfand ein äußerst unangenehmes Grummeln im Bauch, ganz wie bei einer Prüfung, obwohl er eigentlich mit seinen nunmehr 41 Jahren über solche Gefühle hinweg sein sollte. Zudem hatte er sich fest vorgenommen, nicht über Maria und deren Liebhaber zu sprechen. Nur die Verbindungen seines Schwiegervaters zur Polizeispitze wollte er nutzen.

Jan hoffte, etwas Neues zu erfahren, denn seit dem gestrigen Fernsehbeitrag war er aufgewühlt wie seit den ersten Tagen nach dem Verschwinden seiner Kinder nicht mehr. Die Vorstellung, dass seine Kinder in die Hände von solchen Leuten gefallen sein könnten, überstieg seine bisherigen schlimmsten Befürchtungen. Es war schon schwer, mit der Möglichkeit zu leben, dass die Kinder tot sein könnten. Aber dass sie in die Hände von Kinderschändern geraten sein könnten, die sie kommerziell missbrauchten, ließ ihn verzweifeln. Da die

Polizei offensichtlich aus Unfähigkeit oder wegen Korruption nichts dagegen unternahm, entflammte eine ohnmächtige Wut in ihn, die er bisher nicht gekannt hatte. Maria hatte recht, es war Zeit, selbst etwas zu tun. Man müsste nur den Faden aufnehmen, der ihn zu den Tätern führen würde. Dass er die Kinder jemals wieder lebend zu Gesicht bekommen würde, darauf wollte er nicht einmal zu hoffen wagen.

Daher wünschte er innig, nun von seinem Schwiegervater einen Hinweis zu erhalten, was er tun könnte. Sollte der einmal seine Beziehungen spielen lassen? Jan hatte nie Wert darauf gelegt, von den Beziehungen seines Schwiegervaters zu profitieren, im Gegenteil. Früher war es ihm Recht, so wenig wie möglich mit ihm zu tun zu haben, zu sehr ging ihm das militärische Gehabe des Generals auf die Nerven. Jetzt aber sollte er zeigen, welch ein Soldat er war.

Elli, seine Schwiegermutter, öffnete ihm. Da er sich angekündigt hatte - der General hasste Überraschungsbesuche, die konnte sich nur seine Tochter erlauben - begrüßte sie ihn nur kurz, aber herzlich und schickte ihn ins Arbeitszimmer des Generals.

«Ich bin beim Backen, entschuldige bitte, dass ich dir nicht die Hand gebe, ich habe die Hände noch voll Mehl. Du kennst ja den Weg», ergänzte sie leichthin.

Jan klopfte kurz an der Tür und trat dann ein. Der General war im Wohnzimmer, wo bereits drei Kaffeetassen bereitstanden. Man hatte also auf ihn gewartet.

Er war froh, dem Ritual der Sitzplatzwahl im Büro des Generals entkommen zu sein. Seine Schwiegermutter kam mit Kaffee und Gebäck und er sah, wie sie ihrem Mann einen beschwörenden Blick zuwarf. Sie murmelte nur eine Entschuldigung, dass die gute Seele des Hauses nicht anwesend sei und verschwand wieder kurz in der Küche.

«Was kann ich für dich tun?», fragte der General freundlich.

«Hast du irgendetwas Neues erfahren?»

«Nein, sonst hätte ich dich angerufen. Und bei euch?»

«Auch nichts. Aber ich habe mit Herrn Kahn gesprochen. Er hat den weißen Lieferwagen gesehen und sich das Kennzeichen gemerkt. Er ist sich sicher, dass es ein Leihwagen war.»

«In die Richtung hat die Polizei schon ermittelt, aber es gibt noch keine konkreten Hinweise dazu.»

Jan sank in sich zusammen. Was hatte er erwartet?

Elli kam hinzu und nahm das Gespräch auf: «Berichte Jan bitte von dem komischen Anruf von gestern Abend, der hat uns richtig Angst gemacht.»

«Ja, gestern Mittag hatte ich mit Maria gesprochen, sie war kurz angebunden, wie immer. Sie erzählte, sich wieder den Rosensträuchern gewidmet zu haben. Das sah ich als gutes Zeichen.»

«Ja, Jürgen, aber du wolltest von dem zweiten Anruf berichten», drängte ihn seine Frau.

«Maria rief also gestern Abend noch einmal an.»

«Wann war das denn?», fragte Jan dazwischen.

«Es war genau 13 nach 11, ich habe auf die Uhr geschaut.»

Jan dachte, das war wieder typisch General, exakte Zeitangabe.

«Das muss dann nach dem Fernsehbericht auf 3SAT gewesen sein.»

«Ja genau. Ich solle mir einen Bericht im Fernsehen anschauen auf 3SAT. Auf meine Nachfrage meinte sie, der Bericht sei eben gelaufen. Ob er jetzt wiederholt würde, fragte ich. Nein, schrie sie, das war schon eine Wiederholung. Ich solle doch endlich etwas tun, damit Lena und Moritz dieses Schicksal nicht länger erleiden müssten. Sie hat den Hörer aufgelegt und auf meinem Rückruf ist sie nicht mehr an den Apparat gegangen.»

Der General wirkte das erste Mal verunsichert und zerbrechlich.

«Jan, kannst du uns das erklären?»

Jan erklärte ihnen kurz, worum es in dem Bericht gegangen war und schloss:

«Wenn nur die Hälfte dieses Berichts wahr und unsere Welt wirklich so korrupt ist, dann gebe ich Maria recht. Dann ist das keine Welt, in der wir leben wollen.»
Seine Schwiegermutter sprang auf. «Hat sie das gesagt?»
Auch der General war hellwach. Schon einmal, nach dem Tode ihrer Tochter Katrin, hatte Maria versucht, sich umzubringen. Nur Michael, ihrem ersten Mann, war es zu verdanken, dass sie rechtzeitig gefunden worden war. Mit einem sechsten Sinn war er noch spätabends nach Hause gefahren, obwohl er eigentlich am Staffelabend teilnehmen wollte. Maria hatte damit gerechnet, dass er in der Kaserne schlafen würde. Er hatte sie bereits bewusstlos aufgefunden. Die Menge an Medikamenten, die sie zu sich genommen hatte, hätte für ihren Tod ausgereicht. Sie wurde direkt ins Krankenhaus eingeliefert und überstand den Suizidversuch ohne physische Schäden. Nach ihrer Entlassung aus dem Krankenhaus wurde sie in eine Klinik für psychisch Kranke eingeliefert, zunächst in die geschlossene Abteilung, bis Michael sie schließlich in 'Thresholds', einem Rehabilitationsträger in den USA unterbringen konnte. Dort fing sie sich langsam wieder.
«Ich mache mir große Sorgen, ich hoffe, du weißt, wie labil Maria ist, wenn es um ihre Kinder geht?», wandte sich Elli sorgenvoll an Jan.
«Ich wollte nicht, dass sie diesen Bericht sieht», erwiderte Jan, der die Äußerung seiner Schwiegermutter als Vorwurf missverstanden hatte.
«Ich bin nur zufällig auf ihn gestoßen. Maria ist um diese Zeit eigentlich schon zu Bett gegangen. Plötzlich stand sie hinter mir. Ich wollte gleich umschalten, aber da hatte sie die Fernbedienung schon in der Hand. Ich hatte Angst, dass sie die Dinge, die in diesem Bericht gezeigt wurden und die Vorstellung, dass dies unseren Kindern passiert sein könnte, nicht verkraften würde. Auch ich weiß nicht, wie ich mit dieser Vorstellung umgehen soll. Ich habe so eine Wut, wie ich sie noch nie im Leben gespürt habe. Und dann noch der Verdacht,

dass die Polizei nicht richtig ermitteln will. Verdammt noch mal, sie haben sich zu schnell auf den armen Wicht Bolle eingeschossen, den sie partout als Täter präsentieren wollten. Aber falls er der Täter ist, hätte man die Kinder nicht längst gefunden? Und falls er Mitglied einer Entführerbande wäre, würde die Polizei diese inzwischen ermittelt haben, oder?», fragte Jan aufgebracht.

Seine Schwiegereltern wussten nichts zu antworten.

«Der Bollemann ist zwar ein Säufer, aber er hat die Kinder wirklich gern», fügte Jan an.

Jetzt wandte sich Jan an seine Schwiegermutter, die schon unruhig auf dem Stuhl hin und her gerutscht war: «Was wolltest du mich fragen?»

«Ich mache mir vor allen Dingen Sorgen um Maria, was können wir tun?»

«Du hast völlig recht, Elli. Wir müssen etwas unternehmen, wir müssen unserer Tochter Hoffnung geben, sie zumindest beschäftigen, wir müssen irgendetwas tun. Sie scheint ganz von der Rolle zu sein, sagt mir, ich soll mir einen Film im Fernsehen anschauen, der gerade vorbei ist», warf der General ein.

«Oh, das ist kein Problem.» Jan deutete auf den Computer.

«Ihr habt sicherlich Internet, der Film auf 3SAT war eine Wiederholung. Diese ist in der Mediathek verfügbar.»

«Wirklich? Ich glaube, es wird Zeit, dass ich mich damit mehr beschäftige.»

Der General sah den fragenden Blick in den Augen seines Schwiegersohnes. Denn auf seinem Schreibtisch stand das modernste Equipment mit nicht einem, sondern zwei großen LCD-Bildschirmen.

«Damit bearbeite ich in der Regel meine Bilder. Mit dem Internet beschäftige ich mich so wenig wie möglich.»

Der General fotografierte leidenschaftlich gern. Jan ging um den Schreibtisch herum und fragte «Darf ich?» und schaltete das Gerät ein.

Der General und Elli sahen gespannt zu, wie Jans Finger über die Tastatur flogen. Schon nach kurzer Zeit hatte er den Bericht gefunden und heruntergeladen.

«Ich lege einen Link auf den Desktop, dann kannst du ihn dir bei Bedarf anschauen.»

Jan sah den fragenden Blick des Generals und Elli fragte:

«Sollen wir ihn uns nicht gleich anschauen?»

Jan antwortete: «Er dauert über eine Stunde und ehrlich gesagt, ich möchte ihn nicht noch einmal anschauen müssen. Aber wenn meine Kinder in die Hände solcher Unmenschen geraten sein sollten, dann werde ... dann bringe ich jeden Einzelnen um, der nur irgendetwas damit zu tun hat.»

Der General stutzte, so etwas war er von seinem Schwiegersohn nicht gewohnt. Der General hielt ihn eigentlich für ein Weichei, den er aber als guten Mann für seine Tochter sowie als Ersatzvater für seine Enkelin schätzte. Dass dieser Mann gewalttätig werden könnte, wäre ihm vorher nicht in den Sinn gekommen. Andererseits war er auch niemand, der sonst große Worte machte, dachte der General.

«Das ist nicht so einfach, wie du denkst!»

«Du bist Soldat, du wirst mir helfen», sagte Jan schlicht.

Keine Bitte, zwar auch kein Befehl, nur eine Feststellung. Der General hatte nichts dagegen. Bei einer anderen Gelegenheit würde er sich nicht so vereinnahmen lassen. Aber er hörte, mit welcher Entschlossenheit sein Schwiegersohn diese Worte gesprochen hatte. Plötzlich sah der General ihn mit anderen Augen. Er war der gutmütige Bär, der niemanden etwas tut, solange man ihn in Ruhe in seinen Wäldern leben lässt. Jetzt jedoch war er einer um ihren Nachwuchs kämpfenden Bärin gleich. In diesem Moment würde er einen Täter, falls er ihn zu fassen bekäme, mit den eigenen Händen erwürgen.

«Aber noch einmal, was können wir konkret für Maria tun?», fragte Elli, ohne einen von beiden konkret anzusprechen. Der General bewunderte seine Frau für ihre Hartnäckigkeit. Sofern es um ihre Tochter ging, war sie eine Löwin und ihre pragmatische Denkweise hatte den General schon immer begeistert.

«Sollen wir sie öfter besuchen? Bisher hatten wir eher den Eindruck, dass sie uns nicht bei sich haben wollte. Sie hat zwar nichts gesagt, aber sie spricht kaum und beantwortet unsere Fragen nicht. Ich komme nicht an sie ran, sie weint nicht und spricht auch nicht über die Kinder.»

«Oder wir lassen sie zu ihrer eigenen Sicherheit überwachen», warf der General ein. Er handelte sich sofort einen bösen Blick seiner Frau ein.

«Wohl keine gute Idee», zog der General seine Bemerkung schnell zurück und verfluchte sich innerlich, dass er, wie Elli in diesen Fällen immer beanstandete, in sein militärisches Denken verfallen war.

Dennoch machte er sich weiter seine Gedanken: 'Ja, es war an der Zeit, dass er die Dinge selbst in die Hand nahm. Auch er war gelähmt von der Angst vor der Nachricht, dass die Kinder tot aufgefunden worden seien. Was anderes konnte er sich nicht vorstellen. Jetzt, nach mehr als zwei Wochen war es mehr als notwendig, selbst zu handeln. Es gab so viel zu tun und er hatte so viel Zeit verstreichen lassen. Das war gar nicht seine Art. Seine Erfolge beruhten darauf, den anderen immer voraus zu sein, sei es nur einen Tag, eine Stunde oder auch nur einen Gedanken.‚'

Er hatte nicht mitbekommen, was Jan seiner Frau geantwortet hatte. Schuldbewusst kehrte er von seinen Plänen zurück und fragte, um wieder auf den Stand des Gespräches zu kommen: «Jan, was meinst du denn, wird Maria zulassen, dass wir sie öfter besuchen?»

«Aber Jürgen, das hat er ja noch gerade gesagt!»

«Ich will mal so sagen», antwortete Jan schnell, um seinen Schwiegervater in Schutz zu nehmen. «Ich glaube kaum, dass sie Euch hinauswerfen wird. Wenn ihr damit leben könnt, dass sie stumm an Euch vorbeigeht und Euch gar nicht wahrnimmt, dann seid ihr gerne willkommen. Mir würde die Gewissheit, dass Maria nicht allein ist, wenn ich aus dem Haus gehe, sicherlich helfen. Aber es ist schwer, mit jemanden im Haus zu sein, der alle Menschen wie Luft behandelt», klagte Jan und bereute diese Worte sogleich, die sehr verbittert klangen.

Der General und Elli hatten dies sehr wohl registriert, sagten aber nichts dazu. Sie wussten nur zu gut, wie Maria in Ausnahmesituationen reagierte, schließlich hatten sie das Ganze nach dem Tode Katrins bereits einmal durchgemacht. Aber davon wusste Jan nicht sehr viel.

«Ich muss jetzt aber gehen, ich will Maria nicht noch länger alleine lassen.»

Jan wurde verabschiedet und es war ihm nicht unangenehm, von seiner Schwiegermutter an die Brust gedrückt zu werden. Der General gab ihm ernst die Hand. «Ich verspreche dir, morgen den Polizeipräsidenten aufzusuchen. Morgen werde ich dir mehr sagen können», versicherte ihm der General.

Obwohl Jan das Gespräch mit seinen Schwiegereltern als sehr positiv empfunden hatte, trieb ihn die Sorge um Maria so schnell wie möglich nach Hause.

Elli wollte den Fernsehbericht gleich anschauen, aber der General überzeugte sie davon, dass sie den Bericht besser am Morgen anschauen sollten.

«Stell den Wecker, Elli. Morgen früh schauen wir uns den Fernsehbericht an und dann werde ich dem geehrten Herrn Polizeipräsidenten einen Besuch abstatten.»

«Und ich werde zu Maria fahren, egal was sie sagt oder tut.»

«Ja, das ist gut, dann muss ich mir keine Sorgen machen», antwortete General.

Die beiden sahen müde aus, jetzt wo sie unter sich waren, fiel die Maske des Tages von ihnen ab und die Müdigkcit und Trauer fiel wie ein Schleier auf die beiden nieder. Gebeugt von der Sorge um ihre Tochter und ihre Enkelkinder schlichen sie gemeinsam ins Bad und anschließend ins Ehebett, wo die Kissen neu bezogen waren, um die Tränen auch dieser Nacht aufzufangen und nicht nur die von Elli. Sie kroch nah zu ihrem Mann heran, wie sie es immer tat, um überhaupt einschlafen zu können.

Montag, 01.06.2015

Als der General sich am Montag um neun Uhr bei der Sekretärin des Polizeipräsidenten anmeldete, war dieser noch nicht da.

Sie entschuldigte ihn und ergänzte, dass er sicher gleich kommen würde und bot dem General einen Kaffee an, den er dankend annahm. Er plauderte mit ihr, bis der Polizeipräsident erschien. Dieser stutzte, als er den General sah, begrüßte ihn dann freundlich und fragte entschuldigend, ob er einen Termin versäumt hätte.

«Nein, nein, tut mir leid, dass ich so 'reinplatze.»

«Kein Problem, komm nur herein. Was kann ich für dich tun?»

«Ich wollte mich nach dem Stand der Ermittlungen erkundigen. Dein Sonderermittler war gestern nicht sehr auskunftsfreudig.»

«Setz' ich doch. Einen Kaffee?»

Der Polizeipräsident verwies an den Besprechungstisch.

«Nein, danke, deine Sekretärin war schon so freundlich.»
Der Polizeipräsident setzte sich an seinen Arbeitsplatz, der Rechner war schon von seiner Sekretärin hochgefahren worden.

«Einen Moment noch. Ich will nur schauen, ob ich irgendwelche Termine habe. ... Nein, erst um 10.30 Uhr. Frau Baldur bringt mir immer, sobald ich eintreffe, als Erstes einen Kaffee. Danach sind wir ungestört.»

Es klopfte und Frau Baldur erschien mit einem Tablett, auf dem sich zwei Tassen und eine Kanne Kaffee, Zucker und Milch befanden. Auf ihren fragenden Blick wies er auf den Besprechungstisch. Sie stellte das Tablett dort ab und schenkte beide Tassen ein und entfernte sich so geräuschlos, wie sie gekommen war.

«Ein Goldstück. Ich weiß gar nicht, was ich ohne sie anfangen sollte», plauderte der Polizeipräsident los, nachdem sie die Türe leise zugezogen hatte.

«Ja, ein Chef kann nur so gut sein wie seine Mitarbeiter», antwortete der General. «Ich habe aber den Eindruck, dass es bei der Suche nach meinen Enkelkindern nicht vorangeht.»

«Ich hoffe, du weißt, dass wir von Anfang an alles erdenklich Mögliche getan haben, deine Enkelkinder so schnell wie möglich zu finden. Wir haben alle Zeugen befragt, sind Tausenden von Hinweisen nachgegangen, Hundertschaften haben die nahe gelegenen Felder und Wiesen sowie die Wälder abgesucht, Taucher haben alle Gewässer in der Umgebung abgesucht, Hubschrauber mit Wärmebildkamera waren im Einsatz. Die Männer und Frauen der Sonderkommission waren jeden Tag 12 Stunden im Dienst. Wir wissen, dass die Chancen, Kinder in diesem Alter lebend zu finden, in den ersten Stunden und Tagen am größten sind. Auch der Kontakt mit dem angeblichen Entführer ist professionell abgewickelt worden. Das weißt du ja selbst. Warum der Entführer sich nicht mehr gemeldet hat, ist rätselhaft.»

«So und wo befinden sich die Ermittlungen jetzt?»

«Wie ich dir berichtet habe, haben wir einen Verdächtigen. Es ist nur eine Frage der Zeit, bis er uns zu den Kindern führt.»

«Wir haben aber keine Zeit. Überdies ist Bollemann aus der Haft entlassen worden. Angeblich hat er nicht viel gesagt. Einem Säufer sollte man schneller die Wahrheit entlocken können.»

«Auch wenn sich der Verdacht nicht erhärtet hat, wird weiter in seinem Umfeld ermittelt.»

«Wer leitet denn jetzt eigentlich die Ermittlungen?», fragte der General ganz harmlos.

«Nun», begann der Polizeipräsident mit zögernden Worten.

«Wir haben da einen ganz erfahrenen Beamten ausgesucht, der schon seit Jahrzehnten in Vermisstenangelegenheiten ermittelt.»

«Darf ich fragen, wie er heißt?»

«Ja natürlich», antwortete der Polizeipräsident: «Es ist unser verdienter Kollege Kriminaloberrat Heinz Solowski.»

«Aber es wird gemunkelt, dass der ein massives Alkoholproblem habe. Man hat mir zugetragen, dass er seinen Zenit schon längst überschritten habe und er eigentlich in Pension gehen sollte.»

«Ja, als seine Frau gestorben war, hat er das Trinken angefangen. Aber nie im Dienst, seinen Dienst hat er nie vernachlässigt, sonst wäre ich eingeschritten, das kannst du mir glauben. Und jetzt, mit diesem neuen Fall hat er es völlig im Griff. Ich habe ihn persönlich überredet, noch zu bleiben, mindestens bis der Fall abgeschlossen ist. Nachdem seine Frau gestorben war, hatte er sich etwas hängen lassen, das ist durchaus verständlich. Jetzt ist er wieder ganz der Alte. Du hättest mal sehen sollen, wie er dem Bollemann zugesetzt hat. Es gibt keinen besseren für den Job, ganz ehrlich Jürgen.»

Der General wusste genau, dass der Polizeipräsident log, dass sich die Balken bogen. Er hatte über Dr. Soltau erfahren, dass der Polizeipräsident höchstpersönlich mehrmals mit Solowski gesprochen und ihn zuletzt aufgefordert hatte, entweder in die Entziehungskur oder aber in den Ruhestand zu gehen. Jeder wusste, dass Solowski nichts mehr fürchtete, als vorzeitig in Ruhestand geschickt zu werden. Doch ins Trockendock, wie die Entziehungskur in Polizeikreisen hieß, wollte er auch nicht. Dass er Leiter dieser Ermittlungen geworden war, wunderte viele.

«In welche Richtung wird eigentlich noch ermittelt, außer gegen Bollemann?»

«Wir ermitteln natürlich in alle Richtungen. Insbesondere versuchen wir näheres zu dem weißen Transporter zu ermitteln, der von verschiedenen Zeugen gesehen wurde. Leider haben wir bisher keine weiteren Anhaltspunkte.»

«Mein Schwiegersohn sagte mir, dass Herr Kahn, der das Kennzeichen notiert hatte, Hinweise darauf gegeben hat, dass sich bei dem Wagen um einen Leihwagen handelt.»

«Ja, ein bemerkenswert guter Zeuge, wir haben dazu schon die niederländischen Kollegen informiert und erwarten in

Kürze Ergebnisse. Zudem überprüfen wir zurzeit alle Autoverleiher der Umgebung.»

«Herr Körner sagte mir, dass es eine neue Spur gebe, aber mehr wollte er mir dazu nicht sagen.»

«Das ist ein bisschen schwierig. Schließlich dürfen die Ermittlungen nicht gefährdet werden.»

«Was soll das heißen? Raus mit der Sprache. Du weißt, dass du mir vertrauen kannst.»

«Eigentlich dürfte ich dir das gar nicht sagen. Aber es gibt da eine neue Entwicklung, die dir gar nicht gefallen dürfte. Es ist da eine Lücke im Alibi deiner Tochter aufgefallen. Sie hat am Tage des Verschwindens der Kinder bereits gegen Mittag ihre Schule verlassen, ist aber nach ihrer Aussage erst gegen drei Uhr zu Hause gewesen. Angeblich war sie spazieren, wegen ihrer Migräne. Eine Zeugin vermutet aber, dass sie sich in dieser Zeit mit einem Mann getroffen habe, mit dem sie schon längere Zeit eine Affäre unterhielte. Leider ist deine Tochter nicht vernehmungsfähig. Wir werden aber auch so diesen Mann ermitteln, verlass dich darauf. Falls er etwas mit dem Verschwinden der Kinder zu tun hat, werden wir es herausfinden. Leider haben wir aber viel Zeit verloren.»

Der General war geschockt.

«Du wirst verstehen, dass ich dir dies im Vertrauen gesagt habe. Bitte behalte es für dich. Vielleicht kannst du mit deiner Tochter reden? Wie gesagt, es nur eine Spur, die auch im Nichts verlaufen kann. Aber wir müssen sie verfolgen!», legte der Polizeipräsident nach.

Wie ein begossener Pudel saß der General da. Er bedankte sich und schlich nach Hause.

Dienstag, 02.06.2015

Der General war früh auf den Beinen, verriet seiner Frau aber nicht, dass er zu Maria wollte. Da gab es die ungeklärte Frage, die er unter vier Augen mit seiner Tochter klären wollte. Elli

hatte ihm gesagt, dass sie sich für den Nachmittag ebenfalls vorgenommen hatte, zu ihrer Tochter zu fahren.
Jan war bereits aus dem Haus, als er am alten Forsthaus ankam. Sie öffnete ihm und sagte Hallo, ohne ihm ins Gesicht zu schauen, ohne ihm die Hand zu geben, geschweige ihn zu umarmen und zu drücken, wie sie es früher zu tun pflegte.

«Möchtest du einen Kaffee?», fragte sie in einem monotonen Singsang.

«Gerne», antwortete der General und folgte ihr in die Küche. Da er keine Möglichkeit sah, seine Tochter irgendwie auf seine Frage einzustimmen, blieb ihn nichts anderes übrig, als mit der Tür ins Haus zu fallen.

«Die Polizei hat mich darauf aufmerksam gemacht, dass es eine offene Frage zu deinem Alibi gibt. Ich kann dir nur helfen, wenn ich weiß, worum es da geht. Kannst du mir da ein wenig helfen?»
Maria stand stumm da. Sie schaute ihn an, als hätte sie ihn nicht verstanden und sagte nichts.

«Ich möchte von dir wissen, warum du schon gegen Mittag den pädagogischen Tag verlassen hast und dann erst gegen drei Uhr zu Hause warst?», konkretisierte der General seine Frage.

«Warum willst du das wissen? Das hat die Polizei auch schon alles gefragt.»

«Weil ich dir helfen will. Beantworte bitte erst einmal meine Frage.»

«Wenn du schon alles weißt, weißt du auch, dass ich am Rursee spazieren war.»

«Alleine?»

«Allerdings, wegen meiner Migräne.»

«Das wiederum glaubt man dir nicht. Seit wann hast du Migräne?»

«Mir ist egal, was man mir glaubt.»

«Mir aber nicht. Was glaubst du, wie schnell du in den Verdacht kommen kannst, selbst mit dem Verschwinden der Kinder etwas zu tun zu haben?»

Maria schaute ihn vollkommen verständnislos an.

«Das ist nicht dein Ernst!»

«Dann sag mir, mit wem du dich getroffen hast?»

«Mit jemanden getroffen?»

«Ja, du brauchst meine Fragen nicht jedes Mal zu wiederholen!»

«Warum sollte ich mich mit jemanden getroffen haben?»

«Das möchte ich von dir wissen. Also?»

«Also was?»

«Hast du jemanden getroffen?»

«Ich glaube nicht. Aber ich kann mich nicht genau erinnern, ich war so in Gedanken.»

«Du hast also kein Verhältnis, mit dem du dich getroffen hast?», fragte der General nun gerade heraus.

«Ein Verhältnis?»

«Ja, verdammt.»

«Wie kommst du darauf?»

«Man redet darüber. Die Polizei ermittelt bereits. Sie werden deinen Liebhaber finden. Hast du ein Verhältnis?»

«Nein, selbstverständlich nicht!»

Der General versuchte es anders.

«Warum hast du eigentlich gesagt, alles sei deine Schuld?»

«Weil es so ist.»

Maria wandte sich ab. Sie schaute aus dem Fenster.

«Maria, rede mit mir! Wie soll ich dir sonst helfen? Sie werden über dich herfallen. Sprich bitte mit niemandem, ohne mich oder Dr. Soltau vorher zu informieren.»

Der General war ebenfalls aufgestanden und hielt seine Tochter an den Schultern fest. Aber sie drehte sich um und ging einfach in den Garten. Sie beachtete ihn nicht mehr. Tränen liefen ihr still aus den Augen. Sie wischte sie nicht weg, schien sie gar nicht zu bemerken. Sie griff zu ihrer Rosenschere, die immer draußen auf der Fensterbank bereitlag und schnitt die verblühten Rosen ab. Ihren Vater nahm sie nicht mehr wahr.

Das Wort Schuld war bis zu ihrem Bewusstsein gedrungen. Ja, sie war schuld. Nicht Jan, der die Kinder abholen sollte. Ihn traf keine Schuld, ihn hatte man daran gehindert. Aber sie, sie

hätte die Kinder abholen können. Stattdessen hatte sie sich mit Hendrik in seinem Wohnmobil getroffen. Wieder war sie für ihre ungezügelte Art bestraft worden. Wieder hatte sie nur an sich gedacht und wieder hatte ER sie hart bestraft und ihr diesmal beide Kinder weggenommen. Sie wollte sterben, aber würde ER sie nicht sterben lassen? Das hatte ER beim ersten Mal auch nicht zugelassen. Nein, es war ein unbarmherziger Gott, der sich ihrer angenommen hatte. Sie wusste, er wollte sie leiden sehen.
Der General verließ ratlos das Haus.

Teil 2

Samstag, 06.06.2015

Plötzlich drehte sich das Klima in der Presse. Nach Bollemanns Haftentlassung suchte die Presse ein neues Ziel. Es fing mit einem Bericht im Express, einer Kölner Boulevardzeitung an. Jemand hatte in der Vergangenheit gegraben und war auf den Tod von Marias Tochter Katrin gestoßen. Auch Marias anschließender Aufenthalt in einer psychiatrischen Klinik wurde ausgewalzt. Es wurde die Vermutung geäußert, die Kinder seien vernachlässigt worden. Auch die finanzielle Schieflage von Jans Schreinerei wurde thematisiert. Latent wurde die Frage gestellt, ob die Eltern nicht selbst mit dem Verschwinden der Kinder zu tun haben könnten.

Jan war auf den Bericht hingewiesen worden. Natürlich mit dem Hinweis, dass diese Schmierfinken versuchen würden, alles in den Dreck zu ziehen, nur um ihre Auflage zu erhöhen. Jan rief seinen Schwiegervater an.

«Hast du schon den Kölner Express gelesen?»

«Nein Jan, diese Presse lese ich nicht!»

«Solltest du aber. Diese verdammten Schmierfinken. Sie ziehen über uns her. Bringen uns mit dem Verschwinden der Kinder in Verbindung. Unterstellen uns, wir hätten die Kinder vernachlässigt. Kannst du nichts dagegen tun?»

«Jan, ich kümmer′ mich darum. Aber ich muss dir gleich sagen, das wird schwierig. Am besten wird sein, es zu ignorieren.»

Das war erst der Anfang. Weitere Boulevardblätter nahmen das Thema auf. Die Bildzeitung hatte alte Bilder der Kinder ausgegraben und brachte diese auf der Titelseite. Auf der Seite 3 wurden weitere Tatsachen ans Licht gezerrt, so auch Marias Selbstmordversuch. Die Vermutungen und Unterstellungen wuchsen von Bericht zu Bericht. Jan merkte, wie sich die Leute immer distanzierter verhielten. Marias früheres, angeblich ausschweifendes Leben wurde breitgetreten, von Affären und exzessiven Partys in ihrer Vergangenheit wollte man wissen, angebliche Zeugen berichteten von Drogenkonsum und Vernachlässigung in den USA vor Katrins Tod. Selbst die Krankheit von Jans Mutter und die Alzheimer-Erkrankung seines Vaters wurden bemüht, um Spalten zu füllen. Sogar sein gelegentlicher Besuch in einer Bar, wohlgemerkt bevor er Maria kennenlernte, wurde benutzt, um Auflage zu machen.

Das Leben wurde für Jan immer schwieriger. Aufträge wurden zurückgezogen, die Bank mahnte ihn mehrfach, die überzogenen Konten zu decken. Maria, die das Haus nur noch zu ihrem einsamen abendlichen Gang zur Kirche verließ, bekam davon nichts mit.

Auch der General und seine Frau litten unter den Schmähungen. Er versuchte, juristisch gegen die Schmierereien vorzugehen, aber das entwickelte sich zu einem hoffnungslosen Unterfangen, das er auf Rat von Dr. Soltau bald aufgab.

Dann, als das Ganze bereits abebbte, erschien zunächst im holländischen Dagblad ein Interview mit einem angeblichen Zeugen. Dieser Hendrik H. gab an, seit Karneval ein Verhältnis mit Maria unterhalten zu haben. In vielen Details beschrieb er die heimlichen Treffen. Betont wurde in diesem Bericht, dass er sich am Tage des Verschwindens der Kinder mit Maria getroffen habe. Sie habe anders als sonst gewirkt, aufgeregt und verstört. Er könne sich genau daran erinnern, dass sie sich gegen 14:00 Uhr auf einem Parkplatz in der Nähe von Woffelsbach am Rursee getroffen hätten. Nachdem er aus der deutschen Presse erfahren hatte, dass Maria bereits um 12.30 Uhr ihre Schule verlassen habe, habe er es als seine Pflicht angesehen, dies zu melden. Warum er so lange geschwiegen habe und auch nicht zur Polizei gegangen war, sondern sein Wissen der Zeitung verkauft hatte, wurde natürlich nicht hinterfragt.

Schon am nächsten Tag erschien ein halbseitiger Bericht auf der ersten Seite der Boulevardzeitung Express in Köln. Schlagzeile: Mutter unter Verdacht. Untertitel: Das Alibi der Mutter der Mülhausen-Kinder weist eine erhebliche Lücke auf.

Darunter dann die Wiedergabe des Interviews mit Hendrik H. einschließlich aller Details und eine Auflistung der Vermutungen und Unterstellungen, die bereits früher erschienen waren mit der hämischen Bemerkung, dass die Polizei offensichtlich in diese Richtung schlampig ermittelt habe.

Der General kannte seine Tochter gut genug, als dass sie ihn davon hatte überzeugen können, dass dieser gutmütige Eifelbär seine Tochter auf Dauer würde binden können. Diese Liaison war für ihn daher nie völlig abwegig gewesen. Eine mögliche Verbindung mit dem Verschwinden der Kinder machte ihm nun große Sorgen. Es half nichts. Er musste sie zur Rede stellen. Seine Frau wollte mit. Aber das Gespräch würde er alleine führen. Noch einmal würde er sich nicht belügen lassen.

«Sei aber vorsichtig, du weißt, wie labil sie ist.»

«Scheinbar war sie das weniger, als wir dachten, so ich das hier lese.»

Er pochte mit nicht gespieltem Ekel auf die Zeitung.

Sie fuhren schnurstracks nach Langerwehe und der General knallte die Zeitung auf den Küchentisch. Maria las, brach in Tränen aus und wollte sich sofort zurückziehen. Der General hielt sie fest.

«Nicht so schnell, Maria. Erst brauche ich Antworten.»

Maria sah ihn mit müden Augen an.

«Wozu?»

«Stimmt das, was da steht.»

«Wird wohl so sein.»

«Mich interessiert deine Liaison nicht, das musst du mit Jan abmachen.»

«Papa, ich kann so nicht mehr leben.»

Der General packte seine Tochter an den Schultern und rüttelte sie.

«Kind, reiß dich zusammen. Es geht hier nicht um dich und auch nicht um Jan. Es geht ausschließlich um die Kinder. Darum frage ich dich. Wo warst du in der Zeit, nachdem du die Schule verlassen hattest und dem Zeitpunkt, wo du diesen

Mann getroffen hast? Und keine Lügen mehr. Meine Geduld ist am Ende. Die Polizei glaubt, dass dieser Mann mit dem Verschwinden der Kinder zu tun haben könnte.»
Maria stutzte. Dann schüttelte sie müde den Kopf. «Das ist doch Unsinn. Ich hab ihn doch ...»

«Also doch. Wie heißt er?»

«Das kann ich nicht sagen. Ich kenne nur seinen Vornamen, Hendrik. Es ist zu Ende. Er hat nichts damit zu tun. Ich habe an diesem Tag Schluss gemacht.»

«Also noch einmal der Reihe nach. Was hast du gemacht, nachdem du die Schule verlassen hast?»

«Ich bin zum Rursee gefahren und dort ein wenig herumgelaufen. Ich wusste nicht, was ich wollte. Ich wollte das Verhältnis beenden, aber ich war mir unsicher, ob ich das schaffen würde. Schließlich bin ich zum Parkplatz, wo wir verabredet waren. Ich war zu früh. Hendrik kam gegen zwei.»

«Du bist also nicht erst nach Hause?»

«Nein, ich bin sofort zum Rursee. Sonst wäre das doch aufgefallen. Jan sollte ja die Kinder abholen. Obwohl er auf Montage war. Ich hätte sie selber abholen können. Aber dann hätte ich Hendrik nicht treffen können. Vater verstehst du? ICH HÄTTE SIE ABHOLEN KÖNNEN. Dann wäre ihnen nichts passiert. ICH BIN SCHULD. ICH GANZ ALLEIN.»

Maria brach wieder in Weinen aus.

Der General konnte sie nicht beruhigen. Er verließ die Küche und bat seine Frau, nach Maria zu sehen.

Nüchtern betrachtet, brauchte man eine gute halbe Stunde von Marias Schule bis zum Rursee und eine weitere dreiviertel Stunde zurück nach Langerwehe. Also war bereits knapp eineinhalb Stunden der Zeit von 12.30 Uhr bis 15.00 Uhr abgedeckt. Sicher würde man jetzt auch Zeugen für den Aufenthalt am Rursee finden. So gesehen war dieser Hendrik sogar ein Entlastungszeuge.

Aber das wird die Schmierfinken nicht interessieren.

Maria lag mit Kopf und Armen schluchzend im Schoß ihrer Mutter.

Die Erinnerungen kamen empor. Simone, ihre Kollegin, hatte sie seinerzeit überredet, am 11.11. letzten Jahres mit nach Köln zu fahren und dort den Beginn des Karnevals zu feiern. Sie waren sieben Frauen, alles Kolleginnen aus der Schule bzw. Erzieherinnen, darunter auch Birgit. Eigentlich hatte sie gar keine Lust dazu gehabt, zu viele Menschen, zu viel Gedränge, zu viele Betrunkene. Dann sollte sie sich auch noch verkleiden, absurd, so kurz vor der Adventszeit. Das Hexenkostüm, für das sie sich gemeinsam entschieden hatten, war allerdings wirklich zauberhaft. Rot und schwarz standen ihr hervorragend und der schwarze Lippenstift sowie das auf die Wange gemalte Spinnennetz wirkten ausgesprochen dekorativ.

Sie waren schon frühmorgens nach Köln gefahren, denn wie Simone ihnen klargemacht hatte, musste man mit Wartezeit vor den Brauhäusern rechnen. Sie kenne eines, da würde es schnell gehen. Trotzdem standen sie über eine Stunde in der Salzgasse vor dem Brauhaus Päffgen. Die Zeit verging aber recht schnell. Sie waren reichlich mit Proviant sowohl in flüssiger als auch in fester Form ausgestattet und fanden bereits während der Wartezeit Kontakt zu einer Männergruppe in bayrischer Kluft mit echten Lederhosen, Trachtenhemden und Trachtenstrümpfen sowie Haferlschuhen.

Als sie endlich in das Brauhaus hineinkamen, war es nur zu natürlich, dass sie an einen gemeinsamen Tisch gingen und die Männer Kölsch für sie mitbestellten. Sie stellten dafür ihre mitgebrachten Vorräte an Käse, Kabanossi, gekochten Eiern und Sonstigem zur Verfügung. Was ganz harmlos mit Schunkeln und Tanzen begann, wurde mit fortschreitender Stunde dann eine hitzige Angelegenheit.

Maria tanzte sehr gerne und hatte gleich einen aus der Gruppe, die aus Kerkrade in den nahen Niederlanden kamen, für sich in Beschlag genommen. Er erzählte, dass er Musiker sei. Er war nicht viel größer als sie, von kräftiger Statur mit dunkler Stoppelfrisur und einem kleinen Bauch, also gar nicht, wie man sich einen Musiker vorstellte. Die Lederhose und das Trachtenhemd standen ihm jedoch gut zu Gesicht. Seine Augen strahlten Wärme aus und er hatte ein verschmitztes Lächeln, das sie nicht mehr losließ. Er sprach sehr gut Deutsch, allein seine Aussprache amüsierte Maria immer wieder.

Sie genoss es, mit ihm zu plaudern, wobei sie viele Gemeinsamkeiten entdeckten und über das gemeinsame Thema Liebe zur Musik, zum Thema Liebe als solches kamen.

Mit seinen Händen bewies er, dass er ein Virtuose war, denn die kleinsten Berührungen verursachten bei ihr über den Rücken laufende wohlige Schauer. Sie fühlte sich wunderbar und als sie seinem Drängen, sich küssen zu lassen, endlich nachgab, verlor sich die um sie tanzende und grölende Gesellschaft im Nichts. Sie tauchte ab in eine Welt, die sie längst verloren geglaubt hatte. Er küsste wie ein Gott. Das Spiel ihrer Zungen war so harmonisch, als hätten sie jahrelang vierhändig auf dem Klavier gespielt. Seine dunkle Stimme, mit der er ihr Zärtlichkeiten, ja Frivolitäten und erotische Fantasien ins Ohr flüsterte, betörte sie vollkommen. Lust stieg in ihr auf, sie drängte sich an ihn, fühlte seine Erregung.

Schließlich war es Simone, die sie von ihm wegzog und sie wieder in die profane Welt des Brauhauses zurückholte. Es war erst Nachmittag, aber in diesem Brauhaus verlor Zeit ihre Bedeutung. Simone entschied, dass sie jetzt etwas essen gehen wollten und es wohl gut wäre, wenn sie mitkommen würde. Der Zauber des Augenblicks verflog, allein die Sehnsucht blieb. Er beteuerte, dass er warten würde. Sie entgegnete, sie wüsste nicht, ob sie wieder zurückkommen würden. Er schwor, das sei egal, er würde warten, heute und jeden Tag, bis er sie wieder sehen würde. Er wollte ihre Handynummer haben, aber Simone beobachtete sie scharf und so ließ sie sich nicht darauf ein. Schließlich hatten sie sich vorher auf Verhaltensregeln geeinigt und dazu gehörte, keine Telefonnummern auszutauschen. Simone zog ihre Mädels, von denen zwei weitere kaum von ihren Partnern zu trennen waren, mit sich. Das war am

11.11. des letzten Jahres, der traditionellen Eröffnung der fünften Jahreszeit, wie man den Karneval im Rheinland nennt.

Mit Verlassen des Lokals und dem Betreten der regenfeuchten Gasse am Nachmittag verschwand dieses Gefühl sehr schnell, die Surrealität der Ereignisse der vergangenen Stunden trat ins Bewusstsein. Auf der Fahrt nach Hause ließ man den Tag noch einmal ausgiebig Revue passieren und man kam überein, dass es ein schöner Tag war. Mit der nachlassenden Wirkung des Alkohols verloren die Ereignisse ihre Bedeutung und als Maria zu Hause ankam, war das Erlebte bereits als amüsante Episode abgehakt.

Dass Maria dann am Fettdonnerstag, der Eröffnung des Straßenkarnevals in Köln, auch Weiberfastnacht, oder Wieverfastelovend genannt, wieder mit nach Köln fuhr, war nur logisch. Zum Glück hatte die Schulleitung aus negativen Erfahrungen mit betrunkenen Schülern im letzten Jahr einen beweglichen Ferientag auf den Fettdonnerstag gelegt. Sie verschwendete kaum einen Gedanken an die letzte Begegnung, bis sie das Brauhaus in der Salzgasse betraten. Sie trug wieder ihr Hexenkostüm.

Und da stand er. Sofort kribbelte es bei ihr bis in die Zehen. Sie ärgerte sich über sich selbst und gab sich betont kühl. Er kam sofort auf sie zu, begrüßte sie mit einem zarten Kuss auf die Wange und flüsterte, dass er immer noch warte. Maria machte sich steif und so verzog er sich mit seiner Gruppe in die obere Etage, während ihre Mädels wieder ihrem Tisch vom 11.11. zustrebten.

Es dauerte eine ganze Weile, bis er erneut an ihrem Tisch erschien. Der Sekt hatte in der Zwischenzeit seine Wirkung entfaltet. Simone schaute gleich missbilligend, aber er war so taktvoll, Abstand zu halten und sie nicht zu bedrängen, obwohl ihr die Knie zitterten wie Espenlaub im Herbstwind. Sie unterhielten sich ganz unverfänglich, dann gingen sie tanzen, obwohl das Brauhaus hierzu kaum Platz bot. Sie brauchten nicht viel Platz, sondern genossen es, sich berühren zu können und langsam hin und her zu wiegen.

«Diesmal entwischst du mir aber nicht wie Aschenputtel vom Königsball. Die böse Hexe, die auf euch aufpasst, wird mich heute auch nicht hindern können, bei meiner Prinzessin zu bleiben. Am besten, wir fliehen aus dem strengen Kommando deiner Oberhexe, bevor sie wieder zum Abmarsch bläst.»
Normalerweise waren solche Sprüche nicht geeignet, Maria zu beeindrucken, aber sie hatte sich von der schwülen Stimmung im Raum einfangen lassen und der Alkohol tat ein Übriges.

Sie gab Birgit Bescheid, dass sie einen Kaffee trinken gehen würde und Birgit nickte verständnisvoll.

«Aber nur auf einen Kaffee, unten am Rhein?», sagte sie ernst und er antwortete: «Ehrensache, überall hin, wohin meine Prinzessin mich befiehlt.»
Sie gingen tatsächlich in ein Café und anschließend ein wenig am Rhein spazieren. Es war noch hell, dennoch standen überall Pärchen umschlungen, die dem beginnenden Nieselregen trotzten.

«Was machen wir jetzt? Zurück in die Salzgasse?», fragte Maria.

«Ich würde noch gern am Hotel vorbeigehen, mein Hemd ist total durchgeschwitzt.»

«Du hast ein Hotelzimmer?»

«Ich hab' doch gesagt, ich warte auf dich!», antwortete er mit seinem verschmitzten Lächeln. Maria sah, dass Hendrik in seiner durchgeschwitzten Trachtenkluft fror, dennoch war sie sich des Risikos, mit ihm zum Hotel zu gehen, bewusst. Aber er sollte ja nicht ihretwegen krank werden.

Das Hotel war ungefähr 15 Gehminuten vom Rheinufer entfernt und sie blieben den ganzen Weg schweigsam, Arm in Arm einander wärmend. Im Hotel angekommen, ging Maria wie selbstverständlich mit aufs Zimmer. Er öffnete die bereitstehende Sektflasche und schenkte in zwei bereitstehende Gläser ein. Sie war ein wenig irritiert. Er prostete ihr zu und küsste sie anschließend zart und kurz.

«Ich mach' mich eben frisch. Versuchst du, ein bisschen Musik aus dem Radio zu zaubern?», und er verschwand im Badezimmer.

Maria stand nun da, mit dem Glas in der Hand und war versucht, schnell zu verschwinden. Offensichtlich hatte er alles im Vorhinein arrangiert. Nur für sie oder für eine X-beliebige? Sie war sich nicht sicher, zu professionell wirkte das Ganze auf sie. Sie rang mit sich, dann sie setzte sich aufs Bett und stellte das Radio an. Derweil hörte sie die Dusche rauschen. Sie würde sich schon zu wehren wissen, falls er sie zu etwas zwingen wollte. Er erschien ganz zwanglos mit einem Handtuch um die Hüfte gewickelt.

«Ich bin eben unter die Dusche gesprungen, willst du dich auch frisch machen?»

Schnell verschwand sie im Badezimmer.

'Was tun? Duschen und mit ihm ins Bett? Oder sich ein bisschen frisch machen und sich verabschieden?'

Er schien ihr die Entscheidung überlassen zu wollen. Sie entschied sich zunächst fürs Duschen. Das warme Wasser war eine Wohltat. Sie seifte sich ein, ließ ihre Fantasie schweifen. Die Tür zum Badezimmer ging auf, sie hatte sie nicht abgesperrt.

«Möchtest du noch einen Sekt?»

Eine Hand mit einem Sektglas erschien über der Duschabtrennung. Sie nahm es, sagte «Danke» und er war schon wieder verschwunden. Auf einmal wusste sie, was sie wollte.

Sie war schließlich erwachsen, alt genug, sich nicht mehr überreden lassen zu müssen und die Verantwortung für das zu übernehmen, was sie tat. Kein Frauchen, das hinterher jammern würde, alles nicht gewollt zu haben. Sie wollte diesen Mann, wollte ihn mit Haut und Haaren. Sie verließ die Dusche, wickelte sich in das große Badetuch, schlug ihre Haare in ein Handtuch und ging zu ihm. Das Sektglas hatte sie ausgekippt, um Herrin ihrer Sinne zu bleiben.

«Der Sekt ist gut, hast du noch ein Schlückchen.»

Hendrik lag ganz entspannt auf dem Bett, knabberte an einer Salzstange. Er sprang auf.

«Wow», rief er, «Du siehst ja toll aus mit deinem neuen Kostüm.»

Er schenkte ihr nach und stieß mit ihr an.

«Auf uns.»

«Auf uns», erwiderte sie und tat einen großen Schluck. Dann steckte er ihr eine Salzstange in den Mund und knabberte vom anderen Ende daran. Sie trafen sich in der Mitte und stellten das Essen dabei kaum ein. Ihre Münder bissen ineinander, ihre Hände fanden den Weg zur Haut des anderen, krallten sich fest und sie ließen sich aufs Bett fallen.

Erst fielen sie übereinander her wie hungrige Wölfe, beleckten und bissen sich, dann waren sie wie spielende Kinder auf Entdeckungsfahrt auf dem Körper des anderen, alberten herum, kitzelten sich, streichelten einander. Stunden waren vergangen, aneinander gekuschelt lagen sie schließlich unter einer Bettdecke.

«Wozu habe ich eigentlich gerade geduscht?», fragte sie neckisch.

«Ja, dann wirst du wohl wieder duschen müssen.»

Seitdem hatten sie sich regelmäßig getroffen. Zudem tauschten sie sich fast täglich über WhatsApp aus und telefonierten gelegentlich.

Auch an dem besagten Dienstag wollten sie sich am Rursee treffen. Hendrik parkte dort immer mit einem Wohnmobil in der hintersten Ecke des Parkplatzes. Zwischen den Touristen fiel man am wenigsten auf. Maria fühlte sich an diesem Tag tatsächlich nicht besonders, vielleicht hatte das Vortäuschen einer Migräne Spuren in ihrem Gemütszustand hinterlassen. Jedenfalls war nichts wie sonst, Hendrik merkte dies sofort und so saßen sie bei einer Flasche Rotwein und redeten. Schließlich verabschiedete sich Maria und fuhr nach Hause. Beiden war klar, dass es wohl ihr letztes Treffen war.

10.06.2015

Die Polizei versuchte weiter, Maria zu vernehmen. Doch der General wusste dies zu verhindern. Sie sei weiter vernehmungsunfähig, ließ er durch Körner ausrichten. Ein Attest des Hausarztes war selbstverständlich vorhanden. Die Handyverbindungen lagen in der Zwischenzeit vor. Das Verhältnis ließ sich daraus seit Karneval bestätigen.

Hendrik H. wurde nach Amtshilfeersuchen durch die holländische Polizei vernommen. Sabine Backes, die deutsche Kriminalinspektorin, durfte an der Vernehmung teilnehmen.
Er berichtete freimütig über sein Verhältnis zu Maria, konnte im Übrigen für die restliche Zeit am 19.5. aber kein Alibi vorweisen. Er wies jede Beteiligung an einer Entführung der Kinder von sich. Es sei auch von vornherein nur eine erotische Beziehung gewesen. Er habe sich extra für den 19.5. ein Wohnmobil bei einem Freund geliehen, wie er das bereits öfter getan habe. Sabine konnte die holländischen Kollegen davon überzeugen, das Wohnmobil nach genetischen Fingerabdrücken der Kinder absuchen zu lassen und die Angaben des Musikers und sein Leben genauer unter die Lupe zu nehmen.

Wieder rückte eine Hundertschaft aus. Der ganze Weg von Langerwehe bis zum Parkplatz, wo sich Maria mit dem Holländer getroffen hatte, wurde noch einmal abgesucht. Das Waldstück am Parkplatz nahm man sich besonders vor. Zwar war dies eine ziemlich vage Chance, doch man wollte nichts auslassen.

Die Rückmeldungen der holländischen Polizei waren wenig ermutigend. Die Angaben des Musikers wurden alle bestätigt. Auch gebe es keine Hinweise auf eine Beteiligung an einer Entführung. Im Wohnmobil seien keinerlei Spuren der Kinder zu finden gewesen. Er sei zwar als Don Juan bekannt, aber sonst liegt außer kleiner Drogenvergehen im Bereich des Eigenkonsums nichts gegen ihn vor. Auch gebe es keine akuten Geldsorgen.

Noch einmal wurde das Leben von Maria gründlich durchleuchtet.

Maria

Maria war das einzige Kind der Familie Bentlin. Die Tätigkeit ihres Vaters als Soldat bedingte viele Schulwechsel, da sie alle zwei bis drei Jahre umzogen. Sie war ein sehr fröhliches, kontaktfreudiges Mädchen mit dunklen, lockigen Haaren gewesen, das trotz dieser Wohnungs- und damit verbundenen Schulwechsel nie Probleme hatte, Freunde zu finden und in der Schule mitzukommen. Nach einer schnellen Karriere des Vaters bei der Luftwaffe und im Verteidigungsministerium wechselte er schließlich ins NATO-Hauptquartier und wurde dort mit Sonderaufgaben betraut, die etwas mit der Aufklärung zu tun haben sollten und ihn häufig zu langen Auslandsaufenthalten veranlassten. Mehr wusste Maria nicht zur Berufstätigkeit ihres Vaters zu sagen. Maria war 15 Jahre alt, als ihr Vater ihnen mitteilte, dass sie nun nicht mehr umziehen müssten und in das Haus ihrer Großeltern ziehen würden.

Ihr Vater, der als Raubein bekannt war, konnte brüllen wie ein Gorilla im Zoo und war von seinen Untergebenen deswegen nicht wenig gefürchtet. Er ließ sich jedoch von seiner Tochter von klein an um den Finger wickeln. Wollte sie etwas oder hatte etwas ausgefressen, umarmte sie ihren Vater, kraulte ihm den Nacken und flötete ihm in so süßen Tönen ihre Wünsche oder ihre kleinen Sünden ins Ohr, dass er nicht anders konnte, als ihr ihren Willen zu lassen. Ihre Mutter Elli schaffte es mit ihrer ruhigen und konsequenten Art, die Erziehung der Tochter in geregelte Bahnen zu lenken. Maria war Einzelkind geblieben, ohne dass dies die Absicht ihrer Eltern gewesen wäre. Ihre Mutter, die gerne weitere Kinder bekommen hätte, schob dies auf das unstete Leben, das sie geführt hatten. Sie war deswegen nicht unglücklich und hatte zunächst genug Freude an ihrer Tochter. Es war ihr recht, dass ihr Mann aufgrund seiner vielen Abwesenheiten die Erziehung ihr überließ.

Mit vierzehn hatte Maria bereits ihren ersten festen Freund, fast drei Jahre hielt diese Beziehung. Sie hingen wie Kletten aneinander, wie selbstverständlich schliefen sie am Wochenende entweder in seinem Zimmer oder in ihrem. Elli hatte dieses Zugeständnis gerne gemacht, wusste sie so, dass ihre Tochter in guten Händen war. Sie hatte mit ihrem Beichtvater gesprochen, denn Elli war eine gläubige Kirchgängerin. Er hatte sie beruhigt und gemeint, da beide noch Kinder seien, würde der liebe Gott sie auch beschützen.

Nur zu der Zeit, wo ihr Vater zu Hause war, schliefen sie getrennt, da er es anders nie zugelassen hätte. Dafür rächte sie sich an ihm durch Nichtbeachtung oder Provokationen. Als diese Phase zu Ende ging und die Jugendliebe zerbrach, begann eine wilde Zeit in ihrem Leben. Sie zog mit einer Gruppe von Skateboard-Fans durch die Gegend, war öfter auf der Domplatte in Köln zu finden als zu Hause und «verlotterte völlig», wie ihr Vater es ausdrückte. Ihr schönes naturgelocktes Haar hatte sie völlig verfilzt und mit Rastalocken verziert, sie trug nur die in der Szene üblichen zerrissenen und fast auf den Knien sitzenden, viel zu großen Hosen und viel zu weite Shirts und war als Mädchen kaum zu identifizieren. Das hieß nicht, dass sie sexuell inaktiv war, ganz im Gegenteil, nur feste Bindungen gab es in dieser Zeit nicht. Ihrer Mutter blieb nur übrig, darauf zu achten, dass sie ihre Pille regelmäßig nahm und sie zum Gebrauch von Kondomen anzuhalten, wegen der Ansteckungsgefahr.

«Glaubst du eigentlich, ich bums mit jedem, der da 'rumläuft? Und wenn, ist doch mein Leben, das geht dich überhaupt nichts an», war noch eine der harmlosen Antworten. Die schulischen Leistungen gingen steil bergab, sodass ihre Versetzung in die 13te Jahrgangsstufe stark gefährdet war. Als ihre Mutter dann etwas Marihuana in ihrer Tasche fand und sie zur Rede stellte, raunzte sie: «Was schnüffelst du auch in meinen Taschen, bist du selber schuld. So bisschen Gras, was machst du für einen Aufstand. Das nimmt jeder, sogar unser Geschi-Lehrer!»

Danach beschäftigte sich ihre Mutter ernsthaft damit, wie diesem Treiben wirksam Einhalt zu gebieten wäre. Lange hatte sie es als normale pubertäre Entwicklung gesehen, etwas stürmisch zwar, aber verständlich, weil ihre Tochter einen gewissen Nachholbedarf hatte. Ihre langjährige erste Beziehung hatte die Züge einer Pantoffelehe angenommen, so konservativ und spießig waren ihre Tochter und ihr Freund miteinander umgegangen. Allerdings war Maria jetzt aus dem Ruder gelaufen. Die letzte Äußerung zeigte dies deutlich. Sie ließ sich aus leidvoller Erfahrung erst gar nicht auf eine Diskussion ein.

«Da du inzwischen volljährig bist und ich deine Wäsche nicht anfassen soll, bist du künftig dafür selbst zuständig. Überhaupt werde ich dich künftig wie einen Erwachsenen behandeln. Das heißt aber auch, dass du alle Pflichten eines Erwachsenen übernimmst.»

«So war das doch nicht gemeint, Mutsch», versuchte Maria sofort zu relativieren. Wie ernst es ihrer Mutter war, merkte sie bereits am nächsten Morgen, als kein Frühstücksbrot für die Schule bereitlag. Damit konnte sie gut umgehen, der Dönerladen war direkt am Bahnhof. Als die Wäsche nicht gewaschen wurde, zog sie eben die alten Klamotten wieder an. Bei der Unterwäsche allerdings bediente sie sich bei ihrer Mutter im Schrank. So schwer es Frau Bentlin fiel, sie jetzt nicht nur mit zerrissenen, sondern auch noch verdreckten Klamotten herumlaufen zu lassen, sie blieb eisern. Das „Ausleihen" ihrer eigenen Unterwäsche tolerierte sie mit einem lachenden und einem weinenden Auge. Es war zwar inkonsequent, aber es beruhigte sie, dass ihre Tochter noch nicht so weit war, den Dreck direkt an ihre Haut lassen. Sie konnte nicht über ihren Schatten springen und ihre Tochter völlig in den Dreck schubsen. Trotzdem kontrollierte sie die Sachen ihrer Tochter ganz genau, denn bei Drogen kannte sie kein Pardon. Sie wusste, dass nur in der ersten Zeit des Probierens eine Chance bestand, ihre Tochter vor dem Einstieg in eine Drogenkarriere zu bewahren. Daher hatte sie ihr auch klargemacht, dass sie einen Drogenkonsum auf keinen Fall dulden würde, egal was die anderen einschließlich ihres Geschichtslehrers davon dachten. Zwar fühlte sie sich nicht gut dabei, die Sachen ihrer Tochter zu durchwühlen, aber da man zu dieser Zeit nicht mit ihr sprechen konnte - jedenfalls bekam man keine ehrliche Antwort-, sah sie sich dazu berechtigt ja geradezu verpflichtet.

Ihr Mann hätte dies ohnehin getan, falls er davon erfahren hätte, aber er war zu dieser Zeit in Afghanistan. Er wäre keine große Hilfe gewesen. Mit jungen Männern konnte er gut umgehen, aber bei jungen Damen war er völlig überfordert.
Maria nahm die neue Konsequenz ihrer Mutter nicht besonders ernst. In ihren Augen eine neue Masche, die vorübergehen würde. Dementsprechend ignorierte sie auch alle Aufträge, die ihr ihre Mutter übertrug.

Als jedoch die monatliche Überweisung des Taschengeldes ausblieb, war das Fass aus Sicht ihrer Tochter übergelaufen und der erste große Streit brach aus, in dessen Folge Maria ihre Sachen packte und verschwand.

Jedoch nicht ohne die Androhung, sie könne sich ihren Unterhalt auch einklagen oder gehe eben auf den Strich.

Nach zwei Wochen kam sie zurück, kein Wort der Entschuldigung, keine Erklärung, aber der Spuk war vorbei. Über diese zwei Wochen ist auch später nie wieder gesprochen worden. Weder darüber, wo Maria diese Zeit verbracht, noch was Elli Bentlin in dieser Zeit mitgemacht hatte. Hätte Elli nicht eine gute Freundin gehabt, die in der Nähe der Schule wohnte und nachdem sie von Elli eingeweiht worden war, kontrollierte, dass Maria jeden Morgen zur Schule erschien, Elli wäre verrückt geworden. Anscheinend hatte Maria in der neu gewonnenen Freiheit weniger Drang zu spektakulären Dingen als vorher. Jedenfalls ging es mit der Schule aufwärts, auch der Kleiderstil änderte sich nach und nach, und als sie im Abitur stand, büffelte sie sogar bis in die Nacht hinein. Darauf angesprochen, antwortete sie nur: «Meinst du, ich möchte später als Friseurin 1.200 DM verdienen?»

Nach dem Abitur machte sie eine sechswöchige USA-Reise, die ihr Vater ihr geschenkt hatte (was er nicht getan hätte, falls er die letzten Jahre mehr zu Hause gewesen wäre). Elli nickte nur und hoffte das Beste.

Im Wintersemester begann sie ein Studium der Biologie, um das Hungerproblem der Welt zu lösen, natürlich in Köln, denn Aachen war ihr zu provinziell. Dem sah ihre Mutter mit arger Sorge entgegen, zu Unrecht. Von ihren damaligen Kumpeln aus der Zeit auf der Domplatte hatte sie sich in der Zwischenzeit zu weit entfernt. Sie war überraschend fleißig im Studium und engagierte sich zudem noch bei Greenpeace. Die Phase der Weltverbesserung hatte dann ein jähes Ende gefunden. Ihr Vater hatte sie auf einem Tag der offenen Tür bei der AWACS in Geilenkirchen mitgeschleppt («Ich sehe' dich so selten, tu mir den Gefallen»). Dort lernte sie den jungen Piloten Michael Becker kennen und lieben. Sie wechselte vom Diplomstudium zum Lehramtsstudiengang. «Ich wollte Biologie studieren und keine Physik und Mathematik; auf Lehramt zu studieren ist viel leichter, außerdem kann man den Lehrerberuf viel besser mit Kinderkriegen verbinden».

Diese Liaison, die ihre Mutter mit gemischten Gefühlen betrachtete, schließlich war sie selbst mit einem Soldaten verheiratet, hielt überraschend lang und eines Tages kamen die zwei von einem USA-Trip zurück und berichteten stolz, dass sie spontan geheiratet hatten. Davon waren Elli und Jürgen Bentlin nun gar nicht begeistert, denn zum einen stand Maria kurz vor dem Studienabschluss und zum anderen hätten sie die Hochzeit ihrer Tochter gerne standesgemäß gefeiert.

Als sie darum baten, dies bei der kirchlichen Trauung nachzuholen, kam der nächste Schock: «Aber erst nach der Entbindung», war die schlichte Antwort.

Der General fasste sich zuerst: «Das hättest du uns aber auch etwas schonender beibringen können.»

Ansonsten verlief das Leben der beiden ziemlich normal, soweit ein normales Familienleben möglich ist, wenn man mit einem Jetpiloten verheiratet ist. Maria beendete erfolgreich ihr Studium und schaffte mithilfe ihrer Mutter, die sich um ihre Tochter Lena kümmerte, auch ihr Referendariat und bekam anschließend eine Stelle an einem guten Gymnasium in Aachen. Hierfür hatte ihr Vater im Hintergrund gesorgt. Als Michael das Angebot bekam, als Fluglehrer nach Arizona zu gehen, zog die kleine Familie in die USA. Maria ließ sich aus dem Schuldienst beurlauben und nach gut einem Jahr wurde ihre zweite Tochter Katrin geboren.

Katrin war von Anfang an eine besondere Herausforderung, schon im Mutterleib zwang sie ihre Mutter zu extremer Aufmerksamkeit. Hatte Maria die ersten Monate bei Lena eigentlich nur aufgrund ihrer eigenartigen Gelüste auf so merkwürdige Speisen wie Wassereis und Fischmäc in Erinnerung, war ihr bei Katrin oft so schlecht, dass sie nur noch betete, es solle bald vorbei sein. Nach drei Monaten war diese Phase vorbei, und sie genoss ihre Schwangerschaft bewusster als ihre erste, bis im sechsten Monat Blutungen einsetzten. Sie erhielt eine Cerclage und kurze Zeit später eröffnete ihr der Frauenarzt, dass sie bis zur Entbindung liegen müsse, wenn sie das Kind nicht verlieren wollte. Da Maria dies jedoch zu Hause nicht wirklich einhielt, wies sie der Frauenarzt für die letzten Wochen in seine Privatklinik ein. Diese war zwar sehr komfortabel, die Langeweile allerdings kaum zu ertragen.
Das war für die quirlige, unternehmungslustige junge Frau eine harte Geduldsprobe.

Mit Katrins Geburt, die erstaunlicherweise erst 3 Tage nach dem errechneten Termin dann jedoch ganz komplikationslos verlief, war das alles vergessen. Maria stürzte sich in ihr Mutterglück.

Dann änderte sich dieses unbekümmerte Leben jäh.
Nie würde sie diese Nacht vergessen.

Michael war von einem seiner Flugeinsätze zurückgekommen, Tieffliegen in Kanada. Jedenfalls hatten sie gefeiert. Erst waren sie nach Phoenix gefahren, wo sie sich mit Freunden trafen, dann machten sie es sich zu Hause gemütlich; mit Sekt, Kaviar, frischem Lachs (alles Schmuggelware aus Kanada) und auch einem bisschen Dope. Sie nahmen das nicht regelmäßig, nur zu besonderen Anlässen. Dieses Wiedersehen war Anlass genug, schließlich war Michael sechs lange Wochen weg gewesen. Zudem sollte das Dope ihre Ausdauer steigern. Es wurde schon hell, als sie schließlich traumlos einschliefen und erst durch das Schreien von Lena geweckt wurden. Nach so einer Nacht fühlte sie sich immer losgelöst von allen Gedanken, Sorgen und Nöten und holten ihre Mädchen morgens, sobald Katrin schrie, zu sich ins Bett. Es war schon erstaunlich, mit welcher Sorgfalt und Ernsthaftigkeit Lena mit ihrer kleinen Schwester umging.

An diesem Morgen war alles anders. Lena kam ins Schlafzimmer und weinte, weil sie Katrin nicht aufwecken könne. Es war erst halb acht, Maria war noch ganz verkatert und wurde nur mühsam wach. Sie zog das Kissen über ihren Kopf. Aber Lena war hartnäckig, sodass sie schließlich Michael dazu brachte, aufzustehen und ins Kinderzimmer zu gehen.

Danach ging Marias Welt unter, sie wusste nicht einmal mehr, was Michael zu ihr gesagt hatte, als sie ans Kinderbettchen gestürmt war, das tote Kind aus dem Bettchen gerissen hatte und auch nicht hergeben wollte, als der Notarzt eingetroffen war. Dieser konnte nur noch den Tod feststellen, der bereits Stunden vorher eingetreten sein musste. Plötzlicher Kindstod stand auf dem Totenschein. Niemand machte ihnen einen Vorwurf. Das Mitleid, das ihnen entgegengebracht wurde, machte es Maria nur noch schwerer. Hatte sie, als sie aus Phoenix zurückkamen und ihre Babysitterin nach Hause ging, noch einmal ins Kinderzimmer geschaut? Sie konnte es nicht sicher sagen, so sehr sie ihr Gehirn auch marterte.

Das Drama hatte sich in keinerlei Form angekündigt, Katrin war vollkommen gesund gewesen, keine Anzeichen von Aussetzern bei der Atmung oder andere Beschwerden.

Maria versuchte sich davon zu überzeugen, dass sie an diesem Abend, als sie aus Phoenix zurückgekommen waren und ihre Babysitterin nach Hause gegangen war, noch einmal in die Kinderzimmer geschaut hatte, wie sie es immer tat. Die Erinnerung fehlte. Maria spürte einen unvorstellbaren Ekel bei dem Gedanken, dass sie selbstsüchtig, mit Drogen angetörnt, ihrer Lust gefrönt hatte, während nebenan ihre Tochter starb. Mit diesem Ekel starb auch ihre Liebe zu Michael.

Dann war da noch diese dumpfe Erinnerung, die sie quälte, oder war es nur ein Traum, eine Halluzination? War sie in der Nacht aufgestanden, zur Toilette gegangen und hatte Katrin schreien hören? Sie war sich nicht sicher, zermarterte ihr Hirn. Diese Schreie, die ihr durch Mark und Bein gingen, die sie immer wieder nachts aufwachen und aus dem Bett springen ließ, bis sie registrierte, dass sie nur geträumt hatte? Hatte sie Katrin aus ihrem Bettchen aufgenommen und beruhigt und wieder hingelegt, wie sie es sonst immer tat? Auf den Rücken gelegt oder auf den Bauch? Oder ihr nur den Schnuller in den Mund gedrückt? Sie wusste es nicht. Sie wusste gar nichts mehr.

Auch für Lena begann eine schwere Zeit. Erst konnte sie nicht verstehen, dass ihre kleine Schwester weg und ihre Mutter nicht mehr ansprechbar war. Als sie schließlich am Grab ihrer kleinen Schwester stand, war sie vollends verwirrt. Maria brachte Lena zurück nach Deutschland zu ihren Großeltern. Lena war gerne bei ihren Großeltern, aber sie merkte, dass sie dort geparkt wurde, fühlte sich abgeschoben und ausgeschlossen.

Michael hatte die Bindung zu Maria völlig verloren, das Verhältnis der beiden war von einem auf den anderen Tag zerstört. Maria konnte es nicht ertragen, sobald er sie auch nur anfasste. Drei Monate später kam Maria aus den USA zurück und zog in die obere Wohnung im Haus ihrer Eltern. Sie kümmerte sich aber kaum um Lena, im Gegenteil, Lena übernahm nun mit ihrem zarten Alter von vier Jahren die Mutterrolle und umsorgte Maria, wann immer sie zu Hause war.

Während ihre Eltern sich um Lena kümmerten, verfiel Maria in eine tiefe Depression und es dauerte mehr als anderthalb Jahre, bis sie mit professioneller Hilfe wieder ein normales Leben führen konnte. Sie hatte nie gedacht, je wieder einen Mann an sich heranzulassen, bis sie Jan kennenlernte und Körperlichkeit wieder zulassen konnte.

Die jetzigen Ereignisse waren eine Potenz dessen, was sie nach dem Tode Katrins durchgemacht hatte.

Jetzt war es wieder da, dieses Grauen. Maria spürte es wieder in sich aufkommen, was sie nach Katrins Tod so vereinnahmt hatte. Grauen war mehr als Angst. Mit Angst hatte sie gelernt umzugehen. Sie war als Kind immer sehr ängstlich gewesen, bis sie beschloss, sich der Angst zu stellen. Als Kind hatte sie aufgrund ihrer blühenden Fantasie ständig Angst gehabt, insbesondere sobald sie im Bett lag. Monster hatten im dunklen Flur nur darauf gelauert, dass sie einschlief, um sich auf sie zu stürzen. Hatte sie die Bettdecke über sich gezogen, hatten sie die Monster nicht entdeckt. Hatte sie den Mut gefunden, die angelehnte Türe schnell zu schließen, war sie auch verschont geblieben. Einmal hatte sie im Traum auf eine Schlange getreten und rettete sich in das Bett ihrer Eltern. Sie hatte sie zischen hören und wohl auf den Kopf getreten.

«Papa, warum beißt eine Schlange nicht, wenn man auf sie tritt?»

«Oh, ich glaube schon, dass sie das tun würde, wenn sie könnte. Würdest du doch auch, oder?»

«Ja, mich hat sie aber nicht gebissen.»

«Dann hast du wohl auf ihrem Kopf gestanden. Wer kann schon beißen, wenn so ein großer Fuß», der Vater nahm den Fuß, maß ihn mit großer Ernsthaftigkeit mit Daumen und Zeigefinger, «ihm auf dem Kopfe steht?»

Und warum war die Dunkelheit unter der Bettdecke gut, während die Schwärze des Flures bedrohlich unter der Türe durchzukriechen versuchte?

Das Fieber hatte ihr diese Streiche gespielt, aber das wusste sie nicht. Deswegen wollte sie gewappnet sein.

Bisher war es immer gut ausgegangen, aber wer garantierte, dass dies so blieb? War sie im Bett geblieben und unter die Decke gekrochen, war ihr nichts passiert, war sie aufgestanden und schnell zu den Eltern in Bett geschlüpft, hatten sie die bösen Fratzen auch nicht erreicht. Also, sagte sich das kleine Mädchen, hatte sie sich trotz der Angst immer richtig entschieden. Doch der Preis war hoch, sie hatte gelitten, geschwitzt, ihr Herz hatte gepocht, dass man es wohl auf der Straße hören konnte.

«Warum die Eltern es wohl nicht gehört hatten? Eltern schlafen wie Steine!»

Sie wollte nun wissen, was die Angst macht.

«Warum fühlt sie sich so fies an, warum ist der Bauch so flau, warum spricht die Angst mit dem Bauch und nicht mit mir? Warum muss ich immer alles wieder neu denken, bis mir ganz schwindelig wird und der Bauch grummelt dazu? Warum rollen die Tränen, obwohl mich noch gar keine Schlange gebissen hat?»

Diese Fragen, die in der kleinen Maria schwirrten, nicht wohl ausformuliert und auch nicht so weit vorne, dass sie den Mund hätten verlassen können, bewegten sie.

‚Angst essen Seele auf', hatte ihr Opa einmal gesagt.

Sie wusste nicht, was das bedeutete, vielleicht hatte sie es sich deswegen gemerkt und jetzt fiel ihr dieser Satz wieder ein.

Aber das wollte sie nicht! Niemand sollte ihre Seele aufessen, und Papa war wieder nicht da. Also fragte sie ihre Mutter, wo die Seele ist.

«Die ist tief drinnen», zeigte ihre Mutter auf ihr Herz.

Ihre Seele musste wohl im Bauch sein, denn sie hatte ganz deutlich gespürt, wie die Angst daran knabbern wollte, vielleicht sah sie schon so aus wie einer ihrer Lieblingskekse, den sie sich eigentlich aufbewahren wollte, der aber dann rundherum aussah, als hätte er mit dem Krümelmonster gekämpft.

«Kann man die Seele aufessen?», fragte sie daher ihre Mutter.

«Nein, natürlich nicht, Kind, wie kommst du nur auf solche Fragen.»

Was man nicht aussprechen kann, muss man ausprobieren, der Papa war nicht da und Mama hatte keine Ahnung, die hatte ja sogar vor Mäusen Angst.

«Vielleicht hat sie ja gar keine Seele mehr», dachte Maria.

«Arme Mama, vielleicht brauchen Erwachsene ja keine Seele.»

Aber darauf wollte es Maria nicht ankommen lassen.

«Seine Angst kann man besiegen», hatte Papa einmal zur Mama gesagt.

Sie ging im Dunklen durch den Flur bis zum Treppenabsatz, dann noch drei Schritte bis zum Schalter, Licht! Sie hatte Angst gehabt, aber der Sieg war umso größer. Beim nächsten Mal, als sie in den Keller geschickt wurde, lief sie die Treppe im Dunkeln herunter und suchte die Türklinke. Die Händchen zitterten, das Herz schlug bis zum Hals, die Hände schwitzten, aber sie schaffte es. Dann gleich zum Lichtschalter. Keine Monster. Nur einmal huschte eine Maus durch den Keller. Als sie das ihrer Mutter erzählte, schaute diese ganz komisch.

«Eine Maus?»

«Ja, ich hab sie ganz deutlich gesehen, als ich das Licht angemacht hab'.»

Zum Glück fragte die Mutter nicht, warum das Licht denn nicht an war, denn das machte man schon im Flur an. Maria sah den Schrecken in den Augen ihrer Mutter.

«Da hab' ich aber Glück gehabt, dass mir das nicht passiert ist», bekannte die Mutter.

«Hättest du denn Angst?», fragte Maria.

«Du weißt doch, dass ich vor Mäusen Angst habe!»

«Arme Mama», dachte Maria, aber das Thema Angst war jetzt erst einmal erledigt. Sie ging seelenruhig die dunkle Treppe herunter, machte im Dunkeln die Tür auf und dann erst das Licht im Kellerraum an. Sie holte die Kartoffeln oder was sonst im Keller auf sie wartete und löschte das Licht wieder. Die Dunkelheit war besiegt. Maria war mit sich zufrieden, ihre Seele war bestimmt wieder zur alten Größe gewachsen.

Sie hatte ihre Mutter gefragt. Ob auch alles an ihr wachse.

«Ja, sicher.»
Und wenn etwas ein bisschen kaputt ist?
«Na, das wollen wir aber nicht hoffen.»
«Aber wenn?»
«Ja was denn zum Beispiel?»
«Im Bauch, wenn im Bauch was kaputt ist.»
«Was soll denn in deinem Bauch kaputtgehen?»
«Ja, aber wenn?»
Dass ihre Mutter nie einfach auf eine Frage antworten konnte.
«Dann wächst das auch wieder zusammen.»
Na endlich. Diese Antwort hatte sie gebraucht. Jetzt war Angst kein Thema mehr. Die Schule stand an, da gerieten alle anderen Themen in den Hintergrund.

Mit neun Jahren lernte Maria eine neue Angst kennen. Sie wusste, dass ihr Vater bei der NATO war. Was das bedeutete, wusste sie nicht. Es war nicht schön, denn ihr Vater war sehr oft sehr lange weg, auch wenn er ihr immer etwas mitbrachte. Sie hatte keine Angst, dass er nicht zurückkommen würde. Nun hatte sie ein Gespräch ihrer Eltern belauscht. Es war von Krieg die Rede. Warum er denn unbedingt nach Bosnien müsse? Ob das denn nicht gefährlich sei? Warum er sich nicht ausnahmsweise zwischendurch melden könnte.

Angst, Mutter hatte Angst! Maria spürte sogleich, dass es eine andere Angst war, als die vor Mäusen. Sie hatte auch Angst vor Spinnen, aber nur, weil die so eklig lange Beine hatten. Hier hörte sie etwas anderes heraus.

Mutter hatte Angst, dass ihrem Vater etwas passieren könnte. Das wollte Maria nicht. Der Papa von Franziska war nicht mehr nach Hause gekommen, der war ausgezogen. Jetzt hatte Franziska einen Ersatzpapa, das fand Franziska aber doof und Maria auch. Nein, das wollte Maria nicht, da kroch sie wieder aus ihrem Versteck, die Angst, die Maria so lange in die tiefste Versenkung verbannt hatte.

Sie fragte ihren Vater, was denn Krieg sei und was er da mache. Als dieser merkte, dass Maria sich ernsthaft Gedanken machte, setzte er sich mit ihr hin und erklärte ihr zum ersten Mal, was er mache. Er sei nur Beobachter, also so was wie ein Zuschauer, der alles aufschreibt, was er sieht. Ja Krieg sei sehr schlimm, da kämpfen Menschen gegeneinander, Ja da sterben auch Menschen. Nein, er kämpfe nicht. Er sei auch nicht da, wo geschossen wird. Er merkte, dass die Saat des Zweifels gesät war. Er musste nach Bosnien und in den Kosovo und die Nachrichten waren voll von Gräueltaten.

Maria spürte die Angst, wie sie sich wieder in ihren Bauch einnistete, wie sie ihre Seele wieder bedrängte. Doch jetzt half kein Gang in den dunklen Keller. Der Vater erläuterte ihr, sie brauche keine Angst zu haben, denn er hätte ja auch keine. Aber warum hatte dann die Mutter Angst? Maria beschloss, mit der Mutter zu sprechen. Erst wiegelte sie nur ab, nein, sie bräuchten keine Angst zu haben.

«Papa ist vorsichtig, er kennt sich aus mit Gefahren.»

«Papa geht auch im Dunklen in den Keller», sagte Maria.

«Wie bitte?»

«Ja er traut sich, damit die Angst die Seele nicht aufisst.»

«Ja, ja du hast recht. Aber wo hast du das wieder her? Papa kommt wieder, wie immer.»

Trotzdem merkte Maria, dass der Abschied diesmal anders war als sonst. Es war nicht wie immer. Die Mutter hatte geweint.

«Nein mein Liebes, ich weine nicht, mir ist nur ein Tierchen ins Auge geflogen!»

Maria war sauer. Sie war doch kein Baby mehr. Mama hatte geweint und sie hatte Angst. Maria hatte auch Angst.

All diese Erinnerungen stiegen aus den Tiefen ihrer Kindheit an die Oberfläche ihres Bewusstseins, als sie sich mit ihren Ängsten auseinandersetzte. Die Angst vor dem Unbekannten, dem Gefährlichen, dem Unheimlichen, dem Unabänderlichen, dann die Angst, die aus dem Dilemma entstand, sich falsch entscheiden zu können.

Das Bild von der Schlange und der Maus tauchte vor ihren Augen auf. Die Schlange taucht überraschend auf, die Maus hatte nicht aufgepasst. Jetzt sitzt sie wie hypnotisiert vor ihr. Steht vor der Entscheidung, bewegungslos zu verharren und zu hoffen, dass die Schlange sie dann nicht wahrnimmt oder sollte sie alle Kräfte mobilisieren und versuchen zu fliehen? Entscheidet sie sich für das Verharren, müsste sie ruhig sitzen bleiben, ihre Atmung, ja ihren Herzschlag verlangsamen, nichts sollte sich bewegen, als wäre sie ein Stein. Dann könnte sie unbemerkt bleiben.

Will sie wagen zu fliehen, müsste sie möglichst schnell ihre Kräfte mobilisieren, Blut in die Muskeln pumpen und versuchen, sich mit einem kräftigen weiten Satz in Sicherheit zu bringen. Würde ihr hierbei Angst helfen? Nein! Angst lässt uns schwitzen, Blut versackt in den Eingeweiden, an Flucht ist nicht zu denken. Verharren? Mit zitternden Beinen und einem Schweißgeruch, der selbst Mücken aus mehreren Kilometern anlockt, einer Schlange aber wie ein großes blaues Autobahnhinweisschild in der Wüste erscheinen wird?

Nein! Das Schicksal scheint besiegelt. Nur mangelnder Hunger der Schlange kann die Maus retten. Der Zufall also. Die Angst hat alles falsch gemacht. Macht sie immer. Nur wenn der Zufall es will, sieht es manchmal so aus, als wäre man davon gekommen. Dabei hatte die Schlange schlicht keinen Hunger. Hätte die Schlange aber Appetit gehabt, die Chance zu überleben wäre ohne Angst größer gewesen.

Maria wurde jetzt aber von einem anderen Gefühl beherrscht, es war keine einfache Angst, das spürte sie ganz genau. Bereits einmal hatte sie am Rand dieses Abgrundes gestanden. Nicht nur gestanden, gewankt hatte sie.

Denn Angst hatte nichts mit dem Grauen nach dem Tode Katrins zu tun, grübelte Maria. Allein mit diesem Grauen, das nun wiedergekehrt war, dem Gefühl, hilflos ausgeliefert zu sein, einem Schicksal, das so erbarmungslos und so ungerecht war. Warum sollten ihre Kinder leiden, weil sie wieder Schuld auf sich geladen hatte? Dieser Gott war wirklich unbarmherzig.

Sie hatte nichts zu entscheiden, ihre Kinder waren und blieben verschwunden, egal was sie tun würde. Da es nichts zu entscheiden gab, da sie weder den einen noch den anderen Weg zu wählen hatte, gab es auch kein Dilemma. Aber die Frage, ob sie bereit wäre, dieses Schicksal hinzunehmen, ob sie bereit war, weiterzuleben ohne ihre Kinder oder Schluss machen sollte, den Abgrund, an dem sie stand, einfach überschreiten, diese Frage war es, die sie beschäftigte.

Beide Wege erschienen ihr falsch, einen Ausweg gab es nicht. War es dann nicht besser, die vielleicht falsche, aber zumindest unwiederbringlich endgültige Entscheidung zu treffen? Einmal hatte sie es geschafft, hatte die Entscheidung getroffen, aber man hatte sie zurückgeholt und später war sie froh darum. Sie hatte gesühnt. Jetzt war diese Vorstellung abwegig, ein Leben mit der Schuld, ihre Kinder wieder verraten zu haben, undenkbar. Indes ihr fehlte die Kraft, den Weg ein zweites Mal zu beschreiten. Zudem war sie überzeugt davon, dass es ihr nicht gelingen würde. Dass ER, dieser unbarmherzige Gott, es nicht zulassen würde. Doch keine Entscheidung treffen zu können, hieß, weiter mit diesem Grauen zu leben. Sie hasste sich dafür.

Langerwehe, 11.06.2015

Birgit sah gerade noch Marias Schwiegereltern um die Ecke fahren, als sie in die Laufenburgstraße einbog. Sie war die einzige von Marias Freundinnen, die sich durch deren schroffe Art nicht hatte vertreiben lassen.

Birgit und Maria waren schon ewig Freundinnen. Sie kannten sich von früher, waren als Kinder in die gleiche Grundschule in Aachen gegangen. Dann hatten sie sich aus den Augen verloren, bis Maria in Vicht bei Jan einzog und Lena in die Kita kam, in der Birgit als Erzieherin arbeitete.

Birgit war eine kleine, drahtige Frau im Alter von 38 Jahren, viele bezeichneten sie gar als dürr. Jeden Tag drehte sie ihre Runde durch den nahen Wald, zwei bis dreimal im Jahr nahm sie an einem Marathon teil. Sie trug meistens weite bunte Kleider aus afrikanischen Stoffen, die sie selbst nähte. Obwohl sie in Schevenhütte geboren war, war sie jemand, den man dort als eine akzeptierte Außenseiterin bezeichnen konnte, eine kosmopolitische Frau im ländlichen Dorf. Im Dorf hatte sie den Ruf einer ‚spinnerten' Künstlerin, die aber ein wenig für überregionale Bekanntheit sorgte und auf die man daher stolz war. Ihre etwas andere Lebensweise akzeptierte man mit dem Hinweis: «Sie war halt zu lange in Afrika.»

Tatsächlich waren ihre Kunstwerke von der afrikanischen Volkskunst inspiriert. Sie hatte mehrere Jahre mit ihrem Mann, der immer noch die meiste Zeit des Jahres beruflich im Ausland weilte, in Kenia und der Elfenbeinküste gelebt. Ihr Mann war in verschiedenen Entwicklungshilfeprojekten tätig. Sie war ebenfalls bei der GTZ angestellt gewesen, der deutschen Gesellschaft für Wirtschaftliche Zusammenarbeit, die für die Bundesregierung Entwicklungshilfeprojekte koordinierte. Irgendwann war, wie sie immer erklärte, ihr Eifelblut dicker als das ihres Mannes und sie kehrte zurück in die Heimat. Ihr Mann blieb jedoch seinem Lebensplan treu und kam nur wenige Wochen im Jahr zu Besuch, wie Birgit es nannte. Sie zog in das Haus ihrer Großeltern in Schevenhütte, in dem sie geboren war und das nach dem Tode der Großeltern lange leer gestanden hatte. Sie hatte es ganz alleine wieder mehr schlecht als recht bewohnbar gemacht. Statt ihre ausgeprägten handwerklichen Fähigkeiten für die Renovierung zu nutzen, beschäftigte sie sich lieber mit Altmetall, um es in die skurrilsten Figuren zu verwandeln. Als Tochter eines Schlossers konnte sie mit Eisensäge und Feile umgehen und im Ausland hatte sie gelernt, auch Flex, Schweißbrenner und Schweißgerät einzusetzen. Der ganze Hof war gefüllt mit Kunstwerken, aus denen man mit einiger Fantasie Fabeltiere deuten konnte. Sie hatte bereits einige Ausstellungen beschickt und das eine oder andere Objekt verkauft, jedoch ohne ernsthaftes geschäftliches Interesse. Neuerdings arbeitete sie mit rostfreiem Stahl, während der Trend in ihrer Kunstrichtung war, sich verändernde, sprich rostende und zerfallende Materialien zu verwenden, um die Vergänglichkeit der Natur zu symbolisieren. Sie hingegen arbeitete bewusst mit rostfreiem Stahl, weil sich ihrer Meinung nach Kunst der Vergänglichkeit widersetzen solle.

Birgit und Maria hatten sich gleich wieder gefunden, waren auf einer Wellenlänge, konnten stundenlange Gespräche führen und, wie Birgit gerne betonte, auch stundenlang miteinander schweigen, ohne dass dies belastend wirkte. Darin, so ihr Credo, kann man erst die wahre Kraft einer Freundschaft erkennen. Gerade dieser Freundschaft hatte es Maria zu verdanken, dass sie sich so schnell in Langerwehe eingelebt hatte. Da Birgit in der Zwischenzeit die Leitung einer Kita in Langerwehe übernommen hatte, kannte sie Gott und die Welt. Es war also kein Wunder, dass Birgit die einzige in ihrer Umgebung war, die trotz Marias Depression einen Zugang zu ihr fand. Birgit war bewusst, welches zerstörerische Werk das Verschwinden der Kinder in Verbindung mit ihren Schuldgefühlen in Maria anrichtete. Sie kannte Marias Vorgeschichte und wusste, was der tragische Tod ihrer Tochter Katrin in ihr ausgelöst hatte.

Maria empfing sie mit der typischen Ansage: «Hallo Birgit, ich hab im Moment leider keine Zeit. Kannst du bitte morgen wiederkommen, ruf aber vorher an.»

«Papperlapapp. Keine Zeit? Für seine Freunde hat man immer Zeit. Und anrufen kann man dich sowieso nicht. Du legst ja sofort auf.»

Birgit schob Maria einfach beiseite und ging zum Küchenbereich weiter. Dort standen noch zwei Kaffeetassen.

«Ach, hast du Besuch?», fragte sie scheinheilig.

«Mein Vater, aber er ist gerade weg», antwortete Maria kurz.

«Gibt es etwas Neues?»

«Nein nichts.»

Ihre Körpersprache sagte etwas anderes. Birgit nahm Maria in den Arm. Maria zitterte. Endlich ließ sie ihren Tränen freien Lauf. Birgit kannte Marias Dilemma um Hendrik und konnte sich den Rest leicht zusammenreimen. Aber sie wollte warten, bis Maria es ihr selbst erzählte. Da Maria keine Anstalten machte, zu reden, öffnete sie zunächst die Fenster zum Garten, um die Sonne hineinzulassen und goss die nach Wasser dürstenden Pflanzen. Sie plauderte darauf los, ohne zu erwähnen, dass Maria ihr Haus in eine Gruft verwandelt hatte. Sie wusste, dass sich Maria irgendwann öffnen würde und sie hatte die Geduld zu warten. Maria fand kein Mittel gegen die Art von Birgit, sie wollte eigentlich alleine sein. In ihrem Innern war sie jedoch froh, so eine gute Freundin zu haben. Es war der 11. Juni. Der dreizehnte Geburtstag von Lena. Vielleicht.

22.06.2015

Jan kam gegen 19:00 Uhr nach Hause. Eigentlich hätte er viel früher sein können, in seinem Betrieb gab es nicht viel zu tun. Aber er musste nachdenken. Außerdem fiel es ihm schwer, nach Hause zu kommen. Und so schob er es jeden Abend aufs Neue hinaus. Wenn er erst nach 19:00 Uhr zu Hause war, konnte er sich vorstellen, dass die Kinder schon im Bett seien. Ein billiger Selbstbetrug, sicher, aber immer noch besser, als die Tür zu öffnen und auf lachende Kinderstimmen zu warten, die nicht zu hören sein würden. Nie mehr?

Er schloss die Tür auf und zwang sich zu einem freundlichen, halbwegs offenen: «Hallo Schatz, wie gehts?»

«Schön, dass du da bist, wie war es im Betrieb?», fragte Maria zurück.

«Danke, wie immer.»

Ein Ritual, übrig geblieben aus alten Zeiten. Jeden Abend die gleiche Frage, die gleiche Antwort. Maria sah um Jahre gealtert aus. Ihre Haare waren stumpf und mit einer Spange fest am Hinterkopf zusammengesteckt. Die Haut wirkte ungesund blass und verquollen. Ihre Mundwinkel fielen herab, sobald man nicht mehr mit ihr sprach.

«Habt ihr denn zu tun? Du bist immer so spät!»

Hoppla, eine neue Frage, vielleicht sogar ein Vorwurf? Jan war auf der Hut. Nicht, dass er was zu verbergen hätte, ganz und gar nicht. Aber seit Marias letztem Nervenzusammenbruch war er noch viel vorsichtiger geworden mit dem, was er erzählte und so antworte er nur: «Eigentlich nicht viel. Ich habe noch etwas aufgeräumt.»

«Burkhard Kammer von der Volksbank hat angerufen, du sollst unbedingt morgen vorbeikommen. Er hat gesagt, dass unsere Kreditlinie überschritten ist.»

Jan stöhnte innerlich auf.

«Ich weiß, er hatte mir auf den AB gesprochen.»

«Was ist denn los, Jan, rede mit mir. Es geht mich genauso an. Ich weiß, dass du mich schonen willst. Aber ich will wissen, was los ist.»

«Was soll schon los sein. Sie drehen uns den Kredithahn zu. Nach über 30 Jahren. Schon Vater war bei der Volksbank.»

«Steht es denn so schlimm?»

«Ich weiß es nicht. Ich weiß es wirklich nicht. Ja und nein. Wir haben kaum noch Aufträge. Aber das geht vielen so. Die Baubranche ist am Boden. Aber wir müssen nur so lange durchhalten, bis die Baukonjunktur wieder anspringt. Was zurzeit gebaut wird, schnappen uns die großen Firmen weg oder wird schwarz gebaut. Für uns bleiben nur Aufträge als Subunternehmer. Da ist fast nichts zu verdienen, da musst du aufpassen, dass du überhaupt dein Geld siehst. Wenn ich alle Außenstände zusammenrechne, stehen wir plus minus null da. Aber die Großen halten einen so lange hin, bis sie selbst pleite sind.»

«Aber wenn du deine Leistungen erbracht hast, müssen sie doch zahlen. Das können wir bestimmt gerichtlich durchsetzen.»

«Wenn das so einfach wäre. Die haben immer eine Ausrede, Mängelrügen über Mängelrügen, wegen jeder Kleinigkeit, nur um nicht zahlen zu müssen, oder der Bauherr sei im Verzug, die Bank mache Schwierigkeiten und so weiter und so weiter.»

«Und, was machen wir jetzt?»

«Ich weiß es noch nicht, ich rede morgen erst einmal mit der Bank. Die müssen den Kreditrahmen etwas erhöhen, das sollte kein großes Problem sein. Wir sind ja immer gut mit denen zurechtgekommen, außerdem ist Burkhard in der Kreditabteilung, der wird uns schon nicht hängen lassen. Lass uns jetzt erst einmal essen. Ich hab richtig Kohldampf», plauderte Jan bemüht optimistisch klingend.

Maria nickte nur. Der Tisch war schon gedeckt. Die leeren Plätze der Kinder starrten Jan förmlich an. Das Gespräch war wieder verstummt. Nur die große Kuckucksuhr an der Wand, ein Erbstück, tickte laut und aufdringlich. Tock, tock, tock. Das Geräusch hämmerte sich in Jans Gehör. Unwillkürlich hielt er sich die Ohren zu. Maria schaute ihn fragend an, sagte aber nichts. Wortlos stand sie auf, räumte den Tisch ab und verabschiedete sich wie üblich: «Ich gehe dann schlafen, gute Nacht.»

«Gute Nacht», antwortete Jan.

Er wusste, dass Maria nicht schlafen würde, dass sie wie jeden Abend in die leeren Zimmer der Kinder schauen und dann weinend ins Bett gehen würde. Jan konnte sie nicht trösten, er selbst hatte keine Tränen mehr und auch keine Kraft, Maria zu trösten. So setzte er sich regelmäßig vor den Fernseher und schaute, ohne zu sehen. Oft schlief er irgendwann vor dem Fernseher ein, um tief in der Nacht hoch ins Schlafzimmer zu gehen und leise in sein Bett zu kriechen.

Am nächsten Morgen würde er zur Bank gehen. Es hatte keinen Sinn, es länger hinauszuschieben. So konnte er mit Maria zusammen aufstehen und um 10:00 Uhr zur Bank fahren. Seine Gesellen kamen auch ohne ihn zurecht. Eva war in der Berufsschule. Die letzten Wochen verließ er schon um 6.30 Uhr das Haus, war der Erste im Betrieb und ließ Maria schlafen. Früher war das anders, da stand Maria als Erstes auf, bereitete das Frühstück vor, weckte ihn und die Kinder und war bereits fröhlich und munter, während er noch den Morgenmuffel gab. Aber früher war eben alles anders.

Jan stand am nächsten Morgen doch schon um 6:00 Uhr auf. Maria schlief noch. Er hatte sie, als er morgens um 1:00 Uhr ins Bett geschlüpft war, noch schluchzen hören. Er ging ins Badezimmer, duschte ausgiebig, rasierte sich, putzte die Zähne und zog sich an. Seine Sachen hatte er gleich mit ins Badezimmer genommen, um Maria nicht zu wecken. Er hatte seinen grauen Anzug gewählt, dazu das rosafarbene Hemd mit der passenden Krawatte, die Maria ihm letztes Jahr zur Kinderkommunion ihres Patenkindes verpasst hatte. Er wollte nicht in Arbeitskleidung zur Bank, denn er hatte die Erfahrung gemacht, dass gerade bei der Bank Kleider Leute machen.

Zwar hatte er den Termin mit Burkhard Kammer, der ihn schon lange betreute und mit dem er seit den Kindertagen befreundet war. Aber er hatte die böse Ahnung, dass Burkhard ihm nicht weiterhelfen können würde und er sich vielleicht noch mit der Geschäftsleitung auseinandersetzen müsste.

Unten in der Küche ließ er sich schnell einen Espresso durch die Maschine laufen, denn Hunger hatte er keinen. Er nahm den Wagen von Maria, ein schönes kleines Cabriolet, das sie vor drei Jahren neu angeschafft hatten, als die Zeiten noch besser waren. Maria würde ihn nicht brauchen, verließ sie kaum das Haus. Die Einkäufe würde er auf dem Rückweg erledigen.

Er fuhr noch beim Betrieb vorbei, teilte die wenige Arbeit ein und zog sich in sein Büro zurück. Pünktlich machte er sich auf den Weg, um Punkt 10:00 Uhr vor seiner Hausbank einzutreffen. Er betrat die Bank, die noch ganz leer war und grüßte freundlich; man kannte sich. Burkhard Kammer kam auf ihn zu und begrüßte ihn liebenswürdig, fast zu liebenswürdig. Er führte ihn durch die Bank zu den hinteren Räumen, in denen Geschäftskunden gewöhnlich betreut wurden. Nach dem üblichen Small Talk, der ihm sichtlich schwerfiel, da er sich weder nach dem Befinden von Maria erkundigen noch die Kinder erwähnen wollte, kam er schnell zur Sache.

«Jan, du weißt, dass deine Kreditlinie schon seit drei Monaten überschritten ist. Die Geschäftsleitung hat mir die Pistole auf die Brust gesetzt. Die wissen, dass wir uns gut kennen, aber ich kann da nichts mehr machen. Ich bin offiziell beauftragt worden, dir die Kündigung des Kredites auszusprechen.»

«Mensch Burkhard, das könnt ihr nicht machen. Nicht nach 30 Jahren. Ich dachte, ihr würdet mir die Kreditlinie erhöhen oder wenigstens noch eine Weile stillhalten. Wir sind schließlich gute Kunden, haben immer alles pünktlich zurückgezahlt. Schon mein Vater hat die Erweiterung des Betriebes über eure Bank finanziert. Du weißt ich hab' so viele Außenstände. Falls die reinkommen, bin ich wieder liquide.»

«Jan, mach es mir nicht so schwer. Ich will dir doch helfen!»

«Dann gibt mir mehr Zeit. Die Baukonjunktur springt wieder an, bestimmt. Ihr habt doch Sicherheiten.»

«Lass uns ganz offen reden. Wir kennen uns schon so lange. Dir steht das Wasser bis zum Hals. Du kannst die Löhne deiner Gesellen nicht mehr bezahlen, geschweige denn Material einkaufen. Eigentlich hättest du schon vor zwei Monaten Konkurs anmelden müssen.»

«Was soll ich denn tun deiner Meinung nach?»

«Mach den Laden zu, ehe er dich auffrisst, setz dich kleiner.»

«Noch kleiner, du machst Witze. Ich hab nur noch vier Gesellen und Eva als Lehrling, die zahlt aber eine Stiftung. Die Maschinen werden jetzt schon nicht ausgenutzt. Nein, noch kleiner geht nicht.»

«Überlege mal, du kannst froh sein, dass dein Vater so vorausschauend war und den neuen Betrieb als GmbH errichtet hat. So bleibt der alte Betrieb mit Wohnung unangetastet. Auch bleibt das Grundstück in eurem Besitz.»

«Soll ich mit der Geschäftsleitung sprechen? Vielleicht, wenn ich unser Haus und das neue Grundstück in Langerwehe zusätzlich als Sicherheit biete, vielleicht erhöht sie dann sogar meine Kreditlinie?»

«Ja, das ist durchaus möglich, ich bin sogar autorisiert, dir für diesen Fall sofort einen Zahlungsaufschub von drei Monaten zu gewähren. Aber überlege mal.»
Burkhard rückte ein wenig näher.
«Wenn du nicht schnell wieder Geld verdienst, bist du bald ganz am Ende. Die Geschäftsleitung will doch nur, dass bei einem Konkurs mehr Masse vorhanden ist. Kann auch sein, dass jemand auf das Gelände mit dem schmucken Bruchsteinhaus scharf ist. Ich bin dein Freund und ich hoffe, du weißt das zu schätzen. Was ich dir hier sage, ist gegen die Interessen meiner Bank. Ich habe mir deine Zahlen genau angesehen. Auch deine Außenstände. Da ist nichts zu holen, die meisten Schuldner von dir stehen noch tiefer im Sumpf als du. Werfe kein gutes Geld schlechtem Geld hinterher.»
«Ich kann doch den Betrieb, den mein Vater aufgebaut hat, nicht einfach so aufgeben.»
«Es ist deine Entscheidung. Aber überlege es dir gut. Und besprich es mit Maria. Schließlich ist das auch ihr Vermögen. Aber ich brauche morgen eine Entscheidung.»
«Also morgen.»
Jan kam sich vor wie auf der Schlachtbank. Er wollte aufstehen, aber Burkhard hielt ihn noch am Arm fest.
«Ich komme gerne heute Abend noch zu euch. Ruf mich an. Und sprich bitte mit niemandem darüber, was ich dir geraten habe. Ich verlasse mich darauf. Ich werde dem Filialleiter berichten, dass ich dir geraten habe, dein Haus als Sicherheit anzubieten, du dies aber noch mit deiner Frau besprechen wolltest. Dann sieht es wenigstens so aus, als würde ich die Interessen der Bank bestmöglich vertreten.»
Jan schlich aus der Bank, bedankte sich nicht einmal, was Burkhard gar nicht so unrecht war. Jan wusste in seinem tiefsten Inneren, dass Burkhard recht hatte, wahrscheinlich hatte sogar die Geschäftsleitung recht. Man hatte kein Vertrauen mehr zu ihm. Sicherlich, die Zeiten waren schlecht, die Baubranche steckte in einer tiefen Krise. Aber wäre er voll bei der Sache, würde der Betrieb anders dastehen. Seitdem die Kinder

weg waren, war er nicht mehr derselbe. Die Leute flüsterten hinter vorgehaltener Hand, dass er fertig sei - nur für Beerdigungen -, da könnte man noch zu ihm gehen. Da mögen sie wohl recht haben. Früher hatte er die Beerdigungen immer gehasst, obwohl man gut daran verdienen konnte.

Als sein Vater vor 30 Jahren die Tischlerei im Ort übernahm, weil der Vorgänger keinen Sohn hatte, blieb ihm nichts anderes übrig, als auch das Beerdigungsgeschäft zu übernehmen. Das war hier auf dem Lande so üblich. Falls er sich geweigert hätte, hätte er kein Bein im Dorf auf die Erde bekommen. So musste Jan schon früh lernen mit dem Tod umzugehen. Denn als sein Vater den Betrieb in Vicht übernahm, war er der einzige Lehrling und gleichzeitig auch sein einziger Mitarbeiter. Daher musste Jan mit in die Trauerhäuser, die Toten holen. An die Toten gewöhnte sich Jan sehr schnell, es machte ihm bald nichts mehr aus, sie aus den Häusern zu tragen, sie auszuziehen, zu waschen, umzuziehen und für die Beerdigung schönzumachen.

Woran er sich nicht gewöhnen konnte, waren die Gespräche mit den Angehörigen. Die ehrliche Trauer war noch das Einfachste. Mit der gespielten Trauer umzugehen, mit der Leute die Erleichterung zu verbergen suchten, die sie eigentlich empfanden, als der Tod den Angehörigen endlich geholt hatte, war schon schwieriger. Sei es, weil die Toten den Lebenden früher das Leben zur Hölle gemacht hatten oder weil sie schon lange bettlägerig zu Hause dahinvegetierten und ihren Angehörigen so das Leben schwer machten. Und dann waren noch die, die überhaupt keine Trauer zeigten, denen es nur darum ging, den Toten möglichst schnell und billig zu entsorgen.

Doch auch dieses Geschäft ließ mehr und mehr nach, die Leute gingen lieber in die Beerdigungsinstitute, die direkt neben dem Krankenhaus angesiedelt waren. Heute starb man schließlich nicht mehr zu Hause, sondern im Krankenhaus.
´Was für ein Unsinn, als ob das Sterben in einem Krankenhausbett angenehmer sei als in seinem eigenen´, dachte Jan.

Nur die Alten, die ihre Beerdigung noch selber planten, kamen zu ihm.
Heute machte ihm all das nichts mehr aus. Im Gegenteil, der Tod hatte so was Verlässliches, Endgültiges, er zog ihn geradezu an. Und so hatte er in die letzte Beerdigung seinen ganzen Ehrgeiz gesteckt und wohlwollend zur Kenntnis genommen, dass dies auch im Dorf anerkannt wurde.

Aber was ihm jetzt bevorstand, war schlimmer als eine Beerdigung. Es war der Bankrott, die Quittung für seinen Hochmut, die Bestätigung für seinen Schwiegervater, der einmal zum Ausdruck gebracht hatte, er sei alles nur kein Geschäftsmann. Jan zweifelte selbst daran, dass die Firma zu retten sei, aber einfach so alles hinwerfen, das wollte er nicht. Da die letzten Investitionen mit dem Geld von Maria finanziert worden waren und das neue Haus ihnen beiden gehören würde, sollte er auf seinen Freund hören und sie einweihen. Nicht dass sie irgendetwas dazu sagen würde, sie hatte sich nie groß dafür interessiert, was er mit dem Geld anstellte.

Auch in der Zeit, als er von seinen Modernisierungsplänen nur so schwärmte, hatte er immer das Gefühl, dass sie sich amüsierte, wie enthusiastisch er war. Aber sie in der jetzigen Situation mit seinen finanziellen Sorgen zu belasten, das ging ihm gegen den Strich.

«Verdammt, verdammt, verdammt.» Vielleicht sollte er noch einmal mit Burkhard sprechen oder den Weg nach Canossa beschreiten und mit ihrem Vater reden?

Jan wurde immer unglücklicher. Nein, nach Hause konnte er nicht. Er konnte noch nie gut seine Gefühle verbergen und für Maria war er geradezu ein offenes Buch mit Buchstaben so groß wie ein Schrank. Nein, nach Hause, das ging nicht. Aber wohin sonst? In den Betrieb? Nein. Es gab kaum etwas zu tun und auch dort wollte er niemanden in die Augen schauen müssen. Also in die Kneipe. So weit war er also schon! Weder nach Hause noch in den Betrieb konnte er. Wie die Rentner, die um diese Zeit in der Kneipe hockten. Das war ihm dann doch zu deprimierend. Zum Trinker würde er nie werden, das wusste er. Nicht dass es ihm nicht schmeckte, aber um Problemen aus dem Weg zu gehen? Nein, soweit würde er es nicht kommen lassen. Er hatte gar nicht gemerkt, dass er schon fast zu Hause angelangt war und sah seinen Nachbarn die Straße zum Wald hinauf joggen. Früher hätte er sich gerne angeschlossen.

Früher war gerade einmal einen Monat her und doch eine Ewigkeit, eine andere Zeit.

23.06.2015

Jan passte Herrn Kahn auf dem Rückweg von dessen Abendspaziergang ab.

«Wissen Sie, im Dorf hatte man sich schon gewundert, als Sie ins alte Forsthaus gezogen sind», nahm der alte Mann das Gespräch auf.

«Wieso? Ist ja nur vorübergehend, bis unser neues Haus fertig ist.»

«Sie kennen also die Geschichte des Hauses nicht?»

«Nein, gibt es da eine besondere?»

«Ja und keine besonders schöne. Im Dorf munkelt man, dass es dort spukt. Der letzte Bewohner soll sich dort erschossen haben, nachdem er seine Frau erwürgt hatte.»

«Ich bin nicht abergläubisch.»

«Da haben sie sicherlich recht, aber nach den jetzigen Geschehnissen wird das natürlich gerne wieder hervorgeholt und kolportiert, dass das alte Forsthaus verflucht ist. Übrigens ist mir noch etwas zu dem weißen Transporter eingefallen. Auf dem Tankdeckel stand, '*Diesel*'!»

«Aber das ist doch häufig bei Leihwagen so», antworte Jan.

«Eben; auf den ersten Blick nur ein weiteres Indiz für einen Leihwagen. Deswegen habe ich das auch nicht weiter beachtet. Aber wenn man an das Kennzeichen denkt, ist das schon auffällig. Schließlich sollte ein Leihwagen aus Holland einen niederländischen Aufkleber tragen!»

«Weiß die Polizei das schon?»

«Ich habe das mit dem Aufkleber 'Diesel' bei meiner Zeugenaussage erwähnt, ohne mir dazu Gedanken zu machen. Aber da sollte die Polizei ja selbst drauf gekommen sein.»

Sie sprachen noch über dies und das. Er hatte Vertrauen zu diesem alten Mann gefasst.

«Darf ich Sie etwas Persönliches fragen, das unter uns bleibt.»

«Sicher»

Jan berichtete kurz, wie es um seinen Betrieb stand. Schließlich bat Jan ihn um Rat, wie er seinen drohenden Konkurs am besten zu Hause ansprechen solle.

«Einfach frei heraus, das ist das Beste. Und besprechen Sie sich mit ihren Schwiegereltern. So wie ich das beurteile, stehen sie mit beiden Beinen im Leben. Sie werden das sicher richtig beurteilen.»

Jan betrat das Haus, welches ihm auf einmal fremd und abweisend vorkam. Er schüttelte das innerlich ab. 'Verflucht, so ein Quatsch'. Maria war im Garten. Sie schnitt wie üblich die verblühten Rosen aus. Er teilte ihr mit, dass er Konkurs anmelden müsse. Er wolle aber erst einmal mit ihrem Vater reden. Maria war abwesend, schaute ihn nur verständnislos an, murmelte «ist gut» und widmete sich wieder ihren Rosen.

«Ich fahre dann mal.» Jan erwartete keine Reaktion.

Jan schloss sein Fahrzeug auf, setzte sich hinters Steuer und blieb noch ein kleines Weilchen ruhig sitzen. Er blickte den Weg hinunter, den der alte Mann mit seinem Hund gegangen war und den die Kinder so oft schnaufend hinauf gelaufen waren. Jan startete das Auto.

Er nahm sich vor, seine morgendlichen Läufe wieder aufzunehmen. Er würde künftig genug Zeit haben, sobald der Konkurs angemeldet wäre. Außerdem würde er kämpfen müssen. Aber nicht um seine Firma, sondern um die Kinder. Oder um Gerechtigkeit. Gegen diese Kinderschänder und die Leute, die sie deckten. Ihm wurde plötzlich bewusst, dass er intuitiv schon die Entscheidung getroffen hatte, die ihm bewusst sichtlich schwerfiel und er ständig vor sich hergeschoben hatte. Obwohl er aufgrund des Gespräches mit dem alten Mann gar keine Zeit gehabt hatte, die Argumente für und wider abzuwägen, war er im Hinterstübchen zu einer Entscheidung gelangt.

Zügiger fuhr er nun nach Aachen zu seinen Schwiegereltern. Er fuhr über die Autobahn und ab der Abfahrt Brand die Trierer Straße hinunter. Dann ging es den Außenring entlang. Wegen der vielen Ampeln ging es nur lähmend langsam voran, bis er endlich den II. Rote-Haag-Weg erreicht hatte, wo das Haus seiner Schwiegereltern stand. Als er in die Einfahrt fuhr, hatte er sich regelrecht in Rage gesteigert. Gefühle beherrschten ihn, die er nie gekannt hatte und die er daher nur schwer beherrschen konnte.

Der General öffnete ihm überraschend selbst. Statt einer Begrüßung fragte er ihn sofort, ob er irgendetwas erfahren habe.

«Nun komm erst einmal herein, du bist ja ganz aufgeregt.»
Er führte ihn zur zweiten Überraschung auf die Terrasse.

«Komm mit hier hinaus, Jan. Die Sonne scheint noch so schön, lass uns die letzten Strahlen ausnutzen.»

Jan blieb unschlüssig auf der Terrasse stehen. Auch dem General war mulmig, fürchtete er doch, dass Marias Affäre zur Sprache kommen würde.

«Möchtest du was trinken, ich habe gerade eine gute Flasche Rotwein aufgemacht?»
Jan wollte nicht unhöflich sein, obwohl ihm nicht nach einem Glas Rotwein zumute war. Er nahm auf der Kante des Gartenstuhls Platz und rieb nervös seine Hände. Immerhin fragte er höflich nach der Herkunft des Weines und plauderte ein wenig über den Jahrgang. Der General schien keine Eile zu haben, den Grund seines Besuches zu erfahren.

«Ich mache mir Sorgen, große Sorgen um Maria, um euch beide», begann der General das Gespräch. «Wir wissen nicht, wir wie euch helfen können. Du weißt, dass wir euch jederzeit helfen werden, in jeder Beziehung.»

«Uns helfen, fragst du? Wie sollen wir weiterleben ohne unsere Kinder, keiner kann uns helfen, niemand. Nichts, gar nichts. Maria sitzt zu Hause, spricht nicht, weint nicht und verlässt das Haus nicht mehr. Gib uns unsere Kinder wieder, dann ist uns geholfen!», erwiderte Jan verbittert.

Jan war selbst ganz überrascht über seinen Ausbruch. Er wusste nicht, was ihn aus dem Konzept gebracht hatte. Auch war ihm bewusst, dass es ungerecht war, denn seine Schwiegereltern litten genauso unter dem ungewissen Schicksal der Kinder wie sie. Außerdem hatte er seinen Schwiegervater noch nie so einfühlend und vorsichtig agierend erlebt. Vielleicht war es genau das, was ihn rasend machte. Vielleicht auch das unterschwellige Gefühl, das er immer hatte, sobald er seinem Schwiegervater gegenüber trat. Dass dieser für jedes Problem eine Lösung hatte, sei es durch Geld oder durch Beziehungen. Aber nun, nun war auch er hilflos. Der General wirkte betroffen, sagte aber nichts dazu.

«Entschuldige, aber du bist doch bestimmt zu uns gekommen, weil du ...»

Dem General fehlten nun die Worte. Er hatte sich selten so unwohl gefühlt und säße jetzt gerne wieder hinter seinem Schreibtisch.

«Nein, DU musst entschuldigen, ich weiß auch nicht, was mit mir los ist. Es sind ja auch eure Enkelkinder. Aber ich werde einfach wahnsinnig. Wir können nur dasitzen und nichts tun. Wir brauchen wenigstens Gewissheit.»

Jeder wusste, dass nach gut vier Wochen die Chance, die Kinder lebend zu finden, gegen null tendierte, aber konkreter hatte Jan es bisher noch nicht aussprechen können. Der General schwieg, rückte jedoch seinen Stuhl näher und nahm Jans Hände in die seinen. Jan zuckte zunächst zurück angesichts der ungewöhnlichen persönlichen Berührung seines sonst so unnahbaren Schwiegervaters, doch dann entspannte er sich zusehends.

«Du kannst aber etwas tun. Du hast doch angeblich gute Beziehungen zum Polizeipräsidenten, ich möchte endlich wissen, was die da eigentlich machen.»
Er erzählte dem General nun, was er vom alten Kahn erfahren hatte. Dass es sich um einen Leihwagen gehandelt habe und obwohl der Wagen holländische Kennzeichen hatte, in Deutschland geliehen worden sein musste. Herr Kahn sei davon überzeugt, dass dies das gleiche Fahrzeug war, das auch an der Feuerwehr gestanden habe. Er, Jan Mülhausen, aber wolle wissen, nein müsse wissen, warum die Polizei nicht dazu in der Lage sei, dieses Fahrzeug zu finden.

«Das ist doch die einzige reale Spur!», endete Jan.

Der General hörte aufmerksam zu. Seine Stimme wurde leise. Wer ihn kannte, wusste, dass er jetzt außerordentlich gefährlich war. Er konnte brüllen und poltern, dass es seinen Gesprächspartnern angst und bange wurde, aber sobald er leise sprach und er in einen monotonen Singsang in der Stimme verfiel, war er wie ein Tiger vor dem unmittelbaren Sprung. Eiskalt würde er nun das, was er sich den Kopf setzte, umsetzen, koste es, was es wolle. Jan kannte den General nicht so gut, als dass er auf diese Nuancen in der Stimme seines Schwiegervaters achten würde. Außerdem war er selbst viel zu aufgeregt, um derartigen Details Aufmerksamkeit zu schenken.

Der General murmelte nur, dass er kurz telefonieren müsse und Jan sitzen bleiben könne. Er solle sich noch einen Rotwein einschenken und ihn entschuldigen. Der General ging in sein Büro und rief zunächst einmal Bernd Körner an. Dieser entschuldigte sich halbherzig und sprach von einer neuen Spur, die sie verfolgen würden und er daher sehr beschäftigt sei. Auf Nachfragen bekam er nur ausweichende Antworten. Er berichtete von den detaillierten Beobachtungen des alten Zöllners und der Hinweise auf einen deutschen Verleiher. Körner musste passen.

Der General kochte. Er schaute in sein Telefonverzeichnis. Die Privatadresse des Polizeipräsidenten war gottlob in seinem

Adressbuch gespeichert und so wählte er kurz entschlossen dessen Privatnummer. Nach dreimal klingeln war schon die Tochter des Polizeipräsidenten am Apparat, eine dreizehnjährige kecke junge Dame, die ganz enttäuscht wirkte, dass das Telefongespräch nicht für sie war. Nein, ihre Eltern seien nicht im Hause, sie würden wohl spät zurückkommen und ja, sie würde ihnen ausrichten, wer angerufen hat und ihr Vater würde sicher zurückrufen.

Der General legte auf und ging bedächtig auf die Terrasse zurück. Jan saß zurückgelehnt und starrte in sein halb volles Rotweinglas.

«Ich spreche morgen mit dem Polizeipräsidenten, dann sehen wir weiter. Außerdem glaube ich, wird es Zeit, sich den Herrn Bollemann einmal selbst vorzuknöpfen.»

«Der Bolle ist irgendwo auf Entziehungskur, ich glaube nicht, dass er dort mit dir sprechen wird.»

«Das wird sich zeigen.»

«Da will ich dabei sein!»

Der General stutzte. «Ja sicher, das ist bestimmt hilfreich. Ich sage dir noch Bescheid. Kannst du denn aus dem Betrieb weg?» Der General wusste natürlich, dass Jan in seinem Betrieb zurzeit kaum etwas zu tun hatte. Aber er war froh, dass er so ganz unauffällig das Gespräch auf ein weiteres Thema bringen konnte, dass er gern bei Jan angesprochen hätte.

«Das ist kein Problem», antwortete Jan, «den Betrieb werde ich ohnehin schließen, die Bank hat mir den Geldhahn zugedreht.»

«Kann ich dir helfen?»

«Nein, Burkhard, mein Freund von der Volksbank in Stolberg hat schon recht, man soll kein gutes Geld schlechtem Geld hinterherwerfen. Ich habe so viel Außenstände, dass ich meine Schulden davon mehr als bezahlen könnte, aber wie mir Burkhard verriet, steht die Wohn- und Geschäftsbau AG aus Düsseldorf, mein größter Schuldner, selbst kurz vor dem Konkurs. Da ist es wohl das Beste, das ich rette, was noch zu retten ist.»

«Ich werde mich einmal umhören. Wie schlimm ist es denn?»

«Schlimm genug, die Bank hat die Kreditlinie gesperrt. Die Materialbestellungen habe ich schon storniert und die Löhne für diesen Monat kann ich schon nicht mehr zahlen. Falls ich der Bank keine weiteren Sicherheiten anbiete, wird sie meine Kredite kündigen und ich muss Konkurs anmelden.»

«Hast du schon eine Vorstellung, wie es weitergehen soll?»

«Weitergehen, was soll weitergehen ohne meine Kinder, das ist alles ohne Sinn!»

Stille trat ein. Jan hielt seine Hände vors Gesicht, der General sah, wie er mit den Tränen kämpfte. Behutsam nahm er ihm das Glas aus der Hand, das er immer noch krampfhaft zwischen den Fingern hielt. Er schenkte ihm nach und füllte auch sein eigenes Glas. Mit Männern, die weinen, konnte er im Allgemeinen nichts anfangen, aber in der jetzigen Situation hatte er vollstes Verständnis dafür. Er rückte seinen Stuhl näher an den von Jan heran und ließ ihm noch ein wenig Zeit. Schließlich nahm Jan die Hände wieder herunter und wirkte gefasst.

Der General reichte ihm das Glas und ging ruhig auf ihn ein: «Aber du hast Verantwortung. Für Maria, für deine Mitarbeiter und für Eva. Ich bin so dankbar, dass du das Mädchen als Auszubildende in deinem Betrieb aufgenommen hast. Wie ich hörte, hast du sie auch sehr gut im Griff.»

«Ich hab das Mädel gern, aber in den Griff, in den Griff bekommt die keiner. Sie hat Spaß an der Arbeit und toi, toi, toi, nach einem Rückfall scheint sie auch weg von den Drogen zu sein. Ich würde es ihr gönnen, dass sie es schafft!»

«Hast du denn einen neuen Lehrbetrieb für sie?»

«Sie wird bei mir bleiben können. Ich werde die alte Schreinerei von meinem Vater, die neben dem neuen Betrieb steht und nicht zur Konkursmasse gehören wird, wieder flott machen. Dann kann ich zwar nur noch Kleinigkeiten machen und natürlich die Beerdigungen, aber das wird reichen, um uns vorerst über Wasser zu halten.»

«Weiß Maria schon von deinen Plänen?»

«Nicht im Detail, aber sie weiß, dass der Betrieb nicht mehr zu halten ist. Ich habe ihr gesagt, dass es bei der derzeitigen Baukonjunktur keinen Sinn macht, weiteres Geld in den Betrieb zu stecken. Nur dass ich meine anderen Mitarbeiter außer Jupp auf die Straße setzen muss, das fällt mir schwer.»

Der General war überrascht, dass Jan angefangen hatte, sich mit seinen Problemen auseinander zusetzen, trotz des ungeklärten Schicksals der Kinder. Er würde nun versuchen, ihm so behutsam wie möglich zu helfen. Ihm den einen oder anderen Auftrag zuschanzen und hoffen, dass bald wieder so etwas wie Normalität in das Leben seiner Tochter und seines Schwiegersohnes kommen würde. Sie waren jung genug, um noch einmal von vorne anzufangen. Das konnte man jetzt nicht laut aussprechen. Zunächst einmal musste er alles tun, um das Schicksal seiner Enkelkinder aufzuklären. Solange diese nicht gefunden sein würden, war an einen Neuanfang nicht zu denken.

Die Sonne, die bis vor einigen Minuten noch ihre warmen Strahlen auf die Terrasse geschickt hatte, war nun hinter den Bäumen verschwunden und Kälte schlich vereint mit Feuchtigkeit von unten an sie heran. Elli trat hinzu und fragte, ob die Herren nicht hereinkommen wollten, das Abendessen sei vorbereitet. Der General bewunderte einmal wieder seine Frau und ihr Timing. Sie schien einen sechsten Sinn dafür zu haben, wann ein Gespräch zu Ende ist und außerdem war ein Abendessen genau das, was er jetzt brauchte.

Jan schreckte auf, hatte erst in diesem Moment wahrgenommen, dass die Sonne bereits untergegangen war. Er murmelte eine Entschuldigung, dass er gar keinen Appetit habe und außerdem Maria auf ihn warten würde. Aber so leicht war seine Schwiegermutter nicht abzuweisen.

«Aber selbstverständlich bleibst du zum Abendessen. Ich habe schon mit Maria telefoniert, es ist ihr ganz recht, dass du bei uns zu Abend isst, denn sie hat Kopfschmerzen und hat sich schon hingelegt.»

Sie drehte sich um und ging voran ins Esszimmer. Der General nahm seinen Schwiegersohn, der schon aus dem Stuhl aufgestanden war, freundschaftlich um die Schultern und führte ihn ins Esszimmer.

Elli Bentlin räusperte sich. Man sah ihr an, dass ihr was auf dem Herzen lag.

Der General eröffnete das Gespräch: «Jan, wir haben eine Frage, die uns auf den Lippen brennt. Wir machen uns große Sorgen. Elli berichte du bitte!»

Elli begann sichtlich erregt, denn sie konnte das Zittern ihrer Hände nicht verbergen.

«Jan, du musst uns helfen. Maria möchte nicht mehr, dass wir sie besuchen. Und wenn wir sie telefonisch erreichen, spricht sie kaum mit uns, sagt, dass es ihr gut gehe, aber auflegen müsse, da sie einen Anruf erwarte. Falls ihr auch noch etwas zustoßen würde, das könnte ich nicht ertragen.»

«Ja, das ist ein regelrechter Tick von ihr. Die Telefone, also das Festnetz und ihr Handy, müssen immer frei und empfangsbereit sein. Falls jemand anruft», erklärte Jan.

«Wer anruft?», fragte Elli verständnislos.

«Auf welchen Anruf wartet sie denn?», fragte auch sein Schwiegervater.

«Na die Kinder, ... oder die Entführer», fügte Jan nach einem kurzen Zögern an.

«Die Entführer? Die melden sich nicht mehr. Das hätten sie längst getan! Und die Kinder? Wie denn? Das Handy von Lena hat uns ja der Erpresser geschickt.»

«Aber Jürgen, lass ihn doch ausreden!», warf seine Schwiegermutter ein. «Aber jetzt weiß ich wenigstens, warum sie immer so kurz angebunden ist.»

«Vielleicht wartet sie auch auf einen Anruf der Polizei oder von sonst jemanden, der die Kinder gefunden hat. Daher muss das Telefon immer frei sein, auch ihr Handy. Sie hält sich krampfhaft daran fest und ich will sie nicht davon abbringen, denn ich habe Angst, dass sie sonst ganz zusammenbricht. So sitzt sie da im alten Ohrensessel ihres Großvaters und starrt das Telefon an.»

Der General schwieg dazu, was hätte er auch sagen sollen. Dass man auch in dieser Situation rational denken und handeln müsse? Dass man sich auf das Schlimmste einstellen müsse? Dass man froh sein müsse, wenn man überhaupt jemals etwas über das Schicksal der Kinder erfährt? Dass weltweit Tausende Kinder verschwinden, die nie wieder auftauchen und dass es auch in unserem Lande vermisste Kinder gibt, die seit Jahrzehnten verschwunden sind? Nein, es war besser, betreten zu schweigen.
Jan fügte an: «Maria verlässt auch das Haus nicht mehr. Sie sagt, dass sie da sein müsse, wenn die Kinder zurückkommen. Maria hat immer noch Hoffnung, aber wie lang noch? Das Telefon ist ihr letzter Halt geworden, ein letzter Halt in einer Welt um uns herum, die mehr und mehr zerbröckelt. Es ist beängstigend. Sobald ich das Haus verlasse, hoffe ich, dass Maria noch da ist, wenn ich wiederkomme. Ich bete, dass sie nicht gänzlich den Mut verliert.»

«Übrigens sollten wir ihr ein neues Handy schenken», fügte der General an, der immer praktisch dachte und sofort eine Lösung für kleine Probleme parat hatte. «Dann kann sie mit uns telefonieren und ihre anderen Telefone bleiben frei.»
Jan war überrascht, wie zweckmäßig der General dachte, daran hatte er bisher nicht gedacht.
Jan verabschiedete sich nun schnell und fuhr nach Hause.

Elli merkte, dass Jürgen unter größerer Spannung stand als sonst. Sie wusste, dass er mit seiner Strategie für den morgigen Tag beschäftigt war und sie war froh darum, denn auch wenn er nicht mehr erreichen würde als die Polizei, egal was er auch tat, es würde besser sein, als hier nur herumzusitzen und zu warten.

Der General sprach danach noch lange mit seiner Frau darüber und sie waren sich einig, dass es ein gutes Zeichen war, dass ihr Schwiegersohn nun bereit war, den Tatsachen ins Auge zu sehen. Das Schwierigere würde sein, ihre Tochter aus ihrer Lethargie zu wecken.

Werner Bollemann

Der General hatte sich ein vollständiges Bild vom Leben des Werner Bollemann gemacht. Hierzu hatte er sich nicht nur auf die von Körner erhaltenen Informationen verlassen, sondern auch noch eigene Nachforschungen angestellt.

Werner Bollemann war ein Mensch, den jeder um sein Schicksal bedauerte außer einem, das war er selbst. Schon seit der Schulzeit nannte ihn jeder Bolle, seinen Vornamen hätte er selbst bestimmt schon vergessen, wenn nicht seine Frau ihn stets so gerufen hätte. Würde man Bolle fragen, was er sich einmal vom Leben versprochen hatte, so hätte er den Sinn dieser Frage wahrscheinlich gar nicht erfasst oder geantwortet, es sei alles gut so, wie es gekommen sei. Schließlich habe er alles, was ein Mensch braucht.

Bolle war in Eschweiler, genauer in St. Jöris aufgewachsen. Ein Nachzügler, sein jüngster älterer Bruder war bei seiner Geburt bereits 12 Jahre alt. Die Schule war nicht sein Ding gewesen, was ein wenig an seiner mangelnden Intelligenz, aber sicher auch an der mangelnden Stringenz beim Schulbesuch, dem Lernen und den selten gemachten Hausaufgaben lag. Denn statt für die Schule zu lernen, musste er früh auf dem elterlichen Hof mit anpacken, den die Eltern im Nebenerwerb führten. Die wenige freie Zeit stromerte er lieber herum, als etwas für die Schule zu tun. Es stand sowieso fest, dass er Maurer werden sollte, wie sein Vater. Dafür reiche, dass man rechnen könne, sagte sein Vater immer.

«Wozu soll man da den ganzen anderen Quatsch lernen, Bücher verderben nur den Charakter!»

Als seine Mutter das erste Mal in eine Entziehungskur ging, kam Bolle in ein Kinderheim in Düren, wo er mehrere Monate blieb. Sein Vater saß gerade eine kleine Gefängnisstrafe ab.

Bolle war ein ruhiges und schüchternes Kind, jedoch für sein Alter sehr kräftig und groß, mit einem hübschen Jungengesicht und blondem Haar. Dies führte dazu, dass man oft mehr von ihm erwartete, als er tatsächlich leisten konnte. Der Leiter des Kinderheims, in das er kam, stand modernen Erziehungsmethoden skeptisch gegenüber; Schläge sowie das Einschließen in dunkle Räume sah er dagegen als legitime Methoden an. Zudem hatte er eine besondere Vorliebe für blonde Jungen.

Bolle war aufgrund seines Aussehens sowie seines zurückhaltenden und schüchternen Wesens prädestiniert dafür, Opfer der pädophilen Neigungen des Heimleiters zu werden. Er sprach jedoch nie darüber und war froh, als er wieder nach Hause kam.

Er schaffte es nicht, einen Schulabschluss zu machen. Daher fing er nach seiner Zeit im Heim auf dem Bau als ungelernter Arbeiter an. Hier konnte Bolle einen Handwerksmeister von seinem handwerklichen Talent überzeugen und wurde schließlich als Lehrling in dessen Baubetrieb aufgenommen. Bolle war nicht dafür geeignet, im Akkord ´Meter zu machen', wie es die Fliesenleger nannten, wenn sie in kürzester Zeit große Flächen verlegten. Aber bei den kniffligen Sachen hatte er die Geduld und Gelassenheit, eine präzise Arbeit abzuliefern. Sein Meister schätzte seine ruhige und gewissenhafte Arbeitsweise sehr und unterstützte ihn maßgeblich dabei, auch den theoretischen Teil der Ausbildung erfolgreich abzuschließen.

Bolle war im dritten Lehrjahr, seine Freunde hatten alle schon das ‚erste Mal' hinter sich, als auch bei Bolle die Hormone ihr Recht einforderten. Nun tat er sich schon seit der Schulzeit mit Mädchen schwer. Fußball war außer Arbeit das Einzige, was ihn wirklich interessierte. Er spielte mit 17 schon bei der ersten Mannschaft des örtlichen Fußballklubs mit, der in der Landesliga spielte.

Seine Mitspieler, die ihn hänselten, weil er so sparsam war und auch kein Bier trank, entgegnete er nur, dass er, wenn er die richtige Frau gefunden habe, ihr was bieten möchte. Ein schönes großes Haus wollte er für sie und seine Kinder bauen.

«Wenn du nie rausgehst, wirst du aber auch nie deine Traumfrau kennenlernen», meinte darauf Ivo, der Libero seiner Mannschaft.

Als er unvorsichtigerweise preisgab, noch «Jungfrau» zu sein, wurde er, wie zu befürchten war, dafür gehänselt. Aber andererseits wurde gemeinsam spontan beschlossen, dass dieser Zustand nicht länger andauern dürfe.

Zwei nahmen sich der Sache besonders an und versicherten ihm, das Ganze für ihn in die Hand zu nehmen. Es waren neben ihm die zwei jüngsten der insgesamt jungen Mannschaft, zwei Draufgänger, Peter Grüner und Ivo Kowalski, beide Metzger, die im Akkord arbeiteten, gutes Geld verdienten und entsprechend auftraten.

«Ehrensache», sagten sie, schließlich war Bolle als Stürmer, der mehr als die Hälfte aller Tore schoss, ein wichtiger Teil der Mannschaft. Intern lief allerdings zwischen den Beiden eine Wette, ob es gelingen würde, Bolle bis zu seinem 18. Geburtstag, der sechs Wochen später groß mit der Mannschaft gefeiert werden sollte, zum Manne werden zu lassen. Die Inanspruchnahme einer Professionellen war bei der Wette ausdrücklich ausgeschlossen.

Bolle wusste von all dem nichts und war froh, zwei wohlmeinende Mentoren zu haben, die mit ihm nun von Dorfdisco zu Dorfdisco zogen. Bolle war aber nicht nur schüchtern, sondern geradezu menschenscheu, sofern es um das andere Geschlecht ging. Außerdem war er alles andere als ein Aushängeschild der Marke ‚Mann für ein Abenteuer'. Bolle war mit 17 eine Bohnenstange, mit asketischen Geschichtszügen sowie überlangen Beinen und Armen, sodass seine langsamen Bewegungen immer etwas grotesk wirkten. Dass in diesem dürren Körper so viel Kraft steckte, wunderte seine Kollegen immer wieder. Einen Sack Fliesenkleber warf er sich wie eine

Jacke lässig über die Schulter und sie mussten ihn bremsen, nicht auch noch einen Zweiten unter den Arm zu nehmen.

«Langsam, Bolle, das musst du noch fünfzig Jahre lang machen. Spare etwas von deiner Kraft.»

Seine langsamen Bewegungen änderten sich jedoch schlagartig, wenn er auf dem Fußballplatz einen Sprint einlegte. Dann hatte er etwas gazellenhaftes, was die Damenwelt aber leider nicht zu beeindrucken schien, da selten am Spielfeldrand zu sehen. Die Aufgabe für den Kameraden, der die Wette angeboten hatte, war so schwerer als gedacht. Um Bolle überhaupt an die Frau zu bringen, wandte er alle üblichen Tricks an. Nur zum Alkohol ließ sich Bollemann nicht überreden, das hatte ihn auf dem Bau schon zu einem Sonderling gemacht. Er hatte zu Hause zu viel Elend durch den Alkohol erlebt, sodass er lieber die Frotzeleien der Kollegen ertrug, die ihn zum Limo-König gekürt hatten.

Peter trainierte mit Bolle, was er bei den Mädels sagen und tun müsse, verpasste ihm neue Klamotten und machte die Mädchen schließlich selbst an, um sie weiterzureichen, nichts half. Er bettelte, machte Versprechungen, doch die meisten Mädchen kamen nach spätestens einer viertel Stunde zurück und sagten, dass mit diesem Langweiler nichts anzufangen sei. Der Wettanbieter sah nun ein, dass bei dem jungen Disco-Volk mit Bolle kein Staat zu machen war. Daher wurden stattdessen Lokale mit der etwas älteren Damenwelt aufgesucht. Dem Bolle erklärte er, dass es für das erste Mal ohnehin viel besser sei, eine etwas ältere und erfahrene Frau zu wählen, womit er nur eine uralte Weisheit zitiere. Bolle war mit allem einverstanden, mit ungläubigem Staunen verfolgte er, wie seine beiden Kumpel die Mädchen und auch etwas ältere Frauen um den Finger wickelten und fühlte sich schon gut dabei, einfach mitgenommen zu werden.

Als dann der Kuppler anfing, einige seiner Bekanntschaften, von denen er nicht wenig hatte, direkt um den Gefallen zu bitten, dem Jungen zur Entjungferung zu verhelfen, legte der Wettpartner sein Veto ein. Darüber entwickelte sich zwischen den Wettpartnern zunächst ein Disput, da dies in der Wette ja nicht ausdrücklich ausgeschlossen gewesen sei. Aber nach einer Verdoppelung des Wetteinsatzes, nun also schon 400,- DM, wurde diese Möglichkeit ebenfalls ausgeschlossen.

Die Zeit wurde nun knapp, aber der Kuppler hatte noch ein Ass im Ärmel. Sie fuhren nach Köln ins Wiener Steffie, einer großen Diskothek, die für derartige Kontakte geschätzt war. Er war dort gut bekannt, wilderte dort regelmäßig und was noch wichtiger war, kannte einen der Türsteher persönlich sehr gut. Nachdem er diesem sein Problem geschildert hatte, erhielt er ein paar wertvolle Tipps. Einer davon betraf Elvira, eine erst 21jährige junge Frau, die nicht ganz in das Schema des Kupplers passte. Sie ginge regelmäßig in die Donnerstag-Disco, die eigentlich dem etwas älteren Publikum gewidmet war. Zudem sei sie extrem auf Partnersuche.

Elvira sah älter aus, als sie war, was zum einen an ihrer Art lag, sich zu kleiden. Sie hatte breite Hüften, die sie unter Röcken oder Kleidern zu verbergen suchte. Diese Kleidungsstücke waren in ihrer Altersgruppe zu dieser Zeit leider völlig out. Zum anderen ließen sie ihre etwas derben Gesichtszüge älter wirken, als sie war.

Was junge Männer aber am meisten abschreckte, war ihre Art, in einem ungebremsten Schwall zu reden und dabei bereits Pläne für eine gemeinsame Zukunft zu entwerfen. Jeder normale junge Mann nahm da schneller Reißaus, als Elvira ihre Cola austrinken konnte.

Der Kuppler erkannte schnell, welches Potenzial sich da bot. Rasch hatte er sie identifiziert, zum Tanzen aufgefordert (Bolle das Tanzen beizubringen, hatte er bald aufgegeben, lediglich das hin- und her wiegen bei Schmusemusik hatte er ihm näher bringen können) und an seinen Tisch bugsiert. Der Rest passierte dann zu seiner Überraschung ganz ohne sein Zutun.

«Trinkst du immer nur Cola?», sprach Elvira Bolle an.

«Nein, auch schon mal ein Wasser oder eine Limo», antwortete er.

Sie lachte. «Ich meine, trinkst du denn keinen Alkohol?»
«Nein, ich hab bei meinen Eltern gesehen, wozu das führt.»

Zu seiner Überraschung blieb die junge Frau bei ihm, obwohl er nicht tanzen wollte. Die beiden verstanden sich so fabelhaft, dass der Kuppler fast ein schlechtes Gewissen bekam, was er nur der Wette wegen angezettelt hatte. Aber Wette war Wette, den Rest würde man später klären.

Bolle brauchte kaum etwas zu sagen und war beeindruckt, welch feste Vorstellungen Elvira von ihrem künftigen Leben hatte. Zudem kamen sie aus ähnlichen Verhältnissen, zumindest hatten ihre Eltern auch einen kleinen Nebenerwerbshof.

Elvira war das Zweite von fünf Kindern und die einzige Tochter. Sie war gelernte Bäckereifachverkäuferin, arbeitete aber zu dieser Zeit als Kassiererin im Lebensmittelhandel. Sie wohnte noch zu Hause auf dem elterlichen Bauernhof und musste nach der Arbeit beim Haushalt und auf dem Hof helfen und die jüngeren Geschwister mitbetreuen.

Bolle, der ja selbst aus einer Großfamilie stammte, konnte da tatsächlich etwas zum Gespräch beisteuern. Jedem Mann, der nicht so unbedarft war wie Bolle, wäre zu diesem Zeitpunkt bereits klar gewesen, dass Elvira vor allen Dingen eins wollte und zwar zu Hause raus, was allerdings nur mithilfe einer Heirat möglich sein würde. Und als Bolle erzählte, dass er im dritten Lehrjahr als Fliesenleger war und bei der Schwarzarbeit genauso viel bekam, wie die Gesellen, war Elvira beeindruckt. Er kam sogar richtig in Schwung und erzählte, dass er später ein großes Haus bauen wolle. Als dann *Samba Pa Ti* von Santana lief und Elvira ihn zum Tanzen zog, nickte ihm der Kuppler aufmunternd zu.

«Gut, dass du ihm wenigstens beigebracht hast, ein wenig hin und her zu schwofen», amüsierte sich Ivo.

«Hauptsache, er weiß noch, wie man zum Körperkontakt übergeht», antwortete Peter nicht uneigennützig.

Als Elvira dann schwärmte, was für ein guter Tänzer Bolle denn sei, dachte der Kuppler, jetzt sei alles geritzt. Besonders nachdem Bolle ihnen aufgeregt berichtet hatte, Elvira habe ihm erzählt, dass sie noch zu Hause wohne, aber ein eigenes Zimmer habe, das über eine Stiege von außen betreten werden kann.

«Dann ist ja alles geritzt. Wenn sie nach Hause will, fragst du sie, ob du sie nach Hause bringen dürftest, der Rest geht dann von allein. Aber denk daran, die hier zu benutzen!», empfahl der Kuppler und drückte ihn eine Packung Kondome in die Hand. Bolle steckt diese verschämt weg und als Elvira wiederkam, erklärte sie tatsächlich, dass sie nach Hause müsse, da sie morgens früh aufstehen müsse. Bolle brachte es aber nicht fertig, Elvira irgendetwas zu fragen. So blieb ihr nur übrig, bei Bolle nachzufragen, ob er Samstag wieder zur Disco komme.

«Ich weiß noch nicht, ich muss erst mit meinen Freunden sprechen.»

«Schade», erwiderte sie und drückte ihm schnell einen Kuss auf den Mund. Als Bolle dies seinen Freunden berichtete, schüttelte sich der eine vor Lachen, während der andere sich die Haare raufte. Bolle hatte eigentlich gedacht, dass es ganz gut für ihn gelaufen sei.

«Bolle, Bolle, du bist ein hoffnungsloser Fall, was sollen wir nur mit dir machen? Wie kann man sich nur so blöd anstellen.»

«Können wir nicht einfach Samstag wieder herkommen?», bat Bolle hoffnungsfroh.

«Was bleibt uns jetzt anderes übrig?», stöhnte der Gönner.

«Dann kannst du sie gleich für den Samstag danach zu deiner Geburtstagsparty einladen», schlug der Zweite verschmitzt vor.

«Glaubst du denn, dass sie kommt? Ich kenne sie doch kaum!»

«Nur wenn du Samstag endlich das tust, was wir dir sagen. Glaubst du eigentlich, ich reiß' mir hier umsonst ein Bein aus und du versaust dann alles? Das nächste Mal wird die Lümmeltüte vollgemacht, schließlich wirst du übernächsten Freitag achtzehn», polterte Peter, der Kuppler los.

«Aber so wichtig ist das auch nicht, ob ich dann schon achtzehn bin. Vielleicht kommt sie am Samstag gar nicht zur Disco, ich hab ja auch nicht zugesagt, zu kommen.»

«Jetzt schlägt es aber dreizehn. Wir reißen uns seit vier Wochen den Arsch auf, den Herrn an unserem ganzen Wissen teilhaben zu lassen. Und was machst du, du Trottel?»

«Aber ich wusste ja gar nicht, ob ihr mit mir hier hinfahren würdet!», warf Bolle verzweifelt ein.

«Ja und? Deswegen konntest du trotzdem sagen, dass du kommst! Wenn du dann hingehst, ist alles okay. Wenn nicht, ist es auch egal, dann hat sie eh einen anderen. Hast du denn gar nicht zugehört?», stöhnte Peter.

Bolle war verzweifelt. «Was soll ich denn jetzt machen?»

«Keine Angst, ich helfe dir noch einmal aus der Patsche. Ich werde dafür sorgen, dass sie am Samstag kommt, und du wirst dich am Samstag mal abwechslungsweise anstrengen und tun, was ich dir sage, sonst muss ich dich noch die Jungfernstiege hinauf prügeln. Schließlich haben wir gesagt, dass du das vor dem Achtzehnten schaffst und dabei bleibt es auch. Ein Mann ein Wort», polterte der Kuppler weiter.

«Klar», pflichtete Ivo bei. «Ist doch Ehrensache.»

«Ich bin euch ja so dankbar, so viel hat noch nie jemand für mich getan.»

«Quatsch», konterte dieser, «das ist doch selbstverständlich unter Freunden. Hätten wir für jeden aus der Mannschaft gemacht, nicht wahr?»

«Für jeden», bekräftigte Peter, sein Kumpan. «Außerdem bist du doch auch ein Zugvogel!»

«Wieso?», fragte Bolle verständnislos.

«Na, du warst doch auch im Kinderheim in Düren.»

«Ja, aber woher weißt du?»

«Erinnerst du dich nicht an mich? Peter, vom 2. Stock. Der mit dem Messer.»

«Das warst du?», fragte Bollemann ehrfürchtig.

«Allerdings. Kennst du denn wenigstens noch unseren Schwur?»

«Ja sicher», sagte Bolle stolz. «Einmal ein Zugvogel, immer ein Zugvogel. Wohin der Wind uns auch verschlägt, niemals wird einer den anderen im Stich lassen.»

«Recht so. Und denk immer daran. Wir Zugvögel halten zusammen, was immer da komme.»

Bolle war froh, als er nach vielen Mühen die Führerscheinprüfung bestanden hatte und übernächsten Freitag seinen Führerschein bekommen würde. Bei der ersten theoretischen Prüfung war er mit Pauken und Trompeten durchgefallen. Erst nachdem er dem Fahrlehrer eingestanden hatte, dass er aufgrund seiner Leseschwäche die Fragen und Antworten nicht richtig lesen könne, hatte dieser ihm geholfen und beim zweiten Versuch hatte es dann geklappt. Die praktische Prüfung hingegen war kein Problem, denn er fuhr bereits seit dem zehnten Lebensjahr Trecker und bewegte auf der Baustelle auch alles, was Räder hatte.

Ein Auto stand bereits angemeldet auf dem Hof, dann würde er Elvira selbst nach Hause bringen können. Sein Onkel hatte ihm den Wagen billig besorgt. Bolle hatte dafür und für seinen Führerschein praktisch den ganzen Sommer Doppelschichten gefahren. Es war zwar nur ein Opel Kadett, dafür aber in blaumetallic und mit Lederdach und Doppelvergaser mit 60 PS. Seine Freunde hatten ihm erklärt, dass Frauen auf Typen mit schnellen Autos stehen. Er hoffte, dass sein Kadett ausreichen würde. Als sie die Diskothek verließen, erkundigte sich der Kuppler noch nach dem Nachnamen und der Adresse von Elvira, denn er hatte nicht die Absicht, den Ausgang seiner Wette dem Zufall zu überlassen. Es ging dabei weniger um das Geld, da verzockte er an einem Pokerabend oft viel mehr, sondern um die Ehre. Sein Freund wiederum war trotzdem siegesgewiss.

«Du kannst dich noch so sehr ins Zeug legen, dein Pferdchen wird die Stute nicht finden, auch wenn du es mit der Nase bis in die Vorhöhle stößt.»

Bolle verstand nicht, wovon seine Freunde sprachen, er war mit seinen Gedanken ohnehin woanders.

Am nächsten Samstag jedenfalls stand Bolle mit neuem Hemd parat, um zur Disco zu fahren. Seine Freunde holten ihn pünktlich ab, allerdings ging es erst in die Stammkneipe der beiden, da sie dort noch wen treffen würden. Als sie um 23.00 Uhr endlich zur Disco nach Köln aufbrachen, war Bolle schon ziemlich müde und glaubte ohnehin nicht mehr daran, Elvira wiederzutreffen. Seine Freunde hatten zwei Mädels aufgegabelt, mit denen er jetzt hinten im viel zu engen 320i saß. Doch der Körperkontakt zu den Mädels war für Bolle durchaus angenehm und die Mädels, die auch nicht mehr ganz nüchtern waren, trieben mit Bolle gern ihr Spiel, indem sie ihn absichtlich mit ihren Brüsten berührten.

Kaum hatten sie die Diskothek betreten, kam Elvira auf Bolle zu.

«Schön, dass du da bist», sagte sie schlicht und küsste ihn zärtlich.

«Wenn dein Freund mir nicht Bescheid gesagt hätte, dass ihr erst jetzt kommen könnt, hätte ich nicht gewartet. Komm, lass uns tanzen.»

Bolle war perplex, was seine Freunde da hinter seinem Rücken wieder ausgeheckt hatten. Alles hatten sie arrangiert. Das waren Freunde, auf die man sich verlassen konnte, dachte er. Eine halbe Stunde später kam der Kuppler zu ihnen, Elvira und Bolle standen eher zufällig etwas von den anderen getrennt. Er fragte sie, ob es okay sei, wenn sie jetzt mit den Girls verschwinden würden, die wollten unbedingt zum Rursee. Nackt schwimmen. Er würde sie ja gerne mitnehmen, aber sechs würde er nicht ins Auto kriegen.

«Ja, klar», murmelte Bolle verwirrt und wusste nicht, wie er denn dann nach Hause kommen sollte.

«Ich weiß nicht, ob wir noch mal wiederkommen. Du weißt schon, die Girls sind ziemlich heiß. Aber du kannst mich morgen früh anrufen, dann hole ich dich ab, wir haben ja ein

Auswärtsspiel. Bring Elvira einfach mit dem Taxi nach Hause, nächste Woche kannst du sie ja selber fahren.»
Elvira schaute fragend. Der Kuppler lachte, sich an Elvira wendend: «Hat er dich etwa immer noch nicht gefragt? Die ganze Fahrt hat er uns genervt, ob du wohl am Samstag zu seiner Geburtstagsparty kommen würdest? Mist, jetzt hab ich alles aus geplappert. Ich muss aber, die Mädels werden ungeduldig. Macht's gut ihr beiden.»

Stumm blieben die beiden zurück. Schließlich fragte Elvira: «Sollen wir auch gehen?»

«Ja.»

«Weißt du, du hast richtig gute Freunde. Solche Freundinnen hätte ich auch gerne.»

«Ja.»

Bolle wusste nicht mehr zu sagen. Zum Glück standen Taxis vor der Disko bereit. Elvira stieg hinten ein, ohne seine Hand loszulassen, rutschte hinüber auf den anderen Sitz und zog Bolle hinter sich. Sie nannte dem Taxifahrer die Adresse und kuschelte sich bei ihm ein. Bolle war steif wie ein Brett, aber langsam löste sich seine Spannung. Dann war es eben jetzt so weit. Die Fahrt ging bis zum kleinen Örtchen Irresheim, von dem er noch nie etwas gehört hatte. Der Taxifahrer fuhr bis auf einen Bauernhof. Elvira schien das Ganze gar nicht peinlich zu sein, sie stieg aus, während Bolle das Taxi bezahlte. Bolle war versucht, dem Taxifahrer seine Adresse zu geben, damit er ihn nach Hause bringen würde, egal was das kosten würde, aber er hatte einen zu großen Kloß im Hals. Als er sich das erste Mal geräuspert hatte, riss Elvira bereits die Tür auf seiner Seite auf und rief fröhlich: «Willkommen in meinem Reich.»

Er stieg wohl oder übel aus und Elvira ging mit ihm schnurstracks zu einer Stiege an der Seite des Haupthauses, die zu ihrem Zimmer führte. Sie schloss die Tür auf und Bolle stand inmitten eines altmodisch eingerichteten Mädchenzimmers, welches von Kuscheltieren vollständig erobert zu sein schien. Elvira fing sofort an, sich auszuziehen und forderte Bolle auf, das Gleiche zu tun, während er noch unschlüssig im Zimmer stand. Bolle hatte gerade erst Schuhe, Hose und Pullover aus, als Elvira bereits nackt unter die Decke geschlüpft war und das Licht löschte.

«Komm schon, mir wird kalt.» Bolle kroch mit T-Shirt und Unterhose unter die Decke und musste feststellen, das Elvira alles andere als kalt war. Wie ein Stock lag er unter der Decke. Elvira schmiegte sich an ihn und streichelte ihm über den ersten Flaum, der auf seiner mageren Brust wuchs. Sie fragte ihn, ob er denn schon viel Erfahrung hätte, aber er war nicht in der Lage zu sprechen und zuckte nur mit den Schultern.

«Willst du denn ein gelehriger Schüler sein?»

«Ja bitte», stammelte Bolle mit seltsam fremder Stimme. Seine Stimme war ihm genauso fremd wie das Gefühl, als sie seine Hand langsam über ihren Körper führte. Und Bolle war ein gelehriger Schüler. Die Kondome hatte er allerdings völlig vergessen. Die hätten ja doch nicht gereicht, denn als die Sonne das erste Licht durch das Fenster schickte, hatten sie noch nicht eine Minute geschlafen.

Gegen halb sechs Uhr stand Elvira auf. Als er wissen wollte, was sie mache, erklärte sie, sie müsse die Tiere füttern. Er könne noch eine wenig liegen bleiben und schlafen. Sie fragte ihn nach der Telefonnummer seines Freundes, damit sie ihn anrufen könne, damit er abgeholt wird. Er antwortete, dass es noch viel zu früh sei. Außerdem könne er auch so irgendwie nach Hause kommen.

«Ach was», protestierte sie. «Er hat es dir extra angeboten. Außerdem habt ihr ein wichtiges Auswärtsspiel, da darf der beste Stürmer nicht fehlen.»

Bolle hatte in der Nacht über das Thema gesprochen, bei dem er sich am besten auskannte. Zu seiner Freude war Elvira, wie sie versicherte, auch Fan des 1. FC Köln. Bolle kannte von seinem Verein nicht nur alle Spielernamen, er hatte auch alle Ergebnisse parat und wusste auch sonst allerlei über Fußball zu berichten. Da wurde sogar der stille Bolle gesprächig.

«Aber es ist noch keine sechs Uhr, so früh können wir ihn nicht wecken.»

«Keine Angst, ich rufe ihn erst später an, schlaf du nur.»

Es war Bolle ein Rätsel, woher Elvira die Energie nahm, er jedenfalls fühlte sich ziemlich ausgelaugt. Obwohl er sich nun bei Tage sehr unwohl in dem fremden Bett fühlte, schlief er bald ein. Als er wieder wach wurde, war Elvira bereits wieder im Zimmer und es roch nach frischen Brötchen und Kaffee.

«Rutsch mal!», forderte sie und stellte das Tablett auf die Kommode. Bolle setzte sich auf und sie frühstückten gemeinsam im Bett. Der große Busen Elviras lenkte ihn schon wieder vom Essen ab, aber erst einmal wollte er klären, wie er zum Fußballspiel kommt. Er fragte, ob sie den Peter erreicht habe.

«Ja, aber der kann erst in einer Stunde kommen. Er hat gesagt, dass er deine Fußballsachen gleich mitbringen würde, es läge ja auf dem Weg. Peter sagt, ihr spielt gegen SV Stolberg, es sei ein wichtiges Pokalspiel, da komme ich natürlich gucken.»

Bolle bekam einen roten Kopf, so würden alle Mannschaftskameraden mitbekommen, wo er übernachtet hatte.

«Ist etwas?», wollte Elvira wissen.

«Nein, nein, ich bin nur so glücklich.»

«Liebst du mich?», fragte sie.

Eine Frage, die ihm noch nie gestellt worden war und auf die er auch keine Antwort hatte, da er sich über seine Gefühle nicht im Klaren war, nicht sein konnte. Er erinnerte sich an die Verhaltensregeln, die ihm Peter für seinen Umgang mit Frauen nahegelegt hatte. Sag ihnen, was sie hören möchten und du hast den Himmel auf Erden. Bolle war auf einmal klar, was Elvira hören wollte und so rief er aus: «Mehr als ich jemals gedacht habe, lieben zu können.»

Elvira küsste ihn stürmisch und das Spiel der Nacht begann von neuem. Als es im Hof hupte, musste sich Bolle noch anziehen, die Jacke erst in einem Ärmel stolperte er die Treppe hinab. Er hatte Elvira versprochen, sie am Freitag, seinem Geburtstag, abzuholen und den ganzen Abend mit ihr zu verbringen. Zu Hause würden seine Eltern die Verwandtschaft einladen, es würde wieder ein großes Besäufnis werden wie an jedem Familienfest. Mutter würde Kartoffelsalat und Würstchen machen und er würde wieder von seinem ersparten Geld das Bier und den Schnaps kaufen müssen.

«Das ist ja schließlich dein Fest, die Gäste kommen extra für dich, da musst du dich auch als großzügiger Gastgeber zeigen.»

Großzügig hieß, dass mehr Alkohol gekauft wurde, als die Gesellschaft beim besten Willen vertilgen konnte und das war nicht wenig. Damit genug für die nächsten Tage blieb. Alles auf Kosten seines nebenbei selbst verdienten Geldes, sein Lehrgeld ging sowieso schon direkt auf das Konto der Eltern, davon sah er nichts. Dieses Mal würde es das letzte Mal sein, das sie ihn schröpfen konnten. Endlich würde er volljährig sein. Was hatten seine Eltern nicht schon alles geplant mit seinem Geld, das er nach Ende der Lehre verdienen würde? Als er das Auto gekauft hatte, hatte sein Vater gleich herum gejammert.

«Da siehst du, wie der Junge ist. Spart sein Geld für ein Auto und lässt seine Eltern dafür hungern.»

«Lass gut sein», beschwichtigte seine Mutter, «dann brauch' ich künftig nicht mehr die schweren Einkaufstaschen schleppen, so ein Auto im Haus ist doch auch was wert.»

Oft genug musste von seinem Geld die Haushaltskasse aufgebessert werden, sonst wäre nichts zu essen da gewesen. Sein Vater war meist morgens schon betrunken, Mutter schaffte es wenigstens bis abends. Er würde so bald wie möglich ausziehen, aber das durften seine Eltern nicht wissen. Dieses Mal war es ihm egal, dass sie groß auf seine Kosten eingekauft hatten und die Sachen sogar mit dem Taxi nach Hause bringen ließen.

«Siehst du», verkündete seine Mutter dem Vater, «wie großzügig unser Sohn ist.»

Der brummte nur, Bolle sah aber, wie er beim Auspacken gleich eine Flasche Korn in seine Hosentasche verschwinden ließ, die er dafür extra aufgeschnitten und präpariert hatte. Das war ihm an diesem Tag völlig egal, wichtig war nur, schnell wegzukommen. Je eher die Verwandtschaft betrunken wäre, desto früher würde er sich absetzen können. Mit den Freunden und natürlich mit Elvira würde er am Samstag feiern, mit dem Führerschein würde er sie mit dem Auto abholen.

Bolle freute sich darauf, mit dem eigenen Wagen herumzufahren. Bisher hatte er nur ein Fahrrad und ein altes Mofa gehabt, um zur Arbeit zu kommen. In den ersten zwei Lehrjahren luchsten ihm seine Eltern sogar noch das Geld ab, das sein Chef ihm für Überstunden zuschob. Eines Tages schenkte sein Chef ihm eine Geldkassette und verkündete, diese könnte er bei ihm im Tresor lassen. Bolle war das peinlich, denn er versuchte so gut wie möglich zu verbergen, wie es bei ihm zu Hause zuging. Im Dorf wussten die meisten Leute auch so Bescheid. Ab diesem Zeitpunkt fing Bolle an, eisern sein Geld für den Führerschein und das Auto zu sparen. Da er inzwischen sechzehn war, nahmen ihn seine Kollegen mit zur Schwarzarbeit, wovon er zu Hause nichts erzählte. Da er sein Lehrgeld zu Hause abgeben musste, hatte er vorher nur das Geld von den Überstunden zur eigenen Verfügung. Von dem ihm selten etwas blieb, weil er die Haushaltskasse immer wieder aufbessern musste. Nun konnte er weiterhin die Familie mit seinem Überstundengeld über Wasser halten, wenn die Eltern wieder das ganze Haushaltsgeld versoffen hatten, sein Geld für die Schwarzarbeit sparte er jedoch für sich. Sein Vater wusste natürlich, dass er schwarz arbeitete, er war früher selbst auf dem Bau gewesen und durchsuchte, wie Bolle bemerkte, öfter seine Sachen. Aber Bolle ließ sich auf keine Diskussion ein, fing sogar an, seinen Vater zu beschimpfen. Als sein Vater ihm wieder einmal Prügel androhte, packte Bolle ihn am Kragen und hob ihn einfach hoch. Sein Vater, der trotz seines Suffs noch recht kräftig war, war zu diesem Zeitpunkt zu besoffen, um sich zu wehren. Wieder nüchtern wurde ihm klar, dass er von dem Tag an besser die Finger von seinem Sohn lassen sollte. Die Kraft seines Sohnes hatte ihn nicht überrascht, aber dass er sich mit sechzehn bereits gegen ihn wandte, schon.

'Über den Undank' zeterte er ausgiebig und dass es mit ihm noch einmal ein schlimmes Ende nehmen würde, weil er sich an seinen Eltern vergreifen würde. Jetzt stellte sich seine Mutter vor ihn und bekam prompt selbst eine Klatsche ab, aber sie schlug eine ebenso starke Kelle zurück, worauf sich eine wilde Schlägerei entwickelte, bis sein Vater schließlich außer Gefecht gesetzt war. Bolle drehte sich nur resigniert um. Das war der Tag, als er beschloss, mit achtzehn auszuziehen.

Dass er nun eine Freundin hatte und dann noch eine so tolle, keines von diesen jungen Dingern, die immer nur kicherten und man nicht verstand, was sie eigentlich wollten, machte seinen achtzehnten Geburtstag perfekt. Bolle fühlte sich wie ein König. Erst recht, als er zu seiner Fußballmannschaft kam, die ihn beglückwünschten und vor dem Spiel hochleben ließen. Bolle war, obwohl er kaum geschlafen hatte, toll in Form und dank seiner unwiderstehlichen Sprints und eines herausgeholten Elfmeters gewannen sie 3:2 beim haushohen Favoriten. Bolle fühlte sich so glücklich wie nie in seinem Leben. Seine Freunde wollten alles haarklein erzählt haben, so wurde aus dem stillen Bolle ein neuer Don Juan (und aus Elvira eine neue Angelique). Die beiden Wettpartner schauten sich verdutzt an. Ein paar Geldscheine wechselten die Besitzer, aber mehr beschäftigte sie die Frage, ob sie da etwa ein Juwel der Erotik übersehen haben könnten?

Bolle fieberte dem nächsten Freitag entgegen. Als endlich Freitag war und er um die verabredete Zeit bei Elvira zu Hause ankam, kam die nächste Überraschung. Er wurde offiziell den Eltern vorgestellt, Elvira hatte für Bolle einen Geburtstagskuchen gebacken. Bolle spürte, wie er in etwas hineingezogen wurde, was er nicht mehr beeinflussen konnte, aber er wehrte sich nicht. Nachdem er die erste Scheu überwunden hatte, fühlte er sich sogar richtig wohl, wohler als zu Hause, wo sich eigentlich immer alles nur um Geld und ums Saufen drehte. Am nächsten Tag fragte ihn Elvira, ob er nicht zu ihr ziehen wolle, bis sie ein eigenes Haus haben würden.

Ein wenig erfreuliches Erlebnis in seinem Elternhaus, als diesmal seine Mutter ihm einen Blumentopf an den Kopf zu werfen versuchte, machte ihm die Entscheidung leicht und er zog in die Kammer von Elvira ein. Bolle genoss nun Teil einer funktionierenden Familie zu sein, die viele Arbeit auf einem Nebenerwerbshof störte ihn nicht. Bald schon wurde über Hochzeit gesprochen. Zuvor stand Bolles Gesellenprüfung an. Elvira büffelte jeden Tag mit Bolle. Besonders das Lesen fiel ihm schwer. Ohne Elviras Hilfe hätte er die Gesellenprüfung wahrscheinlich nicht geschafft. Am Ende hatte er sogar Spaß am Lesen gefunden und verschlang die Romanheftchen, die seine Schwiegermutter ihm gab, wie andere Schokobonbons.

Die Hochzeit fand im Mai des nächsten Jahres statt, seine Familie hatte sich kollektiv entschieden, diesem Ereignis fernzubleiben. So waren von seiner Seite nur einige Arbeitskollegen und Mannschaftskameraden der Fußballmannschaft zugegen.

Seine beiden Kumpel, Peter und Ivo, die sie zusammen gebracht hatten, waren natürlich auch dabei. Ivo, der die Wette verloren hatte, war sogar Trauzeuge. Auf dieser Hochzeit ging es hoch her, Elvira sah in ihrem Brautkleid ungewöhnlich fraulich aus, alle bewunderten ihre strenge Schönheit, die nun erstmals richtig sichtbar wurde. Die Feier fand auf dem elterlichen Hof statt, die Scheune war dazu ausgeräumt und festlich geschmückt worden. Der Alkohol floss reichlich, die Braut musste mit vielen Gästen anstoßen und schwankte gegen Abend schon merklich. Einem alten Brauch folgend, entführten Bolles Fußballkameraden die Braut und zogen mit ihr von Kneipe zu Kneipe. Bolles Aufgabe war, sie aufzuspüren und auszulösen, wobei er die Zeche der Gesellschaft in jeder Kneipe zu zahlen hatte, die diese besucht hatten. Erst nach drei Stunden hatte er das richtige Lokal gefunden und konnte seine reichlich abgefüllte und derangierte Braut nach Hause führen. Was da in einem Hinterzimmer einer Kneipe mit seiner Braut angestellt worden war, sollte er erst viel später erfahren.

Sie hatten zur Hochzeit ein Grundstück in Jüngersdorf geschenkt bekommen. Elvira hatte beschlossen, so lange zu Hause wohnen zu bleiben, bis das Haus fertig sei, weil man so viel Geld sparen könne. Es dauerte drei Jahre, bis das Haus endlich bezogen werden konnte. Zum einen, weil er das Haus mit eigenen Händen und Hilfe aus der Verwandtschaft von Elvira baute, zum andern, weil öfter das Geld fehlte und die Bank den jungen Leuten Geld nur nach Baufortschritt leihen wollte, da Bolles Wehrdienst mit schmalem Sold noch ausstand.

Elvira wurde schwanger, dennoch half sie bis zum Ende der Schwangerschaft kräftig bei der Arbeit mit. Das tat der Ehe jedoch keinen Abbruch. Elvira bekam noch ein zweites Kind. Aber später, als es ihnen eigentlich besser ging, das Häuschen fast abbezahlt und die Kinder groß waren, verlor er seine Orientierung.

Mit 55 Jahren waren seine Gelenke verschlissen, Arthrose vierten Grades in vielen Gelenken, insbesondere in den Knien und Händen hieß es, was bei einem Fliesenleger nicht ungewöhnlich ist. Aufgrund der Gebrechen konnte er nicht mehr arbeiten und wurde berufsunfähig.

Bolle konnte mit dem Nichtstun schlecht umgehen, wegen der Knieschmerzen konnte er nicht weit laufen, an Sport war nicht zu denken. So begann er abends gerne eine Flasche Bier oder zwei zu trinken und schaute Fernsehen, während seine Frau lieber Wein trank und alleine rausging. Zum Mitkommen konnte ihn Elvira kaum noch bewegen. Er saß meistens vor dem Fernseher. Früher waren sie regelmäßig ins Kino gegangen, hatten auch die üblichen Vereinsfeste und Karnevalssitzungen besucht und sich mit Freunden getroffen. Aber Bolle hatte ständig Schmerzen was seine früher immer gute Laune dämpfte. Er nahm jeden Tag Iboprofen, um den Schmerz zu bekämpfen. Außerdem gönnte er sich abends schon mal eine Flasche Bier mehr. Zu seinem 58. Geburtstag bekam er von seiner Frau einen Braukurs geschenkt, damit er einmal vor die Tür kam. Bolle war begeistert, richtete sich in seinem Garten-

haus eine kleine Braustube ein und braute sein eigenes Bier. Davon war er so angetan, dass er anfing, auch Wein zu keltern und er baute seine erste Destillerie.
So begann seine Trinkerkarriere.

Bolle vernachlässigte seine Frau, das Haus und seine Freunde und zog sich immer mehr in sein Gartenhaus zurück. Mit seiner Frau kam es immer öfter zum Streit, bis sie einmal im Zorn rief: «Dann zieh doch ganz in dein geliebtes Gartenhaus.»

Er antwortete nicht, sondern setzte dies gleich in die Tat um. Da sie schon seit längerem in getrennten Zimmern schliefen, baute er einfach sein Schlafsofa ab und stellte es ins Gartenhaus.

Über eine kleine alte Küche verfügte das Gartenhaus ohnehin, hier kochte er regelmäßig seine Gartenerzeugnisse ein. Nur seine Brauausrüstung musste er notgedrungen hinauswerfen, da sonst nicht genug Platz in der Hütte war. Für den Winter besorgte er sich einen alten Ofen, Holz konnte er im nahen Wald genug sammeln.

Seine Frau versuchte, ihn davon wieder abzubringen, sagte, sie habe das nicht so gemeint, aber Bolle blieb stur. Er behielt den Haustürschlüssel und sein Zimmer, um seine Sachen dort zu lagern, aber ging nur zum Essen ins Haus.

Sie kochte weiter für ihn, kaufte weiter für ihn ein, stellte die Einkäufe in die Garage und wusch auch weiter seine Wäsche. Sie verwaltete das Geld einschließlich seiner Berufsunfähigkeitsrente, legte ihm aber regelmäßig ‚Taschengeld' hin.
Zunächst hatten beide ihren Frieden mit dieser Regelung gefunden.

Nun saß er in einer Klinik und sollte dem Alkohol entwöhnt werden. Wozu? Um in das Gartenhaus seines von ihm selbst gebauten Hauses zurückzukehren? Er hatte seiner Einlieferung in die Klinik nur zugestimmt, weil er die Blicke seiner Nachbarn nicht mehr ertragen konnte, seit er aus dem Polizeigewahrsam entlassen war.

Seine Kinder kamen ihn kaum noch besuchen, auch sonst kam selten jemand zu ihm. Seine letzte Flasche Selbstgebrannter war aufgebraucht. Jetzt blieb ihm nur noch seine eiserne Reserve, eine Flasche Korn, die er im Gartenhaus unter der Spüle aufbewahrte. Sein letzter Freund und wahrscheinlich auch sein Totengräber.

Bolle steckte in einem Dilemma. Auf der einen Seite wollte er natürlich helfen, dass die Kinder wieder nach Hause kommen konnten. Zum anderen durfte er Peter nicht verraten. Dass dieser noch einmal zu ihm in den Garten gekommen war, war eine Warnung an ihn gewesen. Der Kaninchenkauf war nur vorgeschoben. Da war sich Bolle sicher. Er musste einen Weg finden, bei dem er Peter aus dem Spiel lassen konnte.

Düren, 24.06.2015

Am nächsten Morgen fuhr der General nach Düren zur Klinik, in die Werner Bollemann eingeliefert worden war. Seinen Schwiegersohn nahm er entgegen seiner Zusage nicht mit.

Werner Bollemann freute sich sichtlich über Besuch. Oft schien er keinen Besuch bekommen zu haben. Wie der General bald erfuhr, war er, mit Ausnahme der Ehefrau, tatsächlich der erste Besucher. Bollemann erkannte den General sofort. Der General war dabei gewesen, als Bolle beim Einzug der Mülhausens ins alte Forsthaus geholfen hatte und zudem hatte er ihn öfter mit den Kindern der Mülhausens im Dorf gesehen. Der General hingegen hatte keine besondere Erinnerung an Bollemann, begrüßte ihn aber wie einen alten Freund. Mit den Informationen, die er von Maria und Jan bekommen hatte, war es ihm leicht, alte gemeinsame Erinnerungen vorzutäuschen und das Vertrauen Bollemanns zu gewinnen. Er stellte allerdings fest, dass dies nicht sehr schwierig war. Dessen einfaches Gemüt machte es leicht, ihm etwas vorzumachen.

Bald kamen sie auch auf das Verschwinden der Kinder zu sprechen. Der General war versiert darin, Verhöre zu führen, ohne dass die Gesprächspartner überhaupt merkten, dass sie verhört wurden. Er wäre auch bereit gewesen, andere Verhörmethoden anzuwenden, nicht in der Klinik wohlgemerkt, das hätte man später arrangieren müssen, aber der General hatte nicht den Eindruck, dass dies notwendig werden würde. Der General nahm sich viel Zeit und ließ Werner Bollemann erzählen, lenkte ihn nur ab und zu ein wenig, sobald er zu weit abschweifte. So ließ er sich auch genau von Bolles Kaninchenzucht erzählen und erfuhr, was der Polizei bisher wohl verborgen geblieben war.

Dass er die Kaninchen nicht selbst schlachtete, sondern dazu einen Nachbarn bemühte, war der Polizei bekannt. Dass aber zwei Wochen vor dem Verschwinden der Kinder zwei unbekannte Männer bei Bolle aufgetaucht waren und angeblich Kaninchen für ihre Kinder kaufen wollten, war ihnen entgangen.

«Ich habe ihnen gesagt, dass sie besser Zwergkaninchen aus der Zoohandlung kaufen sollten. Das waren Städter, von Tieren hatten die keine Ahnung, wollten tatsächlich wissen, ob Kinder denn mit diesen Kaninchen nicht spielen könnten?», berichtete Bolle.

«Und was haben sie geantwortet?», fragte der General.

«Na, dass die Karnickel zu viel fressen und zu groß werden für die Wohnung, aber spielen tun Kinder damit genau so gerne. Sie haben aber trotzdem zwei kleine Karnickel gekauft, 20 Euro habe ich ihnen dafür abgeknöpft», berichtete Bollemann stolz.

Der General fragte geschickt weiter, was er den Männern sonst noch erzählt habe. Bollemann berichtete treuselig darüber, dass einer sogar die Meerschweinchen kaufen wollte, aber das habe er verweigert, weil sie schon zu alt seien und außerdem die Lieblingstiere von Lena und Moritz.

«Haben Sie das auch den Männern gesagt?», fragte der General nebenbei.

«Ja, ich glaub' schon, dass ich das erwähnt habe. War das verkehrt?», fragte er den General besorgt.

«Nein, nein. Wollten die Männer noch etwas wissen?»

«Ja, aber ich hab ihnen nicht gesagt, wann die Kinder zu mir kommen!»

Der General merkte sofort, dass Bollemann an dieser Stelle gelogen hatte, beließ es aber dabei. Schließlich fragte er Bollemann, ob er die Männer beschreiben könnte.

«Wissen Sie, den älteren hab ich gar nicht richtig gesehen. Der hat die ganze Zeit am Kaninchenstall gehockt und die Kaninchen gefüttert. Der mit mir gesprochen hat, sah fast noch wie ein Kind aus, dürr, mit Baseballkappe. Am rechten Nacken hatte er eine Ratte tätowiert. Hab' noch gedacht, wieso sich einer ein so hässliches Tier auf den Nacken tätowieren lassen kann. Aber ich bin nicht so gut im Beschreiben. Soll ich ihn zeichnen?»

«Können Sie das? Das wäre ja toll!»

Bollemann nahm einen Stift und ein Blatt Papier und zeichnete geschwind einen Mann mit Baseballkappe und Tätowierung. Die Zeichnung war zwar sehr grob, zeigte jedoch eindeutige Charakteristika und war denen von Phantombildern der Polizei ebenbürtig. Der General wunderte sich, welche Talente in diesem einfachen Mann schlummerten. Er betrachtete die Zeichnung versonnen. Irgendwie kam ihm der Mann bekannt vor. Aber er wusste nicht, wo er ihn schon einmal gesehen haben könnte. 'Wahrscheinlich geht es einem bei solchen Zeichnungen immer so', dachte er für sich.

Der General rollte die Zeichnung sorgsam auf und steckte sie in seine Aktentasche.

Schließlich brachte er das Gespräch auf den 19.5. und ließ Bollemann erzählen. Er achtete vor allen Dingen auf irgendwelche Anzeichen einer Lüge, wie er sie vor wenigen Minuten wahrgenommen hatte, als Bollemann behauptete, er hätte den Männern nicht verraten, wann die Kinder normalerweise in seinen Garten kamen. Er achtete auf Gestik, Augenbewegungen, beobachtete seine Hände und Füße. Als Bolle erzählte, dass er wegen der Aufregung bezüglich des bevorstehenden Anwaltstermins ein bisschen getrunken hatte, wusste der General gleich, dass Bollemann untertrieb. Ansonsten blieb Bollemann glaubwürdig. Er erzählte ausführlich über den Scheidungstermin und was er danach gemacht habe.

Als der General ihn nun fragte, ob er sich erinnern könne, wann die Kinder gekommen waren, kam Bollemann ins Stocken. Schließlich gab er zu, die Kinder gehört und durch die Tür begrüßt zu haben, sei aber nicht hinausgegangen, da er sich umziehen wollte. Das sei gegen halb eins gewesen.

«Ich würde mir das gerne vor Ort einmal ansehen. Können wir das zusammen machen?»

«Ich darf aber hier nicht raus!», wehrte Bollemann ab.

«Das lassen Sie meine Sorge sein. Also abgemacht?»

«Abgemacht, dann kann ich gleich mal nach den Kaninchen sehen. Hoffentlich hat sich jemand um sie gekümmert. Meine Frau, wissen Sie, die interessiert sich nicht mehr für die Tiere, ist jetzt 'ne feine Dame, die das nicht mehr nötig hat. Aber mein Nachbar wird schon nach ihnen geguckt haben.»

Der General versprach, ihn morgen früh abzuholen und verabschiedete sich. Anschließend ging er zur Klinikleitung, um eine Beurlaubung Bollemanns zu erreichen. Zu seiner Überraschung war das kein Problem, da Bollemann freiwillig auf Entzug sei, könne er das Haus auch jederzeit verlassen. Der General solle nur garantieren, dass Bollemann nicht an Alkohol komme. Darin sah er kein Problem. Er wählte die Handynummer von Jan. Er erklärte ihm, was er vorhabe und fragte, ob er dabei sein wolle.

«Natürlich, sag mir früh genug Bescheid, wann ihr da seid. Ich habe morgen einen Montagetermin, komme aber rechtzeitig zurück.»

«Dann bis morgen»

Langerwehe, 25.06.2015

Am nächsten Tag trafen sie sich bei Bollemann am Gartenhaus. Der General hatte Bollemann an der Klinik für Suchtkranke abgeholt und nun saßen sie im Gartenhaus.
Jan hatte Eva, seine Auszubildende mitgebracht. Bolle reagierte gehemmt, als er Jan erkannte, schwieg und blickte ins Nichts. Der General hatte die Zeichnung von Bolle in der Hand und zeigte sie Jan.

«Der hat ja eine Baseballkappe auf wie einer der Typen, die mir der alte Kahn beschrieben hat!», rief Jan aufgeregt.

«Und wer soll das sein?», fragte Jan Bolle. Der General sah Bollemann aufmunternd an.

«Der hat bei mir Kaninchen gekauft», gab Bolle zu.

«Kanntest du den?»

«Nö, irgendein Städter, wollte Kaninchen für seine Tochter haben.»

«Das sind doch keine Zwergkaninchen, die werden viel zu groß für die Wohnung.»

«Hab ich ja auch gesagt, aber der wollte unbedingt welche. Sollt' ich ihn da wegschicken?»

«Nein, nein, Bolle, so war das nicht gemeint», beruhigte Jan ihn. «Aber wie ist er denn gerade hierher zu dir gekommen?»

«Das hätten ihm die Kinder erzählt.»

«Welche Kinder?»

«Na Lena und Moritz.»

«Wie bitte?» Jan war vollkommen baff. Der General hakte ein.

«Hat der Kerl wirklich die Namen der Kinder genannt?»

«Ja, sonst hätt' ich doch nicht gewusst, dass sie von euren Kindern reden. Die haben die Kinder gar nicht gekannt, oder? Aber das konnt' ich nicht wissen!», jammerte Bolle. «Das konnt' ich doch nicht wissen! Sie haben gesagt, dass sie euch von früher kennen!»

War der Bolle wirklich so naiv? Der General war sich sicher, dass es hier etwas gab, was Bollemann bei seinem Gespräch in der Klinik bewusst verschwiegen hatte. Warum aber äußerte er sich jetzt so offen? War in der Zwischenzeit das entsprechende Bewusstsein in seinem langsam arbeitenden Gehirn gereift? Hatte er es beim letzten Gespräch bewusst verschwiegen und hatte Jans Anwesenheit ihn aus einem unbewussten Schuldgefühl heraus bewegt, mehr zu erzählen? Der General wurde nicht schlau aus Bollemann, entweder war er bodenlos dumm oder besaß eine Bauernschläue, mit der er auch ihn hinters Licht führen konnte.

Jan hakte noch einmal nach. «War da mehr als einer?»

«Ja, die waren zu zweit, ein Jüngelchen. Das war der mit der tätowierten Ratte auf dem Nacken. Und einen älteren, aber den hab' ich kaum gesehen.»

Eva trat vor. «Wie sah die Ratte aus?»

«Na so, als säße sie direkt an seinem Hals.» Bolle zeigte mit seiner Hand, wo er die Tätowierung bei dem Mann gesehen hatte. Eva nahm die Zeichnung Bollemanns an sich und sinnierte.

«Und der andere?»

«Wie gesagt, den hab' ich kaum gesehen. Ich glaube, der war aber wesentlich älter. Eher klein, aber muskulös. Leider habe ich sein Gesicht nicht sehen können.»

Jan steckte die Zeichnung ein. Der General stutzte.

«Ich bringe sie dir noch heute Abend vorbei, ich will sie nur vorher kopieren.»

Der General beabsichtigte, sich Bolle später noch einmal vorzunehmen, wenn Jan und Eva nicht dabei wären. Denn dass etwas an seiner Geschichte stank, lag auf der Hand. Er würde schon Wege finden, die Wahrheit aus ihm herauszubringen. Der General glaubte zwar nicht daran, dass Bolle den Kindern etwas angetan haben könnte, aber irgendetwas an seiner Aussage war faul. Daher nahm er sich vor, schon bald wiederzukommen. Zunächst fuhr er Bollemann zurück zur Klinik.

Das Wichtigste, das der General aus der Aussage Bollemanns als Erkenntnis zog, war, dass die Kinder über längere Zeit ausspioniert und gezielt entführt worden waren. Warum aber meldeten sich die Entführer nicht mehr?

Jan fuhr mit Eva zurück zur Firma und sie gingen ins Büro. Als Erstes nahm er die Zeichnung, legte sie auf den Kopierer und druckte sie vergrößert aus.

«Daraus machen wir Fahndungsplakate!», verkündete er.

«Lass das die Polizei machen», war von Eva zu hören.

«Da verlasse ich mich nicht drauf!»

Er heftete den vergrößerten Ausdruck an das Board, an dem sonst die Konstruktionszeichnungen hingen.

«Ich bin mir nicht sicher, aber ich glaube, ich kenne den Typen mit der tätowierten Ratte.»

«Woher?»

«Aus meinem anderen Leben. Da gab es viele dieser verdammten Wichser, die am Kölner Straßenstrich 'rumliefen. So kleine Stricher mit großer Schnauze. Aber diese tätowierte Ratte, die hatte nur einer!»

«Weißt du, wie der Typ heißt?»

«Nö, die Typen haben keinen richtigen Namen. Hab' ihn auch höchstens ein-, zweimal gesehen. Vielleicht sollte ich in Köln ein bisschen herumschnüffeln.»

«Na das werden wir mal schön bleiben lassen. Wir sind ja froh, dass du aus dem Sumpf raus bist.»

«Wenn du nicht mitkommen willst, fahr' ich eben alleine!»

«Das kommt gar nicht infrage!»

«Na dann fahren wir eben zusammen!»

Jan bejahte das nicht, aber er hatte innerlich bereits zugestimmt. Zu groß war die Versuchung, selbst etwas zu tun.

Als Jan am Abend zum General fuhr, um die Zeichnung zurückzugeben, berichtete er über Evas Vermutung, den Jungen mit der tätowierten Ratte auf dem Nacken im Kölner Milieu gesehen zu haben. Eva und er würden nach Köln fahren, um ihn zu suchen. Der General versuchte ihn davon abzubringen, aber umsonst.

Im Polizeipräsidium

Seit der gescheiterten Lösegeldübergabe hatten sie alle die Intensität ihrer Arbeit an dem Fall heruntergefahren.

Als der General Bernd Körner anrief und fragte, wie es mit den Ermittlungen nach dem Autoverleiher des weißen Transporters aussehe, musste dieser passen. Er nahm sich noch einmal die Ermittlungsakte vor. Dabei fiel ihm die Aussage vom alten Kahn in die Hand. Was war eigentlich aus dem Hinweis auf den Leihwagen geworden? Er blätterte in der Akte. Er fand nichts Neues. Die Anfrage an die Autoverleiher im grenznahen Raum war ergebnislos geblieben. Warum eigentlich nur im grenznahen Raum? Die Frage konnte er sich nicht beantworten. Er rief Sabine Backes an, die den alten Kahn vernommen hatte. Sabine konnte ihm dazu nichts sagen. Sie hätte die Aussage protokolliert und dem Solowski übergeben. Danach habe sie nichts mehr davon gehört. Auf Nachfrage habe man ihr nur gesagt, da seien andere dran.

Körner entschied sich, die Fahndung nach dem Leihwagen selbst in die Hand zu nehmen. Er ärgerte sich über die Kleinstaaterei, die bundesweite Fahndungen immer mit einem Wust von Bürokratie verbanden.

Bernd Körner ließ seine Verbindungen spielen. Eine echte Rasterfahndung war es nicht, aber eine Anfrage an alle großen Autoverleiher ganz Deutschlands auf den Weg zu bringen und sie dazu zu bewegen, ihm die gewünschten Daten zur Verfügung zu stellen, darauf war er schon stolz. Alles am Dienstweg vorbei. Natürlich war die Auswertung der Daten, die allerdings keine Kundendaten enthielten, recht aufwendig, aber wozu gab es Computer. Dass ihn das Ganze den schönen Job kosten könnte, war ihm bewusst, aber dieses Risiko war er schon oft eingegangen.

Die Rückmeldungen waren erfreulich. Eine lange Liste lag vor ihm. Der Rest war Routinearbeit, zunächst waren die Ausleihvorgänge auszuscheiden, die aufgrund der gefahrenen Kilometer nicht infrage kamen. Es blieben nur wenige Ausleihvorgänge übrig. Diese zu überprüfen, kostete ihn einen Tag voller Telefonanrufe. Wo er keine Antwort erhielt, bat er Kollegen vor Ort, die Überprüfung vorzunehmen. Dies wiederum lief alles auf dem sogenannten Obergefreitenweg. Per Telefon konnte er die Kollegen vor Ort überzeugen, die Überprüfungen ohne großen Papierkram zu machen und ihm das Ergebnis mündlich mitzuteilen. Zudem hatte er Glück. Bei einer Frankfurter Filiale eines großen Autoverleihers gab es einen vielversprechenden Treffer. Verleih eines weißen Mercedes Vito in der Zeit vom 14. – 28.05. Der Wagen sei nicht zurückgebracht, sondern telefonisch als gestohlen gemeldet worden. Auf telefonische Nachfrage konnte er erfahren, dass das Fahrzeug von einer Firma aus Luxemburg geordert worden war und das nicht zum ersten Mal. Mehr wollte die Dame von der Verleihfirma am Telefon aber nicht sagen. Da hakt ein guter Polizist natürlich nach.

Körner nahm sich vor, selbst nach Frankfurt zu fahren. Sie hatten wertvolle Zeit verloren.

Dabei lag dieser Ermittlungsansatz von Anfang an auf der Hand. Schließlich war der Zeuge nicht irgendein Zeuge gewesen. Selten hatte er einen so präzisen Mann erlebt, und das in diesem Alter. Genaue Beobachtungen, zurückhaltende Äußerungen, bedächtige Kombinationen. Er war eben ein ausgebildeter Beamter, kein Polizeibeamter zwar, aber als Zöllner ebenfalls durch eine jahrelange Berufserfahrung geprägt und offensichtlich auch mit einer entsprechenden Begabung gesegnet. Er hatte ein schlechtes Gewissen, diese Spur nicht selbst gleich weiter verfolgt zu haben. Kollegin Sabine hatte ihre Sache gut gemacht und beachtliche Informationen aus der Erinnerung des Zöllners hervorgeholt, die wertvoll für die weiteren Ermittlungen waren. Sie hatten es also mit mindestens drei Entführern zu tun.

Frankfurt, 25.06.2015

Bernd Körner fuhr nach Frankfurt. Alleine. Er informierte auch niemanden im Kommissariat. Irgendwie hatte er das Gefühl, fertige Ergebnisse vorweisen zu müssen.

Der Geschäftsführer der Niederlassung des Autoverleihers war außerordentlich zugeknöpft. Zum Glück sah er sich seinen Dienstausweis nicht so genau an oder hatte nicht erwartet, dass dieser gar nicht zuständig sein könnte. Wohl aber wusste er, dass er ohne richterliche Anordnung keinerlei Kundendaten herausgeben musste. Körner machte ihm deutlich, dass er in einem Fall von Menschenschmuggel ermittle und, falls sich herausstellen sollte, dass mit Fahrzeugen der Verleihfirma Verbrechen begangen wurden, er diese beschlagnahmen und der Spurensicherung zuführen würde.

«Aber da können Sie nichts mehr finden, die Fahrzeuge werden nach jedem Ausleihvorgang gründlich gereinigt.»

«Sie glauben gar nicht, was unsere Kriminaltechniker alles finden, besonders wenn sie die Fahrzeuge ganz auseinandernehmen. Haare auf den Sitzen, Haarschuppen in den Ritzen. Außerdem werde ich, dann natürlich mit richterlicher Anordnung, ihre gesamten Geschäftsunterlagen beschlagnahmen müssen. Sie bekommen sie natürlich zurück, sobald sie alle ausgewertet wurden.»

Der Geschäftsführer machte ein ganz unglückliches Gesicht.

«Muss das wirklich sein?»

«Nein. Aber sehen Sie, sobald ich eine richterliche Anordnung beantrage, muss ich der Anordnung folgen. Und falls Sie mir nicht helfen wollen, muss ich eben alle Unterlagen und alle Fahrzeuge untersuchen lassen!»

Der Geschäftsführer stöhnte.

«Darf ich das mit meiner Hauptverwaltung klären?»

«Selbstverständlich. Aber ihre Hauptverwaltung hatte meiner Anfrage zugestimmt! Falls das wieder so lange dauert ...»

«Ja, aber da ging es noch nicht um Kundendaten!»
«Sehen Sie, Sie informieren jetzt ihre Hauptverwaltung und ich informiere den Staatsanwalt und den Untersuchungsrichter. Morgen kommt dann ein Team der Spurensicherung und nimmt alle Unterlagen mit. Dann informieren wir Sie, welche Fahrzeuge beschlagnahmt werden.»
Der Geschäftsführer stöhnte noch lauter. «Geht das nicht anders?»
«Doch, Sie können sicherlich nachsehen, welche Firma über den 19.05.2015 einen weißen Mercedes Vito ausgeliehen hatte.»
Der Mann widmete sich seinem Computer. Er hatte den Eindruck, der Mann wollte sich hinter dem Computer verstecken und erst einmal Zeit gewinnen. Er tippte intensiv auf der Tastatur herum.
«Wir haben drei weiße Mercedes Vito, die an diesem Tag ausgeliehen waren.»
«Mich interessiert nur das Fahrzeug, das an die Luxemburger Firma ausgeliehen wurde.»
«Dann kennen Sie die Firma ja schon!»
«Ja sicher», improvisierte Körner, «ich brauche aber von Ihnen alle Ausleihvorgänge, die diese Firma getätigt hat. Sowie die abgerechneten Kilometer, die Personen, die die Ausleihvorgänge vorgenommen haben und die Zahlungsvorgänge.»
Der Geschäftsführer rang mit sich.
Er schaute wieder in seinen Computer.
«Am 14.5. war die letzte Ausleihe gewesen. Der Wagen wurde bisher nicht zurückgegeben, sondern als gestohlen gemeldet. In den Niederlanden. Die Bezahlung erfolgte bisher immer per Überweisung. Die Geschäftsbeziehung hat vor knapp neun Monaten begonnen. Jeden Monat gab es mindestens eine Ausleihe.»
«Machen Sie mir bitte einen Ausdruck. Die gesamte Geschäftsbeziehung bitte!»
Der Geschäftsführer rang mit sich. Dann druckte er.
«Aber was geschieht damit?»

«Nein, und das wird ein Nachspiel haben. Ich will Sie trotzdem gleich hier sehen! Der Polizeipräsident hat Sie doch persönlich damit beauftragt, mir zur Verfügung zu stehen. Er hat mir gegenüber bisher nicht erwähnt, dass diese Anordnung nicht mehr gilt. Oder hat er das Ihnen gegenüber getan?»

«Nein, nicht wörtlich. Er hat ...»

Körner kam ins Stottern, hatte er doch vermutet, dass die Soko vom Polizeipräsidenten auf Geheiß des Generals aufgelöst worden war.

«Soll ich den Polizeipräsidenten anrufen?», hakte der General nach.

«Nein, nein, nicht nötig, ich komme in einer Stunde bei Ihnen vorbei.» Körner wusste nicht, was er davon halten sollte.

Körner fuhr mit seiner Kollegin Sabine Backes in den Süden Aachens zum Haus des Generals. Dieser übergab Körner die Zeichnung, die Bolle angefertigt hatte und erklärte ihm die dazugehörigen Umstände. Die Tatsache, dass Eva den Mann, der eine Ratte auf dem Nacken tätowiert hatte, zu kennen glaubte, verschwieg er jedoch. Er hatte keinen besonderen Grund dazu, außer einem gefühlten Misstrauen, das er sich selbst nicht erklären konnte. Außerdem entsprach es seinem Naturell, immer etwas in der Hinterhand zu haben. Erst mal abwarten, was Jan und Eva in Köln herausfinden würden.

Körner war beschämt, was der General alles aus Bollemann heraus bekommen hatte. Etwas, das die Soko in ihrem Eifer, schnell Ergebnisse vorzuweisen, offensichtlich versaut hatte. Daher fühlte er sich berechtigt, seinerseits von dem Erfolg seiner Ermittlungen ausführlich zu berichten. Schließlich hatte er dazu die ausdrückliche Erlaubnis des Polizeipräsidenten. Der General machte sich ein paar Notizen.

Körner fuhr zum Präsidium, übergab die Phantomzeichnung in einem persönlichen Gespräch Solowski und informierte ihn über seinen Erfolg in Frankfurt. Dieser ging nicht darauf ein, sondern zeigte sich nur erbost über die Einmischung in die Ermittlungen. Körner geriet in die Defensive. Er verwies auf die Anordnung des Polizeipräsidenten, dem General persönlich jederzeit zur Verfügung zu stehen, die nichts mit der Auflösung der Soko zu tun hätte. Falls der Polizeipräsident diese persönliche Order aufheben wolle, so solle er ihn das wissen lassen. Dann solle er aber auch den General davon unterrichten. Körner redete sich in Rage. Im Übrigen sollten sie im K12 ihre Vernehmungstechniken überprüfen, damit sie sich nicht mehr von einem pensionierten Soldaten vorführen lassen müssten. Außerdem seien wichtige Hinweise eines Zeugen zu einem verdächtigen Fahrzeug unbeachtet zu den Akten genommen worden. Diese Schlamperei würde Folgen haben. Solowski beschwerte sich sofort beim Polizeipräsidenten, der ihn jedoch zurechtwies. Seine Anordnung bezüglich der Sonderstellung Körners habe selbstverständlich weiter Geltung. Das K 12 solle endlich Ergebnisse liefern.

Körner sprach seinerseits mit dem Polizeipräsidenten, der ihm freie Hand gab und sogar zustimmte, Sabine Backes weiterhin als Unterstützung einsetzen zu dürfen.
Körner war etwas verwirrt, hatte der Polizeipräsident ihn nach der Auflösung der Soko ja noch dafür gefaltet, dass er dagegen protestiert hatte. Froh darüber berichtete er dem Polizeipräsidenten über seinen ersten Erfolg bei der Suche nach dem Verleiher des weißen Transporters.

«Das klingt ja vielversprechend. Bleiben Sie persönlich dran. Vielleicht beschert uns das den ersten Ermittlungserfolg, auf den wir so lange warten. Tun Sie alles, um die Kinder zu finden. In diesem Fall sind Streitigkeiten unter den Kommissariaten zweitrangig. Konkurrenz belebt schließlich das Geschäft. Ich lasse mir die Akte kommen, die Ergebnisse sind ja bisher anscheinend bescheiden. Vielleicht kommen wir ja jetzt durch ihren Ermittlungserfolg voran.»
Körner ging gut gelaunt aus dem Büro, der Polizeipräsident schaute ihm nachdenklich hinterher.

30.06.2015

Es war ein gutes Gefühl für Körner, dass wieder Bewegung in den Fall kam, leider waren Wochen verschenkt worden. Was das im Falle einer Kindesentführung bedeutete, war ihm nur zu bewusst. Er erstellte gerade eine Zusammenstellung aller Ausleihvorgänge, die im Auftrag der Firma Argus Aye S.A., Luxemburg, getätigt wurden, als ihn sein Kollege aus Frankfurt anrief.

Nach einem kurzen Small Talk meinte er: «Interessierst du dich noch für den Zuhälter, der in Zusammenhang mit deiner Mietwagensuche stand?»

«Ja, was ist mit dem?»

«Sie haben ihn gefunden.»

«Super.»

«Na wie man's nimmt, der liegt in Belgien auf 1,80 m.»

«Du meinst, er ist tot?»

«So tot, wie man nur sein kann. Kam über Europol. Sie haben ihn in Brüssel aus einem Müllcontainer gefischt.»

«Also keine natürliche Todesursache.»

«Nein, offensichtlich hat er sein bestes Stück nicht bei sich behalten können.»

«Wie bitte?»

«Irgendjemanden muss er offensichtlich mächtig auf die Füße getreten sein. Ihm wurde die Kehle durchgeschnitten. Anschließend hat man ihn entmannt.»

«Na, wenn das keine Botschaft ist! Haben die belgischen Kollegen schon einen Hinweis?»

«Nein, sie haben erst durch unsere Anfrage über Interpol von dessen wahrer Identität erfahren. Er war auch dort als Russe aufgetreten. Hatte entsprechende Papiere dabei. Sah' halt aus wie eine Abrechnung im Zuhältermilieu.»

«Was vermutest du?»

«Wahrscheinlich lautet die Botschaft, dass er seinen Schwanz besser irgendwo herausgehalten hätte. Da er im Menschenschmuggel tätig war, könnte das heißen, dass er sich an einer Fuhre vergriffen hatte, welche absolut tabu war. Vielleicht bestellte Ware, eine Jungfrau, ein Knabe, was weiß ich. Er war bei der Sitte früher bekannt dafür, Novizinnen anzuwerben und einzureiten. Dafür spräche das Abschneiden des Genitals.»

«Wie lange ist er schon tot?»

«Ca. vier Wochen. Sie haben ihn am 25.05. gefunden.»

«So lange schon?»

«Wenn wir wüssten, was seine letzte Tour war, wären wir weiter», stellte der Kollege fest. Körner hatte eine konkrete Vorstellung von der letzten Tour des Zuhälters.

«Ich hab da so eine Ahnung. Meine Kollegen aus Aachen werden sich bei dir melden, dann ist es offiziell.»

«Hat es etwa mit der Entführung der Mülhausenkinder zu tun? Wow, da werde ich die belgischen Kollegen gleich mal kontaktieren.»

«Sag den Aachener Kollegen bitte nichts von unserem Gespräch»

«Ist klar»

Körner versuchte das Thema zu wechseln.

«Habt ihr schon was zu dieser luxemburgischen Firma?»

«Da sind wir dran. Aber das dauert, die Firma ist nur in Luxemburg registriert. Kein Internetauftritt. Sieht ohnehin nach einer Briefkastenfirma aus.»

«Halt' mich bitte auf dem Laufenden.»

Bernd bedankte sich und sie verabredeten, sich jeweils zu melden, sobald sich was Neues ergeben würde.

Am nächsten Tag gab er diese Informationen an den leitenden Ermittler aus dem K 12 weiter.

«Der Kollege in Frankfurt würde sich freuen, wenn Sie direkt Kontakt mit ihm aufnehmen würden.»

Dieser schaute zwar etwas säuerlich, aber nachdem Körner ihm versichert hatte, dass das alles im Namen des K 12 geschehen sei und vom Polizeipräsidenten persönlich gutgeheißen worden war, bedankte er sich artig.

01.07.2015

Bernd Körner war mit Sabine Backes unterwegs gewesen. Auf dem Heimweg hatte Sabine ihn auf eine Idee gebracht. Sie hatten über den Polizeidienst geredet und wie jede Beziehung davon belastet werde. Dass man gerade als Polizist besonders in eine Beziehung investieren müsse, da man auf der anderen Seite viel Verständnis für die beruflichen Belastungen erwarte.

Er hatte seine Frau, die als Krankenschwester in der Kinderstation des örtlichen Krankenhauses arbeitete, seit Tagen nicht gesprochen. Da sie im Schichtdienst arbeitete, schlief sie morgens, wenn er das Haus verließ. Nach Hause war er erst gekommen, als sie schon wieder weg war. Daher hatten sie nur über Zettel kommuniziert. Dabei hatten sie an diesem Wochenende eigentlich so viel erledigen wollen. Die Hoffnung, die Kinder lebend zu finden, war verschwindend gering, die Soko aufgelöst. Es war Zeit, langsamer zu treten. Er wollte seine Frau überraschen, die morgens aus der letzten Nachtschicht gekommen war und nun ein paar Tage frei hatte. Sie würde sicher noch im Bett sein, denn ihr Sohn ging am Montag nach der Schule gleich zum Sport, was ihr Zeit gab auszuschlafen und die freien Tage entspannt zu beginnen.

Bernd wusste, dass er seine Frau in letzter Zeit wieder sehr vernachlässigt hatte. Deswegen wollte er sie mit einem Frühstück am Bett überraschen. Er besorgte frische Brötchen und Croissants, hielt beim Blumenladen an und kaufte gelbe Rosen, die sie so liebte und ließ sich von seiner Kollegin in Burtscheid an seinem Haus absetzen. Er könnte abends noch einmal ins Büro fahren, wenn seine Frau zur Gymnastik wäre.

Er ging beschwingt zur Haustür, zog den Schlüssel aus der Tasche und versuchte die Tür aufzuschließen, was ihm allerdings nicht gelang. Offensichtlich steckte von innen ein Schlüssel im Schloss.

«Was ist das wieder?», brummelte er und ging zur Garage, deren Tor zum Glück nur angelehnt war. Die Garage verfügte über eine Verbindungstür zur Diele, die allerdings immer abgeschlossen war. Da Bernd den Schlüssel für diese Tür nicht bei sich trug, lud er seine duftenden Tüten sowie die Rosen auf der Werkbank ab und holte den Reserveschlüssel aus einem Marmeladenglas, das mit diversen Edelstahlschrauben gefüllt war. Er war stolz auf dieses Versteck, denn das Glas hing am Deckel, der unter ein Brett geschraubt war. Der Schlüssel blieb dank eines unter dem Deckel sitzenden Magneten an seinem Platz. Nun nahm er ihn heraus, um ins Haus zu gelangen.

Er versuchte möglichst leise zu sein, um sie nicht zu wecken. Doch als er in die Diele kam, hörte er Musik, offensichtlich war sie schon wach. Na, dann wird es nichts aus der Überraschung, dachte er. Er wollte schon rufen, als er ein kehliges Stöhnen und Keuchen vernahm. Automatisch griff er zu seiner Dienstwaffe, entsicherte sie und ging mit gezogener Waffe zunächst Richtung Schlafzimmer. Die Geräusche kamen jedoch aus dem Wohnzimmer. Irgendetwas irritierte ihn. Das lustvolle Stöhnen war ihm vertraut, nicht aber das Keuchen. Die Waffe im Anschlag öffnete er die Tür zum Wohnzimmer.

Er blickte auf das nackte Gesäß eines muskulösen fremden Mannes, dann in die Augen seiner Frau, die rittlings vor dem Mann über der Sofakante lag und ihm nun erschrocken den Kopf zuwandte. Dass sie auch noch eine seiner Lieblingsplatten zur Untermalung benutzt hatten, war für seine Wut nicht entscheidend.

Der erste Schuss ging in die Decke. Ein Hoch auf die Routine. In unzähligen Schießübungen auf dem Schießplatz und besonders im Schießkino eingeübt: zuerst der Warnschuss. Bernd würde später mehr als dankbar für diese Routine sein, die in unerwarteten Situationen eine Handlungsfolge aufzwingt. Der aus der Decke rieselnde Putz irritierte ihn ein wenig.

Der zweite Schuss zerstörte die Stereoanlage, es lief gerade ‚Bohemian Rhapsody' von Queen, das war wirklich nicht zu ertragen. Ein dritter Schuss hätte sicherlich Schlimmeres angerichtet, aber die Zeit hatte gereicht, um ihn zur Besinnung kommen zu lassen. Wenigstens so weit, dass er nicht auf wehrlose Personen schoss.

Er wies den Mann an, sich anzuziehen und wartete, bis er das erste Bein gerade in die Hose gesteckt hatte. Dann trat er zu. Genau zwischen die Beine. Der Mann sank stöhnend zu Boden. Er packte ihn und zerrte ihn über die Terrassentür nach draußen. Wortlos. Seine Frau, die in Panik hinter das Sofa geflohen war, zog er, nackt wie sie war, hervor und trieb sie mit Schlägen mit der flachen Hand vor sich her und schubste sie ebenfalls über die Terrassentür nach draußen.

Sie fiel über den Gigolo, der immer noch gekrümmt vor Schmerzen draußen lag. Dann schloss er die Terrassentür, ging im Haus herum und ließ alle Rollladen herunter und vergaß auch nicht, die Tür zur Garage zu verschließen. Anschließend ging er in sein Büro, drehte die Musik laut auf und vernichtete den kompletten Vorrat an Wodka.

In der Zwischenzeit hatten die Nachbarn seine Frau und den Mann ins Haus geholt sowie die Polizei gerufen, denn Bernd veranstaltete im Haus ein munteres Schießen.

Seine Frau sammelte Engel aus Porzellan, die überall in der Wohnung herumstanden oder an durchsichtigen Fäden von der Decke baumelten. Auf diese absolvierte er jetzt ein Zielschießen. Die hinzugerufenen Kollegen versuchten, ihn zu erreichen. Er reagierte auf kein Klingeln, Klopfen oder Anruf und so blieben sie auf Distanz.

Der Polizeipräsident traf persönlich ein. Auch auf dessen Klopfen und Rufen reagierte niemand. Erst als jemand auf die Idee kam, Bernds Pager zu aktivieren, kam Bewegung in die Sache. Ein weiteres Hoch auf die Routine.

Bernd saß nun auf seinem Sessel im Arbeitszimmer und betrachtete seine Waffe. Alle Engel waren erledigt, aber leider hatte er auch die ganze Munition verbraucht. Für das Finale fehlte ihm jetzt die letzte Kugel. Auch das hatte er versaut! Die Wodkaflasche war leer. Sein Hirn ebenfalls. Als der Pager ging, nahm er ihn automatisch in die Hand und suchte anschließend sein Handy. Es war an seinem Platz und er wählte die Nummer der Einsatzzentrale. Dort meldete sich der Beamte, den man entsprechend unterrichtet hatte. Geschäftsmäßig wies er Bernd an, sofort wegen einer Messerstecherei zu den Ermittlungen ins Krankenhaus zu kommen.

Bernd nahm seine Jacke und ging zur Tür. Als er diese öffnete, fielen die Kollegen über ihn her. Er begriff nicht, was sie von ihm wollten. Es war ihm auch egal. Sie sagten, sie fahren ins Krankenhaus. Noch auf der Fahrt ins Krankenhaus war er davon überzeugt, Teil einer Ermittlung zu sein. Die Geschehnisse in seinem Haus hatte er vollständig ausgeblendet. Ging ja auch niemanden etwas an. Schließlich hatte er ja nichts gemacht. Außer einen Hurenbock und seine Hure aus seinem Haus zu werfen.

Dies warf er dem Arzt an den Kopf, dem er vorgestellt worden war. Leider musste er ihm noch mehr gesagt haben, denn als er wach wurde, befand er sich in der geschlossenen Abteilung der psychiatrischen Abteilung. Volltrunkenheit und akute Selbsttötungsabsicht waren die offiziellen Diagnosen. Angesichts der Menge an Wodka erinnerte sich Bernd an nichts mehr, was er dem Arzt gesagt haben könnte. Daher blieb ihm nichts anderes übrig, als die für solche Fälle vorgeschriebene Prozedur über sich ergehen zu lassen. Von der Familie sah Bernd zunächst niemanden, erst am dritten Tag besuchte ihn sein Sohn. Er wusste nichts zu sagen, umarmte ihn nur. Auch sein Sohn schwieg zunächst, ihm war die Umarmung in der ungewohnten Umgebung offenbar peinlich. Bernd ging mit ihm in sein Zimmer, dort saßen sie nun.

«Wie ist es hier drin?», fragte sein Sohn zögernd.

«Ach gar nicht so schlecht, die sorgen gut für einen. Ich hab sogar einen Schachpartner gefunden.»

«Hier?», fragte sein Sohn ungläubig.

«Hier sind keine Idioten. Meist sind es Menschen, die psychisch labil sind oder in einer Extremsituation einen Systemausfall erlitten hatten.»

«Wie du?»

«Ja wie bei mir.»

Er ging mit ihm durch die geschlossene Abteilung, damit er die Scheu verlöre.

«Ich bleibe nicht bei Mama wohnen. Wenn du hier raus bist, ziehe ich zu dir», eröffnete sein Sohn auf einmal sehr ernst. Bernd wollte schon relativieren, doch er sah den festen und erwartungsvollen Blick seines Sohnes. Er war dreizehn und fühlte sich daher durchaus in der Lage, für sich selbst zu entscheiden. Alle Argumente, die Bernd einfielen, sein unregelmäßiger Dienst, die Schule, den zu erwartenden Widerstand seiner Frau, schluckte er runter.

«Fein, so machen wir es.»

Zwei Männer unter sich. Bernd wusste, dass es ein weiter Weg werden würde, dies zu verwirklichen. Dazu würde er sich wohl oder übel auch mit seiner Frau auseinandersetzen müssen. Bei diesen Gedanken zog sich in ihm alles zusammen. Sein Sohn merkte, wie sein Vater verkrampfte.

«Was hast du?»

«Ach nichts, das sind wahrscheinlich die Medikamente, die du hier kriegst. Die Nebenwirkungen.»

«Und alles wegen dieser Hure!», erklärte sein Sohn aus voller Brust.

«So sollst du nicht über deine Mutter reden!»

«Warum nicht, sagen doch alle!», antwortete sein Sohn trotzig.

Dennoch sah Bernd die Tränen in die Augen seines Sohnes. Er realisierte, was er angestellt hatte, was er vor allem seinem Sohn angetan hatte. Seine Frau hatte es sich selbst zuzuschreiben, aber sein Sohn, der litt jetzt doppelt darunter. Er hätte sich einfach umdrehen sollen und gehen. Am besten hätte er sich wieder vor die Haustür gestellt und Sturm geklingelt. Den Kerl durch die Hintertür entwischen lassen und die Sache mit seiner Frau unter Erwachsenen geregelt. Sich den Gigolo später geschnappt. Oder gar nichts gemacht, weggesehen. Aber er musste großes Kino daraus machen. Und sein Sohn litt darunter. Dieser war jetzt hin- und hergerissen zwischen dem gehörnten Vater und der untreuen Mutter, die ihm viel näher stand.

Dann war da die sogenannte öffentliche Meinung, die bei einem Dreizehnjährigen vor allen Dingen aus der Meinung seiner Freunde bestand. Diese würden seine Handlungsweise natürlich toll finden. Er konnte sich die coolen Sprüche der Halbstarken gut vorstellen. Seinem Sohn hatte er damit den Boden unter den Füßen weggezogen, nötigte ihn, sich gegen seine geliebte Mutter zu wenden. Er hatte tatsächlich alles falsch gemacht.

Nach fünf Tagen kam sein ehemaliger Chef, jetzt Leiter des Kommissariats 21 für Innere Angelegenheiten.

Körner hatte Vertrauen zu ihm, erzählte, woran er sich noch erinnern konnte. Sein Ex-Chef ergänzte, was danach geschehen war.

«Ein starker Auftritt! Die Kollegen stehen hinter dir.»

«Ja, aber was hab ich davon?»

«Ich glaube, ich hätte genauso reagiert!»

«Dann hol mich hier raus!»

«So einfach ist das nicht, du bist hier anscheinend gut aufgehoben, da draußen tobt im Moment der Bär.»

«Wollt ihr mir was anhängen?»

«Bernd, sei nicht so naiv. Da braucht dir keiner was anhängen wollen, da kommt so viel zusammen, das reicht auch ohne bösen Willen.»

«Ist doch nichts passiert!»

«Na, wie man's nimmt. Der Mann, also der, du weißt schon, war im Krankenhaus und wurde dort ambulant behandelt. Dann der unerlaubte Waffengebrauch. Und die Gewalt gegen deine Frau. Aber das kriegen wir schon hin. Du musst nur Geduld haben. Verlass dich auf mich.»

«Du hast gut reden, du sitzt ja nicht hier drinnen.»

«Ein paar Tage noch, bitte», bat sein ehemaliger Chef.

«Gut, aber denk dran, wenn man nicht bekloppt ist, wenn man hier reinkommt, ist man es bestimmt, wenn man wieder rauskommt», hakte Bernd nach.

«Na, dann hast du ja kein Risiko», erwiderte dieser.

«Jetzt hau bloß ab!», lachte Bernd.

Bernds Ex-Chef war froh, ihn zum Lachen gebracht zu haben.

Nach einer Woche waren alle davon überzeugt, dass Bernd keine Gefahr für sich und andere mehr war. Aber jetzt fing der Ärger erst richtig an.

Nach Hause konnte er nicht, das hatte man ihm vorerst untersagt. Klar, da lebte seine Frau mit dem Sohn. Kontaktsperre. Dafür verzichteten sowohl seine Frau als auch der Loverboy seiner Frau auf eine Anzeige. Dieser war ohnehin abgetaucht.

Im Präsidium dann der nächste Schock. Man wollte ihn zumindest vorübergehend, wie es hieß, in den Innendienst abschieben. Kein Waffenträger, bis die internen Ermittlungen abgeschlossen seien. Raus aus der Mordkommission, irgendwo in eine staubige Amtsstube. Keiner wusste etwas Genaues. Noch war er krankgeschrieben. Sollte zunächst wieder auf die Beine kommen. Er wollte aber wieder in den Dienst zurück. Auf sein Drängen hin bekam er einen Termin beim Polizeipräsidenten.

Dieser war ganz freundlich, zeigte, wie alle Kollegen, vollstes Verständnis. Schließlich vernachlässigten viele seiner Kollegen die Familie wegen des Berufs, man saß quasi im selben Boot. Da war man froh, dass es einer krachen ließ, wenn er Hörner aufgesetzt bekam und hoffte inständig, selbst verschont zu bleiben.

Doch, bat der Polizeipräsident, müsse er auch für ihn Verständnis haben. Er müsse ihn jetzt erst einmal aus der Schusslinie nehmen.

«Schusslinie ist gut», amüsierte sich der Polizeipräsident über sein eigenes Bonmot. Bernd fand es weniger gelungen.

«Ich weiß, dass Sie ein guter Polizist sind. Ich verzichte sehr ungern auf Ihren Spürsinn, den Sie in mehreren Kommissariaten bewiesen haben.»

«Dann lassen Sie mich die Arbeit machen, die ich am besten kann!», appellierte Bernd.

«Das kann ich nicht, das wissen Sie doch auch. Außerdem denke ich, dass Sie jetzt einen Neuanfang brauchen. Sie müssen zunächst ihr Leben neu ordnen. Lösen Sie ihre Probleme, es hat keinen Sinn, sich jetzt hinter der Arbeit zu verstecken. Sie haben das Leben noch vor sich. Sie haben einen Sohn, um den Sie sich kümmern sollten.»

Der Polizeipräsident ließ seine Worte wirken und er sah, dass sie ihre Wirkung nicht verfehlten. Bernd nickte unmerklich.

«Ich habe einen Vorschlag. Ich habe mit dem Staatssekretär im Innenministerium gesprochen, der in Düsseldorf für die Bekämpfung der organisierten Kriminalität zuständig ist. Der könnte Sie gut gebrauchen. Sie könnten neu anfangen, hier läuft Ihnen das ewig nach. Sagen Sie jetzt nichts, aber überlegen Sie es sich gut, bis Montag brauch' ich eine Antwort.»

Bernd verabschiedete sich wie ein begossener Pudel, aber je länger er überlegte, der Polizeipräsident hatte recht. So sagte er am nächsten Tage zu und ließ sich wieder gesundschreiben. Schon am Montag darauf begann er seine neue Tätigkeit im Ministerium. Man hatte ihm sogar schon eine vorübergehende Unterkunft besorgt.

Langerwehe, 02.07.2015

Der Mann war nicht besonders groß. Er trug einen dunkelgrauen offenen Sommermantel und darunter einen dunkelgrauen Anzug mit Krawatte, einschließlich Krawattennadel. Er war etwas untersetzt, offensichtlich im fortgeschrittenen Alter, denn sein Gang wirkte schwer. Jeder, der ihn sah, würde ihn für einen Versicherungsvertreter halten; die große Aktentasche passte perfekt ins Bild. Das war auch seine Absicht. Eine brauchbare Beschreibung würde sicherlich keiner abgeben können. Er trug eine dunkelbraune Perücke aus dem Warenhaus. Dass man dies vielleicht erkennen könnte, spielte keine Rolle, viele ältere Männer trugen billige Perücken, besonders wenn sie als nicht besonders erfolgreiche Vertreter unterwegs waren. Der Anzug war weit geschnitten und verbarg perfekt seinen muskulösen Oberkörper. Auch die Brille war Maskerade, die Gläser leicht getöntes Fensterglas.

Er liebte diese Maskeraden. Schon als Kind im Kinderheim hatte er sich mit Vorliebe verkleidet. Oft hatte er Prügel bezogen, wenn er dazu von anderen ungefragt Sachen ausgeliehen hatte. Aber diese Zeit war vorbei. Jetzt war er am Drücker. Er war stolz auf seine Verwandlungsfähigkeit, die sich beileibe nicht nur auf Maskeraden beschränkte. Er bewegte sich auf einer Operngala genauso sicher und unauffällig wie auf einem Bierfest. Besonders stolz war er auf seine neueste Errungenschaft, einen künstlichen Bauch, den er sich umgeschnallt hatte und die Gewichtsmanschetten an den Beinen, die diesen schweren Gang verursachten. Das hatte er sich in einer Sendung über Altersforschung abgeschaut, wo man Studenten zu Forschungszwecken Anzüge mit Gewichten und Versteifungen anzog, damit sie sich wie alte Leute bewegten und so die Anforderungen einer vergreisenden Gesellschaft besser verstehen lernten. Er hatte dies gleich umgesetzt in eine neue Figur, eben diesen wenig erfolgreichen älteren untersetzten Vertreter. Zwar behinderte auch ihn dieser Aufzug, aber das machte nichts, denn er hatte ja einen guten Plan, der ihn vor allzu großen Anstrengungen bewahren sollte. Seine Spezialität waren diese kniffligen Sachen, die machte er immer noch am liebsten selbst. Wenn er einen Plan ausgearbeitet hatte - er machte immer einen exakten Plan, wenn er einen Auftrag übernahm -, dann kribbelte es ihm sofort in den Fingern. Er liebte es, wenn seine Pläne aufgingen. Für die grobe Arbeit hatte er seine Leute, nur die feinen Sachen übernahm er noch selbst. Diese Sache war aber eigentlich ein Kinderspiel.

Wie ein Selbstmord sollte es aussehen. Dass Bolle ein Trinker war, machte die Sache so einfach. Gestern war er in der Klinik gewesen. Bolle hatte ihm zwar versichert, dass er nicht verraten hätte, ihn gesehen zu haben. Aber er musste auf Nummer sicher gehen. Er hatte zwei Flachmänner mitgebracht und sie hatten diese gemeinsam geleert. Morgen früh würde Bolle aus der Klinik entlassen werden, da er während des Klinikaufenthaltes rückfällig geworden war. Man musste kein Hellseher sein, um zu wissen, dass er, sobald er in sein Gartenhaus zurückkehrte, seinen Kummer in Alkohol ertränken würde.

Wie ein typischer Vertreter sah er aus, allerdings könnte es verdächtig wirken, wenn er auf dem Spazierweg zum Gartenhaus gehen würde. Er entschied sich um und schlenderte am Haupthaus vorbei die Laufenburgstraße hinauf und dann das kurze Stück den Spazierweg zurück zum Gartenhaus von Bolle. Hier war er vor ungebetenen Augenzeugen geschützt. Ohne Zögern ging er zum Gartenhaus. Im Haus selbst und im Nebenhaus war alles dunkel und ruhig.

Er zog nun seine Handschuhe an, die ihm angesichts der Jahreszeit zu auffällig erschienen waren. Feinstes Känguruleder, da machte er keine Kompromisse. Mit diesen Handschuhen fühlte er sich wie ein Chirurg, sie behinderten ihn in keiner Weise bei seinen manchmal diffizilen Aufgaben. Es war eine Schande, dass alles anschließend verbrannt werden musste, aber er war lange genug im Geschäft, um zu wissen, dass man heutzutage der Spurensicherung keine gebrauchten Requisiten liefern sollte. Ein blödes Haar, ja sogar eine Hautschuppe konnte einen für Jahre in den Knast bringen. Das machte einem das Leben schwer, andererseits hielt es ihm die Amateure vom Hals, die früher die Preise kaputtgemacht hatten. Er trug das Haupthaar sehr kurz, höchstens 6 mm, vor heiklen Aufträgen trug er auch eine Glatze und rasierte die gesamte Körperbehaarung ab, was zum Glück sogar modern war. Die Tür zum Gartenhaus war unverschlossen. Er schaute hinüber zum Haupthaus, im oberen Geschoss brannte hinten Licht. Es war noch hell genug, so entschloss er sich, zunächst kein

Licht anzumachen. Vielleicht fand er sich auch so zurecht. Er schaute sich aufmerksam um und fand sogleich, wonach er suchte. Eine Verlängerungsschnur, die von einer Ecke zu einem Kofferradio auf der Fensterbank führte. Er bemühte sich, nichts zu verändern, prägte sich nur alles genau ein. Die kleine Küchenzeile auf der linken Seite unter dem Fenster. Das Sofa, das sicherlich auch als Bett diente. Der alte Küchentisch mit zwei Stühlen. Ein Fernseher auf einem alten Nachtschränkchen in der anderen Ecke, das war es schon. Kein Kleiderschrank. Der Firstbalken des Gartenhauses machte einen soliden Eindruck. Auch einen geeigneten Haken registrierte er. Das war fast zu einfach. Er durchsuchte langsam und methodisch die Küchenschränke. Im Unterschrank bei den Putzmitteln fand er, wonach er suchte. Die eiserne Reserve. Eine Flasche Jabiko, wie sie früher immer sagten, <*ja*nz *bi*lliger *Ko*rn>. Der Mann war mit sich zufrieden, wie ein Zauberer holte er aus seiner Aktentasche eine Flasche der gleichen Marke heraus und stellte sie an die Stelle der eisernen Reserve. Er hatte sich extra im nahen Supermarkt umgesehen, welche Marken dort vorrätig waren. Natürlich hätte er hier trotzdem eine andere Marke antreffen können, aber darauf war er auch vorbereitet, dann hätte er eben die vorhandene Flasche manipulieren müssen, was bei einer nicht angebrochenen Flasche etwas heikel war und auf jeden Fall Licht erfordert hätte. Dies hatte er nun durch seine kluge Vorausschau vermeiden können. Außerdem kannte er seinen Pappenheimer noch von früher, sparsam wie er immer war. Und wenn er keine Flasche Schnaps gefunden hätte, hätte er einfach die Flasche als Geschenk auf den Tisch gestellt mit einem Zettel, den er auch schon vorbereitet hatte. Er hatte lange überlegt, was er schreiben sollte, damit es glaubwürdig klingt. Für Bolle, auf alte Zeiten, stand auf dem Zettel. Den hätte er dann später verschwinden lassen.

Da Alkoholiker oft gemeinsame Alkoholvorräte anlegten, ohne direkt darüber zu reden, schien ihm dieser Text am unverfänglichsten. Jedenfalls hatte er das im Schlachthof oft erlebt, dass Depots wie der Toilettenspülkasten von den verschiedensten Leuten angesteuert wurden, ohne dass der eine vom anderen wusste, wer eigentlich mit von der Partie war. Ohne irgendwelche Absprachen funktionierte es tatsächlich, dass das Depot wechselnd wieder befüllt wurde.

Dennoch war er froh, dass er den Zettel nun nicht brauchte. Dann nahm er noch ein Glas aus der hinteren Reihe im Schrank und schüttete aus einem Tütchen einige Tabletten hinein. Sollte man bei einer Obduktion tatsächlich die Barbiturate feststellen, war es gut, wenn sich auch einige Tabletten bei der Durchsuchung im Haushalt fanden. Er hatte erst überlegt, einfach die angefangene Packung in den Schrank zu legen, aber diesen verdammten Schnüfflern würden die fehlenden Fingerabdrücke des Opfers sicher auffallen. Deshalb war er auf die Idee gekommen, die Tabletten in ein Glas zu schütten. Sollten die Bullen doch versuchen, herauszukriegen, woher die Tabletten kamen. Man musste eben immer einen Schritt weiterdenken. Das war seine Lebensversicherung. Er konnte tatsächlich, ohne das Licht anzumachen, alles arrangieren und verließ das Gartenhaus wieder, wie er gekommen war. Als er das Gartentor schloss, dämmerte es bereits. Er zog dennoch die Handschuhe aus und verstaute sie sorgfältig in seiner Manteltasche. Er wusste, dass er noch einmal zurückkommen musste. Die Dosis in der Flasche war zwar groß genug, jemanden einzuschläfern, nicht jedoch, ihn ins Jenseits zu befördern. Giftmorde waren ohnehin nicht sein Metier. Zu unsicher und Spaß war auch nicht dabei.

Ohne Probleme erreichte er wieder sein Auto, das er unten im Dorf vor der Kirche abgestellt hatte. Ihm begegnete zwar ein Pärchen, das er in Vertretermanier höflich grüßte, aber das war schon alles.

Am nächsten Tag trug er Joggingkleidung. Alles aus dem Aldi in Maastricht, natürlich mit Zierstreifen in Orange, eine lange Läuferhose, Joggingschuhe, ein Multifunktionsshirt mit Jacke. Dazu eine orangefarbene Baseballkappe, einen Kopfhörer mit Walkman an der Hüfte und natürlich eine große Sonnenbrille für 5,95 Euro. Ihn schauderte angesichts dieser

Verkleidung. Aber sie hatte ihre Vorteile. Er würde notfalls schnell laufen können. Er hatte diesmal den Wagen auf dem Parkplatz des Bahnhofs abgestellt und näherte sich nun von hinten über den Spazierweg dem Gartenhaus. Diese Entführung war ihm von Anfang an ein Dorn im Auge gewesen, leider konnte er den Auftrag unmöglich ablehnen. Dass er hier ausgerechnet auf einen alten Mannschaftskollegen treffen musste, war Pech. Aber das würde er ja jetzt korrigieren. Die Kirchenglocke schlug gerade 19.00 Uhr. Ungünstigerweise waren ihm mehrere Spaziergänger entgegengekommen, darunter auch wieder der alte Mann mit seinem Husky, der immer den Hut lüftete. Na wenn schon. Er hatte mit holländischem Akzent gegrüßt, Holländer waren tatsächlich auch in dieser Gegend oft zu finden, sie schienen die Eifel wirklich zu lieben.

Diesmal hatte er Pech, die Gärten waren zu belebt. Ein Anwohner hatte eine Fuhre Holz bekommen, die er nun mit der Schubkarre in den Garten fuhr. Einen zweiten sah man im Garten das Holz hacken. Er wagte nicht einmal, sich dem Gartenhaus zu nähern, um festzustellen, ob sein Opfer da war. Dass er gegen 14.00 Uhr die Entzugsklinik in Düren verlassen hatte und dann mit dem Bus nach Hause gefahren war, wo er gegen 17.00 Uhr eintraf, hatten seine Mitarbeiter ihm gemeldet. Eine weitere Überwachung hatte er jedoch nicht vorgesehen.

Ihm blieb nichts anderes übrig, als weiterzulaufen und es später noch einmal zu versuchen. Allzu lange wollte er jedoch nicht im Dorf gesehen werden, so lief er nur eine Runde durchs Dorf, ohne sich irgendwo aufzuhalten und anschließend denselben Weg zurück. Die Nachbarn von seinem Opfer waren immer noch zu Gange, obwohl es schon dunkelte. Wollten diese Holzhacker nicht endlich Feierabend machen und zu Abend essen? Die Gewohnheiten der Dörfler würde er nie verstehen. Er lief bis zum Ende des letzten Hauses und verfiel dann in ein Gehen, als wenn er eine Pause benötigte. Er setzte sich dort auf eine Bank. Nach einer viertel Stunde gab er auf. Seine Tarnung war verbrannt. In dieser Aufmachung konnte er unmöglich noch einmal den Weg hinunterlaufen, ohne aufzufallen. Er lief zurück zum Auto, der Parkplatz war jetzt ziemlich leer. Sicherheitshalber fuhr er auf die andere Seite des Bahnhofs bis zum nächsten Parkplatz, wo er in den Fonds seines Opel Zafira kletterte und sich umzog. Die Fenster waren mit schwarzer Folie abgeklebt, so war er vor neugierigen Blicken geschützt. Nun trug er einen dunklen Trainingsanzug ohne irgendwelche Abzeichen. Dazu eine schwarze Wollmütze. Er blieb im Fond sitzen und wartete. Die Zeit wurde knapp. Wenn sein Opfer sich gleich über seinen Schnapsvorrat hergemacht hatte, würde die Wirkung des Alkohols und des Barbiturats bald nachlassen. Dann würde es schwierig werden, einen Selbstmord zu arrangieren. Dennoch wartete er, bis es völlig dunkel war. Dann fuhr er zurück zum ursprünglichen Parkplatz und machte sich wieder auf den Weg zum Gartenhaus. Er wollte es zumindest versuchen, abbrechen und es später mit einem neuen Plan umsetzen konnte er immer noch. Es war nicht zu vermuten, dass jemand Verdacht geschöpft hatte. Allerdings war sein Zeitfenster ziemlich eng.

Er kam ohne auffällige Begegnungen bis zum rückwärtigen Gartentor. Von dort ungesehen in den Garten und auch bis zur Tür des Gartenhauses. Im Gartenhaus brannte Licht, allerdings ebenso in den Häusern in der Nähe. Er spähte kurz durchs Fenster, die Schnapsflasche stand leer auf dem Boden neben dem Sofa. Auf dem Sofa lag Bolle mit Bartstoppeln und schnarchte.

Er öffnete die Tür und schlüpfte hinein, ging zum Sofa und hob das Lid von Bolles rechtem Auge an. Bolle bewegte sich nicht. Nun spulte er sein geplantes Programm ab. Es dauerte nicht einmal zehn Minuten.

Zunächst holte er aus seinem Rucksack zwei aufblasbare Schläuche. Diese stülpte er Bolle über die Unterarme so dass sie über die Hände hinausragten und pumpte sie auf. Er fixierte sie anschließend mit zwei Schnellbindern am Handgelenk und band sie zusammen. Nicht so fest, dass es Spuren hinterließ, aber so fest, dass die Röhren nicht einfach abzustreifen waren.

Er war stolz auf diese Erfindung, mit der sich sämtliche Abwehrspuren vermeiden ließen. Da Bolle seine Schuhe anbehalten hatte, band er noch kurzerhand die Schnürsenkel zusammen und steckte die Beine in einen Sack, den er locker zusammenband. Bolle grummelte zwar, wurde aber nicht wach. Kein Wunder, bei der Dröhnung. Er nahm die Verlängerungsschur, riss die Stecker ab, machte in das eine Ende eine Schlinge und legte diese Bollemann um den Hals. Aber Bolle wog mindestens neunzig Kilo, er würde ihn nicht ohne weiteres vom Sofa bis zur Schlinge bugsiert bekommen. Kurzerhand zog er das Sofa mitsamt Bolle in die richtige Position. Das andere Ende des Kabels führte er durch den schweren Ringhaken direkt am Mittelbalken und verknotete es dort. Die Schlinge reichte nicht ganz bis zum Kopfende des Sofas. Er packte Bolle von hinten und setzte ihn auf.

Jetzt wurde Bolle wach. Er begriff nicht, was geschah, stierte nur verständnislos den Mann mit der Wollmütze an. Schnell streifte er Bolle die Schlinge über den Kopf, packte ihn bei den Füßen und zog ihn langsam vom Sofa. Die Schlinge zog sich zu. Seelenruhig rückte er das Sofa zurück. Bolle versuchte, auf die Füße zu kommen. Er strampelte wie wild, seine Hände griffen zur Schlinge, doch die Hände vermochten nichts zu packen und seine Beine wollten sich nicht richtig bewegen lassen. Er vermochte auch nur zu krächzen, keine Laute, die man von draußen beachten würde. Der Alkohol mit dem Schlafmittel tat ein Übriges, zu unkoordiniert und schwach waren Bolles Bewegungen. Der Mann im schwarzen Trainingsanzug stand neben ihm und sorgte nur dafür, dass Bolle nicht auf die Füße kam. Ein kurzer Zug an der Schnur, mit der er den Sack um Bolles Beine zugebunden hatte reichte, Bolle wieder aus dem Gleichgewicht zu bringen, wenn er einmal die Füße auf den Boden gebracht hatte.

Den Mann in Schwarz amüsierte der Todeskampf, nach wenigen Minuten wurde die Gegenwehr schwächer, Bolle verlor das Bewusstsein. Er hob noch einmal Bolles Beine an, bis die Zunge aus dem Mund fiel und die Augen aus Augenhöhlen zu quellen schienen. Professionell prüfte er den Puls, nickte zufrieden. Er entfernte die Schläuche von den Armen und den Sack von den Beinen und sah zufrieden, dass es keine Abdrücke auf der Haut gab. Die Schnürsenkel aber hatten sich so zugezogen, dass sie sich nicht öffnen ließen. So blieb ihm nur übrig, die Schuhe auszuziehen und die Schnürsenkel durchzuschneiden und zu entfernen. Blöd von ihm, dieser spontanen Idee nachzugeben, denn eigentlich hatte er nur vorgehabt, die Beine in einem Sack zusammenzubinden.

Er spähte hinaus. Der Todeskampf war offensichtlich unbemerkt geblieben, leise schlich sich der Mörder aus der Hütte. Ein letzter Blick bestätigte ihm, dass nicht alles perfekt gelaufen war. Die Schuhe ohne Schnürsenkel hatte er zwar gegen ein anderes Paar Schuhe getauscht, die er hinter einem Vorhang gefunden hatte und sie neben das Sofa gestellt. Aber die Schleifspuren des Sofas waren unübersehbar. Perfektion war eben in seinem Gewerbe schwer zu erreichen.

Aachen, 02.07.2015

Der General rief über die Kurzwahl seinen guten Freund, Dr. Soltau an. Er meldete sich auch sogleich und der General kam zur Sache.

«Hermann, du musst mir einen Gefallen tun, es geht um meine verschwundenen Enkelkinder. Ich habe den Eindruck, dass die Ermittlungen nicht mit dem nötigen Nachdruck geführt werden. Zudem gibt es angeblich eine ganz andere Spur, wovon ich ebenfalls bis heute nichts erfahren habe. Und dies, obwohl ich Konrad gebeten hatte, mich über alles auf dem Laufenden zu halten. Zudem ist die Sonderkommission bereits aufgelöst worden. Das ist eine Ungeheuerlichkeit!»

«Klar helfe ich dir», erwiderte Dr. Soltau und fuhr fort. «Ich habe sowieso nicht verstanden, warum ihr von der Partei diesen Gelackten auf so einen wichtigen Posten hieven konntet. Aber wie kann ich dir helfen?»

«Zuerst kannst du versuchen, etwas über eine Fa. Argus Aye S.A. in Luxemburg herauszufinden und mir helfen, Konrad Dampf zu machen. Wenn ich feststellen sollte, dass da jemand geschlampt hat, dann gnade ihm Gott. Verdammt, es sind meine Enkelkinder und ich kann nichts machen. Wir sitzen herum und warten.»

«Ich glaube, er wird sich hinter dem üblichen Blabla verstecken, laufende Ermittlungen und so.»

«Das lass meine Sorge sein, sonst ist der feine Herr die längste Zeit Polizeipräsident gewesen. Du sollst als mein Familienanwalt ein wenig für Unterstützung sorgen und vor allen Dingen aus deiner Sicht als Strafverteidiger prüfen, ob da richtig ermittelt wird. Wenn es dir Recht ist, ich habe für halb zehn einen Termin mit seiner Sekretärin ausgemacht?»

«Holla, so früh, da ist der werte Herr wahrscheinlich noch gar nicht da?»

«Damit rechne ich, dann können wir schon ein wenig herumschnüffeln. Du kannst deine guten Kontakte zur Kripo nutzen und ich werde mich ein wenig mit seiner Sekretärin unterhalten.»

«Du bist ein alter Fuchs, hast nichts verlernt seit den alten Zeiten. Ich werde gleich ein wenig herumtelefonieren und herausfinden, was da los ist.»

«Schön, wenn es dir nichts ausmacht, können wir uns um 9:00 Uhr in der Cafeteria des Polizeipräsidiums treffen? Ich muss vorher noch etwas erledigen.»

«Aber sicher, wenn du dafür den Kaffee bezahlst. Ich sage Louise gleich Bescheid, dass sie mich spätestens um 7:00 Uhr weckt.»

«Danke Hermann und bestell Louise viele Grüße.»

«Und bestellst du Elli ebenfalls viele Grüße, bis morgen dann.»

Der General war am nächsten Morgen schon um halb sechs auf den Beinen. Elli ließ er schlafen und legte ihr einen Zettel hin. Bin kurz nach Geilenkirchen und treffe mich anschließend mit

Hermann beim Polizeipräsidenten. Bin gegen Mittag zurück. Kuss Jürgen‘.

Schon kurz nach sechs Uhr war er auf der Autobahn und brauste gen Norden. Pünktlich um sieben Uhr traf er auf dem AWACS-Gelände ein. Bei der Eingangskontrolle wurde er noch erkannt und freundlich gegrüßt. Er traf sich mit seinem alten Kameraden Clemens in der Offiziersmesse zum Frühstück. Schon bald fragte ihn Clemens nach dem Schicksal seiner Enkelkinder. Der General schilderte ihm kurz den Stand der Suche.

«Deswegen wollte ich mit dir sprechen.»

«Das hab ich mir gedacht. Was kann ich für dich tun?»

«Weiß ich noch nicht so genau. Aber ich bin nur von Zivilisten umgeben und der Polizei traue ich nicht mehr. Ich werde also auf eigene Faust ermitteln. Nach unseren Methoden, wenn du verstehst.»

«Ich verstehe, wenn du mich brauchst, bin ich da. Das weißt du.»

«Sicher, aber ich werde versuchen, dich nicht in Verlegenheit zu bringen. So kurz vor der Pensionierung.»

«Erinnere mich bloß nicht daran. Außerdem muss schon viel passieren, um mich hier herauszukriegen.»

«Danke Clemens.»

«Nichts zu danken. Du kennst ja meine Spezialitäten.»

«Tut mir leid, dass ich schon wieder wegmuss, aber ich bin um neun Uhr mit dem Polizeipräsidenten in Aachen verabredet.»

«Dann heize ihm mal mächtig ein. Willst du ein paar Wanzen haben oder eine Minikamera? Du glaubst nicht, wie klein und leistungsfähig die geworden sind.»

«Danke für das Angebot. Vielleicht komme ich noch einmal darauf zurück.»

Clemens brachte Jürgen noch zu seinem Auto und der General fuhr zurück. Auf der Autobahn ließ er seinen Mercedes S-Klasse auf 200 km/h beschleunigen, nur vor dem Aachener Kreuz ging er auf Tempo 120 hinunter. Von der Abfahrt Aachen-Zentrum waren es nur wenige Meter zur Soers. Er parkte auf einem Besucherparkplatz vor dem Polizeipräsidium und hastete zum Fahrstuhl. Hermann saß bereits in der Cafeteria.

«Entschuldige Hermann, ich habe mich etwas in der Zeit verschätzt.»

Es war gerade drei Minuten nach neun.

«Quatsch, es ist gerade erst Neun. Setz dich, der Kaffee ist noch heiß.»

Dr. Soltau hatte bereits Kaffee und zwei Croissants mit Butter geholt.

«Bist du sicher, dass der Polizeipräsident heute da ist und Zeit hat?»

«Wenn nicht, werde ich diesen geleckten Affen zurück ins Nichts zu schicken.»

«Ich habe sowieso nie verstanden, wie du diesen Aal protegieren konntest», erwiderte Dr. Soltau.

«Protegieren, von wegen. Da waren andere, die ihn protegiert haben.»

«Aber du hast es nicht verhindert, obwohl du es gekonnt hättest.»

«So einfach ist das in der Politik nicht. Da muss man manche Kröte schlucken, außerdem hat er sich gar nicht schlecht gemacht in der Öffentlichkeit. Denn reden kann er.»

«Aber reicht das für diese verantwortungsvolle Position? Ich weiß, sein Patenonkel ist im Ministerium Staatssekretär oder so etwas, aber in der Juristerei hatte er bis dato noch nichts auf die Beine gebracht. In einer etablierten Kanzlei konnte ihn selbst sein Onkel bei dem mäßigen Examen nicht unterbringen. Nachdem er mit einer eigenen Kanzlei gescheitert war, protegierte ihn sein Onkel dann in deiner Partei. Hier diente er sich vor allen Dingen durch das Einwerben von Parteispenden hoch, wie ich erfahren habe. Und damit hatte er dann die besten Voraussetzungen, um Polizeipräsident zu werden», fügte Soltau sarkastisch an.

Dr. Soltau war kein Parteigänger und hasste die Ämterpatronage der Parteien, besonders in der Justiz. Obwohl er als Anwalt davon des öfteren profitierte, weil er gegen unfähige Juristen auf Seiten der Staatsanwaltschaft natürlich leichteres Spiel hatte. Aber er liebte die sportliche Herausforderung.

«Jedenfalls ist seine steile Karriere heute zu Ende, wenn er sich verleugnen lässt.»

Der General und Dr. Soltau hatten sich gut auf dieses kommende Gespräch vorbereitet. Sie hatten die Zeit genutzt, die Informationen, die sie bereits besaßen, zu verifizieren und weitere Puzzleteile hinzuzufügen.

Um zehn vor halb zehn standen sie vor dem Büro des Polizeipräsidenten. Sie waren etwas zu früh, wofür sich der General ausgiebig bei der Chefsekretärin entschuldigte und ein wenig mit ihr plauderte. Von ihr hatte er erfahren, dass der Polizeipräsident von zu Hause aus alle Termine der letzten Tage abgesagt hatte und angeblich im Ministerium unabkömmlich sei. Er würde aber an diesem Tage wieder im Präsidium sein. Die Kontakte des Generals im Innenministerium wussten von keinem dringenden Termin des Polizeipräsidenten in Düsseldorf. Zu Hause war der Polizeipräsident jedoch auch nicht, das hatten sie überprüft. Doch der Versuch, über die Chefsekretärin herauszubekommen, wo der Polizeipräsident gewesen sei, schlug fehl. Entweder wusste sie wirklich nicht, wo er gewesen war oder aber sie war ausdrücklich verdonnert worden, hierüber nicht zu reden. Sie war eine gute Chefsekretärin, sodass der General nicht einmal herausbringen konnte, welche der beiden Alternativen zutreffend war.

Der Polizeipräsident öffnete die Tür und kam ihnen mit offenen Armen entgegen. Er schüttelte ihnen herzlich die Hand und sagte zu seiner Sekretärin: «Warum haben Sie mir nicht gleich Bescheid gesagt, dass die Herren schon da sind, ich hätte sie doch sofort empfangen.»

Bevor die Frau etwas entgegnen konnte, schaltete sich der General ein und entschuldigte sich für sie. «Nein, nein, das war meine Schuld. Du weißt, ich bin Soldat, da kommt man pünktlich, nicht zu früh und nicht zu spät. Ich wollte nicht, dass sie dir Bescheid gibt. Außerdem haben wir nett geplaudert, deine Sekretärin und ich.»

Der General sah den prüfenden Blick, den der Polizeipräsident seiner Sekretärin zuwarf und wusste nun, was er wissen wollte: Er hatte sie verdonnert, zu schweigen. Was sie nicht verraten hatte, offenbarte er durch einen einfachen Blick. Wie leicht er doch zu durchschauen war. Er führte sie in sein Büro, bot ihnen Plätze am Besuchertisch an und redete in einem fort.

«Es tut mir so leid, dass ihr auf mich warten musstet, aber ich war leider für zwei Tage ins Ministerium berufen worden. Aber ich habe die Akte studiert und stehe gerne Rede und Antwort. Ihr trinkt sicher einen Kaffee mit mir? Frau Baldur!», rief er durch die noch offene Tür. «Kaffee, bitte» und an seine Gäste gewandt. «Vielleicht auch einen Cognac?»

«Nein danke, wir kommen gerade vom Frühstück, aber wenn du einen brauchst, tu dir keinen Zwang an.»

«Nein, nein, ich dachte nur, ihr seid ja schließlich nicht im Dienst», sprach er lächelnd. «Ich schon», antwortete Dr. Soltau, der sich bisher auffällig zurückgehalten und auf seinem Stuhl, den er weit zurückgeschoben hatte, eine reine Beobachterposition einnahm. Doch die Gelegenheit, seine offizielle Funktion deutlich zu machen, wollte er nicht verstreichen lassen.

«Ich dachte», erwiderte der Polizeipräsident, «Sie hätten sich aus dem aktiven Geschäft zurückgezogen?»

«Sie wissen doch, der Papst und Anwälte haben keine Altersgrenze. Auch wenn ich nicht mehr regelmäßig in der Kanzlei arbeite und das operative Geschäft meinem Nachfolger übergeben habe, bin ich jederzeit für meine Freunde da.»

Der General wunderte sich über diesen Vergleich, denn er wusste genau, dass Dr. Soltau mit der Kirche sonst wenig im Sinn hatte. Hier war der Vergleich nur Mittel zum Zweck. Und das Ziel war erreicht, der Polizeipräsident erschien ein wenig irritiert. Aber er fing sich sofort und übernahm wieder Initiative:

«Na, das wird ja hier nicht nötig sein, einen Rechtsbeistand, meine ich. Aber als anerkannter Jurist und großer Kenner der dunklen Seite unserer Gesellschaft sind Sie mir natürlich herzlich willkommen. Einen so kompetenten Gesprächspartner hat man doch gern in seiner Mitte.»

«Genug der Schmeicheleien», warf der General ein, «und Zeit, zum Grund unseres Besuches zu kommen. Warum ist die Sonderkommission, wie ich hörte, aufgelöst worden?»

«Ja, das stimmt. Aber das ist normal. In den ersten Tagen sind die Beamten wie eine Meute Spürhunde. Je größer die Meute, desto größer die Wahrscheinlichkeit, dass sie etwas aufspüren. Bei so einem Fall, es geht schließlich um kleine Kinder, viele der Beamten sind selber Väter, braucht man niemanden zu motivieren. Als die Suchmeldungen durch die Presse gingen, sind hier Tausende Hinweise eingegangen. Wir haben jeden noch so kleinsten Hinweis verfolgt. Auch als die Lösegeldforderung einging, waren 70 Beamte rund um die Uhr im Einsatz. Aber nach einer gewissen Zeit hilft nur noch akribische Ermittlungsarbeit. Hierbei ist eine große Soko nur hinderlich. Da verliert man zu schnell den Überblick. Da braucht man Ermittler, die sich festbeißen. Bei Bedarf bekommt das K12 natürlich so viel Personal zusätzlich zugewiesen, wie es benötigt. Ich brauche die Leute aber auch dort, von wo sie abgezogen sind. Die anderen Abteilungen stöhnen und sind gar nicht erfreut, wenn ihre Leute mit 100 Überstunden aus der Soko zurückkommen.»

«Soll das heißen, dass meine Enkelkinder nicht mit aller Kraft gesucht werden, weil irgendwo eine Katze vom Baum geholt werden muss oder auf irgendwelchen Straßen neue Radarfallen aufgebaut werden sollen?»

«Natürlich nicht», beeilte sich der Polizeipräsident zu versichern, der merkte, dass er einen Fehler gemacht hatte.

«Selbstverständlich hat dieser Fall die oberste Priorität. Es ist nur so, dass in diesem Stadium der Ermittlungen Erfahrung mehr zählt als Masse. Die Ermittlungsakten füllen schon meterweise Aktenordner, die wollten Sie gar nicht alle lesen.»

«Keine schlechte Idee, dann könnte ich mir wenigstens ein eigenes Bild machen. Als Anwalt der Familie sollte das sicher kein Problem sein», schaltete sich Dr. Soltau ein.

«Hermann, so leid es mir tut, aber die Ermittlungsakte kann und darf ich zum jetzigen Zeitpunkt nicht herausgeben, die Staatsanwaltschaft macht mir sonst die Hölle heiß.»

«Das kläre ich», entgegnete der General. «Der Oberstaatsanwalt sitzt mit mir im Karls-Preis-Kuratorium. Soll ich ihn anrufen?»

«Das steht dir frei. Aber er wird dir auch nichts anderes sagen können. Wir ermitteln in alle Richtungen, das habe ich dir ja gesagt. Du musst verstehen, dass ich dir unmöglich Zugang zur Akte gewähren kann, da kommen wir in Teufels Küche.»

«Als offizieller Rechtsbeistand der verschwundenen Kinder, Eltern und der Großeltern verlange ich Einsicht in die vollständige Ermittlungsakte, jetzt und sofort. Andernfalls werde ich mich umgehend mit dem Untersuchungsrichter in Verbindung setzen», beharrte Dr. Soltau.

«Dann muss ich wohl deutlicher werden. Schließlich ist der Verdacht gegen deine Tochter und ihren Liebhaber noch nicht ausgeräumt. Es besteht Verdunkelungsgefahr. Niemand kann in dieser Situation Akteneinsicht gewähren», erklärte der Polizeipräsident, dem General zugewandt.

«Da gegen meine Mandantin ermittelt wird, habe ich ein Recht auf Akteneinsicht. Im Übrigen ist mir diese Tatsache noch nicht eröffnet worden. Werden hier rechtsstaatliche Grundsätze mit den Füßen getreten?», polterte Dr. Soltau los.

«Meine Herren, wir stehen doch auf derselben Seite. Bisher wird nicht gegen Maria ermittelt. Aber der Holländer ist verdächtig. Ich darf Ihnen einen Vorschlag zur Güte machen. Ich werde einen Zwischenbericht erstellen lassen, der alle wesentlichen Ermittlungsergebnisse enthält. Ist das ein Kompromiss? Dann können Sie sehen, dass hier nichts versäumt wurde. Wir haben gerade eine weitere vielversprechende Spur.»

An den General gewandt, fügte er an: «Ich tue wirklich alles, um die Ermittlungen voranzutreiben und deine Familie zu schützen.»

«Das weiß ich doch zu schätzen. Danke für das Angebot, das ich gerne annehme. Du musst unsere Ungeduld entschuldigen», lenkte der General ein.

«Aber kannst du mir bitte noch erklären, warum mein persönlicher Ansprechpartner Bernd Körner mir nicht mehr zur Verfügung stehen soll. Und das, obwohl du ihn als euren fähigsten Beamten bezeichnet hast, der zudem auch noch über einschlägige Erfahrung und Erfolge verfügte?»

«Das mit dem Körner ist eine traurige Geschichte», erwiderte der Polizeipräsident und der General merkte sofort, dass sich der Polizeipräsident wieder auf sicherem Terrain fühlte.

«Aber ich muss Sie bitten, das absolut vertraulich zu behandeln. Bernd Körner ist einer der fähigsten Beamten überhaupt, die je an meinem Präsidium gearbeitet haben. Obwohl er in der Zwischenzeit selbst die Mordkommission leitete, habe ich ihn bewusst der Soko zugeteilt.»

Der General erinnerte sich, dass er dem Polizeipräsidenten dazu drängen musste, diesen Mann der Soko zuzuteilen.

«Leider ist in seinem privaten Umfeld etwas passiert, das ihn völlig aus der Bahn geworfen hat. Ich musste ihn beurlauben.»

«Das mitten in Ermittlungen, bei dem es um das Verschwinden von zwei Kindern geht? Das sieht ihm aber gar nicht ähnlich. Er wird nicht umsonst der Terrier genannt.»

Hier konnte Dr. Soltau mit seinem Wissen glänzen, ohne aufzufallen. Als Verteidiger waren ihm natürlich alle hohen Beamten der Ermittlungsbehörde bekannt.

«Wie ich gesagt habe, wenn Sie mir ihr Ehrenwort geben, dass Sie das, was ich Ihnen jetzt erzähle, für sich behalten, kann ich das erklären.»

«Ja natürlich, Sie haben unser Ehrenwort!», erwiderte der General, den die umständliche Art nervös machte. Dr. Soltau nickte ebenfalls. Der Polizeipräsident rückte etwas näher, als ob irgendjemand hier in der Nähe wäre, der sie belauschen könnte.

«Als Herr Körner einmal schon vormittags nach Hause kam, er war praktisch seit Tagen ununterbrochen im Dienst gewesen und nur zum Schlafen nach Hause gefahren, wobei er manchmal sogar im Büro schlief, also als er an diesem Tage am späten Vormittag, der Sohn war noch in der Schule, die Haustür öffnete, um seine Frau mit einem gemeinsamen Frühstück zu überraschen, hörte er ungewöhnliche Geräusche.»

«Nun machen Sie es nicht so spannend!», warf der General ein. Er wurde nun wirklich nervös und hatte den Verdacht, dass dieser absichtlich die Sache herauszögern wollte, um sich gleich in einen anderen Termin verabschieden zu können.

«Ja es ist halt etwas delikat. Die Geräusche auf jeden Fall waren so eindeutig, dass Herr Körner sofort in sein Wohnzimmer stürzte und na was soll ich sagen, er fand seine Frau in eindeutiger Position mit so einem Bodybuilding-Typen.»

«Und dann?»

«Er hat sie aus dem Haus geprügelt. Seine Frau sah übel aus, der Mann musste im Krankenhaus behandelt werden. Zudem hat er die ganze Wohnungseinrichtung zerschossen. Ich musste ihn vorübergehend aus dem Dienst nehmen, er war ohnehin nicht in der Lage zu arbeiten. Geheult wie ein Schlosshund hat er hier. Seine Frau hat auf eine Anzeige verzichtet, aber dafür musste er aus dem Haus ausziehen.»

«Das gibt es doch nicht», platzte es aus dem General heraus. «In seinem eigenen Wohnzimmer und jetzt darf er nicht einmal mehr das eigene Haus betreten?»

«Ja die Welt ist nicht immer gerecht. Er konnte froh sein, dass auch der Mann auf eine Anzeige verzichtet hat.»

«Was war das überhaupt für ein Knabe?»

«Arbeitet im Objektschutz für eine Zeitarbeitsfirma, aber wir haben uns ihn natürlich vorgenommen. Er ist aktenkundig, allerdings seit längerem nicht mehr in Erscheinung getreten.»

«Und so einer macht sich an eine über vierzigjährige Frau eines Polizisten ran? Da ist doch etwas faul!»

«Oh, sie ist durchaus eine attraktive Frau, und wenn sie dann so allein gelassen und vernachlässigt wird?»
Der Polizeipräsident schien dieses Thema durchaus noch länger behandeln zu wollen. Dem General wurde es jedoch zu bunt. Das brachte sie nicht weiter. Er wollte noch seinen letzten Pfeil abschießen.

«In welche Richtung wird eigentlich noch ermittelt, außer gegen Bollemann und meine Tochter?»

«Wir ermitteln natürlich in alle Richtungen.»

«Das ist ja lachhaft. Ich habe in einem Gespräch mit Herrn (der General betonte das Herrn) Bollemann mehr erfahren, als alle ihre hochgeschätzten Beamten ermitteln konnten. Was ist mit der Phantomzeichnung, wieso ist sie noch nicht in der Presse erschienen? Und was ist eigentlich mit den Hinweisen zu dem verdächtigen Transporter? Gibt es da schon Erkenntnisse?»

Man sah dem Polizeipräsidenten eine kurze Verunsicherung an. Man konnte spüren, dass er fieberhaft überlegte, woher die beiden das alles wussten und was sie sonst noch alles in petto hatten. Er hatte sich jedoch sofort wieder im Griff.

«Selbstverständlich sind wir jedem noch so kleinen Hinweis nachgegangen, leider verliefen bisher alle Hinweise ins Leere. Zu dem Transporter verfolgen wir eine vielversprechende Spur. Wir haben die Leihwagenfirma ermittelt, das Kennzeichen war mit einem gefälschten ausgetauscht worden. Also eine sehr heiße Spur. Mehr kann ich momentan dazu noch nicht sagen. Die Phantomzeichnung haben wir an das BKA weitergegeben, sodass alle Polizeidienststellen europaweit informiert werden. Von einer Veröffentlichung in der Presse haben wir zunächst bewusst abgesehen, um die Entführer nicht zu warnen. Ich rechne aber täglich mit einer Rückmeldung. Sie werden das alles im Zwischenbericht finden. Dann werden Sie es ja selbst lesen können. Ich bedaure, mich nun verabschieden zu müssen. Ich habe jetzt leider einen Termin.»

«Den Bericht erwarte ich bis Ende der Woche. Du weißt, ich warte nicht gerne.»

«Selbstverständlich. Was ich zugesagt habe, halte ich auch. Du kannst dich auf mich verlassen.»

Ihre Audienz war beendet, aber sie bekamen ja zumindest etwas von dem, was sie wollten. Den General beschlich das dumpfe Gefühl, dass er mit dem Polizeipräsidenten noch nicht fertig wäre.

03.07.2015

Der General hatte sich mit Jan und dessen Freund von der Volksbank verabredet, um über die Zukunft von Jans Betrieb zu sprechen. Er nutzte die Fahrt, um über die neuen Entwicklungen nachzudenken. Das Jagdfieber hatte ihn gepackt. Diesmal wollte er nicht locker lassen, bis die Spur zu den Kindern endlich aufgenommen war.

Auf sein Klingeln öffnete ihm Maria. Mit monotoner Stimme begrüßte sie ihn, keine Umarmung, kein Kuss. Sie begleitete ihn in den großen Wohnraum zum Esszimmertisch, an dem schon Jan und Burkhard Kammer über den Unterlagen saßen. Sie erhoben sich, um ihn zu begrüßen. Maria setzte sich ebenfalls an den Tisch, wirkte allerdings völlig abwesend. Mit trübem Blick und zittrigen Händen, die sie ständig an den Oberschenkeln rieb, saß sie teilnahmslos da. Ihr Haar war strohig, sie trug einen dicken violetten Rollkragenpullover, obwohl es angenehm warm im Haus war. Jan schenkte dem General einen Kaffee aus der bereitstehenden Warmhaltekanne ein.

«Wir sind uns einig», erklärte Jan, «dass die Firma nicht zu retten ist und ich mich künftig auf reine handwerkliche Schreinerarbeiten und das Beerdigungsgeschäft konzentriere. Vielleicht kann ich ein paar Maschinen aus der Konkursmasse herauskaufen. Burkhard hat mir gerade vorgeschlagen, einen Friedwald einzurichten. Anonyme Beerdigungen würden ja immer mehr zunehmen, so könnte man auch überregional Kunden gewinnen.»

Jan und Burkhard hatten bereits ein Geschäftskonzept erstellt, welches zwar bescheiden war, dafür aber den Privatbesitz schonen würde. Der General ließ sich alles genau erläutern.

«Das mit dem Friedwald ist auf jeden Fall eine gute Idee. Wenn ich mit einer Bürgschaft den Start erleichtern kann, tue ich das gerne. Elli besitzt sogar noch ein Stück Wald, das man entsprechend herrichten könnte.»

«Danke, das wäre toll. Vielleicht könntest du aber Dr. Soltau bitten, mit mir den Konkurs vorzubereiten? Da gibt es so viele Fallstricke, da könnte ich professionelle Hilfe gut gebrauchen.»

«Ist doch selbstverständlich. Das wird aber ein anderer Anwalt der Kanzlei übernehmen. Hermanns Expertise liegt woanders. Wird die Volksbank dich denn weiter betreuen, wenn du in den Konkurs gegangen bist? Oder soll ich mit meiner Hausbank sprechen?»

Burkhard ergänzte: «Ich denke, dass ich die Geschäftsleitung davon überzeugen kann, dass sie Jan jetzt nicht einfach fallen lassen. Das wäre ja auch nicht gut fürs Renommee der Bank. Ich kläre das und sag dir noch Bescheid.»

Sie sprachen noch einige Einzelheiten durch. Der General versprach, dass sich Dr. Soltau in den nächsten Tagen melden würde und Burkhard Kammer verabschiedete sich.

«Meine Kopien von Bolles Zeichnung sind übrigens verschwunden», fiel Jan plötzlich ein.

«Was heißt verschwunden?»

«Einfach weg, sie hing an meiner Pinnwand im Büro, nun ist sie verschwunden.»

«Hat jemand eingebrochen?»

Jan zuckte mit den Schultern. «Es gibt keine Spuren.»

«Vielleicht hat einer deiner Mitarbeiter sie abgenommen oder du hast sie verlegt?»

«Ich habe bereits überall gesucht und alle befragt. Aber in mein Büro kommt jeder mit einem einfachen Dietrich rein.»

«Hast du denn keine Kopie auf dem Rechner?»

«Nein, dazu war ich noch nicht gekommen. Hatte nur schnell eine Kopie gezogen, um dir das Original zurückzugeben.»

«Ist ja nicht so schlimm, die Polizei hat noch das Original», beruhigte ihn der General.

Der General hatte eigentlich vorgehabt, noch einmal mit seiner Tochter zu sprechen. Die Apathie, mit der sie am Tisch gesessen hatte, hielt ihn davon ab. So verabschiedete er sich kurze Zeit später.

04.07.2015

Am Samstag ging Jan früh zur Firma. Dort drehte er noch einmal alles auf links, um die Zeichnung zu finden. Eva kam wie immer kurz nach acht.

«Jan, was suchst du?», fragte sie, als sie das Chaos sah, das Jan angerichtet hatte.

«Diese verdammte Zeichnung, die kann sich doch nicht in Luft aufgelöst haben.»

Sie räumten gemeinsam auf. Aber die Kopie blieb verschwunden. Sie gingen hinüber in die ehemalige Werkstatt von Jans Vater und holten den alten Leichenwagen aus dem Schuppen. Damit fuhren sie nach Mulartshütte.

Man hatte Jan gebeten, eine Beerdigung zu übernehmen. Das Gespräch in der Familie dauerte lange, die Zeremonie wurde ausführlich besprochen. Es würde eine große Trauerfeier werden, schließlich war der Tote ein bekannter Altbauer aus dem Dorf. Anschließend wurden sie noch genötigt, mit zu Mittag zu essen. Danach luden sie den Toten ein und erhielten den guten Anzug des Verstorbenen, den er bei seinem letzten Gang tragen sollte.

Es war Evas erste Beerdigung. Jupp, der sonst bei den Beerdigungen mitwirkte, plagte sein Rheuma. Deswegen hatte er sich bei Jan krankgemeldet. Seine anderen Mitarbeiter waren bereits freigestellt.

Im alten Trakt der Firma, in dem sich das Sarglager befand, entluden sie den Sarg. Eva machte es nichts aus, bei dieser

Arbeit mitzuwirken. Auch beim Waschen, Schminken, Anziehen und Herrichten des Toten machte Eva eine gute Figur. Jan wunderte sich, dass diese junge Frau das so souverän wegsteckte.

«Ich habe schon viel Schlimmeres gesehen. Ich bin froh, hier dem Tode mit einer gewissen Würde begegnen zu können», antwortete sie auf Jans dementsprechende Frage.

Nachdem sie die den Toten hergerichtet und den Sarg in der Leichenhalle aufgebahrt hatten, bereiteten sie in der Werkstatt die Beerdigung vor. So stellten sie schon einmal die Kerzenleuchter und den übrigen Schmuck für die Leichenhalle zusammen, überprüften die Lautsprecheranlage, bestellten das Grün und die Blumen bei der Gärtnerei sowie neue Kerzen.

Als sie fertig waren, fing Jan wieder mit der Suche an.

«Diese verfluchte Zeichnung kann doch nicht spurlos verschwinden!», verzweifelte Jan und begann erneut, den Schreibtisch zu durchwühlen.

«Lass gut sein, wir haben bereits alles durchsucht. Ich fahr' ohnehin nach Köln, um den Namen von dem Typen ausfindig zu machen», warf Eva ein.

Jan überlegte. Das war vielleicht die einzige Chance.

«Na schön, aber ich komme mit!»

Eva guckte ihn von der Seite an.

«Na gut, Papi! Wann soll es losgehen?»

«He, he, als dein Papi gehe ich wohl nicht durch!»

«'Tschuldige, ich wollte dich nicht älter machen. Aber das wird schon gehen, so genau guckt da keiner hin.»

«Warum muss ich denn dein Papi sein?»

«Na wieso soll ich denn mit einem anderen Mann dort auftauchen und einen Typ suchen, den ich mehr als ein Jahr nicht mehr gesehen hab' und von dem ich nicht einmal den Namen weiß?»

«Ja wieso?»

«Na, weil er mich geschwängert hat und du, Papi, unbedingt willst, dass der Kindsvater gefunden wird. Damit hab ich dann auch einen Grund, warum ich so plötzlich aus der Szene verschwunden bin!»

«Tolle Idee, wann sollen wir fahren? Morgen früh?»

«Morgens treffen wir da nicht die richtigen Leute. Da müssen wir abends hin. Am besten gleich heute. Heute ist Samstag, da ist richtig was los am Schlachthof!»

«Wieso am Schlachthof?»

«Na, weil da der Straßenstrich ist, Papi! Ich muss mich nur noch umziehen.»

«Was zieh' ich denn da am besten an?»

Eva schaute ihn an. Er hatte seinen schwarzen Beerdigungsanzug an.

«Bleib am besten, so wie du bist. Das wirkt richtig echt.»

«Das ist echt!», bemerkte Jan und schaute etwas irritiert an sich herunter.

«Eben. Ich geh' mich nur schnell umziehen.»

«Dann sag' ich Maria Bescheid, dass ich heute später komme. Was sage ich ihr nur?»

«Immer schön dicht bei der Wahrheit bleiben. Sag ihr, dass ich unbedingt nach Köln müsse, etwas aus meiner Vergangenheit regeln und dass du mich nicht alleine fahren lassen willst.»

«Meinst du wirklich?»

«Na klar, stimmt sogar!»

Jan rief Maria an und erklärte ihr die Sache. Sie antwortete nur, dass, wenn er zurückkäme, sie wahrscheinlich schon schlafen würde. Und er solle gut auf Eva aufpassen. Das musste er sogar versprechen.

Eva kam zurück, Jan hatte den Eindruck, sie hätte sich verkleidet. In der kurzen Zeit hatte sie ihre Haare mit Gel frisiert und sich komplett geschminkt. In der zerrissenen kurzen Jeans und dem knappen Top sah sie hinreißend aus. Die hochhackigen Pumps wirkten etwas sehr aufreizend. Doch der Style stimmte.

Die Fahrt nach Köln verlief sehr schweigsam. Da sie nicht den Firmenwagen nehmen wollten, fuhren sie mit dem alten Leichenwagen. Jeder der beiden hing seinen Gedanken nach. Zunächst ging es hinter Eschweiler auf die Autobahn, auf der sie mit dem alten Leichenwagen zwischen den Lkws mit neunzig Sachen nach Köln zuckelten. In Klettenberg verließen sie die A4 und Eva dirigierte ihn quer durch Köln in das Viertel, in dem sie früher auf dem Straßenstrich gearbeitet hatte. Sie ließ ihn auf einem großen Parkplatz in der Nähe parken. Sie gingen Richtung Schlachthof.

«Überlass mir bitte das Reden, es genügt, wenn du besorgt dreinschaust.»

«Dafür brauch' ich mich nicht zu verstellen», antwortete Jan. Sie befanden sich in einem wirklich heruntergekommenen Viertel, schmutzig und bei Tageslicht ekelhaft abstoßend. An den Ecken standen gelangweilte Damen, die ihre Künste nur halb motiviert anboten.

«Es ist noch sehr früh», erläuterte sie. «Wir gehen bei Hennes etwas essen, da kann ich mich am besten umhören, ob Mädels da sind, die ich kenne.»

'Bei Hennes' war eine von außen schmutzige Kneipe in der Nähe des Schlachthofes, deren Einrichtung aus dem vorvorigen Jahrhundert zu stammen schien und die auch seit langem keine Farbe mehr gesehen hatte. In der Kneipe ging es jedoch zu seiner Überraschung sehr gesittet zu. Dort kam eine bunte Mischung der Damen des Straßenstrichs mit Arbeitern und Arbeiterinnen aus dem nahen Schlachthof zusammen. Eine interessante Mischung. An einem der hinteren Tische wurde gezockt. Große Scheine lagen da in der Mitte des Tisches. An der Theke saßen auf Barhockern zwei noch sehr junge Damen in hochhackigen Schuhen, offenbar ein Muss in diesem Milieu; beide mit hohen Wangenknochen, die ihre osteuropäische Herkunft verrieten. Daneben augenscheinlich eine Gruppe Metzger, die sich nach ihrer Schicht noch ein paar Biere mit einer Frikadelle gönnten.

«Hier kann man hervorragend Himmel un' Äd' essen, auch die Minihaxen sind sehr lecker.»

«Was sind denn Minihaxen?»

«Kleine Haxen, bei denen der große Knochen fehlt, gegrillt mit pikanter Soße. Die Spezialität des Hauses gibt es mit Sauerkraut und Püree.»

«Okay, das nehme ich.»

Der Kellner erschien und begrüßte sie mit Blick auf Jan zurückhaltend.

«Hallo Enzo, wie gehts?»

«Hallo Eva. Gut, und selbst, hab' dich lange nicht gesehen?»

«Auch gut, bin jetzt Mama. Das ist übrigens mein Paps. Paps, das ist Enzo, die gute Seele dieses Etablissements und Beichtvater für alle Mädels.»

«Danke, Herr Enzo. Meine Tochter hat mir schon erzählt, dass Sie sich um die Mädchen kümmern», spielte Jan seine Rolle vorbildlich, erhob sich und gab Enzo die Hand.

Enzo war das sichtlich peinlich. Jan sah in seinem schwarzen Anzug aus wie ein Pfarrer oder eben wie einer vom Beerdigungsinstitut.

«Paps hat ein Beerdigungsinstitut, cool was? Wir sind sogar mit dem Leichenwagen gekommen, echt strange. Hast du die Mädels gesehen? Lisbeth oder Giselle?»

«Nein, die Lisbeth war schon lange nicht mehr hier und Giselle soll im Pascha untergekommen sein.»

«Wahnsinn. Im Pascha? Na, da gehts ihr ja jetzt nicht schlecht. Sonst noch wer auf der Straße, den ich kenne?»

«Die Babette steht sicher schon an ihrer Ecke und Josie kommt nachher bestimmt rein, die fängt erst an, wenn es dunkel ist. Was willst du denn von den Mädels?»

«Muss Lisbeth finden, die hat noch Kohle von mir. Brauch ich jetzt, wo die Kleine da ist. Steht Babette jetzt an meiner alten Stelle?»

«Ja, sie ist froh, dass du weg bist. Wie heißt denn die Kleine?»

«Janine, nach ihrem Großvater!»

Jan war von Evas Improvisationsvermögen begeistert.

«Kannst du uns was empfehlen?», fragte sie, auf die Karte zeigend.

«Die Haxen sind heute wieder Klasse und für dich vielleicht der Putensalat?»

«Nö, bring uns zweimal Haxen, ich brauch' nicht mehr auf die Figur zu achten!»

«Und zu trinken?»

«Natürlich zwei Kölsch!»

«Noch viel Glück bei deiner Suche!»

Enzo entschwand in Richtung Theke. Jan beugte sich vor. «Warum hast du ihn nicht nach dem ominösen Jungen gefragt?»

«Den Enzo? Dann könnt' ich ihm gleich eine Postkarte schicken, dass wir ihn suchen. Enzo ist super lieb, aber die Luden erfahren alles von ihm. Viele der Mädels sind nur so dusselig, dass sie das nicht merken. Schon manch eine, die hier aussteigen wollte, ohne Ablöse zu zahlen, hat ihm eine tüchtige Tracht Prügel zu verdanken.»

«Ablöse?» Jan verstand nicht.

«Klar, das ist hier wie im Profifußball. Du hast einen festen Platz und zahlst dafür Provision. Da kann man nicht so einfach aussteigen!»

«Und wie bist du hier raus?»

«Papa hat bezahlt! Nicht vergessen!»

«Ich dachte, die hätten dich verhaftet und dann nach der Entziehung zu uns gebracht?»

«Haben sie auch, aber glaubst du wirklich, die hätten mich nicht gefunden? Da ist es schon besser, man zahlt!»

«Und wenn nicht?»

«Das willst du, glaub' ich, gar nicht wissen!»

Das Bier kam. Eva kippte es herunter und bestellte gleich zwei Neue.

«Man hat ja schließlich ein Image zu verlieren!», lachte sie verschmitzt Jan an.

«Wie geht es denn jetzt weiter?»

«Ich muss ein Mädel finden, dem ich halbwegs vertrauen kann!»

Die Welt des Straßenstrichs war Jan unbekannt. Seine Erfahrungen beschränkten sich auf Clubs und Massagesalons. Diese Welt war wilder, gewalttätiger und verlogener.
Nach dem Essen gingen Jan und Eva durch das Viertel. An der Straßenecke stand eine schon etwas ältere Dame mit Minirock und tiefem Dekolletee.

«Das ist Babette. Eigentlich heißt sie Gudrun und kommt aus Düren. Warte bitte hier, ich frag sie.»
Eva ging zu Babette hinüber.

«Hallo Babette.» Küsschen links und Küsschen rechts auf die Wange.

«Hallo Evchen. Das ist aber schön, dass du dich mal wieder sehen lässt. Gut schaust du aus. Stimmt es, dass du ausgestiegen bist, oder willst du wieder zurück auf deinen Stammplatz?», fragte Babette nervös.
Eva hatte diese Straßenecke innegehabt, ein guter Platz, den Babette nicht gerne abgeben würde.

«Nein danke, mein Paps hat mich 'rausgekauft, ich bin jetzt selbständig, nur noch auf Hausbesuch.»

«Weiß dein Papa das?»

«Bist du verrückt! Aber von irgendwas muss man ja leben. Meinst du, von vierhundert an der Kasse von Aldi kannst du ein Kind großziehen?»

«Du hast ein Kind? Wusst' ich gar nicht. Herzlichen Glückwunsch. Da freut es mich doppelt, dass du aus diesem Dreckloch raus bist. Was ist es denn?»

«Ein Mädchen. Sie heißt Janine, nach ihrem Großvater!», erklärte Eva mit sichtlich stolz geschwellter Brust.

«Aber das könntest du sicher auch, hier raus mein ich. Bei deinen Talenten!»

«Ach Kindchen, wo soll ich denn hin? Woanders kenne ich doch keinen. Ich arbeite schon zwanzig Jahre hier. Hier hab' ich meine Freunde. Aber ich spare fleißig. Wenn ich mich zur Ruhe setze, lasse ich es mir gut gehen.»
Immer die gleichen Selbstbetrügereien, dachte Eva.

«Wer ist denn der Vater, ein Kunde?», fragte Babette.

«Nein, das muss der Jimmy gewesen sein, der mit der tätowierten Ratte am Nacken. Hängt der hier noch 'rum?»

«Nennt der sich jetzt Jimmy? Was hattest du denn mit dem kleinen Stricher zu tun? Hast du etwa für den nebenbei angeschafft?»

Babette wusste, an wen Eva genau wie sie selbst, die Miete für den Standplatz gezahlt hatte. Und das war ein anderes Kaliber als dieser kleine Stricher mit dem Tattoo.

«Das nicht, aber manchmal braucht man eben auch was fürs Herz.»

«Ach, wie dumm ihr kleinen Junkies doch seid. Was fürs Herz, ausgerechnet bei so einem kleinen Stricher? Da kannst du dir doch wer weiß was holen. Hast du denn nicht verhütet?»

«Du weißt doch wie die sind, zählen einem die Gummis nach, wenn man anschaffen war und benutzen selber keins. Und bei dem ganzen Gekotze von dem schlechten Dope, der hier im Umlauf ist, kannst du die Pille vergessen!»

«Du bist mir ein Herzchen. Aber so sind die Kerle immer.» Babette lachte. «Ist das jetzt dein Neuer?», fragte sie, auf Jan zeigend.

«Das ist mein Papa!», zeigte Eva sich empört.

«Er möchte, dass ich den Kindsvater ausfindig mache.»

«Ist das ein Pfaffe? Pfaffen kann ich nicht leiden!»

«Nein, er hat ein Beerdigungsinstitut. Er ist okay. Aber ich kann's ihm nicht ausreden. Er ist da stur wie ein Panzer. Weißt du nicht, wo der Jimmy hin ist?»

«Soll nach Frankfurt sein, was Genaues weiß ich auch nicht.»

«Weißt du denn, wie Jimmy richtig heißt?»

«Na du bist mir ja 'ne Suse. Lässt dich schwängern und kennt noch nicht mal seinen richtigen Namen! Warum hast du denn nicht abgetrieben?»

«Paps wollte das nicht. Is' 'ne Sünde, meinte er. Dafür hat er mich 'rausgekauft und in die Entziehung gesteckt.»

«Wusst' ich's doch. Hab ich dem gleich angesehen, dass das ein Frommer ist. Biste jetz' clean?»

«Wie ein frisches Kleenex-Tuch!»

«Dann halt dich besser fern von diesem Kerl! Das ist kein Umgang für dich.»

«Du weißt bestimmt, wie er heißt! Sag mir wenigstens seinen Namen, damit ich Paps beruhigen kann. Er gibt sonst keine Ruhe. Er meint, jedes Kind hat das Recht, den Namen seines Vaters zu erfahren.»

«Ich kenn´ den Namen von meinem Alten auch nicht. Hat sich mir nie vorgestellt. Hab' auch kleinen Wert draufgelegt.» Doch der Klang in der Stimme von Babette strafte sie Lügen.

«Bitte!» Eva schaute sie flehentlich an und schob ihr zwei fünfzig Euroscheine in die Hand.

«Na gut, Engelchen. Er heißt Torben Esser, aber das hast du nicht von mir. Ich weiß das nur, weil er auch aus Düren ist. Vielleicht hilft dir das weiter.»

«Danke Babette. Verrat ihm aber nicht, dass ich ihn suche.»

«Ich bin doch nicht plemplem. Aber noch einmal, es ist besser, wenn du ihn vergisst. Er soll jetzt mit Leuten zusammen arbeiten, die sind eine Nummer zu groß für uns.»

«Weißt du sonst noch was?»

«Nu hau' endlich ab, das ist hier kein Auskunftsbüro, du vergraulst mir noch die Kunden.»

Eva gab Babette einen Kuss auf die Wange und lief zurück zu Jan. Sie wusste, dass Babette ihr nicht alles gesagt hatte. Dafür war sie sich sicher, dass sie sie nicht verraten würde. Babette war eben eine alte Füchsin im Milieu.

Eva hatte die Warnung verstanden. Deswegen hielt sie es für besser, nicht weiter im Milieu nachzuforschen, sondern möglichst schnell wieder nach Vicht zurückzufahren. Außerdem spürte sie ein Kribbeln, dass sie wieder anzuziehen begann. Sie hatte sich immer noch nicht emotional von dieser Atmosphäre befreit. Diese Wucht, mit der das Leben dort pulsierte, auch wenn es schmutzig und gefährlich war, zog sie immer noch an.

«Und, hast du etwas erreicht?»

«Sein Name ist Torben Esser und ich weiß jetzt, wo er aufgewachsen ist. Damit finden wir ihn.»

«Dann können wir jetzt fahren?»

«Ja» Eva lächelte. Sie sah, wie unwohl sich Jan fühlte. Dass sie sich fast wie nach Hause gekehrt gefühlt hatte, verriet sie ihm nicht.

Genauso schweigsam, wie sie auf der Hinfahrt waren, absolvierten sie auch die Rückfahrt. Jeder hing seinen Gedanken nach. Jan fuhr den Leichenwagen wieder in den Schuppen an der Werkstatt. Mit diesem Wagen fuhr er nie bis nach Hause.

04.07.2015

Am nächsten Tag informierte er telefonisch seinen Schwiegervater über ihren gestrigen Ausflug nach Köln. Der war zuversichtlich, dass er den Mann mit den neuen Informationen in Kürze identifiziert haben würde.

«Das habt ihr gut gemacht! Das Weitere übernehme ich jetzt. Ich wette, mithilfe von Dr. Soltau haben wir in drei Tagen den Aufenthaltsort. Aber haltet euch jetzt zurück, hörst du. Besonders auf Eva musst du aufpassen. Lass sie nicht noch einmal nach Köln.»

«Du kannst dich darauf verlassen. Aber informiere mich bitte, sobald du etwas erfährst.»

05.07.2015

Jan saß mit seinen Freunden im Gasthaus bei Markus in Langerwehe. Seit er nach Langerwehe gezogen war, wechselten sie den Ort für ihren Stammtisch regelmäßig. Mal in Vicht im Haus Moll und dann in Langerwehe bei Markus. Eigentlich war Skatabend, aber niemand hatte Lust, Karten zu spielen. Jan war seit dem Verschwinden der Kinder nicht mehr zum Skatabend gekommen, aber heute hatte er etwas mit seinen Freunden zu bereden.

Die Stimmung in der Gaststätte war angespannt. Alle standen noch unter dem Eindruck des Todes von Werner Bollemann.

Jeder hatte eine kleine Geschichte beizutragen. Entweder etwas, was Bolle ihm einmal erzählt hatte oder aber einfache Begebenheiten, bei denen er dabei gewesen war. Für den größten Teil der Gäste war klar, dass das ein eiskalter Mord war. Da Bolle keine Feinde hatte, konnte es nur mit dem Verschwinden der Kinder von Jan und Maria zu tun haben. Nur ein paar glaubten an einen Selbstmord.

«Und was tut die Polizei?»

«Die ist doch korrupt», murmelte ein anderer.

«Haben den armen Bolle in den Selbstmord getrieben, damit sie einen Schuldigen haben.»

«Der hätt´sich doch nie aufgehängt, dazu war der viel zu stoisch.»

«Und die Kinder hat die Polizei auch schon aufgegeben, die Sonderkommission haben sie ganz schnell aufgelöst.»

Dass das ganze Dorf Bollemann zunächst als Mörder der Kinder betrachtet hatte, war vergessen. Nun war er wieder einer aus dem Dorf. Einer der ihren, der von denen da draußen als Opfer benutzt worden war.

«Wir dürfen uns das nicht gefallen lassen!», rief ein anderer.

«Was willst du denn tun?»

«Wir brauchen eine Bürgerwehr!»

Die Debatte ging hoch her.

«Wir müssen an die Presse!»

«Da werdet ihr aber Pech haben!», entgegnete ein Fremder von einem Tisch in der Ecke aus, an dem er alleine saß. Fremde wurden ohnehin mit großem Argwohn betrachtet, dass sich einer in das Gespräch von Dorfbewohnern einmischte, ging ihnen besonders gegen den Strich.

«Was wissen Sie schon! Halten Sie sich da raus!»

«Bitte schön, nur weiß ich zufällig, dass die Aachener Presse davon nichts wissen will.»

«Aha, und woher weiß der feine Herr das?»

Der erste der nicht mehr ganz nüchternen Männer stand schon drohend an seinem Tisch. Der Mann aß in aller Ruhe weiter.

«Weil ich schon versucht habe, denen eine Story darüber zu verkaufen. Ich bin freier Journalist.»

«Was für eine Story denn? Nun mal raus mit der Sprache, Bürschchen.»

«Ich werde doch meine Story nicht umsonst erzählen!»

«Ein Aufschneider!», die Männer drehten sich verächtlich weg.

«Ein Bier und ich erzähle euch ein bisschen von dem, was ich weiß und ihr erzählt mir dafür etwas von dem, was ihr wisst.»
Die Männer winkten ab und zogen sich wieder an die Theke zurück. Doch Jan hatte genau zugehört.

«Ich gehe einmal rüber, will hören, was der weiß.»

«Lass gut sein, Jan», meinte Burkhard. «Das ist nur ein kleiner Angeber.»

«Ihr müsst ja nicht mit.» Jan ging rüber an den Tisch und die anderen drei folgten widerwillig. Burkhard bestellte schon fünf Bier, ehe Jan etwas sagen konnte.

«Guten Tag, Herr Mülhausen. Tut mir leid, was mit Ihren Kindern passiert ist.»

«Woher kennen Sie meinen Namen?»

«Das gehört zum Beruf.»

«Und wie heißen Sie?»

«Entschuldigen Sie, dass ich mich nicht vorgestellt habe. Mein Name ist Florian Brenneisen.»
Die Männer lachten.

«Ja wirklich, das ist mein Name. Er eignet sich hervorragend als Eisbrecher. Obwohl ich meinen Eltern nie verziehen habe, mich Florian zu nennen.»
Die anderen am Tisch stellten sich ebenfalls vor und nahmen Platz.

«Sie sind also Journalist und wollen über die Vorgänge im Dorf schreiben?»

«Über die Vorgänge im Dorf und die Hintergründe. Ich schreibe vorwiegend für die deutschsprachige belgische Presse. Da interessiert man sich sehr dafür, wenn in Deutschland zwei Kinder verschwinden und es keinen zu interessieren scheint. Schließlich ist Belgien seit Dutroux als das Land der Kinderschänder verschrien. Da interessiert sich die Leserschaft in Belgien sehr dafür, wie man im Nachbarland mit dem Thema umgeht.»

«Was wissen Sie eigentlich? Sie haben gerade herum getönt, dass Sie eine schöne Story haben», ging Burkhard in die Offensive.

«Na, Sie haben erst einmal zwei verschwundene Kinder und die verpatzte Lösegeldübergabe. Dann sind da die schlampig geführten Ermittlungen. Ein Zeuge kommt um und niemand will einen Zusammenhang sehen. Das wird nicht der letzte Tote in diesem Fall bleiben! Das alles haben wir vor Jahren beim Fall Dutroux auch gehabt.»

«Das sind nur Vermutungen, haben Sie auch was Konkretes?»

«Wenn Sie auch für mich was Konkretes hätten, kämen wir ins Geschäft.»

«Ich hätte etwas gehabt, eine Zeichnung von Herrn Bollemann von einem Mann, der etwas mit dem Verschwinden meiner Kinder zu tun haben könnte.»

«Das ist ja toll, wie sieht die denn aus?»

«Es ist nur eine Bleistiftzeichnung. Wie ein Phantombild der Polizei. Bollemann konnte sehr gut zeichnen.»

«Super, so was macht sich immer gut in der Zeitung. Vielleicht reicht es sogar fürs Titelblatt!»

«Jan, bist du verrückt, die wollen uns Deutsche nur in den Dreck ziehen!», warf einer seiner Skatbrüder ein.

«In welchen Dreck?», erwiderte Jan. «Wenn ich seh', was hier im Dorf passiert, steht uns der Dreck eh schon bis zum Hals.»

«Was haben Sie denn zu bieten?», fragte er an den Reporter gewandt.

«Dass beispielsweise ein Alkoholiker mit der Leitung der Ermittlungen betraut und die Sonderkommission bereits wieder aufgelöst wurde.»

«Das ist nichts Neues, das wissen wir auch!», entgegnete Jans anderer Skatbruder.

«Und dass der Leiter der Mordkommission, der den Todesfall hier untersuchen müsste, überraschend nach Düsseldorf versetzt wurde?»

«Auch ein alter Hut!», ergänzte er. «Dafür gab es sogar einen guten Grund.»

«Den gibt es immer, der lässt sich auch konstruieren. Aber wussten Sie auch, dass sich der Bollemann angeblich im Sitzen erhängt haben soll. Das Kabel, mit dem er sich erhängt haben soll, war so lang, dass er im Stehen gar nicht hängen konnte.»
Der Reporter hatte augenscheinlich einen Informanten bei der Polizei.
Im Lokal erhob sich eine angeregte Diskussion darüber, ob das stimmte und wenn, ob das denn überhaupt funktionieren könnte. Zudem wurde arg in Zweifel gezogen, ob der Bollemann je auf eine solche Idee gekommen wäre. Die Menschen in der Kneipe scharten sich jetzt um den Tisch.

«Merkwürdig ist das schon, aber es fehlen wohl Hinweise auf Fremdeinwirkung», erwiderte Jan.

«So, so, Sie sind ja gut informiert. Aber vielleicht will man ja gar keine Hinweise finden! Wissen Sie etwa auch schon, dass ein Teil der Ermittlungsakte auf dem Wege zur Staatsanwaltschaft angeblich verloren gegangen ist? Auch das kann passieren, komischer Zufall, nicht wahr?»

«Das glaube ich nicht! So was passiert in einer deutschen Behörde nicht.»

«Sie glauben mir nicht? Dann fragen Sie sich, warum ihr schönes Fahndungsfoto bisher nicht veröffentlicht wurde!»

«Zeichnung, kein Fahndungsfoto!»

«Egal, warum ist nicht längst mit Plakaten, in der Zeitung und im Fernsehen nach dem Mann gesucht worden?»
Jan zweifelte. «Ich gehe mal gerade telefonieren, warten Sie bitte!»

«Keine Angst, ich laufe schon nicht weg.»

Jan ging nach draußen und rief seinen Schwiegervater an. Er berichtete ihm, was der belgische Reporter gesagt hatte.

«Halt dich bitte von Reportern fern, die verfolgen nur ihre eigenen Ziele. Da wirst du schnell vom Opfer zum Täter gemacht.»

«Kannst du denn nicht herausfinden, ob das stimmt, was der Mann erzählt? Dann kannst du gleich mal fragen, warum die Zeichnung von Bolle nie veröffentlicht wurde!»

«Ich werde mich erkundigen. Aber sprich nicht weiter mit diesem Reporter!»

Jan ging zurück zu seinem Tisch.

«Und was ist jetzt mit der Zeichnung?», fragte der Reporter.

«Sie ist verschwunden. Ich hatte sie an meine Pinnwand gehängt, aber sie ist einfach verschwunden.»

«Aber Sie haben sicher noch weitere Kopien?»

«Nein, ich war noch nicht dazu gekommen. Ich hatte nur schnell eine Kopie gemacht, bevor das Original an die Polizei gegangen ist. Ich wollte Fahndungsplakate davon drucken lassen.»

«Haben Sie denn die Zeichnung nicht eingescannt, dann muss noch eine Datei existieren.»

«Nein, ich hab nur diese eine Kopie gefertigt», gab Jan müde zu.

«Hey, Mann, das war nicht fair. Das hätten Sie mir gleich sagen können. Aber vielleicht kann ich mit der Info noch was anfangen. Na dann, schade, das wäre eine echt starke Story geworden. Damit hätten wir den Bullen so richtig einheizen können.»

Jan ging deprimiert nach Hause. Hatte er jetzt eine große Chance vertan, die Spur der Entführer aufzunehmen?

06.07.2015

Als der General Körner auf dessen Handy anrief, wunderte sich dieser nicht wenig. Körner berichtete ihm vom Erfolg der Frankfurter Kollegen und dass in Brüssel ein Toter gefunden wurde, bei dem es sich nach seiner Vermutung um einen der Entführer handeln muss. Der General konnte sich gerade noch zurückhalten zu sagen, dass ihm dies bisher verheimlicht wurde, obwohl er am Tag zuvor beim Polizeipräsidenten gewesen war. Stattdessen fragte er: «Kann es sich hierbei um den Mann handeln, den Bollemann gezeichnet hat?»

«Wohl kaum, nach Aussagen des Frankfurter Kollegen handelt es sich um einen älteren Zuhälter aus Frankfurt, der in letzter Zeit als Schlepper tätig war.»

«Gibt es einen Namen?»

«Ja, Georg Hasenleder, er ist aber in Belgien als Russe mit dem Namen Borodin Moslochow aufgetreten.»

Sie kamen auf den angeblichen Selbstmord von Werner Bollemann zu sprechen.

«Stimmt es, dass sich Bollemann im Sitzen erhängt haben soll?»

«So sah es wohl aus. Die Ermittlungen laufen aber noch.»

«Und was denken Sie?», fragte der General Körner.

«in Bezug auf was?»

«Gibt es einen Zusammenhang zwischen den Fällen?»

«Meine Meinung ist hier uninteressant.»

«Haben Sie denn eine Meinung?»

«Sie meinen als Polizist?»

«Als Polizist, als Privatmann, als Mensch! Kann man das trennen?»

«Wahrscheinlich nicht. Aber ich habe mit den laufenden Ermittlungen nichts mehr zu tun. Sie wissen das.»

«Gerade deshalb frage ich Sie. Oder lässt Sie das alles kalt? Das wäre traurig.»

«Was ich glaube, ist nicht wichtig, wichtig ist, was bewiesen werden kann.»

«Mir ist es aber wichtig. Also bekomme ich eine Antwort?»

Bernd Körner überlegte. Er wollte sich nicht mehr in die laufenden Ermittlungen hineinziehen lassen. Aber der General hatte eine ehrliche Antwort verdient.

«Ich bin auch der Überzeugung, dass es Zusammenhänge geben muss, aber was nutzt das?»

«Glauben Sie, dass alles getan wird, die Ermittlungen voranzutreiben?»

«Ich habe volles Vertrauen in die ermittelnden Beamten.»

«Und wenn die Ermittlungen manipuliert werden?»

«Inwiefern?»

«Dass zum Beispiel bestimmte Spuren nicht verfolgt werden?»

«Das glaube ich nicht.»

«Ich dachte, darauf was Sie glauben, kommt es nicht an? Sind Sie bereit, mir zu helfen, herauszufinden, ob jemand die Ermittlungen manipuliert?»

«Wie soll ich das tun?»

«Sie haben sicher Kopien der Vernehmungsprotokolle und dergleichen.»

«Nein, wie kommen Sie darauf?»

«Weil das jeder gute Beamte macht. Aber gut, eine andere Frage. Ich habe Ihnen vor Wochen eine Zeichnung gegeben, die Bollemann angefertigt hatte. Was haben Sie damit gemacht?»

«Ich habe sie selbstverständlich dem Leiter der Ermittlungen im K 12 übergeben.»

«Können Sie herausfinden, ob sich diese Zeichnung noch in der Ermittlungsakte befindet?»

«Sie glauben nicht etwa, dass diese unterschlagen wurde? Das ist ja grotesk. Wir sind doch keine Bananenrepublik!»

«Wissen Sie, mein Schwiegersohn hatte sich eine Kopie der Zeichnung gemacht. Diese ist spurlos verschwunden. Einfach so. Aus seinem Büro. Obwohl niemand außer uns von der Zeichnung wusste. Deswegen will ich wissen, ob sich die Zeichnung wirklich bei den Akten befindet. Und was man dann veranlasst hat. Warum wurde die Zeichnung nie veröffentlicht? Können Sie das überprüfen oder nicht? Wenn ja, hätte ich gerne eine Kopie.»

«Klar kann ich das, aber warum gehen Sie nicht einfach zum Polizeipräsidenten?»

«Sagen wir einmal so, ich möchte das überprüft haben, ohne dass irgendjemand davon etwas erfährt. Niemand soll unnötig in Verdacht geraten, es soll aber auch niemand unnötig gewarnt werden. Kriegen Sie das hin?»

«Sie wissen, dass ich nicht mehr im Präsidium bin, dass ich jetzt in Düsseldorf beim Ministerium arbeite?»

«Ich habe davon gehört. Aber Sie haben sicherlich noch eine Person, der Sie vertrauen können. Übrigens geht das Gerücht um, dass ein Teil der Ermittlungsakte abhanden gekommen sein soll! Vielleicht können Sie mich da ja eines Besseren belehren!»

Körner versprach, sich zu erkundigen, ohne viel davon zu halten. Verschwörungstheoretiker gab es zuhauf, besonders bei solchen Fällen. Er wollte aber dem General nicht sagen, dass man den jungen Mann auf der Zeichnung längst identifiziert hatte und dieser im Zusammenhang mit dem Mord an seinem Kumpanen, der wahrscheinlich auch an der Entführung mitgewirkt hatte, gesucht wurde. Schließlich hatte er nichts mehr mit dem Fall zu tun.

Körner saß wieder in seinem Büro. Die Arbeit im Ministerium hatte den Vorteil, dass man kaum gestört wurde. Die Flure wirkten gegen die des Präsidiums in Aachen wie ausgestorben. Nur der Amtsbote kam zweimal am Tage in sein Büro, brachte neue Akten und nahm die bearbeiteten Akten wieder mit. Nur aus Interesse ging er seine privaten Aufzeichnungen noch einmal durch. Er hatte nicht von allen Dokumenten der Akte Kopien, aber die wichtigsten hatte er auf seinem Laptop. War zwar nicht erlaubt, machte aber so gut wie jeder. Als Arbeitshilfe oder später als Gedächtnisstütze, wenn man vor Gericht aussagen musste und die Akte wie meistens nicht greifbar war.

Er suchte nach Auffälligkeiten. Die schlampigen Ermittlungen rund um den weißen Transporter. Schon verdächtig. Schließlich ein Hinweis auf die Zeichnung, die Bolle angefertigt hatte. Er rief Sabine, seine ehemalige Kollegin aus der Zeit bei der Soko auf ihrem Handy an. Wie für ihn typisch, hielt er sich nicht lange mit Small Talk auf.

«Hallo Sabine. Darf ich dir kurz eine Frage zum Fall Mülhausen stellen?»

«Hallo Bernd. Ja sicher. Wie geht es dir denn? Fällst du jetzt gar die Karriereleiter hinauf?»

«Mir gehts ganz gut. Aber das hier ist nichts für mich. Jedenfalls nicht auf Dauer. Aber zurück zu meiner Frage. Eigentlich habe ich ja mit der Untersuchung gar nichts mehr zu tun. Aber man hat mich gefragt, was ich mit der Zeichnung gemacht habe, die Bolle angefertigt hatte. Ich kann mich gar nicht erinnern, was ich damit gemacht habe. Ich bin ja unmittelbar danach ausgeschieden.»

«Aber klar, du hast sie persönlich dem Solowski übergeben, hast du mir wenigstens erzählt. Mir hast du noch den Auftrag gegeben, dafür zu sorgen, dass die Zeichnung in die BKA-Mitteilungen kommt. Aber warum interessierst du dich dafür?»

«Herr Bentlin hat mich angerufen. Er vermisst die Kopie, die er sich gemacht hat. Kannst du ihm bitte eine neue zukommen lassen?»

«Ich bin wieder in meinem alten Dezernat. Du erinnerst dich, dass die Soko aufgelöst ist?»

«Du hast recht, klar doch!»

«Aber wie komme ich jetzt an die Zeichnung? Ich habe versprochen, sie zu besorgen.»

«Du sitzt doch im Ministerium. Da müsste mein Antrag für die BKA-Mitteilungen liegen. Da ist auch eine Kopie der Zeichnung dabei. Kommst du da nicht dran?»

«Na klar, entschuldige, daran habe ich gar nicht gedacht. Ist die denn überhaupt noch 'rausgegangen?»

«Na hör mal, du hattest mir das extra ans Herz gelegt. Ich hab das direkt am nächsten Tag gemacht. Muss über eure Tische gelaufen sein!»

«'Tschuldige, ich kenne mich hier noch nicht so aus. Aber danke.»

«Keine Ursache.»

In den BKA-Mitteilungen, die online allen Vollzugsbehörden zur Verfügung stehen, werden bundesweite Suchmeldungen veröffentlicht. Oft werden auch Kriminalfälle mit ungewöhnlichem Tatablauf geschildert, um auf Ähnlichkeiten zu anderen Kriminalfällen zu stoßen. Besonders bei Sexualdelikten kann man so aufgrund des modus operandi Taten in verschiedenen Bundesländern einem einzelnen Täter zuordnen. Bernd Körner rief die letzten BKA-Mitteilungen an seinem PC auf und durchsuchte sie. Er konnte die Phantomzeichnung nicht finden. Er rief sofort den zuständigen Bearbeiter im BKA an. Es half, dass er jetzt im Innenministerium saß.

Der Fall der verschwundenen Mülhausen-Kinder war dem Bearbeiter wohlbekannt. Zum einen war dieser Fall auch durch die überregionale Presse gegangen, zum anderen war in den BKA-Mitteilungen bereits eine Suchmeldung erschienen. Deshalb war sich der Bearbeiter sicher, dass er nie ein Phantombild zur Veröffentlichung erhalten habe.

Da der Kontakt zum BKA von den unteren Polizeibehörden immer über das Innenministerium laufen musste, hoch lebe der Dienstweg, brauchte er nur seinen Kollegen, der dafür zuständig war, zu befragen. Er schaute im Organisationsplan des Ministeriums nach. Es war eine Kollegin, die er noch nicht kannte. Diesmal rief er nicht an, sondern ging persönlich vorbei.

Zunächst befragte er sie nach einer Möglichkeit, bei allen Autoverleihern in Deutschland nach dem Verleih eines bestimmten Fahrzeugs an einem bestimmten Tag zu forschen. Sie belehrte ihn darüber, dass dies eine Rasterfahndung sei, die so ohne weiteres nicht durchgeführt werden dürfe.

«Das muss von der Bundesanwaltschaft beantragt und von einem Untersuchungsrichter genehmigt werden.»

Bernd grinste in sich hinein.

«Dann werde ich anleiern, dass das Polizeipräsidium Aachen dies beantragt. Haben Sie denn im Fall Mülhausen schon Kontakt zum BKA gehabt?», fragte er scheinheilig.

Sie erläuterte, dass in den BKA-Mitteilungen eine Suchmeldung nach den Kindern erschienen war und auch ausgiebig über den Erpressungsversuch und die gescheiterte Lösegeldübergabe berichtet worden war.

«Und in letzter Zeit?», schob er hinterher.

«Nein, nichts mehr.»

«Aber es soll ein Phantombild eines Täters geben, welches das Polizeipräsidium Aachen zur Veröffentlichung im BKA-Blatt geschickt haben soll.»

«Wann soll das denn gewesen sein?»

Körner dachte nach.

«Nach dem 01.06.»

«Nein, das müsste ich wissen.»

«Können Sie nicht noch einmal nachschauen, vielleicht hat es ja eine Kollegin bearbeitet. Oder es ist liegen geblieben?»

«Hier bleibt nichts liegen! Das sind alles Sofortsachen! Außerdem war ich nicht in Urlaub», entgegnete sie kühl.

«Kann es nicht irrtümlich woanders hingeraten sein?»

«Nein! Der gesamte Posteingang in BKA-Mitteilungssachen läuft über meinen Schreibtisch. Schließlich bin ich dafür zuständig. Außerdem interessiert mich der Fall als Mutter auch persönlich.»

Jetzt wirkte sie echt pikiert.

Körner schaute sie an. Sie war recht attraktiv, vielleicht zwei, drei Jahre jünger als er. Aber er hatte es sich jetzt gründlich mit ihr verscherzt. Auf jeden Fall war es gut für ihn, weitere Kontakte im Ministerium zu knüpfen. So versuchte er zu retten, was zu retten war.

«Wissen Sie denn etwas Neues? Ich bin leider von allen Informationen abgeschnitten. Wenn ich daran denke, dass das auch mein Junge sein könnte, der da vermisst wird!»

Bernds Schicksal schien ihr geläufig zu sein. Schließlich hatte sein Fall für viel Gesprächsstoff innerhalb der Polizei gesorgt. Dass dieser sogar bis ins Innenministerium gelangt war, wunderte ihn nicht besonders. Sie schaute versöhnlicher drein.

«Die Ermittlungen scheinen auf der Stelle zu treten. Der Staatssekretär lässt sich ständig auf den neuesten Stand bringen. Unlängst wurde sogar der Polizeipräsident aus Aachen hierher zitiert, weil es keine neuen Ergebnisse gibt», wusste die Kollegin zu berichten.

«Woher wissen Sie das denn?»

«Sie sollten mit uns in die Kantine gehen. Da erfährt man das eine oder andere.»

Das nahm er dankend als Einladung an.

Spontan wollte er Sabine noch einmal anrufen, um sie zu der fehlenden BKA-Mitteilung zu befragen. Er entschied sich aber dafür, bei ihr zu Hause vorbeizufahren. Das passte gut, da er ohnehin nach Aachen wollte, um seinen Sohn zu sehen.

Maria im Garten

Maria hockte in ihrem Gärtchen. Mit großer Ruhe kämpfte sie gegen die Triebe dieses Feindes an, schnitt die sieben neuen Triebe, die anstelle der zuletzt Abgeschnittenen erschienen waren, wieder an der Basis zurück. Sie hatte neben der Obstwiese, die zum alten Forsthaus gehörte, einen kleinen Nutzgarten angelegt. Jan hatte gemeint, hier am Nordhang und im Schatten des Waldes würde nicht viel wachsen. Aber sie hatte sich nicht beirren lassen. Aber jetzt hatte sich der japanische Staudenknöterich in ihrem Garten ausgebreitet.

Schon früh hatten die Ökologen vor der Gefahr durch Neophyten für die Natur gewarnt. Oft hatten sie das bereits getan. Zum Beispiel als das drüsige Springkraut in Mitteleuropa auftauchte, jenes eigentlich ganz hübsche Gewächs mit seinen roten Stielen und den hübschen rosa bis lilafarbenen Blüten. Zwar überwucherte es die Auen und Gräben, und auch die Wälder blieben nicht verschont. Gut, ein paar einheimische

Pflanzen wurden an den Rand gedrängt, aber wen interessierte das schon.

Dann erschien der Riesenbärenklau, angeblich hatten ausgerechnet die Imker die Büchse der Pandora geöffnet, um diese Pflanze als vermeintlich ergiebige Bienenweide zu verbreiten. Da war die Nervosität groß, denn der Bärenklau ist giftig und verursacht vor allem bei Kindern unangenehme Verbrennungen. Nach einiger Zeit legte sich die Aufregung wieder und man beschäftigte sich mit anderen Dingen.

Als fast zeitgleich der japanische Riesenknöterich ganze Landstriche zu überwuchern begann, nicht nur die stillen Auen und versteckten Flusstäler, sondern auch die Stadtgärten und Straßenränder, wurde das ebenso gedankenlos hingenommen. Schließlich sei diese Pflanze ein guter Kandidat für die Herstellung von Biosprit. Also halb so schlimm, oder wie man in der Gegend sagt: «Et hätt noch emmer joot jejange.» Selbst beim beifußblättrigen Traubenkraut mit dem schönen lateinischen Namen Ambrosia artemisifolia, dessen Pollen eines der stärksten bekannten Allergene darstellen, waren nur Betroffene und Biologen alarmiert.

Maria hatte den Eindruck, dass sie die Einzige war, die den Kampf aufgenommen hatte.

Alle anderen hatten aufgegeben, ihre Nachbarn unterhalb des Weges hatten ihre kleinen Nutzgärten größtenteils eingeebnet. Sie nahmen ihre Rasenmäher und machten ihre Gärten wieder zu einer einheitlichen grünen Fläche. Das Problem blieb, aber es fiel nicht unangenehm ins Auge und war deswegen schnell vergessen. Aber jenseits des eigenen Gartens am Waldrand überwucherte der Riesenknöterich alles andere.

Auch Jan hatte mit den Achseln gezuckt. Auf ihre Frage, warum denn diese Pflanzen, die es bei uns früher nicht gab und die deshalb an unsere Umgebung nicht angepasst sein sollten, so gut gedeihen würden, antwortete er, dass diese Pflanzen hier eben keine natürlichen Feinde hätten und unser jetziges Klima den Pflanzen sehr zugutekäme. Westeuropa, so erklärte er ihr, sei eine der artenärmsten Gegenden auf der Welt, das läge an der Eiszeit. Die hätte viele Pflanzen zum Rückzug in wärmere Länder gezwungen. Später schützten dann die Alpen und der Ural davor, dass sie zurückwandern konnten. Man würde damit leben müssen.

So war Jan. Zunächst hatte Maria dieser Weitblick fasziniert, jetzt fand sie es nervend, wie sich Jan mit allem abfinden konnte. Nein, mit allem nicht, das war ungerecht. Mit dem Verschwinden der Kinder konnte er sich auch nicht abfinden.

Maria ging wieder ins Haus. Alle Farben wichen. War etwas mit ihren Augen nicht in Ordnung? Alles im Hause schien zu verblassen. Sie schaute auf ihre Hände. Sie waren grau.

Der Schock, den die fehlende weitere Nachricht von den Entführern und die geplatzte Lösegeldübergabe bei Maria hinterlassen hatten, ließ Marias verbliebenen Lebensmut vollkommen erlöschen. Jetzt kam auch noch dazu, dass sie Jan nicht mehr in die Augen sehen konnte. Er hatte sie nie mehr auf ihre Affäre angesprochen. Auch dass sie ihn beschuldigt hatte, am Verschwinden der Kinder schuld zu sein, obwohl sie die Kinder selbst hätte abholen können, hatte er ihr nur das eine Mal vorgeworfen. Doch sein leidender Blick sagte alles. Sie wusste, dass er es wusste. Es gelang ihr nicht mehr, das zu verdrängen.

Nach und nach ließ sie sich gehen. Ihrer Tätigkeit als Lehrerin hatte sie schon seit dem Verschwinden der Kinder nicht mehr nachgehen können. Dann verließ sie auch das Haus nicht mehr. Selbst die Fortschritte bei der Suche nach den Entführern, von denen Jan allabendlich berichtete und die ihm endlich wieder das Gefühl von Hoffnung und eines Sinns für sein Tun gaben, interessierten sie scheinbar nicht. Jan gab es daher auf, sie in die Einzelheiten einzuweihen, versuchte aber dennoch, mit ihr seine neue Hoffnung zu teilen. Doch Maria wurde von Tag zu Tag dumpfer, träger, depressiver.

Sie zog sich nicht einmal mehr an, verließ das Bett kaum noch, machte kein Frühstück ja vernachlässigte sogar die Körperpflege und saß mit strähnigen Haaren den ganzen Tag vor dem Fernseher.

Eines Tages hatte sie sich die Ponyhaare mit einer Schere abgeschnitten, weil sie störten, wie sie schlicht erklärte. Als Jan von seiner Fahrt nach Köln nach Hause kam und sie fragte, was sie gegessen habe, antwortete sie wie am Tag zuvor: «Ich habe mir Milchreis gemacht.»

Der Topf mit dem Milchreis stand zwar auf dem Herd, das aber tat er schon seit dem Vortage. Jan machte sich ernsthafte Sorgen. Maria verfiel zusehends. Nur mit Mühe konnte er Maria dazu bewegen, zum Abendbrot etwas zu essen und zu trinken.

«Ich spüre gar nichts mehr. Habe keinen Hunger. Alles ist so weit weg.»

Als Jan am nächsten Tag nach Hause kam, war Maria wie üblich im Bett geblieben. Er ging zu ihr, sprach sie an. Sie wirkte benommen, stammelte, war völlig verwirrt. Jan rief den Notarzt.

Er wies sie sofort ins Krankenhaus ein. Sie war dehydriert, hatte offenbar seit Tagen kaum etwas getrunken. Jan erfuhr, dass sie durch Infusionen sehr schnell wieder auf die Beine kommen würde, aber damit das Problem nicht gelöst sei. Solange Maria nicht selbstständig auf die Nahrungs- und Flüssigkeitsaufnahme achte, sei es nicht zu verantworten, sie alleine zu lassen.

Nach der Behandlung im Krankenhaus wies sie der behandelnde Arzt in eine Klinik ein. Maria war nicht davon zu überzeugen, dass dies notwendig war. Jan und seine Schwiegereltern versuchten verzweifelt, ihr klarzumachen, dass dies zu ihrem Besten sei. Auch als sie ihr sagten, dass alle Gespräche, die auf das heimische Telefon aufliefen, auf ihr Handy weitergeleitet würden und sie das selbst ausprobiert hatte, blieb sie stur. Als Kompromiss war sie damit einverstanden, zurück in die Wohnung zu ziehen, die im Haus ihrer Eltern im ersten Stock zur Verfügung stand. Auch Jan war damit einverstanden.

Nun wollte Jan sich vollkommen auf die Suche nach den Tätern konzentrieren. Wenn er schon seine Kinder nicht wieder bekommen konnte, sollten doch alle, die mit ihrer Entführung zu tun hatten, dafür büßen. Er wusste auf einmal, dass die Trauer und die Ohnmacht, die ihn gelähmt hatten, in einen Hass umgeschlagen waren, der ungeahnte Kräfte in ihm freisetzte.

Ja, sein Schwiegervater hatte recht. Sie müssten den Kampf gegen das Böse aufnehmen. Auge um Auge, Zahn um Zahn. Bisher waren nur die Guten die Opfer gewesen. Er hatte diesen Weg nicht einschlagen wollen. Aber den Kampf jetzt nicht aufzunehmen, nicht mit allen Mitteln zu versuchen, das Übel zu bekämpfen, diese Kinderschänder zu entlarven und einer gerechten Strafe zuzuführen, hieße, die Kinder zu verraten. Wenn die Welt voller amoralischer, perverser Verbrecher war und diese sich mit den Herrschenden verbunden und diese auch korrumpiert hatten, wie der Bericht in 3SAT deutlich machte, blieb nur der Weg, diese zu entlarven und bloßzustellen. Oder sie zu strafen. Er wusste, dass er seine bisherigen Grundsätze, ja seine ganze Lebensphilosophie über Bord kippen musste und dass es keinen Weg zurück in die warme, geborgene ländliche Welt der Unschuld geben würde. Seine moralische Identität, das, wofür er stand und woran er geglaubt hatte, existierte nicht mehr.

Jan Mülhausen war gewandelt. Aus dem gemütlichen Teddybären war ein kämpfender Grizzlybär geworden.

07.07.2015

Der General berichtete seinem Freund und Anwalt Dr. Soltau davon, was Eva und Jan in Köln herausgefunden hatten.

«Er heißt Torben Esser und hat in der Kölner Stricherszene am Schlachthof verkehrt. Er trägt eine auffällige Tätowierung, eine Ratte auf der rechten Seite im Nacken. Er ist in Düren aufgewachsen.»

«Das ist ja eine ganze Menge. Woher hast du die Informationen?»

«Das haben Jan und Eva auf eigene Faust im Kölner Milieu ermittelt. Kannst du was damit anfangen?»

«Sicher, aber du solltest deinem Schwiegersohn sagen, er solle nicht Detektiv spielen. Mit diesen Leuten darf man sich nicht anlegen.»

«Klar, hab ich ihm schon deutlich gemacht. Aber der ist stur wie ein Maulesel. Ruf mich an, wenn du was herausgefunden hast.»

Dr. Soltau ließ seine Beziehungen zur Kölner Polizei spielen. Sein Nachfolger in der Kanzlei hatte einen ehemaligen Studienkollegen, der ihm weiterhelfen konnte. Er rief ihn schon am nächsten Tage zurück:

«Da hast du aber Glück, der Mann ist im Moment heiß begehrt. Die Kollegen aus Aachen haben auch schon nach ihm gefragt. Torben Esser ist ein kleiner Fisch, wegen Drogenbesitz und Diebstahl auffällig geworden. War lange Zeit auf dem Straßenstrich um den Schlachthof herum aktiv. Ist allerdings seit langem nicht mehr in Köln gesehen worden.»

«Wer hat sich denn aus Aachen für ihn interessiert?»

«Oh, das weiß ich nicht, ist wohl schon ein paar Tage her. Ich habe nicht danach gefragt, soll ich das nachholen?»

«Nein danke, ist nicht so wichtig.»

Dr. Soltau verabschiedete sich.

Am Abend traf er sich wie üblich zum gemeinsamen Spaziergang mit dem General. Er informierte ihn.

«Das ging ja schnell. Jetzt kommt endlich Bewegung in die Sache», konstatierte der General.

«Willst du nicht die Polizei in Aachen informieren?»

«Nein, die haben den Namen doch längst. Hat nur keiner für nötig befunden, mich zu informieren. Jetzt machen wir uns selbst auf die Suche nach dem Bürschchen.»

«Hast du schon eine Idee, wie?»

«Nein, aber du hast doch schon was in petto, wie ich dich kenne.»

«Was bist du bereit zu investieren?»

«Wieso?»

«Ich kenne da einen guten Privatdetektiv, mit dem meine Kanzlei öfter zusammen arbeitet. Nicht ganz billig, aber sehr zuverlässig und verschwiegen.»

«Setz ihn darauf an!»

«Willst du gar nicht wissen, was es kostet? Und willst du nicht selbst mit ihm sprechen?»

«Nein, mach du das oder besser noch jemand aus deiner Kanzlei. Je weniger er über den Fall weiß, desto besser. Er soll einfach den Aufenthaltsort des Mannes ausfindig machen. Dann schnappe ich ihn mir.»

«Gut, ich hoffe, du weißt, was du tust. Das kann leicht fünfstellig werden.»

«Ja, endlich weiß ich, was ich tun kann! Ich hätte auch gerne auf das Lösegeld verzichtet, wenn dafür die Kinder wieder da wären. Also was bedeuten da ein paar Tausend Euro?»

Die Männer waren mit ihrer Runde fertig. «Kommst du noch auf einen Whiskey mit herein?», fragte Dr. Soltau.

«Heute nicht, sei mir nicht böse, aber mir geht zu viel durch den Kopf.»

Sie verabschiedeten sich.

08.07.2015, Am Morgen

Der General saß in seinem Lieblingssessel, als das Telefon klingelte. Es war Hermann Soltau. Er fragte, ob er kurz herüberkommen könne. Der General war gespannt. Angeblich gab es erste Ergebnisse. Wenig später klingelte es. Elli war überrascht, dass ihr Mann bereits an der Tür war.

«Lass nur, Elli, es ist Hermann. Er hatte sich angemeldet.»

Sie gingen gleich durch in sein Büro. Elli wunderte sich, öffnete der General sonst nie die Tür, angekündigt oder nicht. Sie schlich zur Tür und versuchte zu horchen. Doch die Männer saßen am Rauchertischchen zu weit weg, um etwas zu hören.

Sie schaute durchs Schlüsselloch und konnte sehen, wie Dr. Soltau dem General einen Umschlag übergab. Der General öffnete den Umschlag. Er enthielt die ersten Ermittlungsergebnisse der Detektei. Da waren zunächst ein paar Fotos. Wahrscheinlich aus Polizeibeständen. Von der Seite, von vorne, von der anderen Seite. Ein hagerer junger Mann mit langen schwarzen Haaren. Darüber hinaus Fotos von Tätowierungen. Eine Ratte am Nacken, ein Drachen auf dem Rücken, ein weiterer am Unterschenkel. Weitere kleine Tattoos auf den Armen. «Was willst du jetzt tun?»

«Erst einmal müssen wir ausfindig machen, wo der Bursche ist. Dann werde ich ihn mir schnappen und herausfinden, was der Bursche mit der Entführung zu tun hat.»

«Dann sei vorsichtig. Du weißt, worauf du dich da einlassen willst?»

«Was habe ich schon zu verlieren?»

«Deine Freiheit. Das ist schließlich illegal, was du vorhast. Selbstjustiz ist strafbar. Wahrscheinlich setzt du sogar dein Leben aufs Spiel. Da scheinen mächtige Kräfte im Hintergrund zu agieren!»

«Was ist mein Leben denn noch wert, ohne meine Enkelkinder? Sie sind mein Leben, meine Zukunft! Mein Leben habe ich bereits gelebt. Den kläglichen Rest meiner Lebenskerze gebe ich gerne für das Leben der Kinder.»

«Gut, ich bin dabei!»

«Nein, es sind nicht deine Kinder! Es wird gefährlich werden, lebensgefährlich. Du weißt, das sind Leute aus dem Milieu, die werden sich nicht einfach so von uns befragen lassen.»

«Da bin ich sicher. Aber ich werde dabei sein. Du willst doch nicht auf deine alten Tage auf meinen Rat verzichten wollen. Einen Anwalt wirst du sicher bald gut gebrauchen können. Es wird mir eine Freude sein, gegen etwas zu kämpfen, was ich mein Leben lang verabscheut habe. Ich habe viele Verbrecher verteidigt, vielen von ihnen lange Haftstrafen erspart, die sie eigentlich verdient hätten. Aber ich habe nie einen Kinderschänder verteidigt. Du kannst das nicht alleine machen.»

«Gut Hermann, ziehen wir gemeinsam in den Kampf. Du weißt aber, dass wir kaum eine Erfolgschance haben?»

«Ich weiß, aber sag' das nicht allen deinen Mitstreitern, sonst bleiben wir zwei alleine. Zwei Rentner gegen den Rest der Welt.»

Sie lachten, obwohl ihnen wenig zu Lachen zumute war.

Der General las den beiliegenden Bericht. Kontakte, Aufenthaltsorte, Vorstrafen, doch keinen Hinweis auf den jetzigen Aufenthaltsort. Seit Mitte Mai war Torben Esser abgetaucht. Niemand wollte etwas zu seinem Aufenthaltsort wissen. Der Detektiv ließ anfragen, ob man die Ermittlungen auf die Kontaktpersonen der Zielperson ausdehnen sollte und er bereit sei, auch höhere Bestechungssummen zu zahlen. Der General gab seinem Freund den entsprechenden Auftrag.

Zudem rief er den ersten Mann seiner Tochter, Michael Becker, an. Der General hatte, im Gegensatz zu seiner Frau, stets den Kontakt zu seinem ehemaligen Schwiegersohn gehalten und ihn insbesondere nach dem Verschwinden seiner Tochter Lena ständig auf dem Laufenden gehalten. Er wollte sofort nach dem Verschwinden Lenas nach Deutschland zurückkehren, aber da er sich im Einsatz in Afghanistan befand und der General ihm versichert hatte, dass er nichts würde tun können, nahm er davon Abstand, nach Aachen zu kommen. Zumal der General ihm zu verstehen gab, dass eine Begegnung mit Maria nicht gerade förderlich für deren Gesundheit sei.

Nun aber informierte ihn der General, dass sie die Suche nach den Kindern in die eigene Hand genommen hätten und sie bereits eine erste Spur verfolgen würden.

«Es kann sein, dass ich dich in Kürze hier brauchen werde. Schau doch bitte, wann du auf Heimaturlaub kommen kannst.»

Michael versicherte ihm, dass er sein Möglichstes versuchen werde und informierte den General am nächsten Tag, dass er in zwei Wochen problemlos für einen Monat Heimaturlaub bekommen könne.

«Reicht das, sonst kann ich auch sofort kommen! Dann muss ich allerdings noch einmal zurück.»

«Nein, nein, das passt ganz gut. Wir sind noch in der Vorbereitung. Aber sobald die Aktion losgeht, hätte ich dich gerne dabei. Ich bin hier nur von Zivilisten und Rentnern umgeben.»

«Na dann viel Glück. Was habt ihr denn vor?»

«Nicht am Telefon. Ich werde dich noch näher informieren.»

Nach dem Gespräch fuhr der General sofort zu Jans Betrieb, um die Fotos Eva zu zeigen. Eva und Jan waren da. Als der General ihr die Bilder vorlegte, war sie ziemlich sicher, dass das der kleine Dealer war, den sie aus der Szene in Köln kannte.

«So gut kannte ich ihn aber nicht. Schade, dass Bollemann nicht mehr lebt. Dann wüssten wir es genau.»

«Wir können die Fotos aber noch Herrn Kahn vorlegen. Er kann zumindest feststellen, ob dieser Mann in dem von ihm beobachteten Transporter gesessen hat.»

Sie ermittelten kurz im Internet die Adresse und fuhren sofort dort vorbei. Doch Ludwig Kahn war nicht zu Hause. Sie wollten schon gehen, als die Nachbarin an die Tür kam.

«Guten Tag, Herr Mülhausen, wollen Sie zu Ludwig?»

«Gut Tag, ja, wissen Sie, wo er ist?»

«Kommen Sie nur herein, wir sitzen gerade beim Kaffee.»

Sie folgten der Einladung und Jan stellte Herrn Kahn und seiner Nachbarin Eva und seinen Schwiegervater vor. Sie bekamen Kaffee eingeschenkt und wurden zudem genötigt, den selbst gebackenen Apfelkuchen zu probieren. Dieser war allerdings wirklich eine Gaumenfreude, was sie beide äußerten.

«Womit kann ich Ihnen helfen?», fragte schließlich Herr Kahn.

Jan erläuterte, worum es geht und der General legte ihm die Fotos vor.

«Die stammen doch aus Polizeibeständen, nicht wahr?»

«Sie haben recht. Können Sie den Mann wiedererkennen?»

Ludwig Kahn zog umständlich seine Brille aus der Tasche. Er betrachtete die Bilder genau.

«Ich sehe zwar nicht mehr besonders gut. Aber ich bin mir ziemlich sicher. Das kann der junge Mann sein, der einmal hinter dem Steuer des weißen Transporters gesessen hat.»

«Haben sie auch ein Tattoo gesehen.»

«Nein tut mir leid, daran würde ich mich erinnern.»

«Das hat er ja auch auf der rechten Seite, das konnte Herr Kahn gar nicht gesehen haben», warf Jan ein.

«Würden Sie das auch gegenüber der Polizei bestätigen?», fragte Jan.

«Selbstverständlich. Hoffentlich findet die Polizei diesen Ganoven schnell. Soll ich denn ins Polizeipräsidium fahren und dies zu Protokoll geben?»

«Danke. Das ist nicht nötig. Die Polizei wird Sie in Kürze aufsuchen.»

Sie verabschiedeten sich und waren voller Tatendrang. Dies war das erste Mal, dass Jan das Gefühl hatte, Fortschritte zu machen.

«Jetzt müssen wir nur hoffen, dass wir den Burschen vor der Polizei finden», bemerkte der General, als sie das Haus verlassen hatten.

«Sucht ihn die Polizei denn schon?», wollte Eva wissen.

«Anscheinend. Jedenfalls hat der Anwalt in Dr. Soltaus Kanzlei von der Kölner Polizei die Auskunft bekommen, dass sich auch die Aachener Polizei schon nach Torben Esser erkundigt hat.»

08.07.2015, Am Nachmittag

Obwohl Körner nichts mehr mit den Ermittlungen in Aachen zu tun hatte, fühlte er sich verpflichtet, zur Beerdigung von Werner Bollemann zu gehen. Er wollte dies mit einem Besuch seines Sohnes verbinden und freute sich, alte Kollegen zu treffen. Zudem stach immer noch der Stachel seiner verpatzten Mitwirkung an der Soko «Mülhausen» in seinem Fleisch. Er wollte die Gelegenheit nutzen und erfahren, wie die Ermittlungen liefen. Außer den Polizeibeamten und der Familie waren auch einige Leute aus dem Dorf auf der Beerdigung gewesen.

Die Untersuchung des Todesfalls Bollemann fiel in sein altes Kommissariat. Da war es nicht ungewöhnlich, die alten Kollegen aufzusuchen und ein bisschen zu plaudern. Besonders zu seinem ehemaligen Vertreter Konstantin Oberau, der jetzt kommissarisch das K11 leitete, hatte er einen guten Draht. Er hatte sich auf der Beerdigung mit ihm verabredet, im K11 vorbeizukommen. Dass der Besuch am selben Tag erfolgen würde, wunderte Körners Kollegen nicht. Bernd Körner hatte nach der Beerdigung noch eine Menge Zeit. Er ließ die Bemerkung fallen, es lohne nicht mehr nach Düsseldorf zurückzufahren. So war es nicht besonders auffällig, an seiner alten Wirkungsstätte aufzutauchen. Konstantin Oberau freute sich ehrlich.

«Seid ihr mit den Ermittlungen weiter?»

«Nicht wirklich. Bollemanns Frau bezweifelt, dass er sich umgebracht haben soll. 'Dafür war er nicht der Typ', versicherte sie mir. 'Wissen Sie, Werner war ein Mensch, der sich mit allem abfinden konnte. Er trank drei Tage durch und dann war alles wieder gut. Sich umbringen, nein. Völlig undenkbar. Nicht, dass er dazu zu feige gewesen wäre. Aber Werner war streng katholisch. Der hätte niemals Hand an sich gelegt', sagte sie wörtlich zu mir. Doch das beweist nichts.»

«Wenn nachweislich Bollemann nichts mit dem Verschwinden der Kinder zu hatte, wo bliebe dann das Motiv für den Selbstmord?», sinnierte Körner.

«Da wären die denunzierenden Presseberichte und die schrägen Blicke der Dorfbewohner, denen er sich nach seiner Freilassung ausgesetzt sah. Der Aufenthalt in der Entzugsklinik. All das könnten Gründe für eine Selbsttötung sein.»

«Und wie ist die Spurenlage?»

«Die Untersuchung der Todesursache brachte keine neuen Erkenntnisse. Er ist eindeutig erstickt. Er hatte zwar 2,5 Promille Alkohol im Blut und eine ordentliche Dosis Barbiturate, aber Todesursache war eindeutig das Erhängen. Mit der Promillezahl ist es sehr ungewöhnlich, das überhaupt auf die Reihe zu bekommen. Aber bei Trinkern weiß man nie, wozu sie im

Suff in der Lage sind. Insbesondere die Auffindesituation war äußerst ungewöhnlich. Im Sitzen hat sich bei uns noch nie jemand aufgehängt. Dass das geht, haben die RAF-Häftlinge in Stammheim gezeigt. Die Technik haben wir befragt, ob eine Verlängerungsschnur so etwas überhaupt aushalte. Wir erhielten die Auskunft, dass bei anderen Versuchen, sich mit einem Stromkabel zu erhängen, diese regelmäßig gerissen seien. Dies läge daran, dass bei der üblichen Methode, sich zu erhängen, durch den Ruck plötzlich die ganze Kraft des Körpergewichts auf das Kabel wirke, was in unserem Fall nicht passiert ist. Beim Tod durch Erhängen tritt in der Regel der Tod durch Genickbruch und nicht durch Ersticken ein. Bollemann war aber eindeutig durch das langsame Zuziehen der Schlinge erstickt. Da sich seine Füße immer auf dem Boden befunden haben, habe nie das ganze Körpergewicht auf das Kabel gewirkt. Außerdem war es ein altes Kabel, das keine Kupferlitzen, sondern Stahllitzen hatte. Schließlich war Bollemann ein Gewohnheitstrinker, vielleicht auch an den Missbrauch von Schlafmitteln gewöhnt. Ein normaler Mensch wäre bei der Dosis Alkohol in Verbindung mit dem Schlafmittel nicht in der Lage gewesen, Hand an sich zu legen. Nach Aussage des Gerichtsmediziners eigentlich auch für einen Gewohnheitstrinker too much. Die Herkunft des Schlafmittels ließ sich nicht ermitteln, von seinem Hausarzt hatte er es nicht verschrieben bekommen. Er schien es sich woanders besorgt zu haben, es fanden sich nur einzelne Tabletten lose in einem Glas im Schrank.»

«Und sonst nichts Auffälliges?»

«Wir fanden Schleifspuren in der Hütte, das Sofa war eindeutig frisch hin und her geschoben worden. Vielleicht hat er sich drauf gestellt, um das Kabel festzumachen. Aber dafür hätte er einfacher einen der Stühle nehmen können. Wir können uns keinen rechten Reim darauf machen, vielleicht haben die Schleifspuren auch gar nichts zu sagen. Mehr als ein ungutes Gefühl bleibt da nicht.»

«Habt ihr in seinem Umfeld was gefunden? Vielleicht war es wegen der Scheidung?»

«Nein, er lebte schon lange zurückgezogen für sich allein. Seine Frau fand es völlig abwegig, dass er sich wegen der bevorstehenden Scheidung umgebracht haben sollte. Sie lebten bereits ein Jahr getrennt, hatten aber noch ein gutes Verhältnis. Gelegentlich hat sie für ihn gekocht und die Wäsche gemacht. Sie ist davon überzeugt, dass er umgebracht wurde. Aber es gab keine brauchbaren Hinweise auf Fremdeinwirkung.»

«Habt ihr in seiner Vergangenheit nichts gefunden?»

«Doch, es gab da in der Vergangenheit eine tätliche Auseinandersetzung. Eine Messerstecherei nach einem Kneipenbesuch.»

«Na das ist doch etwas.»

«Aber das ist über dreißig Jahre her. Der Mann lag zur Mordzeit nach einer Gallen-OP im Krankenhaus. Das habe ich schon überprüft.»

«Da fällt mir ein, Bollemann hat doch eine Zeichnung von einem Fremden angefertigt, der bei ihm angeblich Kaninchen gekauft hat. Habt ihr die Zeichnung hier, ich wollte sie mir noch einmal anschauen? Irgendwie erinnerte mich die Zeichnung an einen altbekannten Kunden, mir ist nur der Name entfallen!», fragte Körner beiläufig.

«Nein, wem hast du die denn gegeben?»

«Dem Solowski. Ja richtig, wie dumm von mir, der leitet ja die Ermittlungen. Das gehörte ja zum Fall Mülhausen.»

«Soll ich mal drüben nachfragen?»

«Warum nicht, kann ja nichts schaden. Musst ja nicht erwähnen, dass ich hier bin.»

«Versteh schon», antwortete Oberau, der von dem gespannten Verhältnis der beiden wusste. Er nahm das Telefon und rief Solowski im K12 an. Ob er sich erinnere, vom Körner die Zeichnung eines Verdächtigen im Fall Mülhausen bekommen zu haben, die von Bollemann angefertigt wurde.

«Ja, warum?»

«Bei unseren Ermittlungen im Todesfall Bollemann ist ein Mann aufgetaucht, mit dem er Schwierigkeiten hatte, wir wollen die Gesichter abgleichen.»

«Die Zeichnung müsste bei der Akte sein, ich lasse dir Kopien zukommen.»

«Wenn es nichts ausmacht, lasse ich sie gleich holen.»

«Ist es so dringend? Ich hab die Akte nicht zu Hand!»

«Hab gerade einen Informanten hier, dem ich die Zeichnung zeigen möchte.»

«Wer ist es denn, daran wäre ich natürlich auch interessiert. Soll ich eben 'rüberkommen?»

«Du musst bitte verstehen, hierzu ist mein spezieller Informant nicht bereit. Ich werde dir das Ergebnis aber sofort zukommen lassen.»

«Dann lasse ich die Akte holen.»

«Ich danke dir.»

«Nicht nötig, wir ziehen ja am gleichen Strang.»

«Frau Bein kommt gleich zu dir rüber. Sehen wir uns nachher in der Kantine?»

«Klar, heute gibts doch Rumpsteak.»

«Na, dann bis gleich.»

Oberau legte den Hörer auf.

«Hat er das mit dem Informanten geschluckt?», fragte Körner ihn.

«Hmm, eher nicht, ist aber nicht so wichtig. Hauptsache wir kriegen, was du willst.» Oberau rief seine Sekretärin rein und gab ihr den Auftrag, beim Kommissariat 12 die angeforderten Unterlagen abzuholen. Kurze Zeit später meldete sich überraschend Solowski wieder bei Oberau und teilte kleinlaut mit, dass die Akte zurzeit nicht greifbar sei.

«Ich weiß genau, dass ich, als ich die Akte ...», er unterbrach sich. «Jedenfalls werde ich die Akte spätestens bis morgen wieder haben. Ich melde mich dann.»

«Merkwürdig», brummelte Körner.

«Das ist nicht ungewöhnlich. Akten befinden sich dauernd irgendwo, statt dort zu sein, wo sie hingehören», meinte Oberau.

«Nein, das meine ich nicht. Ist dir nicht aufgefallen, wie Solowski mitten im Satz abgebrochen hat. Als ich die Akte ... Was

er wohl sagen wollte?», rätselte Körner, der mitgehört hatte, da das Telefon von Oberau auf 'laut' geschaltet war.
Oberau rief noch einmal seine Sekretärin herein.

«Frau Bein, glauben Sie, Sie könnten unauffällig bei ihrer Kollegin nachfragen, wo die Ermittlungsakte 'Mülhausen' steckt?»

«Ich hab mir gleich gedacht, dass da etwas nicht stimmt. Der Solowski war so unruhig, als er mir sagen musste, die Akte sei nicht verfügbar. Ich frage gleich in der Mittagspause bei seiner Sekretärin nach, das ist nicht so auffällig.»

«Sie entwickeln ja richtig kriminalistische Fähigkeiten», lobte sie Oberau. Sie verließ lächelnd das Büro.
Bernd Körner fragte harmlos, ob Oberau denn von einer heißen Spur im Fall 'Mülhausen' gehört habe.

«Nein, wie kommst du darauf?»

«Kölner Kollegen erzählten mir zufällig, es würde im Kölner Milieu ermittelt. Außerdem sei in Brüssel ein mutmaßlicher Entführer tot aufgefunden worden.»

«Komisch, davon weiß ich nichts. Davon hätte ich doch gehört!»
Bernd Körner verabschiedete sich und fuhr zu seinem Haus, um seinen Sohn zu besuchen. Als das Handy klingelte, hatte er ihn bereits zu Hause abgeholt und saß mit ihm bei McDonalds. Es war Oberau. Er ging kurz nach draußen, sein Sohn runzelte die Stirn.

«Du wirst es kaum glauben. Frau Bein ist wirklich unbezahlbar. Ein Ordner der Ermittlungsakte ist tatsächlich schon seit Tagen verschwunden. Ausgerechnet der, in dem sich auch die Zeichnung befand. Angeblich soll die ganze Akte erst zum Polizeipräsidenten und von da zur Staatsanwaltschaft gegangen sein. Dort sei dieser Ordner aber nicht angekommen. Der Leiter des K 12, Bernd Bachmann hat den Auftrag gegeben, diesen Ordner zu rekonstruieren, das ganze Kommissariat ist in Aufruhr. Zudem hatten sie einen Computerabsturz im Serverraum, angeblich sind auch die gespeicherten Dateien

weg. Die DV versucht sich gerade an einem Backup. Bachmann soll getobt haben wie ein Grizzlybär.»
Körner bedankte sich und ging zurück. Das Gespräch mit seinem Sohn verlief mühsam, denn das Versprechen, ihn zu sich zu nehmen, schwebte zwischen ihnen. Keiner wagte es direkt anzusprechen. Körner war sich nicht sicher, ob sein Sohn nach Düsseldorf ziehen sollte und der Junge hatte Angst, an seine Forderung erinnert zu werden. Nachdem Körner noch beim Fußballtraining eine Zeit lang zugesehen hatte, waren beide froh, sich zu verabschieden. Körner wollte zudem vermeiden, seiner Frau zu begegnen, die ihren Sohn verabredungsgemäß nach dem Fußballtraining abholen würde.

Spontan beschloss er, Sabine Backes zu besuchen. Sie lebte mit einem Bahnbediensteten zusammen, der oft unterwegs war. Deshalb hoffte er, Sabine alleine zu Hause anzutreffen. Es war nur einen Katzensprung bis zu Sabines Wohnung, die im Frankenberger Viertel auf der Bismarckstraße wohnte. Doch Sabine war nicht zu Hause. So verschob er den Besuch auf die nächste Woche.

Montagmorgens wieder im Büro, bat Körner die nette Kollegin im Ministerium, mit der er nun schon zweimal Kaffee trinken war, in Aachen nachzufragen, ob man ihr nicht den letzten Antrag für die BKA-Mitteilungen im Fall Mülhausen zufaxen könnte. Sie spielte wunderbar mit.

«Ich warte», antwortete sie dem Beamten, «es ist dringend, wir haben heute Redaktionsschluss.» Was zwar nicht stimmte, aber den Zweck erfüllte. Wie zu erwarten kam keine Antwort.
Nun rief Körner Bachmann an. Nach der üblichen Begrüßung fragte er ihn: «Sag mal, was ist bei euch los? Hier geht das Gerücht 'rum, bei euch sei ein Antrag ans Ministerium für die BKA-Mitteilungen verschlampt worden!»

«Du hast mir gerade noch gefehlt. Ich hab' auch so genug Sorgen. Solowski trampelt mir durch die Ermittlungen wie ein Elefant im Porzellanladen.»

«Kannst du nicht einfach eine neue Mitteilung schicken, ihr habt doch sicherlich eine Kopie?»

«Sicher, aber es ist wie verhext. Wir hatten einen Systemabsturz. Die zuletzt gespeicherten Daten sind angeblich alle weg.»

«Und die Originale?»

«Zur Staatsanwaltschaft unterwegs. Außerdem müssen wir die Meldung sowieso umschreiben. Tu mir bitte einen Gefallen und beruhige diese Furie für mich.»

«Okay, aber nur aus alter Verbundenheit».

«Danke, hast was gut bei mir.»

«Wieso müsst ihr die Meldung verändern? Gibt es denn was Neues in dem Fall.»

«Wir haben diese Kröte mit der Tätowierung identifiziert. Ein kleiner Junkie aus Köln. Die Fahndung läuft. Und einen Toten in Brüssel sowie einen Haufen Ärger.»

«Wieso Ärger?»

«Sei froh, dass du in Düsseldorf bist. Aber wenn du mehr wissen willst, komm´ auf ein Bier in mein Stammlokal.»

14.07.2015

Der General besuchte den Polizeipräsidenten anderntags abermals. Er hielt sich nicht lange im Vorzimmer auf, sondern stürmte gleich in sein Büro. Die neue Vorzimmerkraft wollte ihn zwar aufhalten, es blieb ihr aber lediglich übrig, hilflos hinter dem General herzulaufen und eine Entschuldigung zu stammeln.

«Schon gut», beruhigte sie der Polizeipräsident.

«Ich bin gerade hier vorbeigekommen und wollte sehen, ob es etwas Neues gibt», begann der General harmlos klingend.

«Nein, nichts Wesentliches. Tut mir leid.»

«Was ist mit der Zeichnung vom Bollemann, hat man den Mann darauf schon identifizieren können?»

«Wir haben die Zeichnung ans BKA gegeben; sie wird bundesweit an alle Polizeidienststellen verteilt. Da werden sich bestimmt Hinweise ergeben.»

«Warum wird die Zeichnung nicht in der Presse veröffentlicht?»

«Wir wissen ja gar nicht, ob der Mann etwas mit dem Verschwinden deiner Enkelkinder zu tun hat.»

«Dann kann man ihn doch als Zeugen bezeichnen!»

«Aber wenn er damit zu tun hat, werden die Entführer gewarnt. Das könnte das Leben der Kinder gefährden. Glaub mir, es ist besser, wenn wir ihn ermitteln, ohne dass er davon erfährt.»

Das klang einleuchtend, glaubte der Polizeipräsident.

«Aber dein Dezernat hat ihn doch längst ermittelt. Bist du so schlecht informiert oder tust du nur so?»

«Was soll das heißen und woher willst du das überhaupt wissen? Schließlich kann ich nicht jedes Detail jeder Ermittlung in meinem Hause kennen. Willst du mir was unterstellen? Schließlich habe ich auch noch andere Aufgaben!»

«Lassen wir das. Und was ist mit dem Mann, der den weißen Transporter geliehen hatte?»

«Woher weißt du ...?»

«Verdammt, das spielt doch keine Rolle. Ich habe meine Quellen. Die Frage ist doch, warum ich nicht davon unterrichtet wurde?», unterbrach der General mit drohender Stimme.

«Das hätte ich doch noch getan. Ich wollte dich heute informieren. Deine Informationen kannst du nur aus meinem Präsidium haben. Ich kann und werde in meinem Präsidium keine Indiskretionen dulden. Du musst mir sagen, wer dein Informant ist!»

«Namen sind unwichtig. Zudem scheinen Zeugen in diesem Fall eine geringe Lebenserwartung zu haben.»

«Was soll diese Andeutung! Jürgen, du musst mir den Namen nennen, das ist Behinderung der Ermittlungen!»

«Was für Ermittlungen? Was habt ihr denn vorzuweisen? Nichts. Du bist nicht einmal auf dem neuesten Stand! Wenn jemand sagt, in diesen Ermittlungen würde gepfuscht, dann untertreibt er.»

«Das reicht mir jetzt. Verlasse mein Büro!»

«Es geht um das Leben meiner Enkelkinder. Wenn hier nicht endlich etwas passiert, bist du längstens Polizeipräsident gewesen! Das gilt auch, wenn ich nicht endlich den versprochenen Bericht bekomme.»

«Willst du mir drohen?»

«Allerdings! Und das sind keine leeren Drohungen!»

Der General verließ ohne weiteren Gruß das Büro.

15.07.2015

Maria gab Jan das Telefon.

«Ein Journalist, er behauptet, dich zu kennen.»

«Ja bitte, Jan Mülhausen?»

«Hier ist Florian Brenneisen, Sie erinnern sich sicherlich an mich!»

«Ja, was kann ich für Sie tun?»

«Sie haben mir doch erzählt, dass Sie die Zeichnung vom Bollemann kopiert hatten?»

«Ja, aber ich sagte doch, dass sie verschwunden ist.»

«Vielleicht nicht ganz. Was haben Sie für einen Kopierer?»

«So ein Multifunktionsgerät, Faxen, Drucken, Kopieren in einem.»

«Wie alt ist das Gerät?»

«Ziemlich neu, warum fragen Sie?»

«Ich habe mich erkundigt. Neuere Geräte haben einen eigenen Speicher. Sie speichern alle Kopien zwischen. Damit es schneller geht. Vielleicht haben wir Glück, dann können wir ihre Kopie wieder hervorzaubern.»

«Sie können das?»

«Ich nicht, aber ich würde jemanden mitbringen, der das kann. Das heißt, wenn Sie danach nicht zu viel kopiert haben. Wann haben Sie Zeit?»

«Sofort?»

«Ich brauche eine Stunde, dann bin ich bei Ihnen!»
«Okay, bis dann.»
«Wer war das?», fragte Maria.
«Ich hatte dir doch von dem Journalisten erzählt, den ich im Haus Moll getroffen habe.»
«Was wollte er denn?»
«Die Zeichnung von Bolle, die verschwunden ist.»
«Was ist mit der?»
«Er behauptet, dass er sie aus dem Speicher des Druckers holen kann.»
«Das hilft auch nichts.»
Maria nahm wieder ihre Gartenschere und verschwand durch die Hoftür.
Sie trafen sich an Jans Firma. Der Pressemann mit dem komischen Namen hatte einen jungen Burschen bei sich, den er als seinen Neffen vorstellte.
«Wenn noch etwas zu retten ist, wird er es finden. Er kriecht notfalls in ihren PC.»
«Die Zeichnungen sind aber nicht im PC. Ich habe doch gesagt, ich habe nur die Kopierfunktion genutzt», antworte Jan.
«Das macht nichts, wenn der Kopierer einen Festspeicher hat, werde ich schon finden, was Sie suchen», war der junge Mann optimistisch.
Sie gingen in sein Büro.
«Und?», fragte der Pressemann.
«Sieht gut aus, muss nur schauen, ob mein Tool an den Druckerspeicher drankommt.»
Der junge Mann schloss seinen Laptop, den er mitgebracht hatte, an den Drucker an.
«Haben Sie in der Zwischenzeit etwas Neues erfahren?», fragte der Pressemann Jan.
«Nein, nichts.»
«Haben Sie denn nachgefragt, was mit der Akte ist?»
«Die ist angeblich bei der Staatsanwaltschaft!»
«Nur, dass sie dort nicht vollständig angekommen ist. Und die Originalzeichnung?»

«Ist wohl ebenfalls in der Akte.»

«Der Ordner mit der Zeichnung ist jetzt schon seit mehr als fünf Tagen verschwunden, Sie glauben doch nicht, dass sie noch einmal auftaucht.»

Der junge Mann bat um Aufmerksamkeit.

«Ich hab den Druckerspeicher geöffnet. Wissen Sie noch, an welchem Tag Sie kopiert haben?»

Jan schaute auf den Kalender.

«Es muss der 31.5. gewesen sein.»

«Voilà!», verkündete der junge Mann.

Es war nichts zu sehen außer einer Seite voller Buchstaben, Zahlen und Zeichen.

«Was soll das sein?»

«Ihre Kopien, ich muss sie nur noch bearbeiten.»

Er lud ein neues Programm.

«So, jetzt sieht die Sache schon hübscher aus.»

Tatsächlich war nun die Zeichnung auf dem Laptop zu erkennen

«Ich speichere die Datei jetzt im jpg-Format. Dann kann ich sie auf ihren PC schieben. Wenn Sie sich dazu einloggen?»

Jan fuhr seinen Computer hoch und der junge Mann zog einen USB-Stick aus seinem Laptop und schob ihn in eine USB-Buchse an Jans Rechner.

«Ich lege die Dateien auf den Desktop», erklärte er Jan. «Soll ich auch einen Ausdruck machen?»

«Ja bitte.»

Jan nahm den Ausdruck wie einen Schatz an sich.

«Übermorgen können sie das Bild im Grenzecho sehen, dann kann es niemand mehr verschwinden lassen», warf Florian Brenneisen in das Gespräch ein.

Jan nickte. Es sollte nichts schaden, der Polizei in Aachen ein bisschen Druck zu machen.

16.07.2015

Jan übergab seinem Schwiegervater eine Kopie von Bollemanns Zeichnung.

«Hast du sie wieder gefunden?»

«Sozusagen. Die sind aus dem Druckerspeicher. Der Drucker speichert alle Ausdrucke zwischen. Hatte ich gar nicht gewusst.»

«Die Technik ist heutzutage immer wieder für Überraschungen gut. Wie bist du drauf gekommen?»

«Der Pressefritze, von dem ich dir erzählt habe, hat mich drauf gebracht.»

«Hat er jetzt auch die Zeichnung?»

«Das ließ sich nicht vermeiden.»

«Dann ist sie ja Morgen in der Zeitung!»

«Übermorgen oder Samstag in der Wochenendausgabe, meinte er»

«Na ja, dann kann man wohl nichts mehr dran machen.»

«Warum sollte man? Wird doch Zeit, dass die Polizei etwas Druck bekommt.»

«Das könnte aber auch die Entführer verschrecken. Außerdem wissen wir ja seinen Namen schon.»

Jan war entsetzt. «Du meinst, sie könnten deswegen den Kindern etwas antun? Daran habe ich gar nicht gedacht! Das ist ja furchtbar.»

Jan war den Tränen nah. Der General versuchte Jan gleich zu beruhigen. «Das ist aber äußerst unwahrscheinlich. Wenn ich darüber nachdenke, nicht nach so langer Zeit. Sie werden sie weiter als Faustpfand benötigen.»

«Wenn sie überhaupt noch leben», schluchzte Jan.

«Wir müssen hoffen. Viele Entführungsopfer sind erst nach Monaten wieder frei gekommen. Solange wir keine Beweise für das Gegenteil haben, müssen wir hoffen.» Der General verschwieg, dass er an Entführungen im Orient dachte, wo es dafür eine richtige Tradition gab und Zeit eine untergeordnete Rolle spielte.

«Ich kann nicht mehr, die Ungewissheit macht mich fertig.» Jan wirkte erschöpft, seine geröteten Augen waren von dunklen Schatten umgeben. Er war hager geworden.

«Gib die Hoffnung nicht auf. Jetzt, wo wir einen Faden in der Hand haben! Du hast zusammen mit Eva den Anfang gemacht. Ihr habt einen der möglichen Entführer identifiziert. Ich habe einen Detektiv beauftragt, ihn zu suchen und mehr über den Mann zu erfahren, der in Brüssel tot aufgefunden wurde und wohl den Leihwagen gemietet hatte. Wir sind nah dran. Ich bin mir sicher. Jetzt werden wir nicht ruhen, bis wir Torben Esser gefunden haben.»

«Aber wir wissen doch nichts außer seinem Allerweltsnamen. Torben Esser, so heißen bestimmt Hunderte in Deutschland», murmelte Jan müde.

«Doch, wir haben eine Spur! Düren. Die Detektei wird ihn finden.»

«Wird das nicht die Polizei tun?»

«Die versucht es schon. Aber ich hoffe, wir sind schneller. Es wird Zeit, die Suche in die eigene Hand zu nehmen.»

«Dann vergiss nicht, dass ich dabei sein will!» Wieder blitzte eine Entschlossenheit in den Augen Jans auf, die den General verwunderte.

18.07.2015

In Belgien erschien auf der ersten Seite des Grenzechos, der Zeitung für die deutschsprachigen Belgier, ein halbseitiger Artikel mit Bollemanns Zeichnung und der Aufforderung, diese Person, die im Zusammenhang mit dem Entführungsfall «Mülhausen» gesucht würde, zu identifizieren. Im Innenteil präzisierte ein detaillierter Bericht den Fall, einschließlich der verpatzten Lösegeldübergabe und den mysteriösen Umständen des Todes des Zeugen Bollemann. Es folgten Seitenhiebe auf die Aachener Kriminalpolizei, die die Zeichnungen angeblich bewusst nicht veröffentlichen wollte. Von der Auflösung der Sonderkommission wurde ebenso berichtet wie von der Demission des Leiters der Mordkommission. Auch über das Alkoholproblem des Leiters der Ermittlungen wurde spekuliert. Darüber hinaus lautete eine weitere Überschrift: Akte auf dem Weg zur Staatsanwaltschaft verschwunden? Es wurde genüsslich darüber berichtet, dass die Ermittlungsakten von der Staatsanwaltschaft angefordert wurden, aber einer der Ordner der Ermittlungsakten, die immerhin mittlerweile 27 Aktenordner umfassten, dort angeblich nie angekommen sei. Es wurde die Frage gestellt, wieso gerade der Ordner mit den Vernehmungen von Bollemann und eines Zeugen, einem ehemaligen Zöllner, verschwunden sei. Von beiden sei der unbekannte Mann als möglicher Entführer identifiziert worden.

«Ist hier Schlamperei im sonst so disziplinierten Deutschland am Werk oder steckt da mehr dahinter?» lautete die abschließende Frage. Es war offensichtlich, dass der Reporter über Insiderwissen aus der Polizei verfügte.

19.07.2015

Ludwig Kahn ging zur gewohnten Stunde mit seinem treuen Begleiter, dem alten Husky, aus dem Haus, um seine Runde zu drehen. Es war diesig, leichter Nieselregen durchweichte alles, was nicht völlig abweisend auf Wasser zu reagieren in der Lage war. Ein Wetter, das einem die Feuchtigkeit bis auf die Haut spüren ließ, ein unangenehmes Kältegefühl hinterließ und dafür sorgte, dass sogar im Juli so mancher Kaminofen wieder zu Ehren kam. Das Wetter hielt nun bereits seit zwei Tagen an, das Wohnviertel war völlig ausgestorben, niemand ging bei diesem Wetter unnötig aus dem Haus. Doch der alte Kahn ließ sich nicht von seiner Routine abbringen, da musste schon mehr kommen als schlechtes Wetter.

Er ging pünktlich wie immer aus dem Haus, setzte seinen Hut auf, spannte den Regenschirm auf und schloss die Eingangstür sorgsam ab, während sich sein Hund an sein Bein drängte, um dem Schutz des Regenschirms zu nutzen.

«Na mein Guter, seit wann so wasserscheu», murmelte er. «Du bist doch ein Schlittenhund.»

Herr Kahn musste den Hund geradezu ziehen, um ihn dazu zu bewegen, mit ihm die Laufenburgstraße vor dem Haus zu überqueren und den Weg zum Wald einzuschlagen. Er hörte noch, als der Motor des am gegenüberliegenden Straßenrand stehenden Geländewagens aufbrüllte. Die Hörner der massiven Stoßstange kamen näher und er wunderte sich über das rote Nummernschild. Er hatte keine Chance. Von den riesigen Stoßfängern umgestoßen, wurde der alte Mann von den breiten Reifen des Boliden überrollt. Der Brustkorb des Mannes hielt dem nicht stand. Gebrochene Rippen bohrten sich in Lunge und Herz. Er war sofort tot. Er lag mit gebrochenen Beinen und grotesk schmaler Brust auf der Straße, halb auf dem Gehweg, die Beine im absurden Winkel gekreuzt. Die Leine seines ebenfalls überfahrenen Hundes hielt er noch in der Hand. Der Geländewagen wendete mit quietschenden Reifen. Der Fahrer betrachtete kurz sein Werk, dann fuhr der Wagen davon. Da lagen sie nun, toten Hasen auf einer Landstraße gleich. Das Ganze ging so schnell, dass die Nachbarn, die aufgrund der Geräusche auf die Straße gelaufen kamen, nicht mehr sahen als einen davonrasenden Geländewagen mit rotem Nummernschild. Niemand konnte sich das Nummernschild merken. Der alte Mann lag wie ein blutiges Bündel Altkleider in der Gosse. Sein Hund auf der Straße war als solcher kaum mehr erkennbar, ein Gemenge aus Fell, Blut und Eingeweiden.

21.07.2015

Bernd Körner war wieder in Aachen. Diesmal hatte er sich bei Sabine Mackes angekündigt.

Er war noch nie bei ihr zu Hause gewesen, hatte sie nur einmal dort abgesetzt. Trotzdem fand er das schöne alte Gebäude auf der Bismarckstraße sofort wieder. Er klingelte und sie war tatsächlich zu Hause. Sie war einigermaßen überrascht, dass er sie sehen wollte. Er erklärte, sich daran erinnert zu haben, als er mit seinem Sohn im Tierpark war, dass sie quasi um die Ecke wohne. Da habe er überlegt, bei ihr vorbeizuschauen. Sie bat ihn herein und er bewunderte die schönen hohen Räume, die sehr spartanisch eingerichtet waren.

«Wir haben die Wohnung so übernommen. Bisher sind wir noch nicht dazu gekommen, etwas zu verändern. Vorher hat hier ein Architekt gewohnt», sagte sie fast entschuldigend.

«Weniger ist oft mehr, ich finde es richtig gut», erwiderte Körner.

«Ich koche uns einen Kaffee.»

Bernd Körner begleitete sie in die Küche, die genauso spartanisch ausgestattet war. Ein alter Schrank sowie ein Monstrum von Kühlschrank beherrschten die Küche, eine Mikrowelle stand auf der Spüle. Einen Herd suchte man vergeblich. Einen Tisch oder Sitzgelegenheiten gab es auch nicht.

«Zum Glück haben wir eine gute Kantine, kochen kann man hier nicht. Wir sind gerade erst eingezogen. Setz dich doch schon mal ins Wohnzimmer. Einen Cappu oder einen Latte?»

«Cappu, wie in alten Zeiten!», antwortete Bernd.

Sie waren in ihrer kurzen Zeit der Zusammenarbeit immer auf einen Cappuccino ins Café oder auch in die Kantine gegangen, wenn sie etwas durchsprechen wollten.

Das Wohnzimmer war ein schöner großer Raum mit Stuckdecke. Durch die enorme Raumhöhe, die spartanische Möblierung und die vielen Bilder entwickelte das Zimmer ein ganz eigenes Flair. Das wurde durch die ultra-modernen Möbel aus Edelstahl und Glas noch unterstrichen. Schränke suchte man vergebens, ebenso fehlte der sonst obligatorische Fernseher. Auf dem Stereorack entdeckte er einen Beamer, mit dem das Fernsehbild an die gegenüberliegende weiße Wand geworfen wurde. Deshalb waren dort keine Bilder zu sehen, ansonsten waren die Wände zwei- bis dreireihig mit modernen Malereien bestückt. Die Sitzmöbel gefielen Bernd Körner weniger; Designerstücke. Das Sofa in Nierenform mit knatschgrünem Bezug aus Leder war dazu noch reichlich unbequem, wie er feststellen musste. Sabine kam mit einem Tablett mit Kaffeetassen und zwei Reistörtchen, stellte sie auf den kleinen Glastisch mit dem muschelförmigen Untergestell und setzte sich auf den ihm gegenüberstehenden Sessel mit knallgelbem Bezug.

«Tolle Bilder, überhaupt ein tolles Ensemble hier», leitete Bernd das Gespräch ein.

«Ja, gefällt es dir? Die Möbel haben wir auch übernommen, nur die Bilder sind von mir.»

«Soll das heißen, dass du die selbst gemalt hast?», fragte Bernd überrascht.

«Ja, ist ein Hobby von mir», antwortete Sabine leicht verschämt.

Bernd stand auf, um die Bilder genauer zu betrachten. «Toll, wirklich genial. Wusste gar nicht, dass es solche Talente bei der Polizei gibt.»

«Du bist aber sicherlich nicht gekommen, um meine Bilder zu bewundern! Wie geht es dir denn, was liegt dir auf dem Herzen?»

War er so leicht zu durchschauen. Ja, Sabine Backes kannte ihn gut genug, um zu wissen, dass er nicht einfach so vorbeikommen würde. Über seine private Situation wollte er keineswegs sprechen. Er war noch in Gedanken, als sie ihn fragte, ob er schon vom Tod des alten Zöllners erfahren habe. Er verneinte.

Sabine informierte ihn.

«Nein, das gibts doch nicht!»

«Ich hatte eigentlich überstundenfrei. Die ganze Woche. Aber morgen soll ich wieder in den Dienst. Die Soko wird vielleicht wieder aktiviert. Bachmann hat mich informiert. Der Tod von Ludwig Kahn lässt viele Fragen offen. Keinerlei Bremsspuren und wieder ein Fahrzeug mit ausländischem Kennzeichen! Die Kollegen von der SpuSi sagten, das war eine regelrechte Exekution.»

Sie diskutierten den Fall 'Mülhausen' eingehend und waren sich einig, dass es einen Zusammenhang zu den Todesfällen 'Bollemann' und 'Kahn' geben müsse.

Körner nutzte die Gelegenheit, um seine Frage loszuwerden. «Du erinnerst dich doch noch an die Zeichnung vom Bolle, die ich Solowski gegeben habe?»

«Aber klar doch, ich hab doch dazu eine Mitteilung für die BKA-Nachrichten geschrieben, das habe ich dir doch schon am Telefon gesagt.»

«In Düsseldorf ist der Antrag niemals angekommen, Du weißt, wie schnell etwas an einem hängen bleibt.»

Das war eine durchaus glaubwürdige Begründung, jeder wusste, dass Körner ein Hundertprozentiger war, der solche Schlampereien nicht geduldet hätte.

«Das verstehe ich nicht, ich habe selbst den entsprechenden Antrag an das Ministerium gefertigt. Die Kopie MUSS in der Akte sein.»

«Nada, nichts, der Ordner ist angeblich verschwunden. Dein Antrag ist jedenfalls im Ministerium nicht angekommen. Ist das nicht sehr merkwürdig?», fragte Bernd.

«Das ist unglaublich! Du denkst, da manipuliert jemand absichtlich die Ermittlungen? Das wäre ja ein Fall für die Interne.»

Körner lächelte.

«Traust du mir nicht?», fragte Sabine zurück.

Körner wollte Sabine etwas auf den Zahn fühlen. Er wusste nicht mehr, ob er ihr vertrauen konnte. Sie hatte ihn damals auf die Idee gebracht, spontan nach Hause zu fahren und seine Frau mit einem Frühstück zu überraschen. Eine schöne Überraschung war das geworden.

«Ich weiß jedenfalls nicht mehr, was ich davon halten soll. Ich war zu lange weg vom Fenster und hatte eigene Probleme, sodass ich wenig dazu sagen kann.»

Sabine war taktvoll genug, nicht auf dieses Thema einzugehen.

«Auch ich hatte Zweifel von Anfang an. Da sind viele Dinge, die nicht zueinander zu passen scheinen. Die merkwürdige Art, sich im Sitzen zu erhängen. Dass so was geht, habe ich zum ersten Mal von den RAF-Häftlingen in Stammheim gehört. Aber der etwas einfältige Bollemann? Dann die Aussage seiner

Frau, dass er als gläubiger Katholik niemals Hand an sich gelegt hätte. Und das der Unfall vom alten Kahn einfach ein Betrunkener gewesen sein soll, der Fahrerflucht begangen hat, ist ebenfalls mehr als unwahrscheinlich.»

«Wer sollte denn Interesse daran haben, Bollemann umzubringen?»

«Jemand, der uns glauben machen will, dass er der Einzeltäter ist, der sich aus Reue umgebracht hat!»

«Oder er war von vornherein als Sündenbock eingeplant!»

«Das bedeutet aber, dass wir es mit organisierter Kriminalität zu tun haben!»

«Sah es nicht von Anfang an danach aus?»

«Ja, schon, die Kennzeichendubletten wiesen darauf hin. Aber die haben uns nicht weitergebracht.»

«Wieso nicht? Ich habe gehört, dass ein Autoverleiher in Frankfurt ermittelt werden konnte.»

«Davon habe ich noch nichts gehört.»

«Das ist aber komisch, findest du nicht?»

«Jetzt, wo du es sagst. Ich bin zwar nicht mehr beteiligt, die Soko ist ja aufgelöst, aber ich habe vorgestern noch mit Kollegen über den Fall gesprochen. Wie alt ist die Info denn?»

«Weiß ich nicht so genau. Aber warum der alte Zöllner?»

«Da hat vielleicht jemand Angst bekommen, dass der ihn identifizieren könnte.»

«Dann muss dieser jemand aber über Insiderwissen verfügen.»

«Nicht unbedingt. Zumindest von der Zeugenaussage muss er gewusst haben. Stand ja im Grenzecho, wenn auch ohne Namen.»

«Das Verschwinden der Ermittlungsakte deutet auf mehr hin!»

«Wenn einer einen Teil der Akte verschwinden lässt, ist das mehr als ein Kavaliersdelikt. Aber was hast du damit zu tun? - Komm schon, da steckt doch mehr dahinter. Warum bist du eigentlich hier?»

«Ich wollte nur wissen, ob es den Antrag ans BKA wirklich gegeben hat!»

«Und, glaubst du mir?»

«Sicher glaube ich dir! Aber du weißt, was das bedeutet? Hast du eine Kopie deines Antrages?» Sabine zögerte.

«Komm schon, wir haben alle unsere kleinen Gedächtnisstützen.»

«Gut, ich schau' mal.»

Sabine verließ kurz den Raum und kam mit einem Laptop wieder. Als er hochgefahren war, zog sie einen USB-Stick aus der Tasche und schob ihn in den Schlitz. Sie öffnete das Verzeichnis und wählte den richtigen Ordner. Schnell hatte sie die Datei mit dem Antrag gefunden.

«Lass mich bitte einmal lesen.»

Bernd Körner überflog den Antrag. «Hey, nicht schlecht geschrieben.»

«Danke. Glaubst du denn, dass wir einen Maulwurf im Präsidium haben?», fragte Sabine.

«Ich weiß nicht, vielleicht nicht nur einen. Ich glaube, dass die Ermittlungen von Anfang an genauestens beobachtet wurden. Wenn ein Zeuge oder Mittäter sich umbringt oder umgebracht wird und auch noch die Akten manipuliert werden, dann haben wir unbewusst in ein Wespennest gestochen.»

«Was tun wir jetzt? Soll ich damit zu meinem Chef gehen oder gleich zum Polizeipräsidenten?»

Sabine schaute Bernd Körner erwartungsvoll an.

«Weder noch, ich werde die Angelegenheit von meinem neuen Posten im Innenministerium aus untersuchen. Darum bitte ich dich, zunächst absolutes Stillschweigen zu wahren.»

«Das kann ich nicht machen. Außerdem muss die Suche nach den Kindern weitergeführt werden!»

«Gerade darum geht es mir! Solange der Verdacht nicht ausgeräumt ist, dass jemand aus dem Polizeipräsidium in die Ermittlungen eingreift, besteht die Gefahr, dass die Ermittlungen weiter torpediert werden. Deshalb darf niemand in Aachen davon wissen, dass und was wir ermitteln.»

«Glaubst du, dass der Vater von Maria Mülhausen da etwas mit zu tun hat?»
«Ich weiß es nicht. Anfangs war ich davon überzeugt. Jetzt nicht mehr. Ich weiß wirklich nicht, was ich von dem ganzen Fall halten soll.»
Bernd Körner verabschiedete sich. Sie versprachen sich, in Kontakt zu bleiben und Bernd Körner nahm Sabine nochmals das Versprechen ab, zumindest vorerst mit niemandem darüber zu reden.

Langerwehe Kirche, 28.07.2015

Als sich im Dorf herumsprach, dass der alte Kahn fast vor der Haustür überfahren worden war, waren die Menschen paralysiert. Nach dem Verschwinden der Kinder und dem Selbstmord von Bolle war dies der dritte Schock, den das Dorf traf. Die Dorfgemeinschaft war bei der Beerdigung von Bolle aufgrund seiner zurückgezogenen Lebensweise weniger zahlreich vertreten, der Andrang bei der Beerdigung von Ludwig Kahn war dagegen unbeschreiblich. Die Kirche füllte sich wie Weihnachten und das Getuschel wollte kein Ende nehmen.

Dass es keinen Zusammenhang der traurigen Ereignisse geben sollte, das glaubte niemand im Dorf. Die Spekulationen gingen in alle Richtungen, Eintagsfliegen-Gerüchte und hartnäckigere, immer wiederkehrende Mutmaßungen und Verdächtigungen machten die Runde und der Pfarrer hatte Mühe, die dem Anlass angemessene Ruhe in der Kirche herzustellen.

Es war das erste Mal seit vier Wochen, dass Maria das Haus verließ. Jan hatte ihr versichert, dass alle Gespräche auf das Handy umgeleitet würden.

Maria war ganz in Schwarz gekleidet und weil sie so viel abgenommen hatte, schlotterte das Kleid an ihr. In der Taille war es durch einen Gürtel zu mehreren Falten zusammengezogen. Sie ging gebeugt, um Jahre gealtert und mit ernstem Blick ins Leere. Niemand wagte sie anzusprechen, zu unwirklich wirkte sie mit ihrem abgemagerten Gesicht und dem schwarzen Kopftuch. Jan ging neben ihr eingehakt und bereit, sie jederzeit aufzufangen. In der Kirche machte man ihnen sofort in der ersten Reihe Platz. Versteinert saß sie dort während der ganzen Messe und jeder, der die Zusammenhänge nicht kannte, hätte sie als Witwe angesehen. Jan machte sich Sorgen, ob sie die anschließende Beerdigung überstehen würde. Doch sie blieb gefasst, kniete am Grab nieder und murmelte ein Gebet.

Bernd Körner war ebenfalls zu dieser Beerdigung gekommen und nahm die Gelegenheit wahr, wieder mit Kollegen zu sprechen. Was er hörte, war wenig ermutigend. Man fand keine Bremsspuren, kannte weder Fahrzeugtyp noch Farbe und anhand von wagen Zeugenaussagen konnte man lediglich bestimmen, dass es sich um ein dunkles größeres Offroad-Fahrzeug handelte. Hinter vorgehaltener Hand sprach man von einer regelrechten Hinrichtung, offiziell war es bis zum Beweis eines vorsätzlichen Tötungsdeliktes nur ein Unfall mit Todesfolge und Fahrerflucht.

Der Unmut der Dorfbevölkerung über die offensichtliche Unfähigkeit der Polizei war deutlich zu spüren. Auch der Selbstmord erschien den Leuten nun in einem anderen Licht. Jemand kolportierte, er hätte erfahren, der Bollemann sei im Sitzen erhängt aufgefunden worden.

«Das glaubt doch kein normaler Mensch, dass sich jemand im Sitzen erhängt. Dazu muss man Polizist sein. Manche glauben eben, was sie glauben sollen.»

«Wie damals in Stammheim. Würde mich nicht wundern, wenn der Geheimdienst hier die Finger im Spiel hat», meinte ein anderer.

Die Überzeugung, dass Bollemann ebenfalls ermordet wurde, sprang wie ein Lichtlein von Kerze zu Kerze und nun brannte der Baum lichterloh. Schon waren die Bemerkungen hinter Körners Rücken nicht mehr flüsternd, sondern provozierend laut. Ob die Polizei nur noch zu den Beerdigungen kommen würde, statt die Mörder zu suchen. Einer wollte gehört haben, dass die Polizei nicht ernsthaft ermitteln dürfe und dass da hohe Herren ihre Finger im Spiel haben würden. Von Bürgerwehr war die Rede und davon, Fremde künftig genau im Auge zu behalten. Die Angst ging um.

Auf dem Friedhof trat der General an Körner heran und bat ihn um ein Gespräch.
Die Beerdigung war vorüber und die Trauergemeinde zog ab. Der General und Bernd Körner schlenderten über den Friedhof. Sie waren bei den Kriegsgräbern angekommen, deren Grabsteine schlicht in geraden Reihen zwischen dem frisch gemähten Gras standen, nur ab und zu mit einem kleinen Blumenstrauß geschmückt. Vergessene Seelen einer anderen schlimmen Zeit.

«Sie haben gehört, was die Leute denken?», fragt der General.

«Allerdings, die Volksseele kocht.»

«Und was denken Sie, gibt es einen Zusammenhang zwischen den Ereignissen?»

«Man muss schon ziemlich naiv sein, wenn man da keinen Zusammenhang sieht. Aber wie ich hörte, haben die Kollegen in Aachen mittlerweile eine heiße Spur.»

«Und was ist aus meiner Bitte geworden, sich zu erkundigen?»

«Sie hatten recht, irgendetwas stimmt nicht.»

«Können Sie etwas konkreter werden?»

«Eine BKA-Mitteilung, die meine Kollegin ganz sicher fertig gemacht hatte, ist im Ministerium nie angekommen. Außerdem ist ein Teil der Ermittlungsakte zurzeit tatsächlich nicht greifbar.»

«Nicht greifbar sagen Sie? Das ist wohl Polizeijargon. Aber das stand doch bereits in der belgischen Zeitung. Ebenso wie die Zeichnung vom Bollemann. Wussten Sie das nicht? Also wissen Sie gar nichts!», stellte der General fest. Er zog das

zusammengefaltete ‚Grenzecho‘ aus der Tasche und hielt es Körner unter die Nase.
Dieser wurde blass.

«In Düsseldorf bekomme ich diese Informationen nicht. Ich habe nur durch Zufall erfahren, dass Herr Kahn überfahren worden ist.»

«Überfahren? Dass ich nicht lache. Eine Hinrichtung ist das gewesen. Haben Sie nicht gehört, was die Leute im Dorf sagen?»

«Das ist in einem solchen Fall normal. Das heißt nichts.»

«Ich verstehe schon. Eine Krähe hackt der anderen kein Auge aus.»

«Für die Mordkommission lege ich meine Hand ins Feuer. Wissen Sie, das man den Mann mit der Tätowierung identifiziert hat?»

«Ja, habe ich gehört. Allerdings habe ich das nicht von der Aachener Polizei. Da höre ich nur Ausreden.»

«Und von dem weißen Transporter?»

«Nein, gibt es da etwas Neues?»

«Meine letzten Ermittlungen in Aachen hatten mich zu einer Autoverleihfirma in Frankfurt geführt. Hierüber haben wir schließlich einen Mann ermittelt, der allerdings schon vor Wochen in Brüssel ermordet wurde.»

«Wann war das?»

«Sie haben ihn am 25.05. gefunden.»

«Also nach der Entführung der Kinder.»

«Ja, sogar nach der Lösegeldforderung, kurz danach!»

«Und dieser Mann war Zuhälter in Frankfurt?»

«Ja und es gibt Grund zu der Annahme, dass er im Menschenhandel verstrickt war.»

«Wenn das keine heiße Spur ist. Der mit der Tätowierung soll zuletzt auch in Frankfurt gewesen sein.»

«Komisch, ich habe heute noch mit Aachen telefoniert und habe mich nach dem Stand der Ermittlungen erkundigt. Davon hat mir niemand etwas gesagt.»

«Sehen Sie, Sie wollten es ja nicht glauben. Es ist an der Zeit, die Ermittlungen in die eigenen Hände zu nehmen.»

«Ich weiß nicht, ob das eine gute Idee ist.»

«So so», antwortete der General nur. «Meine Frau möchte alle einladen, die meinen Kindern und uns nach der Entführung beigestanden haben, um Danke zu sagen. Es wäre schön, wenn Sie auch kommen könnten.»

Körner sagte mit einem schweren Kloß im Hals zu.

Aachen, 01.08.2015

Es war eine bunte Gesellschaft, die im Salon des Hauses des Generals zusammengekommen war.

Es war nicht seine Idee gewesen, sondern die seiner Frau, einmal alle Personen zusammenzubringen, die eine besondere Anteilnahme am Schicksal ihrer Enkel an den Tag gelegt haben. Allerdings hatte auch der General ein Interesse, Leute, die bereit waren, mit anzupacken, zusammenzubringen. Ob sich das allerdings mit den Intentionen seiner Frau im Einklang bringen ließ, war fraglich. Dr. Soltau hatte ihn endlich über den Aufenthalt des gesuchten Jungen mit der Tätowierung informieren können. Wie ihm die Detektei mitteilte, war dieser seit dem 17.4. aus seinem üblichen Umfeld verschwunden. Es kostete einiges an Zeit und Bestechungsgeld, bis die Detektei herausfinden konnte, dass sich Torben Esser bei einem Bekannten aus der Drogenszene in Lüttich versteckt hielt. Zum Glück gab es in diesem Milieu immer Menschen, die für Geld ihre Mutter verkaufen würden.

Sie saßen nun alle gemeinsam im Wohnzimmer des Generals. Da waren Jan, ihr Schwiegersohn und ihre Tochter. Allein, dass «die Generalin», wie sie unter Freundinnen unter der Hand gelegentlich genannt wurde, es geschafft hatte, Maria zu aktivieren, hatte die Zweifel des Generals an dem Sinn dieser Veranstaltung zerstreut. Auch wenn die Zusammensetzung dieser Gesellschaft in ihm nur Kopfschütteln wachrufen konnte. Elli

Bentlin hatte darauf bestanden, ALLE einzuladen, die persönliche Betroffenheit und tätige Mithilfe gezeigt hatten und von denen sie erwartete, dass sie sich weiter aktiv engagieren würden.

«Dies soll keine Wohltätigkeitsveranstaltung werden. Ich will, dass die Menschen, denen die Kinder wirklich was bedeuten, zusammenkommen und vielleicht eine Möglichkeit finden, dieser quälenden Ohnmacht zu entfliehen und uns helfen, Maria aus ihrer Isolation zu holen», hatte sie ihrem Mann erklärt.

Jan hatte, weil an diesem Tag sein wöchentlicher Besuch bei seinem Vater im Pflegeheim auf dem Plan stand, seinen senilen Vater mitgebracht. Elli hatte ausdrücklich gesagt, er solle ihn einfach mitbringen, doch Jan war nun sicher, dass dies keine gute Idee war. Sein Vater saß abwesend in des Generals Lieblingssessel, es würde nicht einer seiner guten Tage werden. Dann war da Josef Förster, ältester Mitarbeiter aus der Firma von Jan und väterlicher Freund, sowie Eva, die Auszubildende von Jan. Allerdings wirkte sie nicht nur aufgrund ihres Alters wie ein Fremdkörper in dieser Gesellschaft, auch ihr Outfit mit ihrem kurz geschorenen Kopf und dem Kampfanzug im Mao-Look war gewöhnungsbedürftig.

«Interessante Frisur, junge Frau», sagte Frau Pfeiffer bei der Begrüßung.

«Ja und so bequem, dabei sind sie eigentlich schon wieder zu lang.»

Birgit war natürlich auch dabei. Zudem war Frau Petersen, eine rüstige alte Dame gekommen, die ihren Mann, den ehemaligen Bankdirektor der Kreissparkasse entschuldigte, weil er zurzeit im Krankenhaus läge. Elli Bentlin, die Gastgeberin und Frau Petersen kannten sich gut und Elli nahm sie gleich in den Arm und versicherte ihr, dass jeder Verständnis dafür gehabt hätte, wenn sie lieber ihren Mann im Krankenhaus besuchen würde.

Sie antworte nur: «Dem Franz fehlt es im Krankenhaus an nichts. Ist wieder die alte Geschichte, aber die Kinder, ... Nein das ist wichtiger. Außerdem ist Franz immer so leidend, wenn er krank ist. Das halte ich nicht lange aus. Dass Männer so wehleidig werden können.»

Dann waren da noch Rolf Hagenau, Hausarzt der Mülhausens mit Frau sowie Burkhard Kammer und Helge Roggenbruch, die Skatbrüder und besten Freunde von Jan.

Auf der anderen Seite Dr. Alfons Wegener, Arzt und Freund der Familie Bentlin sowie Dr. Hermann Soltau, ehemaliger Rechtsanwalt und Strafverteidiger und ebenfalls seit Ewigkeiten mit den Bentlins befreundet, mit seiner Frau Louise, ehemalige Lehrerin und Ellis beste Freundin. Darüber hinaus noch einige Personen aus dem Freundeskreis von Elli und Jürgen Bentlin. Zuletzt erschien Bernd Körner, der sich fragte, warum er der Einladung überhaupt gefolgt war.

Nach einer zwanglosen Begrüßung und einer etwas holprigen Unterhaltung, während der Elli und der General Getränke herumreichten, bat der General darum, dass man sich zusammensetzen möge. Während sich alle Gäste um den Tisch versammelten, blieb Eva hinten beim Vater von Jan sitzen.

«Kommt doch auch zu uns», forderte der General sie auf.

«Meinen Lieblingssessel willst du nur haben, Junge, das könnt dir so passen», knotterte Jans Vater. Der General, nur wenig jünger als der Vater von Jan, war über die Bezeichnung ‚Junge‘ amüsiert und blickte zu Eva.

«Ich bleib’ hier beim Großvater, ich kann auch von hier aus alles gut mitbekommen.»

Der General freute sich, dass Eva so schnell in Jans Familie Anschluss gefunden hatte, etwas, das ihr zu Hause wahrscheinlich gefehlt hatte. Er kannte die Familie, nein eigentlich nur die Frau des Ministers gut. Der Vater war Staatsminister in Düsseldorf und ihm als Parteimitglied natürlich auch bekannt. Die Ehe des Ministers, das pfiffen bereits alle Spatzen von den Dächern, war allerdings nur noch

Fassade. Eva war gerade erst mithilfe des Generals und seiner Freunde aus der Drogenszene gerissen worden.

Nachdem Elli sich bei allen für ihre Unterstützung und ihr Kommen bedankt hatte, sprach man über die unfassbaren Ereignisse, die sich seit dem Verschwinden der Kinder ereignet hatten. Elli informierte die anderen über den Inhalt des Berichts über die missbrauchten Kinder, den Jan ihnen aus dem Internet heruntergeladen hatte.

«Wir müssen gegen diesen Sumpf ankämpfen. Das Interesse der Presse wird irgendwann abebben. Ich habe mir vorgestellt, dass wir die Finger in diese schwärende Wunde legen und dafür sorgen, dass dies nicht passiert. Dazu wollte ich vorschlagen, einen Verein zu gründen, der sich zur Aufgabe macht, das Schicksal von verschwundenen Kindern zu klären und den Missbrauch von Kindern zu bekämpfen.»

Sie diskutierten diesen Vorschlag ausgiebig und kamen schließlich überein, dass sie es versuchen wollten. Der Verein sollte vor allen Dingen Informationen zusammentragen, betroffene Familien unterstützen und für Öffentlichkeit sorgen. Sie wollten Geld sammeln und das derzeitige Interesse der Presse nutzen, den Verein bekannt zu machen.

«Wir sollten jedoch auch einen operativen Arm haben, der konkrete Fälle verfolgt und in Fällen, in denen die Polizei nicht weiterkommt oder weiterkommen will, selbst eine Suche organisiert. Wir müssen mit unkonventionellen Mitteln gegen Menschenhändler und Kinderschänder vorgehen», warf der General ein. Was lag näher, als mit dem Schicksal von Lena und Moritz anzufangen? Alle waren einverstanden. Man bat den General, zu berichten, was er von der Suche nach den Kindern wusste. Besonders nach dem Bericht im ‚Grenzecho' waren sich alle einig, dass die Polizei nicht genug tat, um die Kinder zu finden. Der General berichtete darüber, dass er einen Detektiv engagiert habe und dieser gerade auf der Suche nach dem Aufenthaltsort des Mannes sei. Evas Beteiligung an der Suche verschwieg er bewusst. Schnell war man sich einig, dass man das weitere nicht der Polizei überlassen solle.

Nun ruhten alle Augen auf Bernd Körner. Er warnte davor, auf eigene Faust zu ermitteln. Er berichtete vom Erfolg bei der Suche nach dem Autoverleiher und dass man den Mann mit den Tätowierungen zur Fahndung ausgeschrieben habe. Er referierte über Vermutungen hinsichtlich eines Menschenschmugglerrings aus dem Zuhältermilieu und warnte davor, sich mit diesen einzulassen. Schließlich gäbe es schon genug Tote. Körner verschwieg, welche Verdächtigungen er gegen die Aachener Kripo hegte und war froh, als er sich verabschieden konnte.

Der General zog sich, nachdem die meisten Gäste gegangen waren, mit seinen besten Freunden, Dr. Soltau und Dr. Wegener in sein Büro zurück. Jan und sein alter Mitarbeiter Josef Förster folgten ebenfalls. Der General übernahm das Kommando. Er war in seinem Element. Er berichtete über die Sinn Fein in Irland und deren bewaffneten Arm, die IRA. So befremdlich der Vergleich für die Anwesenden auch war, der General schaffte es, begreiflich zu machen, wie man sich organisieren muss, um erfolgreich in einer Gesellschaft gegen etwas anzukämpfen, was vom Establishment toleriert wird. Der General war gerade dabei, zu berichten, wie man vorgehen solle, um sich des Verdächtigen zu bemächtigen, dessen Aufenthaltsort er heute erfahren habe, als sich die Tür öffnete und Eva mit Birgit hineinkamen.
Der General stockte und fragte: «Was kann ich für euch tun?»

«Oh, ihr habt schon ohne uns angefangen? Das ist aber nicht nett. Ich musste doch erst den Großvater versorgen.»

«Ich glaube nicht, dass du hierzu eingeladen bist.» Birgit hielt sich im Hintergrund.

«Das glaube ich aber schon. Schließlich sind Lena und Moritz wie meine kleinen Geschwister. Und ich habe den Esser ausfindig gemacht. Ihr glaubt doch nicht, dass ich da still abwarte, während ihr ihn euch greift. Außerdem bin ich die Einzige, die ihn sicher identifizieren kann!»

«Da ist was Wahres dran!», überlegte der alte Jupp.

«Du willst doch nicht etwa eine Frau dabei haben wollen?», warf Dr. Soltau entsetzt an den General gewandt ein.

«Was soll das jetzt wieder heißen, Opa? In welcher Zeit lebst du denn?», knurrte Eva los.

«Und wieso eine. Glaubt ihr etwa, ich würde Maria im Stich lassen und mich mit dem Schreiben von Bettelbriefen zufriedengeben. Oder hat jemand grundsätzlich was gegen Frauen?», schloss sich Birgit an.

«Keinen Streit, bitte. Sie sollen erst einmal hier bleiben. Wir entscheiden zum Schluss, wer wobei mitmacht», schlichtete der General.

Dr. Soltau protestierte noch ein wenig, aber der General überhörte dies und fasste das bisher Gesagte noch einmal zusammen. Nun entwarfen sie einen Plan, wie man das Versteck des Verdächtigen ausspähen und ihn schließlich in die Gewalt bekommen wollte.

«Wir haben nicht viel Zeit, die Polizei ist ihm sicher auch dicht auf den Fersen.»

Der General war es schließlich, der Dr. Soltau bat, nicht aktiv dabei zu sein.

«Hermann, was wir vorhaben ist alles andere als legal. Wir brauchen daher einen Juristen, der nicht in der Sache involviert ist und uns zur Not wieder heraushauen kann. Klär bitte alle Anwesenden schonungslos darüber auf, welche Strafen darauf stehen, was wir hier planen.»

Der Angesprochene zitierte nun eine Reihe von Strafvorschriften, gegen die sie zu verstoßen beabsichtigten. Es wurde eine lange Litanei mit beträchtlichen Höchststrafen.

Dr. Hermann Soltau war insgeheim froh, dass er sich aus der aktiven Beteiligung zurückziehen konnte. Nicht, dass er um seine Freiheit oder seine Reputation Angst gehabt hätte. Auch hatte er keinerlei Skrupel. Aber er war einfach nicht für Aktionismus geschaffen. Sein Leben waren die Akten und der Gerichtssaal. Da konnte er seine Stärken zeigen.

Eva und Birgit hingegen waren nun wie selbstverständlich in die Männerriege aufgenommen.

Der General erinnerte sich, wie Eva in Jans Firma gekommen war. Der Vater von Eva, nun Staatsminister in der Landesregierung und selbst Aachener, hatte ihn eines Tages am Rande einer Parteiveranstaltung angesprochen.

Zwar waren der General und der Minister nicht besonders eng miteinander, aber das gemeinsame Hobby Jagd und Fotografie führte doch ab und an zu einem privaten Gespräch. Bei einer dieser Gelegenheiten fragte der Minister, wie es denn der Tochter des Generals gehen würde und sie vertieften sich in das Thema ‚Töchter' nicht ohne Grund. Der Minister sprach unvermittelt den General direkt an, ob er nicht eine besonders geeignete Klinik kennen würde, in der er seine Tochter schicken könnte. Der General fand dies recht bemerkenswert, denn sein Privatleben versuchte der Minister sonst vollkommen abzuschotten, auch wenn die Trennung von seiner Frau allgemein bekannt (nicht jedoch offiziell bekannt gemacht!) war und die Drogensucht der Tochter bereits bei den Hinterbänklern diskutiert wurde («Jurastudentin, das ich nicht lache, die wird bald sich selbst verteidigen müssen»). Da aber der General damals aus der Depression seiner Tochter und seinen Ängsten keinen Hehl gemacht hatte und der General als sehr verschwiegen galt, wandte sich der Minister direkt an ihn. Der General versprach, sich zu erkundigen und fragte, ob er einen befreundeten Arzt, der natürlich auch ein Parteimitglied und absolut diskret sei, befragen könne, natürlich ohne Namensnennung.

«Wenn du dich für ihn verbürgst, sollte er auch wissen, um wen es geht. Ich wäre dankbar, wenn hinterher jemand mit Fachkunde, aber auch mit Abstand von der Familie (womit er seine Frau und den mit ihr befreundeten Hausarzt meinte) meine Tochter ein wenig im Auge behielt. Natürlich komme ich für alle Kosten auf.»

«Für den Doktor verbürge ich mich, wir kennen uns schon über 50 Jahre.»

«Schön, wenn man solche Freunde hat. Als Minister bräuchte man auch ein paar davon», meinte der Minister wehmütig, drehte sich abrupt um und ging lachend auf seinen persönlichen Referenten zu.

«Sorgen Sie dafür, dass der General eine Einladung für die nächste Jagdgesellschaft unseres guten Strack bekommt. Der General ist ein wirklich sehr amüsanter Gesprächspartner, ich werde ihn dem großen Strack vorstellen, der liebt diesen filigranen Witz. Und seinen Freund, Dr. ..., ach der Name ist mir gerade entfallen, soll er auch mitbringen.»

«Herrn Dr. wen? Herr Minister, ist der Herr denn auch hier auf der Versammlung?», fragte der Referent nach.

«Was weiß denn ich, fragen Sie einfach den General!», antwortete der Minister schroff, um das Thema zu beenden. Dem Referenten blieb nichts anderes übrig, als zum General zu gehen und ihn nach dem Namen des Doktors zu fragen, der dem Minister gerade entfallen sei. Der General wunderte sich zwar, nannte ihm aber den Namen von Dr. Wegener.

«Adresse brauche ich ja keine, er ist ja sicher Parteimitglied?»

«Selbstverständlich!», antwortete der General. Der Referent verabschiedete sich, nicht ohne «na wenigstens das» in seinen nicht vorhandenen Bart zu murmeln. Weiter grummelnd zog er sich zurück. 'Der Minister mit seinen spontanen Ideen. Der hatte keine Vorstellungen davon, was ihn das wieder an Zeit und Gefälligkeiten kosten würde, um das hinzukriegen. Gleich zwei Provinzler zur nächsten Jagd eines der reichsten Männer Deutschlands einzuladen, als ob das so einfach wäre. Anschließend kein Wort des Dankes, nein, wozu auch, man war ja nur ein Lakai. Aber irgendwann sitze ich da oben. Und wenn der Minister so weiter macht, wird er sich nicht mehr lange im Kabinett halten können, es wird Zeit, meine Fühler woandershin auszustrecken', dachte der Referent im Stillen. Doch nun blieb ihm nichts anderes übrig, als sich wieder in die Nähe des Ministers zu begeben, um auf neue Aufträge zu warten.

Als der General die Einladung zur Jagdgesellschaft nach Österreich ins Ötztal erhielt, - eine parteiinterne Weiterbildungsveranstaltung natürlich, die Reise organisiert und gesponsert von einer parteinahen Stiftung -, war er sehr verwundert. Er hatte die angekündigte Einladung zur Jagd nicht ernst genommen. Aber er hatte in der Zwischenzeit mit Alfons Wegener gesprochen, der sich des heiklen Themas angenommen und ihm auch eine Empfehlung gegeben hatte. Sein Versuch den Minister telefonisch direkt zu sprechen, war allerdings gescheitert. Daher dämmerte ihn, warum er diese Einladung erhalten hatte. Noch mehr wunderte er sich dann, als der Doktor anrief und sich für die Einladung bedankte, die ja nur auf seinem ‚Mist' gewachsen sein konnte. Erst da erinnerte sich der General an die Begebenheit, als dieser junge Schnösel ihn auf der Parteiversammlung nach dem Namen des Doktors gefragt hatte.

Auf der Jagdgesellschaft, die ein unvergessliches Erlebnis incl. eines Hubschraubertransports zur Jagdhütte beinhaltete, nahm der Minister dann die Gelegenheit wahr, die Dinge mit dem General und dem Doktor zu besprechen. Wie sich herausstellte, war die Tochter des Ministers keineswegs bereit, sich in Therapie zu begeben. Daher beabsichtigte der Minister eine diskrete Festnahme wegen Drogenbesitz arrangieren zu lassen, damit sie anschließend in eine Therapie eingewiesen wird. Hierbei sollte dann der General ins Spiel kommen.

Der Minister erklärte offen, dass er bei seinem letzten Gespräch mit seiner Frau den General bewusst in ein schlechtes Licht gestellt habe.

«Ich habe gesagt, dass ich ... Ich zitiere das jetzt wörtlich, damit niemand hinterher beleidigt sein kann: 'diesen Idioten von Luftwaffenheini, der vor mir einmal so hinter dir her war, getroffen habe. Der hat mit seinem befreundeten Ganovenanwalt versucht, beim Parteitag eine Palastrevolution anzuzetteln, na, denen habe ich es aber gegeben' ... usw., usw.»

Der General und der Doktor schauten irritiert.

«Ich hoffe, dass sich meine Frau in ihrer Not vielleicht an dich wenden wird, wenn unsere Tochter verhaftet wird. Das würde es einfacher machen, meiner Tochter und ihrer Mutter die Einwilligung zu einer schnellen Entziehungskur abzuringen, ohne diese Sache in den Rosenkrieg hineinzuziehen», erläuterte der Minister augenzwinkernd.

«Hat Manuela angebissen?», fragte der General.

«Ich hoffe. Jedenfalls hat sie ganz beiläufig am Ende unseres Gesprächs noch gefragt, ob du denn noch Einfluss hast, dass du so gegen mich opponieren könntest. Ich habe ihr gesagt, dass du in deinem Bezirk immer noch Vorsitzender seist und als graue Eminenz im linksrheinischen Bezirk immer noch die Fäden in der Hand halten würdest. Doch ich lasse mir von so einem Provinzopa nicht in die Suppe spucken, habe ich angefügt. Ich hoffe, ich habe nicht zu dick aufgetragen, aber so haben wir früher, als Manuela mich noch in meiner politischen Karriere unterstützt hat, immer geredet.»

«Jedenfalls scheint sie den Köder geschluckt zu haben, denn sie hat schon Kontakt aufgenommen», erwiderte der General.

«So schnell, das wundert mich nicht! Wahrscheinlich nach dem Motto, der Feind meines Feindes ist mein bester Freund. Offenbar eine gute Gelegenheit, alte Liebe wieder aufzufrischen. Aber ich warne dich. Sie frisst Männer mit Haut und Haaren.»

«Danke und keine Angst, ich bin bestens versorgt. Mir konnte damals gar nichts Besseres passieren, nachdem ich diesen blöden Verkehrsunfall hatte und meine Pilotenkarriere hinüber war. Da habe ich ihren wahren Charakter erkannt.»

«Ja, ich hätte es auch besser wissen müssen.»

«Dafür hast du aber lange durchgehalten.»

«Du weißt, wie das ist, wenn man in der Öffentlichkeit steht. Außerdem kam dann ja auch Eva auf die Welt und sie ist, auch wenn du es nicht glauben solltest, mein Ein und Alles.»

Der Doktor stand etwas betreten bei diesem Gespräch, was offensichtlich nur für vier Ohren bestimmt war.

«Aber hast du nicht ein bisschen dick aufgetragen mit der Palastrevolution? Wenn sie nachfragt, erfährt sie schnell, dass da nichts war. Außerdem ist Dr. Soltau, wie sagtest du, der Ganovenanwalt, doch gar nicht in der Partei.»

«Keine Angst, seit wir uns getrennt haben und sie in anderen, nämlich den Kreisen von Künstlern und Schauspielern verkehrt, interessiert sie sich nicht mehr für Politik.»

«Immerhin hat sie durch den Gotzmann, dem Bundestagsabgeordneten meines Bezirks, schöne Grüße ausrichten lassen.»

«Sieh an, sieh an. Na, das ist nicht verwunderlich, der würde für jeden Rock nach Kölle laufen.»

«Ist Manuela denn immer noch so attraktiv?»

«Ja, das ist ja das Schlimme. Sie verdreht heute noch den Männern den Kopf, wenn diese nicht gerade schwul oder zu jung sind.»

«Doch nun zu Ihnen», wandte sich der Minister an den Doktor, der sich etwas abseits gestellt hatte, um nicht weiter an dem intimen Gespräch teilnehmen zu müssen.

«Ich hoffe, Sie haben das Wesentliche mitbekommen?»

«Unfreiwilligerweise ja», antwortete der Doktor.

«Das war auch beabsichtigt, bis auf die paar privaten Details, aber der General hat ja für Sie gebürgt.»

«So, so», antwortete der Doktor.

«Na sollte ich etwa nicht?», fragte der General.

«Doch, doch, allerdings hätte ich schon gern vorher gewusst, in welche Sache du mich wieder hineinziehst», antwortete der Doktor.

Der General wandte sich dem Minister zu. «Nehmen Sie das nicht ernst. Das sind Frotzeleien unter alten Freunden, für den Alfons gebe ich meine linke Hand.»

Ehe der Doktor antworten konnte, war der Minister eingeschritten.

«Meine Herren, nur nicht streiten, es war alles meine Idee. Außerdem geht es ja um eine gute Sache. Schließlich geht es darum, einen jungen Menschen, der zufällig meine Tochter ist,

weg von den Drogen auf den rechten Pfad zurückzubringen. Sind da nicht alle Mittel erlaubt?»
Der Doktor gab sich geschlagen. «Was soll mein Part dabei sein?»

«Das Szenario sieht so aus: Nächste Woche, wenn wir wieder in Deutschland sind, wird meine Tochter festgenommen werden. In ihrer Studentenbude in Köln wird man eine kleinere Menge Drogen finden.»

«Ist das nicht gefährlich, dann geht sie vielleicht tatsächlich in den Bau. Die kennen in Köln kein Pardon bei Drogen», warf der Doktor ein.

«Keine Angst, die Drogen werden meiner Tochter nicht zuzuordnen sein. Schließlich wohnt sie in einer WG und keine Spuren werden mit meiner Tochter in Verbindung zu bringen sein. Durch diesen Fund wird ein entsprechendes Drohpotenzial aufgebaut. Da wird sich meine Frau in Sorge entweder an mich wenden, was eigentlich normal sein sollte oder aber an dich, weil ihr das dann als letzte Rettung einfällt. Ziel ist es, meine Tochter und vor allem auch meine Frau dazu zu bringen, einer Therapie zuzustimmen, und zwar keiner, die meine Frau aussucht wie beim letzten Mal. An den Comer See hat sie Eva geschickt. Dort ging es nur um Ei-tei-tei, aufgrund der schlechten Kindheit und Methadon hier und ein Gesprächskreis da. Kaum zurück ging die gleiche Sch... wieder los. Entschuldigt bitte die drastische Ausdrucksweise. Aber dem Kind muss endlich begreiflich gemacht werden, dass sie selbst die Verantwortung für ihr Leben übernehmen muss und nicht nur die Schuld auf die zugegebenermaßen schlechte Erziehung der Eltern schieben kann.»

«Ich kann immer noch nicht meine Rolle in dem Drehbuch sehen», bemerkte der Doktor.

«Ist doch ganz einfach», erläuterte der General.
«Selbstverständlich rechnet der Minister nicht damit, dass seine Frau ihn einbezieht, sondern dass sie mich bittet, ihr zu helfen. Sie weiß, dass ich mit Hermann einen guten Anwalt kenne, dessen Telefonnummer früher jeder große Ganove in

der Geldbörse hatte. Wenn ich Hermann überzeugen kann, hier mitzuspielen, wird er mit dem Staatsanwalt eine Einstellung des Verfahrens unter der Auflage einer Therapie vereinbaren. Hierzu wird er eine bestimmte Klinik vorschlagen und die Auflage lancieren, dass sich eine ambulante Therapie unter Aufsicht eines vom Gericht bestimmten unabhängigen Arztes anschließen muss. Hier kommst du ins Spiel, denn du wirst der betreuende Arzt sein. Dann ist allen gedient. Das Mädchen kommt aus dem Sumpf, die Mutter hat das Gefühl, alles ohne ihren Mann gemanagt zu haben und der Minister hat hoffentlich bald wieder eine Tochter.»

Der Minister nickte. Das war ein Plan ganz nach dem Geschmack des Generals.

«Meine Herren, wenn das klappt, haben Sie etwas gut bei mir.»

«Dazu sind wir zu alt, nicht wahr, mein lieber Jürgen, wir streben keine Meriten mehr an. Uns geht es nur um die gute Sache. Wenn es uns tatsächlich gelingen sollte, ihre Tochter von dieser Seuche zu befreien, wäre mir das Lohn genug!»

«Richtig so mein lieber Alfons, so kenne ich dich, für mich gilt das Gleiche. Außerdem liebe ich es, wenn ein guter Plan aufgeht. Und dieser Plan ist exzellent, meinen Glückwunsch, Herr Minister.»

«Wir waren doch schon beim du, Jürgen und ich darf auch Alfons sagen?»

«Selbstverständlich Herr Minister»

«Nicht Minister, sondern Gerd.»

«In der Öffentlichkeit aber erst nach unserer Scharade, sonst merkt es deine Frau am Ende doch noch zu früh. Was sagst du eigentlich deiner Frau, wenn sie erfährt, dass wir hier zusammen auf der Jagd waren. Die Klatschspalten liest sie bestimmt noch. Ist das nicht auffällig?»

«Nein, das ist einfach. Ich werde ihr erklären, dass diese Provinztrottel immer ganz einfach zu beeindrucken seien. Eine Einladung zur Jagd nach Österreich und aller Widerstand sei gebrochen.»

«Na dann danke schön für den Trottel», bekundete der General bedient.

«Kleine Opfer müssen wir alle bringen», rechtfertigte sich der Minister augenzwinkernd.

Der General guckte immer noch säuerlich. Vor seiner ehemaligen Angebeteten, die ihn auch noch hatte sitzen lassen, nun als Provinztrottel hingestellt zu werden, passte ihm gar nicht. Aber kommt Zeit, kommt Rat. Das Mädchen aus dem Sumpf zu ziehen, dachte er weiter, wäre so eine kleine verletzte Eitelkeit auf jeden Fall wert.

Der Plan klappte wie am Schnürchen. Am Ende der Therapie wollte der Minister seine Tochter unbedingt vom altbekannten Umfeld fern halten, weil sie - auch nach allgemeiner Meinung - nur dann eine Chance haben würde, von der Droge loszukommen (und es für seine politische Karriere wohl auch besser wäre, das schwarze Schaf zu zähmen). Daher sprach er mit seiner Tochter darüber, was sie aus ihrem weiteren Leben machen wolle. Der Minister hatte es als reine Grille seiner Tochter angesehen, dass sie sich in der Entziehungskur dazu entschlossen hatte, das Studium endgültig aufzugeben. Sie wollte unbedingt ein Handwerk erlernen. Ihm war alles recht, womit er sie dem Milieu entreißen könnte. Sie wolle eine Ausbildung in ‚Holz' machen, wie sie es ausdrückte.

Der Minister erinnerte sich an ein Gespräch mit dem General. Dieser hatte ihm während des Jagdausfluges erzählt, dass sein Schwiegersohn eine Schreinerei in Vicht besaß. Das wäre genau das richtige Umfeld für seine Tochter.

Als der Minister den General persönlich darum bat, seine Tochter als Lehrling an seinen Schwiegersohn zu vermitteln, hätte dieser am liebsten abgesagt. Für sein Gefühl überspannte der Minister den Bogen etwas. Er sicherte jedoch zu, dass er mit seinem Schwiegersohn reden würde, aber nichts versprechen könne. Schließlich sollte der Minister froh sein, dass sie ihm schon dabei geholfen hatten, seine Tochter in die Therapie zu bringen.

Dann suchte ihn dessen Frau persönlich auf, um ihn zu bitten, noch etwas für seine Tochter zu tun: «Ich weiß, du hast schon so viel für uns getan. Aber du siehst sicherlich ein, dass Evchen aus dem Umfeld heraus muss. Da wäre eine Lehrstelle in der Eifel sicherlich bestens geeignet. Da ist die Welt noch in Ordnung. Wo sie SO gerne Schreiner werden möchte. Die Ausbildungskosten trägt natürlich unsere Stiftung. Stell dir vor, es könnte auch deine Tochter sein. Ach hätte ich dich damals nicht verlassen, aber ich war ja noch so jung und dumm. Kannst du mir verzeihen?»

Die Litanei ging so weiter, der General hörte gar nicht mehr richtig zu. Sie tätschelte ihm die Hand und schaute ihn mit ihren Rehaugen an. Der General konnte ihr immer noch nichts abschlagen, ärgerte sich hinterher aber mächtig über sich. Außerdem schien es ihm, dass mindestens in dieser Frage der Minister und seine Frau zusammen gearbeitet hätten, wenn nicht gar alles zwischen ihnen abgesprochen war.

Er fragte seinen Schwiegersohn dennoch. Vielleicht auch nur, weil ihn das Schicksal vor dieser Frau bewahrt hatte. Vor über dreißig Jahren war er fest überzeugt gewesen, dass es die Frau seines Lebens werden könnte. Heute war er froh, dass sie sich nach seinem Fahrradunfall nach anderen umgesehen hatte und er Elli kennenlernen durfte. Trotzdem hatte er gezögert, Jan die Bitte des Ministers zu übermitteln, denn er wusste, was er ihm aufbürden würde. Diese verzogene Göre, die kurz nach Beginn ihres Jurastudiums in Köln in die Drogenszene abgerutscht und schließlich auf den Straßenstrich gelandet war, bei sich als Auszubildende aufzunehmen, war schon harter Tobak. Zu seiner Überraschung Jan sagte sofort zu.

Im Golfclub, 02.08.2015

Der Polizeipräsident saß im Clubsessel des Raucherzimmers im Golfclub, die Zeitung in der Hand, ohne wirklich zu lesen.

«Du wirkst angespannt, mein Freund. Was liegt dir auf dem Magen?», fragte ihn sein Golfpartner, ein langjähriger Studienkollege.

«Sieht man mir das so an?», entgegnete er.

«Wir kennen uns schließlich nicht erst seit gestern. Also raus mit der Sprache.»

«Ach, diese Kindesentführung liegt mir auf dem Magen. Wir kommen einfach nicht voran. Dann musste ich noch meinen besten Mann von dem Fall abziehen und jetzt erfahre ich auch noch, dass wir eine undichte Stelle im Präsidium haben.»

«Wieso das?»

«Klaus hat mir erzählt, dass seiner Zeitung ein Artikel angeboten wurde, der Interna aus meinem Präsidium enthält.»

«Aber er hat den Artikel nicht angenommen, oder?»

«Wo denkst du hin! Das wäre ja noch schöner. Aber jetzt ist er in einer belgischen Zeitung erschienen.»

«Aber das liest hier doch keiner.»

«Außerdem macht mir das Innenministerium Druck.»

«Warum das denn?»

«Die möchten den Fall schnell abgeschlossen haben. Im Herbst sind Wahlen. Da kann man keine ungelösten Kriminalfälle mit Publicity brauchen.»

«Ich denke, ihr habt einen Verdächtigen?»

«Hatten wir, der hat sich aufgehängt.»

«Na bitte.»

«Aber wir haben immer noch keine Spur von den Kindern. Außerdem macht mir der General die Hölle heiß.»

«Unser General, wieso? Was hat er denn damit zu tun?»

«Es sind seine Enkelkinder.»

Der Gesprächspartner des Polizeipräsidenten pfiff durch seine Zähne.

«Dann verstehe ich, was dir auf den Magen schlägt. Wenn der General erst einmal anfängt zu graben, könnte es peinlich für dich werden. Umso wichtiger, dass du das Leck in deinem Laden findest.»

«Wieso nur für mich? Wenn unsere Besuche im Schlösschen bekannt werden, wird es nicht nur für mich peinlich werden.»

«Aber die haben doch damit gar nichts zu tun! Außerdem war er bestimmt selbst schon mal da, der feine General. Er gehört doch zu uns. Er sitzt im selben Boot, da wird er bestimmt nicht den Stöpsel herausziehen.»

«Da bin ich nicht so sicher. Er war meines Wissens nie im Schlösschen. Und er hat mir schon gedroht.»

«Wieso? Du hast doch gesagt, das ist eine Lösegeldgeschichte. Das Schlösschen hat sicher nichts mit der Entführung zu tun. Da sind nie deutsche Frauen, geschweige deutsche Kinder gewesen. Also warum sollte er sich mit uns anlegen?»

«Er vermutet eine Verbindung. Er würde sich nicht scheuen, uns bloßzustellen. Wenn es um seine Enkelkinder geht, ist er unberechenbar.»

«Und wenn schon, er kann uns nichts nachweisen. Wir waren im Schlösschen, na und? Wie viele andere. Mehr nicht. Außerdem, wenn er das wagen sollte, ist er gesellschaftlich erledigt! Dazu sind da viel zu viele von uns ein und aus gegangen. Finde einfach die Kinder oder ihre Leichen, Herrgott, so schwer kann das doch nicht sein!»

«Lass den Herrgott besser aus dem Spiel.»

Ein weiterer Golfer betrat das Raucherzimmer.

«Lass uns darüber beim nächsten Stammtischessen sprechen.»

Beim nächsten Stammtisch im Hinterzimmer des Ratskellers. Ein illustrer Kreis saß zusammen: ein Staatssekretär aus dem Innenministerium, sein Adlatus, Zacharias, Klaus,der Zeitungsverleger aus Aachen und Gunter, Staatsanwalt und langjähriger Weggefährte des Polizeipräsidenten.

Der Polizeipräsident sah noch viel schlechter aus als beim letzten Treffen.

«Na, was ist denn jetzt mit deinen Ermittlungen?»

«Wir haben eine Spur zu den Entführern. Einer ist bereits tot, nach dem anderen wird gefahndet.»

«Wer ist es?»
«Ein kleiner Stricher aus Köln. Es sollte nicht lange dauern, bis wir ihn haben.»
«Na dann gratuliere ich. Warum dann der Trübsinn?»
«Ich werde erpresst. Man hat mir gedroht, kompromittierende Bilder zu veröffentlichen, wenn ich die Ermittlungen nicht einstelle.»
«Von wem?»
«Ich habe keine Ahnung. Ich nehme an, von jemand, der mit der Entführung zu tun hat. Oder jemand, der fürchtet, dass die Ermittlungen ihn kompromittieren könnten.»
«Aber was für Bilder? Wo hat er die denn her? Da musst du aber unvorsichtig gewesen sein.»
«Von wegen. Die können nur aus dem Schlösschen sein.»
«Das glaube ich nicht. Das Schlösschen ist ein absolut integrer Club, der hat sogar den Segen vom Verfassungsschutz!»
«Ich bin mir aber sicher!»
«Wenn das stimmt, sitzen wir alle in der Tinte! Dann gibt es bestimmt von uns auch solche Bilder», machte sich Zacharias Luft.
«Aber bisher hat es noch keine Erpressungsversuche gegeben, davon hätte ich gehört. Es ist vollkommen ausgeschlossen, dass die Bilder aus dem Schlösschen sind. Du musst dich täuschen», warf der Staatsanwalt ein.
«Nein, denn ich war nirgendwo sonst. Ehrlich. Ihr könnt mir glauben!»
«Wie ist das mit der Erpressung gelaufen?», hakte der Staatsanwalt nach.
«Ich habe eine E-Mail bekommen. Darin stand lapidar, dass ich die Ermittlungen einstellen solle. Ich solle mir eine Internetadresse ansehen, die da genannt war. Wenn ich nicht kooperiere, würde diese an die Presse gehen.»
«Und unter der Internetadresse war dann das Foto?»
«Ja und ich bin sicher, dass das Bild nur aus dem Schlösschen sein kann»
«Hast du die E-Mail noch?», fragte der Staatsanwalt.

«Nein, die habe ich gleich gelöscht.»
Der Staatsanwalt stöhnte. «Und die Internetadresse?»

«Die habe ich am nächsten Tag noch einmal überprüft. Das Foto war weg, als ob es nie da gewesen war. Stattdessen war ein Bild vom Kilimandscharo eingestellt.»

«Was hast du dann gemacht?»

«Ich habe die Sonderkommission aufgelöst und versucht, den Fall einschlafen zu lassen.»

«Aber dann hat dir der General einen Strich durch die Rechnung gemacht.»

«Ja, und dieser verdammte Bericht in der belgischen Zeitung. Da konnten wir nicht mehr anders, als diesen Stricher zu suchen. Was ist, wenn ich die nächste E-Mail bekomme?»

«Die Suppe hast du dir selbst eingebrockt. Wie gesagt, ich kann mir nicht vorstellen, dass das Bild aus dem Schlösschen ist. Wenn du keine anderen Hinweise auf den Erpresser hast, kann ich dir nicht helfen», schloss der Staatsanwalt. Die anderen nickten. Sie hatten die Hoffnung, nicht betroffen zu sein und atmeten erleichtert auf.

«Ich werde die hiesige Presse weiter im Griff halten», beeilte sich der Zeitungsverleger zu versichern. Die Diskussion ging hoch her. Jeder spürte auf einmal seine persönliche Nähe zu dem Verbrechen und wollte unter allen Umständen verhindern, hineingezogen zu werden.

«Kannst du denn die Ermittlungen nicht endgültig abschließen? Du hattest doch einen Verdächtigen, der sich aufgehängt hat.»

«So einfach ist das nicht. Solange die Kinder nicht gefunden werden, kann ich nichts tun. Bei dem Presserummel bin ich gezwungen, ständig Rede und Antwort zu stehen.»
Der Polizeipräsident breitete das 'Grenzecho' auf dem Tisch aus. Alle starrten auf die Zeitung.

«Das ist von diesem Schmierfinken, der vor zwei Wochen bereits einen ähnlichen Artikel angeboten hat. Konrad, ich hab' dir davon erzählt. Ich hab' ihn davonjagen lassen.»

«Ja, dafür danke ich dir auch. Aber der Vater der Kinder und der General haben eine solche Lawine losgetreten, dass ich unter ständigem Beschuss stehe. Der General unterstellt mir sogar, dass ich die Ermittlungen behindere.»

«Hat er das gesagt?»

«Nein, aber angedeutet. Er weiß seltsamerweise sehr gut über den Ermittlungsstand Bescheid. Obwohl ich ihm seinen Verbindungsmann entzogen habe. Und er droht mir.»

«Mein Gott, hast du deinen Laden denn gar nicht mehr im Griff? Neulich hast du mir noch erzählt, du hast einen Maulwurf der Presse bei dir. Bring das schnell in Ordnung, sonst kann ich dich nicht mehr stützen», warf ihm der Staatssekretär vor.

Die anschließende betonte Freundlichkeit seiner Golfpartner wirkte derart aufgesetzt, dass der Polizeipräsident bereute, sie eingeweiht zu haben. Auch wenn er ihnen nicht alles berichtet hatte, reichte es aus, ihn auszuschließen. Ihm fiel unwillkürlich der Text eines Songs von Herbert Grönemeyer ein, das ausgerechnet ‚Mit Gott' heißt.

Hör auf mit Beten, Mama
Es ist vollbracht
Du hast es gewusst
Dein Junge sitzt endlich mit an der Macht
Mitten im Kreise der Herren
Gedient wird hier längst nicht mehr
Man hat sich geschickt abgesetzt
Das Volk sieht derweil fern
Wir kontrollieren jeden Sender
Alles wird vorgedacht
Erst wenn der Fernseher aufhört zu denken
Tut er was man ihm sagt
Wir bespitzeln jeden unserer Gegner
Speichern jedes schwarze Schaf
Den, der zu dumm ist sich zu vermummen
Kriegen wir umso eher brav

Mit Gott auf unserer Seite
Jesus in einem Boot
Einer ging leider baden
Doch wir warfen ihn noch rechtzeitig über Bord
Mit Gott auf unserer Seite
Jesus in einem Boot
Den Ablass in unserem Namen
Das ‚C' strahlt über uns riesengroß
Wir nehmen die Lust am demonstrieren
Machen den Boden unter den Füßen heiß
Damit sich der Letzte seinen Mund verbrennt
Und sich auf die Zunge beißt
Die paar aufrechten Querdenker
In den eigenen Reih'n
Sind gut für's Gesicht nach außen
Intern ebnen wir sie ein
Wir wahren unser Pokerface
Nach guter alter Manier
Gefühle sind Luxus
Weil wir hart sind, sind wir hier
Wir finden Folter unfein, Mama
Nichts gegen 'nen kleinen Schreck
Unsere Freunde, sind auch Folterknechte,
Kriegen immer ihren Scheck
Wer seinen nächsten liebt ...
Wir geben uns unverbindlich christlich
Manche nennen das Blasphemie
Die Sucht nach Macht schweißt uns zusammen
Und wir schämen uns nie
Mit den Reichen können wir prächtig
Die Armen wollen nur an ihr Geld
Wir schützen und mehren es redlich
Und werden wieder gewählt
Wir wahren unser Pokerface nach guter alter Manier
Gefühle sind Luxus, weil wir hart sind
Sind wir hier

Sind aus Gnade zu spät geboren
Haben mit Hitler nichts mehr am Hut
Wir sind Kreuzritter des Fortschritts
Zuviel Vergangenheit tut nicht gut
Den Blick nach vorn
So wahr mir Gott helfe
Hab ich geschworen,
Aber der ist eben ab und zu nicht bei mir
Und dann bin ich total verlor'n
Für dich bin ich der Größte, Mama
Ich fühl' mich manchmal so klein,
Bin auch nur ein Mensch
Und ohne dich so allein.

Ein bitteres Lächeln huschte über seine Lippen. Ja, er war über Bord gegangen. Sollte er der einzige sein, der dafür büßen muss?

07.08.2015

Nachdem der erste Bericht des ‚Grenzechos' zum Fall der Mülhausenkinder in der deutschen und internationalen Presse ziemlich unbeachtet verhallte, setzte das Blatt mit seinem zweiten Bericht die deutsche Obrigkeit mit der Überschrift: «Grenzecho entlarvt Entführer, Polizei tappt weiter im Dunklen» gehörig unter Druck.

In der linken Spalte war mit großem Bild des Polizeipräsidenten ein Kurzinterview abgedruckt, in dem der Polizeipräsident nichtssagende Kommentare zum Ermittlungsstand äußerte. In der rechten Spalte wiederholte die Zeitung die Veröffentlichung der Phantomzeichnung sowie ein Foto eines Mannes: Georg H. mit einem dicken schwarzen Kreuz und dem mutmaßlichen Todestag und ausführlichem Bericht zum Fundort und den näheren Umständen.

Die Zeitung berichtete, dass aufgrund der von ihr veröffentlichten Phantomzeichnung Torben E. aus Köln identifiziert werden konnte. Dieser sei dringend verdächtig, Georg H. in einem Brüsseler Hotel ermordet zu haben. Es handele sich bei Georg H. um einem Mann aus dem Rotlichtmilieu, der bei der deutschen Polizei wohlbekannt sei. Er sei schon vor Wochen auf bestialische Weise umgebracht und in einem Müllcontainer vor einem Hotel in Brüssel gefunden worden. Dort sei er mit Torben E. gemeinsam abgestiegen. Der Mann sei entmannt und regelrecht massakriert worden. Es folgten Details zu den Einzelheiten des Mordes.

Zeugen hätten ausgesagt, hieß es weiter, dass dieser junge Mann nach einem Streit mit Georg H. das Hotel noch in der Nacht überstürzt verlassen habe. Weiter wörtlich im Bericht: «Der Mann ist ca. 25 Jahre alt, ca.1,80 groß, auffällig schlank bis hager. Er trägt das blonde Haar schulterlang und ist an Armen und Nacken auffällig tätowiert. Er ist seitdem spurlos verschwunden. Nach ihm werde nun intensiv gefahndet. Die belgische Polizei hat eine Belohnung von 3.000,- Euro für Hinweise, die zum Ergreifen des Verdächtigen führen, ausgesetzt.»

Gegen beide werde in Frankfurt seit längerem wegen Menschenschmuggel ermittelt und sie stünden in dringendem Verdacht, an der Entführung der Mülhausen-Kinder beteiligt gewesen zu sein. Im Übrigen sei Torben E. schon vor Wochen von dem inzwischen unter mysteriösen Umständen zu Tode gekommenen Zeugen Werner B. und dem pensionierten Zöllner Ludwig K. als einer der Entführer der Mülhausen–Kinder identifiziert worden. Der Zöllner sei auf brutale Weise vor wenigen Tagen von einem SUV mit klarer Tötungsabsicht überfahren worden. Warum die deutsche Polizei keine internationale Fahndung eingeleitet habe, sei zumindest rätselhaft.

Anschließend wurde der Tod der Zeugen Bollemann und Kahn detailliert geschildert und der Zusammenhang mit dem Entführungsfall deutlich herausgestellt. Wie eine unheilvolle Prophezeiung erlaubte sich der Autor den Hinweis, dass dies sicherlich nicht der letzte Tote in diesem Fall sein werde, wie vergleichbare Fälle in der Vergangenheit gezeigt hätten. Dies war der einzige Hinweis auf die Parallelität mit dem Skandal Dutroux in Belgien in den Jahren 1995/96, den der Autor bei seinem Redakteur durchbekommen hatte. Dennoch reichte er völlig aus, um bei den Lesern düstere Erinnerungen zu wecken.

Leider hatte der Chefredakteur seine letzte Passage nicht gedruckt:

«Dies lässt vermuten, dass in diesem Fall wieder einmal eine unheilvolle Allianz aus Zuhältern, Menschenhändlern und Kinderschändern am Werke ist, die Verbindungen bis in höchste Stellen der Gesellschaft besitzen. Dieser Fall offenbart nur die Spitze eines Eisberges von Korruption und Verflechtung des organisierten Verbrechens mit Polizei und Justiz, wie es sich die Bürger im ordentlichen Deutschland bislang nicht vorstellen konnten.»

Auch ohne diesen Absatz wurde der von augenscheinlich profundem Insiderwissen gestützten Bericht weder von der deutschen noch der internationalen Presse unbeachtet gelassen. Ein wahrer Sturm der Berichterstattung brach los, als die internationalen Presseagenturen die neuen Entwicklungen in dem Fall für sich entdeckten. Nun kam auch die Aachener Lokalpresse nicht daran vorbei, die Polizeiarbeit in Aachen kritisch zu hinterfragen.

08.08.2015

Dem General war die Berichterstattung im ‚Grenzecho' gar nicht recht. Jetzt war keine Zeit mehr zu verlieren. Es war nur eine Frage der Zeit, bis Torben Esser von der Polizei gefunden werden würde. Oder von anderen. Seit Tagen ließ er das Haus, in dem sich Esser befand, von der Detektei observieren. Nun rief er Dr. Soltau an und bat, die Observierung abbrechen zu lassen. Sie würden an diesem Wochenende zugreifen müssen, wenn sie überhaupt noch eine Chance haben sollten. An eine gründliche Planung war daher nicht mehr zu denken.

Es ging jetzt schon seit Tagen so. Morgens schien die Sonne, aber nur für die Frühaufsteher, die sich der Hoffnung hingaben, dass nun das schöne Wetter kommen möge. Gegen acht Uhr verschwand die Sonne aber hinter Wolken und die Schwüle wurde unerträglich. Bis Mittag bauten sich wahre Wolkentürme auf, um dann völlig willkürlich einen Ort mit sintflutartigen Regenfällen zu überschütten, während die umliegenden Orte allenfalls ein paar Tropfen abbekamen. An diesem Tag war Vicht und der Fischbach dran. Die Feuerwehrsirenen hatten bereits die Freiwilligen zum Feuerwehrhaus gerufen, die Berufsfeuerwehr aus Aachen und Stolberg rückte ebenfalls an. Bäume waren umgefallen, Keller und Straßen überflutet. Besonders den Campingplatz, der sich am unteren Vichtbach befand, hatte es böse erwischt. Als meterhoher Sturzbach kam das Wasser den sonst nur knietiefen Bachlauf herab.

Jan wartete geduldig, bis das Schlimmste vorbei war. Ihm kam das Wetter recht. Niemand würde auf ihn achten, wenn er mit dem langen Regenmantel zu seiner alten Werkstatt schleichen würde. Auch würde sein dunkler Leichenwagen bei diesem Wetter kaum auffallen. Und wenn, würde man denken: 'Na, da hat aber jemand noch weniger Glück gehabt als wir und der arme Mülhausen wird jetzt die aus dem Wasser gefischte Leiche einsargen müssen.' Wenn die Natur so unbarmherzig zuschlägt, ziehen die Leute sich entweder in ihre sicheren Häuser zurück oder helfen spontan. Gaffer, wie in der Anonymität der Stadt gibt es in einem so kleinen Dorf nicht. Wer nicht helfen will oder kann, lässt sich gar nicht erst draußen blicken. Sonst, ja sonst ist die Neugier der Menschen im Dorf riesengroß, wenn der Leichenwagen durch den Ort fährt. Es passiert ja ansonsten nicht viel.

«Wen hat es denn erwischt, die Hexe oben vom Bullenhof, die schon lange dahinsiecht?»

«Nein, den Altbauer vom Sudmannshof. Soll besoffen von der Leiter gefallen sein.»

«Wirklich?»

Niemand weiß in den ersten Minuten etwas Genaues und so schießen regelmäßig die Spekulationen ins Kraut. Aber in so einem kleinen Ort setzt sich die Wahrheit erstaunlich schnell durch: «Habt ihr gehört, es war tatsächlich der Altbauer vom Sudmannshof.»

«Hab ich's doch gewusst!»

«Aber er ist gar nicht von der Leiter gefallen. Auch besoffen war er nicht, lag morgens einfach nur tot im Bett, wahrscheinlich Herzinfarkt.»

«Na dann hat er wenigstens nicht lang gelitten.»

«Im Gegensatz zum Jungbauern!»

«Ja, der hat wirklich lange unter dem Alten leiden müssen.»

Und die Menschen zerstreuten sich wieder, denn in einem Dorf hat jeder immer irgendetwas zu tun oder ist wenigstens irgendwohin unterwegs. Müßiggang, wie Städter ihn zu pflegen schienen, war ihnen suspekt. Das war allenfalls bei den Zugezogenen zu beobachten, aber die mähten wenigstens regelmäßig ihren Rasen und versuchten sogar, Blumen und Gemüse zu ziehen, auch wenn das völlig sinnlos war, hier oben, im Schatten der Vichtbach-Hänge.

Ja, ja, die Städter. So unterhielt man sich und ging dann seiner Wege, jeder zu seiner täglichen Verrichtung. Und wenn es sonst nichts zu tun gab, dann eben zum Holz hacken (in Vicht wurde noch viel mit Holz geheizt, war ja das einzige, was hier wuchs außer Gras). Einen anständigen Wintervorrat im Schuppen und besser noch draußen entlang der Hauswand für jeden sichtbar zu haben, zeigte nicht nur die vorausschauende Planung für die nächsten Winter, sondern demonstrierte auch, dass Müßiggang in diesem Haus ein Fremdwort war.

All dies ging Jan durch den Kopf, als er sich durch die immer noch vom Wind gepeitschten Gassen des Unterdorfes zu seinem alten Schuppen kämpfte, immer an der Wand lang, um nicht zu nass zu werden. Auch in der Hoffnung, neugierigen

Blicken zu entgehen, denn auf Fragen zu seiner Ausfahrt, die nun bevorstand, wollte er am liebsten gar nicht erst gestellt bekommen.

Sie hatten sich zwar eine gute Geschichte ausgedacht, die vor allen Dingen nichts mit einem Toten zu tun hatte (zumindest nicht mit einem toten Menschen) aber Jan war es lieber, diese Geschichte nicht erzählen zu müssen. Den alten Eichensarg, mit Zinkblech ausgeschlagen, hatten sie bereits am Vortag verladen. Als die ersten Dachziegel kurz vor ihm auf den Bürgersteig purzelten, zog er es vor, in der Mitte der Straße zu bleiben. Dennoch gelangte er ungesehen zum Schuppen, sperrte ihn auf und setzte das Fahrzeug, das auch noch nach beinahe dreißig Jahren seinen Dienst treu verrichtete, aus dem Schuppen, wohlgemerkt genau in die Mitte der Straße.

Hier war es ohnehin so eng, dass keine zwei Autos aneinander vorbeikamen. Ein Bürgermeister wollte hier vor über 10 Jahren Einbahnstraßenschilder aufstellen, ein neues Verkehrskonzept sollte her. In einer aufgebrachten Bürgerversammlung war er schnell davon überzeugt worden, dass man so einen neumodischen Quatsch in Vicht nicht brauche. Denn wer will schon einmal rund ums Dorf fahren, falls er, von der Eifelstraße kommend, nur 200 m die Kranzbergstraße und die Johannesstraße zu seinem Haus fahren will. Überhaupt, so etwas war für Städter gut, die brauchten für alles Regeln und Schilder. In Vicht gab es nicht einmal einen Polizisten, die nächste Polizeiwache war über 10 km entfernt. So blieb dem Bürgermeister nichts anderes übrig, als seine schönen Pläne wieder einzupacken und eine Lokalrunde zu geben, denn die Versammlung fand wie immer im Haus Moll statt. Danach war man ihm nicht mehr böse.

«So ein Bürgermeister muss sich ja schon mal was Neues ausdenken. Da kann ja nicht immer was Vernünftiges bei herauskommen.»

«Doch das mit dem Tourismus, das hat er gut gemacht. Außerdem eine Lokalrunde und das nach einer Niederlage; Respekt.»

Jan lenkte sich weiter mit alten Geschichten aus dem Dorfe ab, die er selbst erlebt oder aber wie selbst erlebt, beim Skatspiel im Haus Moll immer wieder gehört hatte. Denn seine Mission gefiel ihm gar nicht. Schließlich lief es auf eine Entführung hinaus, die zwar nur ein paar Stunden andauern sollte und das Opfer ohnehin nicht frei in der Gesellschaft herumlaufen dürfe, wie der General es ausgedrückt hatte. Sie mussten über die Grenze, auch wenn es eine Grenze im eigentlichen Sinne nicht mehr gab. Denn Zollhäuschen und Grenzschranken gehörten dank der EU und eines Abkommens, welches in einem kleinen Örtchen namens Schengen im nahen Luxemburg geschlossen worden war, in diesem Teil Europas nun der Vergangenheit an. Es gab nicht wenige im Dorfe, die meinten, als die Zöllner noch die Grenzen bewachten, sei in der Gegend viel weniger zwielichtiges Volk herumgestrolcht. So hatte eben jedes Ding seine zwei Seiten. Da es aber auf beiden Seiten der Grenze mobile Kontrolltrupps gab, machte Jan sich Sorgen. Besonders mit der belgischen Obrigkeit war es nicht angeraten, sich anzulegen. Zudem sollten die belgischen Gefängnisse weit weniger komfortabel sein als die deutschen. Langsam näherten sich die Gedanken Jans der kommenden Aufgabe. Endlich konnten sie selbst etwas tun. Dem hatte er lange entgegengefiebert.

Die schwierigste Aufgabe hatten allerdings die anderen, der General, der Doktor, der alte Jupp und Eva. Jan fuhr zunächst nach Schevenhütte, um Birgit abzuholen, dann ging es die Bundesstraße Richtung St. Vith in Belgien. Der Regen hatte inzwischen nachgelassen und als er in Roetgen die Grenze nach Belgien passierte, war die Straße schon trocken. Sie hatten genug Zeit, vor Einbruch der Dunkelheit brauchten sie nicht in Lüttich zu sein. So fuhren sie gemächlich durch die schöne Landschaft des belgischen Hohen Venn. Er liebte diese wechselnde hügelige Gegend mit Wiesen und Wäldern, die im Gegensatz zur Nordeifel offener und heller wirkte. Es war Idylle pur, die Dörfchen, durch die er fuhr, waren sauber und adrett, die Neubauten passten sich harmonisch der alten Besiedelung an. Er teilte diese Gedanken Birgit mit, die zu seiner Überraschung seine Gefühle für diese Landschaft teilte.

«Ich glaube», sagte sie, «dass die Sehnsucht nach dieser Landschaft, so unglaublich grün, reich an Flüsschen und Seen, mich zurück aus Afrika geführt hat. Ich konnte diese Hitze und Trockenheit irgendwann nicht mehr ertragen.»

Schließlich kamen sie auf die Autobahn nach Lüttich, und mit der Trostlosigkeit, die die Vororte dieser belgischen Industriestadt ausstrahlten, drückte sich auch ihre Stimmung.

Innerhalb von kürzester Zeit hatten sie diese Aktion vorbereitet. Sie wussten, dass Torben Esser in Lüttich bei einem Bekannten Unterschlupf gefunden hatte. Die Detektei hatte ihnen mitgeteilt, wo er sich genau aufhielt. Der Doktor meinte, am einfachsten sei es, den Bekannten zu kaufen, für Geld würden diese Leute schließlich alles tun. Eva bot sich sogar an, sich an den Bekannten heranzumachen, um ihn auszuhorchen. Aber ein Problem blieb. Ihnen lief die Zeit weg. Wie sollten sie schnell an Torben Esser herankommen?

«Das Beste wird sein, wir schnappen ihn uns einfach auf der Straße, quetschen ihn ausgiebig aus und lassen ihn dann wieder laufen. Er darf erst gar nicht wissen, worum es geht und wer wir sind. Das würde die Kinder nur gefährden.»

Dagegen konnte niemand etwas einwenden und so wurde ein Plan für das Kidnapping erstellt. Die ausgespähte Wohnung befand sich in einem siebenstöckigen Gebäude. Die Detektei hatte festgestellt, dass Torben Esser das Haus gewöhnlich erst nach Einbruch der Dunkelheit und in der Regel mit dem Bekannten verließ. Manchmal aber ging Torben E. auch im Schutze der Dunkelheit alleine zu Fuß zu einer nahen Nachtbar.

Die vage Hoffnung beruhte nun darauf, dass Torben E. auch an diesem Tag wieder den Nachtclub zu Fuß aufsuchen würde. Denn sie hatten keine Zeit mehr. Durch die Veröffentlichung im «Grenzecho» waren sie gezwungen, zu improvisieren. Es war zuvermuten, dass er bald versuchen würde, zu verschwinden oder die Polizei würde ihn vorher schnappen. Vielleicht würde er auch von seinem Komplizen umgebracht werden.

Ihr Plan war einfach. Niederschlagen, betäuben, ins Auto laden, davon fahren. Also saßen die vier Protagonisten in ihren Autos im Lütticher Vorort Angleur, Eva mit dem alten Jupp Förster im Mercedes des Generals und der General mit dem Doktor in dessen Pick-up und beobachteten das Haus. Der General wusste, dass dieses Unternehmen von vielen Unwägbarkeiten überschattet war und sie viel Glück brauchen würden, der Zielperson habhaft zu werden. Ihm behagte gar nicht, dass diese Operation nicht planbar war und sie daher auf Improvisation angewiesen waren, zumal er mit völligen Laien unterwegs war.

Es dauerte keine halbe Stunde, da verließ Torben Esser in Begleitung eines ca. 50jährigen Mannes das observierte Haus und sie stiegen in einen braunen Benz SLK 500. Es blieb ihnen nur übrig, dem Wagen zu folgen.

Der General hatte Bedenken, dass die beiden Ganoven bemerken würden, dass sie verfolgt werden. Denn dass es sich auch bei dem zweiten Mann um einen Berufsverbrecher oder zumindest um einen Zuhälter handelte, war ihnen sofort klar. Daher rief er per Handy Eva an und bat sie, zunächst hinterherzufahren und sich dann von ihnen ablösen zu lassen. Aber das war gar nicht nötig. Die Fahrt dauerte nur fünf Minuten und endete vor einer Nachtbar, in der beide Männer gleich verschwanden. Es blieb wieder nur die Möglichkeit, zu warten. Für einen unauffälligen Barbesuch durch deutsche Gäste hier in einem typischen heruntergekommenen Arbeiterviertel war es viel zu früh, wenn das überhaupt möglich sein sollte.

Da es auch auffällig wäre, hier im Auto sitzen zu bleiben, beschlossen sie, das Beste aus der Situation zu machen und sich ein wenig umzusehen. Der General wollte als Erstes checken, ob die Bar einen Hinterausgang hatte. Während sich also Eva und der alte Jupp zu einem nahen Kiosk begaben und ein typisches«Verkaufsgespräch» spielten, gingen der Doktor und der General um das Gebäude herum, um den Hinterausgang im Auge zu behalten. Der Hof des Hauses, den sie über eine Einfahrt erreichten, glich einer Sperrmüllhalde. Hier türmten sich alte Sessel, Tische und Schränke, dazwischen aufgerissene Müllsäcke mit undefinierbarem Inhalt. Ratten waren keine zu sehen, aber es war sicher, dass der Müllhaufen von ihnen wimmelte. Der typische Geruch, den der General aus seinen vielen Auslandsaufenthalten kannte, stieg aus dem Haufen auf.

Der General ging zur Tür, um zu schauen, ob diese abgeschlossen sei. Hierbei übernahm der Doktor die Deckung und blieb hinter dem aufgetürmten Sperrmüll verborgen. Der General hatte die Türklinke gerade in der Hand, da wurde die Tür aufgerissen.

«He du Penner, hau ab hier!», knurrte der Mann, eine Zigarette im Mundwinkel, den General an und trat ins Freie. Was für ein Glück, ausgerechnet Torben Esser war zum Rauchen aus dem Haus gekommen. Der General trat zur Seite, die mit Sand gefüllte Socke fest in der Hand. Ein Hieb mit dem Sandsack von hinten auf den Schädel reichte, Esser außer Gefecht zu setzen.

«Es ist immer gut, auf alles vorbereitet zu sein», dachte er und rief den Doktor herbei.

«Alfons, hier ist jemand gefallen, kannst du mir bitte helfen?»

Der Doktor trat hinzu und war froh, dass er seine Arzttasche dabei hatte. Falls jetzt jemand kommen sollte, war er eben ein zufällig anwesender Arzt, der einer hilflosen Person beistand.

«Was jetzt?»

«Wir improvisieren, gib ihm eine Ladung, damit er mindestens eine Stunde weg ist.»

Dem Doktor war nicht wohl bei der Sache, aber er zog ruhig eine Spritze auf und suchte sich eine Vene. Dabei sah er, dass

Torben Esser häufiger Drogen nahm und schickte ihn routiniert in den Schlaf.

Bis dahin war noch niemand in den Hinterhof gekommen, aber sie wussten nicht, wer vielleicht zufällig aus einem Fenster schaute. Der General rief Jupp und Eva per Handy. Sie sollten mit dem Transporter in den Hinterhof gefahren kommen.

Es dauerte keine Minute, da fuhr der Wagen vor. Der General und der Doktor wuchteten den Mann hoch. Im Rautekgriff packte sich der General den Mann von hinten, während sich der Doktor und Jupp die Beine schnappten und ihn auf die Rückbank zerrten. Das war der kritischste Moment. Wenn sie jetzt jemand gesehen hatte, würde es schwer werden, sich herauszureden. Der Doktor und der General stiegen hinten ein und stützten den Mann so, dass er nicht umfiel. Jupp schnappte sich die Arzttasche und sprang auf den Vordersitz. Eva startete das Auto und fuhr los.

«Nicht auffallen. Fahr ganz normal bis zur nächsten Kreuzung, dann kann Jupp aussteigen. Jupp, du nimmst den Pick-up, wir treffen uns wie besprochen an der Scheune.»

Der Doktor gab Jupp den Schlüssel, während Eva anhielt und Jupp aussteigen ließ.

«Wir müssen Jan anrufen, hoffentlich ist er schon auf seiner Warteposition.»

Jan stand bereits auf dem Rastplatz in der Nähe von Lüttich, den sie zu Beginn als Treffpunkt ausgemacht hatten. Hier war noch eine Menge los. Der General meinte, je mehr Trubel, desto weniger fällt man auf.

«Na ja, nicht auffallen in einem 30 Jahren alten schwarzen Leichenwagen, das ist schon nicht so einfach», fiel Jan dazu ein. Auch Jan trug einen schwarzen Anzug. Auf einer Autobahnraststätte fällt man tatsächlich mit nichts auf, dachte er noch. Er ging gerade zum Bistro, um sich ein Fischbrötchen zu kaufen, als das Handy klingelte. «Ja, bitte?»

«Hallo Jan, falls du gerade Zeit hast, wäre schön, wenn du vorbeikommen würdest. Wir haben etwas für dich.»

«Oh, ich wollte mir gerade ein Brötchen kaufen, wann kommt ihr?»

«In ca. einer Stunde können wir uns treffen, bring mir bitte ein Käsebrötchen mit», sagte der General.

«Und mir 'ne Cola», hörte Jan aus dem Hintergrund.

«Sonst noch jemand etwas?»

Der General fragte noch einmal rund. «Nein sonst sind alle glücklich, bis gleich.»

Jan und Birgit kauften Brötchen und Cola und nahmen auch noch eine Tüte Hähnchennuggets mit. Anschließend fuhren sie nach St. Vith, wo ihr zweiter Treffpunkt lag, die alten Scheune eines Bekannten von Jupp. Sie trafen als erster ein, Birgit öffnete das Scheunentor und Jan fuhr den Leichenwagen hinein.

Jupp war in der Zwischenzeit auf dem Weg zu einem Freund, der im grenznahen Belgien einen Bauernhof hatte, um ein geschlachtetes ganzes Schwein abzuholen, das er vorbestellt hatte. Er war stolz auf seine Idee mit dem Schwein, welche noch aus der Schmugglerzeit stammte. Die anderen waren skeptisch gewesen, aber der General meinte, jede gute Idee sei auf dieser irrwitzigen Tour willkommen.

Es dauerte eine ganze Weile, bis er und sein Freund das vorbestellte Schwein in den Pick-up geladen hatten, es war eine ausgewachsene Sau mit einem enormen Gewicht. Eigentlich brauchte Jupp nur den Kopf und etwas vom Bauch, aber er wollte seinen Freund nicht in Verlegenheit bringen.

Eva und der General hatten in der Zwischenzeit ihre Plätze getauscht.

Als Tarnung sollte herhalten, dass sich Evas Freund eine Überdosis gesetzt habe und sie auf dem Weg ins Krankenhaus waren. Innerhalb von Lüttich ließ sich das noch verkaufen, aber nun waren sie auf der Autobahn und da würde es mit der Ausrede schwieriger werden.

Sie fuhren gerade fünf Minuten, als sie eine Sirene hörten. Mit voller Fahrt kam ein Polizeiwagen angefahren. Das Herz rutschte ihnen in die Hose. Sie verlangsamten die Fahrt. Doch der Polizeiwagen brauste an ihnen vorbei. Sie hatten Glück. Keine Kontrolle. Der Doktor legte Esser zur Sicherheit eine Sauerstoffversorgung an, da er die Narkose noch einmal verlängern musste und, wie er meinte, der Mann ja noch gebraucht werde. Wenig später sahen sie den Grund für die Eile der Polizei. Ein Lkw hatte die rechte Leitplanke touchiert und stand nun quer auf der Fahrbahn. Ein kleiner Stau hatte sich gebildet.

«Das hat uns jetzt noch gefehlt.» Im Schneckentempo kamen sie der Unfallstelle näher. Zum Glück war die linke Spur frei und die Polizisten hatten etwas anderes zu tun, als auf die Insassen der Fahrzeuge zu achten.

Sie erreichten die Scheune um kurz nach 23.00 Uhr. Der Leichenwagen mit Jan und Birgit stand bereits in der Scheune. Der General parkte seinen Wagen daneben. Von den Gewittern des Tages war keine Spur mehr. Jupp erschien mit dem Pick-up kurz danach und fuhr rückwärts direkt hinter den Mercedes in die Scheune. Sie redeten kein Wort. Schweigend luden sie das vorgefertigte Brett aus dem Pick-up, zerrten Esser aus dem Wagen und schnallten ihn mit den am Brett befestigten Gurten fest. Anschließend kam er in den Sarg und der Doktor installierte dort die Sauerstoffversorgung. Der General fuhr mit dem Doktor, Birgit und Eva im Mercedes voraus, um die Lage zu sondieren. Falls sie eine Kontrolle feststellen würden, sollten sie die anderen warnen.

Jupp schnippelte in der Zwischenzeit an seinem Schwein herum. Er höhlte den Kopf so aus, dass eine Art Maske entstand. Den Bauch des Schweins schnitt er so ab, dass eine Art Bauchschürze blieb. Die Reste legte er sorgfältig in eine Ecke. Die würde er sich später holen kommen: 'Wäre ja schade drum', dachte er für sich. Menschen seines Alters konnten so viel Fleisch nicht einfach wegwerfen. Die so entstandene Schweinemaske legten sie nun über den Kopf von Torben Esser.

Sie hatten gerade die Grenze passiert, da trat ein deutscher Beamter mit Haltekelle auf die Straße und zwang sie zum Anhalten.
Jan saß am Steuer, Jupp Förster neben ihm.

«Mobile Grenzkontrolle, guten Tag. Die Ausweise bitte», forderte ein Beamter, der an die Fahrertür getreten war.
Jan übergab dem Beamten die Ausweispapiere.

«Führen Sie Waren mit sich?»

«Nur ein Schwein, Sir», erklärte Jupp, bevor Jan etwas sagen konnte.

«Bitte öffnen Sie den Laderaum.»
Jupp stieg aus und öffnete die Heckklappe des Leichenwagens. Der Beamte schaute verdutzt in den Laderaum mit dem Sarg und leuchtete mit seiner Taschenlampe auf die Glasscheibe im Kopfteil des Sarges.

«Warum ist da ein Schwein im Sarg», wollte der Beamte wissen. Es war durch die Glasscheibe im Kopfbereich des Sarges gut zu sehen.

«Tja», fing Jupp an, der wunderschön ausschweifend erklären konnte.

«Dieser Sarg ist einmal für einen Österreicher angefertigt worden, auf seinen ausdrücklichen Wunsch hin mit der Glasscheibe im Kopfteil. Weil das bei ihm zu Hause so üblich war. Die Liebe hat ihn einst in unser schönes Dorf verschlagen. Aber er ist steinalt geworden und hat alle seine Verwandten überlebt.»

«Was zum Teufel hat das mit dem toten Schwein zu tun, das Sie über die Grenze schmuggeln wollen? Wo haben Sie das her?»

«Aber Sir», sagte Jupp. Er sprach alle Grenzer Sir an, wie er den anderen in ihren Planspielen erläutert hatte. «Damit kann man nichts falsch machen, denn die Abzeichen kann ich nicht auseinanderhalten.»

Der schlimmste Fall ihrer Planspiele war nun eingetreten. Sie waren kurz hinter dem belgischen Zollhäuschen, als sie bereits erleichtert aufgeatmet hatten, angehalten worden. Die anderen hatten die Kontrolle nicht bemerkt. Sie befanden sich im sogenannten Niemandsland zwischen dem alten Zollhäuschen der Belgier und der ehemaligen deutschen Zollabfertigung, welche in der Zwischenzeit allerdings schon abgerissen worden war. Ganz im Gegensatz zu den Anlagen der Belgier, diese waren stoischer und meinten, wer weiß, wann man das noch einmal wird brauchen können.

Na, jedenfalls auf diesem Stück, von dem außer den Zöllnern niemand mehr richtig wusste, wo die Grenze eigentlich verläuft, wurden sie kontrolliert. Jupp vermied bewusst, eine Diskussion darüber zu führen, ob sie schon in Deutschland waren, denn das hätte die Beamten verunsichern können. Er wusste aus alter Erfahrung, dass dies kein guter Gedanke war. Denn ein verunsicherter Beamter konnte viel gefährlicher werden als ein sich überlegen Fühlender und so setzte er seine improvisierte, umständliche Geschichte einfach fort.

«Aber Sir, wir wollen doch nicht schmuggeln und schon gar nicht stehlen. Das arme Schwein soll bei uns verwurstet werden und dann wieder zurück zu seinem Besitzer gebracht werden, veredelt sozusagen.»

«Nun sagen Sie endlich, wo Sie das Schwein herhaben und warum es in einem Sarg liegt?», fragte der zweite Beamte nun sichtlich genervt.

«Aber sicher doch, das versuch' ich doch gerade zu erklären. Also das Schwein ist drüben beim Bauern Schreuvers beim Gewitter unglücklicherweise zu Tode gekommen. Ob es sich zu Tode erschreckt hat und einfach umgefallen ist, wie man das schon mal hört, ist mir allerdings nicht bekannt. Jedenfalls hat Schreuvers seinen Vetter in Roetgen gebeten, das Schwein zu holen und schöne Wurst daraus zu machen. Denn der Glöckner, das ist der Vetter vom Bauern Schreuvers und zudem mein Schwager, der macht die beste Wurst hier in der Eifel. Zumindest sagt man das.»

Den Beamten wurde die Sache langsam lästig.

«Warum aber der Sarg?»

«Tja der Glöckner wollte das Schwein eigentlich selber holen aber leider ist er bei der freiwilligen Feuerwehr und die musste heute ausrücken, von wegen des schweren Gewitters, das über uns weg gedonnert ist. Der Vichtbach und der Fischbach sind weit über die Ufer getreten und haben das halbe Unterdorf unter Wasser gesetzt.»

«Wirklich? Mein Gott, ich muss da sofort mal nachfragen», rief der andere Beamte und eilte zu seinem Fahrzeug.

«Seine Frau hat Verwandtschaft in Vicht», erklärte der zurückgebliebene Beamte. Jan war froh, dass wenigstens dieser Teil der Geschichte stimmte und er bisher nichts zur Sache beitragen musste. Jan zog seinen Hut vor diesem wie er dachte 'abgewichsten Hund', der in seiner Jugend einmal ein gewiefter Schmuggler gewesen sein musste.

«Heraus mit der Sprache! Warum liegt das Schwein im Sarg?»

«Na wegen der Schweinerei natürlich, die so ein totes Schwein macht, wenn sie es so in das Auto legen. Den Geruch kriegen Sie nie wieder raus. Der Glöckner wollte uns ja seine Kunststoffwanne geben, die er für solche Zwecke in seinem Auto hat. Doch dazu ist er nicht mehr gekommen, bevor er in den Feuerwehreinsatz musste. Aber das war mir eigentlich sofort klar. Der hat schon immer alles stehen und liegen lassen, wenn er endlich mal ausrücken durfte. Der war schon von klein auf verrückt auf die Feuerwehr.»

Für den Beamten war das noch immer kein zufriedenstellender Grund dafür, das Schwein wie einen Toten zu transportieren. Er wollte diese skurrile Geschichte vollständig und richtig seinen Freunden weitererzählen. Auf die ausschweifenden Erklärungen dieses alten Schwätzers konnte er verzichten. Darum wandte er sich an Jan, den er vom Sehen kannte und der einen seriöseren Eindruck machte.

Auf den Ausweis blickend sagte er: «Herr Mülhausen, sagen Sie mir jetzt einmal in kurzen Worten, warum das Schwein im Sarg liegt, das Schwein versaut den doch total.»

«Aber das versucht Herr Förster Ihnen gerade zu erklären. Weil die Kunststoffwanne nicht zur Verfügung stand, haben wir kurzerhand den Leichenwagen mit dem Sarg genommen. Der Sarg ist seinerzeit mit Zinkblech ausgeschlagen worden, damit der alte Herr seine Reise in die Heimat gut übersteht, außerdem ist das Vorschrift. Leider haben sich die österreichischen Nachkommen seiner Verwandtschaft entschlossen, den alten Herrn hier verbrennen und nur seine Asche nach Österreich schicken zu lassen. War wohl billiger. Seitdem haben wir diesen Sarg in unserer Schreinerei stehen, seit über 20 Jahren, bezahlt, doch keiner wollt´ ihn haben. Zum Verbrennen taugte der Sarg mit seinem Innenleben aus Zink auch nicht. Ist aber zu schade zum Wegwerfen. Deutsche Eiche, mit Zinkblech ausgeschlagen, mit zweigeteiltem Deckel und einem Guckfenster, so was gibt es so schnell nicht wieder», erklärte Jan.

Langsam wurde es dem Beamten zu viel. Sein Kollege kam zurück und berichtete, dass tatsächlich eine Sintflut über Vicht hereingebrochen sein musste und alle im Dorf irgendwo Wasser schöpften oder pumpten. Er habe mit Mühe über Handy seine angeheiratete Tante erreicht, bei der aber Gott sei Dank alles in Ordnung sei.

«Alle sind, wie wir sehen, nicht beim Schöpfen und Pumpen, diese Herren hier haben sich wegen einer Schweinerei aus dem Staub gemacht.»

Die Beamten lachten lauthals über den Witz, die Protagonisten grinsten verlegen.

«Ist denn jetzt alles geklärt?», fragte der andere und fügte hinzu: «Das ist doch aus hygienischer Sicht sicherlich nicht zulässig. Warum ist das Schwein eigentlich im Sarg?»

«Lass gut sein, ich erklär's dir gleich. Das ist die beste Geschichte, die ich seit langem gehört habe. Das glaubt mir im Klub sowieso keiner. Ein totes Schwein im Sarg!»

Er winkte mit den Ausweisen, die er unseren zwei tapferen Kämpen abgenommen hatte und reichte sie zurück.

Sie leuchteten noch einmal mit ihren Taschenlampen in den Sarg und schritten dann lachend davon.

Die zwei hielten die Luft an und Jan meinte: «Das war knapp! Jupp, das war eine Glanztat.»

«Jetzt aber schnell weg hier, bevor noch jemand hier auftaucht und in unseren Sarg gucken will.»

Sie waren ohne weitere Zwischenfälle in Vicht angekommen und Jan fuhr direkt in den Schuppen. Die anderen kamen hinzu und gemeinsam trugen sie den Sarg hinunter in den Keller des alten Gemäuers.

Der General wollte wissen, warum das so lange gedauert hatte und Jan berichtete von der Grenzkontrolle und Jupps Schauspielerleistung.

«Was für eine Geschichte. Und ich hatte die Idee mit dem Schwein für vollkommen überflüssig gehalten», meinte der Doktor.

«Der Nachteil ist, dass die Geschichte jetzt wie ein Lauffeuer durch die Eifel gehen wird. Hoffentlich spricht der eine Beamte nicht allzu schnell mit seiner Tante in Vicht, wer immer das sein mag. Dann sind wir im Dorf ziemlich blamiert», antwortete Jupp.

«Besser als im Knast zu sitzen», erwiderte Jan.

«Auch wieder wahr. Ich rufe aber trotzdem meinen Schwager und Bauer Schreuvers an, vielleicht fragen die Beamten doch noch nach.»

Jans Auszubildende Eva musste gleich zu Beginn ihrer Lehre auf Geheiß des Doktors einen Kellerraum in einen schalldichten und von innen gepolsterten Raum umbauen. Dieser Rückzugsraum, wie der Doktor ihn nannte, war zum Einsatz gekommen, als bei einem Rückfall ein harter Drogenentzug notwendig geworden war. «Sie ist jung und stark. Sie verkraftet das. Sie soll spüren, wie das Teufelszeug ihren Körper verlässt.» Der Doktor war kein Verfechter eines humanen Entzugs mit Methadon. Jan und der Doktor hatten das Ganze überwacht.

Jetzt wartete sie schon vor ihrem Folterkeller, wie sie diesen Raum genannt hatte und der nun seinem Namen vollends gerecht werden sollte. Birgit war schon zu Maria gefahren. Jan hatte sie darum gebeten. Jan war es gar nicht recht, dass sie in die Sache hineingezogen wurde. Aber der General meinte, auch sie sei ein aktives Mitglied ihrer Initiative geworden, wie der General intern ihre Vereinigung zu nennen pflegte. Da gehörte es dazu, dabei zu sein. Das war sogar zwingend. Schließlich sollte jeder das gleiche Maß an Mitschuld tragen. So etwas verbindet mehr als tausend Schwüre.

Sie hatten den Sarg auf zwei Böcken aufgebahrt. Ansonsten war in dem Raum nur eine Matratze, eine Schüssel zum Waschen sowie ein Eimer für die Notdurft zu finden. Das Fenster war verbaut, die Holztür verstärkt und mit einer Polsterung versehen. Alles, womit sich ein Junkie beim Entzug verletzen könnte, war entfernt worden. Eine ideale Zelle. Jan hatte auf Geheiß des Generals lediglich an der Wand gegenüber der Tür eine massive Öse angebracht, um den Gefangenen anketten zu können.

Endlich, endlich bestand die Hoffnung, etwas über den Verbleib seiner Kinder zu erfahren. Jan dachte, er sollte eigentlich aufgeregt sein oder so etwas wie erwartungsfroh, aber die Umstände machten ihn beklommen. Was hier passierte, war eindeutig illegal, nein, vielmehr war es im höchsten Grade kriminell, ein Kapitalverbrechen. Wie weit waren sie jetzt noch von dem, der ihr Gefangener war, weg? Moralisch und juristisch?

Er hatte diese Frage mit den anderen diskutiert. Der General hatte die letzte Antwort gegeben. «Wir haben das Recht in die eigene Hand genommen. Wir haben das nicht gewollt. Man hat uns dazu gezwungen. Wenn der Staat nicht in der Lage ist, seine Bürger zu schützen und stattdessen sich vom Verbrechen korrumpieren lässt, dann muss man das Recht selbst in die Hand nehmen. So geschieht das überall auf der Welt, in Nordirland, im Irak und jetzt eben auch in Deutschland. Außerdem wird ihm nichts passieren, dafür sorgen wir schon. Wir werden ihm einen solchen Schrecken einjagen, dass er sich in die Hose macht und uns alles verrät, was er weiß.»

Jan sah seinen Schwiegervater mit anderen Augen. Er dachte immer, dass er ein Stabssoldat gewesen sei. Einer, der nur plante, im großen Sandkasten Schlachten ausarbeitet und dann auf den großen Schlachtfeldern der Welt nachschaut, ob die Planspiele auch eingetreten waren. Aber was wusste er schon von dem, was sein Schwiegervater früher gemacht hatte?

Es war so weit. Zu viert standen sie um den Sarg herum, alle maskiert. Der vordere Deckel wurde gehoben und der Doktor, der ihn untersuchte, war froh, dass die Sauerstoffversorgung so gut funktioniert hatte. Der Doktor gab dem jungen Mann im Sarg ein Gegenmittel, sodass er langsam wach wurde.

«He, was geht hier ab, wo bin ich?» Man sah, dass langsam Panik in ihm aufstieg, als er merkte, dass er sich nicht bewegen konnte.

«Fuck, was soll der Scheiß? Macht mich los!» Er kämpfte gegen die Fesselung an, die aber keinen Millimeter nachgab. Er war immer noch auf dem in den Sarg eingebrachten Brett festgeschnallt, damit er sie nicht, trotz der Narkose, durch eine unwillkürliche Bewegung des Körpers während des Transports verraten konnte. Eine weise Entscheidung, wie sie bei der Kontrolle zeigte.

«Die Fragen stelle ich!», donnerte der General.

«Scheiße, Mann, mach mich los!»

Jan konnte sich nicht zurückhalten. Entgegen der Absprache, dass nur der General Fragen stellen sollte, schnellte Jan vor, packte Esser an seinen Haaren, die von der Flüssigkeit trieften, die aus der Innenseite des halbierten und ausgehöhlten Schweinekopfes stammte.

«Du Schwein, was hast du mit meinen Kindern gemacht?» Da der Mann auf dem doppelten Boden, den sie in den Sarg eingebaut hatten, auch mit dem Kopf fixiert war, hob sich der Kopf kaum und Jan hatte ein Büschel Haare in der Hand, als ihn die anderen zurückrissen. Jupp Förster ging auf einen Wink des Generals mit Jan raus. Das gehörte zwar nicht zur Inszenierung, die sich der General für die erste Runde ausgedacht hatte, war aber als Einstieg auch nicht schlecht. Man muss eben auch improvisieren können.

«Ahh, seid ihr irre? Ihr müsst mich verwechseln. Ich weiß nichts von Kindern!»

Der General wusste, dass er erst einmal eine gewisse Struktur in ihr Verhältnis bringen musste. Der Mann musste erkennen, wer hier das Sagen hatte.

«Wie heißt du?»

«Torben Esser, Mann. Steht doch in meinem Ausweis.»

«Torben Esser, Sir, heißt es», brüllte der General und drückte ihm den Schweinekopf auf das Gesicht. Dann nahm er ihn wieder weg.

«Noch einmal, wie heißt du?»

«Torben Esser, Sir.» Jetzt kam die Antwort schon wesentlich kleinlauter.

«Weißt du, warum du diese Maske getragen hast?», fragte der General und drehte die Schweinemaske langsam in das Gesichtsfeld des Mannes.

«Nein, Mann, ich sag' doch, ihr verwechselt mich!»

Wieder drückt der General ihm die Schweinemaske aufs Gesicht, diesmal aber so fest, dass Torben keine Luft mehr bekam. Als er die Maske wegnahm, keuchte Torben und in seinen Augen war pure Angst.

«Weil du ein Schwein bist. Und weil du nicht lernst. Ich habe dir doch gesagt, dass du mich mit Sir anzureden hast. Nächste Frage: geboren am, in?»

«Geboren am 12. nein am 22. August 1970, Sir.»

«Was denn nun, am 12. oder am 22.?», fuhr der General gleich dazwischen.

«Am 22. August 1970 in Lendersdorf, Sir.»

Der General führte die Routine weiter. Fragen, die dem Mann schon oft gestellt wurden, die er gewohnt war, richtig beantworten zu müssen und die ihm wenig Zeit ließen, über seine Situation nachzudenken.

«Vorbestraft?»

«Eine Jugendstrafe, Sir.»

«Weswegen?»

«Drogenbesitz, aber ich bin reingelegt worden, Sir.»

«So, so.»

Die Fragen hatten dem Mann wohl einen Teil seiner Sicherheit wiedergegeben. Da es sich, wenn auch verkürzt, um Standardfragen einer Vernehmung handelte, dachte er, dass er es mit offiziellen Ermittlern zu tun hatte, die man anlügen dürfe, ja müsse, damit man möglichst billig davon komme. Und darum, so erklärte der General später, ging es dieser Art Menschen immer. Möglichst billig davonzukommen, Mist bauen und keine Verantwortung tragen. Er kannte den Lebenslauf dieses Junkies und Strichjungen, ohne ihn gehört zu haben. Es würde leicht sein, ihn zum Sprechen zu bringen. Man musste nur seine vermeintliche Sicherheit, sich auch aus dieser Situation billig herausreden zu könnten, zerstören.

«Was meinst du, wo du bist?»

«Ich habe keine Ahnung, Sir. Warum kann ich mich nicht bewegen?»

«Nicht bewegen was?», fragte der General drohend und griff wieder zum Schweinekopf.

«Nicht bewegen, Sir»

«Geht doch. Was meinst du, wer wir sind?»

«Ich weiß nicht, Sir. Polizei, Sondereinheit, Geheimdienst oder so was? Aber ich weiß gar nichts. Ich bin da in Belgien nur in eine dumme Sache geraten, Sir. Ehrlich. Sie müssen mich gehen lassen, Sir.»

«Das glaube ich kaum. Du bist hier nicht vor Gericht, hier gibt es keine Ausreden. Du bist eigentlich schon tot. Deshalb liegst du ja auch schon in einem Sarg.»

Der General nahm den bereit liegenden Spiegel und hielt dem Mann den Spiegel so vors Gesicht, damit er den Sarg in seiner vollen Länge sehen konnte.

«Du hast jetzt eine halbe Stunde Zeit, dir zu überlegen, wie du meine Fragen beantwortest. Wenn du mich nur einmal anlügst oder etwas verschweigst, werde ich den Deckel, den du dort siehst, ...», der General drehte den Spiegel so, dass der

Mann das aufgeklappte Kopfteil des Sargdeckels gut sehen konnte, «einfach zuklappen und du erstickst jämmerlich.» Die Männer und Eva verließen den Raum und Eva war es vorbehalten, den Deckel probeweise zu schließen, worauf der General nur im Gehen ein einfaches «Noch nicht!» rief und Eva den Deckel lässig wieder öffnete, allerdings nicht ganz, sondern nur zur Hälfte, damit der Mann diesen genau betrachten konnte.

Nur Jupp hatte Eva ab und zu bei der Herstellung der Einbauten in den Sarg unterstützt, denn es sollten nicht zu viele von dieser Aktion wissen. Jan waren zwei Personen seiner Firma schon einer zu viel. Aber der General hatte beide angeworben und bisher hatten sie sich beide mit Bravour geschlagen. Um Jupp machte Jan sich keine Gedanken, er fand es nur überflüssig, den alten kranken Mann, der eigentlich nur noch für die Grabreden zuständig war, in ihre Aktionen hineinzuziehen. Allerdings hatte er heute gezeigt, wie wertvoll seine salbungsvolle Redekunst gewesen war.

Bei Eva hingegen, so gerne er sie auch hatte, war er skeptisch. Zum einen sind Drogenabhängige für ihre Labilität bekannt und dass auch noch lange nach dem Entzug. Bei Eva lag der letzte Entzug erst drei Monate zurück. Zum anderen aber hatte sie ihr Leben noch vor sich, da sollte sie nicht in eine derartig gefährliche und kriminelle Aktion verwickelt werden. Es war seine Schuld, dass das Mädchen da mit hineingezogen worden war. Als er sie einmal darauf angesprochen hatte, antwortete sie nur: «Du willst wahrscheinlich gar nicht wissen, was ich bisher schon alles gemacht habe. Lass mich doch einmal auch für eine gute Sache kämpfen. Deine Kinder sind wie meine kleinen Geschwister, ich würde alles tun, sie zu finden. Ihr habt so viel für mich getan, da möchte ich gerne etwas zurückgeben.»

«Aber ich hätte ich dich da nie hineinziehen dürfen, das ist unverzeihlich.»

Mach dir deswegen keinen Kopf. Ohne mich hättet ihr ihn doch nie gefunden. Also verderbe mir nicht die Freude, an etwas Großem teilzuhaben.»

Zum ersten Mal machte sie sich wirklich bewusst, dass das winzige Dörfchen Vicht nun ihre Heimat geworden war. Umso mehr empfand sie es als Affront, dass der Sumpf des Kölner Milieus sogar bis in ihr kleines Refugium reichen sollte und man gerade der Familie, die ihr den Weg aus dem Sumpf heraus ermöglicht hatte, ihre Kinder entrissen hatte.

Sie beugte sich zu ihm hoch und gab ihm einen Kuss auf die Stirn, so wie es Lena oft getan hatte und wo sie es sich auch abgeguckt hatte.

Jan war geschlagen. Es war wahr, ohne ihre Beziehungen ins Kölner Milieu hätten sie nie erfahren, wer der Mann mit der Tätowierung war.

Nach einer halben Stunde gingen der General und Dr. Wegener wieder hinein. Eva hatte sich angeboten, Kaffee zu kochen.

Jan hielt ein Diktiergerät bereit, um alles aufzuzeichnen. Er machte eine kurze Aufnahmeprobe. Der General eröffnete das Gespräch.

«Na mein Junge, hast du es dir überlegt?»

«Lassen Sie mich gehen, wenn ich Ihnen alles sage, Sir?», fragte er hoffnungsvoll. Seine Angst war zu spüren, stand in der Luft, roch, ja stank förmlich.

«Wir werden sehen. Das hängt ganz von dir und deinen Antworten ab. Ich warne dich, wenn du uns anlügst oder etwas verschweigst, bist du tot. Nun erzähle uns erst einmal, warum du dich in Belgien versteckt hieltest.»

«Sie haben meinen Kumpel abgemurkst und in 'nen Müllcontainer versenkt.»

«Wer ist dieser Kumpel und wer hat ihn umgebracht?»

«Keinen blassen Schimmer, echt Mann, äh, ich meine, Sir.»

«Wie hieß denn der Kumpel?»

«Schorsch, also Georg Hasenleder, Sir»

«Was hattest du mit ihm zu tun?»

«Er hatte mir einen Job angeboten. Es ging mir ziemlich dreckig zu der Zeit. Er sagte, dass es eine leichte Arbeit sei und gut bezahlt würde. Ich müsste nur bereit sein, weite Reisen zu machen. Echt cooles Angebot, Sir.»

«Warum hat er ausgerechnet einer abgewrackten Schwuchtel wie dir so ein Angebot gemacht?»

«Ich bin keine Schwuchtel. Ich brauche das Geld, ich bin nicht schwul.»

«Warum, habe ich gefragt?», ging der General streng dazwischen.

«Weiß nich', na ich denke, vielleicht weil er scharf auf mich war. Außerdem kamen wir aus dem gleichen Kinderheim.»

Der General horchte auf.

«Hat er das gesagt?»

«Ja, Sir. Jedenfalls so ähnlich.»

«Wo ist das Kinderheim?»

«In Düren.»

«Du warst also auch dort?»

«Ja, seit ich dreizehn war.»

«Zurück zum Thema. Was für Reisen habt ihr gemacht?»

«In den Osten eben, kenn' mich da nich' so aus. Schätze, es war Rumänien oder noch dahinter. Irre weit eben. Hab nich' viel gesehen. Bin immer nur bis Wien gefahren, dann haben wir getauscht und ich hab' mich hinten zum Pennen gelegt.»

«Was habt ihr da gemacht?»

«Na, da haben wir Frauen eingeladen, die warteten schon. Die wir dann nach Deutschland gebracht haben, Sir.»

«Wohin?»

«Unterschiedlich, meist nach Frankfurt, schon mal nach Köln oder in den Ruhrpott.»

«Und wohin da?»

«Keine Ahnung, die wurden meist auf einem Parkplatz an der Autobahn abgeholt, Sir.»

«Meistens heißt, dass es auch anders war?»

«Ja, manchmal haben wir sie auch an einem alten Bauernhof in Belgien abgeliefert.»

«Waren es immer nur Frauen, die ihr transportiert habt?»
«Wie meinen sie das?»
Der General räusperte sich und nahm die Hand an den Deckel.
«Wie meinen Sie das, Sir?», kam mit ängstlicher Stimme hinterher.
«Na wie alt waren die Frauen?»
«Manche waren ganz schön jung, schätze mal 18, 19.
«Und Kinder?»
Der Junge zögerte einen Augenblick.
«Lüge mich nicht an!»
«Ja, auch Kinder»
«Mädchen?»
«Mädchen und Jungen.»
«Wie alt?»
«Schätze, so zwischen fünf und zehn. Hab sie nicht gefragt.»
«Was habt ihr mit denen gemacht?»
«Wie ich gesagt habe. Entweder haben wir sie auf einem Parkplatz übergeben oder zu diesem Bauernhof gebracht.»
«Was geschah dann mit den Frauen und Kindern?»
«Weiß nich'. Ganz ehrlich, Sir. Wir haben Sie dort nur abgeliefert. Ging mich nichts an. Schorsch sagte, ich solle mich nicht darum kümmern.»
«Blieben die Personen denn dort?»
«Woher soll ich das wissen? Aber wenn wir neue gebracht haben, war das Haus immer leer.»
«Wo ist dieses Haus?»
Der Mann zögerte.
«Wage es nicht, uns anzulügen oder etwas zu verschweigen. Dein Leben hängt davon ab.» Der General machte wieder Anstalten, den Deckel zu schließen.
«Es ist in Belgien, kurz hinter der Grenze. Ansonsten ist dort kein Haus weit und breit.»
«Beschreibe, wie man dort hinkommt.»
«Es liegt direkt an der Autobahn. Man fährt vor der Grenze von der Autobahn. Dann am kleinen Grenzübergang rüber nach Belgien. Es ist ganz einfach. Bis zur Hauptstraße, links Rich-

tung Eupen. Dann geht es immer geradeaus. Der Hof steht hinter einem Wäldchen kurz vor Eupen.»

«Wir werden das überprüfen. Diesen Schorsch, wo hast du ihn kennengelernt?»

«Ich hab am Schlachthof in Köln 'rumgehangen. Aber das Geschäft lief schlecht damals. Ich war total abgerissen.»

Der General begriff, dass der junge Mann sich immer noch als Strichjunge verkauft hatte.

«War der Schorsch auch aus Köln?»

«Ja nee, er ist zwar aus der Gegend, aber er arbeitete schon lange in Frankfurt. Er hatte dem Blonden gerade neue Mädels gebracht. Ab und zu tauschen die Jungs ihre Girls, damit sich diese nicht zu sehr einleben. Das sei nicht gut fürs Geschäft.»

«Und dafür brauchte er ausgerechnet dich?»

«Nein, er sagte, er würde gerade ein neues Geschäft aufbauen.»

«Menschenschmuggel!»

«Wenn Sie es so sagen wollen, Sir. Aber die Frauen sind freiwillig mitgekommen.»

«Weil sie nicht wussten, was ihnen blühte!», warf Dr. Wegener ein.

«Nein, Sir, die Frauen wussten, wie sie ihr Geld verdienen sollten. Zu Hause taten sie es für viel weniger.»

«Und die Kinder?»

«Die kamen aus Kinderheimen in Rumänien, Usbekistan, Turkmenistan oder sonst wo. Hat der Schorsch jedenfalls gesagt. Denen ging es da wesentlich dreckiger als hier. Ich dachte, sie kämen hier in neue Familien. Ehrlich, Sir. Der Schorsch hat gesagt, dass die Adoptionsvorschriften in Deutschland so streng seien, dass viele reiche Leute sich lieber Kinder aus dem Ausland holen würden. Die Adoptionspapiere würden nachgeliefert, sobald die Kohle da sei. Ich habe das geglaubt, ehrlich Mann. Ich bin selbst in 'nem Kinderheim aufgewachsen, ich kenn' die ganze Scheiße, die da abgeht.»

«Wann hast du gemerkt, dass die Kinder nicht in Familien kamen?»

«Na gleich bei der ersten Tour, als wir die Kinder in Belgien bei dieser Hexe abgeliefert haben, ich bin ja nicht dämlich. Fuck, hab ich dem Schorsch gesagt, da mache ich nicht mit.»
«Und was hat er geantwortet.»
«Er hat mir eins in die Schnauze gehauen. Er sagte, mitgefangen, mitgehangen oder so. Jedenfalls sollte ich besser keine blöden Fragen mehr stellen, Sir»
«Fällt dir sonst noch was ein?»
«Ja, manchmal haben wir die Nutten auch direkt zu einem Puff gebracht, Sir.»
«Wo ist dieser Puff?»
«Ich weiß es nicht genau. Wirklich, Sir. Ich musste immer hinten bei den Tussen sitzen. Der Transporter hat hinten keine Fenster.»
«Du musst doch eine Vorstellung haben, wo er sich befindet.»
«Klar, ich glaube, es war irgendwo an der Mosel oder so. Rundrum stand überall Wein. Wir sind von Frankfurt immer eine Stunde bis dort gefahren. Manchmal haben sie uns in so Diener-Uniformen gesteckt und ich durfte den feinen Herren die Türen aufhalten.»
«Wer sind ‚sie'?»
«Der Verwalter, so 'n alter Knacker mit Bart und so Rausschmeißertypen in Anzügen.»
«Und die Gäste?»
«Feine Pinkel im Anzug oder in Jagdkleidung. Hab ich mir nich' so gemerkt. Schorsch sagte, immer weggucken, keinen lange anschauen.»
«Wie sah der Puff aus?»
«Was ganz Edles. Ein altes Schloss oder so was. Die Gebäude im Viereck mit nur einem Tor. Bevor man überhaupt in die Nähe kommt, war da noch eine Mauer, da stand immer ein Posten.»
«Was war das für ein Transporter, mit dem ihr gefahren seid?»
«Ein Mercedes Vito.»
«Farbe?»

«Weiß»
«Von wem?»
«Den holte Schorsch immer bei einer Verleihfirma in Frankfurt.»
«Und was passierte in dem Schloss?»
«Na was schon. Da kamen die Bonzen in ihren dicken Autos vorgefahren und feierten mit den Frauen wilde Partys.»
«Immer nur mit Frauen?»
«Letztes Mal mussten wir sogar Schafe und Ziegen besorgen, der Wagen stank danach bestialisch.»
«Und Kinder?»
«Nein, ehrlich Sir. Kinder hab' ich nie dorthin gebracht, Sir.» Der General schaute ihn ganz genau an.
«Hast du dort welche gesehen?»
«Nein, nie, Sir.»
«Was geschah danach mit den Frauen?»
«Na, wir haben sie wieder zurückgebracht, zumindest meistens.»
«Und wenn nicht?»
«Null Ahnung»
«Dieser Schorsch, sagst du, ist in Frankfurt ermordet worden?»
«Nein, in Brüssel. Schorsch kannte sich dort aus.»
«Wann ist dieser Schorsch ermordet worden?»
«Irgendwann Ende Mai, Sir. Kurz nachdem wir die Kinder zum Flughafen gebracht hatten.»
«Lena und Moritz sind also zum Flughafen gebracht worden.»
«Ja, das war von Anfang an so geplant. Deswegen habe ich mich ja gewundert, dass in der Zeitung was von einer geplatzten Geldübergabe stand.»
«Woher wusstest du, dass er ermordet worden war?»
«Die haben ihn morgens im Müllcontainer vorm Haus gefunden. Ich hab gesehen, wie sie ihn gerade aus dem Container hoben. Ich war völlig zugedröhnt und wollte zurück ins Hotel. Pete hatte mich geschickt, das Auto zu wegzuschaffen.

Hab gefragt, was denn los ist. Die wollten mich wegjagen, weil sie eine Leiche gefunden hätten. Aber ich konnte ihn sehen. War plötzlich stocknüchtern und bin abgehauen. Das war wahrscheinlich mein Glück, sonst hätten sie mich gleich eingesperrt.»

«Wo du wahrscheinlich auch hingehört hättest!», knurrte Dr. Wegener grimmig.

Der Junge riss die Augen auf.

«Nein, Sir. Ich habe das alles nicht gewusst. Ich bin da rein gerutscht. Ich hab das nicht gewollt. Ich wollte die Scheiße nicht mehr mitmachen. Aber der Schorsch sagte: 'Aussteigen is' nicht, die stechen dich ab'.»

Tränen kullerten aus seinen Augen. Er zitterte.

«Sir, ich hab so einen Durst. Darf ich nicht hier raus?»

«Erst, wenn wir fertig sind. Aber wenn du ordentlich mitarbeitest, bekommst du ein Bier.»

«Wieso warst du eigentlich alleine unterwegs?», fragte der Doktor.

«Der Pete meinte, das Auto sei verbrannt. Einer hätte sich in Langerwehe das Kennzeichen notiert.»

«Deshalb warst du weg?»

«Ja, ich habe den Transporter nach Holland zu einem Schrottplatz gebracht. Die nehmen Fahrzeuge dort auseinander und lassen sie verschwinden. Schorsch hat den Wagen beim Verleiher als geklaut gemeldet. Ich bin dann noch Dope kaufen gegangen. Wollte nicht zurück, weil ich so Schmerzen hatte. Ich konnte nicht auf dem Rücken liegen. Wegen des neuen Tattoos. Ich hatte mir den fliegenden Adler auf den Rücken tätowieren lassen. Schorsch fand die Ratte nicht sehr ästhetisch. Das Tattoo entfernen zu lassen, würde aber hässliche Narben hinterlassen. Daher meinte er, ein Adler, der den Schwanz der Ratte im Schnabel hielte, wäre die einzig wahre Entfernung der Entgleisung. Ich fand das eine coole Idee mit dem Adler.»

«Der Schorsch scheint ja ein richtiger Poet gewesen zu sein. Zurück zur Wirklichkeit. Was hast du gemacht, nachdem du den Toten gesehen hattest?»

«Ich hatte mega Schiss. Ich bin gar nicht mehr auf unser Zimmer. Hab' mich gleich verdrückt. Nach Köln wollt' ich auch nicht mehr. Deswegen bin ich bei einem Freund in Lüttich unter geschlüpft.»

«Dort warst du seitdem?»

«Ja, Sir. Ich habe mich kaum aus dem Haus getraut.»

«Warum, du hattest doch angeblich nichts gemacht?»

«Aber ich hab Freunde in Köln angerufen. Alle haben mir geraten, unsichtbar zu bleiben. Da hätten sich schon einige Leute nach mir erkundigt.»

«Was für Leute?»

«Bullen und auch andere. Angeblich irgendwelche Kanacken.»

«Was für Landsmänner?»

«Weiß nich'. Hab nich' gefragt. Vermute Russen, Albaner, irgend so was, Sir.»

«Wieso vermutest du das?»

«Na, weil die sich überall breitmachen. Die fackeln nich´ lange.»

Der General sah die Zeit für gekommen, die entscheidenden Fragen zu stellen.

«Warum habt ihr die Kinder entführt?»

«Ich weiß es nicht, ich schwöre! Sir, ich hab nur getan, was man mir sagt.»

Der General nahm den Deckel und schloss ihn.

Man konnte auch bei der schlechten Beleuchtung in dem Raum und durch die Glasscheibe das Entsetzen in den Augen des jungen Mannes sehen.

Der General und Dr. Wegener gingen hinaus. Sie löschten das Licht.

«Seid ihr fertig?», fragte Eva.

«Pause», antwortete der General.

«Dann könnt ihr sicher einen Kaffee gebrauchen.»

Sie setzten sich im Büro zusammen, Jupp und Jan kamen auch dazu. Der General berichtete den anderen vom bisherigen Ergebnis des Verhörs.

«Hast du noch eine weitere Kassette?», fragte der Doktor Jan, auf das Band des Diktiergerätes zeigend.

«Klar.» Jan stand auf und holte ein zweites aus seinem Büro.

«Wer tippt die Bänder eigentlich ab?», fragte der General.

«Ich», antwortete Eva.

«Könntest du das Band jetzt abtippen? Dann ist es leichter, durch passende Fragen herauszubekommen, ob er die Wahrheit sagt.»

«Klar, mache ich.»

«Danke, das ist prima. Kennst du dich auch mit dem Internet aus?»

«Sicher.»

«Auf dem Band ist eine genaue Ortsbeschreibung. Ich möchte wissen, ob man mit der Beschreibung etwas anfangen kann.»

«Ich checke das. Auf Google-Earth kann man heutzutage jedes einzelne Haus sehen», erklärte Jan.

«Tatsächlich? Das würde uns sehr helfen. Habt ihr vielleicht noch ein Bier?», fügte der General an.

«Klar, noch jemand?», fragte Jan.

«Warum nicht», antwortete Dr. Wegener.

«Dann gehe ich Bier holen, habe ja sonst nichts zu tun», brummte Jupp.

Der Doktor und der General gingen wieder zurück. Sie öffneten den geteilten Sargdeckel. Der Mann hyperventilierte. Dr. Wegener schlug ihn mit der flachen Hand ins Gesicht.

«Junge, Junge. Bist du wirklich so dumm? Das ist jetzt deine letzte Chance! Warum habt ihr die Kinder entführt?»

Er zitterte so, dass, obwohl er noch auf dem zweiten Sargboden fixiert war, der ganze Sarg vibrierte.

«Schorsch sagte, es sei ein Spezialauftrag. Nichts, von dem ich mehr wissen müsste. Wir sollten uns nur die Kinder schnappen und zum Flughafen bringen. Weiter bräuchten wir uns um nichts zu kümmern. Ehrlich Sir, mehr weiß ich nicht.»

«Das sehe ich anders. Ihr habt die Kinder doch ausgespäht.»

«Ja, aber das gehörte dazu. Wir haben uns den Weg vom Kindergarten angesehen und der Pete hat einmal mit dem Mann mit den Kaninchen gesprochen.»

«Moment, wer ist das, Pete?»

«´Nen komischer, war mir unheimlich. Ich kannte ihn nicht. Redete nicht viel.»

«Wie heißt der richtig?»

«Weiß ich nicht. Ehrlich, Sir. Aber der Schorsch kannte ihn von früher. Sagt, sei eine ganz große Nummer. Mit Beziehungen. Hat mir aber nie den Namen gesagt. Sagte immer, je weniger ich weiß, desto gesünder für mich. Und ich bin nicht neugierig.»

«Wer hatte das Kommando?»

«Der Pete, der hat richtig Druck gemacht. Ich musste die ganze Fahrt in den Laderaum.»

«War der Pete immer dabei?»

«Nein, nur bei dieser Tour. Die anderen Touren habe ich immer mit dem Schorsch alleine gemacht.»

«Wohin habt ihr die Kinder gebracht.»

«Wir sind zu dem Hof in Belgien gefahren.»

«Was habt ihr mit dem Bollemann zu tun gehabt.»

«Wie bitte? Ähh, Sir, ich weiß nicht, was sie meinen?»

«Na, den mit den Kaninchen.»

«Ach so. Der Pete kannte ihn wohl. Ich weiß nicht, woher.»

«Und du hast die Kaninchen gekauft.»

«Ja, wollte der Pete so. Um die Kinder anzulocken. Wäre aber gar nicht nötig gewesen.»

«Berichte ausführlich, wie ihr die Kinder entführt habt.»

«Es war ganz einfach. Wir haben gewartet, bis sie aus dem Garten kamen. Der Pete hatte an dem Tag gesagt, dass wir uns die Kinder schnappen würden, weil sie alleine zu Fuß vom Kindergarten kommen würden. Wir hielten mit dem Wagen kurz vor den Kindern. Ich saß hinten im Laderaum, öffnete die Schiebetür und stieg aus. Ich hab die Kinder gefragt, ob sie sich mit Kaninchen auskennen würden. Wir haben für den Laderaum eine große Holzkiste gezimmert, die wir leicht aus- und einladen können. Da drin war sowieso immer noch das Stroh wegen der Schafe und Ziegen von letztem Mal. Ich hab die Kiste geöffnet und die Kaninchen kamen gleich angehoppelt. Die wollen nicht fressen, hab ich gesagt. Der Junge war so begeistert, dass er schon fast von alleine in die Kiste gekrochen ist. Schorsch und Pete sind ebenfalls ausgestiegen und hinten um das Fahrzeug herum gegangen. Ich musste den Jungen nur ein wenig schubsen, schon war er in der Kiste. Das Mädchen hatten sich die zwei anderen geschnappt. Das Ganze ging ratzfatz.»

«Wo kamen die Kinder her?»

«Die hatten gerade den Garten mit dem weißen Gartenhaus verlassen.»

«Haben die Kinder nicht geschrien?»

«Nein, die Kiste ist völlig dunkel, die Kinder wimmern höchstens, wenn sie dort drin liegen. Außerdem konnte ich ja Lachgas rein tun.»

Der Doktor war entsetzt. «Dabei konntest du die Kinder umbringen!»

«Bin doch kein Mörder, war immer ganz vorsichtig. War auch nicht oft nötig. Mit dem Lachgas, meine ich.»

«Die Kinder habt ihr dann in Belgien auf den Bauernhof gebracht?»

«Ja, Sir.»

«Und was ist dann passiert? Lass dir nicht alles aus der Nase ziehen!»

«Wir sind wie immer zu dem Bauernhof gefahren und haben die Kinder reingetragen. Runter in den Keller, da gab es so was wie Zellen. Der Pete hat dem Schorsch gesagt, er solle dableiben, bis die Kinder abgeholt würden. Ich bin dann mit dem Pete zurück nach Frankfurt gefahren. Ich musste die ganze Fahrt hinten im Laderaum sitzen.»

«Warum das?»

«Keine Ahnung, der Pete is' keiner, den man so was fragt. Darf ich jetzt hier raus, Sir?»

«Erst ein Schluck zu trinken.»

Er flößte ihm Bier ein.
«Aber ich muss mal, Sir»
«Lass einfach laufen. Der Sarg ist dicht. Es wird noch ein wenig dauern. Wir sind noch lange nicht fertig. Woher kannte Schorsch den Pete?»
«Weiß nich', vielleicht noch aus ´m Kinderheim. Der Schorsch hat mal erwähnt, dass es schon komisch sei, dass wir alle drei aus dem gleichen Kinderheim kommen.»
«Kanntest du die beiden aus dem Kinderheim?»
«Nee, dazu sind sie zu alt. Ich bin fünfundzwanzig. Der Schorsch war richtig alt.»
«Wie alt?»
«So Mitte 50.»
«Wie alt ist denn der Pete?»
«Weiß nich' genau, vielleicht genauso alt, eher ein bisschen älter.»

Der General ging mit dem Doktor aus dem Zimmer. Er erklärte Jan und Jupp, dass sie nun die Vernehmung fortführen sollten.
«Wo sollen wir anfangen?»
«Na vorne natürlich.»
«Wie vorne?»
«Am besten bei seiner Geburt. Sein ganzer Lebenslauf bis zum heutigen Tag.»
«Aber wieso das?»
«Jeder fragt anders, legt auf andere Details Wert. So bekommen wir ein detailliertes Bild. Außerdem lässt sich so herausfinden, an welchen Stellen er lügt oder etwas verschweigt.»
«Aha, dann mal los.»
Der Doktor nahm das Band aus dem Diktiergerät und gab es an Eva weiter. Jan übernahm das Gerät und lud eine neue Kassette. Jupp und Jan zogen die Sturmhauben über und gingen ans Werk. Der General nahm sich die Niederschrift des ersten Teils der Vernehmung vor, während Eva den zweiten Teil tippte. Als Jan und Jupp fertig waren, wechselten sie sich wieder ab. Danach erneut der Doktor und der General. So ging

es die ganze Nacht durch. Mittlerweile kannten sie das Leben des Mannes bis ins letzte Detail. Nun konnten sie sich auch eine Vorstellung davon machen, was am 19.05. geschehen war. Nur zur Lösegeldforderung konnte er wirklich nichts sagen. Wahrscheinlich hatte dies einer der anderen auf eigene Rechnung gemacht. Vermutlich der, den er Schorsch nannte, denn der war just vor der Lösegeldübergabe ermordet worden. Oder verheimlichte der Junkie immer noch etwas? Die Vernehmung konnten sie nicht mehr fortsetzen. Es gelang ihnen nicht mehr, den Junkie wach zu halten. Zudem meinte der Doktor, dass er sich wohl auf Turkey befinde. Er sei drogensüchtig und habe Entzugserscheinungen. Auch wenn es ihnen gelang, ihn zu wecken, stammelte er kaum verständliches Zeug. Sie waren ebenfalls alle übermüdet und von der Anspannung zermürbt.

«Wenn die Erpressung nicht Ziel der Entführung war, was dann?», fragte Jan verzweifelt.

«Das macht alles irgendwie keinen Sinn. Warum entführt man zwei deutsche Kinder, wenn man kein Lösegeld erpressen wollte? Als Objekte für irgendwelche Perverse haben sie scheinbar Kinder aus dem Osten geholt. Warum also das Risiko, unsere Kinder zu entführen?», fügte der General an.

«Wir müssen den dritten Mann finden!», meinte der Doktor.

«Wie? Der Junge weiß offensichtlich nichts von ihm», ergänzte Jan.

«Zunächst schauen wir uns den Hof an, wohin man die Kinder gebracht hat», gab der General die Richtung vor.

«Außerdem sollten wir versuchen, diesen Puff ausfindig zu machen», warf Eva ein.

«Und wir schauen uns das Kinderheim an, in dem er aufgewachsen ist», vervollständigte der General.

«Was machen wir mit dem Kerl, wir können ihn ja nicht ewig hierbehalten?»

«Eva hat recht, was machen wir mit ihm?», wiederholte Jupp die entscheidende Frage.

«Ihr wollt ihn doch nicht etwa laufen lassen, er hat schließlich die Kinder mit verschleppt!» Jan war außer sich.

«Richtig, besteht bei irgendjemanden Zweifel an seiner Schuld?», meinte der General.

«Nein, aber wir sind ja auch kein Gericht!», antwortete der Doktor.

«Deswegen können wir ihn doch nicht einfach laufen lassen!», intervenierte Jupp.

«Nein? Wir waren uns doch einig, ihn wieder laufen zu lassen, wenn er uns alles gesagt hat», protestierte Eva.

«Können wir ihn nicht einfach der Polizei übergeben?», fragte Jan.

«Toll, dann können die uns gleich wegen Freiheitsberaubung da behalten.»

«Wir sperren ihn irgendwo ein und informieren die Polizei anonym!»

«Die befreit ihn dann und lässt ihn laufen. Ihr glaubt doch nicht, dass die ihn ohne Beweise lange festhalten können!»

«Und wenn er die Geschichte hier erzählt, sind wir schnell verhaftet. Die Polizei ist ja nicht blöd. Außerdem, vielleicht hat er doch noch etwas verheimlicht.», warf Jan ein.

Die Diskussion ging noch eine Weile so weiter.

Der General hielt sich zunächst vollkommen zurück. Als ihn Jan schließlich fragte, was er dazu zu sagen habe, antwortete er bedächtig.

«Wir haben das Recht in unsere Hände genommen, weil wir davon überzeugt sind, dass es niemand anderes tut und die Gerechtigkeit mit Füßen getreten wird. Dann müssen wir jetzt auch bereit sein, die Konsequenz zu tragen.»

«Was bedeutet das deiner Meinung nach?»

«Wenn wir überzeugt sind, dass er schuldig ist, müssen wir ihn verurteilen und das Urteil auch vollstrecken.»

«Da mache ich nicht mit!» Eva war geschockt. Damit hatte sie nicht gerechnet.

«Ich habe von Anfang an gesagt, dass man nicht im Dreck wühlen kann, ohne sich schmutzig zu machen. Aber diese Entscheidung sollten wir nicht jetzt treffen. Wir können ihn allerdings auch nicht laufen lassen, bis sich herausgestellt hat, was mit den Kindern passiert ist und wir seine Aussagen auf ihren Wahrheitsgehalt überprüft haben. Also müssen wir ihn wohl oder übel zunächst hier behalten.»

«Das ist viel zu gefährlich. Was ist, wenn die Polizei hierherkommt?», fragte Jupp besorgt.

«Warum sollte sie? Ich kümmere mich um ihn. Eva soll da nicht weiter mit 'reingezogen werden. Außerdem werde ich das Babyfon installieren, das wir noch zu Hause haben. Dann kann ich ihn von meinem Büro aus überwachen», erwiderte Jan.
Damit war die Diskussion erst einmal beendet, auch wenn der Gedanke, dass man sich nun auch zum Richter aufschwingen sollte, bei allen im Kopfe blieb.

«Aber dann ist es viel einfacher, dass ich ihn überwache. Ich wohne schließlich hier. Wenn die Polizei uns drauf kommen sollte, sind wir ohnehin alle dran», unterbrach Eva die eingetretene Stille.

«Das stimmt, dann sollten wir den Aufenthalt so kurz wie möglich halten», schlug Jupp vor. Damit waren alle einverstanden.

«Jupp, hol bitte noch die Handschellen und Ketten aus meinem Auto. Die werdet ihr brauchen. Ihr müsst ihn auf jeden Fall anketten», bat der General.
Jan war froh, das Geschehnis weiter unter seiner Kontrolle zu haben. Er traute seinem Schwiegervater mittlerweile alles zu.

«Was machen wir jetzt als Erstes?», fragte der Doktor.

«Jupp, Jan und Eva kümmern sich um den Mann und holen ihn aus dem Sarg. Wir fahren jetzt erst einmal nach Hause und schlafen uns aus. Sonst schlagen unsere Frauen noch Alarm», meinte der General an den Doktor gewandt.

«Aber wir sind offiziell auf Jagd, da kommen wir nie früher nach Hause.»

«Ich hab aber den Verdacht, dass Elli etwas wittert. Außerdem bin ich hundemüde.»

«Na gut. Wie gehts denn weiter?»

«Du bist ja nicht kaputt zu kriegen. Ist ja wie in alten Zeiten. Okay. Morgen fahren wir erst einmal in dieses Kinderheim.

Eva, wo war das noch? Scheint ja eine gute Brutstätte für Ganoven zu sein.»

«Meinst du das Kinderheim, in dem unser Gast groß geworden ist?»

«Klar, da fangen wir an. Irgendwie scheint mir, dass dies die gemeinsame Verbindung der Männer war.»

«Und wir werden diesem Bauernhof einen Besuch abstatten, wenn wir ihn finden», sagte Jan zu Eva gewandt. Jan nahm sich die Wegbeschreibung, die er ausgedruckt hatte.

Jupp, Jan und Eva gingen wieder hinunter und holten den jungen Burschen aus dem Sarg. Er war so erschöpft, dass er dies gar nicht mitbekam. Jupp legte ihm die Handschellen um die Fußknöchel und zog eine vier Meter lange Eisenkette doppelt um die Kette der Handschellen an den Füßen und führte die Enden der Kette zur Öse an der Wand. Dort befestigte er diese mit einem schweren Schloss.

«Wir lassen seine Hände vorerst frei, dann kann er sich waschen. Der stinkt ja wie ein Iltis.»

«Kein Wunder, die Hose ist ja auch ganz nass», merkte Eva an. «Sollen wir ihm etwas anderes zum Anziehen bringen?»

«Später, jetzt muss es so gehen. Aber wir müssen den Sarg sauber machen. Aber zunächst müssen wir das restliche Schwein holen und zu meinem Schwager zum Verwursten bringen. Die Geschichte wird sich nämlich wie ein Lauffeuer im Dorf verbreiten. Die Geschichte mit den Beamten geht mir nämlich nicht aus dem Kopf. Morgen werden wir bestimmt schon darauf angesprochen.»

«Dann machen wir ihn eben danach sauber.»

«Früher wurden Schweine statt Menschen geschmuggelt. Dieses Mal war es andersherum. Oder auch nicht, wenn ich darüber nachdenke. Früher hatte der Sarg allerdings kein Fensterchen. Mein Schwager wird sich seinen Teil denken, wenn er die Geschichte hört. Aber keine Angst, hier halten alle zusammen.»

So machten sich alle an ihre Arbeit. Jan und Eva versorgten den Gast. Jupp und der Doktor fuhren mit dem Leichenwagen die Reste des Schweins holen. Sie brachten es zum Schwager von Jupp, der sich zwar wunderte, aber auf Jupps ausdrücklichen Wunsch zusagte, es zu verwursten.

09.08.2015

Am nächsten Morgen fuhren Jan und Eva nach Eupen. Mithilfe des Navigationssystems im Firmenlieferwagen und Google war es keine Zauberei, das Haus zu finden oder vielmehr das, was von ihm übrig geblieben war. Bis auf die Grundmauern niedergebrannt war es. Sie hielten sich nicht lange auf, sondern fuhren nach Eupen, um Näheres zu erfahren. Hier machte sich Evas gewandte Art wieder einmal bezahlt. Sie ging in die nächste Bäckerei an der Straße und fragte die Verkäuferin, was passiert sei. Jan freute sich, dass er das Gespräch nicht führen musste, zumal er kein Französisch sprach. Ganz im Gegenteil zu Eva, die angeregt mit der Chefin sprach, an die sie die Verkäuferin achselzuckend verwiesen hatte.
Zurück im Auto berichtete Eva über das Gespräch.

«Der Hof ist vor gut zwei Monaten abgebrannt. Die Inhaberin und einzige Bewohnerin hat man in den Trümmern gefunden. Sie ist erstickt.»

«Verdammt, Verdammt, verdammt. Immer, wenn wir eine neue Spur haben, stoßen wir auf eine weitere Leiche. Also wieder eine Sackgasse. Was hast du denn erfahren?»

«Die Chefin meinte, wir sollten froh sein, denn von der alten Hexe, wie Sie sie nannte, hätten wir ohnehin kein Geld gesehen.»

«Wieso das?», fragte Jan verwirrt.

«Ich habe ihr erzählt, dass wir einen Auftrag hatten, in dem Bauernhof schalldichte Fenster einzubauen und nun darauf sitzen bleiben. Sie berichtete mir, dass die Alte im Verdacht gestanden habe, in krumme Geschäfte verstrickt zu sein.»

«Früher soll da mal eine Nachtbar gewesen sein. Aber die Alte hat öfter mehr eingekauft, als eine einzelne Person essen kann. Als man sie dazu befragt hat, habe sie nur geantwortet, man solle sich um seinen eigenen Dreck kümmern. Sie habe halt viel Besuch, das ginge niemand etwas an. Ansonsten soll die Frau ganz abgesondert gelebt haben.»

«Weiß man etwas über die Ursache des Feuers und ihren Tod?»

«Angeblich soll sie im Bett geraucht haben. Außerdem soll sie auch betrunken gewesen sein. Auf jeden Fall hat die Polizei die Akte schnell geschlossen.»

«Hat man denn das Kellerverlies nicht gefunden?»

«Der Mann der Chefin der Bäckerei ist bei der Freiwilligen Feuerwehr und war bei der Brandbekämpfung dabei. Die Kellerräume hat man erst bei den Aufräumarbeiten gefunden. Sie hatten schon befürchtet, dort noch mehr Tote zu finden, aber die Keller waren zum Glück leer. Müssen wohl zum früheren Barbetrieb gehört haben.»

«Von Kindern, die dort versteckt gehalten wurden, wusste also niemand etwas?»

«Zumindest wusste die Frau davon nichts und sie war eigentlich sehr gut informiert. Sollen wir noch woanders herumfragen?»

«Ich glaube nicht, dass wir dabei noch viel mehr erfahren würden. Dabei fallen wir höchstens auf. Wir fahren besser wieder. Hier ist uns schon wieder jemand zuvorgekommen und hat gründlich aufgeräumt.»

«Das heißt aber auch, dass jemand nervös geworden ist?»

«Ja vielleicht. Aber hier ist nichts mehr zu holen.»

So machten Jan und Eva sich wieder auf dem Heimweg. Jan hatte es eilig, nach Hause zu kommen. Er machte sich Sorgen um Maria.

Safe our Childrens Souls (SOChS)

Während sich der General mit seinem inneren Zirkel bemühten, die Spur der Entführer aufzunehmen, nutzten seine Frau und Dr. Soltau das Interesse der Öffentlichkeit, für ihren neu gegründeten Verein zu werben, der sich zur Aufgabe gemacht hatte, gegen Missbrauch und Verschleppung von Kindern anzukämpfen.

Schnell scharte sie die üblichen Prominenten und weniger Prominenten der Stadt um sich. Dr. Soltau organisierte die Gründung des Vereins und erstellte die Satzung. Nun konnte das Sammeln von Spenden losgehen. Zudem erstellten sie im Internet einen Pranger, in dem vor einschlägig Vorbestraften gewarnt wurde. Nachdem die ersten Klagen gedroht hatten, stellten sie die Seite wieder ein; kurze Zeit später erschien allerdings eine ähnliche Seite eines Vereins mit ähnlichen Zielen in den USA, wo die Persönlichkeitsrechte von einschlägig Vorbestraften als weniger schutzwürdig angesehen wurden. Der Verein gedieh prächtig, Politiker drängten sich geradezu, sich mit Frau Bentlin und Dr. Soltau ablichten zu lassen.

Elli war in ihrem Element genau wie ihre Freundin Louise, die Frau von Dr. Soltau. Wohltätigkeitsveranstaltungen und Spendensammlungen gehörten zu ihrem täglichen Repertoire. Sie waren Mitglied in diversen Vereinen, Louises Mann war Mitglied im Rotary-Club, der zwar immer noch keine Frauen aufnahm, aber deren Unterstützung man bei diversen Charity-Veranstaltungen gerne annahm und dessen Kontakte sie jetzt nutzten. Nun hatte sie ihren eigenen Verein. Elli war stolz auf ihre Idee, auch wenn ihr Mann damit seine eigenen Pläne verfolgte. Dennoch hatten sie sich mit einem ungeheuren Eifer in diese Aufgabe gestürzt. Es war ihnen schnell gelungen, Mitstreiterinnen zu finden, schließlich waren alle ihre zahlreichen Bekannten betroffen vom Schicksal der Kinder. Und die, die nicht aktiv mitarbeiteten oder zumindest Mitglied in ihrem neuen Verein werden wollten, waren zumindest zu einer großzügigen Spende bereit. Die meisten Gedanken machten sie sich zur Namensgebung, denn sie wussten, dass die Konkurrenz auf dem Spendenmarkt sehr groß war und ein griffiger Name viel bewirken konnte.

Schnell waren Sie sich einig, dass es ihrem Verein darum gehen solle, Kindern eine unbeschwerte Kindheit zu sichern und jegliche Form von Missbrauch zu bekämpfen, vermisste Kinder zu suchen sowie betroffene Kinder und Eltern zu unterstützen. Je mehr sie sich in dieses Thema eingearbeitet hatte, desto erschrockener waren sie angesichts der perversen Formen des Missbrauchs. Was sie allerdings konkret unternehmen wollten mit dem vielen Geld, was schon nach kurzer Zeit zusammen gekommen war, blieb nebulös.
Zu sehr waren sie damit beschäftigt, den Verein bekannt zu machen, Sponsoren und zu suchen und Wohltätigkeitsveranstaltungen zu planen. Dr. Soltau und Dr. Wegener übernahmen die Ausgabenseite des Vereins und kümmerten sich auch um die ganzen administrativen Dinge, angefangen von der Gemeinnützigkeit, der Eintragung ins Vereinsregister, der Kontoeröffnung und den Spendenbescheinigungen.

Der Name des Vereins war vorläufig mit «Verein zur Hilfe von vermissten und missbrauchten Kindern – Wahrung des Rechts auf eine unbeschwerte Kindheit» eingetragen worden. Nun war man auf der Suche nach etwas Griffigerem. Es sollte sich am Wort Seele und dem Wort Unversehrtheit orientieren, allerdings waren alle Versuche, diese Worte mit «Kind» zu verbinden, zu umständlich, zu lang. Der Zeitgeist erforderte kurze markante Namen, ebenso wie Anglizismen. «Save our childrens souls, kurz SOChS» wurde so in Anlehnung zum SOS in der Seeschifffahrt zum Schlagwort.

10.08.2015

Dr. Soltau machte sich am nächsten Morgen auf nach Düren. Der General hatte aufgrund eines Schwächeanfalls kurzfristig absagen müssen. Dr. Soltau machte sich Sorgen um die Gesundheit des Generals, um die es weit weniger gut bestellt war, als er nach außen zugab. Denn er litt unter Bluthochdruck, sein Cholesterinwert war astronomisch und was das Schlimmste war, er kümmerte sich nicht darum, nahm weder regelmäßig seine Medikamente noch hielt er sich an Ratschläge. Daher wollte Dr. Soltau wenigstens dafür sorgen, dass er zwei Tage aussetzte und versprach, den Besuch des Kinderheims alleine durchzuführen.

Spontan entschloss er sich, Bernd Körner zu fragen, ob er ihn nicht für eine Recherche in einem Kinderheim in Düren treffen könne.

«Ist es das Kinderheim, in dem der Tote aus Brüssel aufgewachsen ist?»

Die Presse hatte mittlerweile ausführlich berichtet.
Dr. Soltau bejahte. Bernd Körner sagte sofort zu. Sie trafen sich direkt vor dem Kinderheim. Mit einem Polizisten als Türöffner war es wesentlich leichter, an die gewünschten Auskünfte zu kommen. Sie erklärten, auf der Suche nach Angehörigen eines Verstorbenen zu sein und die Leiterin war sofort bereit, die Unterlagen zu holen. Da Georg Hasenleder ein Findelkind war, ließen sich keine Angehörigen ermitteln. Körner bat um Kopien der Unterlagen und fragte nach dem Betreuer. Sie hatten Glück. Der Betreuer, der damals Georg Hasenleder betreute, war immer noch im Kinderheim tätig, obwohl er eigentlich längst in Rente sein könnte. Die Leiterin ließ ihn holen und er konnte sich zur Überraschung aller noch gut an Georg Hasenleder erinnern.

«Das war eine wilde Truppe damals. Der Georg Hasenleder war ja nur ein Mitläufer, aber die haben manches Kaufhaus auf den Kopf gestellt und wurden öfter von der Polizei zurückgebracht, als uns lieb war. Wie ist er denn gestorben?»

«Er wurde umgebracht und in einem Müllcontainer entsorgt.»

«Das wundert mich gar nicht. Er war keiner, von dem man erwarten konnte, dass er es schaffen würde.»

«Wissen Sie, was er nach seiner Entlassung hier gemacht hat?»

«Wir hatten ihm eine Lehrstelle als Maurer vermittelt, die hat er aber mit achtzehn geschmissen. Soweit ich weiß, hat er dann als ungelernter Arbeiter im Gerüstbau angefangen. Das haben damals viele gemacht, weil es da für Ungelernte gutes Geld zu verdienen gab.»

«Wissen Sie noch, wie die Firma hieß?»

«Ach Gott nein.» Die Leiterin blätterte durch ihre Unterlagen. «Nein, hier ist auch nichts vermerkt.»

«Mit wem war er denn immer zusammen?», versuchte Bernd Körner an weitere Informationen zu kommen. Die Leiterin schlug eine Liste in ihrem Ordner auf, nahm ein Gruppenfoto und zeigte es dem Betreuer. Dieser sinnierte.

«Der hier war der Anführer der Truppe, Peter Grüner. Georg Hasenleder war quasi sein Bursche, obwohl er der Ältere war..»
Körner schaute interessiert auf das vergilbte Gruppenfoto.

«Wer ist Georg und wer ist dieser Peter?»
Der Betreuer zeigte auf zwei Personen.

«Und die beiden Mädchen zwischen ihnen?», hakte Körner nach.

«Die gehörten damals wohl zusammen. Barbara und die kleine Sarah. Barbara ist aber schon lange tot. Tragisch, dabei hatte sie sich wie eine große Schwester um Sarah gekümmert. Überdosis, soviel ich gehört habe.»

«Und diese Sarah? Wie heißt sie weiter?»

«Sarah Koslowski»
Dr. Soltau horchte auf. «Sarah Koslowski? Die Sarah Koslowski?»
Der Betreuer lachte. «Ja, die Sarah Koslowski! Ich merke, Sie kennen die Dame oder haben zumindest von ihr gehört. Ja, sie hat ihren Weg gemacht, soweit man es mit einem solchen Handikap machen kann. Aber sie war auch ein ganz anderes Kaliber. Klein und schmächtig, aber nicht auf den Mund gefallen und schlau wie ein Fuchs. Sie hätte sich bei einer anderen Förderung auch in jedem anderen Beruf durchgesetzt.»

«Und dieser Peter Grüner? Ich habe diesen Namen schon einmal irgendwo gehört.»

«Sollte mich nicht wundern, Sie sind ja Polizist. Dieser Kerl ist ein übler Bursche. Intelligent, aber vollkommen durchtrieben. Er soll Sarah übrigens geschwängert und dann sitzen gelassen haben. Aber das war nur ein Gerücht.»

«Haben Sie etwas von ihm gehört, was er anschließend gemacht hat?»

«Er hat Kopfschlächter gelernt, oder Metzger, so genau weiß ich das nicht mehr. Hat sogar die Lehre abgeschlossen. Hat auch eine Zeit am Schlachthof in Köln gearbeitet. Er hat sich aber auch immer bei den Luden am Schlachthof herumgelungert, soll sich da hochgearbeitet haben. Dann soll er eingefahren sein. Aber das ist schon Jahre her.»

«Woher wissen Sie das eigentlich alles?»

«Oh, ich habe zu manchen meiner Schützlinge immer noch einen guten Kontakt. Da gibt es viele, die uns regelmäßig besuchen. Die Gruppe ist ja so was wie ihre Familie und wir versuchen, diese ab und zu noch einmal zusammenzubringen oder zumindest den Kontakt zu halten.»

«Und zu den dreien, gab es da noch Kontakt?»

«Der Schorsch ist am Anfang zwei-, dreimal hier gewesen, danach aber nicht mehr. Auch zu den Jahrgangstreffen ist er nicht mehr erschienen.»

«Und die anderen beiden?»

«Sarah ja, Peter Grüner nie.»

«Gab es dafür einen besonderen Grund?»

«Nicht, dass ich wüsste. Er gehörte zu der Kategorie Nestflüchter, einmal hier raus, nie wieder zurück. Diese Kinder möchten den Makel, den der Aufenthalt in einem Kinderheim in den Lebenslauf stempelt, schnellstens vergessen.»

«Aber dennoch verfolgen Sie den Lebenslauf all ihrer Schützlinge?»

«So gut es geht. Es sind alle meine Kinder, die guten wie die schlechten. Ich freue mich über jeden, der es schafft, etwas aus seinem Leben zu machen.»

«Wie Sarah?»

«Ja, wie Sarah! Sie hat es geschafft! Wenn Sie auf ihren Beruf anspielen wollen ...?»

«Nein, nein, ich bin ganz ihrer Meinung. Ich hatte das Vergnügen, Sie persönlich kennenlernen zu dürfen», beeilte sich Dr. Soltau zu versichern.

«Und was wurde aus Peter Grüner?»

«Ihn habe ich aus den Augen verloren. Der ist ganz von der Bildfläche verschwunden. Vielleicht ist er im Ausland und hat keinen Kontakt mehr zu den Zugvögeln.»

«Zu wem?»

«Na zu den Zugvögeln! So nennen sich die Ehemaligen. Weil das Heim regelmäßig Ausflüge nach Vogelsang in der Eifel organisiert und sie ausfliegen, um sich regelmäßig hier wieder zu treffen.»

«Welch schönes Bild!»

Körner bat noch, die Kopien der Unterlagen von Hasenleder zu bekommen. Die Leiterin ließ die Akte Hasenleder kopieren. Einer Eingebung folgend, fragte Körner, ob auch ein Kind namens Werner Bollemann einmal in dem Kinderheim war.

«Wann soll das gewesen sein?»

«Das weiß ich nicht genau. Er musste mit etwa zehn einmal ins Kinderheim, als sein Vater in Haft war und die Mutter nicht in der Lage war, sich um das Kind zu kümmern. Das müsste in den Achtzigern gewesen sein.»

«Da haben Sie aber Glück, dass im Zuge eines Forschungsprojektes alle Daten unserer Kinder in eine Datenbank eingegeben wurden. Sonst könnte ich solche vorübergehenden Aufenthalte nicht nachvollziehen!»

Sie wendete sich wieder ihrem PC zu und wurde fündig.

«Tatsächlich war der Junge einmal hier. 1984, allerdings nur für wenige Monate, dann ist er wieder nach Hause gekommen. Mehr kann ich zu dem Jungen aber nicht sagen. Was ist denn mit dem Jungen?»

«Er ist ebenfalls tot. Hat sich erhängt.»

«Ach Gott. Sie haben aber auch nur mit dem Leid der Menschen zu tun.»

Körner und der Dr. Soltau nickten nur. Anschließend bedankten und verabschiedeten sie sich.

Draußen fragte Körner den Doktor, was er jetzt machen wolle. Er selbst müsse auf jeden fall gleich zurück nach Düsseldorf. Dr. Soltau entgegnete, er wolle noch ein wenig in die Stadt. Die Gelegenheit nutzen, etwas für den Geburtstag seiner Frau einzukaufen.

«Kann ich Sie irgendwo hin mitnehmen?»

«Nein, danke. Ich fahre mit der Bahn. Ich fahre so gerne Eisenbahn, das erinnert mich an meine Kindheit. Aber vielen Dank für ihre Unterstützung. Wieso haben Sie eigentlich gefragt, ob Bollemann in dem Kinderheim war?»

«War ja naheliegend.»

«Hier laufen auffällig viele Spuren zusammen.»

«Da haben Sie recht.»

Körner verabschiedete sich und Dr. Soltau ging zur Straßenbahnhaltestelle. Als das Auto des Polizisten außer Sichtweite war, ging er noch einmal zurück zum Kinderheim. Die Leiterin war verdutzt. «Haben Sie etwas vergessen?»

«Nein, das heißt ja. Ich habe noch eine Frage. Es betrifft aber einen anderen ihrer Schützlinge.»

«Um wen handelt es sich?»

«Um Torben Esser.»

«Wann soll der bei uns gewesen sein?»

«Er ist erst fünfundzwanzig, sollte also noch nicht so lange her sein, dass er das Heim verlassen hat.»

Die Leiterin schaute in ihren Computer.

«Ja richtig. Der hat das Heim erst vor sieben Jahren verlassen. Worum geht es denn, wenn ich fragen darf? Das hat aber doch nichts mit Georg Hasenleder zu tun?»

«Das wäre meine zweite Frage gewesen. Darf ich dennoch seine Unterlagen sehen?»

Die Leiterin wurde misstrauisch.

«Wo ist denn ihr Kollege?»

«Der musste dringend zurück nach Düsseldorf.»

Dr. Soltau befürchtete, dass sie nun nach seinem Ausweis fragen würde. Bei ihrem ersten Besuch hatte Körner wie selbstverständlich seinen Dienstausweis vorgelegt, während

Dr. Soltau sich mit Konversation und ein paar Komplimenten über die Situation gerettet hatte. Deswegen ging er in die Offensive.

«Er soll zuletzt mit Georg Hasenleder gesehen worden sein. Kann ich jetzt die Unterlagen sehen und mit seinem Betreuer sprechen?»

Die Leiterin war immer noch skeptisch. «Und dann haben Sie vorhin nicht daran gedacht, nach diesem Jungen zu fragen?»

Dr. Soltau geriet in Erklärungsnot. «Wissen Sie, der Kollege aus Düsseldorf muss nicht alles wissen. Sonst heimsen die wieder den ganzen Erfolg ein. Dann heißt es schnell in der Presse: Mörder aus Dürener Kinderheim von Düsseldorfer Polizei verhaftet. Das wollen wir doch nicht!»

Dr. Soltau instrumentalisierte geschickt die bekannten Ressentiments gegenüber Düsseldorfern, die nicht nur in Köln bestanden. Zudem war die Leiterin natürlich daran interessiert, ihr Heim vor schlechter Presse zu bewahren.

«Oh Gott, glauben Sie etwa, dass der junge Mann den Toten auf dem Gewissen hat?»

Sie sah die Schlagzeilen in der Boulevardpresse schon vor sich.

«Bisher wissen wir nur, dass die zwei ein gemeinsames Zimmer in dem Brüsseler Hotel bewohnt haben, vor dem der Tote gefunden wurde. Und der Junge ist seitdem verschwunden.»

«Oh Gott, oh Gott. Das ist ja furchtbar.»

«Sie sehen, wir müssen ihn schnell finden. Dazu brauche ich ihre Hilfe.»

«Aber Sie werden die Presse nicht darüber informieren?»

«Aber nein. Von mir wird sie nichts erfahren. Wir wollen unser schönes Rheinland und dieses schöne Heim nicht unnötig in den Schlagzeilen sehen. Aber ich brauche Ermittlungsansätze. Ich brauche die Unterlagen. Ich muss mit seinem Betreuer sprechen und herausbekommen, in welchem Verhältnis die beiden gestanden haben und woher sie sich kannten.»

Sie schaute wieder auf den Monitor.

«Sie sind nie zur gleichen Zeit hier gewesen. Sie können sich nicht von hier kennen. Es muss ein Zufall sein», sagte die Leiterin sichtlich erleichtert.

«Wer war denn sein Betreuer?»

«Das war auch der Herr Sauer.»

«Das ist aber ein Zufall. Na, dann lassen Sie ihn bitte noch einmal rufen.»

Auch der Betreuer wirkte sichtlich misstrauisch, als er den Doktor wieder sah. Er war wesentlich zurückhaltender als zuvor. Nein, eine Verbindung zwischen den beiden könne er sich nicht erklären. Der Junge sei sehr zurückhaltend und ruhig gewesen. Eine solche Tat sei ihm nicht zuzutrauen. Er habe nie zu Gewalt geneigt.

«Haben Sie denn noch Kontakt zu ihm gehabt, seit dem er das Heim verlassen hat?»

«Nein, er war nie wieder hier.»

«Und haben Sie sonst etwas von ihm gehört?» Dr. Soltau spürte, wie der Betreuer zurückhaltender wurde.

«Nein, leider nichts.»

Dr. Soltau konnte das nicht glauben. Über seine Schützlinge, die schon 25 Jahre weg waren, war er bestens informiert und über einen Jungen, der erst vor sieben Jahren das Heim verlassen hatte, wollte er nichts wissen.

«Nach unseren Informationen», Dr. Soltau sprach extra im Plural, um dem Eindruck, er sei von der Polizei zu stützen, «soll er hier in Köln in der Schlachthofszene als Stricher gearbeitet haben. Zudem soll er Drogen nehmen.»

«Davon weiß ich nichts!»

«Und in der Zeit, als er noch hier war, hat er da auch schon Drogen genommen?»

«Jedenfalls habe ich nichts davon gemerkt. Irgendwann nimmt jeder von den Jugendlichen einmal Drogen, aber hier im Heim sind Drogen absolut tabu. Das wird streng überwacht.»

«Und dass er sich prostituiert hat?»

«Nein, so etwas hätte ich nie erwartet.»

Dr. Soltau hatte das Gefühl, dass dem Betreuer das Gespräch immer unangenehmer wurde und er nur noch log. Aber warum? Das Gespräch machte keinen Sinn mehr. Als er die Unterlagen kopiert haben wollte, fragte die Leiterin ihn überraschenderweise nach einer richterlichen Anordnung.

«Sie werden sicher verstehen, dass wir die Daten unserer Schützlinge und ihrer Angehörigen schützen müssen. Bei dem armen Georg ist das ja was anderes. Er ist tot und hat ja auch keine Verwandten.»

Aber mit dem, was er erfahren hatte bzw. was man versuchte, vor ihm zu verbergen, war er sich sicher, dass das Heim tatsächlich die Verbindung zu sein schien, nach der sie gesucht hatten.

12.08.2015

Jan fuhr langsam, zum einen natürlich dieser Straße geschuldet, die sich, eng an das steile Ufer geklammert, zehn Meter über dem Wasserspiegel am Seeufer des Stausees entlang schlängelte und die aufgrund der vielen scharfen Kurven schon vielen Autofahrern den Spaß an diesem Stück des Rursees genommen hatte, wie die vielen Lackspuren an der Leitplanke zeigten. Zum anderen auch wegen des diffusen Lichts, das die tief herabhängenden Äste der Bäume und die steilen Felsufer auf die schmale Straße durchließen und das manchmal von hellen Sonnenstreifen unterbrochen wurde, wenn die Straße plötzlich ganz dicht am Ufer entlang lief und kein Platz für irgendwelches Gewächs zwischen Felswand und Steilufer war. Jan fuhr in eine kleine Einbuchtung, die in Abständen dafür geschaffen waren, Fahrzeuge aneinander vorbeizuführen. Bisher war Jan niemand entgegengekommen. Jan stieg aus, um den schönen Blick, der sich hier auf den Rursee bot, zu genießen und sich zu sammeln. Es war ein wunderschöner Tag, die Abendsonne warf ihr besonderes Licht auf den See, der Wind spielte mit dem Wasser und zeichnete abstrakte Muster in die Wellen. Seit Tagen hatte es nur geregnet, die Luft war reingewaschen und Jan sog sie bewusst tief in seine Lungen. Es lag wohl an der langen Regenperiode, dass es bei diesem Wetter so leer am See war. Außerdem war Donnerstag. Jan war es recht. Morgen würde am Rursee wahrscheinlich wesentlich mehr los sein. Er wusste, dass sein Ziel nur noch eineinhalb Kilometer entfernt war, auf der kleinen Halbinsel Pfauenauge.

Seine Mission war in mehrerer Hinsicht delikat. Wie hatte der Dr. Soltau gesagt, das ist keine Aufgabe für einen Mann mit Kämpfernatur, hier ist kühler Verstand und Beherrschung gefragt. Normalerweise werden Männer bei Frauen schwach und erzählen Dinge, die sie besser für sich behalten sollten. Einer Frau ein Geheimnis zu entlocken, sei schon wesentlich schwieriger. Aus dieser Frau etwas herauszubekommen, was sie nicht freiwillig sagen will, ist nahezu aussichtslos, außer durch Folter, wie der General durchaus ernsthaft beifügte. Aber das könne man in diesem Fall auf keinen Fall einsetzen. Jan musste den General wohl etwas verdutzt angeschaut haben, denn er fügte hinzu: «Der Zweck heiligt die Mittel. Es geht um das Schicksal unserer Kinder. Da müssen wir bereit sein, auch Grenzen zu überschreiten. Aber diese Frau ist tabu.»

Warum er das ausgerechnet ihm gegenüber betonte, war ihm schleierhaft, denn er würde nie einer Frau ein Leid zufügen können. Ein weiterer klarer Hinweis, worauf er sich eingelassen hatte. Aber ihm blieb keine Wahl, wollte er sich treu bleiben und wirklich alles tun, um seine Kinder zu finden. Er war auf einem Weg ohne Wiederkehr, und es wurde ihm immer mehr bewusst, dass auch er diesen Kampf nicht unversehrt würde überstehen können. Dass ihm solche Gedanken ausgerechnet bei dieser Aufgabe in den Sinn kamen, war Jan schleierhaft.

Jan hatte die versteckte Einfahrt erreicht, bog scharf rechts in den unscheinbaren Waldweg ab, der nach ca. 30 Metern an einem verrostet wirkendem uralten Tor endete. Das Tor öffnete sich wie von Geisterhand, die Kamera hoch oben in den Bäumen blieb auch dem aufmerksamsten Beobachter verborgen.

Jan fuhr gemächlich die letzten 100 Meter durch das urwaldartige Terrain der Halbinsel, bis plötzlich das Halbdunkel aufriss und die baumfreie Südspitze der Insel frei in der Sonne auftauchte. Blitzend stand dort das hölzerne Landhaus mit seinem Solardach. Der See glitzerte im Hintergrund, jetzt im Sommer mit gesunkenem Wasserstand mehrere Meter tiefer, sodass das Landhaus fast wie ein einsames Lotsenhaus an einer Steilküste wirkte. Der See war an dieser Stelle fast einen Kilometer breit, was den Eindruck einer Küste verstärkte. Als Jan ausstieg, bemerkte er zudem den starken Wind, der das Wasser in Wellen an das zerklüftete Ufer aus schwarzem Schiefer warf und das Geräusch einer Brandung nachahmte. Bedächtig ging er auf das Haus zu.

Jan war sofort fasziniert von dieser Frau. Sie entsprach so gar nicht seinen Erwartungen. Sie war eher als schmal und drahtig als sexy zu bezeichnen und dabei keineswegs aufreizend gekleidet, sondern eher konservativ und sportlich. Auch benahm sie sich wie die Dame aus diesem Hause und nicht wie eine Besucherin. Sie öffnete die Tür, sich mit einem Zwinkern entschuldigend, dass das Personal heute Ausgang habe und sie ihn daher leider alleine bewirten müsse. Sie begrüßte ihn wie einen alten Bekannten und führte ihn durch die Loggia ins Kaminzimmer, in dem erfreulicherweise keine Jagdtrophäen an den Wänden hingen, sondern Gemälde von verschiedensten Küstenlandschaften. Überhaupt machte das Zimmer einen leichten und offenen Eindruck, obwohl das honigfarbene Holz der Hütte auch hier die Atmosphäre prägte. Der Bauherr hatte darauf geachtet, auch bei der Innenarchitektur den Charakter des Hauses zu wahren. Trotzdem machte die leichte Einrichtung aus Möbeln, die Alu und Holz verbanden, zusammen mit den kleinen und größeren Tierfiguren aus Holz, Stein oder Metall bekannter Bildhauer wie Professor Wolfgang Binding einen harmonischen Eindruck und vermied zudem die oft in Holzhäusern entstehende Landhausstil - Atmosphäre.

Nun saß er da und fühlte sich angenehm unbesorgt. Dabei war ihm so unwohl gewesen, als man ihn mit dieser Mission betraute. Nicht, dass er noch nie mit einer Professionellen zu tun gehabt hätte. Auch wenn alle ihn für einen Hinterwäldler zu halten schienen.

Nein, was ihn störte, war die Tatsache, dass dem General offensichtlich eines bewusst war. In Jans Ehe herrschte in dieser Beziehung seit langem Funkstille.

Jan ärgerte sich, dass er ausgerechnet in diesem Moment an Maria denken musste. Auch wusste er nicht so genau, wie es Dr. Soltau geschafft hatte, diesen Termin zu bekommen und was er von ihm dazu preisgegeben hatte. Es war durchaus nicht so einfach, ein derartiges Date mit der Chefin persönlich zu bekommen.

Sarah nahm Jans Zögern wahr. Jan wusste von Dr. Soltau, dass sie den renommiertesten Begleitservice des Köln-Bonner Raumes führte. Schon zu Zeiten, als Bonn noch Regierungssitz war, war diese Firma aufgrund der Seriosität und der Vertraulichkeit, mit der derartige Geschäfte abgewickelt wurden, bekannt. Das ganze politische Establishment war mit ihren Diensten vertraut.

«Ich liebe dieses Haus», plauderte Sarah darauf los. «Es gibt einem das Gefühl eins mit der Natur zu sein und trotzdem sicher vor den Gefahren da draußen.»

Jan lächelte. Sie schien ihn wissen lassen zu wollen, dass sie schon häufiger da war und wollte wohl sehen, wie er reagierte.

«Ja, es ist wunderschön. Aber welche Gefahren sollen denn da draußen lauern?», fragte Jan amüsiert.

«Na als Frau da draußen in der Wildnis?»

Na gut, scheinbar wollte sie seine ihr wahrscheinlich mitgeteilte Affinität zur Natur ansprechen und seinen Beschützerinstinkt wecken. Jan spielte das Spiel mit.

«Von der Wildnis droht die geringste Gefahr, schließlich wurden Wölfe auch hier bereits im neunzehnten Jahrhundert ausgerottet, Bären gibt es schon seit dem Mittelalter nicht mehr.»

Sarah hatte inzwischen die Bar geöffnet und blickte ihm in die Augen: «Scotch oder Bourbon?»

«Ist es nicht ein bisschen früh für einen Drink?», fragte er zurück.

«Wenn man sich neu kennenlernt, ist es selten zu früh für einen Drink.»

«Na dann einen Scotch.»

«Du hast ja recht», ging sie auf ihn ein, das alte Thema wieder aufnehmend. «Die größte Gefahr lauert dem Menschen vor seinesgleichen, aber ich bin nun einmal ein Stadtmensch. Da ist Wald etwas Unheimliches.»

«Sollte er nicht, aber ich verstehe Sie. Für mich haben Großstädte ebenso etwas Bedrohliches.»

«Ich dachte, wir wären schon beim Du?»

Sie hielt ihm ihr Glas zum Anstoßen hin. «Sarah.»

«Angenehm, Jan»

Sie drehte sich zur Terrassentür und zeigte auf den See, wohl um der peinlichen Geste des Bruderschaftskusses zu entgehen.

«Vielleicht kannst du mir den Wald näherbringen, aber eigentlich würde ich lieber ein wenig Segeln. Es ist so schöner Wind auf dem See.»

Sarah war immer für eine Überraschung gut. Nicht nur, dass sie das Thema schneller wechseln konnte, als Jan seinen Namen sagen (den Vornamen wohl gesagt, obwohl dieser ja wirklich nicht sehr lang war). Sie schien auch schon einen kompletten Plan für diesen Tag zu haben.

«Kannst du segeln?»

«Na ja, ich bin früher als Junge öfter auf einem Katamaran mit gesegelt, aber nur als Vorschoter.»

«Vortrefflich, dann bist du ja nicht nur seefest, sondern auch Kommandos gewöhnt.» Sie lachte herzerfrischend.

«Aber so wild geht es auf einem Kielboot nicht zu», ergänzte sie und nahm ihn wie selbstverständlich bei der Hand.

«Komm, wir suchen dir etwas Passendes zum Anziehen.»

Im Untergeschoss des Hauses befand sich neben dem beheizten Swimmingpool ein Raum, in dem es nur so von

Segelsachen wimmelte. Ein kunterbuntes Tohuwabohu von Segelkleidung, Kisten mit Fendern, Tauen, Blöcken und sonstigem Zubehör. Sarah griff treffsicher zu einer Segeljacke und Segelschuhen für Jan.

«Deine Jeans ist zu eng, wir suchen dir was Bequemeres.»

«Danke, das geht schon», beeilte sich Jan zu versichern. Aber Sarah hatte schon eine Segelhose aus dem Schrank geholt und kam damit auf Jan zu. Diese nahm er widerwillig an. Sarah öffnete ihr Hauskleid und stand Sekunden später mit einem winzigen Teil von Tangaslip vor ihm. Einen BH trug sie nicht, ihr kleiner Busen blieb auch so perfekt in Form. Sie trat auf Jan zu und öffnete ihm die Hose. Als sie jedoch in die Hocke gehen wollte, hielt Jan sie fest.

«Sollen wir nicht erst einmal Segeln gehen?», fragte er mit belegter Stimme.

«Ganz wie du möchtest», sagte sie leichthin. «Du bist heute der Prinz.»

Sarah nahm nun ihre Segelsachen aus einem separaten Schrank und zog sich um. Die Außentür des Raumes führte direkt auf den Weg zum Steg, an dem ein offenes Kielboot wie ein nervöses Pferd an der kurzen Leine zappelte. Die Persenning war bereits entfernt, die Segel angeschlagen und bereit, gehisst zu werden. Routiniert begann Sarah das Boot aufzutakeln, während Jan versuchte, sich nützlich zu machen. Schließlich bat sie ihn, die Leinen loszumachen und sie legten bei tüchtiger Brise ab. Die hoch getakelte Slup schoss gleich los, als sie die Segel strafften. Der scharfe Wind war angenehm auf der Haut, ab und zu spritzte auch die Gischt über den Bug in sein Gesicht. Sarah genoss es, das Boot hoch am Wind gegen die Wellen ankämpfen zu lassen. Ihre Kommandos waren ruhig und sicher, auch als sie durch den schmalsten Teil des Rursees kreuzten und Jan öfter das Kommando «Ree» hörte, als ihm lieb war. Nachdem sie die Enge passiert hatten, öffnete sich die Woffelsbacher Bucht und sie konnten auf halben Wind abfallen. Jetzt schoss das Boot ruhig durch das Wasser und Jan hatte Gelegenheit, diese Frau, die mit wehendem Haar am Ruder saß, genauer zu betrachten. Sie war ganz und gar nicht das Frauchen, als dass sie sich bei der Begrüßung gegeben hatte. Hier zeigte sie ihre ganze Kraft und Selbstsicherheit, sie strahlte förmlich. Auf der Rückfahrt, nun ruhiger mit raumen Winden, überließ sie Jan das Ruder und legte sich zum Sonnen aufs Deck. Stand aber eine Halse an, sprang sie, ohne das Jan etwas sagen musste, auf und erledige routiniert auch die Handgriffe eines Vorschoters. Sie sprachen während der Fahrt kaum ein Wort, genossen das Segeln und den Sonnenschein. Als der Steg wieder in Sichtweite kam, bat Jan Sarah, das Anlegemanöver zu übernehmen. Wie ein eingespieltes Team takelten sie danach das Boot ab und vertäuten es.

Trotz der wärmenden Sonnenstrahlen hatte der Wind sie tüchtig durchgepustet, sodass Jan ein wenig fröstelte.

«Warum bist du hier? Du willst etwas von mir, aber anscheinend nicht das, was Männer normal wollen. Willst du etwas von mir wissen?», fragte sie plötzlich unvermittelt.

Jan war überrascht. Hatte sie ihm angesehen, dass er nach einer Möglichkeit suchte, ihr eine Frage zu stellen? Wie hatte er sich verraten?

«Wie kommst du darauf?»

Sie lachte.

«In deinem Gesicht kann man lesen wie in einem Buch. Außerdem war das Engagement deines Fürsprechers schon sehr auffällig. Unbedingt ein Rendezvous mit mir, wegen meiner Spezialitäten. Wo ich so viele jüngere und hübschere Frauen in meiner Agentur vermittle.»

«Warum hast du es denn dann nicht einfach abgeschlagen?»

«So einfach ist das auch wieder nicht. Deinem Fürsprecher schlägt man nicht so einfach etwas ab. Außerdem hatte er mir dieses Haus hier für das tête à tête angeboten, da konnte ich einfach nicht nein sagen. Ich liebe dieses Haus.»

Jan ahnte, dass dieser Fürsprecher der Vater von Eva war, der als Staatsminister viele Fäden in der Hand hielt und dem wohl auch dieses Haus gehörte.

«Wärst du denn bereit, mir meine Frage zu beantworten?»

«Langsam. Schließlich muss ich dich erst besser kennenlernen und dann kann ich dir trotzdem nicht versprechen, dass ich deine Fragen beantworten werde.»

Einfach die Wahrheit für sich sprechen lassen, hatte Dr. Soltau ihm geraten. Jan wollte anfangen, zu erklären, aber sie legte den Finger auf seine Lippen und flüsterte: «Geduld, mein lieber Jan, wir haben ja noch den ganzen Tag und ...», wobei sie keck kicherte «und die ganze Nacht Zeit. Jetzt möchte ich dir die Sauna zeigen. Die haben wir uns verdient», meinte Sarah.

Jan hatte die Sauna noch gar nicht gesehen. Sie befand sich in einer Blockhütte draußen versteckt zwischen den Bäumen. Jan taute langsam auf.

In der Sauna dann begann Jan zu erzählen. Über sich, über die lange Zeit, in der er alleine gelebt hatte und schließlich über seine Ehe und die Kinder. Erstmals gelang es ihm, über das Grauen, welches das Verschwinden der Kinder ausgelöst hatte, zu reden. Sarah war eine gute Zuhörerin. Es war Teil ihres Berufes, denn sie sah sich in der Tradition der früher hoch angesehenen Damen der Halbwelt wie etwa der Kurtisanen oder einen Vergleich, den sie besonders gerne heranzog, der Geishas in Japan. Nach ihrer Meinung war es die Doppelmoral des Zeitalters des Puritanismus, die Frauen ihres Gewerbes in die Illegalität gedrängt und damit der Ausbeutung anheimgestellt hatte und in kriminellen Machenschaften hineinzog.

Über diese Diskussion gelang es Jan auch ein wenig über Sarahs Metier zu erfahren. Doch ihre Lebensgeschichte erzählte sie ihm nicht. Das ging niemanden etwas an. Sarah war, wie Jan bereits wusste, im Kinderheim in Düren aufgewachsen. Schon weit vor Beginn ihrer Pubertät war das Thema Sexualität in ihr Leben getreten. Sie hatte das Glück, nicht von älteren Kindern oder Betreuern missbraucht zu werden, da ihr Betreuer sich darauf beschränkte, den Kindern bei ihren Spielchen zuzuschauen. Sie lernte bereits als 12-jährige, wie sie, ein schmächtiges, aber intelligentes und freches Mädchen, die Jungs manipulieren und mit Masturbation und Fellatio für sich gewinnen konnte. Sie entwickelte bereits im Kinderheim ein kleines Geschäft daraus. Nicht, dass ihr das Spaß gemacht hätte. Es war ihr Weg, in dieser Umgebung zu überleben. Da ihr Betreuer es tunlichst vermied, derartige Spiele zu unterbinden und auch keine moralischen Grenzen setzte, entwickelte Sarah auch kein Scham- oder Unrechtsgefühl. Erst später wurde ihr bewusst, dass sie nicht nur von den Jungs, sondern auch von ihrem Erzieher benutzt worden war. Als spät Pubertierende, die noch mit sechzehn vollkommen flachbrüstig war und dünn wie eine Bohnenstange, blieb sie zumindest von weitergehenden Forderungen lange verschont. Ihr Bedürfnis nach Liebe blieb jedoch unerfüllt. Nach ihrem Schulabschluss, der trotz ihrer nachgewiesenen Intelligenz nur mittelmäßig war, da die Hauptschule sie hoffnungslos unterforderte, kam sie in eine Lehre als Friseurin.

Sich den Annäherungen ihres schleimigen Chefs und den daraus resultierenden Anfeindungen seiner Frau nur schwer erwehrend, suchte sie Schutz bei einem ihrer früheren Freunde des Kinderheims. Dieser hatte allerdings eher im Sinn, sie für sich arbeiten zu lassen. Zudem wurde sie schwanger, ein Umstand, der den Kindesvater so sehr verschreckte, dass er das Weite suchte. Nach dieser bitteren Erfahrung suchte sie sich lieber unter den gut situierten Kunden liebebedürftige ältere Herrn aus, die ihr für verhältnismäßig kleine Gefallen ihren kärglichen Lohn aufbesserten und es ihr ermöglichten, ihr Kind mithilfe einer hilfsbereiten Kollegin vor dem Kinderheim zu bewahren. Ihr machte es nichts aus, in Strapsen oder Schuluniform vor alten Männern zu tanzen, ohne die Souveränität über das Geschehen zu verlieren. Es war nur eine Frage der Zeit, bis sie ihre Lehre hinschmiss und einer der Gönner sie für sich alleine haben wollte.

Es war ein älterer Geschäftsmann, der im Rhythmus seiner Friseurbesuche zu ihr kam und ihr die Wohnung und den Lebensunterhalt sicherte. Sarah genoss die neue Freiheit und war angesichts der in ihren Augen bescheidenen Ansprüche ihres Gönners an sexuellen Dienstleistungen in einem Paradies gelandet. Sie erkannte schnell, dass es ihrem älteren Gönner um mehr ging als um den reinen Akt. Sie hatte intuitiv erfasst, dass sie durch Zuhören, Anerkennung und dem Vermitteln des Gefühls von menschlicher Nähe viel mehr erreichen konnte als durch rein sexuelle Dienstleistungen. Zudem hatte sie das Glück, dass der Mann ihr brachliegendes Potenzial erkannte und sie fördern wollte. Er brachte ihr Bücher mit, interessierte sie für Musik und Kunst und sorgte dafür, dass sie das Abitur nachholte und anschließend Geschichte studierte.

Ihrem Kind war er sogar eine Art Ersatzvater. Sie dankte es ihm, indem sie immer für ihn da war und auf feste Bindungen verzichtete. Als er starb, stand sie kurz vor dem Examen. Der Tod ihres Mäzens traf sie tiefer, als sie gedacht hatte. Finanziell hatte er sie mit einem prall gefüllten Konto auf ihren Namen abgesichert, wie sie durch den Besuch seines Nachlassverwalters erfuhr. Die Leere aber, die er hinterließ, war riesengroß. Schließlich war er der einzige Mensch in ihrem Leben gewesen, der an mehr als ihrem Körper und ihren Dienstleistungen interessiert war. Mehr noch, sie wurde sich im Kontakt zu ihren Kommilitonen an der Uni bewusst, dass sie zu einer normalen Beziehung zu einem Mann wohl nie fähig sein würde.

Nun musste sie überlegen, was sie mit ihrem Leben anfangen wollte, niemand gab ihr eine Richtung vor. Sie hatte sich vor dem Examen mit dem alten Japan und der Tradition der Geishas, deren Ausbildung und deren gesellschaftlicher Stellung beschäftigt und war davon fasziniert. Die Achtung, die ihnen in Japan früher entgegengebracht wurde und die vielen Fertigkeiten, über die eine ausgebildete Geisha verfügen musste, beeindruckten sie.

Etwas Derartiges im katholischen Rheinland aufzubauen, wäre eine Herausforderung.

Sie wusste damals nicht, worauf sie sich da einzulassen im Begriff war. Aber mit der ihr eigenen Zähigkeit setzte sie sich gegen alle Widerstände durch. Sie kämpfte mit allen Mitteln gegen die Versuche des Milieus, sie einzuverleiben oder zu vertreiben und gegen Behörden, die ihren Weg aus dem Zwielicht des Rotlichtmilieus hinein in das Establishment mit Argwohn betrachteten.

Die Nähe zur damaligen Bundeshauptstadt Bonn und der entsprechenden Klientel sorgte schließlich für einen Schutz ihres inzwischen zur Firma gewachsenen Begleit-Services. Wobei sie die Frauen, die sie in ihre Obhut nahm, sehr sorgfältig aussuchte. Selbstbewusst mussten sie sein, mit ausgezeichneter Allgemeinbildung und einer professionellen Einstellung zum Beruf. Weiterbildungsveranstaltungen in Benimmregeln, aber auch Fremdsprachen, Sekretariatskenntnisse und fremde Sitten waren Pflicht. Viele von Ihnen waren Studentinnen. Oberstes Gebot aber war Diskretion und der kleinste Verstoß führte zum Streichen aus der Liste der zu vermittelnden Begleiterinnen.

Sarah hatte zu jeder ihrer selbständig arbeitenden Damen ein Exposé angelegt, in dem nicht nur ihre körperlichen Vorzüge und angebotenen Sexualpraktiken, sondern auch Fremdsprachenkenntnisse und Sekretariatserfahrung aufgeführt waren. Denn oft wurden die Damen auch als Begleitung für Geschäftsreisen gebucht, da mussten die Begleiterinnen genauso in der Lage sein, das Gesprächsprotokoll eines Geschäftstermins anzufertigen wie auch als Gastgeschenk für den Geschäftspartner zu dienen.

Sarah hatte es auch nicht mehr nötig, Werbung zu machen; ohne Empfehlung hatte man keine Chance, in die Kundenkartei von Sarah aufgenommen zu werden. So war ihre Kundenkartei eine Sammlung des Who's who in Wirtschaft und Politik und zugleich das bestgehütete Geheimnis Sarahs.

Und ausgerechnet aus dieser Kundenkartei wollte Jan etwas wissen? Wahrscheinlich, denn dass Jan mit seinem Schwiegervater und dem lieben Dr. Soltau die Suche nach seinen Kindern selbst in die Hand genommen hatte, war allgemein bekannt. Und was hatte sie sonst an Wissen zu bieten? Es musste sich um einen Kunden handeln, dessen war sie sich sicher.

Sarah hatte Jan daher nicht ohne Absicht die Geschichte und Philosophie ihrer Firma erläutert. Er sollte begreifen, was er da von ihr verlangte. Sie sollte gegen ein Tabu verstoßen. Ein Tabu, welches sie selbst gesetzt hatte und deren Verstoß das Ende ihrer Firma, ja ihrer Existenz bedeuten könnte. Sicher, das Schicksal seiner Kinder ließ auch sie nicht unberührt. Sie war keine eiskalte Geschäftsfrau, der das Los zweier Kinder vollkommen egal war. Aber sie hatte bereits ein Gefühl dafür, welche Mächte da am Werke waren und in welcher Gefahr sich jeder befand, der sich in die Sache verwickeln ließ.

Jeder Kunde von Sarah wurde auf einer eigenen altmodischen Karteikarte erfasst, seine persönlichen Daten, auf wessen Empfehlung er kam. Seine Vorlieben wurden ebenso notiert wie alle Buchungsvorgänge, einschließlich der Rückmeldungen der Begleiterinnen. Alles in der gestochen scharfen Schrift Sarahs geschrieben. Sie verzichtete bewusst auf eine elektronische Erfassung dieser Daten. Nicht weil sie technikfeindlich war, sondern aus Sicherheitsgründen. Der Panzerschrank, in dem Sarah diese geheimen Daten aufbewahrte, erfüllte die höchste Sicherheitsklasse und war zudem feuerfest und sicher einbetoniert.

Die normale Buchführung erfolgte wie in jeder modernen Firma über EDV, aber die Verbindung zu den Kunden war nicht herzustellen, denn alle Buchungen liefen über ein Treuhandkonto in Liechtenstein. Jan würde begreifen müssen, dass sie ihm keine Informationen über ihre Kunden geben konnte.

Nach der Sauna überraschte Sarah Jan mit einem vorzüglichen Essen, dass sie am Morgen hatte anliefern lassen. Nach einem kleinen Verdauungsspaziergang, bei der Sarah Jan die ganze Halbinsel zeigte, saßen sie gemütlich bei einem Glas Rotwein.

Jan fand nun die Zeit gekommen, seine Frage loszuwerden. Sarah war überrascht, als er sie dann nach Peter Grüner befragte. Peter Grüner war keineswegs ein Kunde von ihr, sie war sich allerdings nicht sicher, was Jan über ihre Beziehung zu ihm wusste. Sie fragte ihn, aber er antwortete, dass Dr. Soltau ihn nur gebeten hatte, sie nach dem Aufenthaltsort von Peter Grüner zu befragen. Es gelang ihm, so unbedarft zu wirken, dass sie ihm glaubte, nicht mehr zu wissen. Dennoch war sie geschockt. Dr. Soltau musste etwas wissen. Doch woher? Sie hatte den Kontakt zu Peter Grüner vollkommen abgebrochen, als er nach der Geburt ihrer Tochter eines Tages im Krankenhaus auftauchte. Sie hatte ihm unmissverständlich klargemacht, dass er unerwünscht sei und als Vater ihrer Tochter vollkommen ungeeignet. Er hatte sich aufgespielt, bedrohte ihren väterlichen Beschützer, der zufällig gerade hereinkam und forderte vehement eine Ablöse für sie und das Kind. Drohend ging er bis auf wenige Zentimeter auf den alten Mann zu.

«Hey Opa, das hast du dir so gedacht. Machst einen auf Samariter und willst dir mein Pferdchen umsonst unter den Nagel reißen? Geht gar nicht, Alterchen. Bumst wohl gern mit Schwangeren. Mir egal, aber das kostet extra. Drei Riesen für das Pferdchen und genau so viel für das Fohlen.»

Der ältere Mann ließ sich nicht einschüchtern, hielt dessen Nähe und drohenden Blicken stand und bestellte ihn scheinbar einlenkend für den nächsten Tag in sein Büro in der Stadt. Sie hörte eher zufällig, dass er vor dem Büro des Maklers angefahren wurde und lange im Krankenhaus lag. Ihr väterlicher Beschützer erklärte dazu auf ihre diesbezügliche Frage, dass es nur ein glücklicher Zufall gewesen sei. Ausgerechnet vor seiner Tür sei dieser Schmarotzer von einem Autofahrer angefahren worden. Er hätte ihn dann mit seinem Anwalt im Krankenhaus besucht und ausgezahlt. Peter hätte eingesehen, dass er keine weiteren Ansprüche geltend machen dürfe und es besser sei, wenn er sich von Sarah und ihrem Kind fernhalte. Jedenfalls hatte er sich danach sehr lange Zeit nicht mehr gemeldet. Dennoch hatte sie aus der Ferne seine weitere «Karriere» verfolgt, die von Zuhälterei über Bankraub bis zum versuchten Totschlag reichte. Für letzteres hatte er drei Jahre gesessen. Nach seiner Haftentlassung von fünf Jahren verschwand er dann ganz von der Bildfläche. Ihr war das Recht. Bis vor einem Jahr.

Sarah hatte Mühe, sich ihre Überraschung nicht anmerken zu lassen. Sie war so darauf eingestellt, Jan zu erklären, warum sie ihm nichts über ihre Kunden erzählen konnte, dass sie ganz baff war, den Namen des Vaters ihres Kindes zu hören. Außerdem hatte sie Jan auf seltsame Weise gern. Das machte sie noch vorsichtiger, hatte das Leben sie gelehrt, dass sie Gefühle nur in Schwierigkeiten brachten.

«Diesen Namen habe ich schon ewig nicht mehr gehört», antwortete sie gedehnt.

«Du weißt also nicht, wo man diesen Mann finden könnte?», fragte Jan traurig.

«Nein, keine Ahnung.» Er bohrte nicht weiter, blickte nur durch sie hindurch, war in seine Trauer abgetaucht.

«Aber ich kann mich ja erkundigen. Er ist kein Kunde von mir, soviel kann ich dir sagen.» Sarah glaubte selbst nicht, was sie da versprach. Wurde sie auf ihre alten Tage noch sentimental? Sie versuchte Jan ins Jetzt zurückzuholen. Er schaute sie zweifelnd an.

«Ich verspreche es, wenn wir jetzt zum gemütlichen Teil des Tages übergehen können. Okay?»

Sie schaute Jan in die blauen Augen.

Jan seufzte: «Okay.»

Sarahs Verführungskünste blieben wirkungslos. Sarah erkannte schnell, dass Jan nicht in der Verfassung war, sich sexuellen Gelüsten hinzugeben. Geschickt ging sie wie schon beim spielerischen frivolen Spiel vor dem Segeln und in der Sauna zu einem neuen Thema über und schaffte es so, Jan die Peinlichkeit des Versagens zu ersparen. Sarah und Jan spielten eine Partie Schach, die Remis ausging. Nun schlug Sarah vor, die Sonne noch ein wenig auszunutzen und schwimmen zu gehen sowie auf dem Steg etwas zu sonnen. Jan war einverstanden. Anschließend bat sie zum Abendessen ins Haus. Danach saßen sie zusammen am Kamin und Sarah spielte ein wenig auf dem Klavier. Trotzdem war Jan froh, als er sich mit der Begründung, Maria nachts nicht alleine lassen zu können, verabschieden konnte.

Als Jan am nächsten Tag mit Dr. Soltau zusammentraf, war er arg befangen.
Aber Dr. Soltau wollte nur wissen, wie sie auf die Frage nach Peter Grüner reagiert hat.
«Sie war überrascht, den Namen zu hören.»
«In welche Beziehung steht er zu ihr?»
«Sie sagte, es sei kein Kunde!»
«Richtig. Aber es ist besser, wenn ihr Geheimnis gewahrt wird. Hat sie dir denn etwas dazu gesagt?»
«Sie hat mir versprochen, sich zu erkundigen.»
«Mehr konnten wir nicht erwarten, das hast du gut gemacht.»
«Ich hab gar nicht viel gemacht.»
«Das war es wahrscheinlich. Jetzt wirst du sie ja wieder sehen müssen.»
«Gibt Schlimmeres.»
Dr. Soltau lachte. Damit war das Thema erst einmal durch.

09.08.2015

Bernd Körner hatte sich vorgenommen, den Stier bei den Hörnern zu fassen und ging bei seinem nächsten Besuch in Aachen abends in den ‚Fuchsbau'. Er hatte Glück. An seinem Stammplatz an der Theke saß Bachmann. Körner zog sich einen Barhocker ran und setzte sich neben ihn. Bachmann war alles andere als nüchtern. Trotzdem musterte er ihn argwöhnisch.
«Ah, das Ministerium gibt sich die Ehre. Hier gibts aber kein Altbier.»
«Tach Bachmann. Deswegen bin ich ja hier. Zwei Kölsch bitte», rief er, der Bedienung zugewandt.
«Und zwei Korn. So billig kommst du mir nicht davon!», flüsterte Bachmann grinsend.
Die Bedienung schaute fragend. Körner nickte.

«Wie ist es denn so in Düsseldorf?»

«Wie soll es einem Terrier in einem Hundesalon mit rosa Schleifchen schon gehen?», entgegnete Körner, auf seinen Spitznamen beim K 11 anspielend.

«Tja, das hast du dir ja selbst eingebrockt.»

«Erinner' mich nicht daran.»

«Da haste dich klassisch ausbooten lassen. Aber wäre mir vielleicht auch passiert. Obwohl ... bei meiner Alten wohl eher nicht», kicherte Bachmann.

«Wie meinst du das?», fragte Körner gedehnt.

«Dachtest, ich hätte meine Alte so geliebt? ...Hmm, weiß selber nicht, irgendwie schon. Aber sie war ein Biest. Trotzdem ...»

Körner merkte, dass Bachmann abzugleiten begann. Er packte ihn an der Schulter.

«He, nicht sentimental werden. Ich meinte, wieso hab' ich mich ausbooten lassen?»

«Glaubst du etwa, das war Zufall? Bist wahrscheinlich bei deinen Ermittlungen irgendjemanden gehörig auf die Zehen getreten.»

Bachmann stieß mit Körner an und leerte sein Glas. Körner blieb nichts anderes übrig, als es ihm gleichzutun.

«Wie kommst du da drauf?», hakte Körner nach.

«Tja, alte Schule. Keine Spur auslassen. Ich hab mir den Vogel näher angesehen. Als bei meinen Ermittlungen zu der Luxemburger Firma, die das verdächtige Fahrzeug in Frankfurt auslieh, eine Sicherheitsfirma auftauchte, klingelte es. Na, klingelt es bei dir auch?»

«Du meinst, weil der Kerl Rausschmeißer oder so was war?»

«Mitarbeiter im Sicherheitsdienst heißt das. Er war bei einem Arbeitsverleiher angestellt. Aber ich hab mir die Mühe gemacht, herauszufinden, an wen der Verleiher Leute ausgeliehen hat. Rate mal?»

«An die Luxemburger Firma?»

«Bingo! Aber psst. Du kannst hier niemandem vertrauen. Irgendeiner torpediert meine Arbeit. Da ist jemand scharf auf meinen Stuhl!»

Körner sah sich vorsichtig um. Die Wirtschaft war fast leer. Es war Donnerstagabend und kurz vor sieben Uhr.

«Du meinst, jemand manipuliert die Ermittlungen?», hakte Körner nach.

«Willst du mich etwa ausfragen?», wurde Bachmann argwöhnisch.

«Wozu? Weil ein Teil der Ermittlungsakte verschwunden ist oder weil Fahndungsmeldungen verschlampt wurden?», provozierte Körner bewusst.

«Ihr wisst es also schon. Hab' ich mir gedacht. Darum sitz' ich hier. Der Polizeipräsident hat mich gestern bestellt. Er wird mich nicht mehr lange stützen können, meinte er, wenn ich nicht endlich das Leck im Präsidium finde. Dabei gehts dem nur um die Presse. Die Kinder sind dem scheißegal.»

«Der will nur seine eigene Haut retten. Der steht nach den Meldungen in der Presse selbst kurz vor dem Rausschmiss», legte Körner nach.

«Dabei sind wir ganz nah dran. Diese Luxemburger Firma ist der Schlüssel. Dieser Zuhälter, den die Belgier aus dem Container gezogen haben, war einer der Entführer. Der andere ist der mit der Tätowierung. Den müssen wir jetzt schnell packen, sonst ist der auch tot. Es muss nämlich noch einen dritten Entführer geben. Ich hab mir die Aussagen von dem alten Zöllner noch einmal angesehen. Es müssen drei Mann gewesen sein.»

Körner war erstaunt, dass Bachmann bei dem Alkoholkonsum, den er laut Blick auf seinen Deckel intus zu haben schien, noch so argumentieren konnte. Doch er schien immer sicherer zu werden.

«Hast du etwas zum Hintergrund der beiden herausfinden können?»

Bachmann schaute wieder kritisch. «Warum interessierst du dich eigentlich noch für den Fall?»

«Es war mein letzter, und was ich erreicht habe, war kläglich. Ich hatte immer den Verdacht, dass der General über den Alten in die Ermittlungen hinein fuschte, um seine Tochter zu schützen. Das hat mein Auge getrübt. Aber das sieht jetzt ja ganz anders aus.»

Er rückte näher an Bachmann heran. Er merkte, dass es Zeit war, auch etwas preis zu geben.

«Ich bin in Düren in einem Kinderheim gewesen, in dem Hasenleder, der Tote aus Brüssel, aufgewachsen war. Dabei bin ich auf einen Mann namens Peter Grüner gestoßen. Der soll auch später im Milieu mit Hasenleder zusammen gewesen sein. Ein anderes Kaliber, mehrere Ermittlungsverfahren. Eine Verurteilung aufgrund von versuchtem Totschlag, allerdings ist er seit Jahren nicht mehr aufgetaucht. Außerdem war Werner Bollemann auch für ein paar Monate in der gleichen Einrichtung. Und ich habe in Richtung dieses Tätowierten recherchiert. Er war im gleichen Kinderheim in Düren. Komischer Zufall, nicht wahr?»

Bachmann grinste.

«Und wenn ich dir jetzt sage, dass der Loverboy deiner Frau auch aus Düren stammt?»

Körner fielen die Mundwinkel herab. Das musste er erst einmal verdauen, er kippte sein Bier und den Schnaps runter. Bachmann zog nach. Wie von Geisterhand standen gleich neue Gläser da.

«Tja, da bist du baff. Ich habe ja gesagt, du bist ausgebootet worden. Glaubst du mir jetzt?»

«Verdammt, du hast recht. Wir müssen uns die Schweine packen.»

«Richtig! Diesen Grüner werde ich mir gesondert vorknöpfen. Und dieses Kinderheim! Den Loverboy deiner Frau, er heißt übrigens Uhmut Aslanyan habe ich zur Überwachung ausgeschrieben. Ist deutscher Staatsbürger, türkischer Vater, aber deutsche Mutter. Der Vater ist kurz nach der Hochzeit bei einem Besuch in der Heimat verstorben, die Mutter verschwand spurlos. Der Junge wurde von den Nachbarn erst nach

vierzehn Tagen in der verlassenen Wohnung gefunden und kam dann ins Kinderheim. Da war er fünf Jahre alt. Nach dem Tätowierten wird sowieso schon gefahndet. Wir sind ganz nahe dran. Das spüre ich. Aber ich kann keinem mehr trauen im Präsidium. Zu viele Merkwürdigkeiten! Deshalb war ich sogar froh, als die Soko aufgelöst wurde. Ich arbeite nur noch mit ein paar Leuten zusammen, denen ich halbwegs trauen kann. Die anderen beschäftige ich mit Routine. Ich will mir diesen Fall nicht von Solowski versauen lassen, hörst du.»
Er machte eine Pause. «Aber wir sind nah dran. Wir sind wirklich nah dran. Wenn sie mich lassen, finde ich die Kinder!»

«Da bin ich mir sicher», erwiderte Körner.
Der lange Redeschwall hatte Bachmann erschöpft. Sie stießen mit dem Bier an.

«Ex»

«Ex»
Bachmann leerte sein Bierglas und anschließend auch das Schnapsglas.
Körner schob sein Schnapsglas zu Bachmann hinüber.

«Ich muss noch nach Düsseldorf fahren.»
Bachmann schob es zurück.

«Tüddelkram, du schläfst bei mir!»

Nur wenn Bachmann betrunken war, ließ er seine hanseatische Herkunft durchblitzen. Körner nickte und leerte ebenfalls sein Pinnchen.

Die Kellnerin stand bereits parat und tauschte die leeren Gläser gegen volle. Gegen Mitternacht wankten die beiden Arm in Arm hoch in Bachmanns Wohnung, die direkt über der Wirtschaft lag.

Sarah Koslowski

Der General rief Körner an. Er informierte ihn, dass eine gewisse Sarah Koslowski die Mutter eines gemeinsamen Kindes mit Peter Grüner sei und sie Grund zu der Annahme hätten, dass sie im Kontakt zu diesem stehe. Alle Fäden schienen im Kinderheim in Düren zusammenzulaufen. Auch Sarah Koslowski sei dort aufgewachsen. Körner sparte sich die Frage, woher der General seine Informationen hatte.

«Sie wissen, dass ich nicht mehr im Ermittlungsdienst bin!»

«Aber Sie werden sicher eine Möglichkeit finden, sie befragen zu lassen. Ich erwarte keine Antworten. Ich möchte nur wissen, wie sie darauf reagiert!»

«Ich kann Ihnen nichts versprechen, aber ich spreche mit jemand, der da mehr tun könnte.»

«Danke!»

«Nichts zu danken, Sie hören von mir.»

Körner suchte am Abend Bachmann auf und informierte ihn über den Wunsch des Generals.

«Vertraust du ihm?»

«Mittlerweile ja. Er tut alles, um seine Enkelkinder zu finden. Dafür hat er sich in der Zwischenzeit sogar mit dem Innenminister angelegt, wie ich gehört habe.»

«Gut, ich tue dir den Gefallen.»

«Aber sei vorsichtig. Das soll eine gewiefte Person sein, mit Verbindungen nach ganz oben.»

«Wieso, ich ermittle ja nicht im Fall Mülhausen?», fragte Bachmann verschmitzt.

«Sondern?»

«Im Mordfall Georg Hasenleder. Ich habe da noch eine Anfrage der belgischen Kollegen liegen. Sagtest du nicht, sie würde ihn aus dem Kinderheim kennen?»

«Ja richtig, das ist die Lösung. Klasse!», staunte Körner bewundernd.

«Sag' ich doch», antwortete Bachmann befriedigt.

«Aber für den Mordfall Hasenleder bist du gar nicht zuständig.»

«Na und. Man hilft sich doch auch grenzüberschreitend, oder?»

Als Bachmann Sarah Koslowski unangemeldet einen Besuch abstattete, wollte sie ihn zunächst an ihren Anwalt verweisen.

Erst als Bachmann die Namen Georg Hasenleder und Peter Grüner erwähnte, war sie interessiert, zu erfahren, was die Polizei inzwischen wusste. Bachmann war, wie Sarah feststellen musste, erstaunlich gut informiert. Er kannte ihre gemeinsame Vergangenheit. Er war auch über ihr jetziges Geschäft gut informiert. Als er sie zu Georg Hasenleder befragte, war sie locker und entspannt. Sie erzählte, dass sie ihn aus dem Kinderheim kennen würde, aber danach nicht mehr gesehen habe. Es wurde deutlich, dass sie tatsächlich nichts von ihm wusste. Beim Namen Uhmut Aslanyan und dem Namen der Sicherheitsfirma, für die er gearbeitet hatte, blickte sie kurz an die Decke. Ein klares Zeichen für eine Lüge. Nein, sie könnte sich nicht an den Namen erinnern. Sie kenne auch die Sicherheitsfirma nicht, für die er gearbeitet habe.

«Das ist aber merkwürdig. Schließlich ist der Vater ihrer Tochter bei der gleichen Firma.» Ein Schuss ins Blaue.

«Wer bitte?»

«Na Peter Grüner, der Vater ihrer Tochter. Sie stehen im Kontakt zu ihm?»

Wusste er, dass sie mit Peter in Kontakt stand, oder war das ein Bluff?

Das irritierte sie. Denn Peter war bei ihr nie als Kunde aufgetreten, die Buchungen liefen immer über die Fa. Prosteel&more. Sie hatte zudem jeden offiziellen Kontakt vermieden.

«Nein, wie kommen Sie da drauf? Ich habe ihn ewig nicht mehr gesehen. Das ist auch gut so. Ich lege keinen Wert auf einen Kontakt.»

«Ich habe da andere Informationen.»

Sie stritt das natürlich ab und versicherte, dass sie Peter Grüner nach seiner Inhaftierung nicht mehr gesehen habe. Was ihm denn vorgeworfen werde, fragte sie scheinbar nur mäßig interessiert.

«Wir ermitteln im Mordfall Hasenleder, wie ich eingangs erwähnt habe», erwiderte Bachmann und verabschiedete sich.

Als Körner sich mit Bachmann am nächsten Abend traf, berichtete er kurz.

«Zu Hasenleder wusste sie wirklich nichts. Beim Namen der Sicherheitsfirma wurde sie schon nervöser. Aber du hattest recht, sie steht in Kontakt mit diesem Grüner.»

«Hat sie das zugegeben?»

«Natürlich nicht. Sie leugnete, ihn nach seiner Verhaftung noch einmal gesehen zu haben. Aber sie lügt.»

«Hast du ihr auf den Zahn gefühlt.»

«Nein, nicht wirklich. Ich habe ja nur eine harmlose Befragung durchführen können. Aber interessanterweise bin ich heute schon zum Reckmann, dem stellvertretenden Direktor, bestellt worden. Der fragte, was ich denn für ein Interesse an Sarah Koslowski habe und künftig solle ich ihn erst informieren, bevor ich in Fällen anderer Kommissariate ermittle.»

«Was hast du gesagt?»

«Ich habe natürlich gesagt, dass es keine Vernehmung war, sondern eine harmlose Befragung auf Wunsch der belgischen Polizei.»

«Woher wusste denn der Reckmann davon?»

«Das ist ja das eigentlich Interessante. Von mir nicht und auch von niemandem im Kommissariat, da ich keinem Bescheid gesagt hatte.»

«Dann kann er es ja nur auf Intervention von Sarah erfahren haben.»

«Eben.»

«Das ist ja sehr aufschlussreich.»

Das fand auch der General, den Körner informierte.

10.08.2015

Der General und Dr. Wegener trafen sich wieder mit Jan und Eva im Keller der Werkstatt. Torben Esser war kaum ansprechbar. Sie hatten die Verhöre die ganzen vorherigen Tage fortgesetzt, bis dieser einfach während des Verhörs einschlief und nicht mehr wach zu kriegen war.

Es roch im Keller nach Erbrochenen. Es war offensichtlich, dass er auf Entzug war. Dr. Wegener hatte Methadon mitgebracht. Nachdem er ihm eine Dosis verabreicht hatte, versuchten sie, das Verhör fortzusetzen. Sie brauchten weitere Informationen zum dritten Mann. Viel war nicht aus ihm heraus zu bekommen. Er erinnerte sich jedoch, dass Schorsch damit geprahlt habe, den Pete schon ewig zu kennen. Dieser säße jetzt ganz dick drin und man könne ihm nichts anhaben, weil er Rückendeckung von ganz oben habe. Da wollte er sich einklinken. Deshalb sei es Schorsch so wichtig gewesen, diesen Job gut zu machen. Aber später habe er davon nicht mehr geredet und gesagt, er wolle nur noch einen dicken Deal machen und sich dann zur Ruhe setzen.

«Wann hat er das gesagt?»

«Im Hotel. Er sagte, dieser Affe soll seine Scheiße selber machen. Er wolle noch mal groß Kasse machen und dann ab nach Ibiza. Da war er allerdings schon besoffen.»

«Und was meinte er damit?»

«Ich hatte keine Ahnung, Mann. Er tat sehr geheimnisvoll. Dann wollte er mir ans Fell, da bin ich abgehauen.»

«Wieso wollte er eigentlich an dein Fell?»

«Ich sollte den Arsch für ihn hinhalten. Nicht, dass mir das was ausgemacht hätte. Wenn der Schorsch nüchtern war, konnte er sehr zärtlich sein. Aber wenn er besoffen war, war der Schorsch 'ne Sau. Schläge auf den Arsch und auf den Rücken. Oder mit ´ner brennenden Kippe über den Rücken gehen. Mein Buckel brannte sowieso noch wie Feuer. Wegen dem neuen Tattoo. Ich hatte keinen Bock darauf, dass er das Tattoo versaut.»

«Ja, das hattest du schon erwähnt. Wir glauben auch, dass Schorsch versucht hat, die Eltern der Kinder, die ihr entführt habt, zu erpressen.»

«Aber wie?», fragte Torben Esser verständnislos, «wir haben die Kinder doch am Freitagmorgen abgeliefert.»

«Er hat geblufft. Er hatte Haare von dem Mädchen und das Handy.»

«Diese Sau! Da wollte er mich ja bescheißen. Wollte alleine Kasse machen. Jetzt verstehe ich, er wollte die Eltern der Kinder abkassieren. Nur richtig, wenn der Pete ihn dafür kalt gemacht hat.»

«Ist anzunehmen. Wahrscheinlich hat es eurem Pete nicht gefallen, dass ihr ihm ins Handwerk pfuschen wolltet.»

«Aber ich nicht. Ich hab gar nichts davon gewusst», kam mit weinerlicher Stimme. Ihm wurde mit einem Mal bewusst, was das für ihn bedeutete.

«Fuck, fuck, fuck, und jetzt glaubt er, ich war auch dabei!»

«So ist es. Wenn wir ihn nicht finden, wird er dich finden, sobald wir dich laufen lassen.»

«Fuck, das könnt ihr nicht machen. Ihr wollt mich als Köder benutzen?»

«Richtig. Also streng dich besser an. Wenn dir nichts einfällt, womit wir ihn finden können, werden wir dafür sorgen, dass er dich findet.»

«Nein, warten Sie, Sir. Mir fällt bestimmt noch etwas ein.»

«Du hast bis morgen Zeit.»

Der General und der Doktor gingen.

«Willst du ihn wirklich als Köder benutzen?»

«Nur ungern. Wir können uns eigentlich nicht leisten, dass irgendjemand erfährt, was wir bereits wissen.»

«Aber was dann?»

«Mir wird schon etwas einfallen.»

Der Doktor übergab Eva das Methadon mit der Anweisung für die Dosierung.

Am nächsten Tag war der General alleine bei Torben Esser.

«Na, ist dir noch etwas eingefallen?»

«Ja Sir. Aber ich habe das für Spinnerei gehalten. Der Schorsch hat im Suff davon gesprochen, dass der Pete jetzt alle Trümpfe in der Hand hätte.»

«Was hat er damit gemeint?»

«Wohl wegen der Fotos.»

«Was für Fotos?»

«Eindeutige Fotos von irgendwelchen Promis.»

«Wo hatte er die her?»

«Hat er nich' gesagt. Ich denke aber aus dem Edelpuff in der Eifel.»

«Was hat er denn noch gesagt?»

«Dass der die Fotos nicht gemacht hat, sondern nur ein paar hat mitgehen lassen.»

«Hat das der Schorsch gesagt?»

«So ähnlich. Aber wie gesagt, da war er ziemlich besoffen, Sir.»

«Hast du die Fotos gesehen?»

«Nee, Sir. Wie gesagt, das hat der Schorsch nur einmal im Suff gesagt. Als der Pete noch sein bester Freund war. Dass ich nicht lache. Der war so kalt wie ein toter Fisch.»

«Hast du dir schon überlegt, wo du hin willst, wenn wir dich laufen lassen?»

«Kann ich denn jetzt raus, Sir?»

«Überlege einmal selbst. Können wir dich einfach so laufen lassen? Wo wolltest du denn hin?»

«Ich geh' nicht zu den Bullen, da brauchen Sie keine Angst zu haben. Ehrenwort, Sir.»

«Da hab ich auch keine Angst vor. Aber wenn dich dieser Pete in die Finger kriegt, wärst du froh, hiergeblieben zu sein. Und wenn dich die Polizei erwischt, fährst du lebenslang wegen Mordes ein. Schließlich hattest du im Hotel einen Streit mit deinem Lover, das haben Gäste bestätigt. Und du bist später am Tatort gesehen worden. Wahrscheinlich wirst du nach Belgien ausgeliefert, was da im Gefängnis mit so hübschen Burschen wie dir passiert, weißt du wahrscheinlich besser als ich. Ich kann mir denken, dass der Arm dieses Pete auch bis ins belgische Gefängnis reicht.»

«Ich tauch' unter, ab nach Malle oder so. Ehrlich, ich verschwinde. Mach mich unsichtbar.»

Der General gab Torben die Zeitung mit dem detaillierten Bericht über den Toten im Müllcontainer und die Suche nach ihm als mutmaßlichen Mörder.

«Verdammt, Sie müssen mir helfen! Ich war das nicht.»

«Wir können nichts für dich tun. Du musst dir schon selbst helfen. Sterben wirst du so oder so. Ist nur die Frage wie. Aber an deiner Stelle würde ich mir überlegen, ob ich mir den Schwanz bei lebendigem Leib abschneiden lassen möchte.» Der General gab ihm die Packung mit dem Methadon.

Am nächsten Tag meldete sich Jan aufgeregt beim General. Der Doktor müsse unbedingt vorbeikommen. Bevor er ins Detail gehen konnte, unterbrach ihn der General.

«Ich komme vorbei. Ich bringe den Doktor mit. Maria soll sich so lange hinlegen.»

«Aber ….», antworte Jan. Doch der General hatte schon aufgelegt. Er würde Jan und die anderen einmal darauf hinweisen müssen, am Telefon vorsichtiger zu sein.

Als der Doktor und der General bei der Werkstatt eintrafen, war Torben Esser schon lange tot.

«Herzversagen, wahrscheinlich der Stress, vielleicht auch eine Überdosis», stellte der Doktor fest. Der General schaute den Doktor scharf an, der sich auf die Lippen biss.

«Wieso Überdosis, er hat doch nur die Dosis Methadon bekommen, die Alfons uns gesagt hat!», hakte Jan gleich ein.

«Vielleicht hatte er noch irgendwo am Körper eine eiserne Ration? Wir haben ihn ja nicht richtig gefilzt. Aber das ist jetzt nicht mehr wichtig. Wichtig ist, was wir jetzt tun», versuchte der General, das Thema in eine andere Richtung zu lenken.

«Nicht mehr wichtig? Nicht wichtig, sagst du? Wir sind an seinem Tod schuld!»

«Schuldzuweisungen helfen uns nicht weiter. Wir müssen mit der Situation umgehen. Ich habe gleich gesagt, dass dies kein einfaches Unternehmen wird. Wir müssen die Ruhe bewahren.»
Der General versuchte, Jan zu beruhigen.

«Unternehmen? Das ist krank! Wir sind nicht besser als die. Jetzt klebt auch Blut an unseren Händen!»
Die Realität hatte ihn eingeholt. Seine Racheschwüre waren vergessen. Wut und Angst mischten sich. Der General sprach

eindringlich auf ihn ein. Der Doktor und Eva schwiegen betreten. Schließlich war Jan so weit, nach Hause zu fahren. Der Doktor begleitete ihn.

«Ich komme dich nachher holen», versprach der General dem Doktor.

Eva war praktischer veranlagt und hatte keinerlei Berührungsängste. Sie deutete auf den zusammen gekrümmten Körper auf der Matratze.

«Er muss schnellstmöglich hier weg. Und der Keller muss geräumt werden. Alles muss raus. Ich rufe Jupp an!»

«Ja mach das. Wir brauchen hier praktische Hilfe ohne Moraldiskussionen», antwortete der General. Jupp erschien nach zehn Minuten. Der General erläuterte das Problem.

«Wo bringen wir ihn hin?»

«Am besten dorthin, wo Leichen mit Überdosis nicht auffallen», schlug Eva vor.

Der General schaute Eva direkt ins Gesicht. Sie erwiderte seinen Blick. Mit der Hand deutete sie auf ihre Hosentasche. Der General konnte die Ausbeulung, welche die Packung Methadon dort hinterließ, deutlich erkennen. Dankbar nickte er ihr zu. Sie hatte die Packung beiseiteschaffen können, bevor Jan sie sehen konnte.

«Oder am besten dorthin, wo Leichen überhaupt nicht auffallen. Auf den Friedhof. Wir legen ihn einfach in ein vorbereitetes Grab. Bisschen tiefer buddeln und fertig», schlug Jupp vor.

Sie diskutierten diesen verblüffend einfach klingenden Vorschlag.

«Das Risiko ist mir zu hoch. Wir müssten mit Schaufeln auf den Friedhof. Jemand könnte den zusätzlichen Erdaushub bemerken. Außerdem ist es gar nicht schlecht, wenn er gefunden wird. Schließlich wird er ja wegen Mordes gesucht. Wir dürfen nur keine Spuren hinterlassen.»

«Wo sollen wir ihn denn ablegen?», fragte Jupp.

«Das ist sicherlich genauso gefährlich.»

«Am besten ist ein Müllcontainer. Oder auf einer wilden Müllkippe. Das passt zu dem anderen», meinte Eva.

«Dann am besten in Belgien. Ich kenne da einen geeigneten Platz, das ist auch nicht so weit, wir brauchen nur in Roetgen über die Grenze. Dort gibt es eine wilde Müllkippe, nicht weit von der Straße weg», schlug Jupp vor.

«Sollen wir warten, bis es dunkel ist?», fragte Eva.

«Ist wohl besser.»

Sie entschieden sich für die von Jupp vorgeschlagene wilde Müllkippe an einer Landstraße in Belgien. Der Doktor hatte auf Bitten des Generals einen Leichensack aus seinem Fundus mitgebracht. Zudem hatte er an Einweganzüge und Handschuhe gedacht. Nachdem sie die Leiche sorgfältig nach verräterischen Spuren untersucht und verpackt hatten, luden sie diese in den Leichenwagen. Das wäre bei einer neuerlichen Kontrolle am unauffälligsten.

Der General fuhr zu Maria und Jan, während Eva den Keller leer räumte, penibel putzte und die Sachen in den Transporter von Jan lud. Eva brachte alles noch am selben Tag zur Müllkippe. Da es sich um die Einrichtung ihres Entzugsraumes handelte, hätte sie bei irgendwelchen Fragen eine passende Erläuterung gehabt. Aber es fragte sie niemand.

Jan hatte sich in der Zwischenzeit beruhigt. Offensichtlich hatte er Maria nichts erzählt. Der General schlug vor, dass sie am nächsten Tag noch einmal reden könnten, er aber Maria nicht damit belasten solle.

«Hättest du mir das zugetraut?», fragte er.

«Nein, ich frage es nur, um sicherzugehen. Wenn man erregt ist, sagt man schnell etwas, was man nachher bereut.»

«Da brauchst du keine Angst zu haben. Maria würde das ohnehin nicht wahrnehmen.»

Am Abend dann fuhren Jupp, der Doktor und der General die Leiche weg. Der Doktor bot sich an, den Leichensack zu entsorgen. Klein geschnitten war er als solches nicht mehr zu erkennen und landete in diversen gelben Tonnen eines Mehrfamilienhauses.

12.08.2015

Körner war wieder mit Bachmann in dessen Stammkneipe versackt. Am nächsten Morgen wachte er verkatert in Bachmanns Gästezimmer auf und wankte Richtung Badezimmer. Überrascht stellte er fest, dass Bachmann schon fertig angezogen war.

Auf seinen fragenden Blick antwortete dieser: «Sie haben drüben in Belgien eine Leiche gefunden. So wie es sich anhört, scheint es Torben Esser zu sein, der mit der tätowierten Ratte. Die Belgier haben uns gleich informiert. Ich fahr' hin und schau ihn mir an.»

Körner wunderte sich, dass Bachmann kein bisschen verkatert wirkte. Er selbst fühlte sich wie durch einen Fleischwolf gedreht, sein Magen rebellierte, in seinem Kopf war ein Wespenschwarm eingezogen.

«Ich komme mit!»

«Besser nicht. So wie du aussiehst, kannst du Tote wecken. Dusche und trinke einen Kaffee. Der steht fertig in der Küche. Ich komme dann gleich noch einmal vorbei und sag dir Bescheid. Wird eh nicht viel zu sehen sein. Der Fundort ist eine wilde Müllkippe, die Leiche wurde dort nur abgelegt.»

Zweieinhalb Stunden später war Bachmann wieder da, Körner fühlte sich dank des Kaffees und der daneben gelegten Kopfschmerztabletten einigermaßen fit. Dennoch hatte er sich in Düsseldorf krankgemeldet.

«Und?», fragte er sofort neugierig.

«Er ist es, soweit ich das sagen kann. Aber das werden die belgischen Kollegen noch heute bestätigen können. Er wies keine äußeren Verletzungen auf, sieht nach einer Überdosis aus. Frische Einstichstellen. Wenn das nicht unser Mann ist, würde ich sagen, ein toter Junkie, den seine Kumpel nach einem Ausflug ins Traumland ohne Wiederkehr loswerden wollten und dort abgelegt haben.»

«Kann trotzdem sein. Er war ja als drogensüchtig bekannt.»

«Kann sein, aber das stinkt. Das stinkt gewaltig. Na ja, warten wir die offizielle Identifizierung und den Obduktionsbericht ab. Die Belgier haben versprochen, dass es schnell geht. Schließlich geht es dort auch um einen Mordfall, den sie gerne abschließen würden.»

Der Tod von Torben Esser in Belgien war in der Presse zunächst nur eine Randnotiz wert. Erst als langsam die Zusammenhänge mit der Entführung der Mülhausen-Kinder und dem Toten in Brüssel ans Licht kamen, wurde der ganze Fall wieder in der Presse aufgerollt.

Michaels Ankunft

Der Vater von Lena hatte endlich seinen Heimaturlaub antreten können. Er stand am Tor des Fliegerhorsts in Nörvenich und wartete auf den General. Der General holte Michael ab und informierte ihn über die neuen Entwicklungen.

«Diese Aktion hast du mit Jan und seinen Mitarbeitern durchgezogen?», staunte Michael, nachdem der General über die Entführung von Torben Esser berichtet hatte.

«Ja, und mit meinem alten Freund, Dr. Wegener.»

«Das ist unglaublich. Warum hast du mich nicht informiert? Ich wäre doch sofort gekommen!»

«Wir mussten schnell handeln, hätten keinen Tag mehr warten können. Wir hatten aber auch viel Glück. Darauf können wir uns nicht jedes Mal verlassen.»

«Aber der Jan, das kann ich mir gar nicht vorstellen. Ich kenne ihn zwar nur aus Erzählungen von Lena, aber das hätte ich ihm nie zugetraut.»

«Ich auch nicht. Aber er ist zäher, als ich gedacht habe. Ein gutmütiger Bär, aber eben ein Bär. Ich bin froh, dass er so tatkräftig dabei ist. Auch wenn er natürlich kein Soldat ist und Gewissensbisse ihn plagen.»

Der General unterschlug bewusst Jans Ausbruch nach dem Tode von Torben Esser.

«Und Maria, wie geht es ihr?»

«Maria lässt sich vollkommen gehen. Sie ist wieder da angekommen, wo sie nach dem Tode von Katrin war. Noch schlimmer. Wir kriegen sie nicht einmal davon überzeugt, dass sie in eine Klinik muss. Sie verließ das Haus nur noch, um im Garten Unkraut zu jäten oder in die Kirche zu laufen. Wir haben sie wieder zu uns genommen. Es ging nicht mehr. Sie hat sich zuletzt nicht einmal mehr selbst angezogen oder gewaschen. Auch zum Essen und Trinken muss man sie anhalten. Aber du kennst das ja.»

«Meinst du, ich sollte sie besuchen?»

«Ich glaube, das ist keine so gute Idee.»

«Aber irgendetwas muss ich doch tun können.»

«Keine Frage, dazu habe ich dich ja kommen lassen. Wir haben den Faden aufgenommen. Die Ratten werden bald aus ihren Löchern kriechen. Nur Geduld. Du wirst vielleicht tiefer mit hineingezogen, als dir lieb ist.»

«Keine Bange, für Lena tue ich alles.»

15.08.2015

Er war allein zu Hause. Gut so. Er wusste, was diese schlichte Zahlenreihe, unterbrochen von Punkten, zu bedeuten hatte, die ihm erneut unter seiner privaten E-Mail-Adresse zugesandt worden war. Man hatte ihn gewarnt. Das war die letzte Warnung. Er würde es nicht zulassen, seine Familie und seinen Namen in den Dreck zu ziehen. Wäre er damals nur stärker gewesen. Nun war es zu spät. Er würde sich nicht länger erpressen lassen. Er wusste, die Wahrheit würde ans Licht kommen. Die Entführung würde bald aufgeklärt sein, das ließ sich jetzt nicht mehr verhindern.

Er öffnete seinen Schreibtisch, nahm die externe Festplatte raus, ging zur Garage und zerstörte sie mit dem Hammer. Die Überbleibsel verstaute er in einem Stoffbeutel, der in der Garage hing. Zurück im Haus packte er den Stoffbeutel in seine

Aktentasche. Verräterische Papiere gab es keine, dazu war er zu vorsichtig gewesen. Alles verbrannt.

Er nahm nun den Zettel aus seiner Hosentasche, auf der er die Zahlenreihe mit den Punkten aufgeschrieben hatte. Er wusste, was dies zu bedeuten hatte. Es handelte sich um eine IP-Adresse irgendeines Servers in einem fernen Land. Er wollte sich die Seite eigentlich gar nicht ansehen, aber die Hoffnung stirbt zuletzt. Vielleicht hatten sie gar keine kompromittierenden Fotos mehr von ihm. So oft war er nicht in dem Klub gewesen. Vielleicht bluffften sie nur. Vielleicht enthielt die Seite auch nur eine Nachricht?

Auf seinem Rechner wollte er die IP-Adresse nicht kontrollieren. Also ging er ins Zimmer seiner Tochter und nahm deren Laptop. Er startete ihn, öffnete den Browser und gab die Zahlenfolge mit den Punkten in die Adresszeile des Browsers ein. Seine Befürchtungen waren begründet. Es öffnete sich ein Foto, das ihn in eindeutiger Pose zeigte. Er war zwar nur von der Seite abgebildet und er hatte den Kopf zur Seite gewendet, auch das Kind war nicht deutlich zu erkennen. Es gab ihm einen Stich. Warum hatte er sich nur da hineinziehen lassen? Ganz sicher sei der Klub, hatte es geheißen, sehr exklusiv. Exklusiv war er, dachte er bitter, sowohl was die Gäste anging als auch, was dort geboten wurde. Aber dass er sich dazu hatte hinreißen lassen, sich mit Kindern einzulassen, daran war er selbst schuld. Irgendwie waren die Mädchen bei jedem Besuch etwas jünger geworden und er war nicht der einzige gewesen, dem das gefallen hatte, beileibe nicht.

Über Jahre war das so gegangen, ohne dass er jemals das Gefühl hatte, deswegen erpresst zu werden. Sicher, ab und zu war er von Leuten aus dem Klub um einen Gefallen gebeten worden. Aber das war nicht weiter tragisch. Das passierte in der Politik immer wieder einmal. Das gehörte zum Geschäft. Aber die direkte Aufforderung, Ermittlungen zu manipulieren und Beweismittel zu unterschlagen, war eine andere Dimension.

Als ihm die Ermittlungen entglitten, bekam er die Quittung serviert. Man muss eben für alles einmal bezahlen, dachte er. Und nun würde er bezahlen müssen. Dieses Foto ermöglichte es nicht ohne weiteres, ihn zu identifizieren. Er wusste nicht, ob dies das letzte war oder die Erpresser auch über welche verfügten, die sein Gesicht zeigten. Der General war ihm schon dicht auf den Fersen, vermutete wahrscheinlich, dass er die Ermittlungen manipuliert hatte und er erpresst wurde. Und die Leute, auf die er sich da eingelassen hatte, kannten kein Erbarmen. Sie würden ihn weiter benutzen, es würde weitere Tote geben. Er sah daher nur einen Ausweg. Er löschte noch die Adresse und den Browserverlauf und stellte den Laptop seiner Tochter an seinen Ort zurück.

Ganz ruhig ging er ins Wohnzimmer, öffnete das Schließfach im Schrank und nahm die alte Beretta hinaus, die er von seinem Vater geerbt hatte. Dann zurück in sein Arbeitszimmer zum Barfach seiner Schrankwand, er zögerte kurz, goss sich einen doppelten Whiskey ein und nahm die große Rotweinflasche heraus, die nicht angebrochen in der Ecke verstaubte und aus einem Griechenlandurlaub stammte. Die Flasche hatte eine geflochtene Strohhülle, die er nun vorsichtig von der Flasche entfernte. Unter dem Flaschenboden befand sich ein Wattebausch, aus dem er eine einzelne Patrone zog. Sorgsam steckte er die Rotweinflasche wieder zurück in ihre Hülle und stellte sie an ihren Platz. Er schloss das Barfach und ging mit seinem Whiskyglas und dem Wattebausch zurück zu seinem Schreibtisch, auf dem die Pistole lag.

Er nahm einen kleinen Schluck aus dem Glas und setzte sich. Ehrfürchtig packte er die Patrone aus dem Wattebausch und stellte sie auf den Schreibtisch. Dann nahm er die Waffe, die in ein Tuch gewickelt war und putzte sie trocken, denn sie war gut eingeölt. Er breitete das Tuch aus und zerlegte die Waffe, denn eine Ladehemmung war das letzte, was er gebrauchen konnte. Er entölte auch die Einzelteile der Waffe, baute sie wieder zusammen und machte eine Funktionsprüfung. Tadellos, die alte Waffe machte keine Mucken. Nun lud er die einzelne Patrone ins Magazin, führte es ein und lud die Waffe durch. Er entsorgte noch den Lappen und den Wattebausch in den Papierkorb; ein später Akt gegen seine Ordnungsliebe, denn normal achtete er darauf, dass da nur Papier hineinkam. Jetzt fühlte sich bereit.

Zunächst aber ging er zurück zum Kaminofen und zündete den Zettel mit der IP-Adresse mit den bereitliegenden Streichhölzern an. Die Asche zerdrückte er noch mit einem Stück Holz. Er hatte sich vorgenommen, sich in den Mund zu schießen. Der einfachste Weg, das Kleinhirn zu treffen und den Ausschalter direkt zu betätigen. Aber er dachte an die Schweinerei, die das hinterlassen würde. Das musste nicht sein. Schon gar nicht in seinem Haus. Er würde sich im Büro erschießen, das war besser. Dann würde ihn auch nicht seine Frau finden oder gar seine Tochter. Er war mit sich zufrieden. Die Waffe packte er in seinen Aktenkoffer, nahm seinen Schlüssel, trank noch das Whiskyglas leer, stellte es in der Küche in die Spülmaschine und ging hinaus. Er verschloss die Tür und ging zur Bushaltestelle. So würde seine Frau das Auto nicht am Präsidium abholen müssen. Er war stolz auf seine Rücksichtnahme. Unterwegs würde er den Einkaufsbeutel mit der zerstörten Festplatte entsorgen. Am Tivoli in Aachen stieg er aus. Unterwegs steckte er den Einkaufsbeutel in einen der Papierkörbe am neuen Fußballstadion der Alemannia, dem Tivoli und war kurze Zeit später am Präsidium. Der Pförtner grüßte und er grüßte freundlich zurück. Ein Fahrstuhl stand bereit, er war froh, niemandem mehr zu begegnen. Auch auf dem kurzen Weg zu seinem Büro blieb er unbemerkt. Er ging wie gewohnt durch das Büro seiner Sekretärin, die direkte Tür zu seinem Büro hatte er noch nie benutzt. Ihm fiel ein kleines Kissen auf, das seine Sekretärin auf einem Besucherstuhl platziert hatte. Diesen Verlust würde sie verschmerzen können. Er setzte sich ohne zu zögern an seinen Schreibtisch, nahm die Beretta aus der Aktentasche und lehnte sich bequem zurück. Seine Hand zitterte.

«Verdammt», dachte er. «Verdammt, verdammt. Warum ausgerechnet er. Was hatte er groß gemacht? Die anderen waren viel schlimmer, er hatte die Kinder nie gequält. Die anderen kommen jetzt davon. Er sollte sie alle mitreißen in den Abgrund. Allen voran den Staatssekretär, schließlich hatte der ihn in diesen Klub eingeführt!»

Nur wusste er zu genau, dass er nichts gegen diese Leute in der Hand hielt. Er würde nur sein eigenes Ansehen beschädigen und das seiner Familie dazu. Nun lief er schon in seinem Büro auf und ab. So schwer hatte er es sich nicht vorgestellt. Er holte eine neue Whiskeyflasche aus dem Schrank und nahm einen großen Schluck direkt aus der Flasche. Warum nüchtern hinübertreten. Schon wieder lief er auf und ab, die Flasche in der Hand. Noch ein kräftiger Schluck. Es ging ihm schon besser. Seine Hand wurde ruhiger.

«Vielleicht gab es ja noch einen Ausweg? Vielleicht konnte er die Sache einfach aussitzen, niemand konnte ihm bisher etwas beweisen? Und das Foto, das konnte ja beinahe jeder sein.»

Fast euphorisch nahm er noch einen Schluck. Sein Telefon klingelte. Er schaute auf das Display. Ein Anruf von Zuhause, seine Frau oder seine Tochter? Wahrscheinlich seine Frau, dachte er und schaute auf seine Armbanduhr. Sie wird gerade nach Hause gekommen sein. Er hob ab. Er meldete sich wie immer mit seinem Vor- und Nachnamen.

«Hallo Schatz, warum bist du wieder ins Büro? Wir sind doch mit den Steinbachs verabredet, hast du das vergessen?», fragte ihn seine Frau.

«Hallo Ingrid. Tut mir leid, es ist etwas Wichtiges dazwischen gekommen. Wir haben gleich noch eine Krisensitzung. Du wirst mich entschuldigen müssen. Warte nicht auf mich, es wird sicherlich sehr spät.»

«Oh, das ist aber schade. Was gibt es denn wieder so Wichtiges?»

«Das BKA, du kennst das ja, die spielen sich wieder auf. Wegen des Toten in Belgien. Grüß die Steinbachs von mir.»

«Mache ich, soll ich dich dann holen? Ich hab gesehen, dass das Auto in der Garage steht.»

«Nein, nein, ich lasse mich vom Fahrdienst bringen. Gib Larissa einen Kuss von mir. Ich liebe dich.»

«Ich dich auch», erwiderte seine Frau mechanisch und legte auf. Sie war ein wenig besorgt. Ihr Mann wirkte in letzte Zeit so angespannt. Sie würde mit ihm sprechen müssen, er arbeitete einfach zu viel. Seit dem Bericht im «Grenzecho» war er fast nur noch unterwegs.

Die Euphorie war verflogen, der Anruf seiner Frau hatte ihn wieder auf den Boden der Tatsachen gebracht. Er wusste, auch wenn das Foto nicht beweiskräftig war, seine Frau würde ihn sofort darauf erkennen. Ihr würde er nichts vormachen können, sie kannte diese kleine Schwäche, für die er jetzt zu zahlen hatte. Er ließ den Rest aus der Whiskeyflasche einfach in seinen Hals laufen, ohne zu schlucken. Das hatte er seit seiner Pubertät nicht mehr gemacht. Damals war er dafür berühmt gewesen. Zwei Flaschen Apfelkorn hatte er bei einer Wette einfach so die Kehle hinunterlaufen lassen. Danach hatte er zwar alles wieder erbrochen, aber die Wette hatte er gewonnen. Das Telefon riss ihn erneut aus den Gedanken. Er schaute auf das Display.

«Anonym», stand da. Sollte er dran gehen? Warum, fragte er sich. Er hatte ja nichts zu gewinnen. Aber auch nichts mehr zu verlieren. Vielleicht war es seine Tochter. Er nahm ab.

«Sie haben unsere Nachricht also bekommen.»

«Was wollen Sie von mir? Ich habe Ihnen nichts zu sagen.»

«Sie wollen doch nicht etwa aussteigen? Festplatten zerstören, zss, zss, zss. Na ja, ist nicht verkehrt, vorsichtig zu sein und Beweise zu vernichten. Das sollten Sie können, nicht wahr? Wie konnte Ihnen das passieren, dass diese Zeichnungen in der Presse auftauchten? Sie sollten künftig sorgfältiger sein.»

«Die Zeichnungen kommen nicht von hier. Das kann ich garantieren. Ich habe alle Exemplare vernichtet. Mehr konnte ich nicht tun.»

«Sie haben Glück. Wir haben das schon geregelt. Der alte Mann hatte einen kleinen Autounfall. Hat er leider nicht überlebt. Es gibt keine Zeugen mehr. Um diesen Pressefritzen kümmern wir uns auch noch. Also schön ruhig bleiben. Zudem

haben sie eine undichte Stelle in ihrem Präsidium. Wir brauchen nur den Namen. Das kann doch nicht so schwer sein! Strengen Sie sich zur Abwechslung einmal an. Denken Sie auch an Ihre Frau und Ihre hübsche Tochter. Wir wollen doch nicht, dass Ihnen etwas passiert.»
Klick, der Mann hatte aufgelegt.

Sie hatten ihn beobachten lassen. Sie wussten, dass er ein unsicherer Kandidat geworden war. Die Drohung war eindeutig. Noch ein Unschuldiger, der sterben musste. Erst der Ganove, dem sie das Genital abgeschnitten hatten, dann Bollemann, damit das Verfahren eingestellt wird. Und jetzt, wo der General ihn gezwungen hatte, die Ermittlungen fortzuführen, den alten Zöllner. Es würde nie aufhören. Zuletzt würden sie tatsächlich seiner Tochter etwas antun. Ein Ruck ging durch seinen Körper. Nein, das würde er nicht zulassen. Man musste wissen, wann ein Spiel verloren war.

Er griff zu seiner Waffe, setzte sich auf seinen Stuhl, wickelte das Kissen um die Pistole in der rechten Hand und steckte den Lauf in den Mund.

Es war lediglich ein dumpfer Knall, niemand nahm davon Notiz. Der Polizeipräsident saß immer noch auf seinem Schreibtischstuhl, der Kopf war nach vorne gefallen. In seinem Hinterkopf klaffte großes Loch, ein Teil der Schädeldeckel war weggesprengt, aus dem Mund sickerte ein wenig Blut und Gehirnwasser. Die Kugel steckte in der Wand hinter ihm. Die Polizei in Aachen hatte keinen Polizeipräsidenten mehr.

17.08.2015

Körner begann, als er die Nachricht vom Freitod des Polizeipräsidenten bekam, den Fall mit anderen Augen zu sehen. Sofort fielen ihm die Ungereimtheiten ein, die er im Verhalten des Polizeipräsidenten bemerkt hatte. Auch was er von Bachmann erfahren hatte, gab ihm zu denken. Ob man ihn tatsächlich

bewusst aus den Ermittlungen entfernen wollte? Oder hatte man nur versucht, über seine Frau Informationen zu sammeln? Kein Polizist schaffte es auf Dauer, einen solchen Fall zu Hause völlig aus den Gesprächen herauszuhalten. Dass er an diesem Tag so früh nach Hause gekommen war, damit konnte niemand rechnen. Trotzdem, so etwas im eigenen Wohnzimmer zu veranstalten, war dreist.
Er streckte sich unbewusst, wollte verhindern, dass seine Gedanken in diese Richtung weiterwanderten. So konzentrierte er sich darauf, was er von Bachmann erfahren hatte. Dieses Kinderheim schien irgendwie eine Verbindung in den Fällen zu sein, diesen Peter Grüner müsste man näher ins Auge fassen und diese Sicherheitsfirma natürlich, bei der dieser Don Juan gearbeitet hatte. Aber das alles war nicht sein Job. Und Bachmann schien seinen Job im Griff zu haben, trotz seines Alkoholkonsums. Unwillkürlich fasste er sich an den Kopf. So einen Brummschädel, wie nach dieser letzten Tour mit Bier und Korn, hatte er lange nicht mehr gehabt. Bachmann war gebürtig in Bremerhaven, man sollte nicht versuchen, mit einem Norddeutschen im Schnapstrinken mitzuhalten.

Die Presse stürzte sich natürlich auf den Freitod des Polizeipräsidenten. Sie begnügte sich zunächst mit den Umständen an sich, wenig später prangten große Bilder von der Beerdigung und der Witwe mit ihrer Tochter auf der ersten Seite der Boulevardpresse. Die Zeitungen waren voll von Vermutungen zu den Gründen für den Selbstmord. Von Eheproblemen war die Rede und dass sich der Polizeipräsident überfordert gefühlt hätte. Er sei vom Ministerium in Düsseldorf unter Druck gesetzt worden und habe bei den Ermittlungen zur Entführung der Mülhausenkinder und den zwei Todesfällen im Dorf Vicht eine äußerst schlechte Figur abgegeben. Körner entschied sich, dem General reinen Wein einzuschenken. Dieser bat ihn um ein Treffen, welches bei ihm zu Hause stattfand. Körner war überrascht, dass er dem General nicht viel Neues erzählen konnte. Dennoch bedankte sich dieser für das Vertrauen. Körner fühlte sich erleichtert.

Bei Sarah

Sarah hatte ein neues Treffen mit Jan vereinbart. Sie hatte ihn zu verstehen gegeben, dass sie ihm etwas mitzuteilen habe. Dr. Soltau bereitete Jan auf das Gespräch vor.

«Sei vorsichtig, Sarah ist eine sehr raffinierte Frau. Sei auf der Hut! Ich kenne sie schon sehr lange. Sie versteht es, Männer um den Finger zu wickeln. Lass dich nicht von ihr aushorchen! Denk dran, dass dieser Peter Grüner der Vater ihres Kindes ist. Blut ist bekanntlich dicker als Wasser. Sie wird versuchen, herauszubekommen, was wir wissen und vor allem woher wir unser Wissen haben.»

Jan und Sarah trafen sich wieder am Rursee, diesmal jedoch im Hotel 'Der Seehof'. Es regnete. Kein Wetter zum Segeln. Jan konnte Sarah überzeugen, dass ein Spaziergang im Wald bei Regen einen besonderen Reiz habe. Sie gingen stundenlang mit Schirm durch den Wald, bergauf und bergab. Jan zeigte Sarah nicht nur die Natur und erklärte ihr die Pflanzen und Tiere des Waldes. Er konnte ihr auch vermitteln, dass die Natur des Waldes ihrem eigenen Rhythmus folgte und gemeinsam gelang es ihnen, sich diesem Rhythmus anzupassen und sich als Teil dieser Natur zu empfinden.

Erst auf Sarahs Aufforderung sprach Jan erneut über sich. Wie er Maria kennenlernte, diese für ihn so fremdartige und doch anziehende Frau. Besonders angetan war Sarah, als Jan von Lena berichtete, wie er sich vorsichtig mit ihr anfreundete. Wie er mit ihr darüber gesprochen hatte, dass er nicht ihren Vater ersetzen, aber trotzdem immer für sie da sein wolle und wie stolz er war, als sie ihn schließlich als ‚Pops' akzeptierte. Mit welcher Liebe er von Lena und Moritz sprach und wie sehr er unter ihrem Verschwinden litt. Schließlich gelang es Jan darüber zu sprechen, was das Verschwinden der Kinder in seiner Beziehung zu Maria ausgelöst hatte. Wie sehr ihn die Vorwürfe Marias und ihre Affäre getroffen hatten. Wie sie sich immer mehr zurückzog und welche Kluft zwischen beiden entstanden war. Nicht nur, dass sie nicht mehr miteinander schliefen. Das hatte für Jan keine große Bedeutung. Aber dass sie sich jeder Berührung entzog, scheinbar sogar Ekel zu empfinden schien, wenn Jan sie auch nur berührte, machte ihm schwer zu schaffen. Zudem plagte ihn das schlechte Gewissen, weil er Maria mehr und mehr als Kranke, nein sogar, wie er betonte, als Fremde ansah.

Schließlich brachte Sarah das Thema Peter Grüner selbst auf.

«Du hast mich nach Peter Grüner gefragt. Ich bin dir da noch eine Antwort schuldig.»

«Weißt du, wo er ist?»

«Ich muss dir dazu erst einmal etwas erklären.»

Sarah erzählte Jan von ihrem Leben im Kinderheim, dem Vater ihrer Tochter und dass sie den Kontakt zu ihm kurz nach der Geburt abgebrochen hatte. Erst vor ein paar Jahren habe sie nach ihm suchen lassen.

«Meine Tochter war in das Alter gekommen, in dem sie immer wieder nach ihrem Vater fragte und sich nicht mehr mit Erklärungen zufriedengeben wollte. Ich wäre glücklich, wenn ich ihr das hätte ersparen können. Ich hatte lange keine Informationen mehr über den Vater meiner Tochter erhalten. Die ersten Jahre nach Nicoles Geburt habe ich seinen Weg in der Unterwelt verfolgt, immer in der Angst, er könnte sich eines Tages für seine Tochter interessieren. Erst mit seiner Inhaftierung habe ich damit aufgehört. Aber mit fünfzehn hatte Nicole so vehement gefordert, ihren Vater endlich kennenzulernen, dass ich dem Drängen schließlich nachgeben wollte. Dazu musste ich ihn allerdings erst einmal finden. Ich bat einen meiner Kunden, der eine Detektei führt, für mich den Aufenthalt zu ermitteln. Er ermittelte ganze sechs Monate, letztlich ohne Erfolg. Meine Tochter unterstellte mir, ich würde mein Versprechen absichtlich nicht halten und wollte fortan nicht mehr, dass ich sie im Internat besuche. Auch weigerte sie sich, in den Ferien nach Hause zu kommen. Ich war vollkommen verzweifelt. Peter hatte nach seiner Haftentlassung zwei Jahre bei einer Security-Firma gearbeitet, bis er plötzlich, ohne eine Spur zu hinterlassen, verschwand. Selbst der Detektiv konnte ihn nicht aufspüren. Der Mann bot sich an, mit meiner Tochter zu sprechen. Er fuhr selbst in die Schweiz und legte ihr minutiös und schonungslos das Leben ihres Vaters seit ihrer Geburt dar. Seinen Aufstieg von einem kleinen Drogenkurier zum Gewohnheitsverbrecher ebenso wie seinem Haftaufenthalt wegen versuchten Totschlages bis zu seinem Verschwinden. Seitdem war er wie vom Erdboden verschluckt. Entweder sei er mittlerweile tot oder habe seine Identität gewechselt und lebe irgendwo im Ausland. Zumindest gelang es dem Mann, Nicole davon zu überzeugen, dass ich alles unternommen hatte, ihren Vater zu finden. Die schonungslose Schilderung des Detektivs auch von dem Verhalten ihres Vaters nach ihrer Geburt hatte zudem bewirkt, die romantischen Vorstellungen, die sich Nicole von ihrem Vater gemacht hatte, zu zerstören. Das Thema Vater war seitdem ein Tabu zwischen Nicole und mir. Trotzdem hatte es mir wehgetan, Nicole die Wahrheit über ihren Vater erfahren zu lassen. Außerdem hat es ihr Vertrauen stark erschüttert. Sie wollte nicht verstehen, dass ich ihr das nicht längst erzählt hatte.»

Jan war etwas verlegen über den Einblick in ihr Leben, den Sarah ihm gewährte.

«Aber wie kommt ihr darauf, dass Peter etwas mit der Entführung deiner Kinder zu tun haben soll?», fragte Sarah.

«Das kann ich dir nicht sagen, aber es gibt eindeutige Hinweise.»

«Es ist schade, dass du mir nicht vertraust. Ich war ehrlich zu dir. Aber lassen wir das.» Sarah wandte sich ab.

«Es tut mir leid, aber das hat nichts mit Vertrauen zu tun. Ich will dich da nicht mit hineinziehen. Wenn du nicht weißt, wo er heute ist, hilft mir das ohnehin nicht weiter. Aber jetzt weißt du zumindest, dass er wieder im Lande ist.»

«Was macht dich so sicher?»

«Nichts ist sicher. Gar nichts. Aber das Kinderheim ist die Verbindung.»

Jan biss sich auf die Unterlippe. Das war ihm jetzt so rausgerutscht.

Das Klima zwischen den beiden kühlte abrupt ab. Jan verabschiedete sich danach schnell.

Er wunderte sich daher, dass sich Sarah bereits nach ein paar Tagen wieder bei ihm meldete. Sie bedauerte, dass sie letztes Mal so auseinander gegangen seien. Ihr hätten die gemeinsamen Stunden so viel Vergnügen gemacht, dass sie Jan gerne wieder treffen wolle.

Jan und Sarah trafen sich danach öfter und da Jan Sarah verständlich gemacht hatte, dass er ihre Liebesdienste nicht in Anspruch nehmen könne, bestand sie nun darauf, ihn einzuladen.

Zwischen den beiden entwickelte sich so etwas wie eine Freundschaft, die sie gelegentlich zum gemeinsamen Segeln, Schwimmen und Wandern an den Rursee führte. Am liebsten streiften sie wie Hänsel und Gretel durch den Wald, auf der Suche nach dem Lebkuchenhaus und dem verlorenen Urvertrauen. Nur das Thema Peter Grüner blieb vorerst ein Tabu.

Der General war von dieser Entwicklung nicht begeistert. Zumal das, was Jan berichtet hatte, nichts Neues für ihn darstellte.

Sarah verfluchte ihre Neugier, die sie dazu verleitet hatte, nachzusehen, wann Peter über die Firma Prosteel&more Inc. ihre Dienste zuletzt in Anspruch genommen hatte. Vor dem Verschwinden der Kinder fiel ihr insbesondere ein Termin auf, an dem für ein Geschäftsessen gleich vier Damen gleichzeitig gebucht worden waren. Wie sie den Rückmeldungen der Mädchen entnehmen konnte, waren neben dem Sicherheitschef der Prosteel&more Inc. ein weiterer Deutscher und zwei weitere ausländische Personen mit von der Partie gewesen. Ein Anwalt aus Frankfurt und ein Botschaftsangehöriger aus Tadschikistan.

Jan sagte Sarah bei ihrem nächsten Treffen auf den Kopf zu, dass sie eine Lügnerin sei. Dass sie sehr wohl noch Kontakt zu dem Vater ihrer Tochter habe und die Polizei davon ausgehe, dass sie ihn decke. Das hatte er mit Dr. Soltau so abgesprochen. Ein Bluff!

«Wie kommst Du denn darauf?»

«Das hat mein Schwiegervater von der Polizei erfahren. Nach Peter Grüner wird gefahndet.»

«Was hast du denn erwartet?», ereiferte sich Sarah.

«Dass ich euch meine Kundendatei offen lege? Oder den Vater meiner Tochter ans Messer liefere. Das kann doch nicht euer Ernst gewesen sein.»

Jan schwieg. Sein trauriger Blick sagte jedoch mehr als tausend Worte.

«Was soll ich denn deiner Meinung nach tun. Allein dass wir uns treffen, bedeutet für mich bereits ein Risiko. Selbst wenn ich dir nichts sage, könnten diese Leute aus unserem Kontakt darauf schließen, ich hätte dir etwas erzählt. Das wäre dann mein Ende. Diese Leute fragen nicht lange, ein Toter mehr oder weniger ist da nicht wichtig. Ich glaube, du begreifst noch gar nicht, was für diese Leute auf dem Spiel steht. Hier geht es nicht um irgendwelche Kinderschänder. Hier geht es um Politik und Wirtschaft. Und um Macht. Die kleinen Schwächen der einen werden von ganz anderen benutzt als denen, die ihr bisher im Visier hattet. Erpressung mit sexuellen Geheimnissen ist ein beliebtes Mittel im Kampf um Macht. Je schmutziger, desto besser. Mein Überleben in diesen Kreisen habe ich meiner absoluten Diskretion zu verdanken. Oft genug hat man versucht, meinen Service für eigene Zwecke zu nutzen. Oft genug sogar von staatlicher Seite. Geheimdienste aller Couleur haben versucht, meine Firma zu infiltrieren. Deswegen bin ich so vorsichtig. Mit der Auswahl meiner Mädchen und mit der meiner Kunden. Zudem genieße ich den Schutz meiner Kundschaft. Mit ihrer Hilfe habe ich bisher alle Angriffe abwehren können. Mein Service ist ein Freiraum für Leute, die sonst zu jeder Zeit überwacht, beschützt und bespitzelt werden. Jede meiner Damen wird regelmäßig vom Verfassungsschutz überprüft, ich selbst habe immer ein Auge darauf, dass dieses fundamentale

Prinzip meines Geschäftsmodells bei all meinen Mitarbeiterinnen im Gedächtnis bleibt. Wir sind die Geishas des Establishments. Meine Mitarbeiterinnen werden von mir ständig geschult und überwacht. Es dauert Jahre, bis sie an die wirklich wichtigen Kunden kommen. Daraus werden dann in der Regel jahrelange Beziehungen, denn in diesen Positionen will niemand ein Risiko eingehen und angreifbar werden. Wir überlassen das Spionagehandwerk anderen, egal ob jemand kommt, der sagt, das Ganze sei für einen guten Zweck. Ich hoffe, du verstehst das?»

«Aber warum gerade meine Kinder?»

«Das ist die eigentliche Frage.»

Jan war verbittert.

«Es muss einen guten Grund geben, warum man gerade deine Kinder entführt hat. Kinder aus dem Ausland gibt es für ein paar Tausender. Wenn du die Antwort auf diese Frage hast, wirst du sicher die Hintergründe verstehen. Aber bei dieser Frage könnte ich dir auch nicht helfen, selbst wenn ich wollte.»

«Ich will gar nicht wissen, wer deine Kunden sind. Aber wir brauchen irgendeinen Anhaltspunkt. Das würde mir schon helfen. Immer wenn wir eine Tür aufgemacht haben, ist dahinter nur eine weitere Kammer mit Türen. Dabei will ich nur wissen, wo die Kinder sind und ob sie noch leben!»

«Also gut. Schau dich bitte bei der Fa. Prosteel&More um. Mehr kann ich dir aber wirklich nicht sagen. Glaube mir, das Schicksal deiner Kinder ist mir nicht gleichgültig. Aber ich kenne die Leute, mit denen ihr euch da anlegt. Euer Weg ist ja nicht umsonst von Leichen gepflastert. Ich habe nicht die Absicht, dazuzugehören.»

«Danke. Niemand wird je erfahren, von wem der Hinweis kam.»

«Wirklich? Ich glaube dir sogar, aber darauf käme es nicht an.»

Als Jan dem General unter dem Siegel der Verschwiegenheit von Sarahs Information berichtete, merkte er auf. Aber warum sind die Kinder ins Ausland verschleppt worden?

Der General war sich sicher, dass Sarah mehr wusste, als sie zugab. Zumindest der Hinweis auf die Fa. Prosteel&more schien etwas wert zu sein. Der General machte sich kundig. Er verfügte immer noch über hervorragende Kontakte. Dieser internationale Konzern, die Prosteel&more Inc. mit dubiosen Eigentumsverhältnissen, war sowohl im Anlagenbau als auch im Waffenhandel tätig und hatte unlängst eine deutsche Waffenschmiede aufgekauft und hierzu die deutsche Aktiengesellschaft Prosteel&more Deutschland AG gegründet.

Doch die Verbindung zwischen Grüner und der Firma Prosteel&more war noch nicht hundertprozentig hergestellt. Sofern man alle Puzzleteile zusammenfügte und dabei insbesondere das Verbindungsglied Kinderheim berücksichtigte, war mehr als wahrscheinlich, dass die Liechtensteiner Sicherheitsfirma das letzte Glied der Kette sein könnte. Er ließ noch einmal die Detektei für sich arbeiten. Die Ergebnisse kamen erstaunlich schnell.

Der General rekapitulierte, was er bisher über die engagierte Detektei und Körner über Peter Grüner erfahren hatte.

Es war klar, dass dieser Grüner ein anderes Kaliber war als der kleine Stricher, den sie sich gegriffen hatten. Dieser Mann war gefährlich. Er machte keinen Fehler zweimal. Sein Weg zeichnete sich durch äußerste Brutalität aus. Zudem schien er schnell zu lernen. Er war in mehrere Schwerverbrechen, u. a. Mord verwickelt, ohne dass man ihm etwas hatte nachweisen können. Nach der Entlassung aus der Haft wegen versuchten Totschlages nach drei Jahren, die er einem geschwätzigen Komplizen zu verdanken hatte, wurden die Informationen spärlicher. Der Komplize, dem Grüner seine Haft zu verdanken hatte, verschwand nach seiner Haftentlassung spurlos. Grüner wurde zwar mit seinem Verschwinden in Verbindung gebracht. Aber man konnte ihm nichts nachweisen. Denn eine Leiche wurde nie gefunden. Danach verschwand er von der Bildfläche.

Pete Snijder war Geschäftsführer einer Security-Firma mit dem Sitz in Vaduz und gut im Geschäft. Die Firma war u.a. mit

dem Personenschutz einiger VIP's der Prosteel&more Deutschland AG betraut. Es war zu vermuten, dass dieser Pete Snijder mit Peter Grüner identisch war. Leider existierten keine Fotos von ihm.
Der General machte sich daran, eine Verbindung zu den beiden anderen Entführern zu suchen. Da war zum einen, dass sie im gleichen Kinderheim aufgewachsen waren. Zudem schien Frankfurt ein Schlüssel zu sein.

Er erinnerte sich sofort an das, was ihm Bernd Körner von dem Toten aus Brüssel erzählt hatte. Dass dieser in Frankfurt als Zuhälter bekannt war und in Frankfurt auch der Transporter, mit dem die Kinder wohl entführt wurden, geliehen wurde. Die Ausleihe des Transporters wurde allerdings von einer Detektei in Luxemburg getätigt.
Die Sicherheitsfirma von Pete Snijder war zwar in Liechtenstein ansässig, verfügte aber über ein Büro in einem der großen Frankfurter Bürotürme. Ein einfacher Anruf klärte ihn darüber auf, dass die Firma zurzeit leider keine neuen Kunden annehmen könne.

Sie besprachen beim nächsten Treffen des inneren Zirkels, wie an diesen Pete Snijder heranzukommen sei. Sie kamen darüber ein, dass man sich dieses Büro in einem Frankfurter Büroturm einmal ansehen wolle. Der General entwickelte hierzu einen Plan.

Dieser Snijder war ein Gespenst, tauchte hier und da kurz auf und verschwand wieder. Es war den von ihnen beauftragten Detektiven bisher nicht gelungen, seine Wohnung oder zumindest seinen gewöhnlichen Aufenthaltsort ausfindig zu machen.

Das Büro seiner Firma in Frankfurt, in das sie nun eingedrungen waren, befand sich in einem dieser riesigen Bürotürme, die mit Büros der verschiedensten Repräsentanzen großer Firmen wie kleiner Makler und Unternehmer vollgestopft waren und sich einer gemeinsamen Verwaltung und Büroorganisation bedienten, das sogenannte FBC-Gebäude. Das Schloss war kein

Problem gewesen. Birgit hatte sie mit dem nötigen Equipment ausgerüstet und ihnen beigebracht, ein einfaches Zylinderschloss zu öffnen.
Die Einrichtung wirkte steril und von der Stange. Keinerlei Unterlagen, die Ordner in den Regalen waren leer. Alles ausgeräumt. Nach der Größe der Räumlichkeiten und der Anzahl der Schreibtische müssen hier mindestens fünf Personen gearbeitet haben. Der General hatte nicht viel Hoffnung, noch etwas Verwertbares zu finden. Auffällig waren allein der kühlschrankgroße Safe und die Klappliege, die in einem Nebenraum stand. Vermutlich übernachtete dort gelegentlich jemand. Sie durchsuchten kurz die Schreibtische sowie das Regal, ohne irgendetwas Interessantes zu finden. Der Papierkorb, sonst Quelle mancher Erkenntnis, war leer. Es blieb nur dieses Monstrum von Safe, auf den sie ihre Hoffnung setzten.

Der General ging zur Zentrale, um ein Büro in dem Komplex anmieten. Er fragte konkret nach einem Büro in dieser Etage. Ja, hieß es, da sei ein Bürokomplex frei geworden. 220 qm, aber der Mietvertrag liefe noch bis Ende des nächsten Monats. Der General lehnte ab. «Nein, das ist zu groß für uns. Haben sie etwas Kleineres, vielleicht im Stockwerk darüber.»

Sie bekamen ein einzelnes Büro mit vorgelagertem Raum, welches aber mehrere Stockwerke höher lag, dafür aber sofort bezogen werden konnte. Den Mietvertrag ließ er über den Verein laufen. Sie würden noch einmal wieder kommen müssen.

Zwei Wochen später

Sie waren gut vorbereitet. Sie waren mittags in ihr Büro gegangen und hatten geduldig gewartet, bis sich das Bürogebäude geleert hatte. Es dunkelte bereits. Das Schloss war kein Problem gewesen. Dennoch hatte der General ein ungutes Gefühl, als er die Sprengladung anbrachte. Schließlich war es gut zwanzig Jahre her, dass er zuletzt mit Sprengstoff hantiert hatte. Der Plastiksprengstoff sowie der Zünder, die Michael von Kameraden aus Afghanistan besorgen und nach Deutschland hatte schmuggeln lassen, war allerdings kinderleicht anzubringen. Er knetete eine lange Wurst aus der Knetmasse und legte sie ringförmig um das Schloss. Dann steckte er den Zeitzünder in die Masse, aktivierte ihn und der General und Michael zogen sich in die Abstellkammer zurück. Die Erschütterung war gewaltig, der Raum war voller Rauch. Putz rieselte von der Decke, die Fensterscheiben waren geborsten und das Büro vollkommen verwüstet. Sie räumten den Schrank komplett aus. Viel enthielt er nicht, es passte alles in eine der dafür bereitgehaltenen Taschen.

Jetzt nahmen sie die Beine in die Hand, um möglichst schnell über die Treppe ihr Büro im 27. Stockwerk zu kommen. Michael lief mit der Tasche vor, denn die 8 Stockwerke, die zwischen dem Büro der Tarnfirma und dem von ihnen angemieteten lag, zeigten dem General seine altersbedingten Grenzen auf. Als er im Büro ankam, hörte er draußen schon die Sirenen heulen. Michael öffnete auf sein Klopfen hin. Er war absprachegemäß bereits dabei, alle Unterlagen zu fotografieren. Der General nahm wortlos ebenfalls eine Digitalkamera und machte sich ebenfalls ans Werk. Alles ging professionell zu. Der General hatte Wert darauf gelegt, dass alle Schritte eingeübt worden waren. Er war froh, mit Michael einen Helfer dabei zu haben, der schnell und ohne viele Fragen umsetzte, was sie geplant hatten. Er war eben ein ausgebildeter Soldat.

«Dass da so viel Geld drin war! Das ist ja ein reiner Glücksfall. Was machen wir mit den Pässen?»

Michael deutete auf die kleine Ledertasche, die prall gefüllt mit fünfzig Euro-Scheinen und einem Stapel mit verschiedenen Ausweisen, Pässen und Führerscheinen sowie eine Walther PPK mit Munition war.

«Alles in den Schacht, wie besprochen.»

«Schade drum.»

«Aber sicherer. Denk einmal nach. So was ist nichts, was ein Ganove standardmäßig im Schrank hat. Schau sie dir genau an! Die Pässe scheinen echt zu sein.»
Er blätterte durch die Ausweispapiere, die auf die Namen Pete Snijder, Aslan Mutlu, Tobias Wertheimer und Joseph Peter Smid lauteten und neben Pässen auch Führerscheine und Kreditkarten enthielten.

«Echt, wie das? Die sind doch falsch.»

«Richtig, aber eben nicht einfach gefälscht. Zumindest auf den ersten Blick. Profiarbeit,»

«Aber das Geld können wir doch behalten?»

«Sicher, Geld stinkt nicht und unsere Aktionen gehen langsam ganz schön ins Geld. Aber man darf es hier nicht finden. Ich glaube zwar nicht, dass alle Büros in diesem Gebäude durchsucht werden, aber sie werden sich die Mieterliste genau anschauen.»

«Ich hoffe, man kann uns nicht über diese Liste finden.»

«Die Hoffnung ist sicherlich vergeblich.»

«Sollten wir nicht doch versuchen, das Gebäude zu verlassen? Wenn sie uns hier aufstöbern, sind wir geliefert.»

«Ohne Durchsuchungsbeschluss kommen die hier nicht rein. Und einen Richter zu finden, der für alle Büros in diesem Gebäude einen entsprechenden Beschluss fasst, ist utopisch. Nein, wir sind hier sicher. Wir bleiben bis morgen und gehen zu ganz normaler Bürozeit aus dem Haus. Fotografiere sicherheitshalber auch die Pässe, vielleicht brauchen wir die Namen noch einmal. Und dann ab damit in den Schacht. Die sollen glauben, wir hätten es nur auf das Geld abgesehen. Trotzdem muss unser Büro sauber verlassen werden.»
Sie fotografierten alle Seiten der Ausweise und Michael machte sich auf den Weg, die Pässe und sonstigen Unterlagen in einen Kabelschacht zu werfen. Sie hatten darüber diskutiert, ob sie das nicht erst am nächsten Tag tun sollten. Denn dies war ein heikler Punkt der Aktion. Aber der General wollte nicht das Risiko eingehen, dass die Sachen später an einer Stelle gefunden würden, die vorher schon einmal durchsucht wurde. Als

Michael den langen Korridor entlang lief, hörte er, dass der Fahrstuhl fuhr. Er schaute auf die Anzeige. Der Fahrstuhl kam von unten, das Licht mit der Zahl 27 leuchtete schon. Er sprintete zurück und klopfte aufgeregt. «Scheiße», murmelte er.

Dann konzentrierte er sich und klopfte das vereinbarte Zeichen. Der General schloss die Tür auf und öffnete sie. Michael stürzte hinein. Der General schaute ihn fragend an.

«Da kam jemand mit dem Fahrstuhl.»

«Hat man dich gesehen?»

«Nein, eher nicht. Aber ich bin mir nicht sicher, ob man mich nicht hören konnte.»

Der General verschloss die Tür und bedeutete Michael, leise zu sein. Sie zogen sich in das hintere Büro zurück, wo sie bereits seit Sonntag kampierten. Es dauerte noch zehn Minuten, bis energisch an die Tür geklopft wurde. Dann hörten sie, wie an der Türklinke gerüttelt und gezogen wurde. Worauf Ruhe einkehrte. Kein Schlüssel, der ins Schloss gesteckt wurde, kein Bohrer kreischte, der das Schloss aufbohren könnte.

«Routine, sie gehen alle Büros ab», war der General erleichtert. «Aber die Unterlagen können wir nun doch erst morgen entsorgen.»

Der General hatte in der Zwischenzeit das Geld verteilt auf mehrere Briefumschläge verpackt und adressiert. Er hatte vorgehabt, sie in den Schacht für die zentrale Poststelle zu werfen. Doch dies erschien nun zu gefährlich.

Schweigsam aßen sie etwas aus ihrem schmalen Vorrat an Essbaren.

«Soll ich Kaffee machen?»

«Keine schlechte Idee.» Michael ging, um die Kaffeemaschine anstellen.

«Nein, nicht mit der Maschine. Sie können in der Zentrale sehen, wenn hier Strom verbraucht wird. Deshalb sagte ich ja, kein Licht, also auch keinen heißen Kaffee.»

Missmutig löste Michael löslichen Kaffee in kaltem Wasser auf.

«Na dann guten Durst.»
«Gibt Schlimmeres», entgegnete der General.
«Hab das Zeug auch schon trocken gekaut, um wach zu bleiben.»
Michael hatte seinen Humor wieder. Doch dieses geduldige Warten war nicht seine Stärke. Der General packte ein kleines Reiseschach aus und baute die Figuren auf. Michael hatte eigentlich keine Lust, Schach zu spielen und wollte sich lieber mit seinem Handy vergnügen. Aber das hatte er zu Hause lassen müssen. Schließlich kann man für die Dinger jederzeit den Standort ermitteln. Der General dachte an alles. Auch wenn er das ein wenig für übertrieben hielt. Sie spielten, doch Michael konnte sich nicht konzentrieren. Er hatte auch früher regelmäßig gegen den General verloren, aber nun zeigte er kaum Gegenwehr.
«Sollen wir uns nicht die Unterlagen genauer anschauen?»
Der General sah ein, dass Michael ein Mann der Tat war, dem Warten ein Gräuel war. So gingen sie die Unterlagen durch. Das meiste waren Geschäftsunterlagen.
Ein unscheinbares Notizbuch mit Terminkalender erregte Michaels Aufmerksamkeit. Auf einigen wenigen Seiten fanden sich kryptische Eintragungen, die er fotografierte, aber hinten in dem Büchlein befand sich ein Adressverzeichnis mit vielen Namen und Telefonnummern. Hinter einigen Namen waren merkwürdige Zahlenreihen notiert.
«Schau an, ich wette, das sind IP-Adressen. Was sich dahinter wohl verbirgt?»
«Was für Adressen?»
«Na Internetadressen. Diese Zahlen mit den Punkten dazwischen, die erinnern mich verdammt daran.»
«Zeig her. Sind die hinter jedem Namen?»
«Nein, nur bei einigen wenigen.»
Der General schaute sich das Adressbuch genauer an.
«Das ist ja eine Liste der Who's Who! Warum hat dieser Ganove aus einem Dürener Kinderheim solche Leute in seinem

Notizbuch! Oha! Da ist auch unser Polizeipräsident! Mit Dienst- und Privatnummer.»

«Und mit IP-Adressen», ergänzte Michael.

Der General blätterte weiter. «Ich steh' auch drin», stellte der General verdutzt fest, als er beim Buchstaben B ankam, «aber ohne diese ominösen Nummern.»

Sie grübelten noch ein wenig und Michael hätte am liebsten gleich den Rechner im Büro angeschaltet, aber das ließ der General nicht zu. Es wurde dunkel und Michael legte sich hin. Ihm machte es nichts aus, auf dem harten Boden zu liegen. Michael bedauerte den alten Mann, der versuchte, sich auf dem Schreibtischstuhl in eine Schlafposition zu bringen.

Am nächsten Morgen begann die Geschäftigkeit in dem Bürogebäude wie üblich. Sie packten alle Sachen in ihre Aktenkoffer und gingen zu einem der Bistros im Haus, um dem Reinigungsservice aus dem Weg zu gehen. Hierbei machte Michael einen kleinen Umweg, um das verräterische Material in dem zuvor ausgewählten Kabelschacht zu entsorgen. Bisher hatten sie peinlich darauf geachtet, nicht von den allgegenwärtigen Kameras im Gebäude erfasst zu werden. Der Weg zum Kabelschacht war jedoch im Fokus einer Überwachungskamera. Zudem standen zwei Personen in unmittelbarer Nähe. Michael entschloss sich, die Unterlagen zu behalten. Zum Glück war das Treppenhaus selbst nicht überwacht. Die Kamera in den Stockwerken 19 und 27 hatten sie vorher außer Betrieb gesetzt. Doch nun würde es sich nicht vermeiden lassen, in den Erfassungsbereich der Kameras am Eingang zu geraten.

Sie trafen sich im Imbiss im ersten Stock des Gebäudes. Der Raum war fast leer, es war eines der Selbstbedienungsbistros. Der General hatte bereits das Frühstück besorgt, nichts außer der Reihe, damit sich die Bedienung möglichst nicht an ihn erinnern würde. So saßen sie bei Brötchen, Croissants mit Butter, Marmelade und einem gekochten Ei und genossen den heißen Kaffee.

«Hast du die Post erledigt?», fragte der General harmlos.

«Nein, es war zu voll, am besten wir fahren gleich an der Hauptpost vorbei.»
Der General machte kein glückliches Gesicht. Michael zuckte mit den Schultern.
Es war inzwischen halb neun und die Geschäftigkeit am Eingang nahm zu. Gemeinsam gingen sie zum Ausgang, darauf achtend, nicht mit dem Gesicht von den Kameras am Eingang erfasst zu werden. Nichts Auffälliges war zu beobachten, keine Polizei am Eingang. Michael achtete nicht auf die beiden älteren Frauen, die unauffällig am Eingang standen. Sie sahen aus wie Touristen und niemanden außer dem geübten Auge des Generals fiel auf, dass sie bemüht waren, jeden der in das Gebäude hineinging oder herauskam, auf ihren Smartphones zu erfassen. Nervös achtete der General darauf, ob sie verfolgt wurden. Doch dies war nicht der Fall. Nach einer kurzen Fahrt mit der U-Bahn stiegen sie in einen Bus. Niemand sonst. Am Hotel stiegen sie in ihren dort geparkten Wagen um.
«Was machen wir jetzt?»
«Wir müssen uns beeilen, endlich mehr über diesen Snijder zu erfahren.»
«Und herausfinden, was es mit den IP-Adressen auf sich hat», ergänzte Michael.
«Dann sollten wir das sofort tun. Bevor sie die Adressen löschen. Gibt es dazu eine Möglichkeit?»
«Klar», antwortete Michael, «am Bahnhof gibt es bestimmt ein Internet-Café.»

Der General bereute einmal mehr, sich dafür entschieden zu haben, den Umgang mit dem Internet nicht mehr näherzutreten.

Sie waren mit dem Bus am Bahnhof angekommen. Sie stiegen aus. Zunächst suchten sie die Post auf, um die Umschläge mit dem Geld und den Pässen loszuwerden, der dem General in einer Tüte wie eine heiße Fangopackung am Leibe klebte. Die Walther PPK hatte der General in seine Aktentasche gesteckt. Da er einen Waffenschein besaß und auch eine Pistole zu seinem Arsenal gehörte, war der Besitz kein großes Problem, falls man ihn durchsuchen würde. Aber vielleicht würde er einmal eine Waffe brauchen, die nicht auf ihn registriert war.

Sie kauften einen Faltkarton, welches bereits frei gestempelt war. Michael nahm die Pässe und das Notizbuch aus der Innentasche seiner Jacke, der General zog den Umschlag mit dem Geld unter seinem Hemd hervor. Sie packten alles in das Päckchen und polsterten es mit Prospekten für Postbankkunden aus. Der General adressierte das Päckchen an seinen Kameraden Clemens in der alten Dienststelle und gaben es an der Paketstation am Bahnhof auf.

Dann setzten sie ihren Weg durch das Bahnhofsviertel fort. Schließlich fanden sie ein Internet-Café, das gleichzeitig ein Call-Shop war. Sie bestellten zwei Espressi. Der General telefonierte mit seinem Kameraden Clemens in Geilenkirchen und erklärte ihm, dass dieser ein Paket von ihm erhalten würde, was er bitte für ihn aufbewahren möchte. Dieser stellte keine Fragen. Wie angenehm, mit Profis zu tun zu haben, dachte sich der General. Michael saß derweil schon am Rechner. Er war ein wenig nervös, als er die erste Zahlenreihe eingab. Der Browser arbeitete.

'Keine Verbindung gefunden', meldete der Browser.

Sie riefen nacheinander alle Bilder auf der Kamera mit den Seiten aus dem Adressbuch auf und gaben jede Zahlenreihe ein, die sie dort fanden. Sechsmal das Gleiche. Doch beim siebten Mal tat sich etwas. Es öffnete sich eine Seite. Wie sie erkennen konnten, irgendeine Firmenseite einer japanischen Kosmetikfirma. Sie waren enttäuscht. Was hatte dieser Mann, der im Adressverzeichnis aufgeführt war, mit dieser Firma zu tun? Der General fotografierte dennoch gewissenhaft die Seite. Dann machten sie sich daran, die restlichen Adressen zu versuchen. Das Gleiche. Die meisten Adressen landeten im Nirwana, nur ein weiteres Mal trafen sie eine existente Internet-Seite, diesmal in den USA. Vermutlich eine private Homepage und seit Ewigkeiten nicht aktualisiert.

«Denkst du, was ich denke?», fragte Michael.

«Wenn es sich wirklich um Internet-Adressen handelt, sind diese verschlüsselt. Die zwei Seiten, die sich haben öffnen lassen, waren Zufallstreffer. Wir sind also keinen Schritt weiter.»

Nun konnten sie nur noch die kleinen Speicherkarten in den Fotoapparaten verraten, doch auch dafür hatte der General eine Lösung vorbereitet. Der General bat Michael, die Speicherkarte aus dem Fotoapparat zu nehmen und tat das Gleiche bei seinem. Sie suchten die Toilette auf. Er zog eine Packung Kondome aus dem Automaten und packte die Speicherkarte sorgfältig einzeln in ein Kondom ein. Er ließ sie in das Kondom fallen, verknotete es dahinter, stülpte es erneut über den Knoten und verknotete es wieder und wiederholte die ganze Prozedur mehrmals, bis ein kleines rundes Päckchen entstanden war. Den Rest des Kondoms schnitt er ab.

Michael sah ihn fragend an.

«Willst du zuerst?»

«Meinst du wirklich, dass das sein muss?», fragte Michael sichtlich befremdet. Der General schien wirklich an Verfolgungswahn zu leiden, dachte er.

«Nun dann eben ich zuerst», antwortete der General, nahm das Päckchen in den Mund und beugte sich zum Wasserhahn, um das Päckchen mit Wasser herunterzuspülen.

«Du kannst es auch hinten bunkern, ich hab da nur etwas Schwierigkeiten. Hämorrhoiden, wenn du verstehst.»

Michael verpackte seine Mikro-SD-Karte auf die gleiche Weise. Zum Glück hatten sie Fotoapparate der neuesten Generation, bei einer größeren Speicherkarte hätte er sich schwerer getan. Doch er wusste, dass es keinen Sinn hatte, mit seinem Ex-Schwiegervater zu diskutieren.

«Nein, nein, kein Problem», sagte er und schluckte das Päckchen ebenfalls. Er kam sich vor wie ein Drogenkurier.

«Was nun?», erkundigte er sich, nachdem er mit Mühe das Kondom, das ausgerechnet eins mit Bananengeschmack war, heruntergeschluckt hatte. Wo er doch Bananen nicht ausstehen konnte.

«Jetzt zurück zum Auto.»

«Nehmen wir uns ein Taxi?»

«Lass uns zu Fuß gehen, dann können wir noch in Ruhe reden.»

Sie gingen ein wenig in die Richtung, die weg von den Leuchtreklamen der großen Geschäfte hin zum verwahrlosten Teil des Bahnhofsviertels führte.

«So schnell gebe ich nicht auf. Ich habe in Afghanistan einen Freund bei den Amerikanern, der kennt sich mit Verschlüsselungen aus. Vielleicht kann der etwas herausfinden.»

«Das ist eine gute Idee.»

Dennoch waren sie enttäuscht. Das große Risiko, das sie mit dieser Aktion eingegangen waren, hatte sich nicht gelohnt. Der General unterrichtete Michael noch über die Legende, die er für sie zurechtgelegt hatte. Michael solle bei einem möglichen Verhör nur angeben, dass er seinen Ex-Schwiegervater auf dessen Wunsch nach Frankfurt gefahren habe, da dieser nicht mehr so gerne alleine fuhr. Sie wären bereits sonntags angereist und hätten im Hotel übernachtet. Das Hotel, ein anonymes Hotel in Bahnhofsnähe, hatten sie tatsächlich gebucht. Es würde nicht festzustellen sein, ob sie dort die ganze Nacht verblieben waren oder nicht. Erst Montag früh seien sie die neuen Büroräume besichtigen gegangen. Mehr wüsste er nicht. Sie sprachen über Lena, ihre Mutter und schließlich über Elli, des Generals Frau.

«Sie mag mich nicht mehr. Sie hat mir nicht verziehen, dass ich mich von Maria getrennt habe. Sie denkt, dass ich Maria und Lena im Stich gelassen habe. Aber so war das nicht. Maria hat darauf bestanden, dass wir uns trennen.»

«Das wissen wir doch. Du musst sie verstehen. Ihre Tochter ist ihr Ein und Alles. Dann verschwinden unsere Enkelkinder und du bist nicht da.»

«Aber wir haben doch miteinander gesprochen. Hast du ihr das nicht gesagt? Was hätte ich denn tun sollen? Ich wäre doch sofort gekommen, aber du hast selbst gesagt, dass ich hier nichts tun könne und es besser wäre, Maria nicht zu sehen.»

«Frauen denken leider nicht rational in diesen Dingen. Natürlich habe ich es ihr erklärt. Jetzt, wo ich dich brauche, bist du zur Stelle, das zählt!»

«Du weißt, dass ich für Lena alles tun würde. Wir haben regelmäßig SMS ausgetauscht, ich war immer in Kontakt mit ihr. Sie weiß, dass sie ...» Michael schluckte.

Er konnte den Satz nicht vollenden. Wusste er doch nicht einmal, ob sie noch lebte. Sie waren am Parkhaus angekommen. Der General fuhr direkt zur Autobahn und gab kräftig Gas.

«Ich dachte, du magst keine Autobahnen.»

Auf der Hinfahrt waren sie über Bundes- und Landstraßen angereist. Auf Befragen erklärte der General nur, dass er keine Autobahnen mag.

«Das ist jetzt egal. Ich will jetzt so schnell wie möglich nach Hause. Langsam werde ich zu alt für diese Sperenzchen.»

Der General unterfuhr gerade eine Erfassungsbrücke für die Lkw-Maut.

Er gab richtig Gas. Die Lärmschutzwälle, mit denen die Autobahn eingehaust war, verwischten zu einer einfarbigen breiigen Wand. Doch lange ging die Fahrt nicht, sie kamen in einen Stau. Der gesamte Verkehr wurde über einen Parkplatz umgeleitet. Nach einer halben Stunde waren sie so weit vorangekommen, dass sie an einem Streifenwagen vorbeifuhren. Ein Polizist davor wies sie an, in eine Parklücke zu fahren. Er bat sie, auszusteigen und zu begleiten. Der General ergriff sofort die Initiative.

«Sagen Sie mir erst einmal, was hier anliegt, junger Mann.»

«Dies ist eine Routinekontrolle, ich habe meine Anweisungen», war die schlichte Antwort.

«Junger Mann, was glauben Sie eigentlich, wen Sie vor sich haben. Holen Sie erst einmal jemanden, der die Kompetenz besitzt, mir zu erläutern, was Sie von uns wollen. Vorher gehe ich nirgendwo hin.»

«Machen Sie uns doch keine Schwierigkeiten. Wir überprüfen nur ihre Personaldaten, dann kann es für Sie schon weitergehen.»

Der General zog seine Brieftasche aus der Anzugtasche und nahm seinen Ausweis sowie seinen Führerschein und den Fahrzeugschein heraus.

«Bitte schön, zur Überprüfung meiner Personalien benötigen Sie nicht mehr.»

Der Beamte wirkte etwas hilflos. Er nahm die Dokumente entgegen und wendete sich unschlüssig an Michael.

Der zog seinen Militärausweis aus der Tasche und reichte ihn weiter.

«Ich hoffe, das reicht aus, um mich auszuweisen. Mehr habe ich leider nicht dabei.»

Der Beamte trottete davon.

«Was war das für ein Auftritt?», raunte er dem General zu.

Der General zog Michael an Seite und flüsterte: «Wollen sehen, was sie sich noch einfallen lassen.»

«Wieso, glaubst du etwa, der ganze Zirkus hier wird unseretwegen veranstaltet?»

«Würde mich nicht wundern. Aber von nun an keine Andeutungen mehr. Du glaubst gar nicht, was man mit einem Richtmikrophon so alles aufnehmen kann.»

Schon kamen zwei Beamte in Zivil auf sie zu. Sie begrüßten sie höflich, stellten sich vor und baten sie, ihnen zu folgen.

«So, so, BKA! Muss ja wichtig sein. Aber ich komme nirgendwo mit hin. Ich habe bereits dem uniformierten Beamten erläutert, dass ich hierfür eine einleuchtende Erklärung erwarte. Soweit ich das hier beurteile, haben Sie die komplette Autobahn gesperrt und eine Kontrollstelle eingerichtet. Ich hoffe für Sie, dass Sie hierfür eine richterliche Anordnung haben. Zudem haben Sie inzwischen sicher unsere Papiere überprüft. Ich bin General a.D. und mein Begleiter ist Oberstleutnant der Luftwaffe. Also erklären Sie uns einmal, welcher Straftat Sie uns verdächtigen.»

«Sie haben recht. Dies ist eine Kontrollstelle und sie ist richterlich angeordnet. Es hat in Frankfurt einen Terroranschlag gegeben und wir suchen Zeugen. Sind Sie zufällig im FBC gewesen?»

«Nicht zufällig. Aber soll das heißen, dass es dort einen Anschlag gegeben hat? Das ist doch nicht möglich! Zum Glück hatten wir das Gebäude wohl schon verlassen.»

«Können wir das bitte in unserem mobilen Büro besprechen. Sie werden verstehen, dass wir Sie als Zeugen vernehmen müssen.»

«Ja, selbstverständlich. Was ist denn passiert? Gab es Tote oder Verletzte?»

Niemand antwortete. Der General verschloss umständlich das Fahrzeug und sie folgten den Beamten in den hinteren Teil des Parkplatzes, wo ein Bus mit verspiegelten Fensterscheiben stand, der sich im Inneren als Büro entpuppte. Der General und Michael wurden getrennt und einzeln befragt. An Michael bissen sie sich schnell die Zähne aus. Er erklärte nur kurz, wer er war und beantwortete sonst keine Fragen mehr. Er fügte an, dass er nicht berechtigt sei, irgendwelche Aussagen ohne Rücksprache mit seinem Kommandeur zu machen, da er sich im Auslandseinsatz befinde und auch im Heimaturlaub ausschließlich der Militärpolizei gegenüber Aussagen machen dürfe. Die Beamten gaben sich damit zufrieden. Er musste allerdings noch lange warten, bis man ihn gehen ließ, weil sie dies angeblich noch überprüfen müssten.

Der General spielte weiter seine aufsässige Rolle. Er beantwortete alle Fragen so kurz und ungenau wie möglich.

«Warum sind Sie nur so abweisend? Warum arbeiten Sie nicht mit uns zusammen. Das macht Sie verdächtig. Schließlich waren Sie nachweislich zur Tatzeit in diesem Gebäude.»

«Wenn Sie das sagen. Ich habe nichts von einem Terroranschlag bemerkt. Und ich verbitte mir, aus der Tatsache, dass ich von meinen staatsbürgerlichen Rechten Gebrauch mache, einen Verdacht zu konstruieren. Schließlich habe ich lange genug in Staaten mit Unrechtsregimen verbracht, um zu wissen, wie wichtig es ist, dass jeder Bürger seine Rechte einfordert und staatliches Handeln kontrolliert. Seien Sie gewiss, dass ich überprüfen lassen werde, ob diese Aktion hier gerechtfertigt ist.»

«Aber Sie können die Detonation doch unmöglich überhört haben.»

«Wann soll sich das denn ereignet haben und wie kommen Sie denn darauf, dass ich mich zu dieser Zeit im Gebäude befunden habe?»

«Die Fragen stelle ich hier!», brauste der Beamte auf.

«Machen Sie sich doch nicht lächerlich. Wir sind hier nicht im Fernsehen. Wenn Sie nicht bereit sind, vernünftig mit mir zu reden, betrachte ich das Gespräch hiermit als beendet. Wenn Sie noch etwas wissen wollen, laden Sie mich vor. Meinem Anwalt wird es ein Vergnügen sein, mich zu begleiten. Auf Wiedersehen, meine Herren.»

Der General stand auf und zu seiner Verblüffung machte niemand Anstalten, ihn aufzuhalten. Nicht einmal durchsucht hatte man ihn. Was für Idioten!

Als er zum Auto zurückkam, wartete Michael schon davor. Die Kontrollstelle war inzwischen aufgehoben, alle Streifenwagen waren verschwunden. Nur der Bus mit den verspiegelten Scheiben stand noch dort.

Der General öffnete den Wagen und setzte sich hinter das Steuer. Er machte Michael das international bekannte Zeichen des Schweigens.

«So eine bodenlose Frechheit. Das werde ich nicht auf mir sitzen lassen! Eine geschlagene Stunde haben sie uns jetzt hier festgehalten. Als ob wir Verbrecher wären. Schon morgen, ach was, gleich wenn wir nach Hause kommen, werde ich meinen Abgeordneten anrufen.»

«Was war denn überhaupt los? Mir haben sie gar nichts gesagt», ging Michael auf das Spiel ein.

«Angeblich hat es einen Sprengstoffanschlag im Frankfurter Büro Center gegeben.»

«Aber doch nicht zu der Zeit, zu der wir da waren? Das hätten wir doch mitbekommen.»

«Das habe ich auch gesagt.»

«Und warum machen sie die Autobahn zu und kontrollieren alle?»

«Was weiß ich. Wenn sie das mit allen Besuchern des Gebäudes machen, weiß ich, warum die Steuern dauernd erhöht werden. Wenn ich daran denke, dass wir diese arroganten Schnösel mit unseren Steuergeldern finanzieren, wird mit ganz schlecht.»

«Eben, das stinkt gewaltig. Wenn sie nur beim Verschwinden der Kinder genauso eifrig gewesen wären! Aber das sind ja nur Kinder. Wenn irgendeinem Bankenboss eine Bombe unter den Sessel gelegt wird, dann ist die ganze Polizei in Aufruhr, aber für unsere Kinder interessiert sich niemand.»

Eine Pause entstand.

«Ich könnte jetzt einen Kaffee vertragen», warf Michael ein, als er ein Hinweisschild zum nächsten Rastplatz sah. Der General bog auf einen Rasthof ein und beobachtete den rückwärtigen Verkehr aufmerksam im Rückspiegel.

«Anscheinend ist uns niemand gefolgt», raunte er Michael fast ein wenig enttäuscht zu, nachdem sie ausgestiegen waren.

«Wenn sie das Auto verwanzt haben, werden sie sicher auch einen Peilsender installiert haben. Sie wissen also immer, wo wir sind.»

«Allenfalls, wo unser Auto ist. Das ist doch unprofessionell!»

Nach dem Kaffee fuhr der General über die Zufahrt des Rasthofes ab. Bis zur nächsten Stadt waren es nur wenige Kilometer. Keiner sprach ein Wort. Der General fuhr zum nächsten Autohaus mit dem passenden Stern-Emblem und stellte das Fahrzeug ab.

Im Kundenservice wurde er freundlich empfangen.

«Da stimmt was nicht mit der Elektronik. Er ruckelte unterwegs. Ich möchte, dass Sie das Fahrzeug komplett durchchecken lassen. Da habe ich im Ausland leider eine fremde Werkstatt dran lassen müssen. Ich hoffe, Sie finden den Fehler. Wir müssen bedauerlicherweise schnell weiter. Haben Sie ein Leihfahrzeug für uns?», erläuterte der General dem Werkstattmeister.

«Aber selbstverständlich. Ich nehme an, Sie haben eine Mobilitätsgarantie?»

«Richtig, junger Mann.»

«Dann kümmern wir uns um alles. Wenn Sie kurz dort drüben Platz nehmen wollen? Lassen Sie sich einen Kaffee bringen, der Leihwagen wird gleich vorgefahren.»

«Danke schön, ich weiß ihren Service zu schätzen.»

Michael und der General saßen in einer gemütlichen Wartezone und ließen es sich mit Cappuccino und kleinem Gebäck gut gehen, was ihnen eine junge Dame auf Nachfrage gebracht hatte.

«Ja, so ist das mit den neuen Autos. Sie können alles, solange die Elektronik funktioniert. Aber der Service hier ist ja nicht schlecht. Glaubst du, sie finden den Fehler?»

«Ich hoffe. Wenn nicht, muss ich unseren Elektronikspezialisten zu Hause beauftragen. Ich lasse mir das Auto ohnehin nach Hause bringen.»

Keinem Unbeteiligten wäre aufgefallen, dass die beiden darüber sprachen, dass das Auto wohl verwanzt war und sie es deshalb wechselten. Obwohl sie sich in dem Leihwagen sicher fühlten, blieben sie die restliche Fahrt recht schweigsam. Die Euphorie, die sie empfunden hatten, als sie der Polizei trotzten, verflog schnell.

«Wären wir nicht besser mit dem Auto nach Hause gefahren und hätten selbst gleich nach der Wanze gesucht? Dann hätten wir Gewissheit?», fragte Michael.

«Du hast recht», antwortete der General nach einiger Zeit. Michael hatte gar nicht mehr mit einer Antwort gerechnet.

«Aber ich konnte es einfach nicht ertragen. Es wird wirklich Zeit, dass wir ein bisschen vorankommen.»

Das Notizbuch war der einzige wirkliche Hoffnungsschimmer. Aber was hatten sie erwartet? Der General machte sich insbesondere Sorgen, dass sie von nun an unter Beobachtung stehen würden. Ob seine Amateurtruppe damit umgehen konnte, wagte er zu bezweifeln. Auf jeden Fall würde er sie darüber informieren müssen, was dies bedeutet.

Der General kannte sich damit aus. Schließlich hatte er jahrelang die verschiedensten Untergrundorganisationen beobachtet, ihre Schwachpunkte gesucht. Beschattet, belauscht, Telefongespräche mitgeschnitten, Post abgefangen, Kontakte protokolliert, Leute eingeschleust, versucht zu kontrollieren, zu infiltrieren.

Seine kleine Schar an Pensionären und Eifelschraten wäre hingegen eine Beleidigung für Profis, so leicht würden sie auszuspähen sein. Doch er würde vorsorgen. Schon am nächsten Tag traf sich die kleine Schar beim General wieder. Es war, wie er befürchtete. Keiner nahm ihn wirklich ernst. Nicht das jemand etwas gesagt hätte, aber er spürte das Unverständnis.

Wanzen

Es war Samstag, Ellis Haushaltshilfe Frederike hatte Urlaub. Elli genoss es, über den Markt zu schlendern und selbst frisches Gemüse und Fisch fürs Wochenende einzukaufen. Sie war zu Fuß in die Stadt gegangen, wie sie es regelmäßig zu tun pflegte und hatte sich ein Taxi genommen, um die Einkäufe nach Hause zu bringen und den mühsamen Weg bergan zu sparen. Sie öffnete die Haustür, der Taxifahrer trug ihre Taschen wie immer in die Küche. Man kannte sich. Doch Elli stutzte. Irgendetwas war anders. Sie bezahlte den Taxifahrer und begann, durch alle Zimmer zu gehen. Elli hatte ein gutes Gefühl für dieses Haus und die Gewohnheiten der Bewohner. Irgendjemand befand sich im Hause oder war zumindest im Haus gewesen. Es waren Kleinigkeiten. Eine Schublade, die ihr Mann im Büro immer ein Stück offen stehen ließ, worüber sie sich regelmäßig echauffierte, war verschlossen. Dafür stand eine andere leicht auf. Die Tür zum Esszimmer, die sie nie schloss, sondern die immer angelehnt blieb, war ebenfalls zu. Sie tat das, was ihr Mann ihr für diese Fälle nahegelegt hatte. Sie verließ das Haus und rief ihn an. Der General war gerade auf dem Weg nach Hause, als sie ihn erreichte.

«Hallo Jürgen, wo bist du?»

Der General hörte sofort das Vibrieren in der Stimme seiner Frau heraus.

«Auf den Weg nach Hause. Ich bin in zehn Minuten da. Was ist denn?»

«Das ist gut. Vielleicht bin ich nur übernervös, aber ich habe das Gefühl, dass jemand im Haus war.»

«Dann verlasse bitte sofort das Haus.»

«Ich bin schon draußen. Ich warte hier auf dich.»

Der General war erleichtert. Das liebte er an Elli besonders. Sie handelte besonnener als alle anderen Frauen, die er kannte.

«Geh bitte rüber zu Louise und Hermann, dann hole ich dich da ab.»

«Sollen wir nicht die Polizei rufen?»

«Das können wir immer noch. Bis gleich.»

Der General drückte aufs Gas. Wenige Minuten später bremste er mit quietschenden Reifen vor der Tür seines Freundes. Dr. Soltau war selbst nicht da. Elli saß mit Louise, dessen Frau, im Esszimmer. Man sah, dass Tränen geflossen waren.

«Entschuldige Jürgen, das ist bestimmt falscher Alarm. Ich bin einfach zu nervös.»

Sie schämte sich ihrer Tränen.

«Nein, nein, ich bin stolz auf dich. Du hast alles richtig gemacht.»

Gemeinsam gingen sie zurück in ihre Wohnung. Der General holte zunächst seine Waffe aus dem Safe, dann machten sie sich auf die weitere Suche. Er hatte Elli gebeten, nicht zu reden, sondern ihr nur zu zeigen, was ihr aufgefallen sei. Der General konnte nichts entdecken. Nur an seinem Schreibtisch blieb er länger stehen. Dann gingen sie in den Garten. Elli war am Boden zerstört.

«Jürgen, bitte entschuldige. Ich bin sonst nicht so hysterisch.»

«Du bist sicher, dass du nicht an meinem Schreibtisch warst?»

«Aber ja.»

«Und die Putzfrau? Oder Frederike?»

«Frederike ist doch schon seit einer Woche in Urlaub. Und die Putzhilfe kommt nur Donnerstag.»

«Dann hast du recht. Irgendjemand war in unserer Wohnung.»

«Du bist dir sicher? Ich dachte, du hast nichts gefunden?»

«Aber jemand war an meinem Schreibtisch. Jemand hat die Schublade geöffnet.»

«Jürgen, ich habe Angst. Was tun wir jetzt? Noch nicht einmal in seinem eigenen Haus ist man sicher.»

Das Telefon klingelte. Es war Dr. Soltau.

«Guten Morgen Jürgen.»

«Guten Morgen. Sag, wo bist du? Wir waren gerade bei Louise. Sie macht sich langsam Sorgen.»

«Ich habe doch einen Zettel hingelegt. Ich bin am Kaiserplatz im Büro. Heute Nacht hat man in der Kanzlei eingebrochen. Alles wurde durchwühlt. Ich habe Louise nichts gesagt, damit ich sie nicht beunruhige. Ich möchte nur wissen, was die gesucht haben.»

«Auf den Schreck sollten wir uns ein gutes Frühstück leisten und uns in eurem Lieblingskaffee treffen. Ich bringe Louise mit.»

Dr. Soltau merkte, dass der General ihm zu verstehen geben wollte, nicht weiter nachzufragen.

«Wann?», fragte er daher nur und sie verabredeten sich für 10.00 Uhr.

Vom Café aus rief der General seinen guten Kameraden Clemens in seiner alten Dienststelle an. Dieser bestätigte den Eingang des Paketes und erklärte sich gleich bereit, jemanden vorbeizuschicken, um bei ihm eine Suche nach Abhörgeräten durchzuführen. Clemens hatte sich vor kurzem auch den Wagen des Generals vorgenommen und hierbei zwei Wanzen entdeckt. Am nächsten Morgen fuhr ein Militärfahrzeug vor. Clemens war selbst gekommen und hatte noch zwei junge Soldaten mitgebracht. Schweigend machten Sie sich an die Arbeit. Jeden Raum nahmen sie unter die Lupe, schauten mit Endoskopen in Hohlräume und schlecht zugängliche Stellen.

Die ganze Prozedur dauerte bis in den Nachmittag. Schließlich machte der General mit Clemens einen Spaziergang durch die Siedlung.

«Wir haben je ein Abhörgerät in deinem Büro, im Wohnzimmer und in deinem Schlafzimmer entdeckt. Alles Spitzenerzeugnisse. Gleiche Bauart wie die in deinem Auto. Wenn du mich fragst, das waren Profis. Aber das Zeugs kannst du heute auch im Internet bestellen.»

Clemens zog die Miniaturgeräte aus der Tasche.

«Kann ich sicher sein, dass es keine weiteren gibt?»

«Nein. Wir haben zwar alles gründlich abgesucht, aber sicher sein kann man nie.»

«Gibt es kein Gerät, mit denen man sie aufspüren kann.»

«Wir haben alles aufgeboten, was es an Geräten gibt. Aber eine hundertprozentige Sicherheit in so einem großen Haus zu gewährleisten, dafür bräuchte ich eine Woche. Wenn überhaupt.»

«Danke für die Offenheit. Dann muss ich eben damit leben. Könnt ihr kurz bei meinem Freund und Anwalt vorbeischauen? Er wohnt zwei Häuser weiter. Er arbeitet ebenfalls an dem Fall und gestern hat man seine Kanzlei auf den Kopf gestellt.»

Clemens schaute auf die Uhr. «Noch eine Villa schaffen wir heute nicht mehr.»

«Vielleicht nur sein Büro? Wenn dort nichts ist, könnt ihr aufhören.»

«Okay.»

Die Suche in Dr. Soltaus Büro blieb erfolglos. «Aber ihr müsst noch unbedingt das Haus meines Schwiegersohns überprüfen. Bitte! Das wollte ich eigentlich schon kurz nach der Entführung der Kinder machen lassen. Ich habe es dann leider vergessen, obwohl sich so erklären ließe, warum uns die Verbrecher immer einen Schritt voraus waren.»

Der General drückte Clemens ein paar Scheine in die Hand, die er nur unter Protest annahm.

«Für die Jungs, schließlich ist heute Samstag.»

Der General verabschiedete Clemens. Dieser hatte ihn weder gefragt, wieso er Wanzen in seinem Haus und seinem Pkw hatte, noch, was es mit dem Päckchen auf sich habe, das er für ihn verwahrte. Stattdessen sprachen sie ein wenig über die alten Zeiten und verabredeten, noch einmal die alte Mannschaft zu einem Staffelabend zusammenzubringen.

«Hallo Jürgen, wir haben zwei Wanzen gefunden, in der Küche und im Wohnzimmer, die waren nicht sehr gut versteckt. Auch nicht die gleiche Bauart.»

«Danke Clemens, du hast was gut bei mir»

Frau von Buchenhain

Jan war nicht wohl in seiner Haut. Er stand nun schon eine geschlagene halbe Stunde vor dem Haus des Polizeipräsidenten.

'Warum war er hier, was wollte er von der Frau, die gerade ihren Mann auf so tragische Weise verloren hatte? Wieso glaubte er, dass sie etwas wissen könnte? Warum fuhr er nicht einfach wieder nach Hause?'

Aber er war es seinen Kindern schuldig. Er musste unbedingt jede Möglichkeit ausschöpfen, auch wenn die Wahrscheinlichkeit, damit weiterzukommen, noch so gering war. Dass der Polizeipräsident persönlich etwas mit dem Verschwinden seiner Kinder zu tun haben sollte, glaubte er nicht. Aber er musste etwas gewusst haben. Und er war offenbar unter Druck gesetzt worden. Die Einflussnahme des Polizeipräsidenten auf die Ermittlungen, die dieser höchstwahrscheinlich massiv behindert hatte, war zu deutlich. Dass der Selbstmord direkt damit in Zusammenhang stand, war jedoch eine gewagte Behauptung. So ging er in Gedanken seine Überlegungen noch einmal durch, als plötzlich jemand energisch an seine Fensterscheibe klopfte. Er hatte gar nicht gemerkt, wie die Frau des Polizeipräsidenten aus dem Haus gekommen und an sein Auto getreten war. Er ließ die Scheibe herunter.

«Verschwinden Sie, hier gibt es nichts zu sehen. Lassen Sie uns in Ruhe. Haben Sie immer noch nicht genug Schlagzeilen?»

Sie hielt ihn anscheinend für einen Reporter. Kein Wunder, der Selbstmord hatte tagelang die Titelseiten der lokalen Presse gefüllt. Er stellte sich vor.

«Entschuldigen Sie, Frau von Buchenhain, ich bin kein Reporter. Mein Name ist Jan Mülhausen. Der Vater der verschwundenen Kinder, vielleicht haben Sie meinen Namen schon einmal gehört?»

Jan sah, wie Frau von Buchenhain merklich zusammenzuckte.

«Und warum stehen Sie dann vor meiner Tür?», fragte sie schnippisch.

«Weil ich mich noch nicht getraut habe, bei Ihnen zu klingeln.»

Der Satz war einfach. Es war die Wahrheit und die Wahrheit ist manchmal entwaffnend. Frau von Buchenhain jedenfalls war sichtlich verwirrt, ob dieses Geständnisses, mit dem sie nicht gerechnet hatte. Sie hatte mit allen möglichen Ausflüchten gerechnet, mit dem üblichen Satz über freie Bürger und dem Recht, auf öffentlichen Straßen dort zu stehen, wo es einem beliebt.

«Was wollen Sie denn von mir?»

«Antworten. Ich erhoffe mir Antworten auf Fragen, die ich ihrem Mann stellen wollte.»

«Warum soll ich die beantworten können?», fragte sie unwillig.

«Ich weiß es nicht», antwortete er. «Aber ich muss es doch versuchen, das bin ich meinen Kindern schuldig. Ich muss doch alles versuchen, um sie zu finden», flüsterte er schon mehr zu sich selbst. Frau von Buchenhain drehte sich um.

«Ich kann Ihnen nicht helfen. Belästigen Sie mich bitte nicht mehr.»

«Haben Sie keine Kinder? Würden Sie in meiner Situation nicht alles versuchen, sie zu finden? Ihr Mann muss etwas gewusst haben, es gibt Beweise!»

Jan schrie es ihr hinterher. Er war vollkommen am Boden zerstört. Doch was hatte er erwartet? Dass sie ihn ins Haus bitten und ihn in die Geheimnisse ihres Mannes, der sich erst vor ein paar Tagen erschossen hatte, einweihen würde? Nein, aber so am Bürgersteig abgefertigt zu werden, darauf war er nicht vorbereitet gewesen. Er nahm eine Visitenkarte heraus und drehte sie um. Lange überlegte er, was er schreiben sollte. Schließlich schrieb er: 'Entschuldigung, ich wollte Sie nicht bedrängen. Das tragische ist, dass höchstwahrscheinlich die gleichen Leute Ihren wie meinen Verlust zu verantworten haben.'

Er stieg aus und ging zum Haus, steckte die Visitenkarte in den Briefkasten. Er hatte es versucht. Hatte zwar nichts erreicht, aber er hatte es versuchen müssen. So wie er die belgische Presse informiert hatte und den Skandal lostrat, der von Buchenhain vielleicht in den Selbstmord getrieben hatte. Er hatte sein Leben lang auf alle und alles Rücksicht genommen. Doch das war vorbei. Nein, er hatte kein schlechtes Gewissen. Sollte der Polizeipräsident etwas mit dem Verschwinden seiner Kinder zu tun gehabt haben, bedauerte er dessen Tod in keiner Weise. Sollte er das aber nicht, musste sein Selbstmord auch andere Gründe haben. Jedenfalls war dies noch nicht sein letzter Versuch. Sie wird irgendetwas wissen, dessen war er sich nun sicher. Und er würde keine Ruhe geben, würde sie nicht schonen. Wozu, wer hatte ihn geschont? Bis das Schicksal seiner Kinder geklärt war, würde er auf niemand mehr Rücksicht nehmen. Das war ein stiller Schwur. Mit quietschenden Reifen fuhr er davon. Frau von Buchenhain beobachtete ihn. Sie hatte gesehen, wie er etwas in den Briefkasten einwarf. Kaum war er weg, ging sie zum Briefkasten. Eine Visitenkarte. Sie drehte sie um und las. Nachdenklich steckte sie die Karte ein.
Am Nachmittag kam ihre Tochter zu ihr und zeigte ihr ihren Laptop.

«Papa muss meinen Laptop benutzt haben.»

«Wieso?»

«Meine Lesezeichen sind gelöscht. Aber schau mal, was ich im Cache gefunden habe. Es ist ekelhaft.»

Sie wählte eine Datei aus dem geöffneten Ordner aus. Der Browser öffnete sich und ein Bild erschien. Es zeigte einen nackten Mann mit einem ebenfalls nackten, vielleicht zehnjährigen Mädchen, das den Mann befriedigte. Der Mann war nur von der Seite zu sehen, der Kopf war abgewandt. Frau von Buchenhain erblich.

«Ist das nicht voll krass, was wollte Papa damit?», fragte ihre Tochter.

«Das gehörte bestimmt zu seiner Arbeit. Und benutze nicht immer diese Gossensprache.»

«Aber warum hat er meinen Laptop genommen? Er hat sich das Bild an dem Tage angesehen, als er sich erschossen hat.» Tränen schossen in die Augen des Mädchens.

«Hat er sich deswegen erschossen?»

«Wie kommst du darauf?»

«Der Mann da», sie zeigte auf den Bildschirm, «sieht genau aus wie Papa.»

Frau von Buchenhain nahm ihrer Tochter den Laptop weg.

«Das kann doch jeder sein. Wahrscheinlich ist das Bild eine Fälschung. Vielleicht ist es auch Teil der Ermittlungen gegen die Kinderschänder, die er mir gegenüber erwähnt hatte.»

«Und wenn es doch Papa ist?»

«Nein, Schluss jetzt. So etwas hätte dein Vater nie getan. Das solltest du doch wissen.»

«Aber warum hat Papa sich dann erschossen?»

«Behalte ihn so in Erinnerung, wie er tatsächlich war. Lass nicht das Andenken an deinen Vater von irgendwelchen Schmierfinken in den Schmutz treten. Wir müssen jetzt stark sein, müssen zusammenhalten, hörst du.»

Ihre Tochter hatte sich längst an sie geklammert, das Gesicht in ihren Busen vergraben, wie früher als kleines Kind. Frau von Buchenhain überlegte fieberhaft, was das zu bedeuten hatte.

Sie hatte früh von der fatalen Neigung ihres Mannes erfahren. Gerade frisch verheiratet, fand sie entsprechende eindeutige Bildchen bei ihm. Daraufhin hatte sie mit ihm darüber gesprochen und er hatte dagegen angekämpft. Er hatte eine Therapie gemacht, danach war es nie wieder ein Thema zwischen ihnen gewesen. Wie sich jetzt herausgestellt hat, nicht so erfolgreich wie sie gedacht hatte. Er hat sich seiner Verantwortung entzogen und sie damit allein gelassen. Sie wollte und konnte nicht zulassen, dass man auf ihrem Namen und ihrem Ansehen herumtrampelte. Sie überlegte fieberhaft, was sie tun könnte. Der Vater von den verschwundenen Kindern hatte etwas von Beweisen geschrien, fiel ihr plötzlich ein. Sie würde herausfinden müssen, was er wusste.

Die Polizei hatte nach seinem Freitod das Büro ihres Mannes durchsucht und alle Unterlagen und auch den Computer mitgenommen. Ob er das bedacht und deswegen den Laptop seiner Tochter benutzt hatte? Sie würde den Laptop sicherheitshalber sofort vernichten und der Tochter einen neuen zu kaufen.

«Nimm dir bitte meinen Laptop, deinen braucht sicher die Polizei.»

Ihre Tochter wollte erst reflexartig protestieren, sah jedoch den ernsten Ausdruck im Gesicht ihrer Mutter und erinnerte sich daran, dass ihre Mutter ein ganz neues Modell hatte. Vielleicht würde sie den behalten können.

Ihre Mutter hatte keineswegs die Absicht, den Laptop zur Polizei zu bringen. Die hatte schon genug im Haus herumgeschnüffelt und Sachen ihres Mannes mitgenommen, als ob er ein Verbrecher gewesen sei. Ihnen jetzt noch ein Motiv für den Freitod ihres Mannes zu liefern und womöglich das Bild in der Presse wiederzufinden, musste sie auf jeden Fall verhindern. Dazu musste sie erst einmal herausfinden, was der Mann wusste, der vor ihrem Haus gestanden hatte. Ihr wurde bewusst, dass ihr dieser Mann nicht nur aus diesem Grunde nicht mehr aus dem Kopf ging.

Er war so anders gewesen als die anderen Schakale, die seit Tagen vor ihrem Haus herumgelungert hatten. Sie hatte das Leid in seinen Augen gesehen. Sonst waren es sogenannte Reporter und Fotografen von der Boulevardpresse gewesen, denen das Leid anderer überhaupt nichts bedeutete. Alles gierige Haie und schmierige Schlammblütler. 'Schlammblütler?', stutzte sie in Gedanken, wo hatte sie denn diesen Begriff her? Es fiel ihr nicht ein, aber er gefiel ihr. Sie zog die Visitenkarte des Mannes hervor und betrachtete die Vorderseite. Eine typische Handwerkerkarte, schlicht, aber mit den notwendigen Informationen. Sie drehte sie um und las den mit gestochen scharfer Schrift geschriebenen Text ein zweites Mal. Was wusste dieser Mann, was ihr verborgen geblieben war? Sie würde wohl oder übel mit ihm Kontakt aufnehmen müssen. Direkt ging das allerdings nicht, das würde ihr Interesse zu deutlich werden lassen. Am besten wäre, ihn irgendwo zufällig zu treffen und ihn auf sich zukommen zu lassen. Sie kramte zusammen, was sie von ihm und seiner Familie wusste.

Ihr Mann und sie hatten öfter über diesen tragischen Fall gesprochen, der Vater der Frau war Vorsitzender ihrer Partei. Sie war auch Parteimitglied, hatte sich aber nie um irgendwelche Parteiangelegenheiten gekümmert. Es gehörte halt dazu, in der gleichen Partei wie der eigene Mann zu sein. Loyalität wurde in ihren Kreisen hochgeschätzt. Vielleicht ergab sich ja daraus ein Anknüpfungspunkt? Vielleicht würde sich der Mann auch von selbst noch einmal melden? Doch darauf wollte sie nicht warten. Sie suchte in Gedanken eine gemeinsame Bekannte, die sie unauffällig benutzen könnte. Das war nicht schwierig, da sie sich in den gleichen gesellschaftlichen Kreisen bewegten wie die Schwiegereltern des Mannes. Allerdings tat man sich im Moment schwer, mit ihr normal zu reden. Der Freitod ihres Mannes hatte sie in der Gesellschaft isoliert. Hinter ihrem Rücken wurde mehr getuschelt, als ihr lieb war. Deswegen hielt sie sich von diesen Kreisen fern.

Es würde ihr wohl doch nichts anderes übrig bleiben, als ihn anzurufen. Sie wollte nicht riskieren, dass er, nachdem sie ihn so abserviert hatte, zur Presse ging. Sie drehte die Karte, die sie immer noch in der Hand hielt, um und fand, was sie suchte. Eine Mobilfunknummer. Sie nahm ihr Handy und wählte die Nummer. Er war sofort dran. Sie entschuldigte sich bei ihm, dass sie so unfreundlich war und erklärte es mit der lästigen Boulevardpresse. Deshalb schlug sie vor, sich woanders zu treffen. Er war einverstanden. Sie wählte einen außergewöhnlichen Ort. Sie bestellte ihn für den nächsten Tag in die Carolusthermen in Aachen. Nicht ohne Grund, denn dort fühlte sie sich vor der Presse sicher. Da sie jeden Donnerstag dorthin ging, würde es auch nicht auffallen. Sie fühlte sich schon seit Tagen ständig beobachtet und verfolgt, hatte sich selbst schon als hysterisch bezeichnet. Dann hatte es aber auch ihre Tochter erwähnt, ohne dass sie vorher darüber gesprochen hatten.

Carolus-Therme

Am nächsten Tag, nachdem ihre Tochter nach der Schule gegessen und ihre Hausaufgaben gemacht hatte und zu einer Freundin gegangen war, machte sie sich fertig für die Therme. Sorgfältig rasierte sie die Beine, die Achselhöhlen, die Arme und den Haaransatz im Bikinibereich. Zum Friseur schaffte sie es nicht mehr. Aber für die Therme war ihre Kurzhaarfrisur ausreichend. Sie trug wasserfeste Schminke auf, benutzte wasserfeste Wimperntusche und Lippenstift. Zufrieden begutachtete sie das Ergebnis im Spiegel. Sie konnte sich durchaus noch sehen lassen mit ihren 42 Jahren. Das naturblond ihrer Haare war nur leicht aufgehellt, die neue Kurzhaarfrisur ließ sie jünger wirken. Und die Fältchen um die Augen waren Lachfältchen. Nun ja, um den Mund zeigten sich kleine Sorgenfalten, aber mit einem Lächeln waren diese gut zu überspielen. Amüsiert sagte sie zu sich selbst:
«Alles für die Ehre der Familie.»
Sie war sich jedoch durchaus bewusst, dass dieser Mann ihr unter anderen Umständen durchaus gefallen könnte. Was hatte

dieser Mann nur? Dieses ehrliche Gesicht, das von einem tiefen Leid verzerrt war, hatte es ihr angetan. Sie war wohl auch ein bisschen pervers, meldete sich eine Stimme im Hintergrund ihres Gehirns. Auch ihr Mann hatte immer diesen melancholisch leidenden Ausdruck im Gesicht gehabt. Aber jetzt war ihr ja klar, warum. Auch warum sie nur noch sehr selten Sex gehabt hatten. Doch ihr war es ganz recht gewesen, sie hatten sich einfach auseinandergelebt.

Sie war eine halbe Stunde zu früh, aber das machte nichts. Normalerweise traf sie sich morgens in der Therme mit ihren Freundinnen, gelegentlich gingen sie auch in die Sauna. Aber um diese Zeit bestand wenig Gefahr, von Bekannten gesehen zu werden. Der Donnerstagabend war als Thementag ausgeschrieben, mit dem Eintritt hatte man einen Cocktail frei, Musikuntermalung und die entsprechend gedämpfte Beleuchtung sorgten für das gewünschte Ambiente. So besuchten am Donnerstagabend vor allen Dingen Pärchen sowie junge Leute, die es werden wollten, die Therme. Die jungen Leute tummelten sich im Innenraum, sodass sie es genoss, im Außenbecken ein paar Bahnen zu ziehen. Die Therme hatte zwei Außenbecken, das eine mit Wasserfall und Strömung. Sie hatte als Treffpunkt das andere gewählt, da es gewöhnlich viel leerer war. Auch jetzt hielten sich dort nur fünf Personen auf. Es war später Nachmittag, der Trubel würde erst gegen Abend einsetzen. Sie erkannte ihn sofort, als er durch die Schleuse in das Außenbecken trat. Seine blonden Haare waren nass und daher kaum zu erkennen, aber sein muskulöser Oberkörper wirkte angesichts der schmalbrüstigen Jünglingsfiguren in der Therme noch beeindruckender. Sie schwamm auf ihn zu und richtete sich auf. Sie reichte ihm gerade bis zum Kinn. Er wollte ihr die Hand geben, doch sie fasste sie und zog ihn mit sich.

«Nicht so förmlich, sonst fallen wir noch auf. Hier ist heute Romantik-Day.»

«Hab ich schon gemerkt. Ein ungewöhnlicher Treffpunkt.»

«Ja, aber abhörsicher.»

Sie stellte sich an eine Massagedüse am Rand und bedeutete ihm, sich danebenzustellen.

«Die Presse ist seit Tagen hinter mir her, auch unsere Tochter lassen sie nicht in Ruhe. Hier können sie mit ihren Kameras aber nicht hinein.»

«Nicht ungeschickt. Was wollten Sie mir denn erzählen?»

«Ich will ganz offen sein. Mein Ziel ist es, mein Kind zu beschützen und möglichst schnell für sie wieder eine Art Normalität herzustellen. Sie hat ihren Vater verloren, ich möchte nicht, dass sie jetzt auch noch ihren Glauben an ihn verliert.»

«Gibt es einen Grund dafür?»

«Es scheint auf jeden Fall Leute zu geben, die Interesse daran haben, den Ruf meines Mannes in den Schmutz zu ziehen.»

«Und was habe ich damit zu tun?»

«Sie haben an dem Tag, als Sie vor meinem Haus standen, gesagt, dass Sie irgendwelche Beweise haben.»

«Aha, und die, denken Sie, würde ich jetzt an die Presse weitergeben?»

«Das könnte ich mir jedenfalls vorstellen. Wenn Sie davon überzeugt sind, dass mein Mann etwas mit dem Verschwinden Ihrer Kinder zu tun haben sollte, würde ich das sogar verstehen.»

«Mein Ziel ist nicht Rache, sondern meine Kinder wiederzufinden. Wenn etwas diesem Ziel dienen sollte, werde ich meine Informationen an die Presse geben, egal was das für Sie bedeutet.»

«Was kann ich tun, um Sie umzustimmen?»

Sie rückte ein wenig näher, fasste ihn am Arm und setzte bewusst ihre Weiblichkeit ein. Jan wusste nicht, wie er das deuten sollte. Er rückte etwas ab. «So jedenfalls nicht.»

«Oh, missverstehen Sie mich bitte nicht. Aber ich brauche keine Zuhörer.»

Eins zu null für ihn. Sie war froh, dass ihr dieser Weg erspart blieb. Aber sie war auch ein wenig gekränkt. Er hätte das ruhig etwas charmanter formulieren können.

«Was können Sie mir denn sagen?»

«Was möchten Sie denn wissen?»
«Vielleicht haben Sie irgendeinen Hinweis. Irgendetwas, was ihren Mann mit den Leuten verbindet, die meine Kinder entführt haben.»
«Wie kommen Sie darauf?»
«Ihr Mann wurde erpresst. Und er hat die Ermittlungen aktiv behindert.»
«Und das können Sie beweisen?»
«Ja, worauf Sie sich verlassen können.»
«Und das soll ich glauben?»
«Wenn es in der Zeitung steht, wird es JEDER glauben.»
«Was glauben Sie denn, womit mein Mann erpresst wurde?»
«Das wollte ich von Ihnen erfahren. Vielleicht führt uns ja etwas, was Sie wissen, zu den Entführern. Denken Sie nach. Es muss etwas mit der Entführung zu tun haben. Die beiden Entführer, die man tot aufgefunden hat, hatten etwas mit Mädchenhandel und Prostitution zu tun. Wissen Sie etwas darüber?»
«Tut mir leid, mein Mann hat nie mit mir über seine Arbeit geredet.»
«Er muss aber etwas mit den Männern zu tun gehabt haben. Er stand im Notizbuch eines der Männer, mit Dienst- und Privatnummer.»
Sie zuckte mit den Schultern.
«Es soll einen Club in einem Schloss in der Eifel geben. Haben Sie schon mal was davon gehört? Sie wissen schon, was für einen Club ich meine. Ihr Mann soll dort verkehrt haben.»
Das war ein Schuss ins Blaue. Doch der saß. Jan merkte sofort, wie sie ganz leicht gezuckt hatte.
«Gab es irgendwelche Männertouren, Jagdgesellschaften, Parteitreffen oder ähnliches, an denen ihr Mann regelmäßig teilnahm?», setzte Jan nach.
«Tut mir leid. Mein Mann war immer so viel unterwegs, dass ich das nicht nach gehalten habe. Und von einem Schloss in der Eifel habe ich nie gehört. Ab und zu war er zur Jagd eingeladen.

Aber das waren alles ehrenwerte Männer aus der Partei oder der Polizei, Staatsanwaltschaft und der Politik.»

«Ehrenwerte Männer wie ihr Mann?»

«Was soll das heißen?»

«Entschuldigung, aber ich kann das nicht mehr hören. Haben Sie denn gar nichts?»

«Nein, tut mir leid.»

«Dann tut es mir auch leid. Dann muss ich an die Presse gehen!»

«Das können Sie doch nicht tun. Was nützt es Ihnen, das Ansehen meines Mannes zu beschmutzen?»

«Vielleicht nichts. Vielleicht aber meldet sich jemand, der mehr Courage hat. Jedenfalls weiß ich, dass Sie mir etwas verheimlichen. Deshalb kann ich auf Sie auch keine Rücksicht nehmen.»

Sie zögerte.

«Also gut. Ich habe ein Foto meines Mannes gefunden, dass meinen Mann in kompromittierender Weise zeigt. In sehr kompromittierende Weise, wenn Sie verstehen.»

«Mit meinen Kindern?»

«Wo denken Sie hin. Nein, da war eine dunkelhäutige Frau in eindeutiger Stellung mit meinem Mann, sie wissen schon.»

«Ein Foto, mehr nicht? Kein Brief, keine E-Mail?»

«Nein, aber im Kamin hat die Polizei Asche gefunden.»

«Kann ich das Foto sehen?»

«Aber nein, das werden Sie doch verstehen. Sonst sehe ich das Foto irgendwann auf einer Titelseite.»

«Trauen Sie mir das wirklich zu?»

«Darauf kommt es nicht an. Das Risiko, das Bild aus der Hand zu geben, kann ich nicht eingehen. Außerdem habe ich es schon vernichtet.»

«Wieso haben Sie es überhaupt gefunden? Sie sagten doch, er hätte es verbrannt.»

«Es war noch auf dem Laptop meiner Tochter. Er hat wohl vergessen, es zu löschen.»

«Wieso hat er denn für so etwas den Laptop seiner Tochter benutzt?»

«Das kann ich Ihnen nicht sagen.»

«Und warum hat er es nicht gelöscht?»

«Das hat er bestimmt gewollt, hat aber aus Versehen die Lesezeichen meiner Tochter erwischt.»

Es entstand eine Pause. Beide hingen ihren Gedanken nach.

«Ich glaube, es ist besser, wir gehen. Es ist schon spät. Was werde ich die nächsten Tage in der Presse lesen müssen?», fragte sie nervös.

«Nichts, auf jeden Fall nichts, was von mir stammt. Das verspreche ich.»

Jan war enttäuscht. Doch was hatte er erwartet? Dass der Polizeipräsident mit Pornobildchen erpresst wurde, war ziemlich banal. Aber glaubwürdig. Es passte gut in das Bild, das er sich von diesem Mann gemacht hatte.

Treffen SOChS -Initiative

Das nächste Treffen der SOChS -Initiative, wie sie sich genannt hatten, fand bei Jan in der Werkstatt statt.

«Hast du etwas herausbekommen können?», fragte der General Michael.

«Ja, leider nichts Positives. Mein Freund hat die Zahlenreihen checken lassen. Wenn es sich wirklich um Internetadressen handelt, sind sie professionell verschlüsselt. Also kein einfacher Code, wie man das zum Beispiel mit der PIN-Nummer macht.»

«Aber hat er nicht die Möglichkeit, auch schwierige Codes zu knacken?»

«Wenn es ein einheitlicher Code für alle Zahlenreihen wäre, sicherlich. Sie haben auch die üblichen Programme darüber laufen lassen. Das Problem ist, dass man nicht erkennen kann, ob das Ergebnis sinnvoll ist. Wenn man einen Text verschlüsselt, sieht man, wenn das Resultat einen Sinn ergibt. Bei reinen Zahlenreihen ist das schwieriger. Selbst wenn sich beim Entschlüsseln eine reale Internetadresse ergibt, woher soll man wissen, ob es die richtige ist? Wir wissen ja nicht, wonach wir suchen müssen!»

Ich weiß, wonach wir suchen müssen!», erklärte Jan.

«Wieso?», fragten der General und Michael zugleich erstaunt.

«Zumindest ergäbe es einen Sinn. Der Polizeipräsident ist erpresst worden. Mit pornografischen Bildern. Zumindest befand sich eins auf dem Laptop seiner Tochter. Er hat ihn sich am Tag seines Selbstmordes geliehen und vergessen, das Foto zu löschen.»

«Woher weißt du das?»

«Ich habe mich mit der Witwe getroffen.»

«Und das hat sie dir freiwillig erzählt?»

«Nicht ganz freiwillig. Ich habe ein wenig geblufft und mit der Presse gedroht.»

Der General war beeindruckt.

«Toll. Das klingt logisch.»

«Das würde einiges erklären. Hast du die Internet-Adresse?», fragte Michael aufgeregt.

«Nein, bisher wusste ich ja gar nicht, dass es sich um ein Internet-Bild handelt. Wieso?»

«Na, das wäre vielleicht der Schlüssel zu den anderen Adressen. Wenn wir die verschlüsselte Adresse aus der Liste von diesem Snijder mit der unverschlüsselten vergleichen können, dann kämen wir eventuell weiter.»

«Aber diese Adresse wird sie mir nicht verraten. Ich an ihrer Stelle hätte sie auch gleich vernichtet.»

«Du musst es versuchen! Verdammt, Jan. hier geht es nicht um Verständnis. Wenn sie die Adresse noch hat, müssen wir sie besorgen. So oder so», erwiderte Michael.

Er ärgerte sich, wie er sich immer ärgerte, wenn er mit Michael zu tun hatte. Der General, der die Spannung zwischen den beiden spürte, ging dazwischen.

«Meinst du, du könntest noch einmal mit ihr sprechen?», fragte der General.

«Ich kann es versuchen.»
«Zumindest wissen wir jetzt, worum es sich bei den Zahlen handelt. Vielleicht können wir mit diesem Wissen ja bluffen. Besser als nichts.»

Wieder in der Therme

Die Frau des Polizeipräsidenten war seiner Einladung zu einem erneuten Treffen nur widerwillig gefolgt.
Nur weil sie nicht wollte, dass er am Telefon deutlicher wurde, nahm sie die Einladung an. Sie trafen sich wieder im Außenbecken der Therme.
«Ich weiß jetzt, warum ihr Mann das Foto nicht verbrannt hatte.»
«Warum?»
«Weil es digital ist. Es war gar nicht auf Papier, sondern online.»
«Woher wollen sie das wissen?»
«Es existieren noch mehr von diesen Fotos.»
«Wenn sie das wissen, was wollen Sie dann von mir?»
«Ich muss wissen, wie ihr Mann das Foto erhalten hat.»
«Aber das weiß ich doch auch nicht.»
«Wie haben Sie das Bild eigentlich gefunden?»
«Warum soll ich Ihnen das sagen?»
«Vielleicht, weil Sie auch eine Mutter sind. Weil Sie das Leid einer Mutter nachvollziehen können, die nicht weiß, was mit ihren Kindern passiert ist.»
«Sie verlangen ja viel Vertrauen.»
«Helfen Sie mir oder nicht? Sie müssen sich entscheiden. Was haben Sie zu verlieren?»
«Das Ansehen meines Mannes. Mein Name wird in den Schmutz gezogen. Meine Tochter ...»
«Glauben Sie mir. Daran habe ich das geringste Interesse.»
«Okay, ich vertraue ihnen. Ich weiß auch nicht warum. Also. Mein Mann hat den Laptop meiner Tochter an dem Tag benutzt.

Weil er in seiner Aufregung alles durcheinander gebracht hatte, hat meine Tochter das Ding irgendwie durchsucht.»

«Den Cache.»

«Den was?»

«Den internen Speicher. In ihm werden alle Dateien, die in einer Sitzung geöffnet werden, zwischengespeichert.»

«Aha. Was hat meine Tochter da nur gesucht?»

«Da müssen Sie sie schon selbst fragen. Wie hat sich das Bild denn geöffnet?»

«Wie meinen Sie das?»

«Mit welchem Programm?»

«Ich verstehe nicht.»

«War es ein Bildverarbeitungsprogramm oder ein Browser?»

«Es sah aus wie eine Internetseite.»

«Aha, also ein Browser.»

«Und was bedeutet das?»

«Das Bild ist auf einer Internetseite gespeichert.»

«Deswegen musste meine Tochter sich das ansehen?»

«Ja, der Browser speichert alle aufgerufenen Seiten zwischen, um sie bei einem späteren Besuch schneller wieder aufbauen zu können. Deswegen hat ihre Tochter das Bild gefunden.»

«Und jeder, der die Internet-Adresse hat, kann das Bild ebenfalls sehen?»

«Leider ist das so. DiwSeite kann nur die Person löschen, die Zugriff auf den Server hat, auf dem das Bild gespeichert ist. Und wenn es schon oft aufgerufen wurde, befindet es sich auch noch auf anderen Rechnern. Dann ist es nie mehr vollständig zu löschen. So ist das mit dem Internet. Es vergisst nichts.»

«Und Sie wollen jetzt von mir dieses Foto haben?»

«Nein, ich brauche gar nicht das Foto, sondern nur die URL.»

«Die was?»

«Die Internetadresse.»

«Das wäre doch das Gleiche.»

«Ja und nein. Wahrscheinlich ist die Seite längst gelöscht. Aber vielleicht kommen wir über die Internet-Adresse an denjenigen, der diese Seite erstellt hat.»

«Und die soll ausgerechnet ich Ihnen jetzt liefern. Damit Sie noch mehr Material gegen meinen Mann sammeln können!»

«Nein. Ich verspreche, dass ich Ihren Mann da heraushalten werde. Aber damit können wir den Erpresser finden und ihn zwingen, uns zu sagen, wo die Kinder sind.»

«Sie glauben doch nicht etwa, dass ihre Kinder ...? Oh Gott.»

«Bitte, was stand in der Adress-Zeile des Browsers?»

«Da gab es keine Adresse. Nur eine Zahlenreihe.»

«Das ist die eigentliche IP-Adresse! Den Klartext, den Sie gewöhnlich in die Adresszeile tippen, ist nur eine Übersetzung in eine für uns besser lesbare Form.»

«Aha, aber ich kann Ihnen leider nicht mehr helfen. Ich habe den Laptop schon vernichtet.»

«Das ist schade!»

«Ich war überzeugt, dass es das Beste ist. Es tut mir leid, dass ich Ihnen nicht mehr helfen kann.»

«Danke. Ich hätte wahrscheinlich ähnlich gehandelt. Vielleicht ist diese Information dennoch hilfreich.»

«Dann hoffe ich, dass ich mich auf Sie verlassen kann.»

«Selbstverständlich.»

Sie stieß sich von der Wand ab und schwamm elegant zur gegenüberliegenden Seite.

Nächstes Treffen der SOChS-Intiative

«Es war wirklich eine Internet-Adresse!», verkündete Jan auf dem nächsten Treffen.

«Was war eine Internet-Adresse?», fragte Birgit, die beim letzten Treffen nicht dabei sein konnte, verständnislos.

«Das Pornobildchen des Polizeipräsidenten, mit dem er erpresst wurde. Jedenfalls sieht es so aus, als hätte jemand das Bild ins Internet gestellt und dann den Polizeipräsidenten damit erpresst.»

«Wieso damit erpresst, dann kann es doch jeder sehen.»

«Nein, nur wer die Adresse kennt. Man hat bestimmt mit einer Veröffentlichung gedroht.»

«Dann her damit», forderte Michael.

«Leider hat sie den Laptop bereits vernichtet. Aber sie konnte sich erinnern, dass tatsächlich nur eine Zahlenreihe in der Adresszeile stand. Sie ist sehr darauf bedacht, die Familienehre zu retten.»

«Schade», warf der General ein, um Michael von einer Äußerung abzuhalten.

«Im Notizbuch von diesem Snijder gab es noch einen interessanten Eintrag. Sarah Koslowski. Zwar gibt es keine Zahlenreihe hinter ihrem Eintrag, aber im Kalenderteil taucht der Vorname Sarah mehrmals auf.», ergänzte der General.

«Jan, du kennst sie doch näher.. Frag sie bitte noch einmal, was sie mit Pete Snijder zu schaffen hat und warum sie dir nicht gesagt hat, dass sie regelmäßig mit ihm in Kontakt stand», äußerte Michael.

Der Doktor schaltete sich ein.

«So einfach ist das nicht. Wenn diese Frau tatsächlich Kontakt zu diesem Pete hat und er mit Peter Grüner identisch ist, dann könnte sie ihn warnen. Schließlich ist er der Vater ihrer Tochter. Der wird sofort wissen, dass diese Information aus seinem Notizbuch stammt. Und damit ist unser aller Sicherheit gefährdet.»

«Aber Sie hat mir doch den Hinweis auf diese Firma gegeben», wandte Jan ein.

«Trotzdem, Alfons hat recht. Das Risiko ist zu hoch», entschied der General.

Man kam überein, dass Jan keinen Kontakt zu Sarah Koslowski mehr aufnehmen sollte.

Das Schlösschen

Das Schloss war eigentlich kein richtiges Schloss, sondern ein altes Kloster, ursprünglich sogar nur ein großer Gutshof, der jedoch seit Urzeiten schon Schloss «Schwarzenbruch» genannt wurde. Das Kloster war schon vor Jahrzehnten von dem Orden aufgegeben worden, da es keine Nonnen mehr gab, die es bewohnen und bewirtschaften konnten. Es war aber weiter in Besitz der Kirche, die es an eine weltliche Firma verpachtet hatte. Diese hatte aus dem Kloster, das tatsächlich wie ein Schloss mit einem hohen Turm auf dem Berg thronte und von einer gewaltigen Mauer umgeben war, die niemandem Unerwünschten auch nur auf 100 m an das Kloster heranließ, ein Hotel gemacht.

Das Kloster war hierzu komplett saniert und modernisiert worden. Es wurde zu einem luxuriösen Seminarhotel ausgebaut, das von Firmen wie auch von politischen Parteien für Klausurtagungen und Strategiekonferenzen genutzt wurde. Doch dann wurde das Hotel an eine Firma mit Sitz in Vaduz verpachtet und bald danach wurde der Hotelbetrieb aufgegeben. Das Haus stand ein Jahr leer, bis es zu einem Edelpuff für die oberen Zehntausend ausgebaut wurde. Viel mehr wusste man nicht.

Der General hatte seinen Freund und Anwalt gebeten, mehr über das Schlösschen, wie es in Insiderkreisen genannt wurde, seinen Betreiber und seine Besucher in Erfahrung zu bringen. Er wusste, dass er irgendwie noch einmal dort hinein musste, dazu brauchte er so viele Informationen wie möglich.

Ungeduldig wartete er auf Ergebnisse.

Die Informationen, die er nach drei Wochen erhielt, waren eher dürftig.

Der Pächter entpuppte sich als Briefkastenfirma, deren Hinterleute nicht ermittelt werden konnten. Das Schlösschen wurde ausschließlich am Wochenende betrieben, in der Woche wurde es von einem Hausmeisterehepaar betreut, welches sich allerdings als sehr verschwiegen erwies. Darüber hinaus kannten nur der Bauer, der die Ländereien bewirtschaftete und der Gärtner, der das Gelände im inneren Mauerring pflegte, das Anwesen näher. Im Ort fand sich aber niemand, der das Gebäude von innen kannte. Der Ausbau nach dem Leerstand war ausschließlich von fremden Firmen, teilweise sogar aus dem Ausland, vorgenommen werden.

Am Wochenende, wenn die Gäste kamen, war keiner der Einheimischen anwesend. Den ganzen Service von der Eingangskontrolle am Tor bis zum Service übernahmen Fremde. Lediglich das Catering wurde von einem Metzger aus Daun gebracht. Aber sie bekamen nicht mehr zu sehen als die Küche und den Speisesaal. Natürlich gab es genügend Gerüchte. Die Hotelwäsche brachte eine Wäscherei aus Koblenz. Dass das Ganze ein Edelpuff sei, war eigentlich kein Gerücht. Aber was dort sonst vor sich ging, da schossen die Gerüchte ins Kraut. Von Gangbang-Parties war die Rede, von merkwürdigen Jagden auf aussortierte Zoo- und Zirkustiere, denn man hörte gelegentlich Schüsse und hatte Tiertransporter in den Hof fahren sehen. Doch sicher wusste niemand etwas.

Sie würden sich also ein eigenes Bild machen müssen. Doch das ehemalige Kloster war von einem äußeren Mauerring umgeben, welcher nur durch zwei große eiserne Tore unterbrochen wurde. Zudem gab es einen weiteren inneren Mauerring, der zu allem Überfluss noch von einer Meute frei laufender Hunde bewacht wurde. Der General dachte daran, ob er nicht versuchen sollte, auch einmal eine Einladung ins Schlösschen zu bekommen. Denn man konnte nicht einfach so zu einer Party dort hineinkommen. Man brauchte eine Einladung von jemand, der die Party organisierte.

Doch er war aus dem Spiel, seine bisherigen Aktivitäten hatten sich herumgesprochen. Außerdem würde man es ihm später kaum glauben, dass er nur zu Ermittlungszwecken dort war. Beim nächsten Treffen, bei dem erstmals auch Michael, der Vater von Lena anwesend war, berichtete er von dem Schlösschen.

«Warum hast du uns das nicht gleich gesagt? Du hast doch sofort gewusst, von welchem Schloss der Junge geredet hatte.»

«Nein, nicht sofort. Ich kenne es ja auch nur vom Hörensagen.»

«Vielleicht werden die Kinder dort versteckt?», fragte Jan erregt.

«Wohl kaum. Die Entführer haben sie ja zum Flughafen gebracht. Wir sollten uns das Schlösschen dennoch genauer ansehen. Aber da kommen wir nicht so einfach hinein.»
Er berichtete, was er von der Detektei erfahren hatte.

«Der Junge hatte auch etwas von Hunden erzählt, die da herumliefen», fiel dem Doktor ein.

«Das hört sich alles so an, als sei ein nächtlicher Besuch keine gute Idee.»

Zum Glück gab es Google-Earth und sie konnten sich einen guten Überblick über das Anwesen verschaffen. Es handelte sich ursprünglich um einen großen Viereckhof, der erst später zu einem Kloster mit einem Turm und den Mauerringen ausgebaut wurde. Sich ungesehen Zutritt zu verschaffen, würde schwierig werden.

«Wir müssen als Handwerker oder so hinein. Damit wir uns umsehen können.»

«Aber wie?»

«Ich habe da bereits eine Möglichkeit gefunden, hineinzukommen. Am Donnerstag liefert eine Wäscherei aus Koblenz die Wäsche. Der Fahrer ist bereit, uns hineinzuschmuggeln. Aber er kann nicht warten. Er muss rückwärts ans Gebäude heranfahren und kann dann jemanden mit der Wäsche in den Gesindetrakt schmuggeln. Aber er muss anschließend fahren, sonst fällt er auf. Es wird schwierig, dort ungesehen wieder herauszukommen. Das gesamte Gelände ist einschließlich der Mauern, des Innenhofes und der Tore videoüberwacht», berichtete der General.

«Wie wäre es als Feuerwehrleute», schlug Jupp vor, der selbst bei der Freiwilligen Feuerwehr war.

«Dazu müsste es erst einmal brennen.»

«Das ist die Idee!», war Jan begeistert. «Dann kann man diese Lasterhöhle gleich ausräuchern.»

«Ein kleines Feuer reicht uns schon. Wir sind ja keine Brandstifter.»

Gemeinsam schmiedeten sie einen Plan.

«Das könnte klappen!», meinte der General.

«Das ist eine wahnsinnige Idee», entgegnete Eva.

«Gerade deshalb könnte es ja klappen», stimmte Michael zu.

«Aber wir brauchen jemand, der uns freien Zutritt verschaffen kann. Es werden viele verschlossene Türen zu öffnen sein», wandte der General ein.

«Dafür habe ich jemanden. Kurt, ein Kamerad von mir. Der hat Schlosser gelernt und macht noch heute jedes Schloss in Nullkommanichts auf.»

«Das kann aber auch ich übernehmen, ich habe euch ja schon bei eurem Besuch des Büroturms geholfen», warf Birgit ein.

«Es ist besser, das erledigen Profis. Schließlich geht es nicht nur darum, Schlösser zu knacken, sondern sie so zu öffnen und wieder zu verschließen, dass es niemand nachher merkt. Außerdem ist das nur eine Sache für Soldaten», entgegnete Michael.

Jan baute sich auf und fiel Michael ins Wort.

«Was soll das heißen? Meinst du, Zivilisten hätten dazu keinen Mumm?»

Auch Birgit wollte das Wort ergreifen.

Der General hatte Mühe, alle auseinanderzuhalten.

«Wir sollten uns den Vorschlag von Michael erst einmal anhören.»

«Wir brauchen Profis», wiederholte er und betonte jedes Wort. «Einen Profi für die Türen und jemanden, der gegebenenfalls die Hunde erledigen kann. Falls dieser Plan mit dem Feuer nicht klappt. Willst du dann die Hunde erschießen und über die Mauern klettern?», fragte er provokant in Jans Richtung.

«Das heißt also, du willst das übernehmen», schaltete sich der General schnell ein, bevor Jan reagieren könnte.

«Hunde zu erschießen ist keine Kunst. Das schaffe ich auch!», insistierte Jan.
Der General musste die Streithähne wieder auseinanderhalten.

«Wir können nur am nächsten Donnerstag mit dem Wäschedienst hinein. Michael soll seinen Kollegen fragen oder haben wir eine Alternative?»

«Wir brauchen keine Alternative», goss Michael noch einmal Öl ins Feuer.
Jan erhob schon die Stimme. Der General legte ihm die Hand auf den Arm.
Schließlich meldete sich Birgit noch einmal.

«Wir haben eine Alternative. Ein Schloss zu öffnen habe ich schon als Kind gelernt. Mein Vater war Schlosser und hatte früher einen Schlüsseldienst. Er hat mich häufiger auf Einsätzen mitgenommen. Ich habe das ganze Werkzeug geerbt und kann damit auch umgehen. Außerdem finde ich, dass man nicht unnötig einen Fremden mit hineinziehen sollte.»

«Aber du bist dir bewusst, worauf du dich da einlässt?», fragte der General besorgt, der Birgit bisher aus illegalen Aktionen weitgehend herausgehalten hatte.

«Das Ganze läuft mindestens auf Einbruch und vielleicht sogar auf Brandstiftung hinaus. Das sind keine Kavaliersdelikte.»

«Das ist mir bewusst. Ihr habt mich bisher nicht wirklich an euren Aktionen teilnehmen lassen, was ich verstehen kann. Aber jetzt braucht ihr mich. Und da will ich meinen Teil beitragen.»

«Gut, dann sind Michael und Birgit ein Team.»
Michael wollte nun seinerseits protestieren.
Der General blockte jedoch jede weitere Diskussion ab.

«Das ist hiermit entschieden. Keine weitere Diskussion» und an Birgit gewandt: «Wir werden allerdings vorher ein wenig üben müssen.»

«Du willst mich also testen»

«Wenn du es so nennen willst, ja»

«Gerne.»

So gingen sie auseinander.

Der General hatte, wie angekündigt, den Fahrer des Wäschedienstes bestochen, Birgit und Michael in das Gebäude zu schmuggeln. Dieser hatte ihnen erläutert, dass er sich immer vorher unter einer Frankfurter Telefonnummer anmelden müsse und die Tore per Funk von einer Zentrale aus gesteuert würden. Jupp hatte Feuerwehruniformen besorgt. Der General wartete mit Eva im Geländewagen des Doktors, den er sich hierfür ausgeliehen hatte.

Das Schlösschen lag eine viertel Stunde vom nächsten Ort entfernt. Das äußere Tor öffnete sich ebenso wie das innere Tor wie von Geisterhand, die Kameras waren deutlich zu sehen. Michael hatte dem Fahrer eingebläut, sich nicht nach ihnen umzudrehen und nicht mit ihnen zu sprechen.

Der Fahrer des Wäschedienstes fuhr wie besprochen rückwärts an eine Nebentür des linken Traktes heran, für das er einen Schlüssel besaß und entlud die Wäsche mit den Wäschewagen, wie üblich. Michael und Birgit versteckten sich hinter den Wäschewagen, um den allgegenwärtigen Kameras im Außenbereich zu entgehen. Der Fahrer brachte den letzten Wäschewagen, in denen auch ihre Rucksäcke verpackt waren. Dann holte er die Wagen mit der Schmutzwäsche und lud sie ein. Michael nickte und der Mann schloss die Tür und verriegelte sie von außen. Zum Glück war innen niemand, der die Wäsche in Empfang nahm.

Sie durchsuchten als Erstes den linken Gesindetrakt. Hier befanden sich Küche, Hauswirtschafts- und Vorratsräume, der Kühlraum und im Obergeschoss einfache Zimmer für das Personal. Im Erdgeschoss befand sich die einzige Verbindungstür zum Haupthaus. Die Tür war offen. Hier befand sich der eigentliche Hotelbetrieb. Er erschien ein wenig altmodisch, jedoch sehr gediegen. Sie durchsuchten auch diesen Trakt, doch nichts deutete auf etwas hin, das einem normalen Hotelbetrieb widersprach. Im Erdgeschoss befand sich überraschenderweise kein Übergang ins rechte Nebengebäude. Im ersten Stock fanden sie dann die gesuchte Tür. Sie führte direkt in einen großen Saal. Dieser umfasste fast das gesamte Stockwerk. Der Haupteingang, dessen zweiflügelige Tür geschlossen war, wurde von zwei Ritterrüstungen mit Hellebarden und eisernen Handschuhen bewacht. Ein großer Saal öffnete sich mit Kronleuchtern aus Bleikristall und mehreren Sitzecken aus alten schweren Möbeln und zwei Nischen, in denen sich die Kamine befanden. Große Ölbilder von Jagdszenen und nackten Frauen im Rubensformat hingen an der Wand. Hirschgeweihe und Eberköpfe zierten die Kaminnischen. Dicke Teppiche auf dem Boden. Sonst nichts Auffälliges. Alles sauber und gepflegt. Sie gingen noch ein Stockwerk höher. Hier waren die Räume abgeschlossen. Aber für Birgit waren diese einfachen Schlösser kein Hindernis.

Das erste Zimmer war wie ein üblicher Raum im Rotlichtmilieu eingerichtet. Es wirkte sogar richtig billig mit dem ganzen roten Plüsch, dem großen Bett in der Mitte und der nachträglich eingebauten Dusche. Sie gingen zum nächsten Raum. Ein Zimmer, das an eine Hochzeitssuite erinnerte mit riesigem Himmelbett. Nichts Interessantes. Auch die nächsten Räume eine Enttäuschung. Ein großes Bad mit Whirlpool und ein Saunabereich. Doch dann wurde es spannender. Ein Zimmer mit Sado-Maso-Ausstattung, alles in Schwarz, Lederpeitschen in Wandhaltern, Hundehalsbänder, ein lederner Stuhl mit Fuß- und Handfesseln und allerlei anderem Spielzeug. Dann folgte ein Kleinkinderzimmer, alles in babyblau und rosa. Dachten sie zunächst. Doch die Einrichtung war etwas absurd. Sie erinnerte an Alice im Wunderland. Alles war überdimensioniert. Die Pampers, die bereitlagen, hatten Erwachsenengröße, ebenso das Pöttchen, das an einem viel zu großen Kinderbettchen stand. Im Schrank fanden sich Strampler in verschiedenen Größen, ab geschätzter Kleidergröße 50.

«Das ist ja abgefahren», entfuhr es Birgit. Sie fotografierte wie schon die Räume davor. Langsam wurde es interessant. Der nächste Raum erinnerte an ein Arztzimmer, genauer gesagt wie bei einem Frauenarzt. Mit gynäkologischem Stuhl und allerlei medizinischem Gerät.

«Doktorspiele gefällig? Bin mal gespannt, was da noch kommt.» Birgit schwieg.

Der nächste Raum war wieder eine Überraschung. Als sie die Tür öffneten, standen sie in einem Stall. Zumindest wirkte es so. Grobe Holzdielen auf dem Boden, die Wände grob verputzt und gekalkt, an den Wänden rostige Eisenringe. Eine Futterkrippe mit Heu, ein abgetrennter Stallbereich mit Stroh und darüber ein Heuschober, der über eine Leiter zu erreichen war. Die Decke war offenes Gebälk.

«Die Zeit läuft uns weg. Los, lass uns weiter.»

Es wurde ihnen bewusst, dass die Zeit bis zum Eintritt der Dunkelheit kaum ausreichen würde, den ganzen Gebäudekomplex zu durchsuchen.

Michael war enttäuscht. Sicher, das war ein Puff, in dem man extravagante Kulissen aufgebaut hatte. Aber es fand sich kein Hinweis auf Kinder. Sie ließen die restlichen Räume aus und gingen zum Turm. Sie stiegen die enge Treppe empor, die sich an der Wand entlang schlängelte und aus in der Wand eingelassenen Steinstufen bestand. Zwischendurch offene Schießscharten.

Oben angelangt, öffnete Birgit mit geübter Hand den Raum, der stockdunkel war. Michael zog aus der Feuerwehruniform eine kleine Taschenlampe hervor und leuchtete den Raum aus. Er war sparsam möbliert, ein grober Tisch und ein paar Stühle, ein alter Bauernschrank, der sich als gut gefüllter Kühlschrank entpuppte. Sonst nur ein großer Stahlschrank. Birgit hatte ihre Mühe, doch schließlich öffnete er sich. «Sesam öffne dich», rief sie feierlich. Im Schrank fanden sich typische Langwaffen, Zielfernrohre, Schalldämpfer und auch Nachtsichtgeräte.

«Nur das feinste», murmelte Michael, der bewundernd nach einem Gewehr griff.

«Möglichst nichts anfassen. Wir wollen doch alles so verlassen, wie wir es vorgefunden haben», ermahnte Birgit und ergänzte: «Komisch, dass hier kein Fenster ist.»

Im runden Turm hingen überall Bilder, wo man Fenster vermuten würde. Michael versuchte eins abzuhängen. Zu seiner Verwunderung stellte er fest, dass man es beiseite klappen konnte. Dahinter verbarg sich eine Schießscharte, die mit einer passenden konisch geschnittenen Dämmung verschlossen war, welche man herausziehen konnte. Nun konnte man in den Garten schauen.

«Was soll das? Hatten die kein Geld für Fenster?», fragte er.

«Ich glaube eher, dass sie von hier oben Schießübungen veranstalten.»

«Worauf soll man denn hier schießen? Über die innere Mauer hinweg geht kaum und innerhalb des Mauerringes gibt es wohl nichts zu jagen.»

«Wenn man es nicht extra dazu aussetzt.»

«Ist das denn waidgerecht?», wollte Birgit von Michael wissen, der selbst zur Jagd ging.

«Wohl kaum, aber darum scheint es hier ja auch nicht zu gehen.»

Sie fotografierten auch im Turmzimmer alles, insbesondere auch den Blick aus den Schießscharten und machten sich auf den Rückweg. Die Zeit drängte. Den rückwärtigen Gebäudeteil hatten sie noch nicht untersucht. Sie mussten den ganzen Weg zurückgehen, da es innerhalb des rechten Gebäudeteils keine Verbindungstür zum hinteren gab. Die ehemals vorhandene Tür war zugemauert. Sie befürchteten schon, dass ein Zugang nur über den Hof möglich wäre, doch im Gesindehaus fanden sie schließlich die Verbindung, die sie bei der ersten Durchsuchung übersehen hatten. Die Tür war sogar unverschlossen. Im hinteren Gebäudeteil befanden sich die Scheune mit landwirtschaftlichen Geräten, Fahrzeugen und schließlich das, was Michael gesucht hatte.

Denn das wichtigste hatten sie noch vor sich. Sie hatten bisher nichts Verwertbares gefunden. Zwar waren sie mit der Wäsche gut hineingekommen, aber der Wäschetransport war lange weg. Sie durchsuchten die Scheune zunächst ohne nennenswerten Erfolg. Sie wollten schon zurück, da fanden sie doch noch einen interessanten Raum,mit einer Stahltüre. Er war mit einem speziellen Schloss gesichert und erregte so gleich Birgits Aufmerksamkeit. Das Schloss leistete fünf Minuten Widerstand, dann öffnete sich ein Raum, der an einen Kommandostand oder Medienraum erinnerte, so viel elektronisches Gerät befand sich darin. Sie schalteten einzelne Monitore an. Einige zeigten den Außenbereich, an einer Wand aber waren ausschließlich Monitore aufgehängt, die die einzelnen Bordellzimmer überwachten. Anscheinend waren alle Bordellzimmer mit geheimen Kameras ausgestattet. Leider waren keine Aufzeichnungen zu finden, jedenfalls fanden sie keine CDs, Speicherkarten oder ähnliches. Sie verließen den Raum und Birgit verschloss ihn wieder.

Michael ging nun schnurstracks auf den Heuschober zu, indem sich frisches Stroh und Heu befand. Er nickte befriedigt.

«Hier können wir unser Feuer legen, ohne dass es auffällt. Das Heu ist frisch und kann sich auch selbst entzündet haben.»

Zunächst versteckten sie den blauen Sack mit der Kinderkleidung in einer Ecke, in der sich bereits mehrere andere Abfallsäcke befanden. Birgit hatte hierzu von Jan extra Sachen von Lena und Moritz bekommen. Es war eine Idee von Eva gewesen, im Schloss Kinderkleidung zu deponieren, um die Polizei zu zwingen, sich mit dem Schlösschen zu beschäftigen. Jan war sofort bereit, Kleidungsstücke von Lena und Moritz beizusteuern, die denen glichen, die sie am Tage des Verschwindens trugen.

Michael klopfte beruhigend auf seine Sig-Sauer, die er im Schulterhalfter trug. Falls sie doch den Weg über die Mauer würden antreten müssen, würde er sie brauchen. Das Ersatzmagazin steckte ebenfalls in seiner Schlaufe am Halfter. Sie entfachten im Heu ein kleines Feuer und machten sich auf den Rückweg.

«Verbrennt dann nicht die Kinderkleidung mit?»

«Das ist ein gewisses Risiko. Aber am Ausgangspunkt eines Brandes bleibt eigentlich immer am meisten übrig. Denn die Hitze ist dort noch nicht so groß. Außerdem wird sich die

Feuerwehr und die Polizei am Brandherd am genauesten umsehen.»

Sie hatten abgemacht, Eva per Handyklingelzeichen zu informieren, wenn das Feuer gelegt war. Der General und Eva beobachteten das Anwesen von der Ferne. Sobald sie Rauch wahrnehmen würden, wollte Eva in ein Lokal stürmen und die Leute informieren. Selbst die Feuerwehr zu alarmieren war ihnen zu gefährlich, da alle Notrufe aufgezeichnet wurden.

Die Flammen sollten sich langsam durch die Scheune fressen und Michael und Birgit genug Zeit geben, sich in einem entfernten Gebäudeteil zu verstecken. Erst wenn die Feuerwehr angerückt war, wollten sie sich im allgemeinen Tohuwabohu unter die Feuerwehrleute mischen und dann verschwinden. Das waren der Plan und die einzige Möglichkeit, an den Hunden vorbeizukommen und den allgegenwärtigen Überwachungskameras im Außenbereich zu entgehen.

Allerdings hatten sie nicht damit gerechnet, dass es so lange dauern würde, bis die Flammen nach außen durchschlugen und der Rauch von der Ferne sichtbar sein würde. Als sie schließlich die Feuersirenen in der ganzen Umgebung aufheulten, war das Feuer bereits außer Kontrolle und breitete sich im Hauptgebäude aus. Das war nicht beabsichtigt. Das Feuer rückte immer näher. Sie zogen sich von Raum zu Raum zurück. Dicker Rauch folgte ihnen durch die Ritzen. Sie mussten husten, obwohl sie sich bereits feuchte Tücher vor den Mündern hielten, um es überhaupt noch aushalten zu können. Das Hauptgebäude brannte mittlerweile lichterloh. Endlich hörten Sie, wie sich die Sirenen der Feuerwehren näherten. Nach und nach trafen immer mehr Feuerwehrfahrzeuge ein.

Freiwillige Feuerwehren aus der ganzen Gegend waren im Einsatz. Doch der Rauch wurde zu beißend. Sie würden ersticken, wenn sie nicht ins Freie gelangen konnten. Mittlerweile waren sie im Hauswirtschaftsgebäude angekommen, in das sie der Mitarbeiter der Wäscherei eingeschmuggelt hatte. Doch die Tür hatte er wieder ordnungsgemäß verschlossen. Leider hatten sie keinen Atemschutz dabei. Birgit machte sich daran, das

Schloss der Tür zu knacken. Aber ausgerechnet dieses Schloss war ein besonderes Sicherheitsschloss. Durch den Rauch war sie kaum in der Lage, etwas zu sehen. Michael leuchtete. Der Husten behinderte sie zusätzlich. Sie würden jämmerlich ersticken, wenn sie die Tür nicht aufbekommen würde. Michael zog die Waffe und lud sie durch. Er hatte ebenfalls den Ernst der Lage erkannt und wollte das Schloss aufschießen. Auch wenn dadurch ihre ganze Tarnung aufgeflogen wäre. Draußen waren bereits die Kommandos der Feuerwehr zu hören. Er bedeutete Birgit, bei Seite zu treten.

Da drehte sich endlich das Schloss im Schließzylinder, Birgit hatte es geschafft. Hustend stolperten sie nach draußen. Zum Glück sah sie niemand aus dem Gebäude kommen und sie stolperten erst einmal weg vom Feuer und deponierten ihre Rucksäcke hinter einem Baum.

So wahnwitzig der Plan war, er war dennoch aufgegangen. Sie befanden sich im rechten Teil des Innenhofes, saßen dort an der Außenmauer gelehnt und von einem Baum vor direkten Blicken geschützt und warteten geduldig, während immer noch weitere Feuerwehrfahrzeuge eintrafen. In der nächsten Stunde beobachteten sie, wie sich das Feuer trotz des verzweifelten Einsatzes aller Feuerwehren aus der Umgebung auf das ganze Anwesen ausbreitete. Von der Hundemeute war nichts mehr zu sehen und zu hören. Mittlerweile waren so viele verschiedene Feuerwehren der Umgebung vor Ort, dass es ungefährlich war, sich unter die Feuerwehrleute zu mischen.

Michael war auch noch so dreist, einen der Feuerwehrleute auf den Sack mit Kinderkleidung aufmerksam zu machen, der halb verbrannt in der Nähe des Brandherdes lag. Als sie sich unauffällig hinter den äußeren Mauerring begaben, wurden sie bereits vom General im Geländewagen erwartet. Auch hier war nichts von den Hunden zu sehen. Die Hunde hatte man wohl schon bei Beginn der Löscharbeiten eingefangen und weggebracht.

Die Lokalzeitung im nahen Trier berichtete als erste über den Brand. Neben einem ausführlichen Bericht über die Löscharbeiten und den entstandenen Schaden kamen auch einzelne Feuerwehrleute zu Wort, die von den eigentümlichen Räumlichkeiten im Schlösschen äußerten. Zudem wurden Einheimische zitiert, die von wilden Partys mit zweifelhaften Damen zu berichten wussten. Auch dass ein fast verbrannter Sack mit Kinderkleidung gefunden wurde, war erwähnt.

Die zuständige Kriminalpolizei übernahm die Ermittlungen und als deutlich wurde, dass die gefundenen Kleidungsstücke auf einen Zusammenhang mit dem Fall Mülhausen hindeuteten, ordnete der zuständige Staatsanwalt eine Durchsuchung des gesamten Geländes an. Hierbei wurden auch Leichenspürhunde eingesetzt.

Schon am nächsten Tag wurden die ersten menschlichen Überreste aus einer ehemaligen Jauchegrube geborgen. Es handelte sich um zwei Kinderleichen und die Leiche einer jungen Frau.

Nach der ersten Pressekonferenz, die der zuständige Staatsanwalt gegeben hatte, brach ein wahrer Sturm in der Presse los. Waren die Mülhausen-Kinder gefunden? Wie waren sie gestorben? Was hatten die Gäste des Schlösschens damit zu tun? War doch bekannt, dass auch Prominente das Schlösschen besucht hatten und sogar Dienstwagen von hochrangigen Politikern und Ministerialbeamten dort gesehen worden waren.

Der Generalbundesanwalt zog nun die Ermittlungen an sich und das BKA übernahm den Fall.

Als ersten Erfolg wurde die Verhaftung des Hausmeisters vermeldet. Nach tagelangen Verhören gab er zu, an der Beseitigung der Leichen beteiligt gewesen zu sein und den Auftrag dazu von Antonio Brunelli erhalten zu haben, für den ein internationaler Haftbefehl beantragt wurde. Darüber hinaus bestätigte er, dass Georg Hasenleder und Torben Esser mehrfach als Personal im Schlösschen eingesetzt waren. Zudem identifizierte er einen Mann namens Pete Snijder, nachdem nun ebenfalls offiziell gefahndet wurde.

Als Maria von den gefundenen Kinderleichen erfuhr, brach sie völlig zusammen. Birgit hatte es in den vergangenen Wochen geschafft, ihr wieder Hoffnung zu geben und sie langsam zurück an die Realität herangeführt. Sie war sogar wieder mit Birgit in die Stadt gefahren und hatte ernsthaft überlegt, ihre Tätigkeit als Lehrerin wieder aufzunehmen, was natürlich viel zu früh war. Aber alle sahen das als gutes Zeichen. Das war nun alles wieder weg. Maria fiel zurück in eine tiefe Depression.

Auch der Rest der Familie war paralysiert. Damit hatten sie nicht gerechnet. Nichts hatte im Schloss darauf hingedeutet. Die Beweise hatten sie ja selbst manipuliert. Sie versuchten vergeblich, Maria davon zu überzeugen, dass noch gar nichts erwiesen sei. Es könne sich nicht um ihre Kinder handeln. Doch sie glaubten selbst nicht daran. Ihr Hausarzt ließ Maria in eine psychiatrische Klinik einliefern.

Schon am nächsten Tag bekamen sie die Nachricht, dass es sich bei den Kinderleichen nicht um ihre Kinder handeln könne. Die Leichen lagen schon seit mehr als einem Jahr in der Jauchegrube. Es handelte sich um zwei Mädchen im Alter von ungefähr acht Jahren und eine junge Frau. Die Identität der Toten blieb zunächst ungeklärt. Doch Maria erreichte diese Nachricht nicht. Ihr Bewusstsein hatte sich von der realen Welt verabschiedet. Wenn sie Besuch erhielt, erkannte sie diesen nicht oder wollte ihn nicht erkennen.

Der General kam von seinem morgendlichen Waldlauf zurück. Seine Frau war ganz aufgeregt.

«Hast du gelesen? Das BKA hat jetzt die Ermittlungen übernommen.»

«Nein, ich hab noch nicht in die Zeitung geschaut.»

«Und was hat das zu bedeuten?»

«Wenn ich das wüsste.»

«Aber ist das denn nicht gut, wenn das BKA den Fall übernimmt? Vielleicht finden sie ja jetzt die Kinder. Die haben doch ganz andere Möglichkeiten als die hiesige Polizei.»

«Ich habe da eine dunkle Ahnung. Wenn es um die Kinder gehen würde, hätten sie dies vor Wochen tun müssen.»

«Du meinst also, dass das nur auf den öffentlichen Druck nach dem Selbstmord des Polizeipräsidenten und Leichenfunden in der Südeifel geschehen ist?»

«Ja auch.»

«Was denn sonst?», hakte Elli nach. Der General wusste, dass er einen Fehler gemacht hatte. Er biss sich auf die Lippen.

«Nun red' schon.»

«Ich meine, dass noch ganz andere Leute ihre Finger im Spiel haben.»

«Welche andere Leute? Sprich bitte nicht immer in Rätseln und lass dir nicht alles aus der Nase ziehen.»

«Ich lasse mir gar nichts aus der Nase ziehen. Bei manchen Dingen ist es besser, wenn man sie nicht ausspricht.»

«Was soll das heißen? Meinst du, ich wäre nicht in der Lage, das zu beurteilen? Oder denkst du, ich würde gleich alles ausplaudern. Du solltest mich besser kennen. Es ist mir egal, wenn du sonst immer den Geheimniskrämer spielst. Aber hier geht es auch um meine Enkelkinder. Oder vertraust du mir so wenig?» Elli hatte sich richtig in Rage geredet.

Der General war in die Enge getrieben. Also würde ihm nichts anderes übrig bleiben, als Elli irgendetwas Plausibles zu liefern. Sonst würde sie nie aufhören zu bohren. Dazu kannte er sie zu gut. Doch ihm fiel nichts Brauchbares ein. Wie konnte er nur Zeit gewinnen?

«Es geht das Gerücht um, dass hoch gestellte Persönlichkeiten in den Fall verwickelt seien.»

«Jetzt reicht's mir. Rede endlich mit mir.»

Der General ergab sich.

«Na gut. Wirf mir nachher aber nicht vor, ich hätte dir das ersparen sollen. Die hiesige Polizei hatte die Spur zu einem Pädophilenring aufgenommen, der sehr prominente Mitglieder haben soll. Deswegen glaube ich, dass man die hiesige Polizei von den Ermittlungen fernhalten möchte.»

«Oh Gott. Und du glaubst, dass unsere Kinder ...»

«Nein, aber die Polizei verfolgt natürlich jede Spur. Und das ist einigen Leuten gar nicht Recht.»
«Hat sich deswegen der Polizeipräsident erschossen?»
«Das ist zu vermuten.»
«Oh Gott, was ist aus dieser Welt geworden.»

Das BKA

Bachmann war auf Hundert. Niemand hatte es für nötig befunden, ihn zu informieren. Aus der Morgenzeitung hatte er erfahren, dass das K12 ausgebootet worden war. Die Männer vom BKA hatten bereits alle Akten eingepackt, als er im Büro erschien. Die BKA-Leute bewegten sich im Kommissariat, als wären sie Herr im Hause. Solowski wieselte um sie herum.
«Wo bleiben Sie nur?», fuhr er ihn gleich an.
Bachmann ignorierte ihn und ging in sein Büro. Die Männer vom BKA folgten ihm, stellten sich vor und begannen mit ihren Fragen. Schon bald hackten sie auf dem verschwundenen Aktenordner herum. Das K12 hatte ihn zwar so weit wie möglich rekonstruiert. Denn die Kollegen hatten die Vernehmungsprotokolle separat gespeichert. Nur die Originale fehlten. Daher war der Ordner als Beweismittel wertlos. Und Bollemann sowie der alte Kahn würden ja nicht mehr aussagen können. Auch die Originalzeichnung vom Bollemann fehlte und die Originalmitteilung an das BKA über die Suchmeldung ebenso. Sie hatten aber auch hierzu Kopien beigefügt. Zumindest das. Warum der fehlende Ordner auf einmal so wichtig sein sollte, erschloss sich Bachmann nicht. Seine diesbezügliche Frage an die BKA-Beamten blieb unbeantwortet. Dabei hatten ihre Ermittlungen durch den Brand des Schlösschens in der Südeifel neue Impulse erfahren. Zwar war schnell klar, dass es sich bei den gefundenen Kinderleichen nicht um die Mülhausen-Kinder handelte. Aber der bei den Löscharbeiten gefundene Müllsack mit Kinderkleidung war eindeutig dem Fall zuzuordnen. Die gefundenen Kleidungsstücke passten der Beschreibung nach

zu den Kleidungsstücken, die die Mülhausen-Kinder am Tage ihres Verschwindens getragen hatten. Die an der Kleidung gefundenen genetischen Spuren bewiesen kurze Zeit später tatsächlich die Zuordnung. Dies war der erste brauchbare Hinweis seit langem.
Zudem hatten sie einen anonymen Hinweis auf einen Pädophilenring erhalten.

Bachmann wollte eigentlich an diesem Tage zum stellvertretenden Polizeipräsidenten gehen, um die Wiedereinsetzung der Sonderkommission zu fordern.

Das Schlösschen, das für obskure Partys bekannt war, bot mehr als genug Ermittlungsansätze. Doch jetzt waren sie nicht nur die Akten, sondern auch den Fall los.

Bachmann aber hatte dafür gesorgt, dass die Ermittlungsakte bis zum letzten gefundenen Kaugummipapier eingescannt worden war. Und er hatte eine Kopie auf seinem Stick gespeichert. Er hatte nicht die Absicht, die Ermittlungen einzustellen. Der stellvertretende Polizeichef war allerdings froh, dass er den Fall los war und brachte dies deutlich zum Ausdruck.

In dieser Stimmung rief ihn Körner an.

«Hallo Gert, was habe ich da heute früh hören müssen. Hier ist die Hölle los. Das BKA hat es nicht einmal für nötig befunden, das Ministerium zu informieren.»

«Hallo Bernd. Mich haben sie auch überfallen. Diese verdammten arroganten Sheriffs vom BKA. Führten sich auf, als sei das ihr Dezernat. Und der Wiesel immer hinter ihnen her. Dass er ihnen nicht hinten rein gekrochen ist, war alles.»

«Und was machst du jetzt?»

«Was soll ich machen? Aber lass uns von etwas anderem reden. Wann kommst du wieder nach Aachen?»

Körner merkte sofort, dass Bachmann am Telefon nicht mehr sagen wollte.

«Diese Woche bin ich sowieso in Aachen. Vielleicht sehen wir uns dann.»

«Wäre schön. Du weißt ja, wo du mich findest.»

«Aber diesmal Piano. Mein Magen verträgt diese Mengen nicht mehr.»

«Ich sag ja, dass du in Düsseldorf alles verlernst. Sogar das Saufen.»

Sie verabschiedeten sich.

Spendenbrief

Michaels amerikanischer Freund hatte den Logarithmus, mit dem die Internetadresse hinter dem Eintrag zum Polizeipräsidenten im Adressbuch von Snijder verschlüsselt worden war, nicht entschlüsseln können. Hierzu hätten sie mindestens eine entschlüsselte Seite benötigt. Doch diese stand nicht zur Verfügung.

Daher entschloss er sich, die Adressen zunächst anderweitig auszunutzen. Aufgrund der nun horrend gestiegenen Kosten für Detekteien, die Dr. Soltau über seine Hausdetektei damit beauftragt hatte, alle Adressaten im Adressbuch von Snijder zu überprüfen und Hinweisen nach Verbindungen der einzelnen miteinander und vor allen Dingen mit Snijder zu ermitteln, war eine Leere in der Spendenkasse des Vereins eingetreten.

Der General ließ sich daher den üblichen Spendenbrief des Vereins, den Dr. Soltau gemeinsam mit den Frauen entworfen hatte, geben. Er bat Eva auf dem nächsten Treffen, alle Adressaten aus dem Adressbuch anzuschreiben und peppte es ein wenig auf.

So fügte er folgende Passage an:

Sie haben sicher mit Schrecken davon Kenntnis genommen, dass sich das uns wohlbekannte Schlösschen «Schwarzenbruch» in einen Hort des Verbrechens gewandelt hatte. Ich hoffe sehr, dass Sie, wie viele andere, die aufgrund ihrer Kenntnis der Örtlichkeit aus den Zeiten einer unschuldigen Nutzung des Schlösschens eine besondere persönliche Betroffenheit fühlen, mit einer prominenten Summe an einer

Aufklärung des Schicksals der dort geschundenen Frauen und Kinder beteiligen und zugleich dafür sorgen wollen, dass die im Schlösschen gemachten Fotos nicht zum Schaden der Kinder und Frauen im Internet verbreitet werden. Unser Verein hat sich das Ziel gesetzt, die Interessen der Opfer zu schützen und dieses mit Nachdruck zu verfolgen. Ihre Spende kann selbstverständlich auch anonym erfolgen.

Es folgte der übliche Hinweis auf die Erteilung einer Spendenquittung. Anders als bei den anderen Spendenaufrufen unterschrieb der General diese Briefe selbst. Diese kaum verhohlene Drohung führte nach zögerlichem Beginn zu einem nicht geahnten Spendenzufluss.

Aber sein Freund Hermann warnte ihn vergeblich: «Weißt du, was du da tust? Du forderst dein Schicksal wirklich heraus!»

«Ja du hast recht. Ich jage die Ratten aus ihren Löchern. Und ich weiß, wie bissig sie dann sind. Aber es sind nur Ratten.»

Tatsächlich erhielt er Drohbriefe und Anrufe, in denen er als Judas und Nestbeschmutzer beschimpft wurde und man ihm zu verstehen gab, dass, wenn er nicht aufhören würde, im Dreck zu wühlen, daran ersticken werde. Doch der General ließ sich nicht einschüchtern. Er informierte die Polizei über die Drohungen und gab allen aus ihrer «privaten Initiative» den dringenden Hinweis, künftig noch vorsichtiger zu sein.

Der General erhielt einen Anruf von Dr. Soltau, der ihn bat, doch auf einen Cognac herüberzukommen. Das war ihr Stichwort, dass er etwas Wichtiges mitzuteilen hätte. Denn der General trank nur Whiskey. Er ging durch den Garten, schloss das Gartentor sorgfältig und schlenderte die Hecke entlang in Dr. Soltaus Garten. Dieser erwartete ihn schon in seinem Gartenhaus. Der Whiskey stand auch schon bereit.

«Guten Morgen, Hermann.»

«Guten Morgen, Jürgen, setz dich!»

«Was gibt es Neues?»

«Trinken wir erst einmal.»

Sie prosteten sich zu. Der General kippte den Whiskey herunter, während Dr. Soltau genüsslich nippte.

«Nun mach es nicht so spannend.»

«Ich weiß nicht, was ich davon halten soll. Ein Mitarbeiter hat zu Hause einen Anruf von einem Peter Grüner bekommen. Er ist angeblich bereit, sich mit mir zu treffen. Mein Mitarbeiter ist extra zu mir gekommen und hat mir die Nachricht persönlich überbracht. Ich soll von einem neutralen Telefonanschluss diese Nummer anrufen.»

Dr. Soltau zog einen Zettel mit einer Nummer hervor.

«Bist du sicher, dass es Grüner war?»

«Natürlich nicht. Er hat Grüße ausrichten lassen von Pete Snijder und Aslan Mutlu. Sie hätten ihre Pässe verloren und bräuchten daher meine Hilfe. Kannst du da etwas mit anfangen?»

«Allerdings. Das sind Alias-Namen von Grüner. Ich habe die Pässe dazu.»

«Wieso das?»

«Das ist jetzt nicht wichtig. Auf jeden Fall scheint sicher, dass er es ist. Wann sollst du ihn anrufen?»

«In zehn Minuten.»

«Er lässt uns nicht viel Zeit. Ich wüsste nicht einmal, wo es hier in der Nähe ein öffentliches Telefon gibt.»

«Du meinst, wir können nicht von hier aus ...?»

«Auf keinen Fall. Denk daran, dass sie mein Haus verwanzt hatten und deine Praxis durchwühlt. Sie zapfen bestimmt auch unser Telefon an.»

«Wir gehen rüber zu Essers. Wir sagen einfach, auf unserer Straßenseite würde das Telefon nicht mehr funktionieren», machte Dr. Soltau einen praktischen Vorschlag.

Gesagt, getan. Bei ihren Nachbarn auf der anderen Straßenseite, der Familie Esser, war nur die Tochter zu Hause. Sie schaute zwar etwas mitleidig, als sie ihr erklärten, was sie wollten. Dass sie am Nachmittag noch im Schlafanzug herumlief, störte sie in keinster Weise. Sie verkniff sich die

Bemerkung, ob sie denn kein Handy hätten und brachte ihnen das Telefon.

«Haben Sie auch einen Zweitapparat, ich würde gerne mithören können.»

«Klar, wenn Sie die Treppe 'raufkommen, sofort rechts.» Sie war schon fast wieder entschwunden, als sie sich noch einmal umdrehte und rief: «Ich bin im Garten. Wenn Sie es nicht mehr brauchen, legen Sie es einfach auf den Tisch.»

Der General und Dr. Soltau schüttelten mit dem Kopf. Laura, die Tochter ihrer Nachbarn, war ein Musterexemplar der Gattung verwöhntes Einzelkind. Doch es fehlte ihnen die Zeit, sich über die Jugend von heute auszulassen. Der General holte sich den zweiten Apparat aus dem ersten Stock und Dr. Soltau wählte. Am anderen Ende meldete sich jemand.

«Dr. Soltau, ich sollte mich bei Ihnen melden. Was kann ich für Sie tun?»

«Von wo rufen Sie an?»

«Von meinen Nachbarn.»

«Jürgen Bentlin?»

«Nein, ein anderer.»

«Gut. Ich wollte Ihnen einen Tauschhandel vorschlagen. Sie haben etwas, was mir gehört. Das hätte ich gerne wieder. Dafür biete ich Ihnen Informationen, wo die Mülhausen-Kinder sind.»

«Ich verstehe nicht, was Sie meinen.»

«Fragen Sie den Herrn Bentlin, dann werden Sie verstehen. Pässe, Geld, Scheckkarten und mein Notizbuch gegen die Information.»

«Warum sollte er sich darauf einlassen?»

«Er wird. Aber ich will nicht ihn, sondern Sie treffen. Sie sind schließlich Anwalt.»

«Aber ich bin schon im Ruhestand.»

«Dann haben Sie ja Zeit. Beschaffen Sie sich ein nicht auf ihren Namen registriertes Handy und rufen mich in einer Stunde wieder an.»

«Aber wo soll ich ...?»

Der Gesprächspartner hatte schon aufgelegt.

Der General klärte Dr. Soltau in groben Zügen über den Einbruch in Snijders Büro auf und was sie dabei entdeckt hatten. Dass Snijder über kompromittierende Fotos etlicher Männer aus besseren Kreisen verfügt und das Notizbuch wohl der Schlüssel zu den Bildern sei. Da sie zum Glück seine falschen Pässe und Scheckkarten mitgenommen hätten, könnten diese jetzt als Tauschobjekte dienen. Dann ging der General kurz entschlossen zu der jungen Dame des Hauses, die sich im Garten mit ihrer Bettdecke im Liegestuhl rekelte.

«Laura, darf ich mir bitte dein Handy ausleihen?»

«Aber Sie haben doch gerade telefoniert!»

«Ich brauche es etwas länger, sagen wir für einen Tag?»

«Haben Sie denn kein eigenes?»

«Das ist kaputt und so schnell bekomme ich es nicht repariert.»

«Das geht nicht, ich brauch' es doch ständig. Außerdem rufen meine Freundinnen darauf an.»

«Du sollst es ja nicht umsonst machen.»

Der General zückte das Portemonnaie und hielt ihr fünfzig Euro hin.

«Aber wirklich nur bis morgen?»

«Versprochen. Du kannst es dir morgen Abend bei mir abholen.»

«Das ist aber länger als ein Tag!»

«Okay, Sie sind sehr geschäftstüchtig, junge Dame!»

Er legte noch einen Fünfziger auf sein Angebot drauf.

Die junge Dame griff zu. «Aber gehen Sie bitte nicht dran, wenn jemand anruft. Und lesen Sie ja nicht meine Chats.»

«Versprochen!»

Der General verzog sich, bevor es sich die junge Dame anders überlegen konnte.

Nach genau einer Stunde rief Dr. Soltau die Nummer mit dem Handy wieder an. Diesmal konnte der General nicht mithören.

«Schon morgen früh. Ich soll morgen früh um 7.00 Uhr am Flughafen Düsseldorf sein. Ich soll die Pässe, das Geld, die

Scheckkarten und sein Notizbuch mitbringen. Er ruft mich auf dem Handy an. Den Pass auf den Namen Aslan Mutlu soll ich an der Rezeption des Flughafenhotels spätestens um 7:00 Uhr als Fundsache abgeben.»

«Gut gewählter Treffpunkt. Eine Waffe kann man da nicht mitnehmen. Er scheint keine Angst zu haben, verhaftet zu werden. Aber das gefällt mir trotzdem nicht. Das könnte eine Falle sein. Besser ich gehe.»

«Nein, Jürgen. Er hat extra verlangt, dass ich das tun muss. Alleine. Außerdem sagst du doch selbst: Am Flughafen kann nicht viel passieren.»

«Dann besorge ich jetzt dein Tauschmaterial. Lass dich aber nicht mit Brosamen abspeisen.»

«Ich bin doch kein Anfänger. Wo hast du eigentlich die Sachen? Deswegen hat man also mein Büro verwüstet.»

«Ja deswegen. In deinem Haus war man sicherlich auch. Auch wenn wir dort keine Wanzen gefunden haben, wie in meinem. Ich habe die Sachen aber in sicheres Gewahrsam gegeben.»

Er nahm das gerade erworbene Handy, rief seine alte Dienststelle an und ließ sich mit seinem alten Kameraden verbinden.

«Hallo Clemens, wie gehts?»

«Danke, gut. Und selbst? Kommst du weiter mit deiner Suche?»

«Deswegen rufe ich an. Ich brauche das Paket.»

«Kein Problem. Es liegt hier in meinem Safe.»

«Hast du auch noch einen Bauchgurt für mich und ein Abhörgerät?»

«Geht es los? Wenn du Hilfe brauchst, sag' es nur. Was für ein Abhörgerät brauchst du denn?»

«Einfach eins, um ein Gespräch mitzuschneiden. Mit möglichst langer Aufnahmedauer.»

«Da nehmen wir ein umgebautes Handy. Bringe ich mit. Das kannst du eine Woche lang mitlaufen lassen. Und den Bauchgurt.»

«Prima, du müsstest aber schon um 6.00 Uhr in Düsseldorf im Flughafenhotel sein, geht das?»

«Klar, bis morgen.»

«Danke. Bis morgen dann.»

Der General rief anschließend das Flughafenhotel in Düsseldorf an. Zum Glück konnte er noch zwei Doppelzimmer für den gleichen Tag buchen.

Dr. Soltau schaute fragend.

«Ja hast du wirklich geglaubt, wir würden dich alleine fahren lassen?»

«Aber dann müssen wir ja schon heute Abend fahren.»

«Richtig. Wir werden dich ab jetzt im Auge behalten. Und nimm bitte eine Anzughose mit, die ein wenig zu groß ist. Du wirst etwas zunehmen müssen. Ich habe für dich einen künstlichen Bauch bestellt», erwiderte er mit einem Augenzwinkern.

Zu viert fuhren Sie noch am Abend zum Flughafen. Der General, Dr. Soltau, Michael und Birgit. Birgit hatte kein Problem damit, mit Michael das Zimmer zu teilen. Sie kamen sowieso kaum dazu, sich hinzulegen. Jan hatte der General bewusst außen vor gelassen. Am Hotel angekommen, checkten sie nur kurz ein, dann ging es zum Flughafen. Der General wollte kein Risiko eingehen. Deswegen inspizierte er genau die Gegebenheiten und teilte seine Leute ein. Jeder bekam einen speziellen Auftrag und sie übten mehrfach, wie sie Hermann würden im Auge behalten können.

Kurz nach halb zwei kehrten sie zum Hotel zurück. Pünktlich morgens um 06.00 Uhr meldete die Rezeption einen Besucher. Clemens, des Generals Kamerad, stand mit einer Tasche an der Rezeption. Gemeinsam gingen sie hinauf auf das Zimmer, in dem der General und Dr. Soltau genächtigt hatten. Der General zog sich mit der Tasche zurück und bat Clemens, Dr. Soltau das Handy zu erklären. Der General ging ins Badezimmer und leerte das Päckchen. Die Pässe und das Adressbuch kamen in den künstlichen Bauch. Die Scheckkarten mit dem Geld ließ er draußen.

Dr. Soltau bekam den Bauchgurt um die Hüfte gebunden. Die Scheckkarten steckte er separat ein.

«Wenn er nach dem Geld fragt, sag einfach, das sei ausgegeben. Wenn er darauf bestehen sollte, kannst du ihm ja einen Scheck ausstellen.»

Der Kamerad vom General erläuterte Dr. Soltau die Funktion des Handys.

«Einfach das Handy von innen in die Jacketttasche stecken. Das Mikrophon ist stark genug. Sollen die Aufnahmen gleich versandt werden?»

«Geht das denn?»

«Sicher, am besten an eine E-Mail-Adresse.»

«Dann nehmen Sie meine E-Mail-Adresse aus der Kanzlei.»

Er nannte sie Clemens, der das Handy entsprechend einstellte. Dann steckte er es Dr. Soltau in die innere Jacketttasche und übergab ihm zusätzlich eine Armbanduhr.

«Wenn Sie den oberen Schalter, der normalerweise für die Stoppuhr ist, drücken, nimmt das Handy auf. Es ist dann nicht empfangsbereit. Wenn Sie den Schalter unten drücken, wird die Aufnahme beendet. Dann wird die Aufnahme an ihre E-Mail-Adresse gesendet und Sie können wieder telefonieren. Also nicht vergessen, das Mikro wieder auszuschalten.»

«Aber dann habe ich ja zwei Handys dabei. Er hat ja die Nummer dieses Handys.»

Dr. Soltau zog das geliehene Handy aus der Tasche.

«Wir tauschen einfach die SIM-Karte.» Gesagt, getan.

Clemens verabschiedete sich und gemeinsam ging man zum Frühstück. Auf dem Weg gab Dr. Soltau vereinbarungsgemäß den einen Pass als Fundsache bei der Rezeption ab. Der General setzte sich in die Lobby und beobachtete die Rezeption. Er wollte sehen, wer den Pass abholen würde. Doch niemand fiel ihm auf.

Um kurz vor neun Uhr gingen sie hinüber zum Flughafen. Das Handy klingelte pünktlich.

«Und?», fragten alle aus einem Mund.

«Er hat für mich einen Flug nach Dalaman in der Türkei gebucht. Ich treffe ihn dort in der Sicherheitszone. Ich muss mich beeilen. Check-In ist bis um 09.15 Uhr. Er hat mir den Code zum Einchecken per SMS geschickt.»

«Verdammt. Der ist ja noch cleverer, als ich gedacht habe. Hoffentlich bekommen wir noch Plätze in dem Flugzeug.»

Sie liefen zum Abfertigungsschalter, aber es war viel zu spät, noch einen Platz für diesen Flug zu buchen. Dr. Soltau schaffte es gerade, beim ersten Aufruf des Fluges einzuchecken und die Sicherheitskontrolle zu passieren.

Dr. Soltau hatte kein Gepäck dabei, die Sicherheitskontrolle verlief unproblematisch. Der Flug war ziemlich ausgebucht, die Türkei war ein beliebtes Urlaubsziel für Sonnenhungrige. Er hatte Glück, für ihn war ein Fensterplatz reserviert. Es handelte sich nicht um einen Direktflug, daher er musste in Istanbul umsteigen. Dort hatte er genügend Zeit, einen kleinen Snack einzunehmen.

Als sich ein Mann neben ihn an die Bar setzte, beachtete Dr. Soltau ihn zunächst nicht weiter. Er stellte sich als Aslan Mutlu vor und Dr. Soltau blieb der Bissen im Halse stecken.

«Essen Sie nur in Ruhe auf, wir haben auf dem Flug nach Dalaman noch genügend Zeit zum Reden.»

«Das heißt, Sie fliegen auch nach Dalaman?»

Dr. Soltau merkte sofort, wie töricht seine Frage war. Aber er war zu perplex, um was Sinnvolles herauszubekommen.

Dr. Soltau betrachtete den Mann. Er trug eine orientalische Kopfbedeckung und wirkte mit dem schwarzen Vollbart und dem dunklen Teint nicht wie ein Westeuropäer.

«Wir sitzen sogar nebeneinander.»

Der Kellner erschien und er bestellte einen türkischen Tee sowie ein belegtes Baguette. Dr. Soltau vergaß ganz, das Handy auf Aufnahme zu schalten. Grüner begann ein unverfängliches Gespräch, erkundigte sich nach dem Wetter in Deutschland, zahlte sogar für Dr. Soltau mit und gemeinsam gingen sie dann zum Gate.

«Sie haben gar kein Gepäck, Dr. Soltau?»

«Nein, ich wollte ja nicht lange bleiben. Alles, was ich brauche, habe ich am Körper.»

Sie mussten noch einmal durch die Sicherheitsschleuse, die Türkei war in Fragen der Flugsicherheit noch strenger und hatte jeden Flughafen mit zwei Sicherheitsschleusen ausgestattet. Dr. Soltau kam ins Schwitzen, denn der künstliche Bauch wärmte und außerdem fürchtete er, dass er abgetastet würde und der künstliche Bauch auffallen würde.

Dr. Soltau rann der kalte Schweiß den Nacken herunter. Endlich verschwanden seine Sachen im Röntgentunnel. Er ging durch die Sicherheitsschleuse, die zum Glück kein Laut von sich gab. Ein Abtasten blieb ihm erspart. Er steckte seine Sachen ein, nahm sein Jackett lässig über die Schulter und schlenderte zu den Sitzplätzen.

Snijder folgte ihm wenig später und setzte sich neben ihn.

Dr. Soltau schaute sich nervös um. Aber er hatte dort keinen Angriff zu befürchten. Der Raum war gut gefüllt und die Kontrolle am Gate bereits besetzt.

«Sie haben also die anderen Pässe?», ging sein Sitznachbar nun direkt in medias res. Dr. Soltau schaute auf seine Uhr. Unauffällig drückte er das obere Knöpfchen.

«Ja selbstverständlich und das Notizbuch und die Scheckkarten ebenso. Was haben Sie denn zu bieten?»

«Eine traurige Geschichte und zwei interessante Fotos. Was ist mit dem Geld?»

«Leider aufgebraucht. Die Suche nach Ihnen war immens teuer.»

«Und erfolglos. Schließlich habe ich Sie anrufen müssen. Aber so viel Bargeld sollte man ja ohnehin nicht mit sich herumschleppen», lächelte er Dr. Soltau zu.

«Soll ich Ihnen einen Scheck ausstellen?»

«Das ist eine nette Geste, aber nein. Wenn ich mein Eigentum wiederbekomme, sind meine Geldnöte behoben. Sie verstehen.»

«Ich verstehe. Die Scheckkarten.»

Der Flug wurde aufgerufen und die Fortsetzung der Unterhaltung würde im Flugzeug stattfinden. Als Dr. Soltau im Flugzeug saß, fiel ihm ein, dass er vergessen hatte, das Mikro des Handys wieder auszuschalten. Er schaute demonstrativ auf die Uhr und drückte den unteren Knopf.

«In der Türkei gehen die Uhren eine Stunde vor, richtig?»

«Ja sicher, aber so lange wollen Sie doch nicht bleiben, oder?»

«Nein, aber wozu hat man denn eine Uhr mit mehreren Zeitzonen.»

Er drückte auf den oberen Knopf. 'Hoffentlich bringe ich damit nicht das Flugzeug zum Absturz', ging ihm dabei durch den Kopf. Aber er hatte keine andere Wahl.

«Ach, Sie haben recht, alles technischer Schnickschnack, den man nicht braucht. Wie soll der Handel vonstattengehen?», nahm Dr. Soltau das Gespräch wieder auf, nachdem die allgemeine Unruhe sich gelegt hatte.

«Vielleicht Zug um Zug. Ich erzähle Ihnen die Geschichte und Sie geben mir etwas von dem, was mir gehört.»

«Einverstanden.»

Snijder erzählte Dr. Soltau den Ablauf der Entführung so, wie man von einer geschäftlichen Transaktion berichtet. Er nannte die Namen seiner Komplizen, jedoch keinen Auftraggeber.

«Wenn Sie das so dem General erzählen, würde er Sie mit den bloßen Händen erwürgen.»

«Deswegen habe ich ja SIE um dieses Treffen gebeten. Sie sind Anwalt, Sie haben schon manchen schweren Jungen rausgehauen.»

«Aber keine Kinderschänder.»

«Das bin ich nicht. Ich bin Geschäftsmann. Zugegebenermaßen auf einem ungewöhnlichen Geschäftsfeld. Aber glauben Sie mir. Ich verachte diese Kinderschänder genauso wie Sie.»

«Lassen wir das. Alles, was Sie mir erzählt haben, ist nichts wert. Das weiß ich alles längst. Ihre Komplizen sind beide tot. Daran hatten Sie sicherlich ihren Anteil. Sogar die Polizei kennt mittlerweile diese Geschichte.»

«Sie irren. Mit dem Tode von dieser Schwuchtel und Schorsch und habe ich nichts zu tun. Nicht, dass sie das nicht verdient hätten. Was für Idioten. Dachten, sie könnten ihr eigenes Ding machen. Ich hätte sie mir ohnehin vorgenommen. Aber dazu bin ich nicht gekommen. Aber die Botschaft darin habe ich sehr wohl verstanden. Deshalb habe ich mich auch abgesetzt. Ich habe keine Lust, ebenfalls in einem Müllcontainer zu landen.»

Dr. Soltau wurde ärgerlich.

«Wenn Sie nicht mehr zu bieten haben, tut es mir leid. Wohin hat man die Kinder gebracht? Wer ist Ihr Auftraggeber gewesen? Das sind Fragen, auf die ich eine Antwort erwarte!»

«Was erhalte ich denn für diese Antworten?»

Dr. Soltau zog die Scheckkarten hervor.

«Na das ist ja schon etwas.»

«Wir wissen übrigens, was die Zahlen hinter den Namen in Ihrem Notizbuch bedeuten.»

«Und verraten Sie es mir?»

«Das sind verschlüsselte Internetseiten. Dort findet man zu der jeweiligen Person ein pornografisches Foto.»

Snijder stutzte. «Bravo. Da sind Sie ja schon weit gekommen. Hat Ihnen das die Witwe des Polizeipräsidenten verraten? Wie dumm von ihr.»

«Finden wir nicht. Schließlich haben Sie ihren Mann in den Tod getrieben.»

«Aber das war ich auch nicht.»

«Gerade ist man dabei, die Adressen zu entschlüsseln.»

«Na dann viel Spaß.» Dennoch wirkte Snijder ein wenig verunsichert.

«Was wollten Sie denn mit den Fotos? Ins Erpressungsgeschäft einsteigen? Warum entführen Sie dann noch kleine Kinder? Da wäre doch viel mehr zu holen!»

«Sie irren wieder einmal. Ich habe den Polizeipräsidenten nicht erpresst. Auch die Fotos habe nicht ich gemacht. Ich habe nur ein paar für meine Zwecke abgezweigt. Für meine eigene

Sicherheit. Diese Leute erpresst man nicht. Das zu überleben wäre ein Kunststück.»

«Warum brauchen Sie dann das Notizbuch so dringend zurück?» Dr. Soltau hatte erkannt, wie wichtig ihm das Notizbuch war, gerade weil er das nicht herausgestellt hatte.

«Es ist meine Lebensversicherung.»

«Wie das?»

«Sie haben recht. Die Fotos sind im Internet. Aber für niemanden zugänglich, der nicht die Adresse kennt. Ich habe die Fotos auf Servern auf der ganzen Welt abgelegt. Die alle zu finden, ist unmöglich. Die Adressen in dem Heftchen sind professionell verschlüsselt. Da kommt keiner dran. Doch sollte mir etwas zustoßen, geht jeden Monat eine E-Mail an Presseagenturen weltweit.»

«Mit den Adressen?»

«Genau. Mit den Adressen und den Namen. Aber nur, wenn ich nicht mehr lebe. Das wissen die ganz genau. Das ist meine Lebensversicherung.»

«Und wer ist DIE?»

«Erst das Notizbuch»

«Wofür brauchen Sie dann das Notizbuch so dringend zurück?»

«Wenn Sie es mir geben, verrate ich es Ihnen.»

«Gut, wenn Sie mir sagen, wer Sie beauftragt hat.»

«Der Sicherheitschef von Prosteel&more und die, die hinter ihm stehen.»

Grüner gab Dr. Soltau ein Foto. Es zeigte Grüner mit Hans Holger Hasse, Antonio Brunelli, dem Sicherheitschef und einen Fremden beim Aussteigen aus einem Fahrzeug.

«Wer soll das sein?»

«Erkennen Sie niemanden?» Grüner deutete auf eine Person. Dr. Soltau griff zu seiner Lesebrille, die vorne in seinem Jackett steckte.

«Doch, Sie natürlich. Und das ist Hans Holger Hasse, von allen nur Triple-H genannt, der Manager des Jahres 2011. Der ist jetzt Vorstandsvorsitzender bei ... ich habe den Namen vergessen. Irgend so ein Multi-Konzern.»

«Richtig. Prosteel&more. Die anderen sind Antonio Brunelli, der Sicherheitschef und ein Botschaftsangehöriger aus einem asiatischen Land.»

«Die sollen den Auftrag erteilt haben, die Kinder zu entführen?»

«Der Sicherheitschef hat den Auftrag erteilt. Das lief alles über eine Frankfurter Anwaltskanzlei. Aber der Boss hat sicher davon gewusst. Sollte um ein dickes Geschäft gehen, mehr weiß ich nicht. Da müssen Sie die Herren wohl selbst fragen.»

«Haben Sie einen Beweis dafür, was Sie da behaupten?»

«Beweise? Sie fragen nach Beweisen? Ich bin doch nicht die Polizei. Aber das Schlösschen, das vor kurzem abgefackelt wurde, gehört über eine Briefkastenfirma zu einer Immobilienverwaltungsgesellschaft, die wiederum zu Prosteel&more gehört. Und die kompromittierenden Fotos wurden auf Weisung des Sicherheitschefs gemacht. Der verfügt über noch viel mehr Fotos als ich.»

«Wozu wurden diese gemacht?»

«Als Rückversicherung. Sagte mir jedenfalls Antonio. Meine Leute haben damals im Schlösschen die Umbauten überwacht. Da geht es um Milliardenaufträge. Waffen, Gas, Aluminium. Sowie um den Verkauf ganzer Fabrikanlagen. Da fällt für jeden etwas ab. Wenn dann ein Staatsanwalt oder Beamter quer schießen sollte, war es gut, etwas in der Hinterhand zu haben. Damit er von oben zur Räson gebracht wird. Aber damit hatte ich nichts zu tun.»

«Nein? Sie haben nur die Nutten und Kinder geliefert! Sie kotzen mich an!»

«Nicht so zimperlich. Die Kinder des Generals sind nicht dort gelandet. Obwohl es ein genialer Schachzug von Ihnen war, die Kleidung der Kinder im Schlösschen zu deponieren und es dann abzufackeln. Respekt. Das hätte von mir sein können. Geben Sie mir mein Eigentum zurück, dann gebe ich Ihnen was Besseres als Beweise.»

«Das Notizbuch habe ich hier», Dr. Soltau deutete auf seinen Bauch.

«Sie wollten mir sagen, warum es Ihnen so wichtig ist.»

«Es enthält die Codes, mit denen ich verhindern kann, dass eine der monatlichen E-Mails an die Presseagenturen 'rausgeht. Die Fotos habe ich im Schlösschen entwendet. Antonio weiß dass. Er weiß aber auch, dass ich mich abgesichert habe. Sonst wäre ich längst tot. Meine Lebensversicherung ist nur so lange etwas wert, wie ich die Drohung aufrechterhalten kann. Jetzt aber werde ich mich absetzen. Ich bin zu alt für diese Spiele. Und mit denen aus dem Osten ist nicht zu spaßen. Da hilft mir auch meine Lebensversicherung nicht.»

Dr. Soltau begann zu begreifen.

«Was haben Sie denn im Tausch gegen die Pässe noch zu bieten?», fügte er an.

«Ein Foto von Hasse. Ein ganz besonderes Foto, wenn Sie verstehen. Wo sind denn die Pässe?»

Dr. Soltau fasste ebenfalls an seinen Bauch.

«Das ist nicht alles echt. Was ist mit dem Asiaten?»

«Tut mir leid, ich weiß nur, dass er mit einer Limousine mit CD – Kennzeichen abgeholt wurde.»

«Geben Sie mir erst das Foto von Hasse.»

«Was bekomme ich dafür?»

«Die Scheckkarten.»

«Gut, aber versuchen Sie nicht, mich hereinzulegen.»

«Ich bin Anwalt!»

«Eben», antwortete Snijder, aber er übergab Dr. Soltau einen Umschlag.

Im Gegenzug gab er ihm die Scheckkarten.

«Gehen Sie auf die Toilette und lassen das Notizbuch und die Pässe dort. Ich werde draußen warten und gehe mir sie dann holen.»

Dr. Soltau stand auf und ging mit dem Umschlag zur Toilette. Grüner folgte ihm auf den Fuß. Er fotografierte die Bilder aus dem Umschlag mit dem Handy, damit er sie nach der Landung gleich versenden konnte. Dann deponierte er die Pässe und das

Notizbuch auf dem Waschbecken. Als er die Toilette verließ, gab er sich mit Grüner die Klinke in die Hand.

«Wie sind Sie eigentlich an ihren Pass im Flughafen gekommen. Sie waren also im gleichen Flugzeug?»

«Wieso fragen Sie?»

«Aus reiner Neugier. Wir hatten die Rezeption die ganze Zeit im Blick.»

«Den Pass hat mir ein Bote aus dem Hotel gebracht. Ich hatte da vorsichtshalber ein Zimmer reserviert. Da war es einfach, im Hotel anzurufen und nach dem Pass zu fragen. Man war so freundlich, diesen ins Flughafengebäude zu bringen.»

«Damit Sie einchecken konnten.»

«VIP-Service Business, aber ich hatte sie im Blick.»

Der Rest des Fluges verlief schweigsam. Sie hatten sich nichts mehr zu sagen. Nach der Landung brachte Grüner Dr. Soltau zur Passkontrolle.

«Bitte gehen Sie durch die Kontrolle. Ich warte hier auf meinen Anschlussflug.»

Grüner gab ihm die Hand und verabschiedete sich mit: «Adieu, es war mir ein Vergnügen, mit Ihnen Geschäfte zu machen.»

Soltau blieb nichts anderes übrig, als die Passkontrolle zu passieren. Zunächst ging er nach draußen, um frische Luft zu schnappen und seine gemachten Fotos zu versenden.

Dann kümmerte er sich um einen Rückflug. Er hatte Glück und konnte noch einen Platz für einen Flug nach Frankfurt über Istanbul buchen. Es war nur Business Klasse frei, aber er hatte ja das Geld von Grüner schonen können und musste daher nicht sparen. Er rief den General an, dass man ihn dort abholen solle.

«Sind meine Pakete angekommen?», fragte er den General.

«Alle sicher angekommen, auch die, die du ins Büro geschickt hast. Wohin ist dein Mandant jetzt?»

«Er lässt sich entschuldigen. Er hatte gleich einen Anschlussflug gebucht. Du wirst es nicht glauben, er saß in der gleichen Maschine, ab Istanbul sogar neben mir. Schöner Zufall nicht?»

«Ja, aber Hauptsache, du konntest ihm helfen.»
«Sicher, aber er will sich jetzt einem anderen Geschäftszweig zuwenden.»
«Das heißt, wir sehen ihn nicht mehr?»
«Das ist zu befürchten.»
Mehr wollten sie am Telefon nicht besprechen. Der General bat Michael, Dr. Soltau um 22.15 Uhr am Flughafen in Frankfurt abzuholen. Ihn hatte dieser Tag zu sehr geschlaucht. Die ganze Zeit hatten sie in der Kanzlei in Soltaus Büro gesessen und auf Nachrichten gewartet. Dann hatten Sie angefangen, zu recherchieren und die Anschriften der Verdächtigen aus der Fa. Prosteel&more ausfindig zu machen. Dies erwies sich dank des Internets nicht als sehr schwierig. Nur der Botschaftsangehörige war nicht auszumachen. Der General trommelte für den nächsten Morgen seine ganze Mannschaft zusammen. Zunächst hieß es ausschlafen. Am nächsten Tag würde viel auf sie zukommen. Sie würden nicht viel Zeit haben, sich einem der drei zu bemächtigen. An Planung war gar nicht zu denken. Sie würden wieder improvisieren müssen.
Der General wollte sich mit Michael um den Firmenchef kümmern, Jan und Eva sollten weiter im Internet nach dem Botschaftsangehörigen suchen und Birgit mit Dr. Wegener den Aufenthalt des Sicherheitschefs ermitteln. Jupp war wegen eines neuerlichen Rheumaschubes wieder außer Gefecht. Da die beiden Gesuchten der Fa. Prosteel&more im Frankfurter Raum wohnten und der Firmensitz auch in Frankfurt war, wurde als Treffpunkt eine Tankstelle in der Nähe des Firmensitzes ausgemacht.
Zunächst versuchten sie, telefonisch etwas herauszubekommen. Von der Telefonzentrale bekamen sie die Auskunft, dass Antonio Brunelli sich auf einer Dienstreise ins Ausland befände. Der Vorstandsvorsitzende habe eine Aufsichtsratssitzung und sei nicht zu erreichen. Der General bemühte sich, über seine Kontakte dennoch einen Termin zu bekommen, was ihm schließlich Dank der persönlichen Fürsprache des Ministers

und Vaters von Eva, der ihm ja noch einen Gefallen schuldete, gelang.

Die anderen waren weniger erfolgreich. Sie suchten die Privatadresse auf und befragten Nachbarn sowie die Chefsekretärin in der Firma. Sie konnten lediglich erfahren, dass er am Vortag zu einem überraschenden Auslandsaufenthalt abgereist war und sich seitdem nicht mehr gemeldet hatte. Jan und der Doktor informierten den General. Der rief kurz entschlossen Körner an, sich einmal zu erkundigen. Eine Nachfrage beim Flughafen ergab jedoch, dass unter dem Namen Brunelli keine Person das Land verlassen hatte. Auf Körners Anfrage bei der Firma wurde ihm erklärt, dass er sich bisher noch nicht bei seinen Geschäftspartnern im Ausland gemeldet hätte und man nicht wüsste, wo er sich befände. Auch Jan und Birgit waren bei ihrer Internetrecherche nicht erfolgreich.

Jetzt lag die ganze Hoffnung auf dem Besuch des Generals beim Vorstandsvorsitzenden der Prosteel&more Deutschland AG in Frankfurt.

Hans-Holger Hasse

Der General wurde Dank der Fürsprache des Ministers freundlich vom Vorstandsvorsitzenden Hans-Holger Hasse empfangen. Da der Vorwand für das Gespräch eine parteiinterne Personalie gewesen war, überraschte es Triple-H, als der General auf die Entführung seiner Enkelkinder zur Sprache kam.

«Das Schicksal ihrer Enkelkinder geht mir außerordentlich nahe. Sagen Sie mir, wenn ich was für Sie tun kann?», äußerte er abwartend und taxierte den General.

«Oh, das ist einfach. Am besten sorgen Sie dafür, dass Sie schnell wieder nach Hause kommen», trug der General mit einem ruhigen, aber bestimmten Ton vor und lächelte dabei nur ein ganz klein wenig. Tripel-H schaute verdutzt. Dann lachte er. Ein hohles Lachen.

«Das ist nicht ihr Ernst. Sie denken nicht wirklich, dass ich das kann. Da überschätzen Sie mich aber.»
«Keineswegs. Schließlich haben Sie ja auch dazu beigetragen, dass sie entführt werden konnten.»
«Sie sind wohl nicht ganz bei Trost. Ich habe ja Verständnis für ihre Verzweiflung. Aber mit solchen Behauptungen sollten Sie vorsichtiger umgehen.»
Die letzten Worte hatte er nur gezischt. Jetzt wusste der General, warum Triple-H bei Insidern auch als 'die Kobra' bekannt war. Tripel-H machte Anstalten, aufzustehen. Für ihn schien das Gespräch beendet zu sein.
«Sie glauben doch nicht, dass ich mit leeren Händen gekommen bin.»
Der General legte einen Ausschnitt aus der Fotografie auf den Tisch, die Dr. Soltau von Snijder erhalten hatte. Triple-H, schon halb stehend, schaute auf das Bild. Es zeigte Snijder mit dem ausländischen Gast.
«Wer soll das sein?»
«Der linke ist einer der Entführer meiner Enkelkinder. Peter Grüner, alias Pete Snijder alias Aslan Mutlu, alias Tobias Wertheimer alias Joseph P. Smid, einträchtig im Gespräch mit ihrem Gast, einem Botschaftsangehörigen.»
«Muss ich den kennen?»
«Müssen Sie nicht, tun Sie aber.»
«Tut mir leid. Im Konzern arbeiten so viele Leute, die kann ich nicht alle kennen. Ich bedaure, ich habe gleich eine wichtige Präsentation im Aufsichtsrat. Ich muss Sie leider bitten, nun zu gehen.»
Der General legte nun einen weiteren Ausschnitt des Fotos auf den Tisch.
«Diesen Mann kennen Sie aber?» auf den Sicherheitschef zeigend.
«Ja, unser Sicherheitschef, aber was soll das? Legen Sie ihre Karten auf den Tisch, Sie stehlen mir meine Zeit.»
Er stand nun vollständig auf und war im Begriff, um den Schreibtisch zu gehen.

«Vielleicht stehle ich sogar ihr Leben», murmelte der General. Er zog eine Automatik aus der Tasche.
«Machen Sie keinen Unsinn. Sie sind ja verrückt.»
Er versuchte wieder, hinter den Schreibtisch zu gelangen.
«Keinen Schritt weiter.»
Der scharfe Befehlston des Generals ließ Triple-H erstarren. Der General dirigierte ihn mit der Waffe zu seinem Besucherstuhl und bellte «Setzen», immer die Waffe auf Triple-H gerichtet.
«Hände hinter den Rücken.»
Er nahm ein paar Schnellbinder aus dem Jackett und fesselte ihn an die Stuhllehne. Zwei weitere zog er um die Unterschenkel und fesselte ihn damit an die Stuhlbeine. Der General hatte keine Angst vor Hasse, der zwar zehn Jahre jünger, aber klein und dicklich und ihm körperlich weit unterlegen war. Aber die Hilflosigkeit durch das Gefesseltsein würde eine Befragung erleichtern. Er hatte nicht viel Zeit. Auch wenn Michael draußen Wache hielt, hatte Hasse bald einen Termin und wenn er dort nicht erschien, würde Michael die Sicherheitsleute nicht aufhalten können.
«Sie sind wahnsinnig.»
Er schmiss nun das vollständige Foto auf den Tisch. Es zeigte Antonio Brunelli, den Sicherheitschef mit Triple-H, Snijder und dem Asiaten. Im Hintergrund war das 'Schlösschen' zu sehen. Das Foto stammte von einer der Überwachungskameras am Schlösschen und zeigte, wie sie gerade einer schwarzen Limousine entstiegen. Triple-H wurde blass.
«Woher haben Sie das?»
Erst jetzt nahm Hasse wahr, dass der General Handschuhe trug.
«Schnauze, ab jetzt redest du nur noch, wenn du gefragt wirst. Jetzt will ich Antworten! Was hast du mit dem Mann neben deinem Sicherheitschef zu tun?»
Der General war übergangslos zum du übergegangen. Kein vertrautes du, sondern ein herabwürdigendes.
«Tut mir leid, ich weiß es nicht. Ich kenne diesen Mann nicht», versuchte sich Hasse herauszureden.

«Wage nicht, mich noch einmal anzulügen. Du hast deinem Schießhund den Auftrag gegeben, meine Enkelkinder entführen zu lassen. Warum? Für diese Schweinereien?»
Er schmiss weitere Bilder auf den Tisch, die aus dem Internet stammten und pornografische Darstellungen enthielten. Als erstes Bild hatte er sorgsam das Bild von Triple-H platziert.
«Sieh es dir genau an. Erkennst du dich? Aber ja doch. Und die anderen sind alles Geschäftspartner von dir. Politiker, sonstige wichtige Leute. Auf deine Veranlassung fotografiert. Die werden nicht sehr erfreut sein, wenn sie erfahren, dass du sie hast fotografieren lassen.»
«Das habe ich nicht! Das hätte ich auch nie zugelassen. Das muss auf Veranlassung meines Vorgängers passiert sein. Ich bin selbst nur ein einziges Mal da gewesen!»
«Nur schade, dass dir das niemand glauben wird. Schließlich gehört euch doch das Schlösschen.»
Ein gefährlicher Bluff. Der General vertraute darauf, dass sich Triple-H die Bilder nicht genau ansehen würde. Deshalb war auch die ganze Inszenierung so wichtig gewesen. Sie hatten einfach Bilder aus dem Internet heruntergeladen, auf denen die Männer nicht wirklich zu erkennen waren. Nur das erste Bild war echt.
«Oh Gott. Nein. Das können Sie nicht tun. Damit habe ich nichts zu tun. Ich bin doch erst seit sechs Monaten bei Prosteel&more. Den Sicherheitschef habe ich von meinem Vorgänger übernommen. Sie müssen mir glauben.»
«Es spielt keine Rolle, ob ich dir glaube. Diese Männer auf den Fotos werden dir nicht glauben. Und mit der Entführung meiner Enkelkinder hast du natürlich auch nichts zu tun?»
«Nein, ich schwöre. Ich wusste gar nicht, dass jemand entführt werden sollte.»
Triple-H sackte weiter in sich zusammen. Er war so weit.
«Los, rede!» Der General drückte ihm die Pistole auf die Schläfe.

«Ein Geschäftspartner, also eigentlich der Vermittler eines großen Auftrages, bat mich, für seinen Auftraggeber verlässliche Leute für eine heikle Aktion zu vermitteln.»
«Rede Klartext, es ging um eine Entführung, nicht um irgendeine Aktion!»
«Ja, aber ich wusste nicht, dass es um eine Kindesentführung ging. Ich habe den Mann nur an meinen Sicherheitschef verwiesen. Mehr wollte ich davon gar nicht wissen!»
«Aber du hast den Sicherheitschef angewiesen, dem Mann zu helfen?»
«Ja, ich habe unseren Sicherheitschef gebeten, den Mann so gut es ginge zu unterstützen. Es ging um einen Milliardenauftrag.»
«Was war das für ein Auftrag und für wen?»
Triple-H stockte, der erste Schreck war verflogen. Der General merkte, wie der Mann langsam entspannte. Der General schob die Bilder zusammen. Gleichzeitig hielt er ihm das pornografische Foto von Triple-H unter die Nase, dass Dr. Soltau von Snijder erhalten hatte.
«Das Bild von dir schicke ich zunächst nur an deine Frau. Vielleicht wäre ja ein Selbstmord die Lösung.»
Der General drückte ihm die Waffe erneut an die Schläfe.
Schweißperlen erschienen auf der Stirn des Vorstandsvorsitzenden. Er stotterte.
«Oh Gott. Bitte nicht. Es ging um einen Auftrag für den Bau einer Fabrik sowie um Förderlizenzen für Gas und Bauxit. Und um Waffenlieferungen. Hier waren nationale Interessen betroffen. Sie haben keine Ahnung, mit wem Sie sich da einlassen.»
«Namen!» Der General nahm seelenruhig einen Schalldämpfer aus der Jackentasche und schraubte ihn auf die Waffe.
«Du hast den Ernst der Lage immer noch nicht erkannt.»
«Der Vermittler heißt Bachodur Shoev und er ist Repräsentant des staatlichen Industrieministeriums der Republik Tadschikistan. Außerdem ist er ein Verwandter eines mächtigen Clanchefs, auf dessen Gebiet die Rohstoffe gefördert werden sollen! Mehr weiß ich wirklich nicht!»

«Aber warum soll dieser meine Enkelkinder entführt haben? Der kann sich sicherlich im eigenen Land Kinder für seine Schweinereien holen.»
«Glauben Sie mir. Ich war total erschrocken, als ich von der Kindesentführung hörte. Dieser Clanchef sucht überall auf der Welt nach jungen Genies. Vor allem Schachtalente sind gesucht und werden in sein Land eingeladen. Er hat extra ein Eliteinternat innerhalb seines Anwesens bauen lassen und die besten Lehrer aus der ganzen Welt angeworben. Er möchte unbedingt den Weltmeistertitel in sein Land holen. Dass er so weit gehen würde, auch Kinder zu entführen, davon will offiziell niemand etwas wissen. Aber ihr Enkelkind soll ja so etwas wie ein kleines Schachgenie sein. Deswegen hat man die Kinder entführt.»
«Und das soll ich glauben? Was war dann mit der Lösegeldforderung? Und warum hat man auch meine Enkeltochter entführt?»
«Ein kleiner Betriebsunfall. Da hatte jemand auf eigene Rechnung arbeiten wollen. Aber das ist schnell bereinigt worden. Ihren Enkelkindern geht es gut. Das ist mir von offizieller Stelle versichert worden.»
«Das glaube ich erst, wenn ich einen Beweis dafür habe. Weißt du eigentlich, was meine Tochter durchmacht!»
«Ich kann dafür sorgen, dass sie eine Nachricht ihrer Kinder erhält!»
«Ich will die Kinder zurück. Veranlassen Sie das!»
«Das kann ich nicht. Sie begreifen nicht. Das hat ungeheure Dimensionen, das geht nur über lange diplomatische Verhandlungen.»
«Ich begreife schon. Man hat meine Enkelkinder für Rohstoffe und Profit verkauft. Wo sind meine Enkelkinder?»
«Ich weiß es nicht genau. Das müssen sie mir glauben. In Tadschikistan. Aber das Land ist groß. Da müssen Sie meinen Sicherheitschef fragen. Ich habe mich im Übrigen bereits von ihm getrennt.»

«Von wegen getrennt. Der hat sich abgesetzt. Er ist wie vom Erdboden verschwunden. Du bist der Letzte, den ich fragen kann. Und ohne Antworten gehe ich hier nicht raus.»
«Lassen Sie mich bitte telefonieren, dann kann ich etwas für Sie tun.»
Der General löste den rechten Arm von der Lehne und schob ihm das Telefon näher.
«Wen rufst du an? Denke an die Bilder. Wenn du Unsinn machst, gehen sie morgen an die Presse. Deine Freunde werden wissen, wer dafür verantwortlich ist. Dann brauche ich mir die Finger nicht schmutzig zu machen.»
«Tun Sie das nicht. Ich kann etwas für die Kinder tun. Ich werde sie zurückholen. Ich verspreche es. Lassen Sie mich jemanden im Auswärtigen Amt anrufen.»
Der General ließ ihn wählen und prägte sich die Nummer genau ein. Es war aber augenscheinlich das Auswärtige Amt in Berlin, wo er sich mit einem Mann namens Brettschneider verbinden ließ. Der Mann schien über den Fall informiert zu sein. Jedenfalls gab es wenige Rückfragen, als Hasse ihn bat, dafür zu sorgen, dass die Eltern der entführten Kinder eine Nachricht ihrer Kinder erhalten.
Der General machte ihn los. Er ging nun wieder zum Sie über.
«Ich erschieße Sie nur nicht, weil ich Sie vielleicht noch einmal brauche. Erst wenn meine Enkelkinder wieder da sind, sind Sie vor mir sicher. Aber ob Sie die Geschichte überleben, liegt wahrscheinlich sowieso in anderen Händen.»
Triple-H blieb zusammengesackt auf dem Besucherstuhl sitzen, obwohl er ihn nun losgemacht hatte. Triple-H regte sich nicht. Er war schlicht nicht in der Lage, aufzustehen. Er zitterte am ganzen Leib.
Der General verließ den Raum. Draußen stand Michael.
«Und?»
«Die Kinder sollen noch leben. Ich glaube, wir sind endlich weiter. Aber jetzt raus hier, bevor er sich erholt hat.»
«Gott sei Dank! Du hast ihn nicht ...?»

«Nein, nein. Vielleicht macht er das alleine, wenn es nicht andere erledigen.»
«Willst ihn etwa davon kommen lassen?»
«Wir werden sehen. Vielleicht brauchen wir ihn noch. Er ist die einzige Verbindung, die wir haben.»

Sie nahmen die Treppe. Niemand hielt sie auf. Als sie in ihrem Leihwagen saßen, atmeten sie hörbar durch. Der General berichtete Michael im Einzelnen, was er erfahren hatte. Dann rief er Dr. Soltau an und informierte ihn ebenfalls. Eine kleine Wanze hörte mit.

Café Van den Daele

Dr. Soltau und seine Frau Louise machten sich wie jeden Sonntag nach dem Mittagessen auf den Weg in die Stadt. Das Taxi wartete schon. Sie liebten es, außerhalb des Einkaufstrubel durch die Altstadt Aachens zu schlendern und natürlich kehrten sie auch in ihrem Lieblingscafé Van den Daele ein. Hier fühlten sie sich zurückversetzt in die Zeit ihrer Jugend. Dort hatten sie sich vor über 40 Jahren kennengelernt. Die Einrichtung war immer noch im gleichen Stil gehalten und der Kuchen schmeckte mindestens genauso gut. Sie saßen immer an dem kleinen Tisch vor dem Fenster, der Platz war für sie seit Jahren für Sonntag um 15.00 Uhr reserviert. Das Café war wie jeden Sonntag um diese Zeit bis auf den letzten Platz besetzt. Es dauerte eine Zeit, bis die Bedienung erschien, aber das machte den beiden nichts. Sie brachte bereits den Kaffee mit. Er duftete wie immer herrlich.
«Lassen Sie nur, ich mach' das schon», erklärte sie der Bedienung. Diese kannte das.

Louise öffnete den Deckel der Kaffeekanne und sog das Aroma ein. Ein Ritual, welches sie seit dem ersten Besuch zelebrierte. Dann schüttete sie jedem eine halbe Tasse ein. Sie hatten sich

den Kuchen schon an der Theke ausgesucht, die Chefin selbst hatte ihnen den frischen Baumkuchen empfohlen. Die Bedienung fragte, welchen Kuchen sie gewählt hätten und sie teilten ihr die Wahl mit.
«Lassen Sie sich ruhig Zeit.»
«Aber gerne, Madame.»
Ein eingeübter Text.

Draußen vor der Türe knallte es. Beide sahen unwillkürlich aus dem Fenster. Wie die meisten Leute. Gerade war jemand mit voller Wucht gegen ein vor dem Café parkendes Fahrzeug gefahren. Einige standen auf und gingen neugierig zur Türe. Ein Mann sprang stöhnend auf und lief hinaus. Seine Frau trottete hinterher. Gewiss handelte es sich bei dem geparkten Wagen um den seinen.
Niemand beachtete den Mann, der ein Fläschchen in den Kaffee von Dr. Soltau entleerte und an seinen Tisch zurückkehrte. Langsam kehrten alle auf ihre Plätze zurück. Dr. Soltau und seine Frau waren sitzen geblieben. Sie hatten ja ohnehin einen Logenplatz. Der Geräuschpegel im Café war immer noch ungewöhnlich hoch. Jeder hatte schon einmal einen Unfall erlebt und nun hatte man einen Anlass, davon zu erzählen.
Die Bedienung brachte den Baumkuchen. Sie leerten die Tassen, damit Louise nachschenken konnte. Wie sie das immer taten.
«Einfach köstlich!», lobte Louise.
«Ich weiß nicht recht. Heute schmeckt er mir nicht so wie sonst», antwortete ihr Mann.
«Du bist vielleicht erkältet. Dann schmeckt alles anders. Die Klimaanlage im Flugzeug war bestimmt zu kalt.»
«Aber der Kuchen ist ein Gedicht», entgegnete er.
«Sollen wir gleich noch zu Fuß zum Lousberg gehen?»
«Ach heute nicht, mir ist nicht so gut.»
«Du wirst doch nicht krank werden? Dabei scheint so schön die Sonne. Ein bisschen frische Luft wird dir sicher guttun.»
«Na schön. Aber wir bleiben noch ein wenig, oder?»

«Auf einen Cognac?»
«Du hast es erraten.»
Sie bestellten zwei Cognacs. Dr. Soltau griff sich an den Hemdkragen und lockerte die Krawatte.
«Es ist so warm heute.»
«Findest du? Ich finde das gar nicht. Aber du schwitzt ja ohnehin schneller. Was ist denn? Du bist ja ganz blass.»
Plötzlich verdrehte Dr. Soltau die Augen und rutschte langsam vom Stuhl. Louise Soltau schrie auf. Sofort sprangen zwei Männer vom Nachbartisch auf und versuchten zu helfen.
«Ein Herzanfall, rufen Sie bitte sofort die Rettung!», rief einer dem Personal zu. Er drehte den alten Mann auf den Rücken und befreite ihn von seiner Krawatte. Er fühlte den Puls und beugte sich mit dem Ohr über seinen Mund.
«Wir müssen ihn wiederbeleben, er atmet nicht mehr, ich fühle auch keinen Puls.»
Der zweite Mann hockte sich an seinen Kopf. Abwechselnd begannen sie nun mit Herzmassage und Beatmung. Es sah alles sehr professionell aus. Der Rest der Gäste schaute betreten zu oder begann, das Café zu verlassen.
Louise Soltau saß immer noch auf ihrem Stuhl und weinte. Die Chefin war bei ihr. Schon konnte man die Sirenen des Rettungswagens hören. Louise Soltau durfte nicht mit dem Rettungswagen mitfahren.
«Wir fahren zum Klinikum, gehen Sie dort bitte zur Notaufnahme», informierte sie ein Rettungsassistent.
«Ich rufe ein Taxi und fahre selbstverständlich mit», sagte die Chefin des Cafés.
«Ja danke. Wo sind denn die Männer, die meinem Mann geholfen haben? Ich will mich bei ihnen bedanken!»
Die Chefin schaute sich um. Sie rief die Bedienung. Diese schüttelte mit dem Kopf. «Sie sind bereits gegangen. Ohne zu bezahlen!»
«Das übernehme ich!», rief Frau Soltau.
«Unsinn, Frau Soltau. Aber komisch ist das schon. Die Männer habe ich hier zum ersten Mal gesehen.»

Unfall auf der A 3

Michael und der General waren bereits nach Frankfurt unterwegs. Die Flüge waren gebucht. Sie würden die Kinder finden. Der General fuhr. Sie hatten Zeit. Der Flug nach Duschanbe, der Hauptstadt von Tadschikistan, ging erst in fünf Stunden. In Duschanbe würde sie der deutsche Botschafter erwarten. Es war alles arrangiert. Sein Freund, der Minister, hatte ihn unterstützt.

Die A 3 nach Frankfurt war, da es Sonntagmittag war, recht leer. Erst an einer Tagesbaustelle kurz vor dem Flughafen wurde es etwas voller, die rechte Spur der dreispurigen Fahrbahn war gesperrt.

Michael döste. Sein Heimaturlaub war bald vorbei. Er würde wahrscheinlich direkt von Duschanbe zurück nach Kabul reisen müssen. Je nachdem, wie lange es dauern würde, diesen Bachodur Shoev ausfindig zu machen und mit ihm zu verhandeln.

Er sah noch, wie der Lkw plötzlich auf ihre Spur wechselte. Der General bremste, das ABS ließ die Bremsen stottern und er versuchte auszuweichen, aber rechts waren nur wenige Zentimeter Platz. Das rechte Hinterrad der Zugmaschine erwischte sie am linken Kotflügel. Sie wurden gegen die Leitplanke gedrückt und prallten mit Wucht davon ab. Ihr Auto geriet zwischen Zugfahrzeug und den Sattelanhänger. Der Sattelschlepper schien kaum langsamer zu werden. Ein ohrenbetäubendes Kreischen begleitete seine Fahrt, der eingeklemmte Pkw wurde nach und nach zermalmt. Schließlich überrollte der mit Stahlteilen beladene Auflieger das Fahrzeug und das Wrack blieb auf der Fahrbahn liegen. Eine nachfolgende schwarze Limousine hielt kurz dahinter an. Eine Person stieg aus und ging auf das Wrack zu. Sie verweilte jedoch nicht lange, sondern stieg wieder in das Fahrzeug und fuhr davon.

Michael war sofort tot. Den General konnte die Feuerwehr wie durch ein Wunder noch lebend aus dem Wrack bergen. Er hatte zahlreiche Schnittwunden, Brüche und Quetschungen erlitten. Bedrohlich war vor allen Dingen der Leberriss sowie ein Schädel-Hirn-Trauma, ein Wunder, dass er noch lebte. Die Ärzte konnten sein Leben zwar retten, aber sie mussten ihn in ein künstliches Koma versetzen. Welche Folgen bleiben würden, war erst nach dem Erwachen aus dem Koma zu beurteilen. Daran war aber lange nicht zu denken. Der Lkw-Fahrer konnte unverletzt sein Fahrzeug verlassen. Er gab an, dass ein Hirsch über die Fahrbahn gelaufen sei, dem er ausweichen musste. Der Lkw wurde sichergestellt. An dem Fahrzeug aus Kasachstan wurden erhebliche technische Mängel festgestellt.

Jan zieht aus

Eines Tages berichtete Jan Maria, dass Eva aus der Wohnung über der Schreinerei ausgezogen sei.
«Sie ist mit ihrem Freund zusammengezogen. Ich habe mir überlegt, dass ich in die Wohnung ziehe. Nur vorübergehend.»
Jan schaute Maria an. Maria antwortete nichts. Hatte sie ihn nicht verstanden?
«Hast du gehört, was ich gesagt habe?», fragte er.
«Ja, sicher.»
«Und?»
«Ist in Ordnung.»
Mehr wurde nicht gesprochen. Jan packte ein paar Sachen und fuhr.
Es vergingen weitere Monate, ohne dass irgendetwas berichtenswertes passierte. Jan lebte in der kleinen Wohnung über der Werkstatt und suchte regelmäßig Maria auf, obwohl sie sich nicht viel zu sagen hatten. Ihr Haus in Jüngersdorf war in der Zwischenzeit so weit fertig, dass der Innenausbau beginnen könnte. Doch Jan hatte das Interesse an dem Haus verloren und so blieb es, wie es war.

Während Maria wieder ins Leben zurückfand, verbarrikadierte sich Jan immer mehr hinter seiner Arbeit und seinen wissenschaftlichen Exkursionen. Er suchte Trost in der Unabänderlichkeit der Natur, in deren Fähigkeit, größte Katastrophen zu überstehen, selbst wenn sich die Welt umstülpte und die Hölle die Welt regierte. Er spürte dem Leben nach, wie es nach Jahrtausenden der zurückgebliebenen Spielwiese des Teufels mit ihrer Totendecke aus meterdicken Ascheschichten und zu einer undurchdringlichen Substanz erstarrten Lava nach und nach Terrain abrang und mit Pfadfinderpflanzen den Weg zu einer üppigen Flora und Fauna ebnete, sodass für den Sieg der Natur über die Hölle nur die Zeit zur Hilfe kommen musste. Aber auch dieser Sieg war nur vorübergehend, bis der Teufel zu seinem nächsten Schlag ausholte. Das Spiel begann von neuem. Hierin verlor er sich, hierin fand er seinen Halt und Trost.

Rückblick-Brüssel 21.05.2015

Der weiße Transporter fuhr am Morgen wieder zum einsamen Bauernhof in der Nähe von Eupen.

Lena und Moritz wurden aus ihrem Verlies geholt. Die alte Frau brachte sie nach oben, wo sie sich in einem alten Badezimmer waschen durften. Danach bekamen sie sogar ein Frühstück. Zunächst trauten sie sich nicht zuzugreifen, aber als die Alte sie böse anraunzte und gestikulierte, dass sie essen sollten, nahmen sie zögernd jeder ein Croissant.

«Ist das die Hexe aus Hänsel und Gretel?», flüsterte Moritz Lena zu. «Die will nur, dass wir dick und fett werden zum Schlachten.»

Lena musste trotz der misslichen Lage, in der sie sich befanden, lächeln.

«Nein, du Dummerchen. So was gibts nur im Märchen.»

«Aber die Alte sieht genauso aus wie die Hexe im Fernsehen bei Hänsel und Gretel», insistierte Moritz.

Das Gespräch wurde abrupt beendet, da einer der Männer, die sie entführt hatten, hereinkam und aufforderte, fertig zu werden. Nun bekamen sie einen Becher zu trinken, den sie ganz leeren mussten. Sie wurden wieder ins Auto gebracht.
«Ist irgendetwas Besonderes vorgefallen?», fragte Pete Georg, als sie die Kinder wieder in die Kiste im Fond verladen hatten und der jüngere ebenfalls saß.
«Was soll denn hier schon besonderes passieren?», fragte dieser mürrisch zurück.
«Die Kinder sind unversehrt?»
«Kein Härchen ist ihnen gekrümmt worden.»
«Bin ich froh, wenn wir die Fracht los sind. Ihr bleibt erst mal in Brüssel untergetaucht, bis ein wenig Gras über die Sache gewachsen ist. In Langerwehe hat jemand das Kennzeichen des Leihwagens notiert. Der Wagen muss also gleich verschwinden.»
«Warum tauschen wir nicht einfach die Kennzeichen aus?»
Georg schaute etwas verwundert auf Pete, der bereits ein Tor im Zaun des Flughafens passierte. So nervös hatte er ihn noch nie erlebt.
«Wir gehen kein Risiko ein. Das Fahrzeug ist voll von genetischen Hinweisen auf uns und die Kinder. Es ist besser, das Auto verschwindet komplett.»
Sie fuhren auf das Flughafengelände zu einem abseits gelegenen Gebäude. Das Tor wurde wie von Geisterhand geöffnet. Georg stieg aus und sprach kurz mit einem Mann. Dann wurde, wie immer bei ähnlichen Aktionen, die ganze Kiste mit den Kindern mit einem Gabelstapler über die Heckklappe ausgeladen. Schon nach wenigen Minuten verließen sie die Halle und fuhren Richtung Brüssel zu einem Hotel.
«Ihr bleibt unsichtbar, bis ich mich melde. Keine Extratouren.»
Mürrisch entstieg der Beifahrer dem Transporter und holte seinen Kumpan aus dem Fond. Gemeinsam betraten sie das Hotel. Pete folgte ihnen durch den Nebeneingang. Er übergab den Wagenschlüssel an Torben.

«Bring den Wagen nach Holland auf den Schrottplatz, sie sollen den Wagen verschwinden lassen.»
«Und wie komme ich zurück?»
«Sie sollen dir einen anderen verkaufen.»
Er drückte ihm ein Bündel Geldscheine in die Hand und schob ihn durch die Tür.
«Hätte nicht lieber ich das gemacht? Er kennt die Leute auf dem Schrottplatz nicht so gut.»
«Ruf an und kündige ihn an. Wir haben zu tun. Oder willst du etwa durch drei teilen? Glaubst du wirklich, du kannst die Erpressung alleine durchziehen?»
«Du weißt davon? Woher?» Gedankenpause «Na klar, die Wanzen, verdammt», sagte Georg mit unsicherer Stimme.
«Ja, klar. Keine schlechte Idee mit der Erpressung. Aber die Kinder sind weg. Das wird nicht so einfach, die werden ein Lebenszeichen haben wollen.»
«Ich hab den Opa schon mit den Kindern telefonieren lassen.»
«Ich hoffe, mit einem Prepaid-Handy.»
«Na klar, ich bin doch nicht doof. Die SIM-Karte habe ich schon entsorgt.»
«Wie viel hast du denn verlangt.»
«800.000.»
Pete pfiff durch die Zähne. «Hast du schon einen Plan für die Geldübergabe?»
«Noch nicht wirklich.»
«Ich lasse mir was einfallen. Wir brauchen erst einmal wieder ein Auto, warte hier, bis Torben zurückkommt. Ich muss jetzt mit dem Zug nach Frankfurt zurück.»
Pete verließ das Hotel. 'So ein Vollidiot. Dachte tatsächlich, er könnte nebenbei Kasse machen. Dabei können wir überhaupt keine Publicity brauchen.' Ich werde mich später um ihn kümmern müssen.

Im Learjet

Als die Kinder wieder aufwachten, befanden sie sich angeschnallt auf einem Sitz. Eine nette Frau hockte sich zu ihnen und erzählte ihnen, dass sie sich nun in Sicherheit befinden würden. Sie wären jetzt in einem Flugzeug und würden in ein schönes Land gebracht, wo immer die Sonne scheine. Tatsächlich konnten sie durch das runde Fenster einen Wolkenteppich sehen.
«Ist das Schnee?», fragte Moritz neugierig.
«Nein, das sind Wolken. Wir fliegen darüber.»
Auf ihre Frage, ob sie nach Hause dürften, erklärte sie ihnen, dass das nicht gehe, bis die bösen Männer, die sie entführt hätten, verhaftet seien. Aber ihre Eltern würden sie bald besuchen. Die Frau setzte sich zu ihnen und erzählte von dem schönen Land, in das sie gebracht würden. Sie zeigte Bilder und spielte und malte mit ihnen. Schließlich durften sie sich auch abschnallen und herumlaufen.
Die Frau fragte sie, ob sie auch einmal ins Cockpit wollten. Moritz bejahte begeistert. Sie öffnete die Tür und mit offenem Mund schaute er hinein. Der Pilot und sein Co-Pilot drehten sich um und lächelten. Moritz konnte nicht verstehen, was sie redeten, aber sie waren sehr freundlich. Moritz traute sich näher. Nach kurzer Zeit hatte er alle Scheu verloren. Als er wieder auf seinem Sitz saß, überfiel ihn eine bleierne Müdigkeit, der Stress der letzten Tage ließ ihn schnell einschlafen. Er wurde erst wach, als das Flugzeug zur Zwischenlandung ansetzte.
Lena blieb still auf ihrem Sitz, Tränen kullerten über die Wangen. Es dauerte eine ganze Zeit, bis die Frau sie dazu brachte, zu erzählen, was sie bedrückte.
Lena erzählte ihr, was im Haus der alten Hexe geschehen war. Die Frau war entsetzt.
«Diese Leute werden dafür bestraft werden. Allah wird dafür sorgen, dass sie bestraft werden. Allah ist mächtig.»

Es gelang ihr, Lena zu beruhigen. Sie informierte einen Mann, der sich bisher ganz unauffällig im hinteren Bereich des Learjets aufgehalten hatte.
«Oh, diese räudigen Hunde! Ich habe ausdrücklich gesagt, dass den Kindern kein Haar gekrümmt werden darf. Hat er sie ...?»
«Nein, er hat sie nicht angerührt. Nur ...»
«Sprich es nicht noch einmal aus! Allah sei Dank. Hauptsache, sie ist unberührt. Dieses Schwein wird dafür bluten, das schwöre ich bei Allah. Ich werde ihn schlachten! Ich werde ihm seinen dreckigen Schwanz abschneiden. Oh, alle werden leiden müssen. Furchtbar leiden und ich werde es genießen! Warum habe ich mich nur auf diese Ungläubigen eingelassen? Das Haus dieser Hexe wird brennen! Keiner soll davonkommen!»
Der Mann heulte die Worte in seiner Wut und Angst heraus. Die Frau wusste, dass der Herr einen derartigen Vorfall nicht ungestraft lassen würde und dieser Mann war für die gesamte Aktion verantwortlich. Ob er die Gelegenheit erhalten würde, seinen Schwur in die Tat umzusetzen, war unklar. Sie konnte ihm nicht helfen. Sie musste sehen, dass sie nicht mit in die Verantwortung genommen würde. Beim nächsten Zwischenstopp verließ der Mann das Flugzeug.

Anruf aus Frankfurt

Pete Snijder alias Peter Grüner erhielt einen Anruf. Es meldete sich die Frankfurter Kanzlei, die den Auftrag vermittelt hatte.
«Wir haben schlechte Nachrichten.»
«Wieso, die Ware ist doch pünktlich geliefert worden.»
«Allerdings wohl nicht unbeschädigt. Ein Paket ist geöffnet und die Ware benutzt worden.»
«Das kann nicht sein.»
«Sprechen Sie mit ihren Mitarbeitern. Auf jeden Fall verweigert der Kunde die Zahlung.»
«Das ist nicht ihr Ernst. Ich warne Sie. Ich lasse mich nicht verarschen. Sie kennen meinen Ruf.»

«Beruhigen Sie sich. Jetzt sprechen sie erst einmal mit ihren Mitarbeitern und wir versuchen zu vermitteln. Schließlich ist ja auch unsere Provision gefährdet.»
Pete ging noch einmal zurück zum Hotel.
«Was hast du dir dabei gedacht, das Mädchen anzufassen?»
«Wieso?»
«Unser Auftraggeber verweigert die Zahlung, weil ein Kind, ich zitiere: 'benutzt worden sei'.»
«Ich hab sie nicht angefasst, ehrlich. Nur einen Klaps und ich hab ihr beigebracht, wie man anständig bläst. Ist ja nicht verkehrt, wenn sie das schon kann. Wird sie künftig wohl öfter machen dürfen.»
«Schorsch, du bist so ein verdammtes notgeiles Arschloch. Reicht dir die kleine Schwuchtel nicht aus, die du da angeschleppt hast. Jetzt kann ich sehen, wie ich an unsere Kohle komme.»
«Wenn wir die Erpressung durchziehen, brauchen wir die Kohle doch nicht mehr», wandte Georg hoffnungsvoll ein.
«Gut, konzentrieren wir uns darauf. Du bleibst jetzt erst mal hier und hältst die Füße still. Wenn Torben zurück ist, schickst du ihn mit dem Zug zurück nach Frankfurt. Den Rest klären wir später.»
Jetzt muss ich Georg endgültig aus dem Spiel nehmen, dachte sich Pete und rief seinen Auftraggeber an.
«Wie es aussieht, sollte die Ware aber unbeschädigt sein. Mein Mitarbeiter dachte sich nur, es wäre nicht verkehrt, das Programm einmal auszuprobieren, ohne etwas kaputtzumachen.»
«Ja, wir kennen die Details. Aber es war ausdrücklich vereinbart, die Ware nicht auszupacken. Unser Auftraggeber ist bereit, die Hälfte der vereinbarten Zahlung zu leisten, wenn sich bestätigen sollte, dass die Ware keinen Schaden genommen hat. Richten sie ihren Mitarbeitern aus, das Derartiges nicht mehr vorkommen darf. Sind sie noch in Brüssel? Wir lassen Sie abholen. Wo sind sie abgestiegen?»
Pete ahnte, was das zu bedeuten hatte.

«Ich muss gleich schon mit dem Zug weg, aber meine Mitarbeiter sind im Hotel Chez Nous in Brüssel abgestiegen.»
«Dann lasse ich diese morgen abholen. Ich wünsche Ihnen noch eine gute Reise.»
So eine Scheiße, so eine verdammte Scheiße. Da wird mir meine Lebensversicherung auch nicht helfen. Ich muss untertauchen, murmelte er vor sich hin und ließ sich mit dem Taxi zum Flughafen bringen.

Hotel Chez Nous

Das Hotel «Chez Nous» hatte auch schon bessere Tage gesehen. Zu spät hatte der Besitzer erkannt, dass man ohne Anschluss an eine Hotelkette keine Chance am umkämpften Hotelmarkt hatte. Die fehlenden Investitionen taten ein Übriges. Doch die Nähe zum Bahnhof sorgte immer noch für Gäste. Werbung mit kleinen Handzetteln sicherte das Überleben. Doch die Werbung, die ihnen jetzt zuteilwurde, war wenig erfreulich. Am Montagmorgen hatte die Müllabfuhr eine Leiche aus dem Müllcontainer des Hotels gezogen. Die Leiche war übel zugerichtet.
Zu allem Überfluss stellte sich heraus, dass es sich um einen Gast des Hotels handelte und derjenige, mit dem er das Doppelzimmer geteilt hatte, ebenfalls verschwunden war. Mit der Registrierung der Gäste hatte es der Portier nicht so genau genommen. Denn die Polizei konnte mit den Namen wenig anfangen. Aufgrund der Tätowierungen an der Leiche war jedoch die Vermutung nahe, dass es sich um eine Abrechnung im Milieu handelte, denn die russische Mafia drängte massiv in den Markt mit der käuflichen Liebe in Brüssel. Dazu passte auch der russische Name, den der Portier präsentieren konnte. Der Name des zweiten Mannes hatte er allerdings nicht zu bieten, dafür lieferte er eine passable Beschreibung, die zu einem Mann passte, der auch der Polizei am Fundort aufgefallen war, sich einer Kontrolle aber entziehen konnte.

Teil 3

Jan war entmutigt. Sein Schwiegervater lag im Aachener Klinikum im Koma. Neben den vielen Knochenbrüchen und Quetschungen ein Schädel-Hirn-Trauma. Niemand konnte ihm sagen, ob er je wieder aufwachen würde.
Michael, den leiblichen Vater von Lena, hatten sie begraben, am selben Tag wie Dr. Soltau. Beide hatten ihre letzte Ruhe auf dem Waldfriedhof an der Monschauer Straße gefunden. Es waren schöne Beerdigungen gewesen. Eine große Trauergemeinde. Keiner ließ es sich nehmen, an beiden Beerdigungen teilzunehmen, zu eng schien das Schicksal der beiden Toten miteinander verwoben. Maria hatte nicht einmal begriffen, wen man da alles zu Grabe trug.

Ein Zusammenhang mit der Entführung von Lena und Moritz ließ sich nicht herstellen. Wie immer. Ein unglücklicher Unfall. Ein Verkehrsunfall und ein Herzinfarkt. Alles Zufall. Vielleicht der Stress. Sagte man. Das Gefühl sagte ihm etwas anderes. Wie hatte der alte Kahn gesagt: Zwei Zufälle, die zusammen passen, sind selten. Sehr selten. Aber wie viele Zufälle gab es hier. Wie viele Zeugen, Täter und Beteiligte waren zu Opfern geworden? Jetzt war Schluss. Sie hatten genug Leben riskiert. Ja, sie hatten diesen Kinderschändern einen gehörigen Schlag versetzt. Hatten diese Räuberhöhle ausgeräuchert und einige von diesen Lumpen zurück in die Deckung gejagt. Die Republik bis in ihre Grundfeste erschüttert. Wochenlang hatten weitere Leichenfunde rund um das Schlösschen das Land in einen Zustand der ungläubigen Fassungslosigkeit versetzt. Es hatte sogar einige Verhaftungen gegeben. Prominente Namen waren durch die Presse gegangen. Selbstmorde wurden mit dem Skandal in Verbindung gebracht. Einige Verdächtige waren spurlos verschwunden. Aber um welchen Preis? Wie viele Tote waren inzwischen zu beklagen? Wer gab ihnen das Recht, Leben anderer zu gefährden?

Jan hatte sich geweigert, mit Jupp, Eva, Birgit und den anderen darüber zu sprechen, ob sie weiter machen sollten. Schließlich bedrängten sie ihn. Er machte ihnen klar, dass es vorbei sei. Dass er das weitere den Behörden überlassen werde und keinerlei Aktionen mehr wünsche.
Nach der Beerdigungsfeier im nahen Waldrestaurant fuhren Jan und seine Schwiegermutter noch zum General ins Universitätsklinikum. Während Maria die feierliche und gedämpfte Atmosphäre des alten Waldfriedhofs beruhigt hatte, wurde sie bei der Fahrt über den Außenring immer unruhiger. Als schließlich das Universitätsklinikum näher kam, zitterte sie und rote Flecken erschienen an ihrem Hals. Auch Jan war bei dem Anblick des Klinikums, welches mit seiner Industrie-Architektur aus den siebziger Jahren mit sichtbarer Gebäudetechnik in Verbindung mit der ebenfalls sichtbaren Struktur einer Stahlbetonskelettbauweise und den turmartigen Treppenhausschächten mehr wie ein Industriekomplex als ein Hort der Gesundung wirkt, seltsam bedrückt.
Sie fanden zum Glück schnell eine freie Parklücke auf dem großen Parkplatz vor dem Gebäude und beeilten sich, in das Innere dieses Kolosses zu gelangen. Allein das Gewimmel der hinein- und herausströmenden Menschen machte Maria weiter nervös. Elli führte sie zielstrebig durch die vielen Gänge und dann rechts den Flur hinunter bis zum richtigen Fahrstuhl. Denn es war geradezu lebenswichtig, in diesem Labyrinth mit dem richtigen Fahrstuhl in die gewünschte Etage zu gelangen, wollte man sich nicht hoffnungslos verlaufen. Aber Elli kannte den Weg wie im Schlaf, denn sie war jeden Tag, seitdem ihr Mann dort auf der Koma-Station lag, diesen Weg gegangen.
Jan hingegen pflegte eine Aversion gegen Krankenhäuser und hatte es bei seinem einzigen Besuch gar nicht erst versucht, sich den Weg zu merken. Er schlug einen lockeren Ton an und berichtete, dass man dieses Gebäude Ende November 2008 unter Denkmalschutz gestellt habe. Seiner Meinung nach aufgrund seiner einzigartigen und kaum zu übertreffenden Hässlichkeit vornehm auch ‘bedeutendstes Zeugnis der High-

Tech-Architektur in Deutschland‘ genannt. Die fast durchgehende Farbgebung in Grün-, Silber- und Gelbtönen im Innern des Monstrums, die klimatisierte, abgestanden und typisch nach Krankenhaus riechende Luft sowie die an den Decken offen verlaufenden Heizungs- und Lüftungsrohre machten das Ganze auch innen nicht einladender. Maria, die durch die Hektik dieser Medizinerfabrik sehr nervös geworden war, beruhigte sich auf dem Weg durch die langen leeren Gänge zusehends. Den ersten Besuch bei ihrem Vater ließ sie teilnahmslos über sich ergehen.

Ein Jahr später

Über ein Jahr war vergangen. Maria war, nachdem sie die behandelnde Ärztin behutsam wieder zurück in die Realität geführt und sie begriffen hatte, dass nicht ihre Kinder tot aus der Grube des Schlösschens geborgen worden waren, nicht mehr in der Klinik zu halten. Sie wollte, nein, sie musste zurück. Zurück in das Haus ihrer Eltern. Zurück an ihr Telefon.

Maria benahm sich, als wäre sie nie weg gewesen. Dank ihrer Freundin Birgit, die sie nicht aufgegeben hatte, schaffte sie es sogar, regelmäßig das Haus zu verlassen und am normalen Leben teilzunehmen. Sie besuchte gelegentlich den Frauenstammtisch und auf Initiative von Birgit nahmen sie ihre gemeinsamen Waldläufe im nahe gelegenen Aachener Wald wieder auf. Auch die Gewohnheit, einmal im Monat nach Köln zu fahren, um durch die Einkaufspassagen zu schlendern, eine Ausstellung oder ein Museum zu besuchen, aktivierten sie.
Natürlich besuchten sie wie früher den Dom. Sie liebten diese ureigene Atmosphäre, die Dominanz, der auch Nichtgläubige flüstern ließ, das gedämpfte Licht, der Duft nach Weihrauch und Kerzen ja selbst der etwas modrige Geruch in den dunkleren Nebenräumen. Die Geschäftigkeit des Alltages blieb an der Schwelle zurück, die Wucht der Säulen und die

gewaltigen Wände und die enorme Höhe des Innenraumes schufen gemeinsam mit dem dämmrigen, durch die Fenster gefärbten Lichtstrahlen ein Gefühl der eigenen Bedeutungslosigkeit, das sie nicht ängstigte, sondern ihnen die Gewissheit gab, ein Steinchen in einem großen Gesamtwerk zu sein.
Sie waren beide keine Kirchgänger, auch wenn Maria nach dem Verschwinden der Kinder oft Trost in den Mauern der alten Kirche St. Martin in Langerwehe gesucht hatte. Dieses Werk so vieler Menschen, die über Jahrhunderte ihre höchste Handwerkskunst in diese Bauten gesteckt, ja es zu ihrem Lebenswerk gemacht hatten, obwohl sie wussten, die Fertigstellung selbst nicht zu erleben, erfüllte sie mit Ehrfurcht. Sowohl der Aachener Dom, der für beide der Schönste war, als auch der Kölner Dom, dessen majestätische Dominanz sie immer wieder tief berührte, waren daher ritueller Teil ihrer Ausflüge.

An diesem Tag schlenderten sie nach einem Cappuccino im Extrablatt bei strahlendem Sonnenschein über den Rathausplatz. Wie immer saß die alte Frau vor dem Eingang des Aachener Doms, eingehüllt in ein großes Tuch und ständig ein Gebet vor sich hinmurmelnd. Birgit zog ihre Geldbörse hervor und gab der alten Frau ein wenig Kleingeld. Dann besuchten sie den Dom und ließen sich von seiner Atmosphäre einfangen. Danach schaffte Maria es zum ersten Mal aus eigenem Antrieb, gemeinsam mit Birgit ihren Vater im Krankenhaus zu besuchen. Dessen Zustand war unverändert. Sie wechselte sich nun regelmäßig mit ihrer Mutter ab, um an seinem Bett zu sitzen, die Hand zu halten und ihm die Zeitung vorzulesen oder einfach mit ihm zu reden.
Nach und nach fand Maria wieder ganz zurück ins Leben. Birgit war ihr dabei eine große Hilfe. Jan hingegen sonderte sich immer mehr ab. Verbiss sich in seine Arbeit und war stundenlang in der Eifel unterwegs und widmete sich in seiner Freizeit seinem alten Hobby, der Geologie. Er war längst zurück in die Wohnung über seiner Werkstatt gezogen,

gemeinsame Treffen waren die Seltenheit. Entweder war er im Betrieb oder er verbrachte seine Zeit bei seinen Steinen, die er auf langen Exkursionen in der Umgebung sammelte und dann akribisch katalogisierte und hierzu wissenschaftliche Abhandlungen verfasste.

September 2016

Es war ein wunderschöner Spätsommertag. Selbst im Schatten war das Thermometer über 25 Grad geklettert. Maria saß bei ihrem Vater im Klinikum. Es war angenehm kühl im Raum, die Klimaanlage pumpte das Übliche an Luft und undefinierbaren Gerüchen wohltemperiert in das Krankenzimmer. Birgit war mitgekommen. Sie hatten vor, nach dem Krankenhausbesuch noch in die Stadt zu fahren. Eine tolle Kunstausstellung alter Meister gastierte im Ludwig-Forum. Nach dem kulturellen Teil pflegten sie gemütlich im Studentenviertel Essen zu gehen. Das pulsierende Leben in der Pontstraße in Aachen mit seinen vielen kleinen Esslokalen und Szenekneipen hatte es den beiden angetan. Oft verbanden sie dies mit dem Besuch einer Ringvorlesung oder auch einem Kinobesuch. Anschließend eine ausgedehnte Stippvisite des Pontgartens oder der alten Studentenkneipe Café Kittel, in der Maria bereits früher politische Debatten geführt und den einen oder anderen Joint geraucht hatte. Sie liebten diese Besuche und die Möglichkeit, diese Lebendigkeit der studentischen Unbekümmertheit einzuatmen. Maria erläuterte Birgit gerade, dass sie nach den Sommerferien wieder ihre Tätigkeit als Lehrerin aufnehmen wolle. Sie sei zwar immer noch krankgeschrieben, aber ihr Arzt unterstütze ihre Absicht. Birgit freute sich für Maria. Als sie sich wieder dem General zuwandte, bemerkte sie als erste die Reaktionen im Gesicht des Generals und machte Maria darauf aufmerksam. Sie holten sofort den Arzt. Tatsächlich erwachte der General aus dem Koma.

«Das ist sehr selten nach so langer Zeit, müssen sie wissen. Wir müssen sehr behutsam sein. Wir wissen nicht, wie sich der Unfall ausgewirkt hat. Auch ist seine physische Konstitution noch nicht so gut, dass man ihn schon belasten könne», erläuterte ihnen der Arzt nach der Untersuchung, zu der er sie nach draußen gebeten hatte.
«Und rufen Sie bitte ihre Mutter an. Sie soll gleich kommen. Er fragt immerzu nach ihr.»
Es hatte eine ganze Zeit gedauert, bis die Ärzte jemand anderen als Marias Mutter zum General ließen. Doch als der General stark genug war, seine Stimme zu erheben, hatte er darauf bestanden, die Seinen um sich zu versammeln. So kam der Rest der alten Mannschaft am Krankenbett zusammen. Elli mit Maria, Birgit und Eva, Dr. Wegener und Jupp. Nur Jan fehlte.
Der General war schwer enttäuscht. Man hatte alle Bemühungen, das Schicksal der Kinder zu klären, aufgegeben.
«Schließlich war es nur meine Sorge um die Kinder gewesen, die nicht zugelassen hat, den kleinen Schritt ins Nichts zu machen.»
«Jürgen, sag so etwas nicht!» Elli protestierte automatisch, wie immer, wenn sich ihr Mann blasphemisch äußerte. Früher machte sich der General öfter einen Spaß daraus, Elli mit ihrer tiefen Gläubigkeit herauszufordern. Gewöhnlich lenkte er schnell wieder ein, so wie dieses Mal auch.
«Ach Elli, der liebe Gott wird mich auch ins Himmelreich aufnehmen, wenn ich nicht an ihn geglaubt habe, oder? Er ist doch ein gutherziges Wesen. Außerdem hast du bestimmt für mich mit gebetet.»
Maria lächelte, legte ihrer Mutter zur Beruhigung die Hand auf den Arm und sagte zu ihrem Vater: «Jetzt weiß ich, dass es dir wirklich besser geht. Aber solltest du nicht ein wenig mehr Dankbarkeit zeigen? Schließlich sitzt Mama seit zwölf Monaten jeden Tag an deinem Bett.»
«Entschuldige, Liebes», sagte der General an seine Frau gewandt: «Du weißt hoffentlich, dass es nicht böse gemeint ist.»

«Mit dem lieben Gott scherzt man nicht», antwortete sie streng, aber ihren Gesichtszügen war zu entnehmen, dass sie es nicht so ernst meinte.
«Aber ernsthaft», nahm der General das Thema wieder auf. «Ihr müsst etwas tun. Soll alles umsonst gewesen sein? Wir waren so nah dran.»
«Was sollen wir denn tun?»
«Hat euch Hermann denn nichts gesagt? Ich hatte ihn doch genau informiert.»
Niemand hatte sich bisher getraut, den General vom Tode seines besten Freundes zu unterrichten. Schon der Tod Michaels, den man ihm nicht verheimlichen konnte, hatte ihm sehr zugesetzt. Jetzt blieb ihnen nichts anderes übrig, als ihn auch noch über das Schicksal seines besten Freundes zu unterrichten.
Tränen stiegen in die Augen des Generals. Doch er schämte sich ihrer nicht. Er wischte sie nicht einmal weg.
Später berichtete er den anderen im Detail von seinem Besuch bei Hasse und was dieser ihm verraten hatte. Er ließ nichts aus und schloss erschöpft: «Der Tod so vieler Menschen soll nicht umsonst gewesen sein. Geht zum Hasse. Der weiß, wo die Kinder sind. Der muss euch helfen!»
«Aber der ist nicht mehr bei Prosteel&more. Er hat sich von allen Funktionen zurückgezogen. Angeblich ist er schwerkrank und lebt ganz zurückgezogen. Hab ich jedenfalls in der Bunten gelesen», fügte Birgit fast entschuldigend an.
«Trotzdem. Er muss euch helfen. Er muss. Er muss. Er weiß, wo die Kinder sind.»
Der Arzt betrat das Zimmer und als er sah, wie sehr sich der General verausgabte, musste sich die ganze Gesellschaft verabschieden.
Unschlüssig standen sie draußen, bis Elli sagte, es sei besser, wenn sie gingen, sie würde später noch einmal nach ihm sehen. Wortlos schlichen sie über den hässlichen grün-gelben Teppich aus Kunstfaser, mit dem die Flure des Aachener Klinikums belegt waren, zum Lift. Niemand sagte ein Wort. Es dauerte

ewig, bis der Lift in den vierten Stock kam. Er war mit einem leeren Bett besetzt, hinter dem ein Pfleger stand. Sie quetschten sich an die Wand des Fahrstuhls. Auf der ersten Etage verließ der Pfleger den Lift und sie waren unter sich. Birgit brach als erste das bleierne Schweigen.
«Der General hat recht. Wir dürfen nicht einfach aufgeben. Wir müssen es noch einmal versuchen!»
«Und was sollen wir tun? Diesen Hasse aufsuchen? Das hat schon Michael das Leben gekostet und beinahe das des Generals! Oder glaubt ihr etwa, dieser Unfall war ein Zufall? Ausgerechnet mit einem Lkw aus dem Fernen Osten. Wo die Kinder nach Tadschikistan verschleppt worden sein sollen.»
Jupp sprach aus, was alle dachten.
«Aber jetzt hat er bestimmt nicht mehr diese Macht.»
«Aber deswegen wird er uns trotzdem nicht helfen.»
«Wir müssen es versuchen.»
Elli übernahm es, herauszufinden, wohin Hasse sich zurückgezogen hatte und den ersten Kontakt anzubahnen.
Schon bald hatte man in der Kanzlei von Dr. Soltau die notwendigen Informationen eingeholt. Seine Penthousewohnung in Frankfurt-Mitte hatte Hasse verkauft und sich mit seiner Frau in den ländlichen Spessart zurückgezogen. Dort stand das Elternhaus seiner Frau, dass sie in aller Bescheidenheit hatten renovieren lassen und nun als Privatiers bewohnten. Hasses lehnten jeden Kontakt mit Menschen, die sie nicht kannten, ab. Jeglicher Versuch, mit Hasse persönlich oder seiner Frau in Kontakt zu kommen, sei es telefonisch oder auch schriftlich war fehlgeschlagen. Obwohl sich Elli als Großmutter der Kinder hatte zu erkennen gegeben, drohte der Anwalt Hasses sogar mit Unterlassungsklage, falls man die Belästigungen nicht beenden würde.
Wieder saßen die verbliebenen Streiter, - Jan hatte sich, als er davon hörte, gleich distanziert - zusammen bei Elli am Esszimmertisch. Elli berichtete von seinen vergeblichen Versuchen, mit den Hasses Kontakt aufzunehmen.

«Wir sprechen mit seiner Frau.» Alle schauten Elli erstaunt an. Die Bestimmtheit, mit der Elli ihren Vorschlag vorgebracht hatte, überraschte alle.
«Sie wird dich nicht anhören!»
«Das werden wir sehen.»
«Aber wie willst du mit seiner Frau Kontakt aufnehmen?»
«Das wird sich finden. Der Spessart ist um diese Zeit eine schöne Gegend für einen Urlaub. Ich muss es nur Jürgen begreiflich machen.»
«Das ist eine gute Idee.» Birgit war begeistert. Dr. Wegener weniger.
«Wir werden sehen. Aber man sollte es versuchen.»
«Nicht man, ich werde mit ihr sprechen!»
«Und ich, schließlich bin ich die Mutter», schloss sich Maria an.
Dr. Wegener und Jupp wollten protestieren. Aber Elli ließ das nicht zu. «Das ist jetzt eine Sache unter Frauen.»
«Gut», ergänzte Birgit. «Ich fahre euch.»
«Aber Jürgen erfährt zunächst einmal nichts davon.»

Birgit ließ es sich nicht nehmen, Elli und Maria nach Heimbuchenthal bei Aschaffenburg zu bringen. Sie hatten ein Doppelzimmer bei Privatleuten gemietet, die nur zwei Zimmer vermieteten und einen gewissen Familienanschluss boten. Zunächst begnügten sie sich damit, ausgedehnte Spaziergänge zu machen, bei dem sie regelmäßig am Haus der Hasses vorbeikamen. Elli fragte geschickt ihre Gastgeber aus. So konnten sie sich ein gutes Bild über die familiären Verbindungen von Hasses Frau im Ort machen. Die Hasses selbst bekamen sie jedoch zunächst nicht zu Gesicht. Obwohl sie von der Kanzlei Dr. Soltaus mit reichlich Fotos aus der Zeit, als die Hasses noch die bunten Blätter füllten, versorgt worden waren und sie sich viel in der Nähe des Hauses aufhielten, blieb ihnen ein erster Kontakt lange versagt. Auch mit dem Pfarrer des Ortes kamen sie ins Gespräch, Maria und Elli suchten die Kirche im Ort

regelmäßig auf, zunächst, um dieses Kleinod im Rokkokostil zu bewundern, danach, um Ruhe und Andacht zu finden.
An den Wochenenden holte Birgit die beiden ab, damit Elli und Maria den General besuchen konnten und brachte sie anschließend wieder zurück in den Spessart. Nach drei Wochen waren Maria und Elli schon fast ein Teil der Familie. Sie fühlten sie sehr wohl bei den Meierrings, ihrer Gastfamilie. Ihrem eigentlichen Ziel waren sie noch kein Stück näher gekommen. Elli bot sich an, morgens die Brötchen zu holen, da sie ohnehin früh die örtliche Kirche aufsuchte und dabei beim Bäcker vorbeikam. Maria schlief gerne lang, aber Elli hielt es nach sieben Uhr nicht mehr im Bett. Die Macht der Gewohnheit.
Beim Bäcker sah sie dann Frau Hasse zum ersten Mal. Sie grüßte nur höflich und Frau Hasse grüßte zurück. So ging das die ganze Woche. Als ihre Gastgeberin erwähnte, dass Frau Hasse regelmäßig sonntags die Kirche besuchte, fasste Elli einen Entschluss. Zunächst suchten sie das Gespräch mit dem Pfarrer. Er war bestürzt über das, was Maria und Elli ihm berichteten und versprach, mit Frau Hasse zu reden. Sie verabredeten für Sonntag nach der Messe ein Treffen.
Am Sonntag gingen Maria und Elli überpünktlich zur Messe. Sie betraten die leere Kirche St. Martin. Dort warteten sie geduldig. Nach und nach kamen die ersten Kirchgänger. Der sonntägliche Kirchbesuch schien noch zur Routine im Ort zu gehören, denn die Reihen waren bereits gut gefüllt, als Frau Hasse erschien. Sie war allein. Elli stand auf und bedeutete Maria, sich im Hintergrund zu halten. Sie machte einen kleinen Umweg zum Weihwasserbecken und schloss sich unauffällig an. Maria konnte nicht beobachten, dass Elli mit Frau Hasse gesprochen hätte und war daher überrascht, als Elli ihr nach Ende der Messe bedeutete, zu warten. Sie folgte den beiden, nachdem sich die Kirche geleert hatte, in die Sakristei. Auch der Pfarrer kam hinzu. Elli stellte ihre Tochter vor und bedankte sich beim Pfarrer, dass er die Vermittlerrolle übernommen habe.

Man einigte sich darauf, dass alles, was gesagt werden würde, in der Sakristei verbleiben würde und wie bei einer Beichte unter das Beichtgeheimnis falle. Elli berichtete zunächst von ihrem Leid und dem Leid der vielen anderen, die in die diese Geschichte verwickelt worden waren, ob gewollt oder auch nicht. Dann kam sie auf das zu sprechen, was ihnen der General von seinem Gespräch mit Hasse berichtet hatte.
Frau Hasse äußerte sich zum ersten Mal.
«Sie müssen glauben, dass mein Mann von all diesen Dingen nichts wusste. Besonders die Geschehnisse in diesem Schloss haben ihn total schockiert. Und ihr Mann», sagte sie an Elli gewandt, «hat meinem Mann derart zugesetzt, dass er zwei Tage später einen Herzinfarkt erlitten hat.»
«Bestimmt nicht durch meinen Vater! Ich glaube nicht, dass ihr Mann so unwissend ist, wie er Ihnen gegenüber tut», begehrte Maria auf.
«Mein Mann hat vor mir keine Geheimnisse! Ja, er sagt selbst, er hätte es wissen können. Er hätte es verhindern müssen. Das wirft er sich ja selbst vor.»
«Und, das glauben Sie?»
Der Pfarrer griff schlichtend ein: «Sollten wir uns nicht besser darauf konzentrieren, was wir jetzt für die Kinder tun können?»
Auch Elli griff ein. «Maria, lass gut sein. Es ist nicht unsere Aufgabe zu richten.»
«Aber vielleicht ist dieser Mann schuld, dass Michael tot ist? Und Papa liegt nun schon über ein Jahr im Klinikum. Das alles soll nicht wichtig sein?»
«Damit hat mein Mann nichts zu tun! Er hatte die Position in der Firma erst wenige Monate zuvor übernommen. Er hat sich nicht umsonst von allem zurückgezogen. Sie müssen glauben, dass er das alles sehr bedauert.»
«Warum versteckt er sich dann? Warum redet er nicht mit uns? Ich glaube Ihnen nicht.»
«Das ist nicht so einfach. Hier sind unberechenbare Mächte am Werk.»

«Aber er weiß etwas. Er hat meinem Vater verraten, dass die Kinder in Tadschikistan sind. Woher weiß er das, wenn er nichts damit zu tun hat? Er kann die Kinder zurückbringen. Mein Vater hat es gesagt.»
Der Pfarrer hakte ein.
«Frau Hasse. Glauben Sie, ihr Mann könnte etwas für die Kinder tun? Es ist nie zu spät für tätige Reue.»
«Man hat ihm gedroht. Wir sind nicht umsonst hierhergezogen und haben unser altes Leben hinter uns gelassen. Mehr kann ich wirklich nicht sagen. Aber ich werde mit ihm reden. Wenn er etwas für ihre Kinder tun kann, wird er es tun. Aber ich muss nun zurück. Mein Mann wird schon unruhig sein.»
Sie stand auf und huschte, ohne sich zu verabschieden, durch den Seiteneingang der Sakristei. Der Pfarrer nahm sie in Schutz.
«Sie ist sonst nicht so unhöflich, aber das hat ihr sehr zugesetzt. Ich werde sie morgen sehen und Ihnen Bescheid geben, was ihr Mann gesagt hat. Bitte verzichten Sie darauf, sie noch einmal anzusprechen. Ich bin mir sicher, dass sie ihren Mann überzeugen kann. Aber sie müssen Geduld haben. Sie ist völlig verängstigt, und nicht erst, seit Sie im Dorf sind.»
Elli und Maria bedankten sich beim Pfarrer für seine Unterstützung und verließen die Kirche durch den Haupteingang.
Der dunkle Mercedes war zu auffällig, als dass ihn die Frauen hätten übersehen können.
Am Abend rief der Pfarrer in der Pension an. Er sprach lange mit Elli. Maria verstand so viel, dass sie sofort abreisen sollten und Vertrauen haben müssten. Elli ließ sich nicht davon abbringen, dem Rat des Pfarrers zu folgen. Maria war davon wenig begeistert.
«Wir müssen hierbleiben. Wir müssen ihnen weiter zusetzen. Wenn wir jetzt abreisen, war alles umsonst.»
«Nein, ich glaube dem Pfarrer. Hast du die auffällige dunkle Limousine gesehen? Wir werden beobachtet.»
«Nein, ich glaube eher, dass sie die Hasses überwachen. Die hatten vergeblich auf Frau Hasse gewartet, die ja durch den

hinteren Ausgang verschwunden ist. Wenn sie uns beobachten würden, hätten wir das längst gemerkt. Wir sind schließlich schon seit über drei Wochen hier.»
«Du hast recht! Die überwachen die Hasses. Mir ist schon häufiger ein besetztes Fahrzeug aufgefallen, dass bei den Hasses vor der Tür stand.»
Sie packten ihre Sachen und informierten ihre Gastfamilie, dass sie am nächsten Tag abreisen würden. Diese luden sie spontan zu einem Abschiedsabendessen ein und nun saßen sie im gemütlichen Wohnzimmer der Meierings zusammen. Bei einigen Snacks, die Frau Meiering schnell gezaubert hatte, ließen sie die schöne Zeit Revue passieren. Elli und Maria hatten sich in der beschaulichen Atmosphäre des Dorfes sehr wohlgefühlt und verließen mit Wehmut ihre neu gewonnenen Freunde.
Schon auf dem Weg nach Hause setzte die Beklommenheit wieder ein. Hatte ihr Aufenthalt in Heimbuchenthal etwas bewirkt? Würde sich der Pfarrer melden? Es dauerte zwei Wochen, bis sich der Pfarrer meldete. Er ließ ausrichten, dass Herr Hasse sich ins Ausland begeben habe und sie bald etwas Genaueres erfahren würden.

20.10.2016

Maria kam gerade mit Birgit vom Joggen nach Hause. Das Telefon klingelte.
Immer noch schrak Maria zusammen, wenn sie dieses Geräusch hörte. Der General hatte extra einen zweiten Anschluss legen lassen mit neuer Rufnummer und anderem Klingelton, damit das Telefon, auf dem ihre alte Nummer aus Langerwehe weiter geschaltet wurde, immer frei bliebe. Jeder aus der Bekanntschaft war informiert worden, die alte Telefonnummer nicht mehr zu benutzen. Aus allen möglichen Verzeichnissen hatten sie die Rufnummer streichen lassen. Trotzdem kam es gelegentlich vor, dass dieses Telefon klingelte. Wie jetzt. Meist

waren es Werbeanrufe. Kaltakquise, wie es in der Branche hieß. Wein, Zeitungen, Versicherungen, alles was sich per Telefon verkaufen ließ. Woher sie die Nummer hatten, blieb im Dunkeln.
Trotzdem lief Maria ein kalter Schauer den Rücken runter, wenn dieses Telefon klingelte. Wie die Schlange der Flöte des Fakirs folgte, folgten ihre Sinne diesem Geräusch. Sie öffnete hastig die Haustüre und stürmte zum Telefon, obwohl das Gespräch nach viermaligem Klingeln auf ihr Handy umgeleitet werden würde. Sie hob ab: «Ja bitte?»
Sie hatte sich abgewöhnt, ihren Namen zu nennen.
«Mami?» Stille.
«Moritz, bist du es?»
«Ja, Mami, ich will nach Hause! Holst du mich?»
«Ja, Moritz, mein Schatz, wo bist du?»
«Ich weiß nicht.»
«Wo ist Lena?»
«Die ist im Mädchenhaus. Mami?»
«Ja mein Schatz?»
«Warum darf ich nicht nach Hause?»
«Aber du darfst jederzeit nach Hause. Sag mir bitte, wo du bist, dann hole ich dich.»
«Die sagen aber, ich muss jetzt für immer hierbleiben.»
«Wer sagt das?»
«Meine Nanny!»
«Kann ich sie sprechen?»
«Ich darf eigentlich nicht telefonieren, das Handy hat mir ein alter Mann zugesteckt. Außerdem spricht sie nur tadschikisch und ein bisschen Englisch.»
«Mein Gott, wie verständigst du dich denn mit ihr? Sag mir bitte, wo du bist.»
«Ich kann schon viel Englisch und auch ein bisschen Tadschikisch. Sie sagt, wir sind weit weg von Deutschland in einem anderen Land. Mami?»
«Ja, Liebes?»
«Stimmt es, dass ihr uns hierher geschickt habt?»

«Aber nein, wie kommst du denn darauf?»
«Das sagt aber meine Nanny. Alle Kinder hier im Internat sind von ihren Eltern hierher geschickt worden.»
«Das stimmt nicht. Wir würden euch nie wegschicken. Sind da noch mehr Kinder? Wie behandeln sie euch? Habt ihr genug zu essen?»
«Ja, aber ich will nach Hause. Ich mag nicht mehr hierbleiben.»
«Was machen sie denn mit euch?»
«Wir haben Schule, müssen viel lernen und lesen das heilige Buch, spielen Schach und machen Sport. Ich kann jetzt schon über zwei Meter weit springen.»
«Ach mein armer Schatz! Wirst du geschlagen? Tut dir jemand weh?»
«Nein, aber wir dürfen hier nicht raus, nur in den Garten. Ich hab so Heimweh. Mami, wann kommst du mich holen?»
«Sobald ich kann. Und Lena?»
«Ach die, die ist bei den anderen Mädchen im Mädchenhaus. Die sagt, ich soll froh sein, den wahren Glauben gefunden zu haben. Ich will aber...» tut tut tut.
Das Gespräch war zu Ende.
Maria war vollkommen paralysiert. Minutenlang bewegte sie sich kaum, zu groß war die Fassungslosigkeit. Tränen der Freude rannen über ihr Gesicht. Sie konnte nicht sprechen, ihren tonnenschweren Kopf musste sie mit den Händen stützen. Im Innern spürte sie eine unbeschreibliche Erleichterung. Langsam fühlte sie, wie sich die Schnüre, die sie gefesselt, die sich immer mehr zusammengezogen hatten, lockerten. Schwere Ketten, die um ihre Brust gewunden waren, lösten sich, fielen von ihr ab. Ihr Herz war so damit beschäftigt, wieder befreit zu schlagen, all ihre Sinne zu fühlen, zu sehen, zu hören, ihre Lunge wieder frei zu atmen, dass sie nicht in der Lage war, zu denken oder gar zu handeln.
Zur gleichen Zeit erhielt Elli einen Anruf von Frau Hasse, die sie darüber informierte, dass ihr Mann die Kinder gefunden habe und sich selbst melden würde, sobald er zurück sei und er mehr sagen könne. Elli ging sofort zu Maria hoch. Maria saß

immer noch am Küchentisch und konnte ihr Glück nicht fassen. Nachdem sie von Moritz´ Anruf berichtet hatte, begann Elli zu verstehen. Sie hatten Hasse offenbar falsch eingeschätzt. Tätige Reue hatte der Pfarrer gesagt. Es gab sie doch.

Sechs Wochen später

Es dauerte geschlagene sechs Wochen, bis sie wieder eine Nachricht erhielten. Diesmal rief sie der Pfarrer aus Heimbuchenthal an. Er ließ ausrichten, dass Elli mit Maria und ihrem Mann am kommenden Dienstag um 17:15 Uhr im Ankunftsbereich des Frankfurter Flughafens sein sollten. Auf Ellis drängende Fragen wollte der Pfarrer ihr nichts Konkretes antworten. Aber sie sollten hoffen. Wer den Herrn im Herzen trage, solle nie aufgeben zu hoffen. Mehr könne und dürfe er aber nicht sagen.

Die Zeit bis Dienstag wollte nicht verrinnen. Selbst der General im Krankenhaus zählte die Minuten hinunter.

Die Ärzte waren nicht davon zu überzeugen, dass er die Fahrt mitmachen könne, so sehr er auch krakelte. Selbst als er sich aufs Bitten und Betteln verlegte, eine für ihn völlig untypische Handlungsweise, ließen sich die Ärzte nicht erweichen. So blieb ihm nichts anderes übrig, als weiter die Zeit herunter zu schreiben, wie er es nannte. Seine Erinnerungen waren nach und nach zurückgekommen und so verfasste er eine Art Tagebuch der Ereignisse seit dem Verschwinden der Kinder. Nur dieser akribischen Arbeit eines sich wieder findenden Geistes ist es zu verdanken, dass diese Geschichte so präzise wiedererzählt werden konnte.

Natürlich ließ es sich niemand der alten Clique nehmen, mit zum Flughafen zu fahren. Und so fuhren sie im Konvoi nach Frankfurt. Maria und Jan in ihrem Wagen, um Platz für die Kinder zu haben, was aber niemand aussprach. Elli fuhr mit Birgit und Dr. Soltaus Witwe, die ebenfalls darauf bestand, dabei zu sein. Schließlich Jupp mit Eva und Dr. Wegener in dessen Geländewagen. Sie waren eine Stunde zu früh am

Flughafen, still standen sie vor dem Gate, jeder seinen Gedanken nachhängend.
So sehr alle auf etwas Ähnliches gehofft hatten, umso überraschter waren sie, als Moritz tatsächlich mit seiner typischen Kinderstimme durch den Ausgang gelaufen kam und seine Mutter fast umrannte. Gemessenen Schrittes folgte Lena, die in ihrer reich verzierten orientalischen Kleidung mit Kopfbedeckung kaum wiederzuerkennen war. Sie ging jedoch nicht auf Maria zu, sondern wandte ich zunächst an Jan und gab ihm zu seiner Überraschung die Hand und begrüßte ihn derart förmlich, dass er erstarrte. Erst als Maria den inzwischen hochgehobenen und kräftig geküssten und gedrückten Moritz absetzte und auch Lena resolut in die Arme nahm und ihre Tränen auf dem seidigen Kleid ihrer Tochter vergoss, wurden auch Lenas Augen wässrig.
Den Kindern folgte Hasse mit einem elegant gekleideten jungen Mann. Hasse begrüßte die Anwesenden und stellte ihnen den jungen Mann als Neffen des Khans vor, der die große Güte besessen habe, die Familienzusammenkunft zu ermöglichen.
«Aber ich hatte extra gebeten, dass nur die Familie die Kinder abholen kommt», fügte Hasse mit einem etwas ängstlichen Blick in Richtung des jungen Mannes, den er als Firuz Nuraliev vorgestellt hatte, an.
«Aber nein. Es ist doch schön, dass die ganze Familie sowie Freunde diesem freudigen Ereignis beiwohnen möchten. Auch bei uns kommen bei einer Verabschiedung oder dem Empfang am Flughafen die ganze Familie mit Freunden zusammen. Eine Familie muss zusammenhalten», antwortete Herr Nuraliev in blütenreinem Deutsch mit süddeutschem Akzent.
«Ich habe in München studiert», beantwortete er die im Raume schwebende Frage nach seinen Sprachkenntnissen und plauderte weiter drauflos.

Während der Fahrt nach Aachen versuchten Maria und Jan mehr von den Kindern zu erfahren, doch sie waren zu müde, um zusammenhängend erzählen zu können und schliefen bald ein. Jan war wie selbstverständlich mit nach Aachen gefahren und gemeinsam hatten sie die Kinder zu Bett gebracht. Als er anschließend zur Haustür strebte und sich verabschieden wollte, nahm ihn Maria bei der Hand und meinte, dass es wohl besser sei, wenn die Kinder ihn am Morgen in seinem Bett finden würden. Alles andere sollten sie später besprechen.

Am nächsten Morgen

Am nächsten Morgen klingelte es bereits um 8:00 Uhr. Die Kinder schliefen noch, Jan und Maria hatten sich gerade zusammengesetzt, um zu reden. Zu ihrer Überraschung stand Herr Hasse vor der Tür. Gemeinsam mit Elli frühstückten sie und Hasse bemühte sich, den Mülhausens ein Gefühl für die Situation zu vermitteln.

«Sie müssen unbedingt die Mentalität dieser Menschen und insbesondere des Khans und seines Neffen verstehen.»

«Aber das sind Verbrecher. Sie haben uns unsere Kinder gestohlen.»

«Um Himmels willen. So etwas dürfen sie nicht einmal denken.»

«Was soll ich denn sonst denken? Sie haben unsere Kinder entführen lassen und gehören dafür ins Gefängnis. Wir sollten die Polizei rufen.»

«Dann sind die Kinder schneller wieder weg, als sie es sich vorstellen können.»

«Das werden wir verhindern!»

Maria war aufgestanden und holte das Telefon.

«Bitte, beruhigen Sie sich», beschwor sie Hasse.

«Ich bin extra früher gekommen, um Ihnen alles zu erklären. Gleich wird der Neffe des Khans kommen. Bis dahin müssen Sie mir zuhören. Ich flehe Sie an, es ist nur zu ihrem Besten.»

«Dann kann die Polizei diesen Schnösel gleich verhaften», entgegnete Maria.

«Herr Nuraliev genießt Diplomatenstatus. Das einzige, was Sie erreichen werden, ist, dass er den Eindruck gewinnt, die Kinder

sind hier nicht gut aufgehoben», antwortete Hasse resigniert. Jan stand auf und nahm Maria das Telefon aus der Hand.
«Jetzt hören wir erst einmal zu, was Herr Hasse uns sagen wollte», sagte Elli mit ungewohnt bestimmten Ton.
Hasse gab sich große Mühe, den Mülhausens eine Vorstellung für die Denkweise und Kultur der Tadschiken im Allgemeinen und des Khans im Besonderen zu vermitteln.
Der Khan gehöre zu der herrschenden Klasse in Tadschikistan. Es sei für uns in der westlichen Welt schwer zu verstehen, welche Macht ein Mann wie der Khan in seinem Land genieße, dass er über Leben und Sterben seiner Untertanen mehr oder weniger ohne Kontrolle bestimmen könne und man daher sehr vorsichtig sein müsse, um ihn nicht zu kompromittieren. Es sei ihm nur mit Mühe gelungen, einen Weg zu finden, den Khan ohne Gesichtsverlust dazu zu bewegen, zu akzeptieren, dass die Kinder gegen den Willen der Eltern nach Tadschikistan gebracht worden seien. Nur der Weisheit des Khans und seiner ehrlichen Sorge um seine Talente sei es zu verdanken, dass er einen Besuch der Kinder bei ihren Eltern ermöglicht hat.
«Was heißt hier besuchen?» Maria war aufgesprungen. Auch Jan sah Hasse ungläubig an.
«Das ist der offizielle Terminus. Schließlich sind die Kinder nach Vorstellung des Khans nun Mitglieder seiner großen Familie. Sie sind offiziell adoptiert und haben die tadschikische Staatsbürgerschaft. Moritz heißt nun Muso und Lena Nigina.»
Jan stöhnte: «Das kann nicht sein. Das ist illegal. Kann man einfach Kinder anderer Eltern adoptieren? Dagegen können wir doch gerichtlich vorgehen. Wir sind hier schließlich in Deutschland.»
Es war noch nicht vorbei. Der Wahnsinn nahm weiter seinen Lauf.
«Auf diese Argumentation sollten Sie sich nicht einlassen. Dann streiten Juristen so lange um das Schicksal der Kinder, bis sie volljährig sind. Falls überhaupt. Sie müssen das Spiel mitspielen, ob Sie wollen oder nicht. Begreifen Sie doch. Nur dann haben Sie eine Chance, die Kinder langfristig zu halten.

Sie müssen akzeptieren, dass es auch dem Khan um das Wohl der Kinder geht. Das ist ihr Trumpf. Und die Traditionen der Tadschiken. Die Familie ist den Tadschiken heilig. Sie sind die Eltern der Kinder. Wenn Sie akzeptieren, dass der Khan als weiterer Vater der Kinder für ihr Wohl zuständig ist, wird er vielleicht bereit sein, die Kinder bei ihren leiblichen Eltern zu lassen. Das ist sein Ausweg, den wir aus diesem Dilemma gefunden haben. Nur so ist er in der Lage, sein Gesicht zu wahren. Deshalb hat er seinen Lieblingsneffen mitgeschickt. Er soll ihm berichten, ob die Kinder hier gut aufgehoben sind.»
«Das heißt, wir sollen uns von ihm überprüfen lassen wie Adoptiveltern vom Jugendamt? Wir, seine eigenen Eltern?»
«Richtig. Die Alternative dazu wäre, die Kinder gegen den Willen des Khans hierzubehalten. Wissen Sie, was das bedeuten würde? Sie müssten ständig in Angst sein, dass die Kinder wieder verschleppt würden. Sie müssten sie verstecken und wären trotzdem nicht sicher. Der Arm des Khans ist sehr lang. In seinem Gebiet hat man Erdgas gefunden, Bauxit wird dort ohnehin schon abgebaut. Sein Arm reicht bis in die Regierung. Er ist unermesslich reich, reicher, als sie es sich vorstellen können. Und er verfügt über die Mittel zu bekommen, was er begehrt. Bisher legt er noch Wert darauf, als guter Patriarch aufzutreten. Aber ich weiß, dass er ohne eine Wimper zu zucken, Leben auslöschen lässt. Verstehen Sie jetzt? Sie müssen das Spiel mitspielen, ob sie wollen oder nicht.»
«Aber er hat unsere Kinder entführen lassen. Das kann man doch nicht einfach ignorieren!»
«Das dürfen sie nicht einmal denken. Der Khan hat sogar einen seiner Vasallen dafür bestraft, dass das geschehen ist. Damit er sein Gesicht wahren konnte. Sie müssen verinnerlichen, dass der Khan von der Entführung keine Ahnung hatte. Das ist die offizielle Wahrheit. Nur so war es mir möglich, den Khan davon zu überzeugen, dass die Kinder zu ihren Eltern zurückkönnen. Sie müssen verstehen, dass die anderen Kinder alle mit Einverständnis ihrer Eltern dorthin gebracht wurden. Zumindest habe ich diesen Eindruck gewonnen. Es handelt

sich vor allen Dingen um indische und pakistanische Kinder sowie Kinder aus dem Raum der ehemaligen Sowjetunion, deren Eltern natürlich darin eine große Chance für sich und ihre Kinder sehen. Es war dem Anschein nach ein übereifriger Untertan, der dem Khan mit der Zuführung von Moritz, der inzwischen zu einem der großen Hoffnungsträger des Khans geworden ist, einen besonderen Gefallen tun wollte. Im Vertrauen, die Strafe, die er erhalten hat, ist längst im Gnadenweg wieder aufgehoben worden.»

«Aber die Polizei würde uns schützen, oder? Die Regierung muss doch ihre Bürger schützen.»

Die Stimme Marias war schon bedeutend unsicherer geworden.

«Sich darauf zu verlassen, hieße wieder an den Weihnachtsmann zu glauben. Maria, wach auf! Herr Hasse hat recht. Die Polizei hat bisher nichts getan, und die Regierung wusste schon lange, dass die Kinder in Tadschikistan sind. Niemand wird uns schützen. Wir müssen jetzt ausschließlich daran denken, was für die Kinder am besten ist. Sind sie nicht wohlbehalten? Hast du nicht auch den Eindruck, dass sie gut behandelt worden sind?» Jan redete auf Maria ein.

«Aber sie sind mir so fremd geworden. Besonders Lena.»

«Denk jetzt bitte nicht an dich. Es geht hier nur um das Wohl der Kinder!» Jan war aufgesprungen und lief umher.

«Was willst du damit sagen? Dass ich nicht das Wohl der Kinder im Sinn habe? Dass ich nur an mich denken würde? Das ist es doch, was du damit sagen willst. Dass ICH die Kinder im Stich gelassen habe. Warum sprichst du es nicht aus? Sag einmal ehrlich, was du denkst.»

«Nein Maria. Es geht hier ausnahmsweise nicht um uns. Begreifst du das nicht? Es geht mir nur um die Kinder.»

Hasse rührte peinlich berührt in seinem Kaffee. Ehe der Streit, der wohl schon lange zwischen den beiden schwelte, ganz ausbrechen würde, räusperte er sich. Den Mülhausens wurde schlagartig bewusst, dass sie nicht allein waren.

«Entschuldigung, dass Sie das mit anhören mussten.»

«Ich verstehe, was Sie durchgemacht haben. Aber ich empfehle Ihnen, ihre Differenzen bald zu klären. Wenn der Neffe des Khans derartiges zu hören bekommt, müssen Sie mit allem rechnen. Der Khan erwartet ein funktionierendes Elternhaus. Ich würde Ihnen raten, professionelle Hilfe in Anspruch zu nehmen, damit Sie Ihre Probleme bald lösen können.»
«Wie lange wird uns dieser Mensch denn beobachten?»
«So lange, wie er es für erforderlich hält. Diese Menschen haben eine andere Vorstellung von Zeit. Außerdem möchte er einige Dinge mit Ihnen klären.»
«Was soll das sein?»
«Zum einen muss Moritz die Gelegenheit erhalten, weiterhin zu trainieren. Er soll über das Internet weiter Kontakt zu seiner Schachschule und seinen Lehrern und Trainingspartnern in Tadschikistan halten. Einschließlich regelmäßiger Trainingsaufenthalte in der Schachschule in Tadschikistan.»
«Wir sollen ihn wieder in dieses Land lassen? Niemals! Wer garantiert, dass er wieder zurückdarf?»
«Sie müssen Vertrauen haben. Ohne Vertrauen werden Sie Ihre Kinder verlieren. Der Khan wird sie kennenlernen wollen. Sie werden Moritz sicher begleiten dürfen. Nur weil Moritz selbst darauf gedrängt hat, nach Hause zu kommen und er massiv über Heimweh geklagt hat, ist die Möglichkeit einer Heimkehr in Betracht gezogen worden. Glauben Sie nicht, dass ohne die Sorge um das Talent des Jungen überhaupt etwas zu bewegen gewesen wäre.»
«Und Lena?»
«Lenas Entführung ist wohl als Betreuung von Moritz geplant worden. Damit der Junge sich nicht so alleine fühlt und schneller akklimatisiert. Sie müssen wissen, dass Mädchen in dieser Gesellschaft keinen großen Stellenwert haben.»
«Aber sie hatte doch sicher auch Heimweh?»
Ein schwieriger Punkt. Hasse hatte mit dem Mädchen mehrfach in Tadschikistan gesprochen. Sie war tiefer in die neue Kultur eingetaucht, als es den Eltern lieb sein konnte. So zog er sich auf eine ausweichende Antwort zurück.

«Das werden Sie sie selbst fragen müssen.»
«Was meinen Sie damit?»
«Lena ist ein sehr selbstständiges Mädchen. Der Khan ist sehr von ihr beeindruckt. Sie ist zum Islam konvertiert.»
«Wie bitte? Das glaube ich nicht. Das ist unmöglich. Man kann ein Mädchen nicht einfach ...»
«Sie hat es selbst so gewollt.»
«Das ist doch nicht ihr Ernst. Ein vierzehnjähriges Mädchen? Das ist Gehirnwäsche. Oh Gott, nimmt dieser Wahnsinn denn nie ein Ende!»
«Sie sollten noch eines wissen. Mit dreizehn wird ein Mädchen in deren Kultur bereits als erwachsen angesehen. Und noch eines. Der Neffe des Khans wirkt sehr kultiviert und westlich geprägt. Das ist er wahrscheinlich auch. Er hat in Deutschland studiert und ist im diplomatischen Dienst seines Landes. Lassen Sie sich davon um Himmels willen aber nicht täuschen. Er ist der Neffe eines sehr mächtigen Landesfürsten und ist sich dessen bewusst. Und er ist genauso rücksichtslos wie sein Onkel, wenn er dessen Interessen durchsetzen möchte. Vergessen Sie das nie, wenn er sie mit seinem orientalischen Charme umgarnt.»
Herr Hasse stand plötzlich auf und verabschiedete sich fast überstürzt. An der Tür sprach er noch einmal leise, aber eindringlich auf Jan ein, der ihn zur Tür begleitet hatte.
«Was hat er dir an der Tür noch zugeflüstert?»
Jan war zu müde, um etwas zu verheimlichen.
«Er hat mich fast angefleht, dass wir uns vor dem Neffen des Khans nicht streiten. Und ...», er zögerte etwas.
«Und ..., was hat er noch gesagt?», bohrte Maria nach.
«Ich solle dir schonend beibringen, dass es besser sei, wenn du dich zurückhalten würdest. Herr Nuraliev hätte wenig Verständnis dafür, wenn Frauen den Männern ins Wort fallen, wie das bei uns üblich zu sein scheint. In seinem Land haben die Frauen zwar im Haus das Sagen, aber wenn ein Fremder im Haus sei, sei es unmöglich, wenn die Frau sich äußern würde, ohne gefragt zu werden.»

Maria schnappte nach Luft.
«Du wolltest es hören und du kannst hinterher nicht sagen, du hättest es nicht gewusst.»
Maria fand immer noch keine Worte.
«Ich gehe mal nach den Kindern schauen. Dann muss ich in die Werkstatt. Du kannst dann in Ruhe mit ihnen frühstücken, aber ich komme dann mittags nach Hause.» Die Worte ‚nach Hause' kamen ihm so fremd vor. Sie hallten mit Tausend Fragezeichen in seinem Kopf nach.

Als Jan später klingelte, stürmten Moritz und Lena zur Tür. Moritz sprang ihm an den Hals, während Lena seine Hand fasste und ihn ins Haus zog. Jan setzte sich mit an den Tisch, wo auch für ihn ein leerer Teller stand. Maria sprang auf, nahm den Teller und ging zur Küchenzeile, ihn zu füllen. Lena hatte sie genau beobachtet. Jan und Maria hatten sich nur durch ein kurzes Nicken begrüßt.
Moritz erzählte gerade von seinen Erfolgen im Sport, als Lena eine Atempause nutzte, um Jan scheinbar nebensächlich zu «Warum hast du denn geklingelt? Hast du keinen Schlüssel?»
«Oh, da hab ich wohl ... Na damit ihr mir die Tür aufmachen könnt! Darum.»
Jan war froh, halbwegs die Kurve bekommen zu haben. Aber er fühlte, wie Lena ihn und Maria kritisch beäugte. So war er fast froh, als er nach einer halben Stunde aufstehen konnte, um zur Werkstatt zurückzukehren, wo ein Haufen Arbeit wartete, wie er sagte. Er entschuldigte sich bei den Kindern und gab Maria einen flüchtigen Kuss, was Maria überraschte und Lena nicht verborgen blieb.
Am Abend fragte Lena Moritz, ob ihm an Papa und Mama nichts aufgefallen sei.
«Nö, wieso?»
«Die sind anders.»
«Wie anders?»
«Na eben anders. Die gucken sich so komisch an.»
«Du spinnst!»

«Siehst du das denn nicht? Die sind ganz anders. Auch miteinander.»
«Für mich sind sie ganz normal. Ich bin froh, wieder bei Mama und Papa zu sein.»
«Ich doch auch. Aber .... Ach, das hat keinen Sinn, dir das zu erklären. Das verstehst du doch nicht.»
«Wenn du meinst.» Moritz war ziemlich egal, was Lena meinte. Sie war ihm viel zu kompliziert.

Jan und Maria gelang es tatsächlich, wieder so etwas wie ein normales Familienleben zu leben. Zumindest tagsüber. Der Neffe des Khans erschien über die nächsten Wochen regelmäßig bei ihnen. Auch wenn das Ganze jedes Mal wie ein Höflichkeitsbesuch wirkte und er formvollendet diese Rolle ausfüllte - mit Gastgeschenken, Komplimenten an die Gastgeberin und vollendeter Konversation - wussten Jan und Maria doch, dass sie geprüft wurden. Von den Kindern hatten sie zudem erfahren, dass der Neffe des Khans auch außerhalb des Hauses mit ihnen Kontakt aufnahm. Zudem hatten die Kinder über das Internet weiterhin Kontakt zu ihren Freunden in Tadschikistan und Moritz nahm online weiter am Schachtraining seiner Gruppe teil.

Endlich, nach sechs langen Wochen, kündigte der Neffe des Khans an, nach Tadschikistan zurückkehren zu müssen. Die Kinder sollten nach Ende der Weihnachtsferien wieder zur Schule gehen. Der Neffe des Khans lud sie für den Tag nach Weihnachten nach Tadschikistan ein.
«Es wird meinem Onkel eine Ehre sein, Ihnen die zweite Heimat ihrer Kinder zu zeigen.»
Zum Glück waren sie darauf vorbereitet. Hasse hatte sie vorgewarnt. Die Kinder, die dem Abschiedsbesuch beiwohnten, waren begeistert und Jan und Maria gelang es halbwegs, einen dankbaren Eindruck zu machen und nahmen die Einladung nach dem üblichen Geplänkel dankend an.

«Geben Sie mir bitte ihre Reisepässe, ich kümmere mich dann um die Visa.»
Jan und Maria bedankten sich artig für die Gefälligkeit und Maria zog mechanisch ihren Reisepass aus ihrer Handtasche und überreichte ihn.
«Oh, tausend Dank. Aber mein Reisepass ist abgelaufen. Gleich morgen werde ich die Verlängerung beantragen. Das dauert ja sicher etwas mit den Visa?», warf Jan ein.
«Machen Sie sich keine Sorgen. Schicken Sie den Pass einfach zu meinen Händen in die Botschaft, sobald Sie ihn haben, ich lasse das für Sie erledigen.»
«Und für die Kinder?»
Im immer freundlichen Gesicht des Neffen des Khans war ein Anflug von Verstimmung zu sehen.
«Die Kinder brauchen kein Visum. Hatte ich Ihnen nicht gesagt, dass mein Onkel die große Güte besaß, ihre Kinder wie seine eigenen in unsere Familie aufzunehmen? Sie haben damit selbstverständlich auch die tadschikische Staatsbürgerschaft erhalten. Als Tadschiken brauchen sie natürlich kein Visum.»
Jan schauderte. Zum Glück hatte sie Herr Hasse auch darauf vorbereitet. So gelang es ihm, ein entschuldigendes «Ach natürlich» herauszubringen.
Nach einer Weile weiterer Konversation kam dann noch die letzte Pille, die sie schlucken sollten.
«Ich verstehe, dass sich die Kinder erst einmal wieder bei Ihnen einleben sollen. Aber für Moritz Entwicklung wäre es besser, wenn er an eine Schule wechseln würde, die ihn wenigstens halbwegs so fördert, wie wir es in Tadschikistan konnten. Ich habe mich schon erkundigt. Ein geeignetes Internat für Kinder diesen Alters ist in Deutschland leider nicht so leicht zu finden. Das heißt, sie werden Moritz mit professioneller Hilfe hier fördern müssen. Wir werden Ihnen einen Berater stellen, der gegebenenfalls auch ein geeignetes Internat im Ausland vorschlagen wird. Natürlich können die Kinder jederzeit auch zurück nach Tadschikistan kommen. Und Lena wird sicherlich

die muslimische Gemeinschaft hier in Aachen aufsuchen wollen. Aber das sollte ja kein Problem sein.»
Jan und Maria schluckten. Die Drohung, die dahinter stand, war unmissverständlich.
«Wir werden uns darum kümmern.»
«Ich bin sicher, Sie werden die richtige Entscheidung treffen.»
Der Neffe des Khans verabschiedete sich noch einmal bei den Kindern und stieg in die vor dem Haus stehende Limousine. Gemeinsam stand die Familie vor dem Haus und winkte mit unterschiedlichen Gedanken.
Jan griff das Thema 'Hochbegabtenförderung' gleich auf. Zudem hatte Moritz schon selbst davon gesprochen, dass er gerne weiter in eine gute Schule gehen möchte, wo er das gleiche wie in Tadschikistan machen könne. Moritz hatte sich verändert, war selbstständiger geworden und träumte davon, ein Schachgroßmeister zu werden.
«Wir werden sehen. Es ist ja noch etwas Zeit. Jetzt wird alles erst einmal so wie früher.»
Ein frommer Wunsch. Lena schüttelte unmerklich den Kopf. Es würde nie wieder so werden wie früher. Sie wollte lieber wieder zurück. Zurück in die Ordnung und Sicherheit, die sie in Tadschikistan gefunden hatte. Herr Nuraliev hatte sie gebeten, zumindest bis nach Weihnachten zu bleiben. Den Eltern zuliebe stimmte sie zu.

ENDE

Vom gleichen Autor erschienen:

Eine Geschichte zum Vorlesen für die Kleinen, liebevoll ins Bild gesetzt von Johannes Lohschelder.
Die kleine Kastanie

Nur erhältlich unter www.epubli.com\shop

ISBN 978-3-8190-6935-2
9 783819 069352
www.epubli.com